她与他

圣妖——作品

狭路 相逢

XIALU XIANGFENG

[上册]

青岛出版社
QINGDAO PUBLISHING HOUSE

图书在版编目（ＣＩＰ）数据

她与他，狭路相逢 / 圣妖著. — 青岛：青岛出版社，
2017.7

ISBN 978-7-5552-5327-3

Ⅰ. ①她… Ⅱ. ①圣… Ⅲ. ①长篇小说－中国－当代
Ⅳ.①I247.5

中国版本图书馆CIP数据核字（2017）第072373号

书　　名　她与他，狭路相逢
著　　者　圣　妖
出版发行　青岛出版社
社　　址　青岛市海尔路182号（266061）
本社网址　http://www.qdpub.com
邮购电话　010-85787680-8015　13335059110
　　　　　 0532-85814750（传真）　0532-68068026
责任编辑　郭林祥
责任校对　耿道川
特约编辑　李文峰　孙小淋
装帧设计　千　千
照　　排　梁　霞
印　　刷　三河市南阳印刷有限公司
出版日期　2017年7月第1版　　2017年12月第2次印刷
开　　本　16开（700mm×980mm）
印　　张　35.5
字　　数　480千
书　　号　ISBN 978-7-5552-5327-3
定　　价　59.80元

编校印装质量、盗版监督服务电话　4006532017　　0532-68068638

建议陈列类别:畅销·青春文学

目 录 [上册]

她 与 他， 狭 路 相 逢

目 录 [下册]

她 与 他 ， 狭 路 相 逢

第一章
白食真好吃

刹车失灵了！

许情深的脚在刹车上踩了十几下，可黑色轿车仍旧如脱缰的野马般横冲直撞，她双手握紧方向盘，冷汗浸透了后背的衣物。前方信号灯显示红灯，她来不及打过方向盘，一辆奇瑞QQ就冲了过来。

剧烈的碰撞声撕开她的耳膜，安全气囊及时弹出。她感觉到车子转了好几个圈，最后飞过路牙石，在粗壮的树干上撞停。

不知过去多久，许情深听到有人在拍打车门，她被人拽出驾驶室，额头传来剧烈的撕痛感，睁开眼，看到一张熟悉的脸。

"姐！"许明川摇晃她的肩膀，"出事了，出事了！"

她忍着痛，脑子里最后的记忆就是那辆QQ车，她睁眼看向马路，眼前的惨状令她倒吸了口冷气——QQ车被撞倒在马路中央，车窗玻璃尽碎，一条挂满鲜血的手臂伸在窗户外面，朝天的一扇车门严重变形。

许情深刚要过去，被弟弟拉住胳膊："你快走。"

"明川，快报警！"许情深的嗓音嘶哑。

"姐，你走！警察马上就要来了！"许明川推了她一把，"你听我说，是方晟给你的车动了手脚，他要你死！姐，快走！"

"你说什么？"

"被撞的人肯定活不了了。姐，警察马上也会过来，车子是我开的，跟你没关系。你去找蒋远周，在这东城，只有他能救我们！你快走！"

许情深被他又狠狠推了把，已经有路过的车辆停下来，似乎在拨打"110"，许明川朝她看了眼，咬着牙说道："我知道你难以置信，姐，上次你差点没命，就是方晟干的！能动你车的，也只有他，这儿有监控，我拖延不了多少时间，走！"

许情深的脚步在逐渐往后退，最后转过身，如亡命之徒一般飞奔。

她还年轻，不想被人这样无缘无故害了，更不想死。

跑出一大段路后，许情深躲在灌木丛前喘气，小心翼翼地看向四周。她蹲下来的影子缩成一团，心痛得犹如被劈成了两半。

许明川让她去找的人，她之前见过。蒋远周，东城蒋家的当家少爷，明川让她去找他是对的，因为他是方晟的死对头。

许情深躲了会儿，跑到马路上去拦车，坐上出租车的副驾驶座时，她不禁朝后视镜看了眼。

她没什么跟蒋远周谈判的资本，但她有这张脸，一张从出生至今被公认为最好看的脸。

蒋家大门口戒备森严，插翅都难进，许情深被挡在外面。

这时候，说不定明川已经被带走，她不敢往下想，便冲着挡在跟前的那名保安道："你跟蒋少说，我跟他有过一面之缘，上次在鸿慈山庄，他给过我一张房卡。"

"你确定要我这么进去传话？"

许情深做出一副底气十足的样子："是。"

保安上下看她一眼，转身进去了。没过多久，保安回到门口，居然真的放行了："蒋少说了，在二楼的卧室等你。"

许情深快步往里面走，后面虽然没有猛兽在追赶，但她知道，前面只有一条生路为她打开。

来到房间门口，门是半掩着的，许情深没对周遭的一景一物做多余的打量，推门进去。

入目，是一个坐在床沿处的背影。身上的浴袍松松垮垮地落在男人肩头，隐约可见后背的肌肉轮廓。

许情深走进去，站在床边，另一侧的男人没有回头，也没说话。

她只能绕过床尾，站到男人跟前："蒋先生……"

男人仍旧不为所动。许情深蹲下身，纤细的手掌放到男人大腿上。

蒋远周一抬头，俊目间流泻阴冷的寒，视线触及许情深的脸，忽然饶有兴致地盯着她看起来。

"鸿慈山庄，我们见过？"他手掌忽然伸出去，贴着许情深的脸往下摸。

她神经猛地拉紧，但仍然顿在那一动没动："见过。"

"我还给过你房卡？"

"没有。"

蒋远周的右手握住她下巴，尔后往上一抬，优雅中带着风流之气。

许情深望了眼男人，他目若朗星，五官精致绝伦，镶着黑边的浴袍挂在身上。人本该在最最舒适的时候才会换上浴袍，可许情深分明觉得这个男人体内蕴藏着一头猛兽，随时都有苏醒的可能，危险至极。

蒋远周松开手，起身。许情深下巴处还留着被他捏过的痕迹，她迅速起身跟在他后面。

她额角淌着血，站在一片奢靡豪华房间中央的灯光中。

蒋远周在她身侧走来走去，他忽然点起手指，戳中她额前的伤："这血是你的，还是别人的？"

她痛得咬住唇，往后缩了下。她不想浪费时间，定定地攫住他的视线，语气迫切："我给你，你敢不敢要？"

"呵！"男人挑高眉梢，顺着她周侧走了圈，"你哪里来的自信让我要你？就凭你的脸、你的身材，还是……你的技术？"

她忍着痛开口："就凭我是方晟的女人。"

蒋远周的脚步忽然顿住，一股压迫感贴近她身后："方晟的女人，为什么来找我？"

"我刚撞了人，自己摆平不了。"

男人在她后面说着话，浮动的气息吹拂过她颈间落下的几根短发："他不管你？"

"是他要我死。"

蒋远周再度攫住她的下巴，将她的脸别向自己。许情深额前抽痛了下，看到男人笑意漾开："这么漂亮的女人，他不要，我要！"

"好。"

"要是有一天，你发现让你发生车祸的不是方晟，你岂不是白白献身了？"

许情深的目光落在自己手上，看着那双沾了血的手："我比你了解他，他爱自己胜过任何人，为了能往上爬，他可以肃清身边所有的人。"

"就这样的男人，你还跟着他？"

"反正我也没比他好多少，只是他的心……比我狠了那么一点点。"

蒋远周的视线从她颈间往下扫，伸出双手朝着她胸前而去，手掌犹如一把最精确的尺子往下走，握住她的腰，用力掐了掐，然后落到许情深的臀上。

她总算听到他笑道："三围不错。"

许情深在心里冷笑，要不是个万花丛中过的人物，怎能摸起来这么精准呢？

"去洗澡，衣服不用穿出来了。"

许情深转身走向洗手间，将额头的血渍清理干净，再裹了条浴巾出来，男人已经等得有些不耐烦。等到许情深上前，他大掌一收，将她拉到自己跟前。

蒋远周抬起手掌，灯光从他的指缝漏过，透射出一张俊美而又无比阴邪的脸。他手掌忽然按住她洁白的颈后："你应该知道，我喜欢蹂躏人。"

她咬着牙，轻闭眼："随便。"

话音方落，她便被重力推至跟前的大床上，随即被蒋远周狠狠压住不能动弹。她转过脸，脸已紧紧贴上男人："只要让我爬得起来就好，别忘了，事后你得答应我一件事。"

"那也要你受得住才行。"

许情深尽管已做足准备，但是经历过蒋远周的这一番折磨，她至少以后都不会无病呻吟了。

什么心痛得犹如裂开，什么心痛成两半，全都见鬼去吧！

身上的痛才是实打实正在承受的，她从不轻易掉眼泪，但她都想哭了。

为自己的劫后余生，为自己的任人摧残。

蒋远周起身的时候，许情深没能起来。

男人拽住她的手臂将她推到一旁，目光扫过床上的痕迹。

许情深不遮不掩："满意？"

蒋远周捡起旁边的浴袍，慢条斯理地穿上："知道方晟为什么要你死吗？"

她黑亮的眸子动了动，强撑了几下都没能起来。蒋远周忽然上前，膝盖压住她纤瘦的两条腿，俯下身将薄唇凑到她耳侧："方晟没睡过你，怪不得要你死，个中滋味，真是不尝不知道。"

男人全身的重力都压在她腿上，虽然披了浴袍，身前却完全敞开着。许情深两腿绷直，轻抬目光。她因为方才的激战，喉咙早已喊破了："蒋先生，接下来的事，就要你帮我了。"

"好说！"男人抬头朝窗外看了一眼，"夜色已深，留一晚怎么样？"

"不了，我弟弟肯定被警察带走了。"许情深尽量顺着他的口气说话，言谈之间，好像一对正在商榷的情侣，真是讽刺，"你看，能不能先帮我把事办了？"

"我若还想要一次呢？"

许情深摸了摸额角处的伤："这事好说。你要真能拉我一把，你下次想要，我还来。"

他捏了捏她的下巴，瞧瞧，多么会说话的一张小嘴！只是这话听到耳朵里，他怎么觉得就没有一点可信度呢？

不过，罢了，他也乏了，许久没有这样酣畅淋漓过了。

蒋远周起身放她走，许情深从床上弹坐起来，先去洗手间拿了衣服一件件换上，出来的时候，闻到房间内有烟味弥散开来。

许情深扭过头，看到蒋远周坐在床沿，偏着脑袋，修长的手指间夹了根烟，视线中充满了赤裸裸的兴味。

许情深手掌在裤缝处轻拭几下，满手心的汗水，蒋远周也不提怎么帮忙的事，她不甘心这么不明不白地走掉。

她犹豫再三，最后还是开口问道："请问，你要怎么帮我？"

"在哪个路段出的事？"

"郭榆路。"

蒋远周俊朗深刻的五官未动分毫，视线中那恨不得将她剥光再来一次的兽欲明显未褪："放心吧，我待会儿打个电话，你现在直接去警局接人。"

"好。"许情深转身，一把拉开房门刚要出去，却被门口站着的身影吓了一大跳。

她反应激烈，脚步猛地往后退缩，就差尖叫了。

门口的男人面无表情地朝她睨了眼，他年纪并不大，也就三十五六岁，只是满头灰白的发，也不知是染的还是天生就长成这样。

"你……你刚才一直在？"

男人垂下眼帘："你进入这个房间后，我就守在这儿了。"

许情深一张白皙的小脸骤红，她可不认为这个房间的隔音效果有多好。

脸红归脸红，许情深不觉得有多见不得人，她将下巴抬高、脊背挺直，脚下生风，快步地走了。

男人走进房间，蒋远周站起身："听得爽啊？"

"听着不如做着爽。"

蒋远周脑袋朝两边扭动，做了个舒适十足的动作。他来到阳台上，居高临下地看着许情深快步穿过院子，小跑着走到别墅门口。

老白来到他身旁，蒋远周弯下腰，两条健硕修长的手臂撑在象牙白的栏杆上，微风徐来，楼底下茂盛的树叶发出簌簌声。

许情深并没有立马离开，她朝门口那两名站得犹如兵马俑似的保镖看了眼，然后朝其中一人挨近："我能问你件事吗？"

保镖目视前方。

"喂，你回答一句就成。"

蒋远周半侧脸沉浸在微微的光晕下，那双眸子被衬出如墨一般的黑："老白，你说他们在谈什么？"

"不明白，完全陌生的两人能说什么。"

许情深似乎是得到了满意的结果，立马就离开了。

老白朝蒋远周看了眼："要不要喊上来问问？"

蒋远周视线收回，坐向旁边的沙发上，老白转身出去了。

没过一会儿，那名保镖跟在老白身后进来，毕恭毕敬上前："蒋先生。"

"她跟你说了什么？"

"她就问我一句话。她说，蒋先生是不是一个说话算话的人。"

老白面色轻抽，嘴角也微乎其微动了动。好一声质疑，害得他都快忍不住喷笑了："行了，你先下去吧。"

"是。"

老白视线在蒋远周的脸上睃巡，男人搭起长腿，由于披了件浴袍，大腿都露了出来。只是男人也有男人的性感，老白将目光移开了。

"我让她再陪一次，她说时间不够，倒有那闲暇跟个保镖去瞎扯。"

老白喉间滚动，但他是个憋不住话的人，不说不舒服："蒋先生，您的再来一次，和她说两句话的时间肯定不一样。"

蒋远周不动声色睨他一眼。

半晌后，老白看看时间："您需要打个电话吗？"

"什么电话？"

老白抬了下眼："蒋先生，您……"

"老白，我平日里是不是个信誉极好的人？"

"那是，蒋先生人品一流。"

蒋远周双手交握，食指轻对几下："我还真不喜欢事事都做一流的人。"

老白有些摸不透他话里的意思："那边，要不要现在去打个招呼？"毕竟人都给你睡了。

蒋远周却摇摇头："不急，偶尔一次吃白食，挺好的。"

老白的下巴差点掉了。

许情深仓皇逃出来的时候，什么东西都没带，没钱没手机，兜里剩下的几十块钱正好应急坐了出租车。她只能凭着双脚走啊走，估计走了得有个把小时后，她听到一串汽车喇叭声从身后传来。

许情深忙避开，却见那辆车在她身边停稳。她扭头一看，竟是老白。她心里瞬间明白过来，肯定是蒋远周派了车，让老白接了她亲自去解决那件事。

许情深走上前两步："你好。"

老白一时间不知道怎么开口，因为他觉得这事特丢脸："蒋先生说……"

"蒋先生考虑事情真周到。"许情深赶紧小马屁拍上。

"那个，"老白右手撑向前额，"蒋先生说他没打电话，你现在回去，就是自投罗网。"

"什么？"

"蒋先生还说，你应该回去盯着他打，他忘性比较大。"

"我——"许情深的心头犹如千军万马疾驰而过，她真是日了狗了——不不，她真是被狗日了。

司机下车替她将车门打开，她还能怎么做，只能弯腰钻了进去。

一路回到蒋远周的别墅跟前，不等司机有所动作，许情深直接推开车门下去。

里头的人谁都没拦她，她径自来到二楼。蒋远周已经换了套舒适的休闲装，往落地窗前一站，背影挺拔、周身轮廓清晰分明，莫名地令人不敢近身。

许情深却不管不顾地来到他背后，开门见山道："听说蒋先生打个电话，还需要人盯着？"

蒋远周遥视前方："我让你留在这儿过夜，是为你好。"

还不是荷尔蒙作祟，欲望太盛！

"是吗？"许情深忍着口气，"我弟弟现在肯定在警局，我真的没心思陪蒋先生来第二次。"

"你觉得就你现在的处境来说，什么才是最关键的？"

"肇事逃逸。"

"错！"男人语气果断，"伤者的死活才是最关键的。她要抢救过来，你这边顶多赔些钱；她要死了，你就是肇事逃逸致人死亡，那可是要坐七年以上的牢……"

"我是医生，我当时来不及细看，但我知道……那人八成救不活。"

蒋远周转过身来，居高临下盯着身前的许情深："那人现在就在我的医院里，我要下血本给她治，她就死不了。"

"真的？"许情深眸子里闪出波光琉璃般的希冀。

蒋远周探出一手，大掌握住她的下巴，手指尖触摸到的肌肤柔滑细嫩，他再一次深深看向她的脸，螓首蛾眉、肤如凝脂、双瞳剪水、齿如编贝……

怎么办，他脑子里全部的形容词都挖出来了，归根结底一句话，这么个女人往他跟前一站，他的念头就只有一个——要她！狠狠要她！

蒋远周弯下身，微热腻人的气息在许情深的脸上散开。他在她嘴角处细碎亲吻，许情深想要开口讲话，但她的嘴被堵住了，压根说不出什么来。

男人推着她来到一张桌子跟前，许情深双手撑住桌沿。他让她背对自己站着，许情深趁机开口："这么说来，你还是要看伤者的情况，如果她本来就没有大碍呢？"

"如果她原本就能抢救过来，你是不是觉得白跟我睡了？"

"是。"

蒋远周左手掐住她的腰，另一手在跟前的笔记本电脑上敲了下："你说你是医生，哪个科的？"

"外科。"

"动手术刀的？"

许情深的视线定格在电脑屏幕上，那名伤者被送进医院后一路都有监控。蒋远周的脸埋在她颈间，呼吸喷洒在她裸露在外的颈子上，那种感觉，就好像有千万只蚂蚁密密麻麻地爬过。

"你看，伤者的家属至今未出现，手术单上也就没人签字，这种生死垂危的手术谁敢做？"

蒋远周的手指顺着她衣角往里钻，她腹部的皮肤柔滑无比，以至于男人掌心不明显的薄茧触过，都能令她浑身战栗。陌生的快感让她的身体诚实听话，完全不受控制起来。

监控定格在手术室内，男人的手指顺着她肚脐处往上走，许情深一把按住。

"做什么？"蒋远周朝她下巴咬了口。

她一个吃痛，闷哼："晚上有的是时间。"

许情深一门心思都在那手术台上，她可不想背负一条人命一辈子。车祸发生得太突然，她被许明川推走之后才得及后悔。

首先，她是一名医生；其次，她不想永远良心不安。

但当时的情况，哪容她细想那么多？

监控下，一堆医护人员围着手术台。

"脑挫裂伤，需要紧急做开颅手术、做引流，将脑部积血放干净……"蒋远周薄唇轻启，一大串流程慢条斯理地说出来，听得许情深心惊肉跳。

她裤腰处猛地一紧，然后一松，拉链被拉开的尖锐声异常明显。

主治医生的手术刀上沾着血，头顶的大灯晃得人目眩。许情深感觉到一双大掌压住她的后背，让她配合着往下压。

视线离那电脑屏幕更近几分，意识到男人强自推挤她的动作，她忽然挣扎起来。

她不是他的对手，干脆猛地一肘子往后。

蒋远周吃痛，单手捂着心口，上前一步后握住她的肩膀将她扳向自己。

"蒋先生，现在都什么时候了。"许情深心里积压了一把浓浓烈火，又不好发出来。对着手术台的直播寻欢作乐，她都怀疑这男人是不是有什么变态嗜好！

"现在是什么时候？"男人反问，"前面地狱，后面天堂，多好？"他上前抱住她亲吻。

这男人……真是直接到令人发指啊！

许情深缩着双肩，动作是有所抗拒的。蒋远周咬着她的耳朵发问："知道这是在哪家医院吗？"

"不知道。"

"星港医院。"

许情深绷紧的上半身慢慢打开。星港，整个东城规模最大、资源最好的私立医院，多少有名的医生挤破脑袋想要进去！

蒋远周一把抱起她，让她坐向桌沿："你呢，你在哪家医院？"

她喉间艰难吞咽下："区人民医院。"

男人轻笑开，眼角眉梢处不知点缀了怎样的意思，嗓音犹如涂了蜜一般，性感而磨人："先享受，待会儿再说别的。"

中间，蒋远周许是觉得不尽兴，又把她丢到了床上。

筋疲力尽下来，许情深看了眼电脑，手术还在继续。

蒋远周穿好衣服从更衣室出来："走，下楼吃点东西。"

许情深走下楼，客厅餐厅都铺着昂贵的精工玉石，纹理清晰雅致，色泽温润舒适。

蒋远周站在餐桌前，修长的身形高过旁人一截，他此时正亲自开着一瓶酒："坐。"

许情深拉开餐椅入座。

蒋远周倾过身给她倒了杯酒："还在担心手术的事？我说没事就没事。"

"对了，你叫什么名字？"

"许情深。"

"呵——"男人不客气地笑出声。

"你觉得我不配这个名字？"

"倒也不是，许情深，情深……你想做个深情的人？"

"如果名字能代表一切的话，我情愿叫许有钱，或者叫许有权。"

蒋远周执起红酒杯，目光盯向对面的女人："你喜欢钱？"

"有钱能使鬼推磨。"

男人肆意扬起的笑微敛："那你还留着你的第一晚做什么？它应该很值钱。"

许情深并没有觉得多不堪，只是心里泛起一丝涩涩的酸意，嘴上却不以为意道："它不是发挥了最大的作用吗？"

"你也说了，如果人抢救不回来，兴许你的献身意义就没那么大了。"

"那……"许情深从方才就在盘算着一个念头，她目光轻闪，坚定开口，"蒋先生，您的星港医院缺医生吗？"

蒋远周手指把玩着高脚杯："不缺。"

"那再多一个外科医生的话，应该也养得起吧？"

这女人，是不是平日做事也有这么股不达目的不罢休的狠辣劲儿？

蒋远周手指在桌面轻叩，那声音一道道似捶在许情深的心间，差点就将她那些勇

9

气全给敲打完了："养是养得起，但你得让我看看，你有没有这个本事。"

许情深端起桌上的酒杯狠狠抿了一大口，腮帮子微微鼓着。她不懂得什么优雅，更不知道什么叫浅尝辄止。她一点点将红酒往下咽，目光对上蒋远周，直到最后一口酒滑过喉咙："那我用一整晚的时间来证明，够不够？"

"我要说不够呢？"蒋远周手掌轻捏住自己的下巴，食指在薄唇处来回摩挲。

许情深没有立马答话，倒是蒋远周自己觉得不对劲了——短短两次亲密接触，接下来还有一整晚的时间，他这么性急做什么？竟已经在想着后面的事了。

过了半晌，许情深还是没有作答，她不想给自己挖那么深的坑。她食之无味，却只是个陪吃饭的，对面的大爷还没起身，她没这个权利说自己不吃了。

许情深目光微抬，不好明目张胆地盯着蒋远周，只能压低些眼帘。

蒋远周多敏感一人精，他视线同她对上，凉薄唇瓣勾出迷人弧度："医生，多高尚一职业，你却让我养你这个医生？"

他句句话都往那方面带，许情深脸上是一本正经的神色："就是作为医生，见惯了生死，我看得才比别人开，明确自己想要的是什么。我是医生，病人不需要了解我的私生活，只要我的能力越来越硬气，他们得以治愈的几率越来越高就行。"

站在旁边的老白侧目朝她看了眼。

蒋远周拿起餐巾轻拭嘴角："走，上楼吧。"

许情深跟他身后来到卧室，目光不由自主地落到那张床上。手术还在继续，她心里滋生出排斥，视线望向落地窗外，看着绵延的夜色漫到眼前。黑暗就是有这个好处，能将所有的丑陋都遮掩干净。

蒋远周见她一直戳着，问："你平时都有什么爱好？"

"看书。"

"跟方晟是怎么认识的？"

许情深藏匿起眼里的波动："青梅竹马，两小无猜。"

"绕床弄青梅啊，那怎么没弄到床上去？"

许情深走到电脑桌前，目光盯着正在继续的手术："方晟抢了蒋先生的联姻对象，你心里也不好受吧？"

"我没觉得，"蒋远周过去捏了捏许情深的肩膀，"我不是把他的青梅给要了吗？没吃亏。"

手术结束的时候，医院那边来了电话。蒋远周说了许久，然后将手机放向床头柜："手术还算顺利，就看明天能不能醒了。"

晚间，疲了、乏了，许情深微微喘着气，双手几乎高举在自己的头顶。

蒋远周收拾干净后熄灯躺到她身侧，他们尽管有了最亲密的关系，但其实还是陌生人。

许情深感觉到男人的气息，一下轻一下重，他甚至还理所当然地枕着她的手臂。他呼吸声渐渐沉稳，睡到一半，还压住她半边身子。

临近清晨的时候，他又要了她一次。

许情深几乎没睡好。她脑子里藏着太多的事，担心弟弟，担心家里，还担心医院里的伤者。

九点不到，蒋远周的电话再度响起，他松开怀里的女人，一手摸向床头柜。

"喂？醒了是吗？情况也不错，那就好。"

许情深心里的巨石猛地落地，顾不得身前没有遮掩，坐起身来。

蒋远周放下手机看向她："你运气不错。"

"我这就去接我弟弟。"

"我让老白安排辆车，跟你过去。"

许情深弯腰去捡地上的衣服："好。"

踏出别墅的时候，她双腿虚软，只觉得身子被掏得很空。司机在外头等她，她几乎是小跑着过去的。

车子一路开出别墅区，许情深不住朝窗外张望。

司机看出她的急迫："许小姐，前面就到了，还有几分钟。"

"好。"她往后靠了下，眼角余光看到一辆白色的车呼啸而过。紧接着，她忽然往前冲了下，幸好有安全带将她适时拉回去。

"怎么开车的？"司机忍不住怒喝。

左右两辆车分别挡在车前，司机朝后视镜一看，就连退路都被堵死了。

司机按了几下喇叭，前面的车纹丝不动，这本来就是主干道，车子很快被堵了一长串，喇叭声尖锐刺耳地响了起来。

"怎么回事？"许情深刚问出口，车窗就被轻敲两下。

"是蒋先生。"司机忙不迭打开车门锁，蒋远周没等他下来，自己开了车门后坐到许情深旁边。

"蒋先生，您看……"

蒋远周进来时，带着满身的冷冽之气，黑色大衣挺括平整："告诉他们，这是我的车。"

"是。"司机立马推门下去。

没过多久，挡在前头的车上下来两个人，跟着司机来到车旁："蒋先生，您好。"

"玩的哪一出？万家的人都喜欢这么开车？"

两人面面相觑，许情深侧首，看到男人的侧颜尤其好看，下巴坚毅冷硬，不怒自威。

11

一人从兜内掏出手机看了眼。许情深心想这些人敢拦着蒋远周的车，肯定是要跟他过不去。

却不料蒋远周口气淡淡地说道："拦着她，是在等警察过来吧？"

许情深脑子里一蒙。

车外的两人脸色也不好看，蒋远周继续往下说道："万小姐以为她这是去自首，所以非要落定了她这肇事逃逸的罪是吗？"

许情深听在耳中，只觉心惊肉跳。她不认识什么姓万的，若非要掐着一点点瓜葛说，那么……方晟的未婚妻就姓万。

"蒋先生，我们没这个意思。"

蒋远周搭起一条腿，慢慢将那副真皮手套摘下来："把车挪开吧，你回去告诉她，我难得心肠好，把昨晚车祸的那个人给救回来了。所以你们拦着也没用，明白？"

许情深放在旁边的手一点点握成拳。不远处，有警车的警笛声穿过此起彼伏的喇叭音传过来。

两人见是瞒不住了，只得承认："蒋先生，您这样万小姐会伤心的。"

"她都能在我眼皮子底下勾搭了姓方的，怎么，我拉我身边的女人一把，谁敢多言？"

窗外的男人哑口无言。

蒋远周指腹在真皮手套上来回摩挲，那双犀利的眼睛藏在黑色的镜片下，鼻梁以下部位绷得很紧，往那一坐，气场强大，非常人能接近的。许情深看到他削薄的唇往上扯动："你呢，有没有话让他们带给方晟？"

"我跟他不熟。"

蒋远周轻哼声："没出息的东西！"

那两名男人抬脚要走。

"那好，"许情深忽然菱唇微启，"也帮我带一句话吧。"

蒋远周不说话，窗外的两人不敢贸然离开，许情深面色坦然地看向他们："见到方晟帮我带句话，就说……我跟蒋远周现在很熟。"

那位蒋先生听闻，胸腔起伏了几下，渐渐地，嘴角弧度拉开，到最后竟是愉悦地笑出声来。

真是没枉费他在她身上花那么多体力——很熟，他们确实很熟。

挡在前后的车一一撤走，交通恢复顺畅。

司机开着车继续向前，很快到了警局门口。车刚停稳，许情深推开门就要下去。

"等等。"她一条腿收回去，蒋远周目光朝她轻睨，"待会儿会有人送你们回去。还有，这是我的名片。"

许情深伸手接过，然后一溜烟地走了。

等到她带着许明川出来的时候，蒋远周的车早没了影儿，门口停了另外一辆，司机招呼他们上车。

许明川在里头待了一晚，神色颓靡，一上车就问道："姐，没事了吗？伤者怎么样了？你……"

"明川，你说车子是方晟动的手脚，你怎么知道的？"

"我接到一个陌生电话，是那人告诉我的。"

许情深手握成拳，轻轻在额头处敲打几下："我们当时都太慌了，但我就算保持了足够的冷静都没用。明川，这个哑巴亏我们只能吃了。"

"什么？姐，你差点被撞死啊！还差一点点就要坐牢。"

许情深别过脸望向窗外，许明川朝她看去："咦，你脖子里是什么东西？"

许情深忙一把按住脖颈："你的关注点转换得也太快了。"

"给我看看嘛！什么啊？"许明川凑过身来，"那边也有……"

她朝着他胸前一肘子击过去，趁着许明川哀号的间隙将领子拉高："这件事别跟爸妈说。还有，明川谢谢你，以后别做那种傻事了。"

"姐，方晟那么欺负你，我会替你教训他的！"

"你少来，安分点！"

许明川一哆嗦，他就怕她，但心里顿生一计，他忍住得意，觉得自己聪明极了。

回到家后，许情深还有很多事要处理，保险的理赔、伤者的后续情况，还有医院那边……

蒋远周傍晚时分回到九龙苍，房间内的落地窗打开着，床上物品一应换新，屋内喷过的香水味还未完全散去。他换了身衣服，舒适的布料贴着上半身，背部的轮廓呈现出强硬的美感。老白在门外敲了敲门。

"进来。"蒋远周摘下腕部手表。

老白拿了电脑走到茶几前："您快看看。"

"看什么？"

老白将页面打开，星港医院的网站蒋远周从来不关注，首页除了专家介绍和预约门诊之外，还有一个平台供病患交流。老白将留言区往下拉，然后点开其中一个视频。

视频中，一双纤纤玉手拿过一根绿油油的黄瓜，以手术刀娴熟地切去首尾，然后将外头的皮一片片削干净，再将黄瓜剖开，切成一条条丝状。这时视频中出现了这样的字：方晟！始乱终弃、朝三暮四、过河拆桥！你就是这根黄瓜，唰唰唰！

"对方找的是方晟，怎么发到星港医院来了？"老白不解。

蒋远周食指在下巴处轻抚："这双手，我倒是认识。"

"是谁？"

"今早刚走的那一位。"

"您说许小姐？"老白上下看了眼蒋远周，"您怎么知道？"

"你看她握着黄瓜的姿势，小拇指微微翘起……"蒋远周盯着屏幕的眼角往上挑动，老白听到这儿全明白了，居然难得地脸都红了。

男人不着痕迹地睨他一眼："白发配红脸，你脑子里在想什么？"

"没，没什么！"老白言归正传，"我赶紧让技术部的人把视频删了。"

"不用，星港首页的浏览量应该挺高的，挂着吧，给仁海医院也送一份。"

"这……万小姐恐怕会生气。"

蒋远周右手抬起放到椅背上，整个人呈现出一种慵懒之姿："她生气算什么。如今她刚接手仁海，正是要努力做出成绩给万老爷子看的时候，这视频挺好，推波助澜。"

"蒋先生，您这样，万小姐不是更怨您吗？"

蒋远周站起身来，双手插入裤兜中，在那张大床前站定："我明天要去趟宗和医院，你帮我安排下。"

"是。"

许情深一脚跨出4S店，立马给许明川打了电话。

"喂！"刚一接通，她就没给对方说话的机会，"那视频是你放上去的？你找抽是不是？"

"姐，怎样？反响很好吧？你别夸我，也别感谢我……"

"闭嘴！"许情深站在最后一级台阶上，"那玩意儿你什么时候拍的？"

"就是上次你说我太沉迷游戏，完了用切黄瓜来恐吓我的时候。"

许情深跺了跺脚："那你干吗发去星港医院啊？"

"我百度查的啊。方晟的没找着，我就查那姓万的女人，第一条消息就是星港医院啊。"

"你……"许情深一口气郁结，"妹的！"

"姐，我是你弟！"

许情深话不多说，挂了电话。

她在4S店门口徘徊许久，然后从包里掏出了蒋远周给她的名片。

这两天就和做梦似的，甚至有些莫名其妙，她的手指反复摩挲着名片上的名字，她不是个特别保守的人，但哪个女人对自己的第一次不是怀有憧憬？像她这样仓促之下给了个陌生人的，应该很少吧？

许情深拿出手机，照着号码拨过去，打铁应该要趁热。

此时，蒋远周正坐在餐桌前，透过星际酒店的落地窗俯瞰下方："喂？"

许情深心里怦然一紧："喂，我想请问我什么时候能去星港上班？"

蒋远周俊脸微扬："你是谁？"

最尴尬的事莫过于此，她踢了踢脚下："我是许情深。"

男人起身来到窗边："你在哪儿？"

"没在哪儿。"

蒋远周嘴角不禁勾起来："我在星际酒店，过来陪我吃顿饭。"

许情深秀气的眉头不由自主地紧拧："我吃过了。"

"我是让你来作陪，没问你吃没吃过。"蒋远周口气带了一丝淡漠，他本身就是个从来不问别人愿不愿意的主。

许情深手指在掌心内轻按两下，刚要开口，蒋远周看了下手机屏幕，显示万毓宁的电话过来。

"我有事，挂了。"男人带着些许的不耐，将通话掐断。

许情深望了眼自己的手机，心仿佛漂泊在汪洋大海上。她告诉自己，不是非要求着蒋远周的。但生活不曾给她任性的机会，她需要往高处走。

许情深不知道蒋远周这是答应了，还是没答应。

她刚走出去两步，手机铃声猝然响起，一看来电显示，赶忙接通："喂，蒋先生。"

"还是方才的地址，马上过来。"男人的口气里带着不容人拒绝的冷冽，给了她一种不舒服的坚硬感，许情深却没有任性地回绝："好。"

她不能让蒋远周等着，只得打车过去。

来到星际酒店，服务员将她带至包厢门前。门口放着一盆茂盛的白掌，细细的秆子支撑着有力的绿叶，一朵朵白色的花瓣迎着走廊内稀薄的空气，用劲生长。

服务员将门打开，她动作小心，门便一点点敞开，率先入目的就是男人的身影。室内有繁芜不一的点缀品，但偏偏他正对门口，闯入了许情深的视线。

她走了进去，看到蒋远周目光专注地看着手中文件。这么大的包厢，就他一个人。

"蒋先生。"

"星港医院的那个视频，是你放的？"

许情深见男人头也不抬，周遭的空气仿佛正被一点点抽剥掉。她缓缓吐出口气："是。"

"你出面解释下吧，就说你和方晟毫无关系，你搞他，完全是因为我们两家医院的竞争关系。"

许情深犹如被人当头一棒。蒋远周的注意力从文件上挪开，将手里的东西朝桌上

15

一放："明天开始，你到星港来上班。"

"这件事没这么复杂，视频发在星港的首页上，你只需要让人删了……"

"但视频已经有人转载出去了。"

许情深一语道破其中的利害："既然我明天起就是星港的医生，我如果出面，那不成了星港恶意竞争，污蔑仁海医院的人吗？"

蒋远周静无波澜的眸子落向许情深："那是你的个人行为。"

她顿时没了声响，半晌后才说道："蒋先生，为什么要做这么吃力不讨好的事呢？"

蒋远周伸出两根手指在眉骨间轻轻按动，一双锐利的眸子也已闭上："我受不了她跟我闹。"

这个她，应该是万毓宁吧？

蒋远周站起身，慢步走到许情深跟前，替她拉开椅子："坐。"

她胸腔内犹如被一团乱棉花给塞满了，她坐到椅子内："不用说是竞争关系，干脆这样吧，就说我单恋方晟不成，所以恶意毁他名声。"

蒋远周下半身倚向圆桌，两条腿交叠，目光充满探究地望向许情深："你知道这样说的后果是什么吗？"

许情深没有立马答话，万毓宁都来找蒋远周闹了，那么方晟肯定知道。他现在真将她当成了陌生人，不闻不问。

"蒋先生，我本身就是那个被推出来承担后果的人，能管得了那么多吗？"有些情绪控制不住，都透过那张嘴巴说了出来。许情深按捺住鼻尖微微的酸涩，眼圈红了下，拿起手边的筷子，夹了一筷子不知道什么菜塞到嘴里。

一口咬下去，才知道是生鱼片。她吃不来这种东西，当下就想吐出去。她捂着嘴，看上去很难受。

蒋远周心里微动，也说不上什么感觉。这些年，为了姓万的那丫头，他不知道让多少人吞下过委屈，他觉得很理所当然，从来没有像今天这样过。

"我想去下洗手间。"许情深站起身，眼眶处有些许的湿润。

蒋远周点下头："包厢内就有。"

许情深拿了包走过去。

蒋远周双手抱在胸前，这个包厢是他专属的，平时就算他不过来，也得空关着。洗手间内装有微型摄像头，不是他变态，而是谈生意需要。有些人喜欢躲在那里头磨磨唧唧，他也就省去了揣摩人心的时间。

蒋远周来到窗前，将悬挂在墙上的屏幕打开。

许情深一进洗手间就关了门，她捂紧嘴巴四下找垃圾桶，吐出嘴里的三文鱼后，她打开水龙头掬了把水漱口。

16

包里的手机铃声嗡嗡响起，许情深擦干净双手，然后接通。

"喂。"电话那头传来许明川的声音，"我挂错网站的事，人家没找你麻烦吧？"

许情深握了握粉拳，小脸上的表情精彩极了，那么剽悍，同刚才那副柔柔弱弱的样子简直判若两人。如果此时许明川站在她跟前的话，蒋远周保证，她能将她弟弟揪过来猛揍一顿。

"怎么没找？我现在正想法子解决！"她朝门口望了望，赶紧压低嗓音，"别给我打电话。"

"姐，你怎么解决啊？"

"废话怎么那么多？挂了！"

许明川咋咋呼呼的："别啊，不然我不放心！"

"还能怎么办？！"许情深捂着手机，生怕自己太大声，"鸡蛋碰石头，只能装可怜博同情了。"

外头，蒋远周不止将她的表情尽收眼底，就连她说的话都听得清清楚楚、一字不落。

他有些难以置信地冷嗤，什么？想他纵横东城这么些年，竟差点被个小女人给糊弄过去了？

电话那头的许明川狂笑不止："对对对，就该这样！姐，你英明神武！"

"滚粗！别坏我的事。"许情深说完，赶紧掐断通话。

将手机放回包里，许情深盯着镜子里的人看了看，许是觉得不够惨，又往脸上泼了把冷水，然后抽出纸巾将脸上的水渍擦干，就留着眼眶一周处没有擦拭。

她回到包厢的时候，看到蒋远周还倚在原来的地方。

男人右脚在实木地板上轻轻踩着拍子，一抬头，好一双秋水盈盈的眼睛！蒋远周嘴角噙了抹意味深长的笑："怎么，哭了？"

"没有。"许情深抬手轻拭。

蒋远周抬起手，手掌落到她肩膀上，指尖在她锁骨处画着圈。许情深不适地轻挣，蒋远周拿起旁边的手机："为了医院的名声，不惜牺牲自己，你可真崇高。"

"即将作为星港的医生，我很荣幸，这是我应该做的。"

蒋远周弯起的食指在鼻梁处轻刮了下："觉悟能力就是强，我喜欢。"

许情深嘴角抽了抽。

男人将手机解锁："来吧，接下来痛哭流涕的视频我亲自给你录，怎么样？"

许情深语塞，但这样的结果不算太出乎她的预料。蒋远周是生意人，女人的几滴眼泪算什么？

蒋远周将手机放到她面前，许情深的目光下意识往下落："之前的那个视频，是我……"

"等等！"蒋远周一双眼睛充满审视地望向她，"既然说你单恋方晟，说话的口气是不是得配合下？"他的手伸向她领子，"还有这件厚重的外套，脱了。"

许情深推开他的手："这跟穿什么衣服有关系吗？"

"当然有！你明知方晟有女人，还恶意毁他名誉，难道让你说几句勾引挑逗的话就不行了？"

许情深一把拿起桌上的包，眼里的情绪藏匿不住，即将喷发出来："蒋先生，我已经答应了配合你，这么玩我，你觉得很好是吗？"

"是，之前你确实让我玩得很好。"蒋远周看到女人的面皮被他撕开了第一层，里面有晦暗的、哀戚的、不由自主的一些东西正在冒出来。

许情深攥紧手里的包："你们都要讨万小姐的芳心，我不能、也无权反对。但请你想想，我去求你的那一晚，是我刚经历过死里逃生。如果我撞的不是一辆小车，而是一辆大货车，我还能有命吗？但即便那样，你还是觉得没什么大不了吧？万小姐撒撒娇、说几句软话，一条人命啊，救得过来就救，救不过来花点钱摆平就是了，是吗？"

蒋远周被她的这句话给问住了。许情深退到门口，然后一把拉开了门。

"站住！"男人的声音在她身后响起。

许情深充耳不闻。这会儿，她反而不需要别人的同情。真的，只有心疼你的人才会同情你，可是……从小到大，她就没被人好好心疼过。

许情深快步离开，到了酒店大堂。她站在旋转门前，看着一拨贴着上流社会标签的男男女女蜂拥而至，浓烈的香水味充斥着她的鼻翼。许情深拉紧领口走出去，夜凉如水，风冷得像是从寒酷的冰窖里转了一圈兜回来似的。

蒋远周出来的时候，老白开了车在门口等他。

男人坐进后车座内，老白看他一眼："蒋先生，回九龙苍吗？"

"看到她了吗？"

"许小姐往北走了。"

"跟上去吧。"

老白没再多问，发动引擎后开出了酒店。许情深就在前面几百米处慢慢走着，也没有要打车的意思。

"蒋先生，要开过去吗？"

蒋远周没有答话。他落下车窗，风裹挟着针刺般的凉意窜入，他这才察觉外头有多冷。

"蒋先生？"老白再度询问意见。见他还是不说话，老白干脆加快些速度追上许情深，按了按喇叭。

许情深停住脚步一看，猛地转过身，朝着相反的方向疾步而走。

老白愣怔，目光透过内后视镜看向男人："蒋先生，这条路可是禁止掉头的。"

"谁让你掉头了？走！"

许情深回到家时不早了，她开门进去，主卧内隐约传来电视声。她回到自己的房间，将灯打开。

尽管是自己的房间，但她还是差点被一个行李袋给绊倒。她抬头看向四周，房间并不大，也就十平方米左右，放了一张床、一个衣柜以及一个小小的书桌后，几乎没了多余的空地。

卧室的门再度被推开，赵芳华披了件睡衣站在门口："怎么才回来？"

"哦，医院有些忙，加班了。"

赵芳华见许情深正将行李袋往角落里塞，撇了下嘴："明川房里的东西太多了，我把他不穿的衣服放你这儿。"

"好。"

"对了，发工资了吗？"

许情深直起身，腿已经碰到床沿，她只能勉强挤向前："还要过两天。"

"哦，发了之后别忘了给我。情深，你看你爸现在换了工作，他的车也给你开了，你别觉得我们偏心明川，我可一直都把你当成亲生女儿。"

许情深面有疲倦，点了点头："妈，我知道。"

"你早点休息吧。"赵芳华往后退了步，将房门带上。

许情深坐到床上，她年幼的时候一直不肯喊赵芳华一声妈妈，后来懂事了些才改口。不是因为她喜欢赵芳华，而是在这个家里面，爸爸已经被继母和弟弟拴住了心，她想要过下去，就必须学会讨巧卖乖。

第二天早上，许情深正在厨房准备早饭，手机铃声在卧室响个不停，她快步走去接通："你好。"

"是许情深吗？我是星港医院的周主任，今天八点半之前，你要过来报到。"

"星……星港医院是吗？"许情深按捺不住心中的狂喜，"好好！谢谢，我一定到！"

她顿觉雀跃无比，昨晚的不愉快全部烟消云散。

八点不到，许情深就到了医院，一直等到八点半，才有人过来将她领到门诊室。

星港医院的门诊室宽敞大气，走廊外的大厅排满了等待的病患。电子显示屏上，许情深的名字已经打了上去。办公桌上放着一套崭新的白大褂，上面印着天蓝色的

"星港医院"四个小字。许情深嘴角藏不住笑意，刚要穿上，就见有人推开了办公室的门。

她看了眼对方挂在胸口的名牌："周主任，您好。"

周主任上下打量她一眼："你现在是住院医师，有异议吗？"

"没有。"

"那就好。"周主任将一份病历拿给她，"你是蒋先生安排进来的人，别的我就不多说了。这是患者的详细报告，从现在开始，她由你来负责。"

许情深赶忙接过去，打开一页后细看。

"9号送来的，做了开颅手术，之前遭遇过一场严重的车祸。"

许情深的手有些发抖。她本想今天过去探望，却没想到这个病人直接由她负责。

"你要做好心理准备，由于肇事司机逃逸，这家人的家属一直没出现，还欠着医院大笔的医疗费。"

许情深心头微刺，"肇事司机"四个字像是针扎似的往她心口使劲戳，尖锐的针尖透过了她的心脏，还在不顾一切地往里钻。

九龙苍。

蒋远周下楼，老白跟上前："医院那边安排好了，病人也到了许小姐手里。蒋先生，您说许小姐会承认自己是肇事司机吗？"

男人轻笑，似有嘲讽："事情都已经给她摆平了，你觉得她会那么傻？一旦承认，那样的经济后果，她承担得了吗？"

许情深走进VIP（贵宾）病房，里面只有一张病床，还有一名护工。患者就躺在床上，护工见她进来，忙放下手里的活。

许情深走到床边，看了眼病历，知道患者叫周雨梅。护工在旁小心翼翼道："医生，还是没联系到她的家人吗？"

病床上的女人不好乱动，可神色晦暗，眼泪忍不住溢了出来。

"唉，也真是可怜啊，出事到现在就没见个人影出现，应该是怕承担医疗费吧……"护工拿了换下的病号服去外头的洗手间清洗。

许情深手摸向口袋，拿出支笔，弯腰仔细查看了下："手术很成功，你别害怕。"

周雨梅头上裹着纱布，似乎不想别人靠近。许情深盯着她的脸，语气恳切真诚："对不起，那天是我把你撞了，你安心在这儿养病，医疗费的事也不用担心。"

周雨梅明显地瞪大了双眼："你？"

"我的刹车出现了问题，把你撞成这样，真的很抱歉，稍后的事你不用操心。还有，我是这儿的住院医师，我叫许情深。"

护工洗完衣服进来没多久，许情深就出去了。

周雨梅朝护工轻弯下手指："能帮我打个电话给我老公吗？"

"啊？先前医院联系了……但说你老公不肯出面。"

"我给你另一个号码，你替我打吧。"

医院还未安排许情深正式接诊，她回到办公室，走到窗前，心里蓦然一松，觉得整个人都好似腾云驾雾般。所以啊，人真是做不得亏心事，坦坦荡荡才最好呢。

中午时分，蒋远周坐在餐桌前，修长的手指翻动资料，老白匆忙从外面走进来："蒋先生，不好了！"

蒋远周头也未抬，一双有力的肩膀撑起阿玛尼新款的米色毛衣，眉间的褶皱慢慢拢起。他的注意力还在那份文件上："咋咋呼呼什么？"

"医院那边出事了。"

蒋远周目光微凛："出什么事了？"

"周雨梅的家人出现了，这会儿正把许小姐堵在办公室闹呢！"

"你再说一遍！"

老白可没傻帽到真的会去重复一遍。

蒋远周啪地将文件夹掷到桌上："还真是头一次听到这样的笑话，她竟然真跑上门去承认了？"

"蒋先生，许小姐一看就是个善良的人。"

"你忘了她是以什么目的进我房间的？"

老白满脸的一本正经："车的刹车确实被人动了手脚，这可不是简单的交通事故，她当时能不急吗？"

"你也是越来越长进了！"蒋远周站起身，"星港还没出过这样的事，倒被她给破了例。"

"您还是管管吧，万一家属把媒体喊来了……"

"怕什么？这种话也是蒋家人说出来的？"

老白噤声，不敢再多一语。

星港医院。

面对忽然冒出来的这么多人，许情深还真是始料不及。

为首的男人四十岁左右，两手按在办公桌上，面露凶相："我老婆就是被你撞的是吧？赔钱！"

他的身后还站着数十个老老少少的亲戚："就是！赔钱，医疗费、误工费、营养费……"

许情深示意他们别激动："我知道，我会和保险公司……"

"我们不管这些，我全家都靠着我老婆，现在经济来源断了。开颅手术啊！谁知道会不会有后遗症，以后还怎么赚钱？"

"这些都可以协商，我们坐下来慢慢说好吗？"

后面的人群中走过来一个十六七岁的小姑娘，嗓音尖锐，指着许情深说道："谁知道你会不会跑？我妈开刀的时候，你在哪儿？你肇事逃逸对不对？"

"就是，杀人凶手！"

许情深一口气哽在喉间，上不去下不来："你说我不在，那你们呢？手术需要家属签字的时候，你们在哪儿？"

"你还敢嘴硬！"中年男人冲上去，就要揪许情深的衣领。

她迅速往后退了步，此时，门再度被推开，进来的保安开始轰人，家属们被强行拉出办公室。一行人在走廊上骂骂咧咧，引来大批围观的人。

他们堵在外头许久，最后还是医院出面将人劝走了。

许情深走出办公室的时候，走廊上正好有两名护士经过。她站在门口，看到二人走远了些，然后耳语几句。

对别人来说，许情深原本就是空降人员，上班第一天就出这样的事，肯定不是个省心玩意儿。

这会儿已经一点多了，她饿得饥肠辘辘，来到医院食堂，里面只有寥寥数人。许情深打了一份饭坐到窗边，刚吃上两口，就看到另一个餐盒放到桌上。

她抬头一看，一口米饭卡在喉间。她忙端起碗喝了口汤，然后指了指对面的男人："你怎么会在这儿？"

蒋远周拿着筷子，神色如常："那你觉得我应该在哪儿？"

"应该在最高档的餐厅才是。"许情深说完这句话，埋下头狼吞虎咽——对，就是这样的形容，只不过比起狼吞虎咽，终究还是要好一点，她看起来非常饿。蒋远周虽然握着筷子，却一口没动："我真没想到，你还能吃得进去东西。"

"为什么不能？"隔了半晌后，许情深才说出第二句话，"我需要填饱肚子，才有力气去解决别的事。"

"你何必承认人是你撞的，医疗费这块儿，我没想过让你出。"

"良心不安啊！"她轻耸下双肩，"人毕竟是我撞的。"

"你之前还说过，作为医生早就看惯了生死，良心这种东西算什么？"

许情深夹了一筷子菜送到嘴边："那你就当我良心未泯吧。"

吃过饭，她似乎恢复了满满的战斗力。蒋远周将手边的水递给她，她拧开瓶盖喝了两口。

"你倒跟没事人似的。"

许情深身子向前倾，单手支起下巴，眼睛明亮有神："这已经是最好的结果了。

周雨梅转危为安，接下来的事就是钱了，而且……能用钱解决的事，我都不怕。"

她嘴角忽而勾起，带着浅浅的梨涡，一袭最简单的白大褂穿在她身上，却丝毫掩不住那种倾国倾城的美。

她就是美，从小到大，这也是她掩饰不住的优点。

"情深，许情深！"不远处，一道熟悉的声音忽然传来。

许情深扭过头一看，看到赵芳华冷着张脸大步走来。蒋远周明显看到许情深眼里的闪躲。她朝四周看了看，食堂内还有些人没走完，她放在桌上的小手攥紧，然后小心翼翼收回，落在了膝盖上。

赵芳华一看就是来势汹汹，许情深赶忙起身，上前两步，压低嗓音："妈，你怎么来了？"

"你撞了人是不是？"

许情深手伸向赵芳华的肩膀："妈，我们出去说。"

"哪有那个时间！情深，那车可是你爸的，你知道这一下要赔多少钱吗？"

许情深看到三三两两射过来的目光，她把手收回去后插入兜中："不是还有保险吗？"

"去年的车险是我去交的，三责险保二十万，够你填那个窟窿吗？"赵芳华别的不担心，就怕自己要掏钱出去。

蒋远周拿了桌上的手套，却并未立即起身："二十万？可能医疗费都不够。"

"天啊！"赵芳华惊呼，"你想把我们家都拖垮啊！"

"三责险只保了二十万？去年我给你钱的时候，不是让你保一百万吗？"

赵芳华只差捶胸顿足："我哪想到会出这样的事，保险费当然是交得越少越好……"

许情深愣在原地，面上没有多余的表情。赵芳华往前走了两步，觉得自己胸闷气短得都快死了，她一屁股坐到蒋远周旁边："这事是你惹出来的，你自己解决吧！家里一分钱积蓄也没有，你也别为难你爸爸……"

蒋远周坐在蓝色的椅子内，窗外阳光大好，阳光落在许情深的餐盒上，她似乎不挑食，饭和菜都没剩下。他刚还觉得，这女人坚强得就犹如这不锈钢的餐盒。可是这会儿呢？

赵芳华喋喋不休，就连在家等着许情深回去的时间都没有吗？不，她等不了！家里的钱都被她存了定期放在银行里，谁要让她往外掏，那就是要她的命！

许情深满口的无奈："我们回去说好不好？"

赵芳华手掌撑着前额，目光落到一条腿上。男人的手随意搁在膝盖处，腕部戴着一块名贵的手表，一看就价值不菲。

"你是？"

面对赵芳华的提问，蒋远周将视线落向许情深，他该怎么回答？他是她的领导、老板还是男人呢？

许情深走到赵芳华身边，蒋远周眉头轻扬："算是领导吧。"

"真的？"赵芳华双手猛地拉住蒋远周的胳膊，"你是领导就好办了，被撞的人不是在这儿吗？医疗费可以欠着吧？每个月从情深的工资里扣就行！"

许情深挽住赵芳华的手："妈，你别这样！"

蒋远周难以置信地盯着赵芳华的动作，这可能是他出生至今遇到过的最为奇葩的一个人。

黑色的呢子大衣被掐出一道道褶皱，赵芳华身子朝他逼近，说话的时候，口水就差喷到他脸上了。蒋远周瞬间黑了脸："许情深，把她拉开！"

许情深的脸都快烧起来了："妈，快松手。"

赵芳华用力一拉扯，蒋远周的大衣被她拉至肩膀下，露出里头纯黑色的一件衬衫："我们情深很能吃苦，可以加班啊……"

蒋远周从未这么狼狈过，遇上的女人再多，却没一个能这样扒他上衣的："许情深，你干什么吃的！"

许情深用力拉扯，可根本拉不开，她干脆丢开手后转身离开。

她顾不得别人的眼光，也管不了蒋远周了，反正他神通广大，难道还解决不了这种小事？

走出食堂，来到医院的花园内，许情深抬起小脸望向天空狠狠吸了三口气，这才将眼眶内泛出的湿意憋回去。

蒋远周脱身后，大步来到二楼的休息室。他砰地甩上门，脱掉大衣后，指尖一颗颗解开扣子，将上半身脱得精光。

他一手将窗帘拉开，窗外就是个小花园，平时很少有人。蒋远周双手撑向窗沿，却意外看到花台上坐着个人。

此时的许情深脑袋垂着，真是负能量爆棚。

蒋远周弯腰捡起地上的衣服，将窗户打开，然后吹了声口哨。

许情深一抬头，就看到两团黑影砸过来，衣物蒙住了她的头，上面还有体温。她吓得蹦起来，一把扯掉外套和衬衣扔到地上。

"许情深，过来！"

"蒋先生，您这副样子被人看见可不好。"

"等我一分钟，不许走。"

大步来到衣柜前，选了件白色毛衣贴身套上去，蒋远周回到窗前，看到许情深就站在下面。

"我妈呢？"

蒋远周居高临下看着许情深仰起的小脸："那是你亲妈吗？"

许情深嘴角微抿，旁边蔷薇花枝打出的阴影落到她脸上，她唇瓣嗫动："不是啊，她是我继母。"

一阵冷风忽然穿过来，蒋远周看到许情深的一缕头发掉在耳际，那细而软的发丝化作一根鼓槌，在他心头狠狠敲了几下。

"是吗？"男人下意识地问道，"没有妈妈的感觉是怎样的？"

许情深眼里犹如生了刺："蒋先生，没你这样说话的！我……"

蒋远周摇了摇头："好歹我是你第一个男人，就连百度都知道强调我没有妈妈。"

许情深小嘴微张，不知为何，心里竟滋生出了难忍的酸涩。她歪着头看向蒋远周："没妈妈的感觉其实就是习惯了，习惯就好。"

两人一上一下站着，墙角处的绿色植物正在努力攀附而上，宛如许情深的生活态度。

蒋远周弯下身，手肘撑向窗沿："许情深，车祸的这件事你就别管了，后续的事情也全交给我吧。"

许情深掩饰不住吃惊："你不怀疑我使了苦肉计吗？"

"就算真是也无所谓，至少这次的苦肉计我吃下了。"

许情深一时不知该怎么接话，她用脚在草坪上踢了几下："蒋先生，这次不需要我献身吧？"

"献给我不好吗？"

许情深轻咬下唇瓣，然后摇头："我不想被人只是玩玩。"

蒋远周立在窗前，这句话不住地在他脑子里窜来窜去。

"喂！是谁在那儿？"不远处，经过的清洁工阿姨扯开嗓门喊。

许情深回头看了眼，忙转身离开："蒋先生，谢谢你的好意，我会用心工作、努力报答。"

蒋远周不禁一笑，将窗户关上。

许情深走出花园，清洁工阿姨拿着笤帚还没走："你是新来的吧？"

"对，您好。"

"这个花园不能随便乱进，上头吩咐过。"阿姨指了指蒋远周先前站过的地方，"里面的人喜欢清净。"

"好，我知道了，谢谢提醒。"

第二章
入住九龙苍

下午的时候，有人过来带许情深去熟悉病房。

赵芳华应该是回去了，许情深换上驼色的落肩大衣，拿了包准备去坐车回家。

走出医院后，一辆车按响喇叭，许情深瞅着有几分眼熟，上前几步。恰好车窗落下，蒋远周坐在后头："上车。"

"不了，我要回家。"

"你妈才来医院闹过一场，你还有迫不及待回去的心情？"

许情深站在那儿动也不动："但我总不能不回家吧？"

"吃顿晚饭而已，还有车祸的一些事你得具体跟我讲讲，不然我不好解决。"

许情深听到这儿，只得自己拉开车门坐了进去。

车内的暖气舒适而温暖，许情深余光轻睇眼蒋远周，他的衣服又换了，剪裁得体的西装加白色的衬衣，干净利落，却又令人敬而远之。

车子一路向前，许情深望向窗外，夜色逐渐朦胧，车最终停在了一栋别墅外头。

"不是去吃晚饭吗？"

"别墅这地方一定要睡觉才能用吗？"

司机先下车，从后备厢取了样东西，然后替蒋远周打开车门。男人接过鞋盒，将它递给许情深："换上。"

许情深一看，是双银白色的高跟鞋："我不习惯穿。"

"就穿一晚。"

蒋远周替她将鞋子拿出来，许情深只得脱了靴子换上，男人看了眼，然后弯下腰，替她将牛仔裤的裤脚往上卷了两圈。

"走吧。"

许情深踩着高跟鞋，不敢走得快，只得小步跟在蒋远周身后。

进入别墅，里面只有寥寥数人，看到蒋远周都围了过来。

许情深猛然觉得自己是那么的格格不入，她扎着丸子头，寻常打扮，就连裙子都没穿。一抬头，迎面看到一个女人走了过来，对方穿了条镂空的蕾丝大红裙，将白皙肌肤衬得犹如雪花般。

许情深没见过这张脸，但她能察觉到女人眼里的敌意。

对方径自走到蒋远周跟前，脸已经拉了下来："你为什么把她带过来？"

"阿陵不是有几瓶上好的红酒要出吗？我是冲着这个来的。"

"那她呢？"

蒋远周的视线这才落向旁边的许情深，他神色再自然不过地介绍了句："情深，这是万毓宁，万小姐。"

庐山真面目终于得以一见，许情深面色微变。万毓宁看向蒋远周，脸上的神色很复杂："特地带过来给我看的吗？"

"你想多了。"蒋远周朝她看了眼，"怎么瘦了？"

万毓宁摸了摸巴掌大的小脸，她从小就娇气，冷了热了都不行："最近比较忙，医院的事又不是很懂。"

许情深听在耳中，总觉得有哪儿不对劲，似乎有点暧昧，又似乎两人间有过什么。

万毓宁的视线落回到许情深脸上："你明知道我不喜欢她，更不想见她。"

"万小姐，我也同样不想见到你。"这是许情深的心里话。

万毓宁冷笑："我在跟他说话，没你插嘴的份儿。"

"万小姐家是开汽车修理店的吧？随随便便就能动别人的刹车……"

蒋远周手伸过去，握住许情深的手掌，他的指尖在她掌心轻轻滑动，然后冲着万毓宁道："方晟呢？"

万毓宁眼神似有避闪："在楼上呢。"

"这种场合，你以后就别来了。"蒋远周扫了眼四周，"你要真想喝什么酒，告诉我，我让人送去家里。"

"哦。"万毓宁轻声答应，"我去楼上看看。"

她转身上了楼，蒋远周忽然听到身旁有人在笑。他垂下眼帘，正好遇上许情深的一双笑眼："真有意思。"

"把话说完整。"

"蒋先生没看出来吗？万小姐心里有你。"

蒋远周目光在她脸上扫了圈，许情深继续说道："但她心里也有方晟。究竟爱哪

27

个多一点，她自己都很矛盾吧？"

许情深看到男人的表情没有丝毫变化，也是，聪明如蒋先生，他自己还能看不出来？

"但有一点我不明白。"

蒋远周身子站到她跟前："什么？"

"我出车祸的时候，明显有人指引我去找你，我相信这人就是万小姐。"

蒋远周伸出手，替她将大衣领子抚顺："是，那又怎样？"

"她既然对你有心，为什么还让我送上门？"

蒋远周忍俊不禁，讳莫如深的眸子瞅向许情深："她让你来找我，是想让我将你推入更惨的境地，只是美色难挡，我没能经过这一关。"

许情深的视线透过蒋远周的颈侧望向前，看到方晟正从二楼下来。他明显变了，不光是穿衣打扮，就连跟随了他二十几年的眼神，都不再是许情深所熟悉的了。

要不要这么狗血？

旧情人见面，她是该掩面而泣呢，还是扭头就跑？

许情深脚底犹如扎了钉子似的，站在原地动也不动。

所幸万毓宁和方晟都没过来，只是没过多久，大家就坐到了一张桌子上。

每个人跟前都摆了好几个高脚杯，第一瓶酒开了之后，许情深看到侍者往蒋远周的杯子里倒了些，他执起酒杯轻晃，眼看那明艳的色泽润过杯壁。

"要喝吗？"他忽然将杯子凑向许情深。

许情深摆了摆手："不喝。"

蒋远周只是闻了下，便将杯子放回桌上。

"蒋先生，您对这酒不满意吗？"

蒋远周面无表情道："只是觉得这样试酒太沉闷了，要不，玩个猜酒游戏吧？"

那名叫阿陵的男子拿来了纸和笔："那还是老规矩吧，玩一个？"

"好啊，我先来。"万小姐浅尝一口杯中的酒，细细品味，然后将年份和产地写在纸片上，对折过后交给侍者，"把它给蒋先生，如果我猜中的话，我看中的酒，蒋先生全部埋单。"

蒋远周接过那张纸，看了眼后，压在自己的酒杯底下："可以。"

阿陵站到桌前，拿起那瓶酒后公布，万毓宁懊恼出声："我原本想写那个答案的。"

蒋远周将那纸推到一旁："就不用让别人看你写了什么吧？"

万毓宁单手托腮，拿了杯子又想尝第二口，坐在旁边的方晟一手压住杯沿，面无表情地朝她摇下头。万毓宁虽然不甘心，但还是乖乖听话，将手收了回去。

许情深觉得自己就是多余的，对面的男人，他的五官、他的身形，明明一点都没变啊，头发比她上次见到时好像短了些，凛冽的黑色衬着古铜色的肌肤。方晟自始至终没有认真看过她一眼，只是他的眼角余光充满了淡漠。

侍者上前倒了第二杯，蒋远周慢条斯理地举起杯子，许情深将视线从方晟的脸上挪开。

蒋远周写下字的时候，许情深并没有看，答案无非就是那样，反正是对是错她也不懂。

"给方先生。"蒋远周两根手指夹着那张纸片。

侍者将东西交到方晟的手里，后者抬起一角纸片看了眼。许情深的余光正好扫过去，似乎看到男人面色微僵，连眼神都犀利不少。

万毓宁笑眯眯地凑过去："给我看看答案。"

方晟左手紧压着那张纸片："没什么好看的。"

蒋远周身子往后靠，一手轻松地握向酒杯，嘴角似笑非笑勾起，等着接下来宣布的答案。

阿陵说出正确的年份和产地，然后问方晟："对吗？"

方晟面色如常，点了点头："对。"

"真这么厉害？"万毓宁微微嘟起菱唇，手伸向方晟按住的纸片，"我要看一眼。"

方晟握紧纸片的手放到腿上："我还能骗你？我认输。"

蒋远周胸腔处起伏几下，侧过脸冲许情深道："想喝什么酒？别客气，今天有人请客。"

"哦，那就最贵的拿几瓶吧。"

万毓宁明显有些不高兴，方晟握紧手掌后站了起来："你们先玩，我去趟洗手间。"

许情深见他站在那儿并未立马走，她抬起视线，却见男人的面色发白，嘴唇抿得死紧。他转身走了几步，只是不过几米距离，整个人竟重重地栽倒在地。

"方晟！"许情深第一个站起来。

万毓宁回头一看，吓得面无血色："方晟，方晟！"

客厅内瞬间乱了套，许情深踩着高跟鞋快步向前，她蹲下身，让方晟仰躺着。男人双目紧闭，躺在那儿一动不动。

"'120'！快……快打'120'！"万毓宁语无伦次，推着方晟的肩膀喊道，"你别吓我！你醒醒啊！"

许情深起身踢掉那双高跟鞋，跪到方晟身侧简单检查了下，然后捏住方晟的鼻子。

蒋远周来到跟前，目光扫过那双散落在旁的鞋，他看到许情深深吸口气，而后弯下了腰。

男人猛地一把扣住她臂膀："你做什么？"他声音凶悍，人也跟着蹲下来。

29

万毓宁也已经反应过来："对，你……你想干吗？"

许情深挣开蒋远周的钳制："我要救他！"

"你就用这个方法救？"

"来不及了！"许情深脸上渗出细密的汗珠，"'120'过来最起码二十分钟，到时候他可就救不过来了。"

"你敢！"

她有什么不敢的？她是医生。

许情深掰开方晟的嘴，她弯下腰堵住，将气吹入。万毓宁也不敢上前拦阻，只能瘫在地上看着她重复这个动作。

蒋远周面色铁青地站起来，背对人群站在不远处。

没过多久，救护车就来了。所幸，方晟也很快恢复了意识。

许情深拉住他的一只手："方晟？"

男人说不出话，许情深注意到他的左手紧握，她怎么用力都掰不开。她用手指在他手背上轻拍几下："没事了，没事了！你放轻松。"

方晟的手指这才微微松开，被捏成团的纸掉到了地上。万毓宁正焦急地让医护人员过来，许情深捡起了那张纸。

方晟很快被抬上担架，许情深拿着鞋子站到旁边，将那张褶皱的纸片打开。上面写着几个字：你的女人被我睡了。

龙飞凤舞的几个字，倒是好看，潇洒大气。

许情深将那张纸重新捏成团。她穿上鞋子，走了出去。

蒋远周倚在车旁，救护车渐行渐远，那阵警笛声实在是刺耳。

晚间的风很凉，不顾一切，肆意地钻，许情深裹紧大衣。见她走近些，蒋远周的目光落向她的嘴，然后伸出手一把攥住她的下巴，拇指用力在她唇瓣上擦拭。

许情深起初没动，可男人重复着这个动作不知道多少次，她微撇开小脸："疼啊。"

他扣住她双颊的两根手指用力，许情深被带向前两步，眼前一道黑影铺天盖地而来。

蒋远周不是单单的亲吻，而是用力咬了她一口。她痛得倒吸一口冷气，男人另一只手环住她的腰，将她压到车上，随后的吻几乎堵住了她的呼吸。

周围有三三两两的人从别墅出来，蒋远周拉开车门，将她塞了进去。

许情深好不容易坐定，眼见蒋远周又要过来，她忙伸手抵在他身前："你干吗？"

"你都能亲他了，我不是更理所应当吗？"

许情深秀眉微蹙，觉得蒋远周这话没道理极了："你知道什么叫人工呼吸吗？"

"知道，不就是嘴对嘴吗？"蒋远周的目光落向她红肿的唇瓣。

"我那是救人！蒋先生，难道星港的医生都没给人做过人工呼吸？"

"这个我不清楚，"蒋远周说得很是认真，"但我看到你吻了他。"

"吻和人工呼吸是不一样的。"

"哦？"蒋远周拉长了语调，忽然凑到许情深面前，一把嗓音夹带着红酒浸润后的嘶哑，"怎么个不一样法？"

薄唇间溢出酒香味，许情深人往后靠，背部抵着座椅："照理说，我应该跟着救护车一起去医院。"

蒋远周一笑，将手搭向椅背，把她困在逼仄的空间内："你还需要反复提起这件事是吗？"

"蒋先生，方晟不能受太大的刺激。"

男人一双幽暗的眸子紧锁住她不放："他受什么刺激了？"

许情深哑然。是啊，他发病应该只是偶然，看方晟如今对她不闻不问的态度，怎么会因为蒋远周的一句话而受刺激发病呢？

她收敛起视线，随口说道："应该是看你和万小姐眉来眼去，被刺激的吧？"

蒋远周忍不住笑出声来："行了，闹腾到现在肚子也饿了，去吃东西。"

"我想回家。"

"回什么家？吃完东西去九龙苍。"

许情深赶忙拒绝："我爸还在家等我，他们都在为赔偿的事提心吊胆。"

男人坐回原位。她倒是有意思，旁敲侧击，生怕他说话不算数似的。蒋远周原想逗逗她，但一想到许情深白日里的那副样子，居然没舍得。

"你先前既然说了是方晟让你出车祸，刚才为什么还要救他？"

"我……"许情深口气微顿，"因为我是医生。"

"我是不是应该配合下，夸你几句人格高尚、医德出众？"

许情深目光对上蒋远周，将腕上的手表凑到男人跟前。蒋远周睇了眼："怎么了？我可看不懂你这手表的牌子。"

许情深手指朝表盘上轻点几下："蒋先生，不早了，我也真的没有胃口吃饭，我想回去。"

"你家住在哪儿？"

许情深说了个地址。

蒋远周示意司机开车，车轮刚滚动，男人的手机就响了。

"喂。"

"远周，你打声招呼吧，我想将方晟送去星港医院。"

蒋远周面不改色："为什么不送去仁海？"

"我也不知道方晟这是怎么了，我不想让我爸知道……还有阿陵那边，你帮我关照几句，让他们不要胡乱说话。方晟这段日子替我操心医院的事，就是太累了。"

蒋远周将车窗落下些，冷风毫无防备地窜入，男人脸上的五官在街口路灯那一闪而过的光晕下显得越发镌刻深邃："你可要想好了，万一他得的是不治之症呢？"

"不会的！"

"你要真想作，你就作吧！"蒋远周口气不善，挂了电话。

许情深望着街边延伸过去的景色发呆，但她还是听到了蒋远周的问话："方晟得的究竟是什么病？"

"他不是进了星港医院吗？你给他做个全身检查就好了。"

"要不，我把他交给你负责？"

许情深朝他看了眼："行啊，你不怕出医疗事故的话，我没意见。"

男人把玩着手机，嘴角微扬。

车子一直将许情深送回她住的小区，司机替她拉开车门，许情深弯腰拿了自己换下的那双鞋子，朝蒋远周看了眼："谢谢，再见。"

蒋远周看着她在路边换回了鞋，然后拎着那双小高跟快步离开。

"蒋先生，我们接下来去哪儿？"

"去趟星港吧。"

"是。"

许情深回到家，站在门口的时候就听到了赵芳华的声音："你别不吭声啊，那是你女儿，平时就是你管教不严……"

许情深掏出钥匙，开了门后走进去。赵芳华听到动静扭头，许旺从沙发上站起来："情深，吃晚饭了吗？"

"今天家里吃了剩饭，没有多的了。"赵芳华说完，一屁股坐回沙发。

"爸，我吃过了。"许情深将鞋子放好，"吵吵嚷嚷做什么呢？"

许旺没有答话，赵芳华听到许情深这口气，不禁拉下些脸："还不是为了你的事吗？家里都一穷二白了……"

"我的事？哦，不用操心。"许情深摘下肩上的包，"家里不需要拿出钱来，别人会帮我。"

赵芳华一听，脸上神采飞扬："你说真的？谁能帮你？"

"就是你今天见到的那位领导。"

许情深走到许旺跟前："爸，早点休息吧，你看我都不急呢。"

"情深，我们怎么能不急啊？"赵芳华接过话，几步来到父女俩身侧，"你是我女儿，你的事就是我的事啊！"

许情深拎着手里的包："我先睡了，晚安。"

她推开房门走进去，然后将门反锁。这么一个家，也只有这小小的地方是她的。

许情深坐向床沿，将书柜的抽屉拉开，里面有她的毕业证书。

亲戚朋友都说许情深学医真棒，家里有个医生是件多么牛×的事，可只有她和方晟知道，她学医都是为了他。

她见过方晟发病，当时把她吓坏了，所以她一定、一定要做个医生，那样的话，只要她在他身边，他就不会有危险了。

翌日。

许情深坐车去医院，刚到门诊室，就有护士推门进来，"许医生，88号床的病人想见您。"

"怎么了？"

"说有急事。"

许情深拿了白大褂，一边往外走一边套上。

来到VIP病房区，许情深推开了其中一扇房门，大步进去。方晟坐在床沿，房间内没有别人。她朝男人看了眼："我不是你的主治医生，你找错人了。"

"情深，你这是第二次救了我的命。"

许情深双手插在兜内："方晟，你能答应我件事吗？"

"你说。"

"你们不要再害我了，就看在我救了你命的分儿上。"

方晟目光看向许情深："我没想过害你。"

"你不杀伯仁，伯仁却因你而死。"

方晟视线定在许情深的脸上："有件事，我想让你帮我。"

"什么事？"

"我不想让别人知道我得了什么病。"

"这我帮不了你。"许情深二话不说便拒绝了，"进了星港医院，他们会给你查个干干净净。"

"不，我不会让任何人替我做检查。只要你不说，没人知道。"

许情深藏不住眼里的讶异："你既然和万小姐在一起了，难道你不打算告诉她？"

"我能袒露心声的人只有你。"

"方晟，你别这样和我说话。"许情深避开男人的视线，"一个月前的今天，你还说着你爱我，可是隔天，你就找到了万小姐。你的话，我不会相信。"

许情深转身准备离开，她打开病房门，脚步还未跨出去，就看到了万毓宁。

万毓宁见到她，神色明显一怔。她手里捧着买来的海鲜粥，这一下怒火中烧，直接将粥往许情深的身上泼去。粥是盛在保温杯里的，还很烫，许情深穿着毛衣和外套，但锁骨往上的部位还是被烫到了。

她忙用手将衣领上的粥掸去："你疯了是不是？"

万毓宁将手里的保温杯重重丢到地上："你怎么进来的？"

许情深脖子里红了一片："我来查房。"

"查房？"万毓宁一声冷笑，"别搞笑了，在这星港医院，还轮得到你？"

方晟穿过病房走到门口，目光朝许情深颈部扫了眼："毓宁，你太过分了。"

"我过分？"

方晟上前拉住她的手，不再看许情深一眼："这好歹是在星港，不是你自己的地方。"

"蒋远周的，那就是我的！"万毓宁理所当然惯了。

方晟一把甩开她的手，沉着脸往里走去。万毓宁察觉到自己说错了话，咬了咬下嘴唇，追了过去。

许情深眼看着他们在自己面前上演一出爱情剧，而她就活该是那个倒了大霉的。她实在咽不下这口气，忍着痛来到病床前："你们要没什么病，就别霸占着资源不放，现在就可以出院。如果有病，请配合去做检查。"

方晟坐在床沿，目光抬起后深深看了眼许情深。他眸色复杂，薄唇紧抿着没说一句话。

万毓宁却不是那么好欺负的："在这星港医院，我想住多久就住多久，你一个小小的住院医师，还能做得了蒋远周的主？"

一口气艰难地滑过喉间，许情深颈间的疼痛在加剧。

方晟起身拿过床头柜上的手机："我已经没事了，走吧。"

"不行！"万毓宁拦在他跟前，"你昨晚忽然晕倒，把我都吓坏了，我不能让你这样出院。"

许情深手按向胸前，那边也痛得厉害，她不能在这浪费时间，得赶紧去处理才行。

万毓宁推开办公室的门，蒋远周也刚到。男人站在窗前，头也没回。万毓宁大步上前："你为什么要让姓许的来星港？"

"怎么了？"

"她居然赶我们出院。"

蒋远周转过身，两条大长腿倚向窗沿："谁有这能耐，敢赶你？"

万毓宁目光盯向他："远周，你不会陷进去了吧？"

"那你呢？方晟这口鲜还没尝完？"

万毓宁踩着高跟鞋，身材娇小，精致的脸上露出矛盾："你也知道，从小到大我接触最多的人就是你。我爸不会同意我和方晟，蒋伯父也不会同意你娶别的女人。"

"所以，你别太招摇。"

万毓宁手伸过去挽住蒋远周的胳膊："你把许情深开了吧，我不想见到她。"

"你不到星港来，不就看不到她了？"

万毓宁一把抱紧他的手臂："你那晚……是留她在九龙苍住了，是吗？"

"怎么，想管我了？"蒋远周轻笑，将她的手掌拨开，径自来到书桌前。

万毓宁盯向他的背影："她刚去了方晟的病房。"

"然后呢？"

万毓宁不说话。蒋远周拿起桌上的笔，朝她看了看："惹毛你了吧，你把她怎么样了？"

"我泼了她一杯热粥！"

蒋远周动作微顿，指尖的笔转动两圈后停住。万毓宁轻抿下唇瓣："你应该还没到心疼她的地步吧？"

"是不是我对方晟太仁慈了？"

万毓宁喉间轻滚，心里涌起浓浓的不满："她和方晟不一样。"

"谁给你的熊心豹子胆？为了他，杀人放火你都敢做，你以为许情深的一条命不值钱？"

"就是不值钱！"万毓宁赌气，语调也拔高起来。

蒋远周的目光射向她："出去。"

万毓宁明显一怔："你干吗这么凶？"

"要让我打电话给你爸，告诉他你在这儿是不是？"

万毓宁知道他这人向来说一不二，只得不情愿地出去了。

蒋远周并未真正发火，为了许情深？不至于。他比万毓宁年长四岁，蒋万两家是世交，万毓宁也是从小被他宠大的。她如今为了个方晟犹犹豫豫，蒋远周倒没觉得心里有多不爽。让她接触下别人也好，只要不在原则方面出格，收了她的心，以后才能安安分分做好蒋太太。

　　

许情深简单地处理完伤口，兜里的手机一直在响，她拉开领口，忍痛接通电话。

"有病人吗？"

许情深隔了三四秒钟才反应过来是蒋远周的声音："没有。"

"这两天没给你安排接诊，你过来趟，我在医院。"

"为什么不给我安排？"

"你要不过来，就一直不给你安排。"男人说完，径自挂了。

反正不用看诊，许情深就换上了自己的外套，将拉链一直拉到头，正好挡住自己的脖子。

来到办公室门前，她敲响门进去，里头明显光线不足。

蒋远周见她裹成一个粽子似的，走上前几步，伸手要去碰她的脸。许情深惊得往后退了一大步："蒋先生，医院这边还需要你天天过来吗？"

"你被烫伤了？伤在哪儿？"

"你怎么知道？"

蒋远周伸出手掌落在许情深的颈后："不要乱动。"

两人离得很近，几乎能感觉到彼此的呼吸声。蒋远周将她的拉链一点点往下拉，白皙的颈间缀着一片红，特别明显。男人眸色微沉，指尖在她皮肤上轻触。

她痛得嘶了声："我刚涂过药。"

蒋远周的视线往下滑，落在她胸前："别的地方呢？"

"没了。"

"不可能！"蒋远周的手伸向她胸前，"我看看。"

"别……"

许情深刚拒绝出声，办公室的门就被推开了。老白看到这幅场景，也不惊讶，只顾自己说道："蒋先生，您让我过来，有什么吩咐？"

"你去把万小姐和方晟请出院。"

许情深不禁抬头朝男人看了眼。

老白也很惊讶："这……不妥吧？万小姐肯定会闹。"

"她要敢闹，你就把万老爷子请来。还有，出院的时候让他们把费用结清。"

许情深手掌轻按在胸前，插了句话："哪有医院强行赶人的道理？万小姐那么能折腾，只怕对星港的影响也不好。"

"别人不敢，我敢！"蒋远周将她的手拉开，见老白还戳在原地不动，言语间明显有了催促，"还傻站着干什么？出去，我要给她上药。"

老白心领神会，转身把门带上了。

许情深避开蒋远周的手："为什么不给我安排看诊？"

"你不是问过星港介不介意多养你一个医生吗？这样多好，工资照样给你开，你也轻松。"

"所以，你没打算让我看诊？"

蒋远周往后退了步，靠着那张宽敞气派的办公桌，胸前还有些未清理干净的痕迹。看许情深的颈部红成那样，蒋远周知道她那地方肯定也遭殃了。

"医生的首要职责是什么？"

"救死扶伤。"

蒋远周朝她胸前一点："那自己受了伤呢？"

"我都上过药了。"

男人倾身一把扣住她的手腕，将她拉到自己身前，大手毫不犹豫地罩向她。许情深忙推阻，却被蒋远周一下狠狠拍在了手背上。她痛得不住地甩着手，蒋远周乘势将她的拉链拉开。她里面穿了件打底毛衣，男人将她的领口拉开，朝里面看了眼。

果然红透了，跟煮熟的虾似的。

"那家人开口了，误工费、精神损失费等加起来，需要六十万。"

许情深小嘴微张："这么多？"

"他们开了个证明，那女的在外企工作，也算个小领导，平时工资不低。"

"我会将她的病看好，尽量不让她留后遗症。"

蒋远周单手撑着桌沿，眼帘轻抬看向她："你可以给她留点后遗症，她让你头疼，你也让她下半辈子都头疼好了。"

"不行！"许情深皱眉摇头，"你不觉得整件事情中，她是最无辜的吗？"

"不觉得。"蒋远周拉开抽屉，里面摆满了药盒，男人手指拨弄几下，拿出盒药膏，"你既失身，又丢了自己的男朋友，你才是最无辜的。"

"蒋先生，你喜欢往别人伤口上撒盐吗？"

"是，我还喜欢看别人的伤口——把衣服脱了。"

许情深往后退了步，被蒋远周一把抓住手臂："娇情什么？又不是第一次看，没什么新鲜的！"

蒋远周拉起她的毛衣往上拽，许情深按捺下原本想要挣扎的心思。

他将她上半身的衣服脱掉，就留了个文胸。男人目光盯在她胸前，白如美玉的地方红得醒目。蒋远周看到那处起伏，黑色的文胸将它托出最完美的形状。他的呼吸逐渐粗重，眸色也越来越深，嗓音嘶哑地说道："把它也脱了。"

"不行，往下没受伤了。"

男人指尖在她胸前小心翼翼涂抹，清凉感缓解了烧灼的疼痛。

指腹下的触感好到爆，蒋远周迟迟不肯挪开手指。

"蒋先生，你可以松手了。"蒋远周充耳不闻，许情深干脆说道，"怎么，万小姐的没让你看够？"

"你可真会说话。"男人另一只手搂住许情深的腰肢，让她贴紧自己，俯身在她耳畔吹了口气，"我喜欢你这样的，长得好，胸大。"

男人可真是最直白的生物啊！

许情深推不开他，气氛自然是尴尬的。

蒋远周目光微垂："有36D吧？"他的关注点继续往下，落在许情深盈盈一握的腰上，"一尺九的腰，绝配！"

许情深伸手捂住蒋远周的嘴："蒋先生，这是医院。"她面色凝重，似是生气了。

蒋远周拉开她的手："你对万毓宁什么感觉，恨之入骨？"

"我希望她和方晟没有结果。"

蒋远周忍俊不禁笑出声来："大方点，你应该学会祝福。"

"我没那么崇高！"许情深拿起桌上的毛衣，欲要穿起，蒋远周扯住她一片衣袖："屋内也不冷，这么急干什么？"

"蒋先生，我先前找到你是不得已，但我不是卖的。"许情深说完，将毛衣套进了脖子内。

"我没说你卖，只是男欢女爱，工作之外有那么多美好的事，我们可以因为被彼此的身体吸引而再上一次床。"

这算什么？赤裸裸地邀约吗？

"不必了。"许情深说道，"我可能冷淡，对这方面不是很喜欢。"

"我看你不止那方面冷淡，你对什么事都很冷淡。"蒋远周走到她身前，绕着她旁边慢慢走了一圈，"刹车被动手脚、患者家属来闹，还有刚才发生的泼粥，哪一件事你不是冷冷静静的？"

"大哭大闹没用。蒋先生，我就这么问你一句吧，刚才我要来哭诉，说万小姐把我烫成了这样，你会替我出气吗？"

蒋远周很理所当然地轻耸肩膀："我不是把他们赶出医院了吗？"

许情深微微愣住，来不及细想，办公室的门就被人一把用力推开。她下意识地将一条手臂伸进袖子，可半边身子还露在外面。

万毓宁推门而入，目光触及她背部的雪白，蒋远周扯住许情深的胳膊将她拉到自己身后。

万毓宁惊呆了，随后赶来的方晟也进入办公室内。许情深赶紧穿好衣服，心咚咚地已经跳到了嗓子眼。

"你怎么还没走？"蒋远周先声夺人。

有些事，一目了然。

万毓宁也是聪明人，她嘴唇嚅动下，没有吵闹，视线却穿过蒋远周身侧落向那隐隐透出来的身影："我说怎么还有医院把病人往外赶的道理，原来许小姐在这儿呢！远周，她身上的伤你肯定看得仔仔细细了吧？要多少医疗费尽管说，我赔！"

方晟上前扣住万毓宁的手臂："走吧，司机都到门口了。"

"星港医院的门槛那么高，有着二十几年临床经验的夏老师都没能进来，倒还不如许小姐一个晚上，轻轻松松！"

方晟薄唇紧抿，脸色冷峻。

许情深从蒋远周的身后站出来："万小姐，这不是旧社会，星港的录取规定不是死的，蒋先生能录取我，就说明我有可取之处。"

蒋远周倚向办公椅，手指摸了摸高挺的鼻尖，嘴角不由自主地勾起笑。他为什么让许情深来星港，她自己心里应该是最清楚的。可是你看看她，脸不红心不跳，把这"可取"二字咬得多么重。

万毓宁闻言冷笑了下："一脸狐媚，我看这就是你说的可取之处吧？"

"那么万小姐，你得把你身边的男人一个个看好了，一个已经被我吃了。"

蒋远周听到这儿，一双眸子陡地变深邃，里面渐渐涌起波澜——怎么？她胃口倒是不小，吃了一个，还想吃另一个？

同样变了脸色的，还有万毓宁和方晟。

万毓宁眼睛里到底是有些难以置信的，视线紧紧盯着许情深。她穿着简单，不时髦，也称不上什么大牌，只是天生丽质难自弃，许情深长得好，美艳惊人，这一点是不容置疑的。

她居然一张嘴就说，她已经把蒋远周吃了。

许情深心里是憋着口气的，一发泄完，也就觉得没必要再待在这儿看人脸色了，拿了外套快步往外走去。

万毓宁眼看方晟也走了出去，她没有喊住他，视线随后落向蒋远周："你做了的事情，我也可以做吗？"

男人一双厉眸斜睨向她："你想做的事尽管去做，只要自己有朝一日别后悔就行。"

"就算我真的跟方晟在一起，也可以？"

蒋远周一手拨开桌上的那瓶药膏："万毓宁，你对我是了解的，不要来试探我。蒋太太这个位子太多的人想要来坐，你不缺我，我也从来不缺你一个。"

万毓宁心间划过尖锐的疼痛："你是这样想的，是吗？"

许情深走出门外几步，方晟就在身后。蒋远周和万毓宁的话隐隐约约传出来，许情深觉得讽刺和好笑。她站定脚步朝身后的男人看了眼："万小姐的心里这样犹豫，方晟，看来她也不是非你不可。"

"那你呢？"方晟反问。

许情深将外套穿上，尽量不去触碰到胸口："你接近万小姐，究竟有什么目的？"

"为了能少奋斗十年。"

许情深抬头，目光在他脸上一寸寸拂过，她熟悉的面目还在："这个理由太烂，我不信。"

办公室的门再度被打开，万毓宁沉着脸走出来。她面上没有崩溃的神色，只是到了方晟跟前，一头栽进他的怀里。

方晟朝许情深看了眼，手臂环住万毓宁的肩膀，将她带出了医院。

许情深没有逗留，刚回到门诊室，就接到了家里打来的电话。

她起身来到窗前，把嗓音压低。电话刚接通，赵芳华的声音就噼里啪啦地传过来："情深啊，你在上班吗？"

"是。"

"我跟你商量件事，你外婆要来看病，没地方住——情深，医院肯定有宿舍吧？你就在那儿住一段时间吧！"

许情深似是被兜头泼了一盆冷水："我刚上班，也没人给我安排……"

"那还不是一句话的事吗？你回来吧，把东西整理整理。"

许情深握紧手机，一些话还是有必要说："妈，星港是私人医院，能进来的医生个个拔尖，医院不会给员工准备宿舍……"

"你的意思，是要让一个老人家睡在马路上吗？"

许情深靠着窗沿："我就那么一间房间，我只想晚上能有个睡觉的地方。"一个这么小小的要求，仅此而已。

"归根结底，她不是你亲外婆，是吧？"

许情深目视前方，眼睛里有些冷："归根结底，我不是你亲生女儿，是吗？"

赵芳华不再多说，直接挂了电话。

下班时分，许情深整理好东西走出办公室，刚出门诊大楼，就看到了极夸张的一幕——一名戴着冰蓝色墨镜的白皙胖子，手里捧着一束快要将他压倒的红玫瑰，上身穿一件柠檬黄的衬衣，下身穿着一条翠绿翠绿的长裤！

许情深的脸唰地沉下去，压低脑袋想快步离开。没想到胖子一眼就看到她了，挥着手喊道："情深！这里，这里！"

他这样的打扮出场，再加上周边本来就有很多围观的人，许情深只好小跑向前，胖子见状，扭着肉肉的臀追上去："你等等我。"

许情深被他堵住去路，扬眉看向他："你来医院干吗？有病就去挂号！"

"我没病！"小胖子一把摘下墨镜，"你看我送你的花，喜欢吗？"

"不喜欢。"

下班的医生、护士三三两两经过，这两日，大家对空降的许情深本就议论颇多，再来这么一出，着实是热闹无比。

"你妈说你没地方住，让我来接你。我房子装修好了，你去看看吧！"

许情深一点也不意外，如果不是赵芳华，这小胖子能知道她在这儿？

"我没兴趣，走开！"

小胖子挥动着肉手臂，像赶鸭子似的："别这样，情深！我一直以来就喜欢你，你爸妈也挺希望我们在一起的。你上车吧，你看这儿人怪多的。"

许情深看了眼四周，抬起脚步欲要离开，可他往她跟前一堵，哪里还有路给她走？

眼看围观的人越来越多，许情深不得已，只得跟他上了车。

小胖子坐进驾驶座的时候，许情深明显觉得车一沉。小胖子发动宝马车开出医院，蒋远周的车正好从地下停车库出来，余光斜睨到许情深的脸……

宝马车顺着马路向前，一辆黑色的车迅速超车，然后在前方急踩刹车。小胖子猝不及防，差点撞上去，幸亏许情深系着安全带。

蒋远周下车来到车窗前,戴着皮手套的手指在上面轻敲几下,声音沉闷而有力。

小胖子落下车窗:"你不要命了啊!"

蒋远周侧首朝里面看了眼,他果然没看错,那女人就是许情深:"怎么?上演现实版的美女与野兽?"

许情深握紧安全带,蒋远周鼻翼间闻到股浓烈的香味,他朝后车座一看,眉头立马拧起,嘴上不客气道:"什么劣质玩意儿?呛得人难受!"

"你怎么说话的?把车挪开!情深,你别怕啊!"

蒋远周听得起了一身鸡皮疙瘩,朝许情深看了眼:"还不下来?"

许情深眼帘轻抬,如今正值傍晚时分,温和的阳光透过茂盛的枝叶往下洒落,衬得蒋远周一身璀璨迷人。这个男人,是颜值逆天的代表,许情深再一看旁边的小胖子,下意识地伸手要去开车门。

小胖子见状急了:"许情深,你可别忘记,你妈都把你赶出门了,你没地方住了!我那可有房子,精装修的!"

蒋远周眼角眉梢掠过一抹凉色,朝着许情深道:"我九龙苍的房子就差个女人,走吧!"

这富炫得,不动声色又张扬无比啊!

小胖子脸上的肉动了动:"情深,你妈都答应我们两个了,我今天刚买了一张可舒服的床,走,我带你去看!"

蒋远周再也忍不住了,笑着摘下自己的皮手套。他精致的唇瓣往上勾勒,用手套在车门上敲了下,冲着许情深道:"你也不怕被压扁。"

许情深推开车门下去,小胖子见状,想要开门去追。蒋远周一脚踹向那扇开了一半的车门,小胖子整个人被弹了回去,一时间陷在驾驶座内,好像出不来了。

男人率先回到自己的车前。许情深略有踌躇,蒋远周右手落于车顶:"不是被家里赶出来了吗?还想着回去,就差被人推出门外了是不是?"

许情深拉开车门坐进了副驾驶座,蒋远周将车子开出一段后,越想越觉得好笑:"刚才那位,是你的相亲对象?"

"不是!"许情深将脸别向窗外。

"精装修的房子,还有舒服的床……"蒋远周脑子里幻想出一幅场景,他本就不是个思想纯洁的人,"只是不知道那张床够不够他的体型翻滚?"

"蒋先生,你想得太多了!"许情深打断他的话,"我不需要车和房子。"

"那你要什么?"

她偏过头:"我要看诊。"

蒋远周手指在方向盘上轻轻敲打:"做医生赚不了几个钱。"

"蒋先生一定听说过,很多人想要做医生,是想救死扶伤。我呢,我……"

蒋远周冷嗤:"你学医,是为了方晟吧?"

41

许情深杏眸微睁，眸底的讶异几乎藏匿不住，嘴上却不承认："跟他没关系。"

"明天，我让周主任给你安排个病人，你如果能确诊并且医治的话，我就给你安排看诊。"

"好！"

蒋远周眼睛看向内后视镜，嘴唇微微勾起："小胖子还是不死心，一路跟着。"

许情深扭头一看，果然见到那辆宝马车紧随其后。

"对你不错，知道你无家可归，追着要把你接回去。"

"蒋先生，你说这话不觉得恶心吗？"

小胖子方才瞅着许情深那眼神，就恨不得将她就地按倒了，蒋远周这么一个人精，还能察觉不出来？

男人视线收回："为什么会被赶出来？"

"家里来人了。"许情深轻描淡写道。

蒋远周将车开上高架，速度立马提起来："我可以给你安排个住的地方。"

许情深不禁笑出声来："蒋先生，你别开玩笑行吗？"

"那你想住在哪儿？你那个继母还没把你的钱掏空？"

许情深放下些车窗："我还有朋友。"

蒋远周眸底漫出淡然笑意："你这么排斥做什么？我和你之间不存在强取豪夺，有些事要不是你心甘情愿，没人逼你。"

这也是蒋远周的做事原则，他这样拔尖的人物，从来不需要做强迫别人的事。

"蒋先生，我就在前面路口下吧，我朋友住在那边。"

蒋远周没有答话，车子开到目的地，他将车停稳在路边，许情深推开车门："谢谢。"

眼看着蒋远周的车渐行渐远，许情深掏出手机翻找通讯录。在朋友家借住一两天自然没问题，可如果是一个月两个月呢？

许情深站在人来人往的路口，再一次觉得自己是这样渺小无力。

翌日。

许情深打扮利落来到医院，给她安排的病人在VIP病房内，她推开门进去，就听到里面传来一阵男孩的哭闹声："我要回家！我不要住在这儿，让我回家！"

一对年轻的父母守在床前，穿着时髦的宋太太弯腰在哄："宝贝乖！医生马上就来，不要闹！"

"我不要在这儿，我要回家……"

许情深走上前，男孩不过六七岁的样子，这会儿躺在病床上直打滚。宋太太看到她进来，忙按住儿子的肩膀："你看，医生来了。"

许情深弯腰凑到男孩跟前，面含微笑："告诉我，哪里不舒服？"

"一大早就喊身上疼，你快给看看吧。"

许情深耐着性子，手轻按在男孩肚子上："这儿痛吗？"

"痛！痛痛！"男孩尖叫一声。

许情深接着按了几个地方，男孩叫得越来越大声，有些歇斯底里。宋太太一看不得了，用力将许情深给扯到边上："你会不会看病？没病都要给你按出病来！你这么年轻，能有经验吗？我要换专家过来！"

"您别着急，我先安排他做个检查……"

"要是检查做出来还不能对症下药，有你好看的！"

住得起VIP病房的人，脾气也都好不到哪里去，许情深并未放在心上。

单子是许情深亲自去取的，她看着检查报告，面色微微下沉。她的判断不会有误，如果结果出来什么都没有的话，那就是那个孩子根本没病没痛。

VIP病房内，男人守在门口向外张望，男孩一手吃着进口零食，另一手玩着手机。旁边的宋太太拿了牛奶在喂他，手机竟还在通话中。

"万小姐，您放心吧，这点小忙我自然是要帮的。"

"对对，我儿子聪明着呢，刚才我还以为他真的哪里痛呢！"

"快……"门口的男人猛地喊了句，"蒋、蒋远周……你弟弟来了！"

宋太太忙挂了电话，蒋远周很快来到门口，男人将门打开，毕恭毕敬打了招呼，称呼竟是蒋先生。

蒋远周走进病房，宋太太早就将孩子手里的零食藏了起来："哟，远周来了啊！"

蒋远周来到床前，并未表现出亲近之色。这宋太太本就是八竿子才能打着一点的亲戚，平日里有个小毛病，恨不得全家都往星港跑。

"这次又怎么了？"

"哦，毛毛一早就说肚子难受，我都快急死了。"

许情深已经猜想到了些什么，病人肯定是蒋远周让人安排的，没病装病，无非是让她不能确诊。她打开病房门进去，正好看到了蒋远周，心里的猜测也就得到了证实。

"怎么样？查出我儿子为什么不舒服了吗？"宋太太扬高音调问了句。

此时，一名护士推着辆治疗车进来，许情深走过去，拿起一根粗壮的针管："赶紧的，打完这一针要去手术室！"

"你疯了吧？"宋太太尖叫。

许情深比了个手势："你孩子肚子里头长了东西，必须把它拿出来。对了，送手术室之前先抽六管血。"

"哇——"病床上的男孩哭了，"我不要！"

靠在窗边的蒋远周却笑了。

宋太太手足无措，朝着许情深指了指："你说真的还是假的？"

"你们早就该带孩子来医院了，你看他都痛成什么样了！"许情深朝着护士示意，护士接过针管，吸了三小瓶药水，走近病床。

男孩吓得抱紧自己的手臂尖叫："我不要打针！"

"那先抽血吧。"

"妈妈——"

宋太太脸都白了："换个医生过来瞧瞧，你瞎搞！"

"别的医生都在看诊，"蒋远周插了句话，"毛毛病得这样严重，不手术怎么行？"

"我不痛了，我要回家！"小孩子看到那针头就已经被吓得差不多了，他一下跳到地上，鞋子都不穿就要往外跑，"妈妈，我要去上学！"

宋先生拿了鞋追出去，宋太太脸色难看地戳在那儿："哎哟，这就好了啊？那，那就下次痛了再说吧。"说完，她匆匆收拾了一番，也不敢看蒋远周的脸色，就要走。

"等等！"蒋远周薄唇微启，喊住她，"要不要给万毓宁打个电话，告诉她事情办砸了？"

宋太太脸色紧了紧，溜之大吉。护士也随后出去了。

许情深望着地上散落的薯片和零食袋子："蒋先生，我应该过关了吧？"

"算了，放你一马！不过今天的事并不能让我看到你的医术是否过关。许情深，我把丑话说在前头，星港的水平要比别的医院都高出几筹，如果胜任不了，我会把你踢出星港。"

蒋远周说话毫不客气，许情深轻点下头："好。"

"准备下吧，好好看诊。"

"是。"许情深一个激动，语调不禁拔高。蒋远周朝她看了眼，走出了病房。

许情深感觉到聚集在头顶的雾霾似乎在慢慢散开，她回了门诊室，没过多久，陆陆续续便有分诊台的护士带了病人进来看诊。

来星港的病人大多数经济条件不错，这儿的专家门诊一号难求。中午时分，许情深经过走廊，看到外面排满了人，都是来等着让周主任看病的。

相较而言，她就轻松很多。

许情深打了饭坐到餐桌上，手机就放在旁边，她随意扫了眼。她彻夜未归，家里也没再有电话过来。

饥肠辘辘，许情深刚吃两口饭，手机便传来一阵振动。来电显示是许旺，许情深忙放下筷子："喂，爸。"

"情深，你在医院吗？"

"是，吃饭呢。"

许旺那边有些吵，好像是在大马路上："昨晚你住在哪儿了？"

"一个朋友家里。"

"委屈你了，情深。"许旺声音低沉下去，有些无奈，"芳华的妈妈身体不好，在老家医院那边做了检查，说是长了好几个子宫肌瘤，要把子宫摘了。"

"那赶紧去医院啊！"

"你妈让我问问你，你能给安排下吗？"

许情深手掌轻抚额头："爸，我不是妇科的。星港是私人医院，不能用医保，犯不着……"

"你妈还不是怕花那几个钱嘛！"

许情深抬了抬眼帘，心里越发抵触："看病当然要花钱，星港不会因为我在这儿工作就免了医疗费的。爸，我下午还要看诊，先挂了。"

许情深将手机放到桌上，饭才吃了两口，却胃口全无。

接下来的几日，许情深都借住在朋友家。这天她刚从医院出去，就看到了在门口徘徊的许旺。她大步迎上前："爸。"

"情深，你下班了？"

"你怎么到这儿来了？有事吗？"

许旺吞吞吐吐，许情深心想肯定还是为了医院的事："不是我不帮忙……"

"情深，你妈去找了方晟，方晟倒是肯帮忙，这会儿你外婆手术也做了，只不过……"

许情深吃了一惊："怎么去找了方晟？"

"唉！现在清单下来了，一个手术好几万呢，你妈都快疯了！"

"你们也不看看用了什么药吗？"许情深面色严肃，实在不知道说什么好。

"方晟安排了住院，我们哪里想到……"

许情深朝着路牙石轻轻踢了脚："你找我也没用啊，我平时挣的钱都交给妈了。"

"情深，我也是刚听明川说起，那家医院，就是方晟现在的女朋友家的？"

她似乎永远在被牵着鼻子走，万毓宁一个不高兴，就要让她陪着。

"走，爸，我跟你去趟仁海。"许情深在医院门口喊了辆车，带着许旺直奔仁海。

来到医院，许情深没有去病房，许旺匆匆忙忙地跟在她身后。一阵汽车喇叭声猛地急促响起，许情深下意识地一把抓住爸爸的手臂。

万毓宁落下车窗，白皙精致的小脸上戴了副墨镜："慌里慌张的，是在筹钱吗？"

许情深让许旺站着别动，她走上前，并不和万毓宁争吵，只问了句："你处处针对我，究竟是因为方晟，还是蒋远周？"

"你说呢？"万毓宁轻点下颌，姿态傲慢。

许情深笑了笑："如果是蒋远周的话，那就好办了！"

万毓宁摸不透她话里的意思，许情深没有再往医院里面走，她朝许旺说道："爸，我先走了。"

"情深，你不去看看外婆了？"

"不了！"许情深朝自己的亲生父亲看一了眼，"医疗费的事，不是大事，几万块钱家里还是拿得出来的。你跟妈说，外婆的病要好了才最关键。"

许旺眼看着许情深掉头离开，她脚步这样坚决，好似做了什么重大的决定。他这个女儿啊，向来是坚强的，有时候就像个女战士一样。

许情深离开仁海医院，靠在旁边花园内的一棵小树上。她脑袋轻轻仰起，看到茂盛的枝叶迎风摇曳。半晌后，她从包里掏出手机，拨通了一个男人的电话。

蒋远周正在开车，随手点了接听键："喂。"

"蒋先生，您知道东城哪个游泳馆最好吗？"

"呵，你想游泳？"

"是啊。"许情深直起身子，然后顺着草地走。

"正好我也要过去，我发定位给你。"

"好。"

蒋远周眸子浅漾："我去接你吧。"

"不用了，我自己过来。就是泳池人多的话，我不好意思……"

"明白，我包场。"

"好。"许情深挂了电话，回过头，看到自己身后一条渐行渐远的路。

在去游泳馆的路上，许情深去了趟商场，选中一套泳衣。

蒋远周的定位早已发到她手机上，凤丹白鹭，那是东城最豪奢的一家会所。

打车来到目的地，许情深在服务员的引领下去更衣室换上泳衣，出来时，肩上披了条宽大的浴巾。

来到游泳馆，透过一扇门，依稀能听到从里头传来的水声。许情深裹紧浴巾将门推开，迈进去第一步后，双足愣是顿在了原地。

一眼望去，竟能看到头顶上浮动的流云，一片蔚蓝之色照映在水面上，许情深知道这是制作出来的效果，此时正值傍晚，不可能会有这般景色。镶嵌着大理石的一根根柱子撑起这片规模宏大的顶部，泳池两边摆着几张软椅。她向前几步，看到一抹矫健修长的身影劈开湛蓝色的水面，男人身上没有一件多余的累赘，黑色泳裤衬着紧实的臀，肌肉紧绷，完美无比。

46

许情深没有多作犹豫，扯掉浴巾下了水。她肤色白皙，像一条美人鱼般在水中穿梭而过。

蒋远周到达终点，大掌抹去脸上的水渍。许情深身上穿了件黑色的泳衣，腰间是捆绑式的设计，蒋远周没有追上去，他双手张开按向池沿。

没过多久，许情深游了回来。蒋远周嘴角噙笑，眼见她快要到跟前，伸出手去想要拉，却见她忽然扎到了水底下。

男人笑着靠回池壁，隐约间觉得一双柔若无骨的小手扶住了他的腿。他垂下眼帘，看到一个脑袋从他腿间钻出来。

蒋远周呼吸微重。许情深上半身跃出水面，用掌心抹掉脸上的水渍。两人隔得这么近，她嘴角忽然轻勾，笑容明媚肆意。男人眯了眯眼帘，她连个淡妆都没画，素面朝天，却惊为天人。

蒋远周按捺不住，健硕的胸膛迎上前，俊脸微侧，欲要吻去。许情深手掌掬了把温温的水，一下泼到男人脸上。蒋远周俊目轻闭，水渍透过他深邃的五官往下淌，溅在池中，暧昧丛生，却偏偏撩拨力十足。

"蒋先生，你把眼睛闭起来做什么？"

蒋远周勾勒起一侧嘴角："画面太美，我怕难以把持。"

许情深脑子里万毓宁的脸一闪而过。蒋远周睁开眸子，趁着她失神之际，上半身猛地压过去，一口轻咬住她的下巴。

"啊——"许情深尖叫一声，又痛又痒。蒋远周双手箍住她的腰，嗓音带了些许沙哑："你今天倒是放得开。"

许情深双手圈住男人的脖子，微凉的肌肤相触，水波慢慢推到许情深的胸前。蒋远周看向她下巴处的咬痕，喉间轻滚。许情深将他的手推开："我们来游两圈怎么样？

"好。"长夜漫漫，蒋远周也不急于这一时。

他松开手，许情深手臂一挥就游了出去。蒋远周笑了笑，忽然觉得满身的疲惫就这么消失了。

两人在泳池内追逐，到了最后，许情深觉得有些累，改成仰泳，腿才踢动，就被蒋远周一把握住了脚踝。

她小腿纤细，脚踝更是被他一下圈住。蒋远周将她往回拉，与此同时，高大强壮的身体向前扑去。许情深整个人被他压到水底下，他翻个身，又将她托出水面。

许情深趴在他的肩头直喘气，似乎还呛了口水，蒋远周手掌在她后背轻拍。她张开嘴，贝齿轻咬住他的肩膀，却没用力，只是一点点摩擦……

蒋远周被她磨得全身都酥了，她就像是忽然幻化成了一只妖精，要一点点将他拆吃入腹。男人的手在她后背处摩挲，周边的水在逐渐升温，越来越烫。许情深抬起头，黑亮的发丝紧紧贴在颈间，脸上干净得就好似一张白纸，小嘴红如樱桃。

从没有一个女人像她这样，矜持中偏偏透着野性。

她今天的行为不是有心招惹，又算什么？她将这种男人喜欢的尺度，把握得游刃有余，多一分显得风骚，少一分却又美中不足。她从未刻意摆弄，却天生拥有尤物的资本。

蒋远周上前吻住她，将她往后推去。她后背抵着坚硬的池壁，双手犹如藤蔓般缠住蒋远周的脖子，热情而又笨拙地回应。从远处看，男人恨不得将她瘦弱的身子揉进体内，一种蹂躏的美感衬着两旁金碧辉煌的背景映射出来。

许情深渐渐扛不住，蒋远周的手落向她腰际，将一条绳子轻拉开……

凤丹白鹭两侧的门紧紧关闭，谁也不敢靠近那泳池一步。

半晌后，蒋远周松了手，不远处放着冰桶，蒋远周倒了两杯红酒过来，将其中一杯塞到许情深手里。

她的眼睛微睁开，偏着头。蒋远周同她轻碰杯，单手撑着前额，目光如火般紧盯向她。

许情深趴在手臂上，酒杯倾倒时，里头有酒渍漫出来。蒋远周眸色如墨，上半身向前靠，许情深抬起酒杯，杯口压在男人精致的唇瓣处："蒋先生，不带你这样的，怎么着也得给人休息的时间。"

男人咧开嘴角，就着她的酒杯浅尝一口。

许情深啊许情深，脱了衣服，果然像个妖精！

蒋远周伸出手臂，把她拥在怀里。许情深这才抬起了脑袋："蒋先生，能暂时给我安排个住处吗？"

"当然可以，"男人下巴抵着她的头顶，"在哪儿都行。"

"九龙苍吧。"

蒋远周眸子微垂，侧过头端详着她的侧脸："九龙苍？那是以后蒋太太的住所。"

"我只是借住一段时间而已。"许情深单手撑起下颌看他，"我第一次找你就是去的九龙苍，难道说，没有女人在那儿住过超过两晚的时间？"

"确实是。"蒋远周视线在她面上扫了圈，"也只有你住过一晚，平时就我自己。"

许情深忽然笑了，樱唇微启，露出好看整齐的贝齿。她拿起酒杯凑到蒋远周唇前："那还是算了吧，我再去我朋友家里借宿几天。"

蒋远周薄唇刚张开，许情深就把杯子移开了。她转身吻住了男人，力道重而准，嘴里伴着细碎磨人的音调。

蒋远周就受不了她这样，他有些懊恼，许情深似乎很清楚他的敏感点，随随便便一触碰，就让这位蒋先生在某些特定场合弃械投降了。

半晌后，蒋远周一把将她抱上岸："你应该没什么东西要收拾吧？走，吃了晚饭，我们回九龙苍。"

"好。"许情深嘴角挂了抹笑。

九龙苍，龙生九子，苍龙御天，多好的名。

来到蒋远周的住处，许情深跟着他往里走，从门口到正厅有很长的一段路，男人修长的身影在月色下被拉长。

"你家人去了仁海？"

"你连这都知道。"

蒋远周拂去眉角的一片夜光，"那丫头肯定是要搞出点事的，欠了多少医药费？"

"万小姐知道我家没几个钱能折腾了，所以不算多，小几万吧。不过这不用你操心，我那后妈应该出点血了，她该明白，不是谁的便宜都能占的。"许情深想到这儿，不免觉得好笑，"她该把她床底下那些发霉的存折拿出来了。"

蒋远周听到这儿，不禁回头朝许情深看了眼，觉得她这话实在有趣极了："你这是幸灾乐祸？"

许情深一挑眉："你哪只眼睛看见了？"

她小步上前，远远地看到老白从门口走了出来。

翌日。

蒋远周比许情深先起床，阳光才露出头，懒洋洋地打在那张大床上。浴室内传来哗哗的水声，以至于突兀的手机铃声都被它掩住了。

许情深抓了抓头发坐起身，是蒋远周的手机。她伸手接过来，看到来电显示着万丫头。

许情深手指在屏幕上轻轻滑动，她是接呢？还是接呢？还是接呢？

许情深靠向床头，看了眼时间，还早，才七点半。这个点打过来，是来查岗的？

许情深按了接听键，然后将手机放到耳畔。她并未出声，等着万毓宁先开口。

"远周，你在哪儿？"

许情深掀开被子，屋内暖气正好，舒服得很："万小姐，蒋先生在洗澡。"

"许情深？"

"是我。"

电话那边没了动静，半晌后，才听到万毓宁开口："怎么了，仁海的医疗费付不起，又找到捷径了？"

许情深目光抬起看向前方，这个房间宽敞到能在里面骑车健身，她忽然想起了自己住的那一间，逼仄到几乎没有落脚地。

"万小姐，我自己的路是我自己选的，我只想请你别再针对我了。有些事你逼得越紧，只会适得其反。"

"你们现在在哪儿？"万毓宁明显忍着口气。

"九龙苍。"

"不可能！"万毓宁打断她的话，语气中带着嘲讽，"你撒谎也要打听清楚才行，蒋远周绝对不可能让你住进九龙苍！"

"万小姐，你要不相信的话可以打座机，我挂了。"许情深说完，挂断通话。

万毓宁披着一件外套从床上起来，她走到窗边，迫不及待地翻出九龙苍的电话。

电话打过去时，正好老白进屋，他径自来到客厅，一手拿起白玉手柄的话筒："喂。"

"老白？"

"是，万小姐。"

万毓宁屏息凝神："蒋远周呢？"

"蒋先生还没起。"

"许情深是不是在那儿？"

老白默认了下来。万毓宁一手撑向窗台，心里咚咚直跳："把她赶走！"

"万小姐，蒋先生给许小姐准备了些日用品……"

万毓宁顿觉整颗心往下沉："他还要让她住在那儿？"

老白又不说话了。万毓宁一把将窗户推开，冷风推挤着往屋里跑，她冻得浑身哆嗦，却顿时明白了许情深昨晚那句话的意思——如果她针对许情深是因为蒋远周的话，那好办。

一个许情深，就这么把蒋远周拿下了？万毓宁怎么都接受不了。

许情深听到浴室门打开的声音，她抿着嘴角看向走出来的男人。蒋远周一手擦拭着湿发："醒了。"

"刚才万小姐来电话了。"

"是吗？"蒋远周来到床前。

"我给接了。"许情深坦然道。

男人的视线落到她一双腿上："你没问过我，就接了我的电话？"

许情深抬起纤细的右腿，轻轻搭在左腿上，侧首微笑："对啊！我故意的，怎么了？"她轻咬唇瓣，齿尖磨着下嘴唇，眼睛眯了眯，"蒋先生是觉得我见不得人？"

蒋远周一笑，弯下腰坐向床沿，手掌抚向许情深的膝盖："我今天不去医院，让老白送你。"

"不用了，我自己坐车就好。"

"你的车还没修好，自己去车库里挑一辆吧。"

许情深轻摇头："我已经够招摇了，不想变成炫耀。"她不着痕迹拨开蒋远周的手，"再不洗漱，我就要迟到了。"

男人起身走向更衣室，换好衣服后去了趟书房。他掐准了时间，走出书房门时正好许情深也出来。两人一道下楼，老白上前打过招呼："蒋先生，万小姐方才打了电话过来。"

"怎么了？"

"她问，许小姐是不是在这儿。"

蒋远周眉眼未动，薄唇轻启："知道了。"

许情深用过早餐后去了医院。一天过得很快，回到九龙苍门口，没想到老白就站在外面，似乎专门在等她。

看到许情深回来，老白高大的身影上前两步："许小姐。"

"蒋先生回来了？"

"还没有。"

许情深看到不远处停了辆白色的车，目光扫向老白。老白面无表情道："万小姐来了，就在里面。"

"那你等在门口是什么意思，让我避一避？"

"我实在没法保证，万小姐会不会做出什么过激的事。"

许情深抬起腕表看了一眼时间："蒋先生说了什么时候回来吗？"

"没有。"

"那还是进去吧，外面怪冷的。"

老白眼看许情深往里走，她瞅着盯上来的男人说道："放心吧，万小姐比我有教养——这儿是九龙苍。"

许情深进屋时，换上了崭新的拖鞋。万毓宁坐在客厅的真皮沙发上，看到她进来，两道好看的秀眉明显蹙起："他也没派人去接你，你倒是自己来了。"

许情深面色淡然："有些事早就说好了的。万小姐是来找蒋先生吧？我先上楼了。"

万毓宁看向许情深的背影，直等到她消失在楼梯口视线才收了回来："老白。"

"是。"

"九龙苍不是说好了留给我住的吗？"

男人朝她看了眼，见她似在出神："可是……您一直也没住进来啊。"

"我只是觉得……"万毓宁嘴里的话顿了顿，"我觉得还没到时候而已。"

"万小姐，您跟方晟出双入对，还让他帮忙管理仁海医院，蒋先生那是睁只眼闭只眼。既然您还记得您是九龙苍将来的女主人，您就不能太过。您想，您都这样了，还能指望蒋先生不要玩得太过吗？"老白点到为止，万毓宁也是一点就透的人。

许情深来到楼上，经过早晨离开的那间主卧。她并没有立马推门进去，而是背过身靠在门板上。她比谁都清楚，这儿不是她的家，她也没有家。

　　蒋远周回来的时候，天色渐暗，走廊内不甚清晰的灯光衬着许情深仍旧呆站的身影。依稀间，楼底下好像传来说话声，许情深知道她不应该下去，所以站着没动。

　　万毓宁的说话声越来越响，没过多久，传来男人沉沉的脚步声。

　　蒋远周单手解着铂金袖扣，面色紧绷，颀长的身影走来，仿佛带着一股冷风。抬头看见许情深倚在门口，男人微微诧异："干吗戳在这儿？"

　　昨天的热情和勇气仿佛都被浇熄了，蒋远周走近些，见她垂着脑袋："不会是到了现在才觉得害羞吧？"

　　"不是……"

　　楼梯口传来老白急促的脚步声："蒋先生，万小姐急匆匆出去了。"

　　蒋远周头也没回，上前两步。许情深让开身，男人将房门推开，刚进去几步，就听到外面传来了尖锐的刹车声。

　　蒋远周步子一顿，还听到了男人的声音。他脸色一紧，转过身快步出去，许情深和老白也跟在了后面。

　　九龙苍外，白色的奥迪R8横冲直撞，保镖身手矫捷，却也躲不开万毓宁这样折腾。万毓宁双手紧握方向盘，车子不住前进倒退，再前进，就是冲着那两个人去的。

　　蒋远周走到门口，奥迪车踩足油门向前冲，一名保镖一个纵身翻滚在地，刚要爬起来，就见万毓宁猛地打过方向盘朝他碾去。

　　蒋远周脸上明显有了怒意："万毓宁，你给我下车！"

　　另一名保镖气喘吁吁拉过同伴的手臂，将他往后扯，这才躲过一劫。

　　许情深看得心惊肉跳，蒋远周趁着万毓宁踩停刹车时快步上前，手掌透过车窗死死按住女人的手腕："你疯了是不是？"

　　万毓宁的视线透过前挡风玻璃死死射向许情深，右脚慢慢移到了油门上。

　　蒋远周听到那阵熟悉的轰鸣声，刚要去拔钥匙，万毓宁的车就已经飙了出去！

　　男人感觉到手臂传来剧痛，老白那张冰山脸总算有了表情："蒋先生！"

　　蒋远周左手抚在右手小臂上，幽暗的眸子迸出阴鸷，嘴唇抿成一道凛冽的线，浑身透着阴森恐怖的气息。

　　可许情深只看了一眼，就立马收回了视线。车子已经直冲冲地过来，万毓宁目标明确，就是冲着她来的。

　　许情深朝四周看了眼，两侧都是宽阔的马路，她转身后拔腿就跑，前面三五米处有个柱子，许情深几乎能感觉到车轮马上就要碾轧住她的脚了，她拼尽全身力气，一个闪身躲到柱子后面。

　　与此同时，身后传来猛烈的撞击声。

砰——

许情深背部抵着柱子，几乎瘫软在地，身上出了满满的汗。

她好不容易爬起身，几阵脚步声匆匆而来。许情深看到那辆白色的车撞停在柱子上，车头凹陷得厉害，安全气囊都被弹了出来。

蒋远周这次是真的气疯了，他一个箭步冲到奥迪车的旁边，万毓宁头晕眼花，才刚回过神，就被男人打开车门给拽了下去。

蒋远周气得几乎说不出话，他食指朝万毓宁点了点，另一手将她丢开。

万毓宁显然也被吓坏了，男人这一撒手，她愣是没站稳，狼狈地摔到了地上。旁边的保镖伸手想去扶，蒋远周居高临下地盯着万毓宁："谁敢扶！"诸人只能站着，一动不动。

万毓宁抬起手掌，掌心被粗粝的地面磨出血痕，她抬起一双水盈盈的眸子看向蒋远周。

男人的脸部线条绷得那么紧，五官显得更加尖锐了，犹如被最锋利的刀一道道经过打磨雕刻而成："万毓宁，你活得不耐烦了，是不是？"

许情深已经听出了话里面的意思——万毓宁这样，完全是拿她自己的命在开玩笑，蒋远周恼火的可不就是这个？

可万毓宁没有理解，她咬了咬牙："你是怕我撞坏她吧？"

"给我滚！"

万毓宁的脸色彻底僵硬了，以往不管她闹成怎样，蒋远周都不会说出这个滚字。

老白朝她看了眼，欲要上前："万小姐，我送您回去。"

"让她自己走！"蒋远周喝住了老白，"不要给她车子。给我盯着，不准让她打电话，让她自己走回家！"

"是。"

蒋远周站在那儿，表情冷漠，语气凛冽。万毓宁慢慢从地上爬起来，眼眶湿润。

蒋远周扫了眼那辆车，眼里厉色更显。他转身冲着一旁的许情深道："走，回屋！"

他神情仍旧骇人，许情深出来时穿的那双拖鞋已经在方才逃跑时掉了，白色的袜子早已脏污不堪。她也顾不得这些，抬起脚步跟着蒋远周进了九龙苍。

万毓宁擦了擦脸，也是一股傲气，踩着八九厘米尖细的高跟鞋就走了，包还丢在车上没拿。老白知道蒋远周也是一时生气，但终归会心疼，所以赶紧开了车亲自跟上。

许情深和蒋远周来到屋内，朝他的手臂看了一眼："你受伤了。"

蒋远周看到臂上的瘀青："死不了。"

许情深站在客厅中央，裤腿上还沾有草屑，蒋远周斜睨她一眼："这就是你招来的。"

53

"蒋先生是说我早上接了你的电话吧？"

"许情深，作为女人，你不只有一张漂亮的脸蛋，还有一个精于算计的脑子。"

许情深闻言，嘴角微扬起抹弧度："蒋先生，我对于万小姐而言就像是一根小小的刺，虽然威胁度不大，却总是不痛不痒地扎着她；而我呢，软硬都碰不过她……"

蒋远周大掌伸出去，一把攥住她下巴："你不要告诉我，搬到九龙苍来，是为了得到我的庇佑，摆脱万毓宁。你也看到了，事情没那么简单。"

许情深柔软的小手落到男人手背上："蒋先生，我是个睚眦必报的人。"

"什么意思？"

"万小姐处处针对我，还差点要了我的命，我也不能让她好受！反正不管我有没有在你身边，她眼里都容不下我这粒沙子，那我还不如给自己找个最安全的地方呢。"

蒋远周目光在她脸上不住睃巡，视线从她的眉眼处一点点落到她的唇上："你说她针对你，所以你要让她难受？"

"是。"

蒋远周忽然笑出声来："你到底是个什么样的女人？"

"我如果不这样做，万小姐不会因为我的一味隐忍而放过我。我只有让她明白，她逼得越紧，我就离你越近。我在这儿暂住一段时间就走，万小姐如果想通了，肯放了我，那最好；她如果还要害我，我就再靠近你。三番五次之后，就可以她走她的阳关道、我过我的独木桥了。"

这样的答案，完全出乎蒋远周的预料："你想走当然可以，但你怎么能肯定，再想来的时候，我能配合你？"

许情深莞尔："是蒋先生自己说的，美色难挡。"她拉下他的手，摸了摸自己的两颊，"这个回答可满意？"

"你说呢？"

许情深不禁扬了扬笑脸："当然不满意，这话真是太不把蒋先生放在眼里了。我看你怒火冲天，所以跟你开了个玩笑。我到九龙苍来，万小姐虽然闹了，但好歹有你在，所以在蒋先生身边还是安全的。"

蒋远周手臂处传来火辣辣的痛，紧盯着跟前这张似笑非笑的脸。他看人向来准，一针见血，能扎到人心底去。可偏偏面对这么个女人，他怎么好像分不清她刚才的那席话哪句是真、哪句是假呢？而最令蒋远周不解的是，这女人够直白、够现实，可为什么……他偏偏不讨厌呢？

目的性太强，向来是他看不起的，但许情深偏是个例外。这样的她令他觉得舒服，不用花心思揣测。

她行为处事尽管可能不是最干净的，但那又怎样？碍着谁了？

第三章
吸引人的美

　　翌日，许情深坐着蒋远周的车从九龙苍出去，她靠在副驾驶座内，没精打采。男人朝她看了眼："还有力气看诊吗？"

　　"蒋先生还有力气开车呢？"

　　蒋远周笑出声来："昨晚，先投降的不是我。"

　　许情深赶紧闭上眼睛装睡。

　　路上，另一辆车内安静得只有轻音乐声，万毓宁时不时看向正在开车的男人。最终，她还是忍不住先开口："方晟，你还在为昨天的事生气吗？"

　　"昨天，什么事？"男人忽然转过脸来，狭长的眸子里闪烁着阴暗不定的光。

　　"我……"她那么狼狈地回去，他怎么会不知道呢？

　　"毓宁，"方晟的目光落回前方，"这么久以来，你挺享受蒋远周这样管着你，是不是？"

　　"我没有……"

　　方晟冷着脸开车，他心里明白，如果攻不下万毓宁这个人，什么都是白费的。

　　对向车道上，蒋远周的车疾驰向前，许情深昨晚没休息好，这会儿真是昏昏欲睡。

　　前方猛地传来一阵类似于爆胎的剧烈声响，许情深睁开眼，看到一辆大巴车失控向前，蒋远周一脚刹车，前面的车子避让不及，一辆辆严重追尾。

　　大巴车速度极快，车身倾斜向一旁，撞过护栏的瞬间，有人从车窗内被抛了出来。许情深大惊失色，十几米的车子碾过一辆辆小车，倒下之时，连续压了好几辆车在身子底下。

现场惨不忍睹，哀号声和救命声混在一起。

许情深解开安全带："快，快打'120'。"

她着急下车，推开车门才发现，蒋远周的车子也被撞了，她好不容易站到外面，这一眼望去，更是倒抽口冷气。

破碎的玻璃碴儿、破败的车子、倒在地上不住呻吟的人，这一切充斥着许情深的双眼。

许情深着急过去，可路都被堵死了，她爬上了前面一辆车。方才她亲眼目睹好几个人被甩出车窗，他们肯定伤得不轻。

最边上的一条车道正在以缓慢的速度向前行驶，前方出了特大事故，能避开的都避开了。

方晟开着车向前，远远地，看到许情深站在一辆白色车的车顶上。她纤瘦的身影毫不犹豫地向前，跟死神抢夺着时间。

方晟的目光再度落向前，看到了蒋远周的身影。

万毓宁也注意到了那边，只是还未看到蒋远周："太可怕了，怎么撞成这样？"

方晟一把将万毓宁拉到怀里，让她的脸埋在自己胸前。这儿离蒋远周的星港医院最近，今天出了这样的车祸，他势必会忙得无法分身。

"毓宁，我带你去个地方吧。"

"去哪儿？"

方晟将车子开出去："梅岭湾，在山里面。"

"好啊！"万毓宁没有多想，"我正好闷得慌。"

车子开出了车祸路段，方晟这才松开抱着万毓宁的手。

蒋远周站在车外面，没有受伤的大部分人都在实施救援，有些亲人朋友被卡在车里面出不来，还有的车子已经完全变形，根本看不到里面的人。

许情深就在不远处，蒋远周上了一辆车的车顶，然后大步过去。她蹲在被撞歪的护栏旁，地上躺着一个人，在不停地抽搐。蒋远周蹲下身来："救护车在过来了，只是很难开进来，你看看哪些是重伤，先抢救。"

"好。"许情深头也不回地答应着。她脱掉了自己的大衣，垫在了那人的颈后。

她站直了身子，抬头看向蒋远周："手术室呢？准备好了吗？"

今天明显是降温了，许情深里面只穿了一件黑色的低领毛衣，她站在那儿瑟瑟发抖，颈间的肌肤冻得更加苍白。

蒋远周伸出手摸了摸她的脸："不怕吧？"

"这有什么好怕的？"

男人扯动下嘴角，忽然觉得，这一刻的许情深才是最美的，美过她妖娆的每一个姿态，这才像他的女人！

救护车和消防车几乎是同时到达车祸现场，交警也已出动，开始指挥着车辆，给后面的救援队伍让出一条路来。

最惨烈的，莫过于被压在大巴车下的。许情深站在凛冽寒风里，已经感觉不到冷。她第一次经历这样的场面，虽能做到临危不乱，但也到了强撑的底线。

星港医院的医护人员陆陆续续加入进来，消防员砸开大巴车的车窗，将伤者一个个往外送。

交到许情深手里的，是一个五六岁的男孩子，肚子右侧斜插着一块碎玻璃。最糟糕的是，他已经陷入昏迷。而最最糟糕的是，还有一大拨比他伤得更重的人在等待救援。

许情深抱着孩子从护栏的间隙挤出去，她留在这儿也没用了，医院那边还需要人。

蒋远周的车就在不远处，后面的车子陆陆续续被拉开。许情深见蒋远周挂了电话，忙上前道："回星港吧，这个孩子需要马上治疗。"

"好，走。"

蒋远周替她拉开变形的车门，倒车出去时，许情深的目光不禁落向前方："也不知这孩子的家人……"后半句话，却是哽在了喉间，怎么都说不出来。

来到星港，许情深第一时间进了手术室，随后，重伤患者一个个被送进星港。从手术室出来后，许情深就没再看到蒋远周，整个星港犹如进入了一级备战区。

中午时分，许情深一口水都没喝上，新送来的伤者已经到了门口。她大步上前："什么情况？"

"肝破裂，病人出现呕血。"

"送进手术室。"

"等等……"一旁的中年男人忽然冲过来，用力拉住许情深的手，"我老婆怀孕了，动手术的话，孩子……"

"现在都什么情况了！"许情深嗓音嘶哑，冲着男人说道，"保命要紧！"

"不能没有孩子，我们等了将近二十年，才等到这么一个机会啊！"

许情深心急如焚："您别这样，从片子上来看，还有其他脏器损伤……"

"不行！"男人冲过去抱住病床上的妻子，"肯定还有办法的！你们这医院不行，我们要转院！"

"许医生！"不远处，护士推着另一床的伤者过来，"刚送来的，情况十分危急，大出血。"

"送手术室——"许情深回头朝着躺在病床上的孕妇看了眼，吩咐旁边的护士

57

道，"赶紧联系妇产科，尽量劝说他们做手术，不能拖！"

"好。"

许情深顾不得那么多了，耽误一秒就有可能是一条人命。

她自己都记不清楚，她究竟在手术室待了多久，再次出来的时候，她连走路的力气都快没了。她扶着墙壁向前，护士送来了水和饼干，她匆匆吃了几口。

一直到傍晚时分，许情深才忙完最后一台手术。

患者家属握着她的手，一个劲说着感谢的话，可许情深已经没有力气多说一个字。她瘫坐在地上，背靠着墙壁休息了会儿。

许久后，许情深才感觉到冷。她起身往前走，听到不远处有悲痛欲绝的哭声传来。

她加快步子向前，看到一个男人的背影伏在病床上。许情深只觉手脚开始冰凉，她视线越过男人，落到了那名孕妇的脸上。

"快，快救救我老婆，她还有救，我不要孩子了，救命——"

许情深将手里的矿泉水瓶捏得咯吱作响，她三两步上前，猛地拉拽了下男人的肩膀："你——"

对方一个趔趄，在看清楚许情深后，男人忽然砰地跪下去："医生，救命啊，我老婆不能出事！"

旁边的护士走到许情深身侧，拉了拉她的衣袖："没用了，今天医院里的伤者太多，他又不肯配合。"

许情深难以置信地看向病床上的女人，监测仪上，生命体征已经消失。她弯腰推开那名壮硕的男人，冲着护士说道："抢救！"

结果，其实并不能够改变。

男人跪在手术室外面，不住磕头，前额都给磕出了血。

许情深出来的时候，男人一下爬了起来，着急要问，却又怕得到最坏的结果："医、医生……"

许情深摘下口罩，右手紧紧握了下，然后摇头。

"不——"男人抱头痛哭。

许情深忍着鼻尖冒出来的酸涩，脚步僵硬地向前挪动，脸上没有多余的情绪能够宣泄。她回到门诊室，将门砰地关上，人靠着门板站定的瞬间，眼泪不知不觉淌了出来。

老白来到蒋远周的办公室，男人在窗前站着，屋内就开了盏台灯，窗外很亮，光束透过蒋远周的侧脸扑面而来。

今天的星港，走了多少条人命？

老白走向蒋远周身侧："蒋先生。"

蒋远周没有应答，老白自顾往下说："万小姐和方晟往梅岭湾去了，那儿是山区，很难跟，要不要截下来？您亲自过去趟？"

蒋远周觉得疲倦，两根手指轻轻按动眉宇间。他像是想起什么似的，忽然问了句："许情深呢？"

"许小姐那边也不怎么好，一名病人家属不肯配合，许小姐……没能将病人抢救过来。"

蒋远周目光抬起看向前方："她人呢？"

"把自己关在了门诊室。"

蒋远周双手撑向窗沿，看了会儿，然后转过了身。

老白朝他看了一眼："要去梅岭湾吗？"

"不去。"

"蒋先生，"老白见他迈起脚步向前，忙紧随其后，"这方晟好像是安排了要跟万小姐独处，梅岭湾那边没有我们的人。医院的事我可以帮您盯着，万小姐她……"

蒋远周脚步稍顿，老白替他拿了挂在衣架上的大衣。男人伸手取过，黑色的及膝大衣披到身上。

"蒋先生，我这就安排车。"

蒋远周走出办公室，来到电梯门口。这一层楼相较于整个星港来说，绝对是最安静的。他走了进去，高大的身影霸占了电梯内不少的空间，老白匆匆赶来，按了负一楼。

蒋远周见状，手指按向另一个楼层键，身侧的男人不禁朝他看了看。

该说的话都已经说了，待电梯门打开后，老白跟着蒋远周往外走。

这个男人一直是犹如神一般的存在，他杀伐决断，从不犹犹豫豫，星港被捧至这样的高位，都是蒋远周一点一点经营出来的。

蒋远周来到门诊室前，抬起手轻叩两下。

"谁啊？"里面传来的声音有些沙哑。

"我。"

隔了一会儿，门才被打开。许情深抬头看看，见到蒋远周背光而立，周身的凛冽在走廊内亮炽的灯光下变得柔和不少。男人端详着她的脸，哭过，只是眼泪被擦干了，双眼还有些红肿。

蒋远周走进去："晚饭吃了吗？"

"没。"

许情深鼻音浓重，抬起腕表看了一眼时间："我去看看那几个病人情况怎么样。"

她似乎是想逃，蒋远周一把扣住她的手腕将她拉回来："那个孕妇的死跟你没关系。"

"怎么没关系？"许情深埋着头，怕被蒋远周看见她的样子，便用左手遮住自己的脸，"我应该坚持一下。"

"你如果在她身上坚持的话，死的就是另外一个人。医院里面这样的事难道还少吗？"

许情深瘦弱的肩膀微微耸动。她很少会有情绪绷不住的时候，蒋远周伸出手，将她的下巴抬起："把眼泪收回去。"

她喉间仍有轻哽，蒋远周将她的脑袋按至自己胸前："我最见不得女人哭了，够了啊！"

"我们永远不会知道，意外和明天哪个先到来。"许情深伸手在他胸前轻推了下，她语气还带着哭音，"谁告诉你我哭了？"

蒋远周朝她脸上一指："那这些是什么？"

许情深双手胡乱抹了几下："我哭了吗？"

没来由地，蒋远周被她这番动作弄得有些想笑："眼睛通红。"

许情深双手捂住了自己的双眼："生死有命富贵在天，我就是没哭。"

这样的……睁着眼睛说瞎话，也真是没谁了。

蒋远周忽然凑过去吻住她红润的双唇，动作快到许情深的两手还没放下来。她惊得薄唇动了动，他轻咬了下她的嘴角，然后乘虚而入。

许情深忙将双手挪开，只是两眼还来不及睁开，视线就被蒋远周那微凉的掌心给蒙住了。

他结束了同她的缠吻，唇瓣顺着她的嘴角一直往上亲，蜻蜓点水，却杀伤力十足，许情深被他亲吻过的半边脸颊都红了。

蒋远周的唇停在她耳畔："嘴巴不老实，我看你这人，也就身体诚实点儿。"

"蒋先生，今天不开玩笑好吗？"

"这难道不是事实吗，狡辩什么？"蒋远周站直了身，"走，去吃饭。今晚你要回去吗？"

许情深摇头："回不去了。"

"好，走吧。"

许情深跟着蒋远周来到医院食堂，饭菜都是热腾腾的，今天还有特供的牛奶和水果等。

老白端了饭菜坐到两人的身边："蒋先生，刚才又有几名伤者被送进来。"

许情深握着筷子的手顿了顿："怎么？这都一天了，还没施救完吗？"

"不是，"老白朝蒋远周看了眼，"那几个伤者只是骨折而已，伤得不算重，原本是被安排到仁海的。可不知道听了谁的话，非要跑星港来，说是星港的骨科全国有名。"

"我看他们是有病！"许情深毫不客气道，"也不看看星港接了多少生命垂危的人，这不是跑来瞎胡闹吗？"

蒋远周一听，绷紧的嘴角微松，见她餐盘里的肉未动，问道："怎么不吃？"

"哦，吃两口就够了。"

男人不禁皱眉："这么瘦，还不多补补？"

蒋远周吩咐旁边的老白道："再去拿一份虾仁过来。"

"不用了，"许情深喊住欲要起身的老白，"我不多吃。"

蒋远周胃口也不是特别好，他抬起手腕看着时间，老白知道他心里肯定在想着万毓宁的事，这会儿过去怕是已经来不及了。老白干脆继续方才的话题："许小姐是在减肥吗？或者不喜欢这儿的伙食？"

"不是，"许情深筷子轻拨了几下，"我不减肥，也喜欢荤腥的东西。很小的时候，我妈就说了，弟弟是男孩子，需要长身体，要多吃肉；我呢，即便是再爱吃的糖醋里脊，都不能夹第二块。有一次，我爸妈带着我去走亲戚，那家阿姨做菜特别好吃，又好客，一个劲儿地催促我多吃，我还是个孩子啊，哪禁得住那样的诱惑。"许情深自嘲地摇了摇脑袋，"一盘炸鸡排被我吃了得有一半吧，那位阿姨对我妈说，芳华，你家女儿怎么回事？就跟从来没吃到过肉似的……"

蒋远周不禁抬起眼帘看向许情深，幽暗的眸底滋生出一种晦涩。许情深嘴角还是勾着笑在说话："那时候，我也算懂事了，就像蒙受了奇耻大辱似的。直到现在，我能自给自足了，可我还是不敢肆意……我就怕有人笑着对我说，看看，你就跟从来没吃到似的。"

蒋远周心里犹如压了块石头。许情深继续用餐，没过一会儿，她抬头看了眼对面的男人："你今晚不回去？"

"不回去。"

许情深拿了个橙子在手里："万小姐要有事找你的话，不会找到医院来吧？"

"你怕什么，怕她再拿车撞你？"

"我当然怕啊，小命就只有一条。"

老白在旁没有按捺住："蒋先生，要不要给万小姐打个电话？"

"多此一举！这时候，她的手机还能开着？"

许情深将剥开的一瓣橙子塞到嘴里，酸得五官都皱拢在一起："哎哟，蒋远周，这橙子酸得就跟你现在的心情似的。"

蒋远周眯了眯双眸："你喊我什么？"

"蒋先生。"

"再装！"

许情深单手撑着侧脸："万小姐又和方晟在一起吧？"

蒋远周面不改色："你吃醋？"

她吃完了一个橙子，擦净双手："别闻到酸味就说我爱吃——我去查房了。"

蒋远周看着许情深离开，男人推开手边的餐盘也跟着起身。

两天后。

晌午时分，车窗外的阳光懒洋洋地落到副驾驶座内的人身上，万毓宁的右手中指上多了枚戒指，嘴角忍不住挂了笑意："方晟，我回去就跟我爸说，我要和你订婚。"

"我跟你一起去。"方晟拉过她的一只手，握在掌心内。

万毓宁面颊绯红，将头靠向方晟的脑袋。万家家教甚严，蒋远周又宠着她，除了这次，万毓宁在男女之事方面倒真没出过格。

傍晚的时候，蒋远周接到万鑫曾的电话，让他过去一趟。

这一趟其实不用亲自过去，他就知道所为何事。

来到万家，客厅内有几分狼藉，万毓宁坐在沙发上抹着眼泪。

万鑫曾见到蒋远周进来，脸色总算缓和些："远周，坐。"

"万伯父，这是怎么了？"

万鑫曾朝他看一眼，面色严肃："这两天，毓宁是跟你在一起吗？"

蒋远周搭起长腿，上半身往后靠，视线随之扫向万毓宁。后者的脑袋就差埋到胸前去了，就是不敢看他。

"没有，我一直都在星港。"

万鑫曾气得用手指了指万毓宁："你之前跟我说要跟远周出去玩两天，你学会撒谎了是不是？"

"爸，我不小了，我能安排好自己的生活。"

万鑫曾嘴唇都在哆嗦，一手扶着前额："她居然跟我说，她要跟方晟订婚。"

万毓宁自始至终都没敢看蒋远周一眼，男人手指在膝盖处轻敲几下："毓宁，你跟方晟才认识多久？"

"你不是有许情深吗？"万毓宁听到这儿，目光对上蒋远周，"你跟她认识第一天，你们就上床了！"她憋着口气，无处宣泄，回来的时候原本是方晟陪着的，但万鑫曾发了火，她只好让方晟先离开。

蒋远周没有否认，眸底的光却越来越冷。

万鑫曾在旁插了句话："你小小年纪懂什么，他逢场作戏而已！"

"我想要个一心一意对我的男人，蒋远周不是！"万毓宁激动出声。男人不禁侧目，心里说不出是什么滋味，但有一种情绪，却真真实实地表现在了他的脸上。他眼

62

中含着怒意："万伯父，既然她这么坚持，你就成全了她吧。"

"什么？"万鑫曾怔怔出声，"远周，这次是毓宁胡闹，你可不能糊涂啊，蒋万两家什么交情？"

"再深的交情，我也不会要一个失了身的女人！"蒋远周说完，颀长的身子站了起来。

万鑫曾仿佛被人抽了一巴掌似的："远周！"

男人迈开步子离开，万毓宁眼圈通红，手指死死按住那枚戒指。

蒋远周出了万家，一口稀薄的空气浸入肺腑，他站定在车前，老白替他将车门打开："蒋先生？"

男人坐进车内，出神地盯着万家别墅，半晌后，才收回视线。

接下来的一个月，许情深都没再见过万毓宁。据说，万家那边被折腾得不轻，万毓宁带着方晟越来越高调地出现在各种场合，再后来……万家好像是松了口。

许情深下班的时候，没想到许明川会在医院门口等她。

"你怎么来了？"

"请你吃晚饭啊。"

"少来！你有钱？"

许明川笑着抓了抓脑袋："想让你请我。"

许情深忍俊不禁："走吧。"

姐弟俩坐了地铁离开，吃饭的地方是许明川选的。

来到餐厅，许明川偏偏要坐包厢。许情深依着他，又让他点了自己爱吃的菜。服务员刚出去，包厢的门就被推开了。许情深抬头一看，进来的却是方晟。

许明川见状，笑嘻嘻地站起来："姐，你们慢吃啊，我先走了。"

"几个意思？"

"你别生气啊，姐，你们需要好好谈谈，之前车祸的事我都知道了，跟方晟哥没关系……"许明川一边说一边往外走去。

方晟径自在她身旁入座，偌大的包厢内很快恢复静谧。许情深拿起茶杯喝了口，视线一直避着方晟："你找我有什么事？"

"万家答应我和毓宁订婚了。"

许情深猛然觉得嘴里的茶水升了温，好像有些烫："是吗？恭喜啊。"

"他们需要一份我身体健康、无任何遗传病的体检报告，情深……我需要你的帮忙。"

许情深目光直勾勾落向方晟："你说什么？"

"只有你能帮我。"

"你疯了吧！"许情深将茶杯放到桌上，"万家有自己的医院，跟我有什么关系？"

"我会说服毓宁，我体检会去星港医院。"

许情深明知前方有一摊浑水，她千万不能跨出去一步："星港有专门的体检中心，你得买通那里面的人。"

"我要去做这个体检，待遇肯定跟别人不一样，蒋远周怎么都会安排主任级别以上的人全程负责，情深……"

许情深觉得心中一把怒火噌地烧起来，她狠狠打断方晟的话："我凭什么帮你？体检报告造假，如果被万家知道，他们不会放过我，蒋远周也不会放过我！"

男人站起身，来到窗边打开一扇窗户，然后从兜里摸出包烟，用修长的食指掏出一根。点着打火机的时候，燃起的冰蓝色火焰离他那么近，却丝毫没有驱逐尽他眼底的冰凉。他用力吸了口："情深，我一步步走到现在，如果这一关过不去，那就是前功尽弃。"

"我不关心你和万小姐的事，我只是个小小的医生。我依靠不了别人，只能靠自己保住我的饭碗。"

方晟回过头，上前两步，手掌轻落到许情深的肩头："等我的时机成熟之后，情深，你就不用再受苦了。"

许情深一把将方晟的手拨开："你能告诉我你接近万小姐的真正目的吗？"

男人绕过餐桌，手臂伸直，将烟掐熄在烟灰缸内："情深，我不贪图万家的东西，也不爱万毓宁这个人。但是，情深……如果一个曾经深爱过你的人，不惜一切要将你牵扯进来完成一件事，那么这件事……"

"不要再说了，"许情深忽然觉得心慌，"方晟，我反悔了，我不想听了。"她拿起旁边的包，用力地推开椅子，"现在的许情深，没有妈妈、没有家、没有方晟，只有她的工作，她不想有朝一日被赶出去还要饿死！方晟，你的忙我不帮！"

方晟没有拉住许情深，她快步走出了餐厅。

回到九龙苍，老白和蒋远周都在，许情深走过去，听到老白的说话声："这些是需要采买的清单，您看看。另外家里那边的礼品，得蒋先生亲自准备了。"

许情深上前两步："在说什么呢？"

蒋远周随意翻看手中的清单："马上要过年了，备些东西。"

许情深没有接话，似乎这个话题很敏感。她走上楼的动作有些小心翼翼，是啊，她都在九龙苍住了一个多月了。马上就要过年了，蒋远周肯定有他的安排，他不开口，并不代表她就能一直住下去。

蒋远周上楼的时候，没有听到卧室内的动静。他轻轻推开门，看到许情深背对门口站着，右手拿着手机，好像还未接通。

蒋远周跨进去一步，然后听到许情深率先开口："爸。"

电话那头的许旺很开心："情深啊，晚饭吃了吗？"

许情深声音晦涩，左手手指在干净的玻璃窗上杂乱无章地画着什么东西："爸，我想回家。"

蒋远周脚步顿住，许旺也明显愣了下："情深，在外面肯定住得不习惯吧？"

"爸，那也是我的家，马上就要过年了，我为什么不能回家？"

蒋远周身子斜靠向墙壁，静静听着，许情深那一抹苍凉的嗓音漫过他的心头。

许旺听了，也难受："好，情深，回家！你回来！"

"那我回去了，住哪儿？"

许旺蒙住，他想说，让许情深跟赵芳华挤挤，但这种事，赵芳华是打死都不会同意的。

电话那头没了声响，许情深的手握成拳，轻轻在玻璃上砸着："爸，我朋友也要跟家人团聚，总不可能带着我吧？这一个多月来，我每天都战战兢兢的，寄人篱下最怕的就是听到一句别人让我走。"

以往，这种话许情深是不会说的。只是她一直等啊等，爸爸都没有让她回去的意思。她只是太孤单了。

许旺听到这儿，心中酸涩难耐，他轻叹两口气："情深，爸爸一定让你回家过年，我去跟你妈说。"

蒋远周靠在那儿站了会儿，许情深一句话不说，就维持着那个姿势。男人倾身上前，到了她身侧，伸手拿过她贴在耳边的手机。

通话早就结束了，许情深回过神，眼睛往四下看了看："是要吃晚饭了吗？正好，我快饿死了。"

"给谁打电话？"

许情深拿回自己的手机："一个超级大帅哥。"

她嘴角挂着笑，同方才判若两人。蒋远周也没戳穿她，朝窗边一靠，顺手揽住她的腰。

方晟的体检，果然被安排在星港医院。

万鑫曾不喜欢方晟，如果是在仁海，他随随便便就能给方晟一个不合格。而蒋远周的医院就不一样了，蒋远周跟方晟不和，篡改报告的事想必他也不屑做，从星港这边出来的鉴定结果，绝对是最真实可靠的。

这就是方晟说服万毓宁最好的理由。

万毓宁的事，蒋远周不再插手，直接安排给了周主任。

这日，许情深轻敲开周主任办公室的门："周主任，您找我？"

一会儿就要开始看诊，周主任的门外，有些病人从早上三四点就来排队了。

周主任抬头朝她看了看："待会儿有人过来体检，外科这一项，你负责吧。"

65

"体检？不是有体检中心吗？"

"特殊待遇。还有，报告要写得详尽，你也知道，最后他们只看结果。"

许情深猛地想起了什么："周主任，您还是安排别人吧，我……我不行。"她知道了，那人肯定是方晟。

"怎么不行？这段日子你的表现很好，好好干，过几天有台大手术，你跟我一起进手术室。"

"谢谢周主任，可这件事……"

"去吧，我马上要看诊了。"

许情深无奈，推门出去。她不想碰触的事，如今偏偏落到了她手里。

方晟前路后路几乎都已被堵死，就指着这张报告了，她真能下得去手吗？

陪着方晟一起来星港的，是万毓宁。

许情深若有所思地坐在办公桌前，直到有护士敲响她的门诊室。

万毓宁挽着方晟的手臂进来，一看到许情深，杏眸圆睁："为什么会是她？"

"是周主任安排给我的。"

"不行，换人！"万毓宁转身就要走，"蒋远周存心的是不是？我看这个体检不用做了，你直接写个不合格好不好？"

方晟一把握住万毓宁的手腕："毓宁，别着急。"

许情深从口袋内掏出支笔："是啊，我直接写个结果，你们就没法订婚了。"

她越是这样说，方晟心里反而越有底。他着一件浅驼色修身大衣，挺拔而英俊地站在那儿，手臂轻轻揽住万毓宁的腰肢："行了，赶紧开始吧，她坐在医生这个位子上，不会故意刁难我。"

方晟上前两步，将手里的资料交给许情深。

许情深接过后看了眼，这份检查单足有十几页，居然连手指长度这样的项目都有。

"许医生？"方晟弯腰，"可以了吗？"

许情深撕了几张单子，将需要做的项目一一打钩，签字笔落到其中一个方框前，手难以抑制地发抖。

方晟的眸子也定在那里，许情深知道，这一项体检要是做了，方晟就是个透明人了，再没一点秘密可言。

"你倒是快点啊，又在动什么歪心思？"万毓宁在旁边催促。

许情深的手往下滑，握紧的笔没有动一下。方晟松了口气，落向她的目光中藏匿不住一丝往日的温存。

写体检结果的时候，许情深写得很细，有个别项目尽管没做，但她很好地掩饰过去了。

66

万毓宁拿到结果，发现方晟什么都好，就是有些贫血，忙道："快，赶紧回家给爸看看。"方晟被万毓宁拉着往外走去。方晟走了，像一阵风一样。

许情深拿过桌上的笔帽，签字笔一下没套住，扎住了她的手指，她痛得倒吸一口冷气。

年关将近，物业在九龙苍外面挂了一排喜庆的灯笼。

蒋远周将车停在信号灯前，许情深一眼望出去，有些出神。

"除夕那天我要回蒋家，九龙苍这边已经安排好了人。"

许情深放在腿上的两手交握，赶忙接口："我也要回家的，你不用安排人过来。"

她不得不这样说。蒋远周自立门户后鲜少回家，可过年不一样，连蒋先生都要回去热闹热闹，这般一比较，她还真是个没人要的。

蒋远周目光透过内后视镜朝她看了眼："家里打过电话让你回去了？"

"啊？嗯。"许情深忙不迭地点头。

来到医院后，许情深刚换上衣服，许旺的电话就来了。她心下微喜，大步来到窗边："喂，爸。"

"情深，要过年了，除夕那天回来吃饭吧。"

许情深眼角上扬："那我明天就回去。"

那边顿了顿，许情深心里猛地咯噔了下："爸？"

"你妈说了，大过年的是要吃顿团圆饭，所以……"

"爸，你的意思，是让我除夕回来吃顿晚饭，仅此而已，是吗？"

许旺一时间不知道该怎么开口，许情深轻闭眼帘："算了吧，医院最近特别忙，除夕也要加班，我就不回去了。"说完，许情深将电话挂断，心里没觉得有多难受，只是空落落的，不舒服。

蒋远周是小除夕那天回去的，走时，老白将收拾好的东西拿到车上。

许情深坐在客厅内看电视，蒋远周走到她跟前："我走了。"

"哦。"她嗓音低低的。

"我可能要初五左右回来，九龙苍这边随你安排，你也可以把你家人接来。"

许情深面色不自然地轻笑："你真会开玩笑。"

老白拿了件大衣进来："蒋先生，都准备好了。"

蒋远周转过身，老白替他将大衣披在肩头，男人走出去几步，回头看了眼。许情深的视线定定地落在他身后，被蒋远周发现后，她又忙盯着不远处的电视看。

没来由地，蒋远周心里竟滋生出些许不舍。

许情深望着蒋远周离开了九龙苍，鼻尖漾起一股酸涩——连她身边最后一个人都回家了。

第二天，新来的保姆提着大包小包的菜走进九龙苍。许情深几乎在楼上睡了一天，直到傍晚时分才下去。

九龙苍就跟往常一样，连副对联都没贴，许情深走进院子，远远看到一个熟悉的身影站在门口。她大步过去，以为自己看错了："明川？"

"姐！"许明川挥了挥手，"快让我进去。"

许情深给他开了门："你怎么会来这儿？"

"你居然真的住在这儿！"许明川一边往里走，一边说道，"姐，你和蒋远周现在是什么关系啊？"

"我问你怎么会来这儿的？"

"哦，方晟哥给了我地址，他让我来陪你吃年夜饭。"

许情深停住脚步："方晟？"

"是啊！"许明川一把搂住她的肩膀，"姐，快带我进去参观参观。"

许情深将他的手臂推开："你到这儿来，爸妈知道吗？你回去吧。"

"姐，你就别硬撑了，我才不要在家吃年夜饭，无聊！我要陪你。"许明川说完，一把抓住许情深的手腕往里拖。

而东城的另一处，也是热闹极了。

整个酒店都被蒋远周包了，VIP包厢内，巨型圆台前坐满了人，蒋远周的手边摆着几个空酒瓶，手臂随意搭在旁边的椅背上。他被灌了不少的酒，手指夹着的那根烟只剩了半根。

对面，堂弟将新女友带在身边，难免腻腻歪歪的，喝了几口酒后本性毕露，搂着女孩子就要亲。

蒋远周狠狠吸了口烟，眼看着小半根烟燃尽，可涌起的欲望怎么都按捺不住。

散席的时候快晚上十点钟了，蒋远周醉醺醺离开酒店，司机扶着他上车，男人意识全无，嘴里只是念叨着："回九龙苍。"

"蒋先生，您要去九龙苍？"

"九龙苍。"蒋远周重复了一遍。

车子缓缓开出去，半个小时左右的车程后，这才来到九龙苍。司机欲要搀扶蒋远周进去，却被他一把推开："走。"

男人脚步趔趄，跌跌撞撞地往里走，大门没关，他身子轻轻一撞就开了。

姐弟俩的晚餐还没结束，许明川撑着下巴："姐，这酒……好喝。"

68

"行了，少喝点，待会儿还要把你送回去。"

许明川抬抬眼帘，忽然看见一个身影从不远处走来。

蒋远周走路摇摇晃晃的，许情深也听到了动静，回头一看，吓了一大跳："你今晚不是不回来吗？"

蒋远周身上酒气很重，他走到餐桌前，许情深忙起身，然而男人并没给她说话的机会，扯过她的手臂将她纳入怀中，重重地吻了下去。

许明川张大了嘴，看蒙圈了。

许情深别开脸："蒋……唔……"

蒋远周吻了几下，松开嘴，许情深面红耳赤："你别……"

男人再度吻住她的嘴，许情深使劲将他推开，然后坐回了椅子内。蒋远周见状，一把抱住她的肩膀，湿腻的吻落到她脸颊上，空气内噌地烧起一把名叫欲望的火。许情深还在躲避，蒋远周干脆用手扳住她的下巴，手指一用力，她薄唇微启，男人张开嘴含住……

好污！

许明川狠狠吞咽下口水，这可比他看电视激烈多了。这男人是不是太彪悍了，好歹也顾忌顾忌他这个旁观者啊！

许情深知道蒋远周肯定醉得不轻，不然许明川这么一个大活人在这儿，他能看不见？

她力气敌不过他，等到蒋远周结束，埋在她颈间喘着气，许情深这才在蒋远周胸前推了把："我、我弟在。"

蒋远周脑袋动了动，英俊无比的脸轻抬。许明川轻咳两声，挥挥手："嗨！"

蒋远周的眉头忽然紧锁起来。别的都思考不进去，但对面坐着个男人，他却是一眼就看见的。蒋远周猛地一声暴喝出口："老白，把他拖出去埋了！"

许明川手里的叉子哐当掉在地上："哈基玛——"（备注，哈基玛，韩语"不要"的意思）

两个酒鬼！许情深差点忘了，许明川其实也是醉意醺醺，要不然也不会这样嗲声嗲气，连韩语都出来了。

蒋远周单手撑着桌沿，另一手落向许情深的肩膀，嘴里一副命令的口吻："埋了，赶紧！"

"蒋先生，这是我弟弟……"

"弟弟是什么东西？"

原本坐着的许明川一把推开椅子，朝两人敬了个礼："回big boss（大老板）的话，弟弟就是小弟弟，你有、我有，女人没有！"

许情深望了望手边，真想一杯酒泼过去，估计许明川是最近热播的韩剧看多了。

蒋远周干脆拉开椅子坐下来，手臂自然地环住许情深，另一手朝着许明川指了指："是吗？给我看看。"

"我扶你上楼休息吧。"许情深不能再任由两人耍酒疯，蒋远周酒醒之后要是知道自己说过的话，非喷血不可。

蒋远周推开她的手，许明川凑过身来："干吗看我的啊？你也有，你自己找找。"

"许明川！再发酒疯，我把你赶出去！"

蒋远周瞅了瞅许情深的侧脸，食指忽然落到颈间，开始解衣服扣子。许情深忙抓住男人的手指："你别听明川的，他喝醉了。"

"姐，我可没醉，我喝的不是酒，是寂寞！"

蒋远周手上动作还在继续，许情深只好连哄带骗："走，走，我们上楼，我给你找行不行？"

"我也去。"许明川举起手。

"滚！"许情深一个眼色丢过去，许明川乖乖噤声，像只小狗似的趴在了桌上。

喝成这样，许情深也不放心让弟弟回家，吩咐保姆将许明川带去客卧休息一晚。

这蒋先生醉酒后明显矫情不少，路也不能好好走了，半边身子都压在许情深身上。回到卧室，许情深好不容易将他搀扶上床："要洗澡吗？"

蒋远周身上酒气浓重，许情深不放心楼底下的人，见他安分些后才拿了手机下楼。

保姆正好从房间出来，说是许明川已经睡了。许情深走到门口，开门看了眼，这才安心。想到家里人兴许会着急，她又给许旺打了个电话，说是弟弟喝醉酒了，今晚一起住在朋友家。

九龙苍外，迎接新年的烟火绚烂不绝，许情深洗过澡躺到床上。旁边的男人睡得很沉，对他们来说，这个年好像并没有什么特殊的氛围，蒋远周也没有像那些花花公子般出门潇洒。许情深往他身边挪了挪，然后再挪了挪。原本，她已经打算好了看通宵电影，可这会儿……用不着了。

许情深觉得倦意十足，她拉开蒋远周的一条手臂，然后小心翼翼地窝进他怀里。

真暖和。

蒋远周这一觉虽然睡得时间长，但并不舒服，口干舌燥地轻睁眼帘，猛地看到一个小脑袋。

这一下，他睡意全无，脑子飞快运转——对了，自从知道万毓宁要订婚后，小姨就张罗着让他相亲，不会是昨晚硬给他塞了一个吧？

蒋远周脑洞大开，撑坐起身，抓了抓头发："小姨！"

许情深一下醒过来，轻揉双眼："什么小姨？"

男人听着这说话声，不禁将视线看过去："许情深？谁把你接来的？"

许情深跟着坐了起来："你醉糊涂了？"

蒋远周朝四周看了眼："我怎么会在九龙苍？"

"当然是你自己过来的。"许情深知道他肯定是喝断片儿了，"昨晚我弟弟来陪我吃晚饭，也喝了点酒，我留他住了一晚。"

蒋远周起身，头还有些疼："我先去洗个澡。"

两人下楼的时候，许情深去客卧看了眼，保姆从厨房出来："许小姐，你弟弟一大早就离开了，神色匆匆的样子。"

"怎么了？"

"不知道啊，人倒是清醒了，嘴里嚷嚷着，说是有人要把他埋了，然后就跑了。"

蒋远周一边喝着水，一边还不忘调侃出声："你对你弟弟说什么话了，把他吓成这样？"

"蒋先生，这话可是你说的。"

"不可能！"

许情深轻摇下头，忍着笑意："你昨晚回来，看到九龙苍有个男人，你说要把他埋了。"

"是吗？"蒋远周放下水杯，修长的手指轻抚下巴，"他应该解释，说是你弟弟。我的九龙苍可不允许出现奸夫这样的玩意儿。"

许情深干笑两声，想到了昨晚关于"弟弟"的那个解释："你今天要出去吗？"

"要。"蒋远周抬起腕表看了一眼时间，"要去几位长辈家里拜年。你呢？"

"我去值班。"

"大过年的，我给你放假。"

许情深轻摇头："那还不如在医院呢。我答应了几个住院的小朋友，要给他们带新年礼物。"

蒋远周望了她一眼，嘴角浅弯："好，随你。"

几天后，蒋远周一早就出去了，蒋家规矩比较多，一到过年就恨不得把他拴在家里面。

许情深吃过早饭出门，司机在门口等她。去往墓园的路很不好走，所幸几乎没人会选择在大年初六这样的日子来上坟，所以车开得还算顺利。

她在墓园买了上坟需要的东西，然后只身往里走去。

远远地，许情深就看到一抹高大挺拔的身影站在不远处，她知道那是谁。

妈妈的墓地和方晟母亲的墓地紧密相连，许情深望了眼墓碑上的照片，弯腰将手里的花插在花瓶内："不是昨天才订婚吗？上坟怎么没把万小姐带来？"

"蒋远周知道你来这儿吗？"方晟反问道。

许情深奇怪地睨了他一眼："干吗这样问？"

方晟蹲下身，将墓碑上的积雪用手掌拂去："好像只有在这儿，我才可以不违心地说话，可以不那么累。"

"方晟，尽管我不知道你究竟要做什么事，但是看在干妈的面子上，能帮的我会帮你一把。"

"原来，你还记得你小时候喊过她干妈……"

许情深嗓音往下沉："当然记得。"

墓园外，正在等候许情深的司机接到蒋远周的电话："她在哪儿？"

"松江墓园。"

蒋远周自己开车，随手定位下，离他倒是不远，"我过来趟，让她在里面自己待会儿吧，先不要告诉她。"

"是，蒋先生。"

许情深将墓碑的雪扫除干净，然后捏了一小撮在手掌心内，冰凉刺骨透过薄薄的肌肤往里钻。方晟单手插在兜内，天空飘下来几朵雪花，他拿起旁边的黑伞，站到许情深旁边。

一把伞下，站着青梅竹马的两个人。以往的每一年，他们都会一起来上坟，可今年不一样。

方晟看了眼墓碑上的照片："阿姨，情深把我照顾得很好，你和妈妈都要保佑她。"

许情深抬起眼帘，朝他轻轻看了眼。

兜内的手机传来振动声，方晟接通后放到耳边："方先生，蒋远周正在赶过来，大概还有十分钟路程。"

"知道了。"方晟收起伞，一手轻扶许情深肩膀，"快回去吧，蒋远周马上到了。"

"他来这儿？"许情深面露犹疑。方晟知道没时间了："不能让他看到这两个紧挨在一起的墓。"

"为什么？"

"蒋远周这人心机深重，我不想将来有一天连累你。"

"要走你走吧，"许情深面无表情地盯着他，"我要跟你一样，就活得太累了。他要怀疑就怀疑，我不用时刻小心翼翼，我又不爱他。"

方晟眸子里跳跃着亮光，忽然笑了笑，弯腰将另一座墓碑前的东西清理干净。临走之前，他还把花瓶内的花带走了。

许情深没带伞，雪越下越大，蒋远周撑着伞进入墓园时，一眼望去就看到了她。

背影萧瑟，形单影只。

蒋远周放轻脚步来到她身后，手里的伞倾斜过去，挡住那一片纷扰飞舞的雪花。

许情深朝他看了看："你怎么来了？"

"路过。"

蒋远周的目光落到墓碑上，然后挪开，余光扫向旁边，却看见了"儿子方晟泣立"几个小字，便问道："这是方晟母亲的墓？"

"是。"许情深目光淡淡地瞥了眼。

"方晟经常来吗？"

"不知道，应该不会常来。"

蒋远周看了眼两座紧挨在一起的墓碑，总觉得有种奇怪的感觉萦绕在心间。他再一看死亡的时间，居然是同一日。

许情深眼看墓前的香烛即将燃尽，又有蒋远周在，有些话她也不能同妈妈讲，便道："走吧。"

蒋远周替她撑着伞，一手揽住她的肩膀。许情深整个人僵硬，如被毒蛇咬了口，猛地推开蒋远周的手。

男人觉得莫名其妙，却很快反应过来："怎么？跟着我，在你妈妈面前觉得丢脸？"

"不是，"许情深可不想触到这位蒋先生的怒火点，"这儿阴森森的，不适合谈情。"

她目光往下垂，蒋远周的裤腿被打湿了，上头还沾着些许泥泞。这样的天气，就算尊贵如他，出来也不免会狼狈。只是这一刻，许情深倒没觉得男人的形象受损，他站在一排葱郁的苍柏前，犹如一把撑开的保护伞。

她忽然伸出手主动挽住了蒋远周的胳膊："快走，雪下大啦！"

许情深撒开腿小跑着，蒋远周不得不大步跟上。他被自己这样的行为逗乐了，薄唇也跟着轻扬起来。

两人回到车上，蒋远周取过毛巾盖住许情深的头，替她小心擦拭。

"蒋先生体贴人的时候，真有一套呢！"

"乖乖待在我身边，我会对你越来越好。"

许情深微笑："好啊！"

许情深下午还要去医院，两人在九龙苍吃过中饭，许情深就出门了。

还未到看诊时间，许情深却看见一个女孩低着头，正坐在她的门口等待。她进门换了衣服，然后叫女孩进去。

女孩将病历卡给她，许情深翻了下："丁然，哪里不舒服？"

"身上痛。"

许情深抬头朝她看了眼："你的脸怎么了？"

丁然摸了摸自己的脸庞，有些红肿，她将厚重的羽绒服外套脱下来，然后把里头的毛衣掀起："我被人打了。"

许情深看到丁然白皙的肚皮上有一道道瘀青，像是被人踢的。她拿过旁边的茶杯，心却莫名地开始有些慌张："被谁？"

"学校里的几个女生。我被打已经是家常便饭了，只是这次比较严重。"

咚——许情深手里的水杯啪地掉落，摔在了丁然的病历单上，玫瑰花茶漫出来，许情深忙抽出纸巾收拾："对不起啊。"

丁然也吃了一惊，没想到许情深会有这么大的反应。

"你报警了吗？"

"不能报警！"丁然直摇头，神色慌张，"如果被警察知道的话，她们会打死我的！"

"念高几了？"

"高三。"

许情深觉得一阵凉意从脚底直往上蹿，高三……和她当年一样啊。

"你如果不报警的话，她们会变本加厉。"许情深擦拭完病历，起身替丁然检查。她让丁然躺在里头的床上，手按丁然腹部轻按。丁然痛得受不了："医生，你给我配些药吧，她们已经答应过我了，只要我再给她们一千块钱，就不找我的麻烦了。"

许情深让她起身："你这样的情况，我有义务替你拨打'110'，或者通知你的家人。"

"不要！"丁然捂着肚子来到许情深面前，"没人管得了的，我之前不去医院，就是怕惊动别人……医生，求求你了。"

许情深的心被一阵阵猛烈捶打，看向丁然的视线有些迷离，仿佛又回到了她高三的那一年……她打个寒战，轻摇下头，不行，那些事不能想，不要去想！

许情深坐下来替丁然开药。丁然穿好衣服即将离开时，许情深拿出一张自己的名片："如果有什么麻烦，你可以打电话给我。"

"真的吗？"

许情深点了点头。她向来不爱惹麻烦，可她不知道，这个麻烦把她心里一直扎着的那根刺给引了出来。

她是怎样的一个人呢？

好人？坏人？

高三那年差点被逼疯的许情深，是好人还是坏人呢？

几日后。

许情深撕着面包一角，有一口没一口地吃着。蒋远周已经回到九龙苍住了，见到她这副样子不禁开口道："怎么心不在焉的？"

"没、没有啊。"她回过神，继续吃着早餐。

一阵手机铃声突兀地打破沉默，许情深见是个陌生号码，强烈的第六感令她毫不犹豫地接通："喂？"

"许、许医生，救救我！我好怕……"

"丁然，你在哪儿？"

"学校门口，啊……"电话那头传来一阵嘈杂声，好像是丁然的手机被抢走了。许情深喊了两声，通话就被掐断了。

蒋远周眼见许情深慌忙站起来，问道："出什么事了？"

"有个患者，我得马上过去一趟。"许情深拿起旁边的包快步出去。时间紧急，只能麻烦司机送，她搜索下离星港医院最近的学校，然后让司机赶过去。

学校还没开学，门是关着的，许情深在门口找了一圈未果，刚要拨通丁然的手机，就听到假山后面隐约有哭声传来。

许情深抬腿进了草丛，走过去几步，就看到丁然头发蓬乱地蹲在那里。

"丁然？"

"为什么？我已经给她们钱了，为什么她们就是不肯放过我？我从来没有主动去招惹别人，我只是想安安静静地念书而已……"丁然抬起头，许情深看到她两边面颊红肿，嘴角还淌着血。

她大惊失色地上前："走，我们去警局！你把你爸妈的手机号给我，这件事情学校也有责任，你这样天天忍着没用！"

"报警能有用吗？"女孩抬起红肿的小脸，眼里的绝望中迸发出那么一点点的希冀。

"会的，一定会！"许情深替她整理下发丝。丁然旧伤还没好，又添新伤，她们这次更是毫不顾忌地打在了她的脸上。

把人送到警局后，丁然的父母很快赶来。小女孩家境不错，父母开了辆价值二三十万的车，在得知发生了什么事后，丁然妈妈抱着自家女儿号啕大哭。

许情深做完笔录后去了医院，丁然这边有她爸妈陪着，肯定没事。

对于这件事，尽管司机回去告诉了蒋远周，他还是没去多问她一句。

接下来的日子，许情深仍旧两点一线地过着。她给丁然打过一次电话，女孩语气轻松，说是挺好的。

快要下班时，许情深收到蒋远周的短信，说要一起去吃晚饭。

75

她回复完后，手机振动了下，是丁然发来的一条视频。紧接着，是一条短信，内容血淋淋地呈现在许情深眼前："你就是那个多管闲事的人吧？让警察抓我们，呵呵，别搞笑了！送你一份大礼！"

许情深手指颤抖地点开视频，丁然的哭喊声、求饶声，一声声都犹如尖锥般刺入许情深的耳膜："不要！求求你们，我以后再也不敢了，放过我吧！"

"让你报警！皮痒得很是吧？"

响亮的巴掌声争先恐后传到许情深耳中，最可怕的是，旁边站着一圈围观的男生，嬉笑声、调戏声不绝于耳，还有人起哄："把她衣服扒了啊，看她下次还敢不敢！"

许情深手指紧紧抠着桌沿，那被她刻意掩埋在记忆中的一幕幕，就这样残忍而突然地被挖掘了出来。

丁然开始尖叫，几个女生上前按住她的手，有人在她身上踢打，还有的人把她的衣服一件件扒掉……

"不要，救命啊，救命……"

许情深摇着头："不行，别这样！"

"拍好了吗？赶紧放微博上去，让别人也欣赏欣赏。"

许情深退出视频，着急地拨打丁然的电话，可那边始终没人接听，她慌乱无措地起身。

她也不知道这个视频是什么时候拍的，更不知道丁然现在怎么样了。她攥紧手机大步出去，走到医院门口，却茫然不知该往哪里走。

这时，正好蒋远周的电话打进来，许情深仿佛抓住了一根救命稻草，赶紧接通。

坐上男人的车，许情深顾不得那么多，将手机给蒋远周看："知道这是哪儿吗？"

"应该是中心大厦附近，先去那儿找找吧。"

蒋远周单手握着方向盘，将车窗落下来："这就是上次那个小姑娘吧？"

"嗯。"许情深双手握紧。

男人专注地开车，车子还未到中心大厦，就看到马路对面聚了好些人。蒋远周抬头一看："是不是要跳楼的那个？"

许情深顺着他的视线望去，距离比较远，看不清楚，但她知道那八成是丁然。

现场已经拉起警戒线，蒋远周对这一带比较熟，许情深给警察看了短信，他们才将她和蒋远周放进去。

来到天台，许情深看到丁然一动不动坐在那儿，谁都接近不了。她朝蒋远周看了眼："我去试试。"

"自己当心点。"

"好。"

许情深小心翼翼地走了过去，丁然的情绪近乎崩溃，嘴里直念叨："报警有什么用呢？我就说没人救得了我……我还活着干吗？"

"丁然。"

女孩背部僵了下，慢慢扭过头来："不要！谁都别过来，不然我就跳下去！"

她开始晃动双腿，目光死死盯着许情深："许医生，我不该相信你的，如果不听你的话，也许……也许我就只是被她们打一顿，现在好了，她们把我毁了！"

蒋远周靠在远处，完全听不清楚许情深和丁然的对话。

许情深见她情绪激动，便让旁边的女警退远了一些，对着丁然道："丁然，我知道你现在绝望得想死，但这些事不足以让我们去死。听我的，下来好吗？"

"我不听！"丁然一只眼睛肿起，颈间有好几道指甲印，"我为什么要听你的呢？我现在这样，你们谁都体会不了！我活不了了，真的活不了了！"

"我能体会……"

"你不能！"丁然发疯似的怒吼出声，这几个字，清晰而强硬地撞进蒋远周的耳膜。

许情深喉间轻滚，眼里那个少女的形象在慢慢破碎，眼眶内的温热淌了出来，流过一张悲伤欲绝的脸："丁然，我能体会！真的，因为你的这些事，我也都遭受过。"

蒋远周站在不远处，他听不到许情深和丁然的对话，只能看到许情深站在那儿，留了一张侧脸给他。寒风将从马尾中漏下的一缕碎发吹打在她脸上，蒋远周觉得有些疼。

丁然听完许情深的那句话，目光中透着难以置信，唇角哆嗦："不，不可能！"

"我没有必要拿这种事来骗你。"许情深往旁边挪了几步，坐到边缘处，丁然抿紧唇瓣看了她一眼，"你知道吗？认识我的人都知道我是个不爱管闲事的人，但我那天在门诊室看到你……要不是有相同的经历，我干吗要给你名片？"

丁然脑袋无意识轻摇，整个人仍旧处在崩溃边缘："但是你看着……那么好。"

好？许情深嘴角往上轻扯，笑得牵强："如果我当初跟你一样纵身往下跳，你就看不到我今日的好了。"

丁然坐在那儿不住地哭："可是，我没脸见人了，我没法回到学校去！"

"这件事难道还能过不去吗？我可以帮你。"

丁然撑在身侧的手臂发抖，许情深朝楼底下看了眼："我当初那样，都没想过自杀，就算要死，死的人为什么必须是我？"

丁然止住哭声，抽泣着看向她。

楼底下，一辆醒目的红色跑车缓缓而来。

77

前方被堵住了，万毓宁根本过不去。她落下车窗，看到警察和消防员都在，余光扫过一辆熟悉的车，那不是蒋远周的吗？

外面的人议论纷纷，万毓宁下了车，抬头望去，就看到两个人坐在天台的边缘。她眉头紧锁，问了旁边人一句："出什么事了？"

"一个女学生要跳楼，另一个好像是去劝的。"

"劝的人是谁？"

"不知道。"

这时，有一早就开始看热闹的人聚过来："她跟警察说她是个医生。"

万毓宁目光不禁落向蒋远周的那辆车。医生？万毓宁明白了，是许情深！

她坐回车内，快速拨通一个手机号："喂，阿梅，我在中心大厦，你赶紧过来，有件事我想让你帮我查一下。"

万毓宁挂了电话，听到人群中有人松了口气："没事喽！总算劝下来了。"

她抬头看去，看见几人正小心翼翼地将那名女孩往里拖，许情深也在其中。

很快，人群被疏散，万毓宁约的人也到了。

阿梅坐进万毓宁的车内："查什么事？"

"待会儿有个女孩下来，你帮我查查她跟许情深是什么关系。"

"好。"

警察很快就带着丁然下来，许情深和蒋远周就在后面。丁然害怕极了，拉着许情深，一定要让她陪着。许情深安抚地拍了拍她的手："我跟你一起去，你先上车吧，我们就在后面。"

蒋远周将车子开过来，许情深拉开副驾驶座的门坐进去，朝男人看了眼："蒋先生，你能帮我做件事吗？"

"什么事？"

"那个视频可能真的上传到网上了，有办法撤下来吗？"

蒋远周专注地望向前方，眼角余光好像看到辆熟悉的红色跑车。他视线紧随而去，但万毓宁的车已经消失在街角处。

"你能给我一个你必须帮她的理由吗？"蒋远周这才回许情深的话。

"她是个女孩子，这样会把她的一辈子都毁掉的。"

"其实我最好奇的是，你说了什么话才把她劝回来的？"蒋远周神态悠闲，怎么说呢？毕竟事不关己。他迟迟等不到答案，扭过头看了眼许情深。

太多的情绪都被藏匿了起来，许情深双手绞在一起。蒋远周眉头微皱："校园暴力近年来这样的新闻越来越多，那女孩子的事也不是个例。"

"那……你怎么看？"

蒋远周继续开车，话语懒散："没过多关注，不过你能把她劝下来，自然是好事一桩。"

　　许情深手心里都是汗，开口之时，嗓音如沙砾般带着厚厚的质感："蒋先生，不是每个人都有幸能得到庇佑。当悲恸、绝望这样的东西砸到头上的时候，别人伸手帮一把，也许就是最有用的一根救命稻草。"

　　蒋远周一字一句都听在耳中，她语调哀伤，犹如对他施了魔咒，蒋远周不禁轻点了下头："好，我帮她。"

　　去了警局之后，丁然的父母很快赶来，丁然妈妈几乎疯了："都是我不好，是我的错！孩子说要转学，可还有半年就要毕业了，我怕影响她的学习，让她再忍忍……"

　　忍忍，多么悲哀而无力啊！

　　丁然浑身是伤，很快被送去附近的医院。许情深和蒋远周回到九龙苍时，都快晚上九点了。

　　夜间，卧室内漆黑一片，窗帘拉得丝毫不留缝隙，将景观灯的光都挡在了外头。

　　蒋远周以为许情深睡着了，身子躺下时触碰到她柔软的手臂。他后背刚贴着被褥，一双手就犹如藤蔓般缠过来。

　　他呼吸微紧，感觉到耳畔有细微的声音。许情深吻着他的嘴，口齿不清："吻我。"

　　蒋远周脑子里仿佛被掷了枚惊雷，全身的热源集中往上蹿。他回吻着，碾过她的唇瓣、她的柔软。

　　许情深双手抱住他的脖子："抱着我睡。"

　　蒋远周不禁失笑，心想定是她越来越发现自己的男人魅力了，这不，才没多久，自己就让这个女人丢盔弃甲了。

第四章
营救蒋小姐

丁然的事过去好多天了，殴打和拍视频的几个少年都被拘留了起来，她也回去上课了。

许情深坐在蒋远周的车内，发现这并不是回九龙苍的路："去哪儿啊？"

"今晚在外面吃，换换口味。"

许情深嘴角轻扬，她心情也不错，今天跟着周主任做了一台大手术，很顺利。蒋远周已经订好了位子，吃饭的事完全不用她考虑。

来到包厢内，蒋远周点了餐，交代旁边的服务生："再加一瓶香槟，冰镇的。"

"是。"

许情深早已饥肠辘辘，男人起身脱下外套，很快，酒菜上齐，许情深拿起筷子开动，蒋远周抽完一支烟，就听到门外传来说话声："对不起，包厢里有人，你们不能进去。"

"也不看看我是谁，让开！"居然是万毓宁的声音。

万毓宁向来张扬，伸手推服务员后径自进来了。许情深埋首吃着东西，只是听那脚步声，好像不止一个人。

许情深慢慢抬起头来，目光从万毓宁身上扫到了她的身后。

嘴里咀嚼的东西忽然间失去了味道，那女人也仔细端详着她，许情深手指僵硬地放下筷子，她忽然感觉到自己的身体很重，好像有人抓住了她的两只脚，在将她不住地往下拖拽。

"许情深！"吴思站到万毓宁的身侧，"好久不见啊！"

万毓宁一把拉开椅子："既然都是认识的，坐下一起吃吧。"

"出去！"蒋远周发了声，声音如寒冰一般，不带丝毫感情。

万毓宁脸上有些招架不住，但还是示意吴思入座："急什么啊！远周，吴思跟许情深是同一所高中毕业的，关于许情深的一些事，你肯定还不知道吧？"

"我不需要知道。是不是要我找人赶你们出去？"

吴思顺着万毓宁的意思坐下来："许情深，这是你男朋友？你居然还能找得到条件这么好的？他是不是不知道你当年的事情啊？"

许情深坐在那里，犹如一尊没有生命力的雕像。蒋远周朝她睨了眼，见她目光死死地盯着对面的吴思。男人的视线落向那个叫吴思的女人，这才仔细看了眼——穿着普通、长相普通、一头染黄的长发，发顶冒出一截新发，黑发和黄发夹在一起，透出浓浓的乡土气息。

万毓宁是看戏的，她要亲眼看着许情深坐立难安。

蒋远周往后靠了下："当年的事？什么事？"

不知道吴思哪来的优越感，就连说话都带着强烈的世俗味："许情深，那时候给你拍的照片，你有没有拿回去啊？"

许情深自始至终不说话。蒋远周眉头慢慢拢起："什么照片？"

万毓宁单手撑着腮帮子，手指把玩着一个小小的杯盏，指尖绕着那杯沿一圈圈打转："远周，许情深高三的时候也被人脱光过衣服，据说打得还不轻呢——这些她都没告诉你吗？"

蒋远周没有太多惊愕的表情显露出来，他习惯于喜怒不形于色。可一口冷气倒抽入喉间，每一下都幻化成尖锐的芒刺，对他又扎又戳："高三？为什么要那样对她？"

许情深一直在看对面的吴思，这个当初的问题少女除了老气不少，好像什么都没变——语气、神态，还有那种高高在上的态度。

"不为什么，只是看不惯而已。"

蒋远周忽然觉得再多的怒气在此刻都难以爆发出来："仅此而已？"

"许情深长得太漂亮，学习又好，这样的人谁会喜欢？"吴思目光对上蒋远周，"她啊，也就能迷惑你们这种男人。"

万毓宁拾起筷子，挑自己爱吃的吃了两口："远周，一个身体早就被人看光的女人，你不会还想留着吧？传出去让人笑话！"她抬脚轻踢下旁边的吴思，"那天的细节，说说吧。"

许情深居然没有拔腿就跑。吴思神采飞扬，对几年前的那件事记忆犹新："我只是被罗静喊去帮忙的——罗静的男朋友在体育课上跟许情深说了两句话，还当着罗静的面夸许情深漂亮，这怎么能忍？"

起因是这个吗？许情深自己都忘了。

"平时，罗静就看不惯许情深，那天放学后，罗静约了好几个人在许情深回家的路上堵她。我们把她拉到一个垃圾场，罗静先打了她一巴掌……"

蒋远周倾斜着身子，手指抚在眉骨处，目光出神地盯着眼前的酒杯。

他的脑子里，忽然浮现出一个少女惊慌失措的模样，她被人拖拽着，跌跌撞撞，周边是肮脏杂乱的垃圾堆，她孤独无依、无法反抗，那一巴掌的清脆响声清晰地传到蒋远周耳中。

吴思还在继续说着："后来罗静说不能打脸，会被老师和家长看出来，她就把许情深踹倒在地，许情深想反抗，就被我们按住了双手双脚。"

蒋远周觉得包厢内的空气渐渐稀薄，颊侧的肌肉咬紧，根本没注意到忽然起身的许情深。

万毓宁看见了，她嘴角轻微往上翘，示意吴思继续往下说。

"把许情深打过一顿后，罗静还不解气，说她不就一张脸长得好看些吗？这时另一个朋友说，说不定人家身上长得也好呢，罗静就说要扒光衣服看看……"

许情深并没有走出包厢，她来到靠墙的书架前，双手抱起其中一个花瓶。

背对着她的万毓宁和吴思都没发现，整个宽敞的包厢内，就只有吴思的声音："我们读高三的时候，还没人用智能手机，只有罗静有个翻盖的。她就让人给许情深拍照，我们几个按住许情深，是罗静把她的衣服脱光了。"

蒋远周一抬眼，眸内凶狠毕露，吴思猛地打个寒战。蒋远周一字一顿地说："砸！砸死了她，我给你收拾！"

吴思这才察觉到不对劲，她回头看去，吓得面色煞白——许情深就站在她身后，手里高举着一个花瓶。

"砸下去！"蒋远周暴戾出声，就连万毓宁都禁不住哆嗦了下。

许情深的双臂开始颤抖，握着花瓶的十指用力到泛白。

吴思张大嘴巴，半天才挤出几个字："那年罗……罗静半夜遇袭，到现在都没说出来是谁做的，是不是你？"

旁边的万毓宁没敢接话，就怕许情深受不住刺激，将花瓶往她头上砸过来。

吴思脸色变了又变："许情深，你现在可是个医生啊，你要真这样做了，你……你的前途也没了。"

如今的许情深早已成年，身形却仍旧单薄，蒋远周看着她僵立在那儿，他的心好似被人深深地剜了一刀，那种钝痛是他无法形容的。

他推开椅子起身，来到许情深身旁，将她手里的花瓶接过去："交给我。"他搂住许情深的肩膀，将她按坐回原位。

他到门口喊了两个服务生过来，似乎交代了他们一些什么事。

万毓宁后背僵直，眼见蒋远周走来，她看了眼他的脸色，一种不安从心底开始往外翻，"远周，我只是让你了解下以前的许情深。这事虽然过去几年了，可万一被翻出来呢？况且还被人拍了照。"

许情深放在膝盖上的两只手止不住地颤抖着，她将它们交扣在一起。

有些人肆意践踏了你的青春，却偏偏还迫不及待，在你以为往事能完全放下之时又来横插一脚。

蒋远周走到吴思的身后，居高临下地盯着那一堆黄毛："包厢里开了暖气，不觉得热吗？把外套脱了吧。"

吴思的脸在发烫，蒋远周这样的男人见一面就能令人鬼迷心窍。她听话地将厚厚的棉外套脱下来，里面就穿了件单薄的低领毛衣。

万毓宁却不觉得这是件好事，她如坐针毡，想要起来。只是紧接着，一阵尖叫声把她吓得又坐了回去。

蒋远周单手扣住吴思的后颈，力量十足地将她狠狠压向那张圆桌，另一只手从冰块中取出那瓶已经开封的香槟，用手指挑开她的衣领，把冰凉的液体汩汩地往她领子里灌去！

"啊——"吴思的皮肤瞬间像被冰冻住一般，那股子冷透过皮肉往里钻，感觉像是用刀子在割。吴思挣扎起来，双肩晃动。可她那点力气哪能挣得过蒋远周，一瓶香槟被悉数灌进去，她冷得直哆嗦，偏着的脑袋正对万毓宁："万小姐，救我啊，救救我——"

万毓宁从未见过蒋远周亲自动手的模样，她握紧手袋，几乎吓傻了。

许情深波澜不惊的眼底总算有了漾动，看着蒋远周拿过盛满冰的桶，将里头的冰块一一倒进吴思衣服里。

吴思这下脑子清醒了，知道蒋远周是个不能惹的主儿："我以后再也不敢了，这件事我也不会告诉别人，放了我吧！"

男人五指仍旧压在她颈后，一旁的万毓宁强撑着："远周，许情深的事，你难道一点都不在意？"

蒋远周伸出手捏住她的面颊，掌心还带着冰冷："张嘴！"

"你、你干什么啊？"万毓宁见他神色阴鸷，一种害怕的感觉陡然涌上心头，这似乎不是那个她认识了二十几年的男人。

"张嘴！"蒋远周语气不善，万毓宁被吓得乖乖照做。男人从冰桶内取了几块冰塞到她嘴里，"不许吐出来！"

万毓宁舌头都快被冻掉了，才含了一会儿，就受不了了，捂着嘴，难受极了。蒋远周面无表情说道："不许吐！"她真是被震慑住了，吓得一动不敢动。

门口传来敲门声，蒋远周让他们进来。服务员拿着绳子和几个冰桶进来了，蒋远周朝许情深看了一眼："你先到外面等我吧。"

许情深取过旁边的包，用力抱在怀里，然后点了点头。

进去的服务员没跟许情深一起出来，门被关上了，许情深抵着墙壁站在外面等。

那一年，许情深出落得美丽大方。有些人看不惯你，无需必要的理由。一张漂亮的脸，就足以令她成为攻击对象，让学校的那些小太妹对她死咬着不放。

她性子隐忍，基本都忍了下来，学校里的那种小把戏她几乎都尝过，直到那日罗静的男友跟她搭了两句话……

现在的许情深想来，觉得自己还是应该庆幸的——那时候的手机还是诺基亚，也没有人会玩微博，最重要的是……那个傍晚对她施暴的全是女同学。

她们往她身上踹着，将她踢来踢去，踩她的后背、踩她的前胸……

许情深忍着剧痛，没哭，直到罗静用手指戳她的脑袋，嘲笑地开口："知道我们为什么总是欺负你吗？许情深，据说你有个后妈，我们要真把你打死了，她肯定得感谢我们吧？哈哈哈！没人替你出头，许情深，你只有一个人，你要真敢告诉家里人，我顶多赔你些钱嘛！你看看你后妈肯不肯带你去医院喽！"

就那么一下，许情深没忍住，咬着牙，淌出了眼泪。

"快看，哭了！哈哈哈哈……"

最后，人都散了，许情深的衣服被扔得到处都是，她爬过去一件件捡回来，刚把上衣套上，就看到垃圾场附近的流浪汉拖着麻袋从远处大步走来。她吓坏了，顾不得身上的疼痛，拔腿就跑。

回到家的时候，她站在外面开门，听到客厅内传来阵阵笑声。她走进去，许旺抬起头来："情深，怎么才回来啊？赶紧来吃饭。"

他们一家人围坐在餐桌前，看来都快吃完了。赵芳华朝许情深睨了眼："脏兮兮的，什么味道啊？"

许情深没有多言，头发散下来，能遮住脸上的红肿，其实她知道，其实不遮也没关系的，谁会细看，谁又会在乎？

包厢内的求饶声拉回了许情深的思绪，她把下巴抬高，把眼里的湿润逼回去，小心翼翼地将门打开条缝隙。

吴思双手被绑着，一条绳子穿过高高的梁，捆绑在不远处的雕花柱子上。吴思整个人像被吊起来似的，只有脚尖着地，鞋子也被脱了，脚底下铺了一层冰块，冷得几乎站不住。

蒋远周拿了一把椅子，坐在包厢的正中央，一名服务员将冰镇后的香槟酒一瓶瓶倒在吴思的身上。

"放了我吧，求求你了——"吴思冻得嘴唇发青。

"冷吧？"

"是是！好冷！"

蒋远周背对许情深坐着，许情深看不清楚男人脸上的表情，只听他打了个响指，招呼另一名服务员："给她喂碗鸡汤。"

"是。"

上了桌的鸡汤被存放在汤盅内，汤盅的保温性极好，还是炖出来时的温度。服务员小心翼翼地盛了一碗，端着的双手都嫌烫，他来到吴思身边，看了看蒋远周。

"灌下去！"

吴思眼睛圆睁，摇着头。另一个服务员上前固定住她的脑袋，鸡汤被灌进去的第一口，她就被烫得舌头发麻，嘴里起了泡："啊——"

蒋远周目不转睛地望着她，气势凛冽，嗓音尖锐且冰冷："嘴巴长在身上，最大的用途是吃。有些话能讲，有些话不能讲，我看你也分辨不清，你不觉得你应该长长记性吗？"

吴思张着嘴，嘴唇红肿，万毓宁则缩在原来的位子上。她知道这话也是说给她听的，她没有插一句话，看着倒是比平时乖巧了不少。

"告诉我，当年跟你一起的人除了那个罗静还有谁？一个都不能落下，全部告诉我！"

许情深将门轻轻带上，心里有一种说不出的感觉蔓延开来。

半晌后，蒋远周拉开门出来，外面却没了许情深的身影。他找到停车场，远远地看到一个身影蹲在他的车旁。她抱着双肩，头深埋，身子前后轻轻晃动，应该是在等他。

蒋远周快步走去："干吗来这儿，不嫌冷吗？"

女人轻抬小脸，看到一个高大修长的身影逆光而来。她抱住双肩的手臂逐渐松开，并未站起身。

她说："蒋先生，要是我能够在高三的那一年碰到你多好啊！你当时肯定会为我出头吧？"

蒋远周轻摇下头："如果早早碰见你，我不会让这种事发生。"

许情深心底一个柔软的地方被狠狠地击打了下。别人欺负她，无外乎是因为没人能护她，她想，如果那一年的许情深碰到了蒋远周，该有多好呢！她不惧怕他提的任何条件，如果能有一个人有足够能力保护她，她愿意跟着他。

蒋远周弯腰将她搀扶起来，两人上了车，车子驶上高高的坡度，轰地一下就上去了。

好好的一顿晚饭，又被搅了。

蒋远周率先打破车内的静谧："就是因为这个，所以你要帮那个女孩？"

"嗯。"

"当年……报警了吗？"

许情深轻摇头："没有，太害怕了，后来一直挺后悔的。所以丁然的事情出来以后，我让她报警……但我没想到，其实没什么用。"

"'未成年人'四个字，就是最好的保护伞。"许情深嘲讽地摇了摇头，"顶多是拘留教育，还能怎样？"

"你的照片呢，拿回来了吗？"

许情深装出一种轻松的口吻："拿回来了。"

"谁帮你的？"

"我自己。"

蒋远周将信将疑："就靠你一个人？"

许情深双手交握，不安地搓动："嗯。"

"怎么拿回来的？"

她沉默片刻，好像在斟酌要不要跟蒋远周提起，男人也不催她。

许情深松开了握紧的双手："我知道，罗静看不惯我，也绝对不会轻易放过我，说不定第二天就会拿着手机里的照片到处给人看。我谁都不敢告诉，趁着家里人都睡着了，我拨通了那个打听来的电话号码。我约罗静见面，她自然不肯。我说你今晚要是不出来，我明天就去勾引你男朋友……"许情深说到这儿，自嘲地轻摇头，"那时候，我急得什么话都能说出来了。罗静在电话里答应了，我就偷偷出了门。

"我比她早到约好的地点，我手里一直攥着一块石头——蒋远周，你知道吗？我和丁然一样，在同学们面前都算比较乖巧的孩子。我想到自己要伤人，就害怕得不行，但等罗静来的时候，我反而心定了。我是从她背后袭击的，我用石块狠狠敲击了她的头部。"许情深话语落定，眼睛狠狠闭起来，"她倒下去了，血流出来，挡住了她的视线。我不知道她看没看见我，我从她身上搜出那部手机，我把它砸得稀巴烂，连手机卡都砸碎了。我跟她说，如果她再逼我，我就跟她同归于尽，然后我就跑了……罗静有段时间没来学校，我一直都活在忐忑中，生怕警察会忽然把我抓走，还怕照片有备份。一直到今天，我还是害怕。我没敢打听过罗静的事。"

蒋远周听完，把她的手攥在掌心里："那……方晟呢？"

"他那时候就读的学校离我比较远，这件事，他至今不知道。"

蒋远周轻按了下喇叭，穿过车流，没再继续这个话题："走，重新找个地方吃晚饭去。"

几日后，万家，万毓宁和方晟坐在一侧，万毓宁亲热地给他夹着菜。

万鑫曾喝了口酒："毓宁，听说远周这几天小动作挺多的，害得好几个人没了工作。"

"我怎么知道！"万毓宁没好气地道。

"我打听了下，是几个年轻的女人。"

万毓宁不着痕迹地看了眼旁边的方晟："我也有所耳闻，据说是许情深念书的时候被人欺负，蒋远周这是在替她出头呢。"

"胡闹！"万鑫曾摇了下头，不再言语。

方晟全程面无表情，仿佛没将万毓宁的话听进去。

蒋远周来到主卧，许情深正抱着电脑窝在沙发上。他脱下外套走过去，一眼扫过电脑屏幕上的租房信息："这是做什么？"

"找房子啊。"许情深头也不抬。

"你?"

"是啊。"许情深将页面往下拉,"现在钱还没凑够,等过几天发了工资就差不多了。我想先租个小单间,租金都是平摊的,负担没有那么重。"

"单间?"蒋远周坐到她身侧,看了眼电脑上的照片,"就那么个小房间?还要跟人共用洗手间和厨房,跟我这九龙苍能比吗?"

"条件是不能比,但我当初说的就是暂住。"许情深将其中一家的信息记录下来,"反正我大多数时间都在医院,回去也就是睡个觉而已。"

蒋远周眉角轻挑了下,没有多说什么,许情深也庆幸他的干脆。

只是等到发工资的时候,就不对劲了,到手的钱只有一半。许情深找到财务,对方的回答是:"蒋先生吩咐了,另一半钱用来支付你的房租以及伙食费。"

许情深掂了掂手里的钱,就这么点,哪够她外出租房的。

九龙苍餐桌上摆着四菜一汤,保姆的手艺很好,一道松鼠鳜鱼刀工了得,热腾腾地端上桌,松仁撒在红色的酱料里,令人食欲大增。

蒋远周倒不是很喜欢这种甜腻的菜,之前他带许情深出去吃饭,知道这菜合她的口味。只是半顿饭过去,都不见许情深戳一筷子:"为什么不吃鱼?"

许情深将筷子在碗里狠狠戳动几下:"我给的伙食费那么少,怎么吃得起这样大几百一盘的菜?"

蒋远周闻言,不禁失笑:"没关系,保姆做什么你就吃什么,反正伙食费不会给你涨。"

"蒋先生,"她眉头紧锁,一眼看去就知道有烦忧,"我想租个离医院近点的房子,现在万小姐和方晟的关系也已确定,相信不会再找我的麻烦了,我可以搬出去了。"

"不会找你麻烦?"蒋远周拿过旁边的冰水,用手掌心捂着水杯,"找来你的高中校友揭你伤疤,这些都是谁做的?"

"你那天肯定也把她吓得不轻,相信她不会再胡来了。"

"住在九龙苍,哪里让你觉得不舒服了?"蒋远周反问。

许情深目光轻抬,语气和表情都没有太多的变化:"我不想被潜规则下去。"

"看作简单的男欢女爱不行吗?"

"但我们显然不是这样。"

蒋远周也不跟她在这个话题上纠缠,小口喝了碗汤,这才说道:"那等你攒够了房租钱,再来和我说吧!"

"你把我工资扣成这样……"

男人拉开椅子起身,轻轻耸了耸肩膀:"就像你说的,一盘松鼠鳜鱼大几百,你总要分担点。"

这个无赖！许情深冲着他的背影狠狠地瞪了一眼。

许明川和许情深的关系打小就好，时不时会过来找她。

许情深下了班出去，许明川乖乖在医院门口等她，脚边摆了盆文竹。看到姐姐过来，他赶忙挥手："姐。"

"来了好一会儿了吧？"

"没多久。"

许情深从包里掏出五百块钱给他："够不够啊？"

"够了够了！姐，你自己还有吗？"

"放心吧，有。"

许明川将那盆文竹抱给她："我妈肯定不同意我和同学们彻夜去爬山路，可我们帐篷都买好了——对了，这是我在路上买的，送你放办公桌上。"

"不管怎样，你自己要注意安全。"许情深将文竹接过来。

"姐，我知道啦。"

许情深站在这个同父异母的弟弟跟前，比他矮了一截："走吧，我请你去吃晚饭。"

"不用了，"许明川忙摆手，"回家吃就好。你在外面也不容易，要用钱的地方多着呢。"他说到这儿，一只手伸到了口袋里，掌心捏着那个钥匙，"姐，你想不想自己租房住？"

"当然想，再等等吧……"

许明川从兜里掏出手机和门卡，在许情深还未来得及反应时塞到她手里："给你。"

"这是什么东西？"

"我……我同学家多了套房子，给你住。"

许明川说话都结巴了，许情深的眸子一瞬不瞬地盯着他："人家随随便便租出去都是钱，为什么要给我住？"

"那个……因为他跟我是兄弟！"

"你还是跟我说实话吧——谁给的？"

许明川憋得脸都红了："姐，我肚子好痛！哎哟，受不了了！我走了！"那小子转身就跑。

能跟许明川扯上关系的，除了方晟还有谁？许情深面无表情盯看手里的门卡。

回到家，保姆正好从厨房走出来："许小姐，您今晚想吃什么菜？"

"随便吧。"

"蒋先生比较讲究，你帮我看下今晚和明天的菜单吧！"

有钱人就是矫情！许情深将包放到沙发上，走了过去，稍后，直接上了楼。

蒋远周回来的时候她还在楼上洗澡,他刚要坐到沙发上,就看到了那个敞开着的包。蒋远周拿起往旁边一丢,里头的东西哗啦啦撒出来好几样,挂着钥匙和门卡的钥匙圈掉到了蒋远周的脚边,他弯腰捡起一看,门卡上印着"保利花园"几个小字。蒋远周看了眼,门卡上贴着6栋601的字样。

那地方距离星港医院很近,步行十分钟就能到达,但相对来说房租也不便宜。

他将钥匙放回许情深包里,然后上了楼。推开卧室门,正好许情深裹着浴袍从洗手间出来,身后跟着一团热气扑面而来。

猛地看到蒋远周,她吓了一跳:"回来了。"

"嗯。"

许情深擦拭头发往卧室走,然后拉开落地窗要出去。蒋远周一把扣住她的肩膀:"这么冷的天还出去,找病吗?"

"不行,待会儿弄得地上都是头发。"

蒋远周见她还要出去,干脆拦在她身前:"许情深,你在这儿不用那么小心翼翼,你的心思究竟有多重?掉几根头发而已,卧室每天都有人收拾。"

许情深目光轻抬,望入蒋远周的眼底去。她将头发披在背后,应道:"好。"

蒋远周侧开身,手臂亲昵地触碰到许情深的肩膀:"这几天,没有到处去找房子吧?"

"没有。"许情深朝他睨了眼,"那点钱也就够我自己开销,找也是白找。"如果非要让她在接受方晟给她租的房子和继续留在九龙苍中二选一,她肯定选择后者,毋庸置疑,丝毫不需要犹豫。

蒋远周见她的样子不像在骗人,便没再问。恰在此时,手机铃声仿佛从某个被蒙着的角落传来,许情深四处找自己的包,找了一圈才记起来把包落在了楼下。她循声望去,目光定在了挂于衣架的大衣口袋上。

许情深走过去拿出手机,是个陌生号码。她拨开耳边湿漉漉的头发,然后将手机贴过去:"喂?"

"您好,是许小姐吧?"

"是。"

"我是房东,租房合同和押金条等东西都在屋里的茶几上,您别忘了收起来。"

许情深转过身,看到跟前的蒋远周,不动声色地说道:"我没有要租房子啊。"

"一年的租金已经付了……"

蒋远周问道:"是谁?"

许情深忙将电话掐断:"哦,中介的问我要不要租房。"话音方落,手机再度响起,还是那个号码。她眼里波澜微动,手指一滑,挂断了。

那边似乎不罢休,又打过来,许情深再度挂断。

蒋远周看在眼里:"现在的中介这么尽职。"

"是啊。"许情深敛起眼里的复杂情绪,将话题岔开。

男人也没再继续往下说，权当之前没看到那把钥匙。

而这把钥匙在许情深手里就跟烫手山芋似的，想扔也不是那么容易就能扔掉的。

翌日，从星港离开后，许情深匆忙找到了保利花园。她想把钥匙放到屋里，到时候门一关，接下来的事就让许明川去说。

来到6-601，许情深开门进去。这是套精装修的房子，四面贴着淡雅素净的壁纸，黑白茶几上放了个花瓶，瓶中插着新鲜的百合花。许情深视线一寸寸扫过每个角落，阳台光线充足，花架的对面有个懒人沙发。她顿足在客厅内，好熟悉的一物一景啊，仿佛她之前来过一样。

厨房的门被拉开，一个高大的身影走了出来。

方晟刚烧好水，看到许情深明显吃了一惊，然后嘴角漾起欢喜："情深！"

"你……"许情深豁然明白过来，她和方晟曾经共同憧憬过一个家，那地方有阳台、有花架、有缀着碎花的墙纸，和这儿几乎完全重合了。

"你别误会，这是给你住的，我就是今天特别累，想到这儿来安安静静地喝杯茶。"

"所以，房子果然是你租的。"许情深将攥紧的钥匙圈掷到茶几上，"我不需要！"

方晟坐到了沙发上，茶杯很烫，他用大拇指和中指捏着："情深，我只是不想你再寄人篱下。"

一句话，一下子就戳到了许情深的心里，但她还是摇头道："你不懂。你和万小姐马上就会结婚，要是被人知道我住了你租的房子，我需要背负的骂名太多了。但是将远周不一样。"

方晟将茶杯放到茶几上，许情深转身就要离开，刚到门口，挂在墙上的可视电话忽然传来叮叮咚咚的响声。

方晟一个箭步上前，一把扣住许情深的手腕，打开了可视电话。

楼下的单元门口站了个可疑男人，神色匆匆："方先生，快开门！"

方晟知道有麻烦，按了开锁键后拉着许情深的手出去。门没有关上，待会儿那个男人会进来，房子就是用他的名义租的。

许情深一路被他拽着从楼梯间往下走，问道："方晟，你干什么？"

"万鑫曾至今不信任我，天天派人盯着。没事，我们从后面走，那里是商业街。"

许情深气喘吁吁地来到一楼，方晟早就摸清楚了这儿的路，他打开后门，出去就是保利花园自带的商业区。他松开许情深的手，神色严肃地扫向四周。

许情深走出去两步，忽然看到咖啡馆的橱窗外有个女人正从椅子上往下滑，那样子并不像是无意间跌倒。许情深不再跟着方晟，而是小跑着向那名女子奔去。

女人四五十岁的模样，穿着时髦，一只高跟鞋掉落在边上。许情深过去后查看了下，然后扶起她："你没事吧？醒醒！"

方晟也跟了过去："怎么还不走？"

女人指了指自己桌上的包，许情深一把拿过来翻开，看到里面有瓶药丸："是这个吗？"

对方轻点下头："两……两粒。"

包里有纯净水，许情深倒出两粒药丸喂她吃下去，方晟弯腰帮她将女人搀扶到座位上："你的家人呢，没在身边吗？"

女人面色煞白，但好歹恢复过来不少。

方晟不时张望四周，许情深朝他看了眼："方晟，你要有急事就先走吧。"

这时，一阵脚步声急匆匆地从远处而来，一个着黑色西装的男子急得满头大汗："蒋小姐，您没事吧？您怎么会在这儿啊？"

方晟一听"蒋小姐"三字，目光里露出些微的骇然。许情深倒不觉得有什么，难道天底下所有姓蒋的人都和蒋远周有瓜葛？

男子扶了蒋小姐起身，女人几乎不说话，经过许情深面前时轻轻说了句："谢谢。"她目光扫过许情深，又扫过方晟，然后慢慢离开。

两人也没多作逗留，相继离开。

许情深回到九龙苍，并没看到蒋远周的身影，她随口问道："蒋先生呢？"保姆道："蒋先生接了个电话，才走不久，说是家里的小姨不舒服。"

许情深点下头，钥匙也算还回去了，心里轻松不少。

蒋远周没在家，许情深吃过晚饭就准备上楼，一道车前灯光打过落地窗，她抬首望去，看到蒋远周的车开进来。

许情深在客厅里站了会儿，蒋远周进来时鞋子也没换，看到保姆正在收拾餐桌，问道："怎么才吃完晚饭？"

"今天下班后等车难等，耽误了些时间。"

蒋远周似有急事，他没再细问，匆忙上了楼。要找的东西一时间没找到，他打了个电话给司机："让我小姨进屋吧，别闷在车上。"

门口传来轻微的说话声，司机搀扶着女人走进来。许情深还在楼底下，一眼望去，错愕明显摆在脸上——没想到世界真的这么小。

蒋随云显然也看到了她，许情深眼角余光望见蒋远周正从楼梯上焦急地走下来。他低声开了口："小姨，我让老白送样东西过来，十分钟后去医院。您现在有没有很不舒服？"许情深听得出来，蒋远周很紧张蒋随云。

他越过许情深向蒋随云走来，从司机手里将她接了过去，蒋随云脚步却并未动："远周。"

"怎么了？"

"刚才在保利花园救我的姑娘，就是她。"

蒋远周的视线落到许情深脸上，蒋随云轻问：“她……她怎么会在九龙苍？”

许情深垂在身侧的手掌不禁紧握，蒋远周听到“保利花园”四个字，眼神猛地转冷，眉角勾着几许冷冽，面上却没有表现出丝毫的不对劲：“小姨，她叫许情深，是星港的医生，到九龙苍只是来拿东西的。”

“哦！”蒋随云闻言，很明显地神色一松，“这就对了！姑娘，今天谢谢你，你是住在保利花园吧？”

“不，不是。”

“你男朋友心肠也很好，叫……方晟是吗？”蒋随云说到这个名字，不禁看了眼蒋远周，“万丫头的未婚夫好像也是这个名字吧？”

蒋远周面色铁青，怒意掩饰不住，语气带着压抑地质问：“你去见了方晟？”

一听这口气就知道他们关系不一般，蒋随云先前就是怕尴尬，已经算是很小心地试探了，没想到蒋远周竟连她也骗了。

许情深也没再隐瞒的必要，只能轻轻点头。

老白拿了蒋远周要的东西送过来，男人接在手中时，目光斜睨许情深：“跟我一起去医院。”

蒋远周带着蒋随云坐在后座，许情深在副驾驶座内，坐姿端正，双手交握，如芒在背。

蒋随云面色有些白：“远周，你跟许小姐到底什么关系？”

“没什么关系。”蒋远周口气生硬。

“你要这种态度的话，医院也不用去了，送我回蒋家。”

蒋远周沉默片刻，这才开口：“小姨，您喉咙不舒服，别再说话了。”

“看来，许小姐和方晟不是男女朋友，跟你才是。”

蒋远周揣摩着“男女朋友”这四个字，在嘴里默念，舌尖竟生出些许甜蜜的感觉来。

许情深竖起耳朵等着蒋远周澄清，却半晌不见他开口，她只能弱弱地说道：“不是，我和蒋先生不是……”

“有你说话的份儿吗？”蒋远周一掌拍向座椅，“牙关咬紧了，坐那儿别动！”

“远周！”蒋随云轻叱，“连什么是温柔都忘了？”

“小姨，您不觉得她很多嘴，聒噪得让人难受？”

许情深缩缩脖子，天地良心，她这一路就讲了那么一句话，还被他打断了。

“我不觉得。”蒋随云替许情深说话，“许小姐性子温婉，很不错。”

“温婉？小姨，您是没见过她张嘴的样子。”

“她张嘴咬你了吗？”

蒋远周硬生生地卡住了话，不知道该怎么接口。

来到星港，蒋随云跟着护士进了检查室，许情深坐在门口的椅子内。

蒋远周盯着那扇门："保利花园是方晟给你租的，还是他租了给你和他住的？"

许情深视线望向他："是他租的，他想让我一个人自在些。"

"哼！"男人冷嗤，"既然要让你一个人自在，为什么会跟你同时出现在那里？"

"他……"

蒋远周目光犹如锋芒般刺向许情深："当着我的面表现得自力更生，怎么，一个小小的住处就把你收买了？"

"我没接受，我把钥匙还他了。"

蒋远周心里塞着事，蒋随云的病时好时坏，而许情深呢？保利花园的事她前一晚不说，今天问她为什么晚回来还是不说，谁需要她的事后坦诚？她似乎只把他这儿当作是临时的一个住处，除此之外，并无他想。

蒋远周平添了几许恼怒，这段关系从最初至今，好像在慢慢变质，他说不出其中的滋味，只是有酸意从胸腔内漫出来，害得他嘴里、鼻子里都是浓浓的酸味。

"许情深！"蒋远周眉角一挑望去，面色无波，"你要真想走，可以！现在就走，我给你这么个机会！"

他话已至此，什么意思，许情深很清楚。她从椅子上站起来："好，走就走！"

许情深挺直脊背，没再多说一句话，就这么从蒋远周的视线中逐渐走了出去。

半晌后，开门声将蒋远周的神思拉了回去，他上前一步，语气急切地问道："怎么样？"

医生搀扶着蒋随云："蒋先生放心，检查结果和上次一样，白天只是喉咙痛得太厉害，蒋小姐才会出现假性昏迷。"

蒋远周闻言，心里彻底放松下来。

蒋随云朝走廊内看了眼："她人呢？"

蒋远周轻拥着她的肩："小姨，我这就送您回去，至于许情深……"走不了，她还能去哪儿？

蒋远周的母亲也姓蒋，当初的双蒋联姻可真真是佳话一段。后来蒋家主母过世，娘家没有可倚靠的人，就将体弱多病的妹妹托付给了丈夫。为了避嫌，蒋随云就住在蒋家庄园中的一栋小楼内，平日里吃喝都进主楼。她没有成家，更无子女，跟蒋远周向来亲近，这个小姨几乎包办了母亲能做的所有事。

把蒋随云送回蒋家后，蒋远周回了九龙苍。屋里静悄悄的，他上楼来到卧室，许情深真走了。她应该是回了趟九龙苍，把一些日常用品和衣服都带走了。

许情深不可能回家，那能去哪儿？保利花园？

蒋远周抄起钥匙就想冲过去，但赶她走的话是他亲口说出来的，一会儿真要见了

93

面，他可拉不下这个脸。

这位蒋先生最后把事情交代给老白，让他找个面生的人去保利花园跑一趟。

其实许情深压根不可能去那个地方，这么晚了，她还瞎跑什么？选一家性价比高的宾馆住下来再说吧。

窗外有嘈杂的车流声，许情深刚打开电视就收到条微信——"情深，你明天在医院吗？"

宋佳佳是她的大学同学，也算是关系很好的朋友，平日里就数她跟许情深联系得最多。许情深直接一个电话回了过去："佳佳，是你要过来吗？"

"我妈有些不舒服，带她来看看。"

"没问题，你直接来找我吧。"

两人聊了几句，宋佳佳是个大嗓门，嗓音穿透力十足："情深，你还跟你后妈挤在一起吗？"

"我最近在找房子，想找个单间。"

"是吗？太巧了！我隔壁的小姑娘过两天就搬走了，要不你过来住吧？"

许情深从床上坐起身："是吗，那好啊！对了，房租……"

"我妈的房子，你就放心好了！你明天就搬来吧，先跟我挤一挤。房租的事你别担心，我跟你这么熟了，也不需要押金，乖啊！"

宋佳佳的这通联系，正好解了许情深的燃眉之急。行李是宋佳佳跟着许情深去宾馆前台拿的，宋佳佳一下就猜出了许情深的窘境。不过她也习惯了，要让许情深主动找朋友借钱或借宿，还真不是件易事。

九龙苍。

蒋远周坐在客厅内，修长的手指翻着一副扑克牌，将底下的牌抽出后压在牌面上，这个动作反反复复，够无聊的。

老白朝他瞅了眼："许小姐去了她朋友家里。"

蒋远周继续玩牌，老白越看他越觉得别扭："蒋先生，既然是您让许小姐走，依着她的脾气，肯定不会主动回来的。"

"你的意思是……"

"走就走了吧！"老白说完这话，仔细端详蒋远周的神色，"您要觉得不习惯，就把她叫回来。"

呵！

男人轻笑出声："我叫她？"

不然呢？

蒋远周抿紧唇瓣："她拿了方晟的钥匙。"

94

"我昨晚就跟您说过了，许小姐没住。钥匙在她包里，但不一定是她主动接受的。"

蒋远周捏着牌的手指微顿："她至少该跟我说一声，如果不是被小姨说破，她根本没想过跟我说实话。"

"蒋先生，如果许小姐一开始就不想接受方晟的帮忙，她真没必要多此一举去跟您说。"

男人修剪整齐的指甲在牌面上轻划过："她应该听得出来，我没让她真走。"

老白快被打败了，摸了摸额角道："您这话一开口就挺伤人的，她能不走吗？"

蒋远周眼帘轻抬，深邃的眸底似有暗潮涌动，好似在斟酌老白的话。不出片刻，蒋远周忽然将牌拍在了茶几上："这么替她说话——老白，你是谁的人！"

老白虽然觉得这问话有点说不清道不明的意味，但他还是乖乖道："我是您的人。"

"行了！"蒋远周挥手，"你去把她弄回来。"

"我？"

"不是你，难道是我？"

老白至今单身，别的事样样在行，可对付女人这方面……他能想到的唯一办法，就是在许情深下班的路上等她："许小姐，蒋先生让我接你回九龙苍。"

许情深背着包，黑色的围巾衬出一张巴掌大的小脸。她秀气的眉头立马拢起来："昨天也是蒋先生让我走的。"

老白厚着脸皮："你听错了。"

"我耳朵没毛病。"

"蒋先生说，你要不回去……他，他就要我好看。"

许情深目光从上到下打量着老白："他怎么舍得要你好看？你比我有价值多了。"

"许小姐，你别为难我。再说你在外面吃苦，何必呢？"

许情深提起右手，拎着刚买来的卤菜："我不觉得苦，很开心。"她视线穿过老白身侧，落向远处的黑色豪车："蒋先生不会也来了吧？"

老白忙不迭地摇头："没，没有。"

"天气怪冷的，你也早点回去吧。看看，冻得白头发好像又多了些。"许情深说完，迈起脚步走了。

老白摸了摸自己的头，回到车上，蒋远周正靠着座椅闭目养神。

"蒋先生，我真没法子了，好说歹说，许小姐就是不肯答应。"

蒋远周睁开眼，看着许情深逐渐走远的背影，觉得扎眼极了："这点事都办不成。"

"许小姐态度很强硬。"

"敬酒不吃吃罚酒！她要不肯，你绑也要把她绑回来！"

老白蒙了。

翌日，许情深下了班后匆匆离开。宋佳佳跟她约好去吃烤串，许情深架不住宋佳佳的劝，硬是喝了两瓶啤酒。回去的时候天都黑了，吃烤串的地方在师范大学旁边的小弄堂内，晚上又冷，风呼呼吹着，宋佳佳抱紧许情深的手臂："我怎么总觉得有人在盯着我们啊？"

"别自己吓自己。"

"赶紧走过这段路，我来打个车，太恐怖了！"

许情深紧挨着宋佳佳往前走，路面上的树影张牙舞爪般肆意挥动，周边静得只能听到两人的脚步声。

一辆车尾随在两人身后，瞅准时机快速上前。七人座的商务车车门被拉开，下来两名身材魁梧的男子，迅速扣住许情深的肩膀将她抱起后塞进车内。动作一气呵成，丝毫不拖泥带水。

宋佳佳张大嘴，只来得及听到许情深一声急促的救命。直到车子启动离开，她才扯开嗓门喊道："绑、绑、绑、绑……绑架啊！"

许情深坐到真皮的座椅内，后背冒出涔涔冷汗。她视线迅速扫了一圈，车窗都是暗色，再加上天黑，根本看不清楚外面的情况。

许情深不知道对方为什么要绑架她，她将包放到膝盖上，小心翼翼地开口："你们要钱的话，我包里有一些……还有，你们是不是绑错人了？"

"你是叫许情深吧？"坐在旁边的高大男子扭头问道。

许情深一听，心里咯噔一下，但还是立马做出了反应，她摇着头道："不是，你们弄错了。"

"坐好。"

许情深缩在座椅内，思来想去只有一个可能——万毓宁。

许情深心里越来越慌，车祸的事还历历在目，对万毓宁来说，恐怕只有想不出来的事，而没有她不敢做的事。

车子疾驰向前，许情深放在膝盖上的手紧张地握起。趁着旁边人的不注意，她将手慢慢伸进自己的包内，指尖碰触到手机。她急得鼻梁上都是汗，深吸口气，整个人往后靠，然后用手将包撑开道隙缝，手指颤抖着解锁。她唯一想到的求助人就是蒋远周，可就算拨通了电话也不能开口。

许情深视线时不时偷瞄旁边的人，食指轻点通话键。男人忽然朝她看了看，她惊得赶紧说话："我就是个不出名的医生，一个月固定工资那么点，也没存款……"

此时的蒋远周正在国际酒店应酬，一个包厢内坐了十几个人，吵吵嚷嚷，杯盏交错。桌面上的手机冷不丁振动出声，他漫不经心地看了眼，居然是许情深。

车内，男人的目光从许情深脸部落到她的手臂上，再一看，喝道："把手拿出来！你在干什么？”

　　许情深忙挂断电话。男人抢过她的包，从里面翻出手机，二话不说关了机。

　　那边的蒋远周还未来得及接通，就显示已经挂了。他目光盯了眼手机，这是抽的哪门子风？

　　旁边有人端过来一杯酒要敬他，蒋远周将手机放回了原位。

　　许情深心里的恐惧顷刻间往外泄，她抓住自己的衣摆，手指一点点握下去，直到指甲隔着布料刺痛了掌心。她猛地打个哆嗦："大哥，你们为什么要绑架我？"

　　车内的几人都不说话，车子进入市中心，许情深的手探向旁边的把手。

　　"车门都反锁了，别白费力气。"

　　她不止整颗心绷着，就连浑身的神经也都绷直了，绷得浑身都在疼。

　　车子径自开往国际酒店。

　　蒋远周应酬完，老白替他拿了大衣，一伙人簇拥着如天之骄子般的男人走出大堂。他站在人群中，目若朗星、个子颀长，极简的白色衬衣衬着一派慵懒之气。

　　经过旋转门，外头凛冽的寒风肆无忌惮扑来，蒋远周颊侧的头发微动，他感觉整个人清醒了。他单手插在兜内，不顾旁边人殷勤地说话，忽然想到，许情深这时候在做什么？

　　黑色的商务车拐了弯进入酒店，许情深遥遥望去，猛地看到一抹熟悉的身影——蒋远周！

　　他站在国际酒店的正门口，绚烂的灯光扫过他的眉眼，一个举手投足、一个懒于应付的表情，都被她看得清清楚楚。

　　许情深坐直了身，原本绝望的眸底迅速跳跃起火星。

　　车子停住了，驾驶员轻按了下键，许情深听到车门锁啪嗒的动静。她一颗心提至嗓子眼儿，甚至不敢呼吸。她朝着身旁的男人猛地推了把，然后用力拉开车门往下跑去。

　　几个男人对望了一眼，面面相觑。

　　蒋远周嘴里咬着根烟，有人过来替他点上。他狠狠吸一口的同时，透过烟雾的缭绕，好像看到许情深在朝他飞奔而来。

　　她神情慌张、脚步趔趄，仿佛身后有豺狼猛兽在追赶着她。她视线定定地看着前方的蒋远周，蒋远周站在原地未动，只觉得这样的她比平时可爱多了。

　　"蒋远周！"许情深扯开嗓门喊道。

　　男人手指轻掸烟灰，从原以为的错觉中回过神来。他张开手臂，正好许情深扑过来撞进他怀里，他被撞得连连后退了几步。

　　老白在旁边看着，严肃的脸上总算勾起笑意，旁边有人直夸蒋远周艳福不浅。

　　许情深两个肩膀还在颤抖着，双手紧扣在蒋远周后背上，耳朵贴在他胸前，听到他胸腔内传出的咚咚的心跳声，她觉得整颗心都落了地。

男人一手扶住她的肩膀，她这样主动跑来，真是令他既欣喜又意外。

许情深缓过神后，扭头看到那辆车居然还停在原地，她伸手一指："里面的人绑架我。"

蒋远周一听，脸色瞬变，单手搂住许情深的肩膀将她护在怀里，抬目望去："老白。"

老白上前一步，这一眼望去，就不止变了脸色那么简单了："许小姐，你说那辆车上的人绑架你？"

"是！我好不容易才逃下来的。"

蒋远周不认识那辆车，只知道居然有人敢动到他的头上来了。老白朝二人看了眼，忙道："蒋先生，我去处理。"

他刚要往前走，却看到车上的人下来了，几人大步走了过来。老白拧眉瞪视，不怒自威："活得不耐烦了是不是？也不看看整个东城是谁当家做主！"

那几人显然没听出老白的话外音，其中一人点头哈腰道："蒋先生，人给您带过来了。"

许情深身体一僵："什么意思？"

蒋远周锐利的眸子扫出去，最后落到老白脸上："这些人，是你养的？"

老白咬紧牙关："对不起，蒋先生，我把您说的'绑也要绑回来'的原话告诉给他们了，没想到……"没想到这帮蠢货竟然真用了绑架这一招！

许情深算是听明白了，她从蒋远周的怀里挣出来，心里委屈难耐。她提心吊胆一路，胆都快被吓破了，临到了却有人告诉她，这是蒋远周授意的！

她双手用力朝他胸口推去："蒋远周，你浑蛋！王八蛋！你大爷的！我打死你！"许情深力气极大，推着蒋远周往后了好几步。

众人皆是大惊，方才酩酊大醉的人惊得连酒都醒了："蒋先生！"

"蒋先生！"

蒋远周刚站定，许情深跑到他跟前来，抡起拳头朝他胸口咚咚地敲，还真挺痛的："你觉得这样好玩，是吧？"

老白面色凝重，三两步上前拦着许情深："许小姐，这事怪我，要打就打我吧。"

"没你的事！"许情深急红了眼，一把推开老白。刚才车门要不是锁着，她真的就半路跳车了。心里设想过一百种可能，但她怎么都没想到那些人是蒋远周派来的。

周围的人都在看着许情深，就跟看一头发怒的小狮子似的，连蒋远周都敢咬。这女人什么来头？可他们偏偏不敢劝，更不敢得罪。

蒋远周握了下许情深的手掌："行了，气消了吧？"

她挣开他的手，怒视着跟前的男人。蒋远周任她这样，居然没有生气，连老白看了都觉得不可思议。

旋转门带动大厅内的流光，两道身影从里面款款而来。万毓宁脚上的香槟色高跟鞋踩在坚硬的地面上，脚踝遇到风，冷得犹如被刀割似的。

蒋远周这边声势浩大，十几个人堵在门口，万毓宁视线穿过人群，看到正在对峙着的两人。

许情深余怒未消，想到宋佳佳这会儿肯定也是蒙圈状态，她抬起的手掌再度推向蒋远周："浑蛋！"

"你还能换点新词骂人吗？"

"你大爷！"

蒋远周凑过去轻说道："我要是你大爷，还能睡你吗？"

许情深一听，气得扭头就要走，蒋远周上前将她抱在怀里。许情深背对着他，只能用手肘撞他。

万毓宁怔怔地看着，在蒋远周身后站着的，一个个可都是在东城排得上名号的人。从前的她再胡闹，也不敢当着外人的面这样对他。

许情深今晚真是脾气不小，蒋远周脸贴向她："好了，这么多人陪我干站着，有事回去再说。"

"放开我！"许情深态度强硬，丝毫不配合，就是不给他抱着。

蒋远周说了个"行"字，松开怀里的力道，忽然三两步走下台阶。老白手里还拿着蒋远周的大衣，他朝许情深看了眼："许小姐……"

话还未来得及说全，就看到蒋远周走到那几个男人跟前，抬起腿朝着其中一人踹去。那人不敢躲闪，魁梧的身体往下压去，砰地跪在了坚硬的地面上。

万毓宁肩头披了件皮草，可丝毫挡不住外面肆虐的寒冷。她亲眼看着那个以前将她捧在手心里的男人正将对她独一无二的宠溺逐渐转移到另一个女人身上。

她面容发紧，抬腿就要过去，身旁的阿梅一把拽住她的手臂："毓宁，不要！"

老白的目光扫过来，也看到了她们两个。

阿梅朝万毓宁轻摇头："你要看不下去就快走，但千万别现在过去。毓宁，你不要总是在自己身上吃亏！"

许情深也没想到蒋远周下手会这么重，那两个人直接被他踹倒在地，她大步下了台阶，伸手去拽蒋远周的手臂："不能怪他们，不要打了！"

"那怪谁？"蒋远周站在那儿，视线盯住许情深不放。

她朝他瞪了瞪："怪你啊！"

男人半晌没开口，老白见两人站在寒风里，忙走过去将大衣给蒋远周披上。许情深站在这空旷的场地上，也不说话。

"蒋先生，我先替您送送客人吧。"

"嗯。"

老白回到酒店前："不好意思，临时出了点事，我这就安排车子过来。"

"蒋先生没事吧？"

老白笑了笑："没事，小两口儿闹矛盾，让大家看笑话了。"

阿梅见万毓宁还戳在原地不动，便拉了她赶紧离开。

许情深冻得直哆嗦，她抬眼朝蒋远周看了看，知道该适可而止了，再闹下去就过了："蒋先生，我能走了吧？"

"走？去哪儿？"

许情深跨过一步，面对他站着："我找到住的地方了。"

蒋远周的大衣是披着的，显得肩膀宽阔，整个人更加挺拔了。许情深见他不说话，忙又补了一句："蒋先生，是您自己说的让我走，这才一天时间，您拉得下脸让我回去吗？"

蒋远周锁紧眉头："住外头去，我看你挺高兴的。"

"是挺高兴啊，我这叫有自知之明。"

敢情他方才白让她胡闹了一场，她就没有要跟他回九龙苍的打算。

许情深回到车前，将掉落在里头的包拿了出来，开了机，先给宋佳佳回了个电话。

宋佳佳那头果然急疯了，不等许情深说话，就扯着嗓门喊："情深，你在哪儿啊？你没事吧？哪个王八羔子活腻歪了啊？"

"佳佳，我没事，我很安全。"

"安全？刚才就跟演警匪片似的，绑了人就往车里塞……我的小心脏啊！我还报警了。"

许情深安慰她几句："不怕不怕，等我回来再说吧。"

"哪个小浑蛋……"

许情深接了话："不是小浑蛋，是老浑蛋！"

蒋远周一把夺过她的手机："你在说谁？"

许情深踮起脚尖去拿，蒋远周抬高手臂："绑人的事，要怪就怪老白。你要还不解恨，你可以收拾他。"

男人充满磁性的嗓音通过手机传到宋佳佳耳朵里，手机里传来宋佳佳的声音："情深，这谁啊？说话这么霸气！帅吗？身材好吗？"

蒋远周说了句肤浅，把通话掐断了，把手机还给许情深。她看了眼他的胸口，刚才那几下她没控制住力道，捶得又重又猛，当着这么多人的面，他由着她失控，倒真是难得。

"蒋先生这是亲自请我回去吗？"

被他踢过的几人就站在边上，蒋远周面色动了动，眸子内闪过不自然："没有，应该是你自己要回来才对。"

"这样啊，那算了！"许情深背着包转身离开，朝着蒋远周挥挥手，"拜拜！"

看着许情深大步走出酒店，蒋远周话到嘴边又咽了回去，手指轻动两下，打消了一把将她擒回来的念头。

他是谁啊？他是蒋先生，哪能冲着一个女人低头？

老白送完人很快回来，许情深就那样从他们眼皮子底下走了。老白看了眼，蒋远周的脸色阴得都快能下场暴雨了："蒋先生对不起，我把事情搞砸了。"

蒋远周摸了摸胸口，那里还在隐隐作痛。他并未动怒，反倒是扯动了下嘴角："她刚才是不是有点万毓宁的样子？"

"您这是……想起了万小姐？"老白刚要说万毓宁之前确实在这儿，蒋远周却轻摇了摇头："不是，我就是觉得她那样才像个女人，会吵会闹的，挺好玩的。"

老白嘴角抽动几下，原来蒋先生好这一口？

"蒋先生，这人都送到这儿来了，您怎么没让她留下啊？"

"我要开口，不就是承认我错了？"

老白失笑，蒋远周斜睨他一眼："看你干的好事！"

老白敛起嘴角。这个时候，他要再笑，就显得太不厚道了。

接下来的几天，许情深总算见识到了什么叫惊掉下巴。

蒋远周倒也不强求她回九龙苍，可许情深提心吊胆啊！星期天的傍晚，她和宋佳佳买完菜回来，看到小区的楼道口停着几辆大车，看样子，像是有人家里要装修。

许情深拎着菜上楼，耳边一道咋咋呼呼的声音将她的神一把拉了回去："哎哟喂！你、你、你……你们是谁啊！"

许情深差点被摆在门口的箱子给绊倒，再一看，这不就是她们家门口吗？

屋里几个身影忙碌来忙碌去，宋佳佳面色大变："喂，你们是谁啊？怎么进来的？"

这时，宋佳佳和许情深住的房间内出来一抹身影，头发灰白，面容却格外英俊——不是老白是谁？他食指轻掩鼻息处，似乎很看不惯这儿的环境，看到两人回来，避开脚边的箱子过去："许小姐。"

"这是做什么？"

"蒋先生知道您在这儿住得不舒服，我方才看过了，房间太小，需要重新布局。"

宋佳佳一声尖叫："什么！"她丢掉手里的塑料袋朝卧室内冲去，"我的资料啊，我的东西啊！喂，放哪里去了？"

"你们——"许情深跟着进去，屋内塞满了东西，一片狼藉。

有两个人正将宋佳佳房间内的东西往外搬，宋佳佳扑过去一把抱住，呼天抢地："这是我的命根子啊！"

"宋小姐，您这玩意儿不值钱，床头新摆的两个花瓶您看喜欢吗？"

"喜欢个屁！我把它砸了！"

老白嘴角勾翘："这是蒋先生送的，一个能换闹市区的一套房子，宋小姐想清楚了。"

宋佳佳忙直起身，眼珠子都快瞪出来了："我去，天上掉下来个土豪啊！等等，让我先去上两炷高香。"

许情深看到这儿，头疼得厉害，老白从兜内掏出张房卡递给她："装修期间，您和宋小姐可以先住到国际酒店，有什么需要直接签蒋先生的单就行。"

"不就是要让我回去吗，值得搞这么大的动静？"

老白脸上漾起一抹欠揍的笑："蒋先生说了，他要许小姐自愿回去。"

许情深磨着牙尖，心里一群咒怨的小人飘过——算了，她修养好，别计较，千万别计较！

宋佳佳彻底搞清楚了事情的来龙去脉后，差点乐疯了，成日里笑得合不拢嘴，见人就说有大馅饼掉了下来。住进国际酒店的这两天，她一到晚上就压着许情深睡觉，说许情深简直是一尊金佛，许情深简直苦不堪言。

这天，宋佳佳约了大学另一个好友吃晚饭，许情深也要参加。

用餐的地方是一家小餐馆，女同学开心地跟许情深叙旧，话才说到一半，门被推开了，某顶级餐厅的服务员陆续进来，将一道道精美无比的菜肴端上桌，只点了两百块钱菜的几人吓蒙了。

"许小姐，蒋先生说在小饭馆吃不卫生，您看看还有什么想吃的吗？"

许情深脸色变了又变，忽然拿起桌上的包往外走去。

餐馆外面，蒋远周的车就停在马路对面，黑色的线条冷硬霸道，高大的梧桐树挡去路灯橘色的光，为那辆车增添了几许神秘感。

许情深快步过去，司机见状忙下车，利索地替她将车门打开。

许情深弯腰坐进去，蒋远周的大衣脱放在边上，正好被她坐在身下，她也不管了："蒋先生，我还能回九龙苍吗？"

蒋远周的视线从一份医药报告书中抬起，脸上表情藏匿得很好："想回来了？"

"是，很想，特别特别想！"许情深抓狂的表情隐匿在皮肉下。

蒋远周合起手里的资料，伸手捏了捏许情深柔软的下巴："你啊，那你当初还多此一举要搬走？"

许情深薄唇微启——算了，她不是他的对手，玩不过他。

"开车。"蒋远周声音愉悦地吩咐道。

"是。"司机动作熟练地发动引擎。

许情深朝窗外看了一眼："等等！我朋友们还在里头，我晚饭还没吃呢！"

"我也饿着。"

许情深天真地将视线落到蒋远周的脸上："那么多菜，我一口没动呢。"

"我'饿'了好几天了！"蒋远周将报告书往旁边一丢，单手撑住座椅，上半身一点点朝许情深倾过去。她缩在角落，绷直了脊背，蒋远周的目光越来越放肆，从上至下地看她："我已经饿疯了！算算日子，好一阵没进食了。"

他还真把她当成猎物了呢，带回九龙苍后顾不得吃晚饭，不知餍足地狠狠吃了一顿。

许情深尽管是被潜规则后进的星港医院，但该守的规章制度，她一条都不敢违背。

这日轮到她值班，吃过晚饭回门诊大楼，走廊内的电子显示屏上闪着红灯，许情深听到自己的名字。她神色一紧，快步往前，白色衣角朝两侧冷酷地敞开。

许情深来到电梯口，正好和需要救治的患者遇上。

"许医生，车祸患者，情况危急……"

旁边的家属哭哭啼啼，许情深朝伤者看了眼："肇事司机呢？"

"没看见……我是去万家的路上，正好……正好看见我妈出了车祸。医生，我妈不会死吧？"

许情深眉头微挑："万家？"与此同时，她看到伤者左手心里攥着一个药瓶。

"对，我妈是万小姐的管家。请您一定救救她！"

整个东城能称得上一句万小姐的，恐怕就只有万毓宁了。

蒋远周接到消息赶至星港时，万家父女和方晟都到了。许情深已经做完术前准备，却被请出了手术室。

万毓宁焦急地走过去："钱管家怎么样了？"

许情深摘下口罩："伤势严重，必须立马手术。"

万鑫曾目光抬起，朝着那扇紧闭的门望了眼："现在就转去仁海，马上！"

"不可以！"许情深语气坚决，"除非你想让她死。"

"谁知道你在动什么心思？你的手术刀只要偏差一点点，关乎的可是一条人命。"

"万伯父，许医生是星港的人，你这样侮辱她的职业操守，真正想侮辱的是我吧？"蒋远周如一阵清风般走来，黑色西装修身而清贵。他挡在许情深面前，也挡住了万鑫曾虎视眈眈的目光。

"她能有什么本事，你心里最清楚，也只有你可以赌上星港的名誉，任她在这儿做砸招牌的事。"

"我当然清楚，许医生医术高明，就算要砸，星港的招牌也够硬，不是三两下就能砸掉的。万伯父瞎担心什么？"

103

万鑫曾咬着牙："钱管家也是我家里的老人了，她要这么死了，我要这个许医生好看！"

蒋远周高大的身影转过去，面色冷峻，冲着许情深道："既然是万家的事，让他们关起门来自己解决好了。给她转院，让她死半路上。"

"不行！"许情深摇头。

"为什么？"

她殷红的唇吐着较真的话："我是医生啊，见死不救算什么？"

蒋远周颇有些头疼，瞅着许情深那张认真的脸，目光在她耳侧的口罩上流连："不是立马要动手术吗，戳着做什么？"

"哦。"许情深说完就要走。

"等等！"万鑫曾出口叫住她，"钱管家身上有没有放着东西？"

"什么东西？"许情深反问。

方晟靠在走廊内的墙壁上，自始至终没插一句话。万鑫曾往前走了步，几乎同蒋远周比肩："一个药瓶。"他话说得并不重，身后的万毓宁和方晟估计都听不见。

许情深眸底内有异样的光芒跳动，她拔高了音调："什么药瓶？不知道！动完手术再说吧。"

万鑫曾望向许情深离去的背影，脸色变了又变："这什么口气？谁允许她跟我这样讲话？"

"如果非要说一个人的话，应该是我吧！"蒋远周接过话来。

万鑫曾盯着面前这个最心仪的女婿人选，现在还觉得可惜："远周，我好歹是你长辈。"

"没办法，万伯父，谁让她是我女朋友。"

不远处的方晟抬头朝这边看了眼，万毓宁听到这样的说法满目吃惊，万鑫曾面色严肃了几分，轻摇两下头，伸手朝蒋远周的肩膀处轻拍两下，说道："这手术一时半会儿也完成不了，万伯父有几句话想和你说，方便吗？"

"当然。"

手术结束时间是晚上九点二十五分。许情深从手术室出来，意外地发现外面居然一个人也没有。不一会儿，老白匆匆来到她跟前："许小姐，手术顺利吗？"

"算顺利吧，只不过还不能确定何时能醒。"

老白似乎并不是真的关心手术结果："蒋先生让我给你带一句话。"

"什么话？"

"钱管家醒了，而且说出撞她的人是方晟。"

许情深大惊失色："你们什么意思？"

"许小姐，蒋先生特地让我来跟你解释一下，这件事跟你无关，是万家要揪出家

104

里的内鬼，蒋先生让你别多心，他没有丝毫的不信任你。"

许情深表情怪异地朝老白看了眼，老白也觉得蒋远周这样……有点奇怪。

来到休息室门口，老白敲响房门，许情深走进去时屋内就两个人，蒋远周示意她过去，手术过程他这儿直播，不用多此一举地问她，便直接道："药瓶呢？"

许情深心里咯噔一下，看来她在手术室内的一举一动，蒋远周全看在了眼里。

许情深将药瓶从兜里掏出来放到男人手上："我看过了，就是VC片。"

蒋远周将药瓶交给万鑫曾，对方一言不发，拧开瓶盖仔细查看。

"至少这瓶药在进入星港后没有被换掉的机会。"蒋远周身子往后靠，余光睨过许情深的脸。她颊侧淌着汗，面色掩饰不住疲倦，男人不禁朝她挪近些，手掌很自然地伸过去环住她的腰，许情深立马双肩发僵。

万鑫曾将药瓶重重地放到桌上："不可能，钱管家前脚刚拿到药，后脚就出了车祸，这件事跟方晟脱不了干系！"

"钱管家拿了谁的药？"蒋远周的掌心在许情深腰际来回摩挲。

"我就毓宁这么个宝贝女儿，现在她和方晟住在外面，我怎么能放心？我让钱管家盯着他们。车祸之前，钱管家说主卧的门头一次没锁，她就进去了，还在床头柜里翻到了一瓶药。我让她赶紧给我拿来……"

许情深听着，手心里冒出冷汗，恰在此时，外头传来敲门声。蒋远周说了个"进"字，万毓宁挽着方晟的手臂走了进来。

万鑫曾脸色很不好看，他霍然起身，面上青一阵白一阵，语气凛冽，咄咄逼人："方晟！钱管家已经醒了。你居然把她害成这样，你疯了是不是？"

万毓宁大惊，连忙跺脚道："爸，你胡说什么啊？"

"闭嘴！你知道他一直在给你吃什么药吗？"万鑫曾明显是在诈方晟，他气势强盛，就好像方才的话全是真的一样。

许情深听见自己的心在咚咚地跳，目光探向方晟。可她给不出一点提示，在众目睽睽之下，她所有的表情都变得透明而僵硬。蒋远周忽然拉过她的手，指尖冰凉。许情深敷衍地朝他微笑，男人精致的唇瓣跟着扯出抹弧度。

方晟神色没有出现一点慌乱，目光清冽地看向万鑫曾："爸，您说我在给毓宁吃什么药？"

"方晟啊方晟，我们万家待你不薄，我就毓宁这么一个女儿，你怎么就不能好好地对她呢？"万鑫曾也是头老狐狸，话不说破，却句句冲着方晟的心理底线而去。

"爸，我实在不懂您的意思，毓宁没病没痛，除了床头柜里的那瓶VC，家里不可能还有别的药。至于您说我害了钱管家，我就更不明白了，我怎么害她了？"

万鑫曾仔细端详着方晟的神色，见他面目镇定，思路清晰地一字字反驳自己。万鑫曾眼角余光瞥过坐在沙发上的许情深："这位许医生在钱管家身上发现了她的手机，里头有段录像，把发生车祸时的过程全部都录了下来。"

105

许情深真佩服万鑫曾这瞎扯的水平，心理能力差一点的人怕是早被攻陷了。

方晟深邃的眸子朝许情深看了眼，这一犹豫间，却让许情深莫名心惊。她对方晟太了解，他表面平静得看不出丝毫端倪，但方才那淡淡的一眼，许情深就能断定这件事绝对跟他有关。

万鑫曾叹口气，继续道："方晟，你是毓宁亲自选的人，你做错事，我不怪你，只要你承认，我就当这件事没发生过；如果你还要欺骗的话，我只能把录像交给警方……"

许情深被蒋远周握住手，一根根把玩她的手指。她忽然抽回手起身，蒋远周朝她斜睨一眼："做什么？"

"给你倒杯水。"她神色如常，一步步走到柜前，"蒋远周，你有茶叶吗？"

许情深这突如其来的举动，令万鑫曾十分不高兴，但她不必看他脸色。蒋远周随手一指："里头有新送来的茶叶。"

她倒了杯茶，转身冲万鑫曾道："您要吗？"

"不需要！"

许情深端着茶杯回到蒋远周跟前，将水杯递给他："我知道你不喜欢喝茶，但你今天喉咙不好，是不是哑了？"蒋远周接过水杯放到旁边："给我泡杯咖啡吧。"

许情深交叉双手放在胸前："不可以。"

"都什么时候了，谁允许你们打情骂俏的！"万毓宁哭丧着脸，恶狠狠道。

方晟眸子内一片清明之色漾起。许情深的这个动作他太熟悉了，这是他和她之间的暗号。许情深每回故意让他着急后都会摆出这个姿势，然后告诉他一句——你被我骗了！

蒋远周拉下许情深的手："说话就说话，连动作都摆上了。"

"还不是因为你听不进去我的话。"许情深挨着蒋远周身侧坐定，她心跳加速，一把抓住蒋远周的衣角，"要不我先出去吧，还得去看看病人的情况。"

"去吧。"

蒋远周在她起身之际，往她臀上轻轻拍了一下。许情深没想到他会有这样的动作，顿时尴尬地立在原地，只觉得臀上火辣辣的感觉蔓延开。

方晟底气十足，拉着万毓宁的手往沙发跟前走："爸，您要还不信我的话就把录像交给警方吧。还有路面监控，都可以调出来，以还我的清白。"

许情深迈步往外走去，将门轻轻关上。

钱管家的情况不算太好，许情深在星港留到次日清晨才背着包走出大楼，寒冷的空气从四面八方聚拢而来，她顶着两个黑眼圈就要往地铁站赶。

"许小姐。"冷不丁地，一个声音从不远处传来。许情深侧目看了眼，居然是老白："你怎么在这儿？"

106

老白上前，先给蒋远周打了个电话："许小姐下来了。"说完后他才回许情深的话："我在这儿等你。"

　　"等我？等多久了？"

　　"你先上车吧。"

　　许情深坐进车内，老白守在外头，没过多久，蒋远周也下来了。

　　车门再度被打开，男人弯下高大的身躯，许情深忙往旁边挪动："你没回九龙苍？"

　　"没有。"蒋远周闭目养神，老白坐进副驾驶座后吩咐司机开车。蒋远周抬手将颈间的扣子多解开了一颗，狭长的凤目微睁，视线落到她苍白的脸上："整晚没睡？"

　　"也没有，中间眯了会儿。"

　　蒋远周拉过她的手，指腹在她手背上轻揉，亲昵得让人面红耳赤："情深。"许情深嗯了声。他向来都是连名带姓唤她，这两日嗓音有些哑，情深二字在他嘴间别有一番味道。

　　他落下车窗，忽然开口道："昨天做的那个动作，你再做一遍给我看看。"

　　许情深秀眉微蹙："哪个？"

　　"你知道的。"

　　许情深了然地抬起双手放到胸前，摆出一个×形："这样？"

　　"这代表了什么意思？"

　　"你让我给你泡咖啡，我说不行，这当然是不可以的意思。"许情深再度比了比，"这是NO。"

　　蒋远周凉薄的唇瓣一侧往上浅勾，并没有真正的笑意显露出来。许情深放下双手："你不信？"

　　"信。"

　　骗鬼呢！

　　许情深唇瓣抿紧，扎在脑后的头发有几缕松散了下来："你别勉强啊，你脸上就写着'不信'两个字。"

　　蒋远周失笑，如工笔画般细细勾勒的精致五官盛开出一抹极致的惊艳。他目光盯住许情深不放："听着，只要我相信了你之后的结果不会对我最亲最爱的人造成伤害，那么，从你嘴里说出来的话我都可以信！至于它是否会对别人不利，我不管。"

　　坐在前排的老白闻言，眼里露出讶异。

　　也许许情深自己不觉得有什么，但在老白看来，蒋远周对这个女人已经到了一种放任的地步——只要她不做出格的事、不做有害蒋家的事，上天入地地闯祸，都没事。

第五章
刀尖上起舞

　　星港是全国著名的私人医院，在宣传方面从不懈怠，每年还会派出医疗队去贫困山区义诊。当周主任将许情深叫进办公室的时候，她也大概知道是为了什么事。

　　"许医生，悬崖村的新闻你听说过吗？"

　　"听过。"

　　周主任面色严肃："星港每年都会有几次义诊，新进的医生都会参加，但你这边我需要问问你的意思。"

　　"我当然要去。"

　　周主任抬头朝她看了眼，绷紧的嘴角有些微缓和："这是好事，以后在评职称方面，这些也都是考核标准，我自然也希望你能积极参与，只是蒋先生那边……你自己跟他说吧。"

　　许情深了然。周主任尽管对她寄予厚望，但她终究是通过特殊关系进来的，想要给她安排事情之前，得先知会蒋远周才行。

　　九龙苍。

　　蒋远周将名单上的许情深三字划去，她扑上去抢夺："为什么不让我去？"

　　"知道悬崖村什么意思吗？"

　　"知道。"

　　蒋远周将签字笔重重地敲向桌面："知道还去？"

　　"你如果把我换下来，势必要用别人顶上——蒋先生，我不比别人特殊，我想去。"许情深一双剪水秋瞳盯着他看，"我就想去！"

　　"不许撒娇。"蒋远周手指轻抚过眉头，警告道。

"我就要去。"

男人抬起头，食指朝许情深虚空轻点两下："到时候别哭着让我去把你接回来。"

"不会的，我保证。"

　　许情深跟着医疗队坐了几个小时的车，几经辗转才来到悬崖村。村长先安排他们休息一晚，除了医疗队外，后面还有跟拍的电视台记者，真可谓浩浩荡荡。

　　当许情深真正站到悬崖村底下亲眼目睹了那一幕，她才能明白为什么蒋远周先前不让她来。

　　倾斜的悬崖在她眼前延伸至高空，根本就没有能行走的路。她右手遮住眼帘，隐约看到萦绕在顶上的白雾。十几个孩子有说有笑地过来，爬上了用藤蔓简单编制成的长梯，那梯子摇晃着，好像随时都有断裂的可能。

　　此时才清晨时分，许情深看了眼时间，刚过五点半。

　　蒋远周昨晚处理事情到凌晨才睡，许情深的手机已经打不通了，没有信号。

　　男人披着睡衣下楼，短发慵懒地趴在额际，却不显丝毫凌乱。偌大的客厅内回荡起孤独的脚步声，蒋远周修长笔直的身子来到通往阳台的落地窗前。

　　老白似是知晓蒋远周心绪不宁，早早就来了。他推门进入，看到蒋远周立在窗前的身影，还是吓了一跳："蒋先生，您怎么起这么早？"

　　"那边有消息吗？"

　　"您放心吧，挺好的，气象局那边也没有什么异常。顺利的话，许小姐明天晚上就能回家。"

　　屋子里缭绕的烟味挥之不去，蒋远周的脚边落满了烟灰，老白拿起旁边的烟灰缸上前，男人动作优雅地轻吸两口，然后将剩余的半截烟掐熄掉。

　　许情深背着医疗箱，跟在高大强壮的村民身后，爬上了那座颤颤巍巍的藤梯。身后有个小女孩在喊："王阿伯，王阿伯。"

　　前面的村民回头，咧着嘴笑道："小玲啊，当心点，抓紧了。"

　　许情深往下一看，看到一个十来岁的小女孩紧随其后，紧跟着小姑娘的，居然是方晟。

　　许情深心里疑惑凝重，他怎么会在这儿？

　　爬到半山腰处，依稀有雨往下落，也不好打伞，被打湿的头发湿漉漉地黏在脸上。

　　村民高喊一声："加油，爬上去就好了！"

　　许情深抬起脚步往上，忽然一阵沙沙巨响从远处传来，莫名的心惊肉跳让她抓紧了两根藤蔓。一颗、两颗、好多个小石子滚落下来，毫不留情地砸向他们。

　　祖祖辈辈生活在这儿的村民脸上露出惊恐，他厉声呼喊："快跑！泥石流来了——"

跑？跑去哪儿？

许情深往下一看，藤梯上挂满了人，这样慢慢挪下去无疑是在等死。

自然灾难不会给人反应的时间，方晟抓住旁边的树杈，将身子挪出去："情深，快走！"

大大小小的石头开始往下砸，许情深学着他的样子放弃了藤梯。小玲朝四周看了看，她身形矫健，手脚并用地往边上逃："方哥哥，快跟着我。"

方晟回过头，一把拉住许情深的手。这儿地势陡峭，根本连站都站不起来，许情深一个抬头间，眼里的惊恐扩散开来。漫天的土黄色扑来，前面的人瞬间没了身影，藤梯后头的人在快速往下爬，摄像机掉落到山间，有人跟着栽了下去。

方晟抓紧她的手腕："情深！"

她猛地回神，强烈的求生欲望让她跟着方晟死命往前跑去。小玲抓住一根树枝，身体稳了稳才没有栽下去。她快速推开一棵系着红布头的小树，朝着方晟喊道："快啊，快！方哥哥！这儿有个山洞。"

方晟扯过许情深，一把将她往里塞去，身后，巨大的冲击力如千斤巨石压来……

九龙苍。

蒋远周用过早餐准备出门，老白替他拿了件外套，两人一前一后往外走。

蒋远周脚步印在落满阴影的雕花砖上，忽然顿住："明天许情深……不，医疗队回来，庆祝的地儿安排好了？"

"安排妥当了，您放心。"

"别太闹腾，先简单吃顿饭，这两天都累了。"

"好。"老白将外套给蒋远周披在肩头，响起的手机铃声似乎比以往急促得多，他接通后放在耳边，"喂。"

蒋远周自顾自地往前走去，半晌后，一串脚步声紧随而至，"蒋先生，蒋先生！"

"怎么了？"

"悬崖村发生泥石流，伤亡惨重。许小姐正好在上山的途中，她……她失踪了。"

蒋远周转过身，高而壮硕的身影挡住背后一大片暖阳，落在他肩头那着有浓重色彩的黑色外套忽然唰地掉在了蒋远周的脚边。

许情深有片刻晕眩，全身仿佛被劈开般，撕心裂肺地痛。她趴在地上半晌起不来，直到听见一阵熟悉的声音传来："情深，情深？"

方晟就在她身后，他伸手摸到了许情深的腿，爬上前几步将她紧紧抱在怀里："有没有事？伤着哪里了？"

"还好，我没事。"

方晟抱着许情深坐起来，四周漆黑一片，他扯着微哑的嗓门喊道："小玲，你在哪儿？"

　　"方哥哥，我在这儿。"一道弱弱的声音从里面传出，方晟明显松口气。

　　许情深摸到身底下的潮湿，泥石流冲下来，看来是把洞口都堵死了。小玲在里头喊道："你们进来些，里头空间很大呢。"

　　说话间，一簇亮光冉冉而来，小玲手里举着根蜡烛："方哥哥，进来啊。"

　　借着光亮，方晟这才看清楚四周，他搀扶许情深起来，小心翼翼往里走，三人身上都有不同程度的剐伤。

　　等两人坐定后，小玲又把蜡烛吹熄了："只有这么一根，可不能浪费。方哥哥，你们别害怕，这地方是我阿爹发现的，去学校的路上我阿爹给我找了好几个这样的山洞，让我有危险就进去躲躲，他会带人来救我们的。"

　　方晟轻轻说了句好，但他和许情深都明白，外面的情形并不乐观。

　　山下的村庄也未能幸免，本来就不牢靠的土坯房被轻松碾平，路不成路，非常难走。

　　蒋远周不听劝阻来到悬崖村，站在出事点时，他面色阴郁，整张脸铁青，嗓音犹如磨尖的刃："在哪儿失踪的？"

　　罗医生指着中间一段："大概就是那里。当时我们还在下面，泥石流来得太猛。"

　　"其他人呢？"

　　"一名护士不见踪影，许是……许是被埋在了泥石流下面。"

　　蒋远周下颌处的线条绷得更紧了，耳旁有村民们的哭声传来。他抬头看了眼山崖，这一段经过泥石流的冲刷，形成一个六十度角的高峰。崖间几处挂着被连根拔起的大树，举目望去，惨不忍睹，几乎不存在幸存的可能。

　　"蒋先生，等搜救队吧。"

　　满目疮痍，满目肆虐的沙黄色，蒋远周目光定在一处："他们到了，也不会第一时间找许情深。就怕到时候挖出来，她早就没了。"

　　老白嘴唇嚅动，"凶多吉少"这四个字，终究被他咽了回去。

　　"人既然是在这一段消失的，就给我一寸寸地找，我不信挖不出她来！"蒋远周嗓音微抖。老白拉他往后退了步："蒋先生，接下来的事情我来安排，您去安全的地方等着。"

　　这时，一名中年男子跌跌撞撞地跑过来："看到我家小玲了吗？谁看见了？"

　　蒋远周轻睨一眼，目光冷漠地别开。

　　村长几步来到蒋远周跟前："当时那个许医生就走在小玲前面。"

　　蒋远周眉头轻挑："把他带过来。"

　　中年男子被老白唤到跟前。蒋远周抬首望向山崖，眼里的忧虑之色藏都藏不住："那儿……有没有能藏身的地方？"

"有，有个山洞。我女儿知道有危险就会去里面躲。"中年男子抬起手臂往前指，"就在……"

蒋远周眼里燃起希冀，一簇微小的亮光闪烁着。男人的后半句话卡在喉间，伸出去的手不知该指向哪儿，忽然捂住脸恸哭起来："埋了，都被埋了，我根本就认不出山洞的位置了……"

蒋远周站在原地，一时无言。他手里默默点燃根烟，手指有些发抖。

约莫半小时后，蒋远周自己雇来的搜救队赶到现场，开始有序地施救。

山洞内，方晟抱住怀里的人没有松开。许情深轻抬眼帘："我们会不会被闷死在这儿？"

"不会。我能感觉到有风吹在身上，别怕。"

"方晟，你为什么会来这里？"

男人双臂将她锁紧："我一直在资助小玲上学，我来看看她。"

许情深手掌往旁边探去，摸到了坚硬的石块："方晟，钱管家醒了，但她没看清楚撞她的人是谁——是你干的吗？"

方晟没有作答。许情深嘴唇颤抖出声："为……为什么要这样做？"

不远处，缩在角落里的小玲在数着数："一、二、三……"大人说的话她也听不懂。

方晟的脸紧贴着许情深，突如其来的亲昵令许情深有些不适应地想要将脸别开，方晟执拗地再度贴过去："那天是我疏忽，没有将药放好。那是我给万毓宁吃的避孕药，瓶子下方还有暗盒，里头藏着我的药。钱管家车祸过后，药瓶已经被我换了。"

"你难道不想要孩子吗？"

方晟沉默，半晌才开口，声音中满是无奈和悲怆："我现在改变主意了，只有万毓宁怀了我的孩子，万鑫曾才能放心地把制药这一块交到我手里。"

"方晟，你不要在这条路上越走越远了……"

男人的手指在她肩头轻抚："不说了好吗？让我抱抱你吧，我好久没有像现在这样抱你了。"

搜救队按着蒋远周的意思上了山，一条条绳索从最高点往下抛。这儿进不来先进的设备，只能徒手攀爬。搜救犬不能上山，十几个人往下搜救，腰间仅靠一条绳索固定。

蒋远周倚在临时搭建的休息帐篷前，目光怔怔地盯住半山腰。

天彻底黑下去，四周没有灯光，老白提着手电过来："蒋先生，先去吃些东西吧。"

蒋远周轻轻摇头，孤独感逐渐侵蚀掉他，让他不安地开口问道："老白，如果待会儿许情深真是被挖出来的，该怎么办？"

112

老白心头微涩，在他眼里，跟前的这个男人是无所不能的蒋先生，老白跟着他这么些年，从没听他问过别人一句该怎么办。

"蒋先生莫担心，不会的。"

"我不需要听空话，如果……真是被挖出来的呢？"蒋远周从兜里掏出包烟，修长的手指抽出其中一根。老白点亮打火机凑过去，看到冰蓝色的火焰衬出了男人眼底无尽的漆黑，还有漫天的惊慌。

"蒋先生，许小姐是医生，生死有命，她比谁都懂。"

蒋远周喉间轻滚，两颊微陷，身上有很浓的烟味："不，她不需要懂，她的命绝不能丢在这儿，她想都别想！"

高高的半山腰传来一阵声音："快！这儿有人！"

蒋远周手指一抖，半截香烟被弹落在地，零星烟火淹没在脚边的积水中。

蒋远周大步往前走去，依稀可见搜救队员正背着一人下来。他站在山脚下，那人是在半山腰被挖出来的，此时伏在搜救队员的背上一动不动，很显然已经没了气息。

蒋远周喉间蔓延着苦涩的烟味，苦得舌尖发麻。

搜救队员将人放到地上，蒋远周蹲下高大的身躯，老白握紧手电，将一束亮光打在女人身上。

遍体的泥黄色令人分辨不清对方的面目，但胸口的蓝色字样若隐若现，蒋远周用掌心拂开泥土，看见上头印着"星港医院"几个字。

"许情深！"他语气有些慌，手忙脚乱地去摸她的脸，手指一层层将女人面上的泥土抹去，直到出现一张别人的脸。

蒋远周怔怔地盯了半晌，老白在旁道："蒋先生，不是许小姐。"

蒋远周宽厚结实的肩膀瞬间往下垮去，脸上却没有丝毫轻松的神色，蒋远周握起双拳，掌心内牢牢记着刚才摸到的冰凉触感："抬到帐篷里去吧。"

"是。"

夜色浓重，许情深不知道相隔很近的地方，蒋远周正在派人搜救她。

方晟脱掉外套给她披上："穿起来。"

"不用，我不冷。"

"乖，穿好。"方晟说完，去拉她的手。

"那好，我自己来。"

小玲摸爬着来到方晟旁边："方哥哥，看得见吗？要不要点上蜡烛？"

"不用了。"方晟听见许情深穿衣传来的窸窣声，双手伸出将她抱在怀里，"我们之间太熟悉了，不用亮光，我也知道她长什么样。"

"方哥哥，你们会结婚吗？"

许情深听到耳边的呼吸一窒，她想将方晟的手推开，男人却更用力地抱紧了她：

"情深，我不想被冻死。"

小玲其实也害怕，她双手抱住膝盖，就想听到说话声："方晟哥哥，你肯定很爱许姐姐吧？"

"你才多大，你懂什么是爱？"

"我当然知道——不是非要陪在身边才叫爱，我妈妈就最爱我了。"妈妈死后，每当小玲想念妈妈时，阿爹都是这样告诉她的。

许情深到底不适应这样的氛围，她脑袋微动，目光轻抬："我们会被救出去吗？"

"会。"

搜救队员还在继续，小玲的爸爸也上了山，凭着丰富的生存经验在山上寻找自己的女儿。

老白拿了桶纯净水让蒋远周洗手，男人一遍遍搓揉着修长好看的十指。

不知过了多久，天际隐约有鱼肚白显露出来，山间的一层朦胧扩散开，蒋远周站在那儿一动不动，头上、肩上全都湿了。

中年男人脚下一个踩空，身子往下滑去。他慌乱之余一把抓住根树枝，好不容易站稳后，看到树枝上扎着块红布，那是他给山洞口做的标志。

男人脸上涌起希冀："小玲，小玲！"

声音透过被堵住的洞口往里面挤去，隐隐约约，却依旧清晰。

小玲猛地坐直身，往前扑了几步："阿爹！阿爹，我在这儿！"

中年男人朝不远处的搜救队员求救："我女儿在这儿，她还活着，她还活着！"

蒋远周眸底迸出亮光，猛然提步就要上去，老白忙伸手抓着他的手臂："蒋先生！"

"我有预感，许情深应该也在那儿。"

"您……"老白拉不住他，只得让搜救队下来，为蒋远周绑上安全绳。

方晟听到外面的动静，轻拍下许情深的脑袋："有人来救我们了。"

上崖的路非常难走，脚下泥泞不堪，蒋远周的好几步都陷了进去。他来到早就被掩埋掉的洞口，弯下腰小心翼翼地出声："许情深！许情深？"

没有得到任何的回应，蒋远周嗓音微颤："许情深，给我出声！"

许情深原本是昏昏欲睡的，只觉得好像在做梦似的，她怎么听到了蒋远周的声音？

"许情深！"男人喊得着急、用力。

许情深从方晟怀里挣脱出去，往前爬了几步："蒋、蒋远周，是你吗？"

声音虽然微弱，"蒋远周"三个字却是他听得最清楚的一次。男人眼里有惊喜漾开："人就在这儿，快！"

搜救队员趴在那儿，精准地找出洞口位置："蒋先生，洞口被填埋了，可能需要很长时间才能挖通，要您下去等吧！"

114

"不用，你们干你们的活，不必管我。"

许情深双手摸到泥沙，焦急地开口："其余的人呢，还好吗？"

蒋远周想到那名护士，他知道许情深这会儿肯定害怕极了，刻意放轻松口吻道："别人都好好的，就你最没用，差点被活埋。"

许情深心里一松，感觉有一只手从黑暗中朝她伸来，轻轻地将她纳在怀里，抱紧了她。

洞口的泥土和砂石被一点点挖开，蒋远周守在那儿："许情深，你还好吗？"

许情深轻轻挣扎，压低了嗓音："方晟，快松手，你别这样！"

"情深，为什么迫不及待地想见他？"

"我没有……"

方晟双臂箍紧："我看得出来，我也感受得到。"

蒋远周望向远处的荒芜，弯下腰来，腰际被绳子勒得发痛："肯定吓坏了吧？许情深，我没来救你的这段时间，你想我吗？"

许情深心头被轻轻敲击了下，方晟的呼吸声就在她耳边，她咬紧牙关没有作答。

蒋远周问的几句话，许情深都没回答，男人忽然眼光微凛，口气急迫地开口："许情深，你没事吧？"

许情深觉得空气越来越窒闷："我，我没事。"洞口一旦被扒开，她就可以获救了，可这次没有别的地方给方晟躲了。

"既然没事，为什么不回答我的话？"

"蒋远周，你怎么会过来的？"

这不是废话吗？

挖开潮湿的泥土，里头被冲下来的一块巨石给堵住了，蒋远周正在询问还要多久挖开。许情深靠着方晟，气喘吁吁。要想把话传出去，必须花费很大的力气才行，她已经筋疲力尽了。

"情深，这么久以来，你怪过我吗？"

许情深紧抿唇瓣："我不想回答你这个问题。"

方晟搂紧跟前的人，嗓音中透着些无奈："下辈子吧，下辈子再补偿你。"

四周漆黑，伸手不见五指，许情深有些冷："你别说这样的话。"

外面，蒋远周的声音好像清晰不少："许情深，其实我差点以为你死了。还有，待会儿记得让我看到你毫发无伤的样子。"

蒋远周每说一句话，方晟都会将许情深抱得更紧些。这些话，明明应该由他光明正大地说出来的，可如今，它们成了另一个男人安慰她的情话。

渐渐地，有微弱的晨光从洞口透进来，蒋远周双手撑在地上，顾不得泥泞："许情深！"

许情深往后看了眼："小玲，快出去。"

女孩小小的身体往前钻去，然后被拉了出去。方晟抱着许情深的手松开："走吧。"

来到洞口，搜救队员先在许情深的腰际绑了安全绳，慢慢将她拉出。她一个没站稳，差点跌倒，蒋远周忙伸手抱住她。

小玲朝着洞内一指："还有方哥哥！"

蒋远周听到"方哥哥"这三字，心头明显揪了下。再看向许情深，她身上还穿着男式的西装外套。"还有谁在里面？"他沉声问道。

许情深声细如蚊："方晟。"

"不许救！"蒋远周冷冽出声，冲着搜救队的几人道，"你们去别的地方吧。"

"不行！"许情深忙扣住男人的手臂，冲着打算离开的几人道，"你们拿着政府的工资……"

"你可别搞错了，这支搜救队是我带来的，就为了找你——许情深！"蒋远周咬紧牙关，将她的名字一字字从凉薄的唇瓣间吐出。

"我和方晟，只是偶尔碰上的。"

男人的手落向许情深肩头："还偶尔穿上了他的衣服。"

方晟听到了外面的争吵，他爬出洞口，望出去的视线接近垂直，根本就没有一条可走的路。

"你帮帮他。"许情深小声道。

"你睡着一个男人，心里却想着另一个男人，我凭什么要帮他？"

方晟原本就没想接受蒋远周的帮忙，听到这话，面色铁青。他往下跨了一步，泥土非常潮湿，而且滑得厉害，许情深看着他从自己眼前掉了下去。

"方晟！"

方晟的身影翻滚着往下，掉落的瞬间，他一把抓住根树枝，但瘦弱的枝干根本承受不住他的重力，啪的一声折断了。

许情深着急要下去，蒋远周拉住她腰际的安全绳："许情深，你就这样报答我救了你一命？"

"蒋远周，方晟的命也是命！"

"没有我连夜赶来，你们就等着在那洞里面抱紧了，被活活饿死、冻死吧！呵……他的命？"蒋远周怒火中烧，俊朗非凡的脸上沾了些许泥土，双眸紧锁住许情深，"他的命在我眼里不值一分钱。"

"你——"许情深着急万分，她看不到下面的情况，蹲下身，要顺着绳子往下滑。

蒋远周知道这儿危险，示意搜救队的人先把他们都放下去。

老白还守在山下，方晟掉下来时，正好落在了搭起的垫子上，已经被抬到一旁。他只是腿受伤了，浑身还有大大小小的血口子，看着挺恐怖。

蒋远周落了地，老白着急上前："蒋先生，您没事吧？"

男人轻摇头，许情深解了腰间的绳索，三步并作两步往方晟那边走去。蒋远周一个箭步冲过去，健硕的手臂抱紧她的腰："想要过去？"

"你松开！"蒋远周猛地将她提了起来，她一下子双脚悬空。

男人冲旁边的老白道："谁都不许管他！"

老白看得出来方晟伤得不轻，但还是漠然地应了下来："是。"

蒋远周将许情深带进旁边的帐篷内，将她丢到折叠椅内，双手按住椅背，不给她站起来的机会。

"蒋远周，你这样会把人害死的。"旁边摆了一个手电，灯光都打在了许情深的脸上。

"你哪只眼睛看到我害他？"蒋远周伸手狠狠捏住许情深的下巴，指尖用力，直到许情深的下巴泛白，"不要跟我解释你是怎么跟方晟偶遇的，方晟今晚要是没了，你们以后也没什么能偶遇的机会了。"

许情深目光瞪着蒋远周："我是医生。"

"许情深，"他忽然轻拍她的脸，"这一招，你用过多少次了？我不跟你计较的时候，这句话我可以信；要真跟你计较，这话就是扯淡！医生是吗？这一次泥石流伤亡惨重，比方晟病重的也比比皆是，你现在去救！"

许情深胸腔处剧烈地起伏着，灯光都打向了她这边，蒋远周的脸沉浸在黑暗中，依稀只见一双眸子亮得惊人。这应该就是蒋远周最真实的一面——暴戾、狠辣，还有他不轻易施舍的同情心。

"方晟……"

"别在我面前提起这两个字！"

老白提着医药箱从帐篷外进来："蒋先生，我看许小姐身上也有伤，要不要让我们的护士给她处理下？"

"把东西放在这儿，你出去。"

老白将医药箱放到一旁，刚转身，就听到蒋远周阴恻恻地开口："还穿着他的衣服呢？脱下来！"

许情深握紧双手，别开脸："我身上都是小伤，不用管。"

"脱不脱？"

许情深知道这会儿不能再去惹他，哪怕一点点的忤逆都不行，她抬起手臂将方晟的外套脱掉。身上有了别的男人的气息，这种味道是怎么都挥之不去的。

蒋远周打开药箱，从里面拿出消毒药水。他拉过许情深的手，看到她手掌内有几道划破的血痕，沾着黄色的泥沙，不清洗干净肯定不行。

许情深掌心被迫摊开，她往后缩了下："我自己来。"

蒋远周修长的手指打开消毒药水的瓶盖，动作一气呵成，也未犹豫。瓶子倾斜，药水哗哗地淋在许情深手掌内，钻心的疼痛令她差点蹦起来。蒋远周用另一只手按住她的肩膀，不让她动。

"啊——"许情深没忍住，痛呼出声。她上半身往下压，手臂却被蒋远周抬高了。

男人拉过另一张折叠椅坐到她跟前，取出棉签，蘸了消毒水，要给她处理伤口。

许情深痛得冷汗涔涔，手掌在发抖："不是这样的，我自己来行吗？"

蒋远周将棉签按在她伤口上："怎么，哪里做得不对？"他狠狠地往下压，许情深用尽全力将手掌往回缩。

"身上还有吗？"

"没，没了。"

棉签上沾着血渍，许情深伤得不严重，都是些皮外伤。蒋远周处理完后看向她："饿吗？"

她心急如焚，哪还顾得上饿肚子这种小事："不饿。"

"几乎一天一夜没吃东西，你居然不饿？"

"蒋远周，我们能不能不拿别人的性命开玩笑？方晟从那么高的地方掉下去……"

蒋远周扭头，冲外面轻喊了声："老白。"

帐篷的帘子被掀开，微弱的白光争先恐后地往里钻，老白应声："蒋先生，有什么吩咐？"

"给她弄些吃的来。"

"好。"

"我说了我不饿！"

蒋远周上半身往后靠，身子贴在椅背上。从这样的角度望去，更令她脸上的焦急无所遁形。老白很快进来，许情深闻到了面的香味："蒋先生，只有泡面和一些压缩饼干。"

"给她。"

老白将一桶面放到许情深手里，另一桶递给蒋远周："您昨天到现在也没吃过东西。"

"两桶都给她。"

老白闻言，将手里的东西放到旁边的椅子上。

老白出去了，许情深抱着桶面，打开杯盖，明明饿得前胸贴后背，可想到方晟躺在地上一动也不动的样子，她一口都吃不进去："我不想吃。"

"怎么？担心得连命都不要了？"

"你不是说很多人受伤吗？让我出去，我去救人。"

蒋远周十指交扣，嘴角溢满轻嘲："你真以为自己医术了得，谁缺了你都不行？许情深，跟着我才几个月，我是不是把你惯得自己有几斤几两都忘了？"

他的话明显带着刺，许情深原本就是个敏感的人，现在更是脑子乱得嗡嗡作响："我不救方晟，行不行？你让别的医生过去，只当他是一个普通的伤者不行吗？"

蒋远周嘴角浅弯，轻笑出声的嗓音中却带着明显的阴冷："许情深，你们被埋的一天多时间里，都做了些什么？他有没有抱你、有没有吻你？或者，还有更出格的事？"

"没有！"许情深轻喊出声。

"方晟没抱过你？"

许情深闭了闭眼帘："真的没有！"

"把面吃了。"

"吃了，你就让我出去吗？"

"先吃了再说。"

许情深拿起手中的塑料叉子，面已经泡过了头，她顾不得那么多，捞起后大口吃到嘴中。蒋远周看着她狼吞虎咽的样子，目光中的身影变得有些模糊。

许情深把一桶面吃得干干净净，拿过椅子上的另一桶，老白方才的话她听见了："你也快吃吧！"

蒋远周神色淡漠，黑曜石般深邃的眸子里透出一种很明显的疏离。他忽然一巴掌挥过去，将那桶面拍在了地上："方晟没动过你，这样的谎话你都敢跟我扯！"

许情深双手还举在半空中，蒋远周缓缓起身，居高临下地盯着她。许情深抿了下干涩的唇角："我能出去吗？"

"可以，待会儿就会有人来接我们回东城。"蒋远周丢下这句话，转身快步往外走去。

许情深慌忙跟上，到了帐篷口，听见蒋远周在吩咐老白："让人守着，别让她出来。"

说话间，一抹小小的身影蹿到几人跟前："许姐姐！"

蒋远周目光扫过小玲稚嫩的脸颊。许情深站到帐篷门口，女孩一眼看到她，眼眶唰地就红了："姐姐，方哥哥会不会死啊？"

"你看到他了吗？"

"嗯。"小玲抬起手臂胡乱擦拭着双眼，"我和阿爹把他带回家了。但我们不会治，他腿好像受伤了，痛得厉害。"

许情深抬起右腿，蒋远周视线轻睐她一眼，满满的警告："你敢迈出一步试试？"

"你到底要怎样？"

小玲冲过去站到许情深跟前，冲着蒋远周道："你干什么这么凶？"

"这是我和她之间的事。"

小玲抬起双臂，做出一副保护人的架势。她仔细盯着蒋远周看了眼："你一点都没有方哥哥好，你是坏人！"

119

许情深手掌伸出去落在女孩肩膀上，轻轻捏了下："小玲，别瞎说！"

蒋远周喉间冒出火来，噌噌地往上烧。此时阳光初起，被泥石流肆虐过的山林在细碎的暖阳下逐渐复苏。

许情深这时才看清楚了蒋远周：黑色的外套上溅满了泥渍，脸上、身上、腿上无一幸免，凌厉的眉骨处沾着几滴泥黄色，应该是用手擦过，拉出了一道长长的痕迹。

"蒋先生，让我出去吧。"

"姐姐！"小玲扭过头朝她看了眼，"方哥哥不放心你，一直在问你怎么样了。"

许情深说了声知道了，示意她别再多言："小玲，政府派来的医疗组应该也到了，你快让你阿爹去找找。"

"阿爹去过了，但来的人少，都在抢救现场呢。"小玲放下瘦弱的臂膀，转身拉住许情深的手，"姐姐，你跟我走。"

老白上前，手掌落到小玲的脑袋上："小姑娘，大人的事你不懂，快走吧。"

"我才不走呢！"

这时，一名穿着白大褂的年轻女医生来到蒋远周身边，手里拿着一块拧得半干的毛巾："蒋先生，擦擦脸吧！"

脸上的泥渍已经干涸，蒋远周伸手接过毛巾擦拭几下，眼帘轻抬，一道目光射向女孩："方晟受伤，为什么要来找她？你知道他们是什么关系？"

"我当然知道！"女孩扯着嗓门回道。

许情深只觉心头一跳，莫名慌张起来。

蒋远周轻勾了下唇瓣，白色的毛巾擦过那张线条冷硬的侧脸："那你说说，什么关系？"

"就像我阿爹和我阿妈的关系。"

蒋远周手指微顿："从哪儿看出来的？"蒋远周见她还小，估计也说不清楚那些情情爱爱，他换了种问法，"这姐姐和你方哥哥在山洞里，有没有抱过？"

小玲非常非常看不惯蒋远周，因为他太凶，而且对方晟见死不救："有啊！"

许情深眉头锁紧："小玲，你胡说什么？"

女孩扬高头颅，就是要说，气死他才好呢。

蒋远周握紧手里的毛巾："亲过？"

"有啊！"

"还做过别的事吗？"

"都有啊！"

蒋远周手里的毛巾丢出去，重重地扔在了许情深胸前，转身大步离开。

老白脸色也不好看："许小姐，要不是为了你，蒋先生根本不用来这儿。我就不浪费人在这门口守着了，您要真想救方晟，就等蒋先生消了这口气再出来吧。"

许情深轻咬牙关，小玲怔怔地望着几人离开的背影，她没想到她真能把蒋远周惹毛了："姐姐……"

许情深摸了摸她的头："你赶紧回去吧。"

"那你呢？"

许情深收回站在外头的一只脚："我没事。"她欲要回到帐篷内，却忽然间想到件事，"小玲。"

女孩朝她看了看："嗯？"

"你跟方晟是怎么认识的？他怎么会资助你上学？"

"我也不清楚，阿妈走后，家里就更困难了，我辍学在家半年，后来阿爹说有好心人帮我们……"小玲走近许情深，压低了嗓门悄悄道，"这是我第一次见方哥哥。他那天和阿爹说的话，我隐约听到了几句，说阿妈是吃药吃死的……"

"吃药？什么药？"许情深急切地问道。

小玲摇了摇头："不知道。我只记得阿妈一直生病，后来去大医院换了种药吃，没过多久就死了。"

许情深垂在裤缝处的手不禁紧握起来，鼻尖渗出冷汗。她依稀记得，方妈妈当年也是这样不明不白就没了的。

"姐姐，我去看看方哥哥怎样了，你等我消息。"

"好。"许情深站在原地。

蒋远周并未走远，他的身影在她眼里晃来晃去，许情深闭了闭眼睛，转身走回了帐篷内。

山上的石块还在往下滚落，好几块足有半人多高。老白担忧地开口："蒋先生，路只是暂时封了，星港的医疗队和搜救队可以留在这儿，您和许小姐先回去吧。"

"搜救工作怎么样了？"

"当地政府也派了队伍过来，人手足够了。"

蒋远周双手抱在胸前，看着一个石块从崖上掉落下来，歪歪斜斜地滚停在他的脚边："东西和人都留在这儿，能帮一点是一点。你留意下出去的路什么时候能通。"

"是。"

许情深留在帐篷内，中午时分，老白让人送了食物和水进来。一直到下午，蒋远周才回到帐篷内。他手里拿了套干净的衣物，一把丢到许情深手里："换了。"

她外头的衣服覆了层泥土，干涸后挂在身上，又重又腥。蒋远周见她戳着不动，道："不想回去了是不是？"

"现在就走？"

"你难道要姓方的留在这儿等死？"

蒋远周还给她拿了件毛衣，许情深忙不迭地脱掉外套，背过身去，将里头的衣服

121

也脱掉了。男人站在她身后，目不转睛地盯着她这番动作。

　　许情深换好衣服后跟着蒋远周走出帐篷，四个年轻的小伙子抬着简易担架站在外头，方晟躺在上面，动也不动。

　　许情深发现他的腿弯曲，手上、脸上的伤口明显没有处理过，她急欲上前，却被蒋远周一把握住肩头。

　　"他腿断了！难道要这样回去？"这是要把人给活活痛死。

　　"你有意见？"蒋远周手掌微用力，将许情深往旁边推去，"你要看不下去，我可以把他留在这儿。"蒋远周丢下这句话，大步离开。

　　悬崖村在山的最里头，就算不发生泥石流，车都开不进来。原本就崎岖的路如今更加艰险难走，方晟伤得不轻，躺在担架上几乎说不出话来。

　　走了两个小时的山路后，还没看到他们的车，许情深很难想象搜救队的人是怎么把那些帐篷等物资抬进山里的。

　　蒋远周身高腿长，体力又好，还有老白跟在他旁边照顾，未露疲态。

　　"蒋先生，要不要等等许小姐？"

　　蒋远周回头一看，许情深累得快要撑不住了，身子边走边打摆子。他未作多余的停留，继续往前，老白让后头的人都跟上。

　　又是一个多小时后，举目望去，才看到绵延的山路。十几辆车停靠在一处空旷的地方，旁边就有个土家菜馆。

　　蒋远周坐在简陋的餐桌前，许情深一声不吭地坐在他对面。方晟就被放在外面，谁都没去管他。

　　这两日大家都没好好地吃过一顿饭。饭菜很快端上桌，蒋远周轻拾筷子，许情深双手捧着碗，小心地拿了双筷子，准备起身。蒋远周头也没抬："去哪儿？"

　　许情深也不隐瞒："我给方晟送碗饭。"

　　"身上带钱了吗？"

　　许情深摸了摸口袋，才想到刚换了身衣服。蒋远周夹了一块炒鸡蛋放到许情深碗里："自己还在吃着别人的，凭什么还去给他送饭？"

　　坐在旁边的老白轻抬头，没有插一句话。

　　许情深脸上一阵青白，双手捧紧了碗："那好，蒋先生，这顿饭钱记着行不行？等我回去后就给你。"

　　蒋远周忽然啪地将筷子摔在桌上，发出清脆而刺耳的一声："寄人篱下就该有寄人篱下的态度！许情深，难道要我教你怎么做？"

　　旁边一众人都不敢回头，四周安静无比。

　　"寄人篱下"四个字向来是许情深心里的一道疤，它长在那里，尽管她不会主动去揭开，但总有人会乐此不疲地碰触它，一次又一次。

许情深将捧着的碗放回桌上，起身往外走去。

方晟就被放在门口，许情深快步走向他，蹲在他跟前喊道："方晟。"

他睁了下眼帘，嘴唇干裂，手掌心里都是血，抬起右手朝她摆了摆："你走。"

"你还能坚持住吗？"

方晟点下头，嘴里艰难地蹦出几个字："我跟你只是偶尔在那儿碰到的，我去悬崖村捐助了几个孩子，想给仁海医院弄几个活广告……"

"你都伤成这样了，还有心思把自己的退路一步步都想好？"

"情深，现实不会给我喘息的机会，回到东城后我要面对的人是万鑫曾。"方晟的腿动不了，手掌轻按在大腿上，"你走吧，离我远点。"

蒋远周出来时，并未看到许情深的身影。他目光朝地上的方晟轻扫了眼，抬起脚步，一脸倨傲地往前走去。

许情深抱紧双臂缩在车后座的角落，透过车窗，她远远地看到被抬起来的方晟。

蒋远周很快来到车内，老白吩咐司机开车，蒋远周身子往后靠，双目紧闭起来。

"蒋先生，待会儿回了东城，是把他送去医院还是送回万小姐那儿？"

"人不明不白失踪了两天，手机也打不通，万毓宁肯定急疯了，直接送回她那儿吧。"

"好。"

接下来的路程中没人说话，许情深蜷缩在车旁想睡觉，却怎么都睡不着。

几个小时后，车子进入东城，高高悬挂的广告牌指出一条熟悉的回家路。方晟被人抬下来放到家门口，蒋远周甚至没让人将他送进去，老白只是按了下门铃，就走了。

回到九龙苍时，四周彻底被黑暗笼罩。许情深靠着车窗，迷迷糊糊地有些睡意。蒋远周下了车自顾自地往里走去，老白弯腰朝她轻唤声："许小姐。"

许情深一下惊醒过来，裹紧外套后下了车。

保姆一早就接到电话，准备好了晚饭。

许情深身上湿腻得难受，上楼拿了换洗衣物走进洗手间。打开花洒，热水倾泻而下，头发上干涸的泥沙顺着优美的颈子淌至后背，洗了好几遍，才见干净。

许情深刚在全身抹上沐浴露，身后就传来一阵动静。蒋远周已经洗过澡，下半身围了条浴巾，就这么闯了进来。

许情深动作微顿，双手抹去脸上的水渍，回头看了眼，然后又若无其事地掉回头去。

浴室内氤氲满满的水汽，蒋远周走过去一把抱住她。许情深往前冲了一小步，身上的沐浴露又香又滑，蒋远周右手手掌顺着她腰际往下摸……

许情深睁开眼，男人一口咬住她小巧的耳垂："分开。"她秀气的眉头紧蹙，将水流开到最大："洗完澡再说。"

蒋远周右手掌按住她肩头，猛地往前一推，许情深趴在了前面的墙体上。蒋远周将她的腿往旁边一拨，然后抱住她的细腰冲撞过去。

水流如注，哗哗地砸在许情深背上，在蒋远周阴暗深邃的眸底开出了一朵朵妖娆妩媚的水花。

许情深觉得吃力，男人将上半身紧紧贴住她的后背，她颈间淌着水，蒋远周轻含一口，一点点吐在她身上。许情深握紧手掌，一条手臂被蒋远周拉了过去。他注意到她食指上的伤口，将许情深的手指放入了自己嘴中。

温热的触觉唤醒了许情深的疼痛感，她手臂往回缩："好痛。"

蒋远周取下花洒，冲着许情深的头上淋去，她瞬间睁不开眼睛，一只手还被他抓着，她深呛了两口水，剧烈咳嗽起来，身体一下绷紧一下又放松。蒋远周深吸了口气，将花洒丢在旁边，箍紧了跟前这具光滑的身子……

半晌后，男人才将跟前的她推开，简单冲了个澡，然后自顾自地出去。

翌日，许情深到了医院才知道，一起去的一个小护士没能活着回来。

接下来的一段时间，她和蒋远周之间很少说话，她整日里忙碌着，能值班的时候就绝不离开医院半步。

这日吃过晚饭，许情深还未离开餐桌，老白从外面进来："蒋先生，万小姐来了。"

"有什么事？"

"没说，已经闯进来了。"

许情深拿过餐巾轻拭嘴角，推开椅子就要上楼。

一阵脚步声从玄关处传来，万毓宁难得穿了双平底鞋，看到许情深要走，万毓宁开口道："喂，你等等！"

许情深停住脚步，万毓宁来到几人跟前，从包里掏出一份红色的请柬递给蒋远周："远周，我要结婚了。"

蒋远周眉头轻挑："结婚？这么快？"

万毓宁又掏出一份递向许情深："我和方晟的婚礼，怎么能缺了你？"

许情深没有伸手接，万毓宁将请柬放到桌上："我怀孕了，我爸之前说什么都不同意我们结婚，这下好了，他也着急了。"

蒋远周抬起眼帘朝她睇了眼："你对方晟就这么信任？"

"你这话什么意思？"

"他失踪的那两天，跟你解释过了？"

万毓宁轻点头："他是为了仁海好，马上要做宣传片，我们会去悬崖村把他资助的几个孩子接来。"

许情深余光扫过蒋远周，见男人的神色有些不明朗，似乎隐约有怒意。蒋远周将那张请柬重重丢到桌上："你别忘记方晟无缘无故晕倒的事。为什么不听话？你跟他在一起才多久，就要结婚生子了？"

万毓宁将手掌放向小腹，目光望了眼戳在旁边的许情深："他就是贫血而已，身体健康的体检单还是星港出的——对吧，许情深？"

许情深没来由地一阵心慌，万毓宁接着说道："真要有什么不对劲，第一个怪责的人也应该是她。"

蒋远周朝着许情深看了眼，把视线别开："你先上楼。"

许情深转身往楼上走，蒋远周示意万毓宁坐下来："我说你这婚姻儿戏，你是不是还不承认？"

"蒋远周，如果有一天我过得不幸福，我会恨你！"万毓宁目光直勾勾地落向他。

男人莫名其妙，忽而一笑："关我什么事？"

"要不是你把许情深放在身边，我不会着急走这一步。"

蒋远周深深望了眼跟前的女人，万毓宁手指拂过餐桌上的请柬："远周，我要结婚了，其实我很害怕，我有种很不好的预感，我也不知道为什么……"

老白退到一旁，蒋远周手指在桌面轻叩几下："万丫头，既然是自己决定的事，那就去做吧！如果有一天谁对你不好、谁害了你，我帮你就是！"

万毓宁鼻尖微酸："你不怪我之前的胡闹了？"

蒋远周站起身来："以后别再胡闹了，一个人不要到处瞎跑，让老白送你回去。"

走出九龙苍，万毓宁坐到车内，老白亲自开车。她不禁朝外面那座宏伟的建筑看了眼："老白，你说他为什么会是这样的态度？我以为他拿了请柬，还是会对我不闻不问。"

"万小姐，如果说蒋先生对您一点点感情都没了，您信吗？"

万毓宁摇头："我不信。"

"那就是了。你们走到今天这步，也实在令人唏嘘。"老白总不好说，这一切都是被万毓宁作没的。

方晟的腿经过休养，已经大好，原本也只是看着严重，其实并没到伤筋动骨的地步。

方万大婚的这日，许情深在医院照常上班，老白在外头守着，也不进去催她。直到许情深走出医院，他这才三两步上前："许小姐。"

许情深见到他开始头疼，视线不禁扫了眼停在一旁的车："他在里头？"

"不，蒋先生今天和蒋家的人一同出席。"

许情深不耐烦地抬起脚步："那他管我做什么？我都说了我不去。"

"许小姐，"老白先一步拦在她身前，"你还是去吧。你弟弟已经到了婚礼现场，年轻人嘛，血气方刚的，万一惹出点事情来怎么办？"

许情深狠狠地朝老白瞪了眼："怎么把我弟弟扯进来了？"

老白无辜地摊开手："人是新郎新娘请的，蒋先生是好心，你们姐弟俩一起出席，好歹有个照应嘛。"

"呸！"许情深全部的表情都写在脸上。

老白做了个请的动作："走吧。"

坐进车内，老白吩咐旁边的司机："先回九龙苍，许小姐要换套衣服。"

"不用了，我穿这样就挺好的。"许情深靠进椅背内，"你要把我送回九龙苍，那我就真不去了。"

老白朝司机示意下，让他开车。

来到举行婚礼的酒店，下车前，老白将一个大红包给她："这是蒋先生给您准备的。"

参加婚礼，红包自然要到位，许情深伸手接过。

许明川就站在签到的地方，看到许情深过来，忙快步上前："姐，你怎么穿成这样？"

"怎么了？"

"你今天必须得有气场啊！礼服呢？高跟鞋呢？做个头啊！白长你这么一张脸了，你倒是把新娘给比下去啊！"许明川恨铁不成钢。

许情深朝这个弟弟看了眼："哟，西服哪来的？"

"租的啊，大手笔！"

许情深拉着他往前走，将红包给了，垂首写下自己的名字："明川，这种场合我们不该来的。"

"姐，我知道你心里难受。"

"你知道个屁！"许情深放下笔，被穿着旗袍的服务员引入内场。

各式各样的花卉装饰出一个童话世界，白色玫瑰捆成一束束捧花放在桌上装饰。所有的女孩都渴望成为公主，而今天的万毓宁，无疑是最引人注目的。

"不就是有几个钱嘛！"许明川愤愤不已。

"有钱哪里不好？"许情深朝他轻笑。

"姐，你别这样，我看得难受。"

"别在这伤春悲秋的，"许情深不习惯地睨了眼许明川，"你要跟他情深义重，那你去抢婚。"

"我会的。"

"闭嘴！"许情深朝着许明川肩头一掌，"进了这地方，给我安分点！"

说话间，旁边有人匆匆往外走："快！蒋先生来了，去打个招呼！"

许情深轻退两步，目光遥望而去。

蒋家人出现的地方，总能引起轩然大波。如今蒋东霆两耳不闻商场事，蒋远周作为蒋家独子力揽大权，正是扶摇直上之时，整个东城谁不忌惮他、巴结他？

蒋随云不喜欢闹，但今天是万丫头的婚宴，这个面子她还是要给的。她着一身素色旗袍，荷叶的细茎显然经过细心勾勒，头发绾成髻，每一根都打理得恰到好处。

老白趁着一拨人打完招呼离开之际，走到蒋远周身旁："蒋先生，许小姐来了。"

蒋远周顺着老白的视线望出去，一眼就看到了人群中的许情深。但他只是那么看了眼，便带着蒋随云径自往前走了。

许情深收回目光，这样的场合下，她又算什么呢？

许明川找到位子，拉着许情深过去："这么个角落，我都不能看热闹了。"

"一会儿你就负责吃，哪那么多废话！"许情深将包放到桌上。

婚礼司仪请了一个著名的节目主持人，口才极佳，腕儿又大，给足了万家面子。

许情深对这样的场面下意识地还是逃避的，她拿出手机，放在桌面上玩游戏。

主持人的嗓音铿锵有力，还幽默风趣，只是许情深专注于消消乐，一个字都没听进去，直到许明川猛地撞了下她的胳膊。

"干吗？"

"抬头！"

许情深下意识地一抬头，看到蒋远周正朝她的方向走来。他的身份摆在那儿，每一个举手投足都免不了要受到关注。一道道目光好奇地盯着男人，最后纷纷落到许情深脸上。

蒋远周来到她的桌前，旁若无人地拉开许情深旁边的椅子，坐了下来。

许情深手机屏幕上那几个幼稚的图案还在跳动，她朝他看了眼："蒋先生，您这是？"

蒋远周并未答话，直到众人的注意力重新落回司仪台上，他忽然一把抓紧许情深的手。蒋远周率先站起身来，许情深吃了一惊，拧眉，压低嗓音："干什么？"

"跟我走。"

"我不……"

"你想明天的头条上全是你的名字？"

许明川见状，在许情深腿上掐了把："愣着干啥？快去啊！"

许情深心想，有你什么事啊！

127

许情深被蒋远周拉着起身，台下灯光昏暗，她坐的地方又偏，蒋远周攥紧她的手往前走，若隐若现的灯光拂过许情深的手背，她心口开始咚咚乱跳。

两人来到靠近司仪台的一处地方，那儿是视线盲区，除了台上的人，几乎不会有谁发现他们站在那儿。蒋远周将许情深推到自己身前，两手掐紧她的腰："好好看着。"

许情深用力挣扎了几下，蒋远周干脆双臂箍紧她的腰，让她的后背贴在他胸前不能动弹。

主持人正在说着最美好的誓言，许情深耳边传来亲昵的呼吸声。蒋远周目光盯紧台上，不给她逃避的机会。

他和她的青葱岁月、他和她的两小无猜、他和她的情根深种，忽然一幕幕都浮现出来。那时候稚气的方晟给了她一枚塑料戒指，并亲自给她戴上："情深，等长大了我娶你，好不好啊，好不好啊？"

许情深看到一个女孩在点头，好啊好啊！

在方晟面前，她不需要矜持，而如今，许情深却亲眼见证成年后的男人将一枚硕大的钻石戒指套在另一个女人的手指间。

新娘新郎拥吻，方晟倾过身，目光落至台下，深深盯住了许情深的身影。

一眼千年、万年。

许情深勉强拉开唇瓣，用唇形同他说道："放心，我会比你更幸福。"

蒋远周嘴角溢出笑来，凉凉的气息打在她耳际，拉回了许情深的神："哭啊。"

许情深轻轻咽下喉间的疼痛："你哭啊？我肩膀借给你靠。"

"许情深，强撑着做什么？我不信你心里能好受。"

"蒋先生明明自己心里难受，非要拉着我作陪。"许情深唇瓣轻启，朝台上的万毓宁看去，"万小姐美丽大方、家世显赫，蒋先生打小就捧在手里的小花朵，怎么被人摘走了啊？"

"许情深，让你承认心痛就这么难？"蒋远周盯着她的侧脸，不知道是在揶揄，还是在同她较真。

许情深忽然拍了拍蒋远周的手背，动作轻柔，似在安抚："蒋先生，我现在就能感觉到你的心跳，扑通扑通，然后碎了……"

蒋远周双臂越发箍紧，恨不得将她揉碎。

仪式结束后，许情深回到桌前，万毓宁在休息间换了套衣服出来，方晟揽着她的腰，小心翼翼地回到现场。敬酒的时候，万毓宁滴酒不沾，遇上实在需要应酬的，就用果汁和牛奶代替。

蒋家那一桌上蒋远周不在，不知道去了哪儿。许情深桌上的东西一口没动，眼看着万毓宁挽着方晟的胳膊过来，许明川跃跃欲试，率先站起身："方晟哥，祝你新婚快乐。"

"行了，坐着吧。"方晟手里端了个酒杯，"你难道还要灌我酒？"

"大喜的日子嘛，你总要喝一杯的，还有新娘子。"

万毓宁冷笑了下，别开了眼。

许明川视线落到她脸上："万小姐难道不给面子吗？"

"明川，别闹。"许情深轻拉他一把。

蒋远周从外头进来，远远地看到了这样僵持的一幕。

万毓宁表情嘲讽，看也不看许家这对姐弟。方晟拿起酒杯同许明川轻碰："我喝半杯，行了吧？"

他薄唇刚沾染上白酒，就感觉到万毓宁挽着他的力道在收拢。他朝她看了眼："怎么了？"

万毓宁只觉得腹部传来一阵绞痛，她显然察觉出了不对劲，与此同时，一股温热往外蹿……

她握紧拳头，忍住丝丝缕缕的痛："好，我跟你喝。"

许明川闻言，忙拿起手边的牛奶给她倒上："来来来，干杯！"

许情深也站了起来，同他们轻碰下杯。万毓宁就着杯沿喝了一口，刚咽下去，就呕着往外吐。

蒋远周往前走着，忽然看见万毓宁蹲下身。

"你给我喝了什么——"万毓宁似乎一下没站稳，居然坐在了地上，抱着肚子痛苦地出声，"好痛，我的肚子好痛！"

蒋远周快步向前，阿梅和方晟同时蹲在万毓宁跟前。方晟伸手去搀扶："毓宁！"

万毓宁用手拉起裙摆，一眼看去，吓得差点昏厥："血，血！我的孩子……"

蒋远周的视线移到她腿上，蜿蜒而下的血触目惊心。许情深面色发白，下意识地握紧了许明川的手。

蒋远周目光忽然移向许明川："你给她喝了什么？"

"没，没什么啊！"许明川哪里见过这样的阵势，"我就加了点白芥末，真的。"

新娘忽然这样，婚宴现场瞬间乱了套。方晟面色铁青地抱起万毓宁，安慰道："别怕！我这就送你去医院。"

许情深看到万毓宁的裙摆敞开，两条腿露在外面，白皙的肌肤上，那抹红色令人心惊肉跳。

万鑫曾快步挤到人群中，面目阴寒，拉住万毓宁的手："毓宁，别怕！"

"爸……"

129

万鑫曾的视线犹如两把尖锐的刀刃扎向许情深，他冲着跟在身侧的几人道："把他们两个带到房间去，关起来！"

　　"真不关我的事！"许明川慌乱地摆着两手，"你们可以查，别抓我……"

　　"要是毓宁和她肚子里的孩子有什么事，我扒了你们的皮！"

　　几名高大的男子上前，先将许明川制伏后按在了桌上。许情深晃了下，万毓宁流了那么多血，孩子看来是保不住了。她视线轻抬，看到站在不远处的蒋远周。他整个人站在阴暗中，目光落在万毓宁离开的方向。他脸上的表情，她一点点都看不清楚。

　　许情深忽然推开椅子过去，伸手抓住了蒋远周的手："蒋先生！"

　　男人一个偏首，眸子里寒光乍现，视线中充满了阴冷逼人的毒。他手臂轻甩，轻而易举地将许情深推回了原位。

　　万鑫曾见状，厉喝出声："关起来！"

　　"姐——"许明川被压在桌面上动弹不得。

　　两个高大的男人上前，其中一人挡住了许情深的视线，婚宴现场几乎所有的人都聚拢而来。

　　许情深被对方擒住肩膀，一路拉拉扯扯去了一个房间，她和许明川被大力地推了进去。许情深脚步趔趄，差点跌倒，她伸手扶住墙壁。宽敞的套房内一下进来好几个人，万鑫曾面色阴郁得像是聚满了乌云。

　　蒋远周坐到其中一把椅子上，老白就站在旁边。

　　万鑫曾拉过身旁一人："你先去照顾下婚宴那边。"

　　"好。"

　　万鑫曾急得在原地踱步，见蒋远周不说话，他率先开口道："远周，你不会这次还想偏袒她吧？"

　　蒋远周似在出神，修长的两根手指把玩着镀金打火机，身上一袭黑色的手工西服犹如浓墨般沉重，压得许情深的呼吸一口深一口浅。

　　"我……我都说了，我真的什么都没做。"许明川将许情深拉至身后，虽然害怕，但还是挺直了腰杆。

　　万鑫曾朝身侧的保镖递个眼色，魁梧强壮的男人三两步上去，挥拳对着许明川的脸砸过去。许情深刚要说小心，跟前的弟弟就往后倒了下去。她勉强接了把，许明川捂着脸倒在地上，指缝间漫出汩汩的鲜血。

　　"明川！"

　　蒋远周眼角带出一片漠然，视线朝着地上的两人看了一眼："你们最好祈祷万毓宁的孩子能保得住。"

　　许情深搀着弟弟，让他坐起身："明川，你没事吧？"

　　许明川被打得一阵头晕，跟前的人影都分不清："姐，我们会不会死在这儿？"

　　130

"瞎说什么呢！"

万鑫曾面色焦急地坐到沙发上，他就这么一个女儿，那可是他打小捧在手心里的宝贝啊！

万毓宁被送到医院，可终究还是迟了。妇科的主任摇着头出来："小产了。"

旁边的万太太哪里接受得了，踩着高跟鞋的两条腿晃了几下，差点儿跌倒："怎么会这样？今天可是我女儿结婚的大好日子啊！"

方晟什么话都没说，抬起脚步走了进去。

万毓宁躺在病床上，双手捂住脸正在哭。方晟过去拉下她的手："别哭，回头再把眼睛哭坏了。"

"方晟，对不起，我没能保住我们的孩子。"

男人坐向床沿，俯身将她抱在怀里："这个孩子跟我们没缘分，以后还会有机会的，不要哭了。"

万太太从外面进来，看到方晟这样体贴，心里自然是宽慰的。她红了眼眶来到病床前："毓宁啊，当时究竟怎么回事，你怎么摔倒了呢？"

万毓宁抽泣不止，不敢抬起视线去看方晟的眼睛。其实今天出门的时候，万毓宁就感觉到了不对劲，还见了红，但她总不能说是因为自己大意才害得孩子没有了吧？

她躺回病床上，手掌紧贴向自己的腹部："就是许情深那个弟弟害的！他当时给我敬酒，我一口喝下去呛得人都站不住了，坐到地上的那一下肚子就钻心地痛——妈，你的孙子就这样没了！"

万太太哪里听得了这样的话，她赶紧吩咐了方晟几句："方晟，医院这边交给你了，我还得回去一趟。"

"妈，您放心去吧。"

万太太一离开病房，就颤抖地掏出手机给万鑫曾打过去了。

酒店房间内静谧无声，就连一根针掉在地上的声音都能听见。陡地，手机铃声乍然响起，许情深肩膀微颤，抬头看向万鑫曾。

万鑫曾看了一眼来电显示，抬起手在额头处轻抹，然后接通电话。

"老公……"那头的万太太嗓音中明显带着哭腔，"毓宁的孩子没了，就是给他们害掉的！"

蒋远周离得近，一听那哭声就知道是怎么回事了。

万鑫曾气得胸膛处剧烈起伏，他挂断电话，嘴里只喊出一个字："打！"

许情深这回反应极快，她将许明川推倒，自己还未起身，就被踢过来的一脚正中肩膀，她身子砰地往后摔倒。这些都是职业保镖，个个身体素质强硬，许情深躺在那儿爬都爬不起来。

131

许明川一看，整个人趴在了她身上："这件事跟我姐姐没关系，你们把她放了……"

坚硬的皮鞋对着他又踹又踢，一阵阵沉闷的声音传到许情深的耳中，许明川的嘴角被踢中，流出血来。许情深惊慌失措地呼喊："别打了！别打了……"

声音很明显地被淹没掉了，老白的视线垂下去，落到蒋远周身上。他竖起耳朵，生怕错过蒋远周说的任何一句住手的话。

但男人显然没有，他坐在那里，仿佛与外面的夜色融为了一体。

许明川嘴里还在申辩："我真的没害她，你们可以报警查清楚，她流产是她自己的事……"

"给我往死里打！"万鑫曾仿佛是被点燃的炮仗，立马就炸了。

蒋远周目光掠过地上的身影，许明川趴在地上，偶尔动一动，许情深则坐在他身侧，肩膀被身旁的男人按着，头发垂在耳际，一双眸子黯然无神。

蒋远周搭起一条长腿，看向对面的万鑫曾："万伯父，你准备怎么处置他们？"

"一命偿一命。"

许情深杏眸圆睁，眼里露出难以置信的表情。蒋远周朝姐弟俩看了眼："这就不至于了。"

"远周，这件事我希望你别插手。蒋万两家什么交情，你最清楚了，你和毓宁虽然没有结果，但我不相信，一个半路闯出来的女人能让你有那样大的心思。"

"万伯父，有些事该怎么解决就怎么解决，再怎样，也犯不着弄出人命来。"蒋远周往那儿一坐，气势凌厉，却不至于咄咄逼人。

"那你说，该怎么解决？"

"这件事同许情深没关系，先把她放了。"

许情深眼帘微动，目光怔怔地落到蒋远周脸上。

万鑫曾冷笑了下："你的意思，这件事是她弟弟自己的主意？"

"他也承认了。"

"她弟弟跟毓宁又不认识，凭什么害她？"

蒋远周眼角挑了抹冷漠："不认识，但也可以看不惯。再说他只是往牛奶里加了芥末，不是毒药。"

万鑫曾的手握着椅把，然后一点点握紧："远周，说到底，你就是要保这个女人了？"

周围寂静得只有两人你一句我一句的对话声，许明川撑着上半身坐起，手掌捂在心口处，表情痛苦。

许情深已经明白了蒋远周的意思，两个人走不掉，还不如保住一个人再说。她朝旁边的弟弟看了一眼，如果把他留在这儿，他怕是真有可能会被活活打死。

她喉间轻滚了下："东西是我放的，和我弟弟无关。"

"姐！你胡说什么？"

蒋远周一个眼神扫过来，万鑫曾忽然笑着，咬牙切齿道："远周，听见了吗？许小姐可是亲口承认了！"

　　许情深知道蒋远周为她好，她也不是不识好歹，但她只能这样做。

　　"东西是我放的，"旁边的许明川朝着许情深肩膀一推，"我做这些事也跟你无关，姐，你不需要为我承担！"

　　"明川，闭嘴，别再乱说话！"

　　"我知道错了，你们先把我姐姐放了吧！"

　　蒋远周重新审视着许明川。在他的印象中，这个男孩的身影一直都很模糊。他是许情深后妈的亲生子，从小应该是被捧在手心里长大的。他过得越好，就越是衬出了许情深的悲惨。所以，蒋远周对他没有太多的好感，说不定，他打小就没少欺负过许情深。而方才他的几句话，倒还算有担当。

　　许情深一听到许明川这样说，整个人都惊慌失措起来，她视线狠狠朝他剜了一眼："你想死是不是？"

　　"姐，从小到大你为我收拾的烂摊子够多了，你走啊，你快走！"

　　……

　　房间外，门铃声再度响起，有人将门打开，侍者拿了酒和杯子进来。许情深看到他替蒋远周和万鑫曾各自倒了一杯，又退了出去。

　　这算什么？真拿他们当犯人审，然后还要喝酒助兴？

　　蒋远周端起酒杯，细而长的手指在杯沿处轻抚，目光慵懒地落向两人："商量好了吗？东西究竟是谁放的？"

　　许明川挺起上半身："我！"

　　许情深的那个"我"字被他大声盖住，她抢起拳头朝着他肩头捶去："我让你逞能！"

　　许明川朝她拉开一抹怪异的笑来："姐，别打我了，疼！"

　　许情深眼泪一下没忍住，滚烫地淌出了眼眶。她双手抱紧自己，手指触碰到了兜里的手机。她没有立即取出来，往后轻挪了步，躲在许明川的身后，再慢慢将手机掏出，解开屏幕锁。

　　许情深刚按出"110"，手指还未按上通话键，手腕处就猛地一阵疼痛袭来——她的一举一动都没能逃过旁边人的眼睛。

　　她的腕部被踢中，手机也飞了出去，正好掉落到蒋远周的脚边。男人只是扫了眼，就将手机一脚踢开。

　　许情深按住自己的手腕，痛得冷汗涔涔往外冒。老白见状，拧紧眉头上前，走到踢人的男子跟前，挥手一拳重重地砸在对方脸上。

　　万鑫曾扫了眼，也没多说什么。

　　蒋远周轻啜口酒，嘴里低唤："老白，放肆！"

"蒋先生，许小姐是您的人，您还没开口，别人倒是动上手了。"

蒋远周将酒杯放回桌上，拿起另外几个空酒杯，一字排开："老白，将许小姐带过来。"

"是。"

老白弯腰将许情深搀扶起来，带到蒋远周的面前。男人看都没朝她看一眼，眸子只睨向对面的万鑫曾："万伯父，我让她给你赔礼道歉，毓宁受到的伤害，理应让她承担。"

万鑫曾看到许情深，自然是怒火中烧的，要不是她，蒋远周现在说不定还是他的准女婿。他狠狠瞪了眼许情深："怎么，你舍得下手？"

蒋远周一抬头，这才正眼看着许情深。她戳在原地，脸上早就没了害怕的神色，反而视死如归、听天由命了。

"万伯父要是能消口气，我当然舍得。"

万鑫曾冷哼声："那我倒要看看。"

蒋远周拿起桌上的酒瓶，将全部杯子都倒满，酒瓶放回桌上的一瞬间，许情深猛地被他扯住手腕往前一步。她趔趄着坐倒在地上，男人拿起一杯酒凑到她嘴边，另一手擒住她的后颈，强迫她张开了嘴。

这不是喝酒，这分明是灌酒。

许情深来不及吞咽，一杯酒便滑过了她的喉咙。蒋远周也没给她喘气的机会，紧接着拿起了第二杯。

许情深酒量并不好，平时也就能喝点啤酒，这烈酒犹如火焰一般烧过喉咙，许情深痛苦地摇晃着脑袋："不，不要……"

她明显被呛了一口，玻璃杯沿抵着她的唇角，她双手用力推向蒋远周，但男人力道比她强了不知道多少，第二杯酒下肚，许情深抱住了肚子，难受得直想吐。

不远处的许明川见状，飞扑着要过来："你们混账！一个个都是聋子吗？我说了这件事跟我姐姐没有关系，要罚就罚我！"

后头的人朝着他背上狠狠踹了脚，许明川扑倒在地，然后被人踩着后背起不来了。

蒋远周显然没住手的意思，他单手卡住许情深的下颌，往上提了提，她眼神迷离，表情痛苦不堪，右手无力地落到男人手腕上："不要，我喝不下去了。"

"喝不下也得喝！"蒋远周拿起第三杯酒，轻晃下酒杯，目光盯住许情深，一字一顿道，"万毓宁是谁？你弟弟敢惹，那后果你就得担下来！"话音刚落，蒋远周一杯酒往她喉间灌去。

酒倒得很满，以至于倾倒出来时蒙住了许情深的鼻息。她剧烈挣扎起来，头发早已散乱不堪。老白站在身后看了眼，眉头锁紧后将头别开。连他都看不下去了，想来亲自执行的蒋远周心里肯定不好受吧？

许情深嘴角被坚硬的玻璃杯压磕到，淌着血丝。烈酒穿肠而过，蒋远周松开手，她摇摇晃晃地看不清跟前的人影，只是听到许明川一直在喊："姐！姐——"

她忽然往前栽去，脸压在蒋远周的胸口处，耳朵听到男人咚咚的心跳声。她脑袋在他胸前拱来拱去，难受到不行。

蒋远周垂首看着她的头顶，许情深一口口呼吸落在他心头，男人眸色微动。她喉间有破碎的声音溢出来，蒋远周抬起左手落到她脑袋上，轻轻揉了两下，忽然又一把将她拉开。

她的胃已经到了承受的极限，蒋远周看在眼里，却仍旧执起了桌上的酒杯。

许情深下意识地往后退，男人扣住她的下巴将她拖到跟前，一杯酒接着一杯灌进去。许情深起初还会挣扎，到最后只能听到自己的吞咽声。灵魂像是从体内被剥离出去，飞到了半空中，低头就能看到这可悲而无力的一幕。

"姐，你们放开她——"

"蒋远周，你不能这样对她——"

许明川撕开喉咙在喊："放开我姐姐，要灌就灌我——

"她不是你的女人吗？你不该救她吗？"

"我操你大爷的！蒋远周，我杀了你！"

许明川的嘶吼声在这样的氛围下显得相当无力。万鑫曾冷眼旁观，许情深就在他的跟前，她来不及吞咽，酒渍漫了胸前一大片。她跌坐在那里，狼狈且像个弱者般。落在蒋远周的手里，她是无力反抗的。万鑫曾本来就喜欢这样的感觉——高高在上，凌驾于众人，又将他们狠狠踩在脚底下。

"远周，干得好，你早就该这样了！"

许情深迷蒙间睁开双眼，男人的五官已经看不清楚，她觉得人之将死，充其量也就是被这样折磨而已吧？

她嘴角轻扯出一抹弧度，眼睛朝着头顶的天花板望去，意识越来越模糊。最后实在撑不住了，她嘴里浓烈的一口酒喷出来，喷在了蒋远周的脸上。

酒渍顺着男人坚硬冷峻的侧脸往下挂，他目光内透出阴鸷，手掌松开，就看到许情深瘫软着往后倒去，躺在地上后就再也动不了了。

"姐！"

蒋远周将酒杯放回桌上，搭起修长有力的长腿，抽出纸巾将十根手指一一擦净："万伯父，不知道您还满意吗？"

万鑫曾面无表情，但也知道蒋远周能做成这样，已经是给了万家最好的交代了。他故作勉强地点下头："好，你带她先回去吧。"

蒋远周没有动，却是冲着老白吩咐："把许明川送到星港去。"

"是。"

万鑫曾一听，连忙制止："慢！远周，这臭小子可不能放！"

"为什么？"

"你没听到吗，毓宁小产就是他害的，我怎么能这样轻易饶了他？"

蒋远周面色发冷，眼睫着神情肃然，周身的空气也被冻凝到了一处："我听到了，毓宁就是他害成这样的。"

"所以，你可以把许情深带走。"

蒋远周轻笑，音调中夹杂着满满的嘲讽："万伯父，我想您是搞错了。这件事跟许情深一点关系没有，许明川是她弟弟，所以我才让她代过。她是我的女人，也是我亲自动的手，人都搞成这样了，你跟我说不行？"

万鑫曾瞪起一双眼："远周，你可没跟我商量过。"

"你要不同意，刚才怎么没说？"蒋远周如黑曜石般的眸子朝许情深看去，"你以为她这样，我心里好受？"

"但我们万家损失的，可是一个孩子！"

蒋远周依旧是稳如泰山的气势，犹如坐在谈判桌上与最强劲的对手争锋，一句话、一个字都不能错："这件事，各自都有责任，我不相信一口芥末就能要了一个孩子的性命。万伯父，我该让的都让了，来日方长，莫伤了蒋万两家的和气！"

万鑫曾目光死死盯向许情深："这姐弟俩的话没一句能信的，她不还说人是她害的吗？"

蒋远周把视线睨向许明川："说，究竟是谁？"

"我！是我！"许明川将他们刚才的对话听得一清二楚，忙开口应道。

"万伯父，人我都罚完了，您如果现在告诉我您不接受，那接下来的事您教教我，应该怎么收场？"

万鑫曾脸色一阵青一阵白，许情深这顿教训并不轻，蒋远周刚才的样子连他看了都要忌惮三分，不放人肯定是不行了。

万鑫曾推开椅子起身，不平之色难掩："毓宁还在医院里头，我去看看什么情况。"

"好，您请，不送。"

万鑫曾的人跟着往外走，蒋远周径自起身走到许情深跟前，他一边吩咐老白一边将她抱起身："把许明川送去星港。"

"是。"

蒋远周抱着许情深走出去，她极其难受地嘤咛了两声。长长的走廊上，蒋远周一眼望去，似乎望不到头。

真是死心眼，活该！

她要不是放不下许明川，他若不是看着许明川有些骨气和担当，她又何至于变成这样？

第六章
余爱已尽了

蒋远周来到酒店外面，万家的宾客还有些未离开，老白安排了人将许明川送去星港医院。

许情深被抱进车内，老白示意司机开车。蒋远周将她按在怀里，刚开出去一段路，她就睁开迷蒙的双眼要吐："呕——"

"停车。"

车子靠边停稳，老白下去替许情深开车门，然后架着她往外走。蒋远周从另一侧下来，许情深蹲在地上不住干呕，可就是吐不出来。

老白朝蒋远周看了一眼："蒋先生，您看要不要去医院？"

"家里有醒酒药，难道还能去医院洗胃不成？"

许情深蹲在那儿，抱住双膝，头一点一点的，整个胃里面在往外冒火："明川，明川……"

两个男人在她身后站着，蒋远周掏出根烟点上，老白在旁担忧地看了眼："蒋先生，万小姐敬酒的时候我看到了，只是杯牛奶而已。里头是放了芥末不假，可万小姐也不至于尝到点味道就跌倒在地吧？"

"但这确实是别人看在眼里的真相。"

"而且偏偏那么巧，万小姐居然流产了。"

蒋远周薄唇轻启，白色的薄烟在精致的嘴角处漫开："都有可能。万毓宁也许就是被那么一口芥末给呛得没站稳。又或者说，许明川正好撞在了枪口上。毕竟万毓宁的身体状况，只有她自己最清楚。"

许情深嘴里还在嘟囔："明川，许明川……"

蒋远周朝她看了一眼，几步过去，一把攥住她的手臂将她提起身："许明川没死！走！"

他将许情深重新塞回车内，半路上，蒋随云的电话也打来了。

蒋远周跟她说了没事，那头才挂断通话。车子很快开到九龙苍，蒋远周抱着许情深下去："老白，你去星港跑一趟，许明川挨的这一顿打可不轻。"

"好。"

许情深觉得浑身不对劲，难受到煎熬，可就是吐也吐不出来。蒋远周将她放到床上，替她将上半身的衣服都脱掉："许情深，醒醒。"

她迷迷糊糊地睁开眼帘："我难受。"嗓音软得似能掐出水来。

许情深伸手拉住蒋远周的衣领，他将她额前的碎发拨开："我知道你难受，起来吃了醒酒药就好。"

"不要……"

蒋远周放开她，拿了瓶醒酒药倒入小碗中，伸手将许情深搀扶起来。碗沿刚碰到她的嘴，她就将脸别开，哭腔浓重："别再让我喝了，我真的喝不下去！"

"乖，这不是酒。"

许情深干脆将碗推开，蒋远周试了几次，她却咬紧牙关，怎么都不肯开口。

看来，方才真是把她灌出心理阴影来了。

许情深躺回大床内，蒋远周刚起身，一片衣角却被她攥在掌心内："蒋远周。"

他以为她醒了，回头一看，却见许情深闭紧双目，摇摆着小小的脑袋："为什么不管我？为什么不肯管我？"

蒋远周轻拉扯下："松开。"

"我以为你能拉我一把的，他们是要杀了我吗？"

蒋远周坐回床沿，将她的手指一根根掰开："我要不救你，你和许明川还指望能见到明天的太阳？"

洗完澡将她放到床上，许情深安静多了，只是还不舒服，一个劲儿地在床上滚来滚去。蒋远周被她弄得睡意全无，披上浴袍走到阳台上。

老白的电话很快打过来："喂，蒋先生，我已经安排许明川住院了，皮外伤加骨折，养养就没事了。"

"嗯，知道了。"蒋远周想了想，问道，"万毓宁那边呢，怎么样了？"

"万小姐在仁海医院，需不需要我现在过去一趟？"

蒋远周脸色在暗夜中微沉："不用了，方晟和万家的人都在医院，也不缺我们这边。"

"好。"

仁海医院。

安排完酒店的事，万鑫曾夫妇来到医院。

阿梅还没走，方晟坐在床沿陪着万毓宁。一见到爸妈进来，万毓宁眼眶倏地又红了："爸。"

"毓宁，不哭啊，爸爸来了。"

方晟起身，万鑫曾过去坐在了他原先坐的地方。万毓宁眼眶湿润："爸，他们把我的孩子害死了，你有没有把他们怎么样？"

"放心吧，爸不会轻饶了他们！"

方晟闻言，眼里暗潮涌动，目光朝着万鑫曾扫了眼。万毓宁激动地握紧父亲的手臂："那许情深现在在哪儿？"

她想问的，自然也是方晟想知道的。

万鑫曾轻拍下女儿的手背："远周将她带回去了。不过，他也没让她好受，灌了一瓶多烈酒，说是给你道歉。"

"什么！说得轻巧，她把我的孩子害死了！"

"毓宁，你别激动！"万鑫曾轻哄着这个宝贝女儿，"毕竟犯事的是她弟弟，远周要带人，我也不好不放啊！"

"那她弟弟呢？你把他怎样了？"

"打得不轻。"

"然后呢？"

万鑫曾看了眼万毓宁，知道她受了不小的刺激："你别想这些事了，快躺着休息。"

"也放了是不是？"万毓宁瞪大双眼问道。

"行了，你真想把自己的身体折腾到废了，是不是？"万鑫曾扶着万毓宁的肩膀让她躺回病床内，"乖！你还年轻，以后有的是机会。"

"爸，今天本应是我一生中最美好的日子，可我的婚礼被毁了，孩子也没了，你跟我谈什么以后？"

万鑫曾轻叹口气起身，万太太也在旁边抹着眼泪。方晟见状，伸手在万毓宁头顶轻抚："毓宁，现在不是耍脾气的时候。你难过，爸妈不比你好受。还有，怎么不能谈以后？就是要想着将来的事，才能更快忘记现在的痛苦。"

似乎也只有方晟的话万毓宁能听进去一二，再者，这件事怕是只有她心里最清楚，许明川和许情深都是她拉来垫背的，而且垫得很成功。

见女儿不再出声，万鑫曾总算松了口气，朝着方晟看了眼，视线随之落回万毓宁身上："之前你不是想让方晟管理制药公司吗？我答应你。现在你们也结婚了，以后方晟就是我的左膀右臂。"

万毓宁僵硬的面色总算缓和了下："谢谢爸。"

方晟也轻声附和道："谢谢爸。"他看了一眼躺在病床上的万毓宁，轻声说道，"爸、妈，你们先回去吧，这儿有我陪着就好。"

万太太轻拭眼泪道："不，我要在这儿陪着我女儿。"

"妈，待在这儿，毓宁难受，你们也难受，况且明天就能回家了。"方晟拉过万太太，跟她借一步说话，"家里还需要妈操劳收拾下，毓宁买了不少育儿类的书，我不想她回到家触景伤情。"

万太太轻点头："好，还是你想得周到。"

万家夫妇坐了会儿，然后由方晟将他们送了出去。

回到病床前，方晟将卧室内所有的灯都熄了，他站在那儿，一动不动，耳边能听到万毓宁淡淡的呼吸声。她哭过、闹过、吵过，筋疲力尽了，睡得很安稳。

方晟从兜内掏出手机解锁，然后打开一个私人文件，将里面的照片解锁出来。

那是一张女人的遗照，笑容温婉，眼角柔和，是方晟记忆中的妈妈。她从来不会大声说话，更不会发火，她真正诠释出了"女人如水"四个字。只可惜，她走得太早，远远等不及自己的儿子成人。

他将手机放到床头柜上，靠着装满水的水杯让它立在那里，屏幕的亮光，衬出了后面万毓宁躺在病床上的那张脸。

万毓宁睡得安稳，方晟单手插在口袋内，视线落在手机上。妈妈的脸逐渐暗了下去，最后变成一片黑色。

方晟隐在暗夜中，无尽的悲伤只有在此刻才敢无遮无拦地涌出来。

今天是他和万毓宁的新婚之日，但他一点都开心不起来。他知道，妈妈不会原谅他，但万毓宁，他是非娶不可的。没有孩子，万鑫曾不会松口让他们结婚，但这个孩子，方晟是不会让万毓宁生出来的，他也不能有孩子。所以，每天给万毓宁滋补的汤中，他下了药。

这场婚礼，于他来说是煎熬、是折磨，但他也不会让万家人好受。他掐准了药的用量，就是要让这个孩子在今天离开。只是没想到，许明川会撞在枪口上。

万毓宁以为是她自己疏忽大意，所以情急之下咬住许家姐弟不松口。估计她想破脑袋都不会知道，亲手扼杀她腹中孩子的，居然是方晟——她的老公，孩子的亲生父亲！

方晟拿起手机，将它放回兜内，薄唇轻启后默念："妈，您的孙子过来陪您，您就不会寂寞了。"以后，还会有万家的人，一个接着一个！

方晟知道，他已经在这条路上越走越远，难以回头。这样走下去，终有一天他会越来越残酷、毫无人性。但他显然已经不在乎了。

万毓宁在床上躺了一个多月后就躺不住了。只是方晟对她管得严，他尽管没有

140

二十四小时在家，但特意叮嘱过保姆，一定得把她看好了，不能让她随意走动。

同样，许明川也请了病假。他身上的伤倒是好得差不多了，爸妈在的时候，他装着乖乖养病，等他们出了门后，就是他驰骋游戏的时间了。许情深不止一次叮嘱过他，万家可能不会善罢甘休，让他千万小心，没想到还是出事了。

蒋远周出差的这天，老白在楼下等着，许情深笨拙地替蒋远周打着领带："哎呀，还是不行！橱柜里不是挂着一排打好的吗？"

"你这双手除了会握手术刀之外，还会做什么？"

许情深按着他的要求勉强弄好，冷不丁冒出来一句："我还会用手让你舒服。"

蒋远周嘶了声，伸手要去抱她，许情深忙躲开身："老白该等急了，到了那边不是还要开会吗？"

"我不在的这两天你自己注意，遇不上万毓宁最好，一旦遇上，能让就让。"

许情深轻点头。她懂这个道理，却不知不觉又开始贪心起来。她甚至想象着，如果蒋远周说一句遇上万毓宁不用让、能撕就撕，那才是对一个人真正的在乎吧？

只是，她怎么忽然介意起这份在乎了？

许情深轻摇下头，觉得自己有时候也挺莫名其妙的。

接到警局的电话，是在蒋远周离开东城的第二天。许情深这天休息，一听情况就手脚发麻，立马赶了过去。

许明川已经被拘留了起来。许情深见到他时，才刚二十出头的男孩坐着一动不动，身上沾着不少血，眼神无光，看到许情深都不知道害怕了，已经吓傻了。

"明川，明川！"

许明川坐在桌前，抬了抬头，嘴巴里艰难出声："姐，我没想捅人。"

"到底怎么回事？"许情深着急发问。

"是我同届的几个男生，他们逮着我、打我，我一直都没还手，他们还用话激我。当时那么混乱，我也不知道是谁塞给了我一把刀……"

许情深单手撑着前额，她是最了解许明川的，平时除了关起门来打游戏之外，他也没什么别的兴趣爱好，更不会去得罪什么人。许情深持着最后的希望看向旁边的警员："警察同志，您也听到了，这算是正当防卫吧？"

"别人的口供可不是这样的，你弟弟在学校挑衅斗殴，还用随身携带的刀子捅伤了人。"

"不可能，我弟弟不会做这种事。"

"具体的情况我们会调查清楚，如果只是防卫过当，那还好说，如果是蓄意杀人的话……"

许情深听得心里一阵阵发寒，不敢往下想："被捅伤的伤者呢？"

"还在医院。"

141

"哪个医院？"

"仁海医院。"

许情深跟许明川对望了眼，她双手交握，眼里藏匿不住的紧张流露出来："我现在是不是还不能将我弟弟带走？"

"那当然，他是嫌疑人。"

许明川六神无主，垮下双肩："姐，我不想留在这儿。"

"明川，别怕，我不会让你有事的。"

许情深没有多少时间，走出警察局，她给蒋远周打了个电话，可他手机关机。她正束手无策时，马路对面忽然有车按响喇叭。许情深抬头看去，阿梅落下车窗，朝她招了招手。

许情深戳在原地没动，阿梅干脆示意司机开过去。

车子停在许情深跟前，阿梅一把摘下墨镜："毓宁想要见你。"

"有话直说吧。"

"是她要找你，你总要见着了她的面才能知道。"

许情深扭头朝着警局大门看了一眼："你难道没看见这是什么地方？"

阿梅忍俊不禁："我们可不是要绑架你，是邀请你。"

"那好，先把我弟弟放了吧。"

"万毓宁一见到你的面就会把你弟弟弄出来。事情不是还没定性吗？再晚点可就不好说了。"

许情深朝那辆黑色的车看了一眼，感觉它就像是个无底洞。阿梅不耐烦地催促："你要觉得等蒋远周回来还来得及，那你就等吧。只不过你可别后悔，蒋远周不在东城，这儿就是万家说了算。"

许情深闭了闭眼帘，拉开后车座的门坐进去。

车子一路向前行驶，阿梅透过内后视镜盯着她看："我听说你挺聪明的，一个同父异母的弟弟关你什么事啊，你要甩手不管，不就没事了吗？"

"我不是畜生。"

阿梅闻言，轻蔑地耸了耸肩："行，算我没说。"

车子驶入宾馆，许情深跟着来到三楼。万毓宁没敢找好的酒店，阿梅掏出门卡刷开门进去，万毓宁掩鼻坐在沙发上，一见到她，一双美目瞪得老大。

"万小姐，好久不见。"

"是，拜你所赐，我养了一个多月的病。"

许情深站在门口，听到门在身后被关上："我以为那件事已经过去了，我弟弟被打成重伤住院，我也以我的方式向你们万家道过歉了。"

"那是一个孩子、一条生命！"万毓宁忽然激动起来，"你以为凭着蒋远周几句话，你们就能轻松躲过去？"

"那好，现在我人已经站在这儿了，你把我弟弟放了吧。"

"行啊，我说话算数，你坐上车的时候，我爸就在想办法把你弟弟弄出来，你等消息吧。"

事情会有这么简单？许情深将信将疑。

万毓宁还在抱怨："这什么破酒店，一屋子的清洁剂味道，难闻死了。"

许情深在房间内站了许久，许明川的电话打过来了："姐，我出来了……"

许情深绷紧的神经一松："你没事吧？"

"没事……"

手机很显然被人给夺走了，许情深喂了几句，那边立马掐断了通话。

万毓宁挑高眉头："怎么样？我没骗你吧？"

"既然这样，我是不是也能走了？"

"许情深，你把我当白痴是不是？"万毓宁站起身来，打量着这个不大的房间，"你觉得这儿环境怎么样？"

"什么意思？"

"免费让你住一晚，不错吧？"

许情深往后退了步，手掌触摸到门把，阿梅在旁插了句话："你以为你弟弟现在是回家了？"

"说吧，要我做什么事？"

万毓宁取过放在旁边的LV包，慢条斯理拉开拉链，然后取出一个很小的药盒："阿梅，给她倒杯水。"

"好。"

许情深知道自己出不去，干脆走上前拿起药盒来看。她手指抑制不住地颤抖，有些难以置信地盯着跟前的女人。万毓宁出门时刻意打扮了一番，她本身就是个被娇惯的千金小姐，从不肯穿着随意地出门。

"万小姐，说到底，你害了我不止一次，但我从没想过主动去招惹你，我们之间什么时候才能彻底地井水不犯河水？"

"你把这药吃了，我发誓，我以后决不找你麻烦。"

许情深胸腔内犹如被堵住般难受："然后呢？我从今往后怕是就生不如死了吧？"

"你别忘了，你弟弟还在我们手里。"

"万小姐，你是不是太卑鄙了？"

万毓宁咬了咬银牙："我卑鄙又怎样？"

阿梅拉过万毓宁的手臂："别跟她逗口舌之快，她没有选择的权利。"

143

放在包里的手机忽然振动起来，许情深没动，阿梅伸手拿过她的包，从里面翻出手机，看清楚来电显示后，朝万毓宁扫了眼："是蒋远周。"

许情深忙上前一步，万毓宁挡在她跟前："想让他来救你？他现在在国外，赶得及吗？"

阿梅攥紧手机，最后一阵铃声消失在房间内。万毓宁磨了磨尖利的牙齿："许情深，看到他给你打电话，心猿意马了是不是？你以为他有多在乎你？"

许情深看到万毓宁脸上呈现出来的失控，她知道，要想拿回手机是不可能了，那她怎样才能让蒋远周有所察觉？

"蒋先生在乎我，是我的福气。万小姐有方晟疼爱，不是很好吗？"

万毓宁冷笑下，从一旁的包里拿出自己的手机："我让你听清楚了，蒋远周到底是在乎谁多一点。"

阿梅眼见万毓宁拨通了蒋远周的电话，忙出声制止："毓宁，别节外生枝！"

"怕什么！"

"他才给许情深打过电话，你这就回过去，我怕……"

万毓宁充耳不闻，阿梅只得站到许情深身后："你最好别讲话，不然的话……"

"你放心，我弟弟还在你们手里，我没那胆子。"

电话那头很快接通，万毓宁按了免提键："喂，远周。"

"什么事？"

"你什么时候回来啊？"

男人的声音慵懒，似乎刚睡醒："过两天。"

"我……我身体不舒服。"

"怎么了？"一阵窸窣声清晰传来，应该是蒋远周坐起了身，"没去医院看看？"

"看也白看，我听说国外的保健品不错，你帮我带点回来吧。"

蒋远周手指在眉宇间轻按，随口答应下来："好。"

万毓宁似乎还不舍得挂断："远周，我能问你件事吗？"

"说。"

"如果有一天我和许情深同时掉到水里，你会先救谁？"

阿梅无奈地翻个白眼，真是够了！许情深紧盯着万毓宁的手机，至少在此时此刻，她笑不出来，她竟也有些期待蒋远周的回答。

只是，那头什么都没说就把通话挂断了。

万毓宁喂了两声，这才确定蒋远周居然挂了她的电话。

"毓宁，"阿梅替她将手机放回包里，"明天这个时候，你还用为这种事操心吗？那两个人可是已经在隔壁房间里等着了。"

万毓宁眼睛轻眯了下："许情深，你还是自己来吧。"

144

"我不会吃的。"

万毓宁见她的态度强硬，冷笑下："让隔壁房间的人过来。"

许情深面色微变，阿梅朝万毓宁轻摇下头："毓宁，方晟也快回家了，到时候见不到你肯定起疑心。许情深被关在这儿不会有什么问题，我们给她一晚上的时间，如果明天还不肯配合，就别怪我们心狠手辣了。"

万毓宁不情愿，阿梅过去拉她起身："蒋远周又不在东城，你怕什么？一个晚上而已。"

阿梅把许情深随身携带的包拿在手里，拉着万毓宁起身："对面还有隔壁房间都是我们的人，会时时刻刻盯紧她的，就算她喊破喉咙也没用。"

万毓宁闻言，这才勉强答应。

到了外头，万毓宁甩开阿梅的手："现在的机会多好，为什么不利用？"

"你看她那个样子，肯乖乖配合吗？她在你手里，你怕什么啊？今天这一晚就够她折磨的了，但这远远不够，我们明天还有时间继续。毓宁，你难道不想看看许情深心甘情愿地跟别人缠绵的画面？如果只是简单的强暴的话，蒋远周定会迁怒于你，方晟碍着以前的旧情，也会对你心生嫌隙。但如果是许情深吃了药勾引别人，那就不一样了……"

万毓宁顿住脚步，喜形于色，却还是有隐约的担忧："那她明天还是不肯呢？"

"她弟弟不是在你手上吗？送她一根手指头，看她肯不肯。"

万毓宁没再接口，似乎在细想这个问题。

蒋远周挂了通话后，起身来到窗边，一把拉开帘子。他再度拨打许情深的手机，关机了。

许情深今天是休息，蒋远周一个电话打回九龙苍，保姆听到他的声音，毕恭毕敬喊了声蒋先生。

"许小姐呢？"

"出去了，还没回来。"

"有说去哪儿吗？"

"没有，好像挺着急的。"

蒋远周挂完电话，指尖捏着手机一角把玩，转了几圈后，他掌心忽然收拢。蒋远周大小事宜都放心老白去做，所以设了个快捷键，方便找他。

接通电话后，蒋远周立即吩咐："老白，看看许情深去了哪儿。还有，查下许明川。"

"是。"老白这时也不在东城，他按着蒋远周先前的吩咐去了另一家医院办事。

宾馆。

许情深试过，座机根本打不出去，她将门打开一条隙缝，对面房间的门是虚掩着的，也就是说，她的一举一动都在别人的监视下。

如果不是因为许明川，许情深拔腿就能跑，顶多被人逮住再丢回去而已。可现在不一样，她唯一能确定的只是许明川在万家人手里。上次婚宴上，要不是因为蒋远周在，许明川真有可能被活活打死。

她蹑手蹑脚来到窗边，往下一看，房间是在三层，下面就是家咖啡馆，有个雨棚，但这样的高度跳下去也够呛。

许情深拉了拉窗户的保险，是和纱窗一体的，非常牢固。她仔细看了眼，固定它的仅仅是六颗十字螺丝，只要将它们拧开，就能直通外面了。

尽管她不想走这条路，但如果实在万不得已……那就是这条死路了。

许情深开始翻箱倒柜，看有没有能将螺丝卸下来的东西，最后在床头柜子里居然发现了一把指甲钳。

整个房间连一张纸和一支笔都找不到，许情深走到电视机旁，看到那里放了个花瓶，瓶子里头有一束假花。她取出一看，就是束普通的手工花。许情深将缠绕在底部的布条解开，发现里面是一根根坚硬的钢丝。

她整晚没睡，房间内的窗帘拉得严严实实。

万毓宁早上出门之前接到了阿梅的电话，说是临时有事不能过去。

万毓宁让司机将她送到宾馆，开门进去的时候，房间内很暗，万毓宁将灯打开，许情深坐在床沿，强光刺过来时，她抬起手臂挡了下："几点了？"

"许情深，考虑好了吗？"

许情深一动不动地坐着，万毓宁走向一旁的椅子："你就不问问，你弟弟挨得住吗？"

许情深是抱有一丝希望的，她是在拖延时间不假，许明川没有回家，赵芳华肯定会找，他是在学校出事的，难道会一点风声都没有？更何况还有蒋远周呢，她给他打了那么多电话，他回拨过来时她没接到，他应该会打回九龙苍问一声吧？

当然，这都是她心里设想的最好的结果。

"我想见我弟弟。"

万毓宁的目光不禁落到许情深脸上，仔细端详，一丝一毫都不肯放过。在长相方面，她自知比不上许情深，这也令她无端恼怒起来："你真觉得我不敢对你弟弟下手是吗？"

"我知道你敢。"

万毓宁将昨天备好的那盒药拿出来，拍在旁边的茶几上："许情深，我给你最后的机会，我可没有什么耐心！"

"万小姐，你孩子的事，真的跟我弟弟有关吗？我想你心里最清楚……我跟方晟早就过去了，如果是因为他，那我向你保证，我以后再也不会见他……"

万毓宁脾气性格方面从小就是个天不怕地不怕的主儿，反正闯再大的祸都有人端着。她面色铁青，手掌紧握，半晌后，却笑了笑："好，跟我绕圈子是吧？"

她起身往外走去，许情深提心吊胆地看着她关上门。一直到中午时分，房门才被再度打开，然而进来的却不是万毓宁，而是两个身形强壮的男人。许情深的心再度提至嗓子眼儿："你们要做什么？"

其中一人走到许情深跟前，将手里的盒子放到床上。

许情深的目光慢慢移到那个纸盒上，杏眸圆睁，嘴唇发白，不好的预感铺天盖地压过来。房门再度被推开，万毓宁走到她的跟前："不敢看？"

"万小姐，凡事别做得太绝。"

"你要是再不肯配合，一个小时后，我再给你送一样。"

许情深喉间犹如被利器划过，她伸手拿过盒子，慢慢将盖子掀开。

她做过不少大大小小的手术，再血腥的画面在她眼里都不算什么，然而……

许情深眼睛圆圆地睁着，欲哭无泪，只是觉得整个身体都凉了，胸口犹如被一根锥子在使劲地扎。那盒子里头躺着许明川的一根手指，一根小手指，那是从她最亲的亲人身上割下来的。

她轻抬目光，视线狠狠地射向万毓宁。后者站在那儿没有丝毫的害怕："谁让你不肯乖乖吃药？你弟弟这样，是被你害的！"

万毓宁双手抱在胸前，就算许情深昨晚吃了药，她也不会好好地将许明川送回去，一根手指头而已，跟她失去的孩子比，又算什么？尽管她心里清楚，流产的事怪不到许家姐弟身上，但那又怎样呢？许明川确实想过要害她。

万毓宁不怕许情深，她如今被困在这里，手无缚鸡之力，能将自己怎样呢？

许情深的手摸到被子上，眼眶通红："我弟弟还是个孩子，他还是个学生啊——"

她嘶吼出声，伤心欲绝。万毓宁听着，不禁哆嗦了下。许情深忽然掀开被子一角，手掌心摸到一个东西，她迅速起身，右手的力道狠狠地捅了出去！

万毓宁尖叫一声，许情深咬紧牙关，几乎耗尽了所有的力气，坚硬的一团钢丝扎进万毓宁的肩膀处。两人离得很近，万毓宁怔在原地，觉得跟前的女人就像从地狱爬出来的恶魔似的。许情深力道往上一提，钢丝撕开万毓宁的皮肉，划过她整个光洁的颈部，一直到她的下巴。

鲜血喷在了雪白的床单上，许情深攥紧那团钢丝，手垂在裤腿处，钢丝上还有血往下滴。

那两个男人很快反应过来，一人一边按住许情深的肩膀，将她推倒在床上。

万毓宁弯着腰，全身都在火辣辣地痛，钢丝虽然没有捅进要害，但几十根捆成了一扎，扎进去也够她受的。她往旁边的镜子一看，触目惊心！

"把她的脸给我划花了，快！"

许情深这时候只有愤怒，已经感觉不到害怕了："万毓宁，我失手了，我应该扎你脸上！"

万毓宁痛得不知道该怎么办才好，歇斯底里地怒吼："给我把她杀了！把她的脸划花了，快！"

压着许情深的男人居高临下地盯着她看了眼："万小姐，接下来的事就交给我们吧。"

"不，我要亲眼看着！"

许情深被按着起不来，目光扫过旁边的纸盒，泪水涌出眼眶："你怎样对我，我认了，你把我弟弟放了吧！"

"你想得美！"

东城闹市区，黑色的豪车穿梭在宽敞的马路上，后车座上的男人不耐烦地用手指敲打着腿，节奏越来越快。车轮碾轧着柏油路飞速向前，几乎没有停顿的时候。

副驾驶座上的老白扭头看了眼："蒋先生，前面就到了。"

蒋远周似乎没听进去，修长的手指仍旧敲在包裹于西装裤内的腿上。老白时不时看向前方："我已经安排人过去了，您别着急。"

蒋远周睁开一双眸子，眸底透着逼人的凛冽，薄唇几乎抿成一道直线。

车子很快逼近那家宾馆，蒋远周握了握手掌，发现掌心居然出了汗。

304房间内，许情深手里的钢丝被旁边的男人夺去，她深吸口气，绝望的气息聚拢过来，她知道自己凶多吉少了："等等！你们先放开我，我吃药。"

万毓宁目光扎在她身上："我现在不要你吃了，我要你的脸。"

"这么着急做什么？我不想被你拍录像的时候太丑——万毓宁，你不就是想看我丑态百出的样子吗？"

万毓宁伸手抚摸下自己的伤口，痛得又将手指收了回去："好，把药给她。"

那两个男人起身离开，一人去拿药，许情深冲着另一人道："帮我倒杯水。"

她喘了几口气，待力气稍微恢复些后，拿起旁边的纸盒，在手里攥紧。

两个男人转过身去，许情深忽然坐起身，一把掀开窗帘，窗户已经被打开了，她坐的这张床紧挨着墙壁，许情深手臂一撑就坐了上去。

"你——"万毓宁记得阿梅昨天查看过，这儿明明是有保险窗的。

宾馆外头，蒋远周的车冲了进来，只是许情深从这儿看不到那边。男人推开车门下来，宾馆的正门就在百米之外，走过这个咖啡馆就是了。

148

他迈开长腿大步向前，老白紧随其后。

许情深坐在窗台上，看到那两个男人丢了手里的东西逼过来，她冲万毓宁说了句："祝你不得好死！"然后就翻身跳了下去。

蒋远周听到砰的一声传来，似乎有什么重物砸在了雨棚上。他下意识地抬头看去，就看到一个人影从雨棚上翻滚下来。

许情深重重地掉在地上，翻过身，仰面躺在那儿一动不动，手里的东西也掉了出去。蒋远周看到一截小指从纸盒里滚出，而许情深，居然就这么摔在了他的脚边！

老白比蒋远周的反应要快，他伸手拦在蒋远周跟前："蒋先生，小心！"

许情深并未丧失意识，只是觉得腿痛得受不了，她第一感觉是，还好，死不了！疼痛在顷刻间就蔓延开来，她连哼都哼不出一声，视线望出去迷迷糊糊的，她仿佛还听到了"蒋先生"三个字。

老白的目光落向她，看清楚了人的面孔后，那条手臂慢慢收了回去。

蒋远周蹲下身来，不敢去碰她："许情深！"

她伸出手，却使不出什么劲。手臂往下垂的瞬间被蒋远周一把抓住，她看到自己手上有血。蒋远周仔细看着她的右手，然后看了看她的左手，还好，她的手指都在。

蒋远周拍了拍她的脸，伸手欲将她抱起来。老白忙拦了把："蒋先生，最好别乱动，还是等救护车来吧。"

蒋远周的手托在许情深身后，她痛得呻吟出声。旁边咖啡馆内的不少人都出来看。许情深恍惚地看着跟前的人，原来，真是蒋远周回来了。

"明川，我弟弟……"

"我已经让老白去找了。"

许情深握了握右手，发现里面空落落的，她目露惊慌："手，手指呢？"

蒋远周视线掠至地面，听到自己嗓音微哑地出声："那是谁的？"

"明川……得赶紧找到他，接上……"

"放心，会把明川找回来的。"

老白弯腰将地上的纸盒子捡起，蒋远周脱下外套替许情深披上："冷不冷？"

"不冷，"许情深蜷在那儿不能动，"只是好痛。"

蒋远周抬头看向楼上的房间，正好看到一个男人探出脑袋。他目光蓦地转冷，杀气浮现："老白！"

"蒋先生放心，里头的人一个都跑不掉。"

万毓宁怔在原地，这一幕同她心里设想的完全不一样："怎、怎样了？"

"万小姐，好像是蒋先生来了。"

"你说什么？"万毓宁大惊，"怎么办？不是说蒋先生出国了吗？"

万毓宁捂着自己的肩膀处，忽然拿了包快步往外走。她刚伸手打开门，就看到几个陌生的男人站在外面。等万毓宁出去后，几人冲了进来，其中一人冲着万毓宁道："万小姐，我们送你下楼。"

"你们是谁？走开！"

"请吧。"

万毓宁被带下楼，走出宾馆大门，远远地看到蒋远周蹲在许情深跟前。万毓宁浑身的血，其实也没好到哪里去。她挣开旁边人的钳制，快步上前："远周！"

男人一扭头，居然看到万毓宁胸口一大片红，颈间的肌肤血肉模糊。万毓宁松开按着伤处的手，她伤得不轻，颈部的血往外涌。

许情深躺在地上大口喘息，蒋远周面容阴鸷，视线射向万毓宁："许明川的手指是你割的？"

"不，不是我！"万毓宁赶紧矢口否认。

"那是谁？"

许情深抬高视线看着，万毓宁神情慌乱，手足无措，像个孩子似的："我也不知道。"

"你不知道？"蒋远周话语冷酷，中午的阳光很烈，照出万毓宁那一身血染的红，"我现在也不想听你解释。"

"远周，是她把我弄成这样的。"万毓宁伸手指着许情深。

救护车的声音由远及近，许情深额头渗出细汗，无力跟万毓宁辩解什么。她嘴唇嗫动几下，蒋远周单膝跪下去，将耳朵凑到她嘴边："想说什么？"

"明川……尽快找到，越快越好，不然他的手指……"

"我知道。"蒋远周握住许情深的手，"别说话了。"

救护车开到跟前，下来的医护人员快步将许情深抬上车，老白示意手下的人将两名男子带走，又朝万毓宁看了看："蒋先生，万小姐怎么办？"

"你先把许明川给我挖出来。"

"是。"

蒋远周来到救护车前，万毓宁捂住颈部，脸色发白。

蒋远周回头朝她看了眼，万毓宁不由自主地上前一步："远周，我真的没把许情深怎样，你可以问问她……我身上的伤……"

蒋远周现在没心思管这些，上了救护车跟着离开。

许情深被送回星港，做全身检查的时候，蒋远周就在她身边。

被推进病房时，医生和护士都跟在身侧，检查结果也全部出来了。蒋远周先问了下躺着的许情深："有哪儿痛得厉害吗？"

"我的身体我自己清楚，没有大事，就是头晕想吐。"

"这个很正常。"旁边的医生接了话，"从三楼摔下，要不是遮阳雨棚够结实，

150

许医生这会儿早就断手断脚了。"

许情深心里微松，对方还能开玩笑，就说明不会有太大问题。

蒋远周朝她轻睨一眼："确定仔细检查过了？"

"蒋先生放心吧，许医生就是有些轻微脑震荡，还有手上和脚上的大面积挫伤，虽然没有断骨，但疼痛是骨挫伤最普遍的症状。"

许情深配合着轻动下，痛得立马拧起了眉头。

蒋远周目光落到许情深的脸上，悬着的心却始终不能放下。也许是她摔在他面前的那一幕太过深刻，当时看到那截断指时，蒋远周整个脑子一片空白，那样的血腥场面冲击着他，残酷而令人心痛得如麻痹了一样。

他伸手轻撑下前额，然后朝着身旁的人挥了挥手："都出去吧。"

"是。"

蒋远周抬眼看向她："已经找到你弟弟了，这会儿刚进手术室。跟我说说事情的经过。"

许情深言语间没有过多的激动："你不是抓住了那些人吗？问他们就行了。"

"我想听你说。"

许情深手臂上火辣辣地痛，像是要烧起来似的，眼里慢慢滋生出恨意："你就不怕我夸大其词，冤枉了万毓宁？"

"不怕。"这已经够惊心动魄的了，还能怎样夸大？

许情深盯着床边的男人，其实不想多说："万毓宁想要让我吃药，然后找好了两个男人跟我欢好，我不同意，她就用明川逼我，我弟弟的手指就是刚割下来的。我不想让自己陷入太悲惨的地步，所以我跳了下来。"

"那你就不怕摔死吗？"蒋远周语气里带了些许的恼怒。

"我当然怕，摔死和摔不死各有一半的几率，但我那时候想的是，摔死挺好的。如果不是你恰好出现，而我又没死，许明川的安危我还是要顾的，我又该怎么办呢？"

蒋远周心里犹如压了块巨石般沉重："那为什么还要跳？"

"不然呢？"她状似轻松，一声反问。

问题被丢回给蒋远周，他却轻闭眼帘，回答不出来。许情深看了眼门口："等我弟弟手术做好后，我想去看看他。"

"好。"

蒋远周惊讶于她的冷静，许情深见到他的时候只是问了句许明川的情况，没有过多的哭诉和愤怒，即便她刚经历过生死，即便她亲弟弟为此断了一根手指。

一直到晚上，老白才敲开病房门进来："蒋先生，许小姐，可以探望了。"

许情深毫无睡意，听到老白的话欲要撑起身。蒋远周揽住她的肩膀将她搀扶起来，老白将门口的轮椅推了过来。

来到许明川的病房门口，许情深头也不回道：“我自己进去吧，我弟弟可能情绪还不稳定。”

蒋远周松开了手，许情深自己推开门摇着轮椅往里走，然后将门关上。

来到病床边，许明川正定定地看着天花板。许情深的视线移到他手上，拉过他未受伤的那只手，将额头抵着他的手背：“明川……”嗓子里哽出哭声，双肩轻微颤抖起来，那是许情深没法强压抑住的。

蒋远周站在外面并未离开，透过玻璃的窗口，正好能看见许情深的背影。

“姐。”许明川声音虚弱。许情深眼眶通红，抬头看向他：“身上还有别的伤吗？”

“没了。”许明川看了眼自己的右手，“姐，我只是觉得很绝望。那天的婚礼现场我不该去，更不应该往牛奶里放东西。我都知道错了，万毓宁却咬着我们不肯放了。”

“明川……”

“手指接上了，还会有被切掉的可能吧？”许明川年轻的脸上淌出眼泪，“姐，他们把刀按在我手指上的时候，我求饶过……”

许情深终于崩溃似的痛哭出声。她握紧许明川的一只手，哭声凄厉而悲怆。她没有压抑，所以蒋远周清清楚楚地听到了属于许情深的控诉和无奈。

“姐，你别哭，别哭了！”许明川一看到她这样也慌了，“我好多了。”

许情深握得他手发疼，许明川不敢动，盯着姐姐的头顶说道：“姐，从小到大我就没见你这样过，别吓我！”

许情深伏在被面上不答话，肩膀的耸动越来越明显。蒋远周薄唇紧抿，原来她的情绪不是不外露，只是没有当着他的面而已。

“姐，你还有蒋远周呢，别哭啊！”许情深好像没听进去，许明川继续道，“他肯定会帮我们。”

半晌后，许情深才坐直身，仍旧握着许明川的手：“在来医院之前，我也把万毓宁弄伤了。明川，这件事只能这样算了。”

“什么，算了？”许明川不理解，继而试探道，“姐，蒋远周是不是你男朋友？”

许情深擦拭着眼角，并未回答。许明川神色焦急：“姐，看你这样，你不说我也知道，你是不是差点被姓万的害死？”

“明川！”许情深恢复了冷静，“你听我说，蒋远周能把我救下来、能把你救出来，对我们来说，已经是最好的结果，接下来的事，你不许在他面前提一句。”

“为什么？”许明川难以置信地盯着她，“他难道不应该为你出头，找万毓宁算账吗？”

"明川！"许情深试图让弟弟冷静下来，"我和你，终究不是他的谁，他能做到这样，难道我们还不应该满足？"

"姐……"许明川被这个回答噎住，如鲠在喉，"但你是蒋远周的女朋友。"

门口的男人尽管看不到许情深的神色，但她的每句话、每个字都透过门板清晰地刺入他耳膜内："他就那样一说，难道我还能当真？"

"怎么就不能？"

许情深认真地看向许明川："你觉得我和蒋先生配吗？"

"为什么不配？"许明川尽管虚弱，但还是愤愤不平。

"明川，当你有天喜欢哪个女孩的时候，你说让她做你女朋友，那肯定是认真的；但是蒋远周……"许情深语气微顿，把苦涩咽在喉间，"反正，我没敢想过。"

"但万毓宁那样……"

"万毓宁是万小姐，跟蒋远周青梅竹马一起长大，她自小惹祸都是蒋远周替她收拾的。他可能会愤怒，也可能会生气，但决不会为了我做任何伤害万毓宁的事。"

许明川眼里的绝望更甚，就好似一种信仰被猛然打破，瞬间失去了能够仰仗的东西："我的手指白断了，不光这样，以后万毓宁如果要对付我们，我们只能尽量躲避，是吗？"

"明川！"许情深抬起手掌摸了摸他的脑袋，"如果不是我，你也不会被牵扯进来。"

"姐，这样的话，你太委屈了！"

许情深按捺住了自己的情绪，低声说道："其实还好，上学的时候、工作的时候，多多少少都会遇到麻烦事、麻烦人，我不是也这样过来了吗？"许情深安慰了许明川几句。

蒋远周往后退了一步，老白就站在不远处的窗边，蒋远周大步走了过去。

"蒋先生，那几个人都开了口，您要亲自听一遍吗？"

男人摇了下头，面色疲倦："大概的经过我都知道了。"

"万小姐这次确实过分。"

"何止是过分？"蒋远周抬起狭长的凤目望出窗外，"她之前虽然也心狠手辣过，可在我心里始终当她是小打小闹。一次的放任换来一次更重的伤害，你看到了吗？她都敢割人手指，还要把许情深……"最后的半句话，蒋远周终究没说出口。

老白朝许明川的病房看了一眼："许小姐很难得，没让你一定要替她出头。"

"她太敏感了，也觉得别人不至于会无条件地去帮她。"

"是，许小姐可能……从小就没人能帮她吧？"

蒋远周闻言，朝着老白深深地看了眼。老白轻抬腕表："蒋先生，要不要吩咐酒店送些吃的过来？您下飞机后也没好好歇息过。"

153

男人轻点了下头。

许情深比许明川先出院，赵芳华得知儿子的事情，免不了伤心难受，直说最近真是撞了鬼，家里接二连三地出事。

蒋远周推着轮椅往前，许情深腿上盖了条毯子，觉得浑身不自在："我可以自己走。"

"恢复的这段时间不要轻易走动。"到了车前，蒋远周将她抱了上去。

开出医院后不久，前面有两辆车停在路边，跟蒋远周的车会合后，便逐一发动引擎跟上。

"我们不回九龙苍吗？"

"先去办点事。"

车子径自开到了万毓宁住的别墅区。保安检查严格，司机落下车窗，老白低声说了几句，车子就被放进去了。

此时，方晟正站在阳台上眺望远处，视线内陡然出现几辆车，蜿蜒穿过茂盛的绿化区，直逼而来。到了门口，为首的车子率先停稳，老白第一个下车。

方晟目光轻抬，嘴角不禁勾笑。看来那件事，蒋远周是不肯善罢甘休的。

老白打开后车座的车门，蒋远周挺拔的身躯钻了出来。司机将后备厢的轮椅拿出，蒋远周伸手将许情深抱上轮椅。

方晟将视线紧锁住不远处。

许情深张望下四周："这是哪儿？"

"进去就知道了。"

方晟往后退了步，转身进入卧室。正好保姆在门口敲门，他招了下手："你给家里那边打个电话，就说蒋远周来了。"

"是。"

方晟并未立马下楼，保姆出去后，他走进洗手间，涂抹上洗手液，一遍遍洗净双手。

蒋远周推着许情深往前走，门口的人毕恭毕敬地喊声蒋先生，却犹犹豫豫不肯放行。老白冷着脸上前一步："别忘了你们以前是跟着谁的。"

"可是……"

"蒋先生在这儿，你们敢造次？"

"不敢。"

院子内喷泉的响声掩住了身后的几句话语，许情深坐在轮椅内，抬头仰望这座华丽如宫殿般的别墅。坚不可摧的铁门徐徐打开，蒋远周带着她大步往里走去。

万毓宁还在家养伤，身上披了条毛巾毯，懒洋洋地在沙发上看着电影。

154

门口传来一阵动静，保姆快步跑进来。万毓宁坐起身，就看到蒋远周带着许情深进入了客厅。她杏眸微睁："远、远周，你怎么来了？"

那日在宾馆的两个男人从老白的身后被押了进来，万毓宁面色微白，放在沙发上的两条腿挪了下去："这是干什么？"

许情深反而有些无措，她事先压根不知道蒋远周会把她带到万家来。

万毓宁站起身，视线在蒋远周身上睃巡："远周。"

"万小姐，这盒药你不陌生吧？"老白将兜里的东西掏出来放到桌上。万毓宁目光轻扫了眼："我不知道这是什么药。"

"这两人可是全都招了。"

万毓宁恼羞成怒，双手紧紧攥着："你们什么意思？远周，你看我这样，你问问许情深是谁干的！"

"是我干的！"许情深毫不犹豫地承认，"那万小姐做过的事，也敢认吗？"

"我……我没做过，我为什么要认？"

蒋远周坐向一旁的沙发，朝身侧的人递个眼色。其中一名男子被押过来，蒋远周起身朝着那人的腿弯处重重踢了下。出于惯性，那人啪地跪倒在茶几前。蒋远周瞥见旁边的果盘内放着把水果刀，他一把拿过来，手起刀落，尖刀扎进了对方的手背。

"啊——"

许情深还没看清楚怎么回事，万毓宁就咚地坐回沙发上，男人凄厉的嘶喊声震耳欲聋："万小姐，救命，救命！"

万毓宁唇瓣哆嗦，眼睛直勾勾地盯着前方："别、别喊我，跟我没关系！"

蒋远周按住对方的手掌，然后将刀子往外拔，那名彪形大汉痛得脸都扭曲了。蒋远周朝他看了眼："怎么拔不出来，是不是卡住了？"说完，他左右使劲扭动刀把。

男人脸皮子颤抖，话语含糊不清："药是万小姐的，是她说赏给我们一个美女，让我们别客气……"

"你胡说八道！"万毓宁气得浑身发抖，客厅内站着的都是蒋远周的人，她顿时觉得孤立无援，"远周，你要相信我！"

"怎么回事？"这时，一道声音从二楼传来，方晟一步步下楼。

许情深抬眼，他的模样同她记忆中的真是没什么两样，一件黑色的宽松毛衣、一条休闲牛仔裤卷起了边，脚上是双轻松舒适的棉布拖鞋。

他依旧丰神俊朗，依旧风度翩翩。

万毓宁听到这声音，心里瞬间有了底，轻轻喊了声："方晟！"

方晟走上前，目光掠过坐在轮椅上的许情深，视线未作丝毫逗留，看向了万毓宁。

"蒋先生亲自过来，是有什么事吗？"

"万毓宁切了许明川一根小指，还差点逼死许情深，你不会不知道吧？"

155

方晟揽住万毓宁入座，目光同蒋远周交锋："有什么证据吗？"

"我带来的人就是最好的证据。"

"这也不能说明什么，也许是有人蓄意陷害呢？"

许情深以为自己听错了，视线一瞬不瞬地紧紧盯向对面的方晟。

蒋远周轻笑了下："你这样放任万毓宁，可不是好事。"

"就算真的不好，毓宁的前二十年，不也是被你这样放任过来的吗？"方晟目光同蒋远周对上，眼里有着明显的挑衅。

"所以，我放纵出来的女人，我来收管。"蒋远周忽然站起身来，顾长挺拔的身子走到万毓宁跟前，朝她伸出了一只手，"毓宁，让我看看你肩膀上的伤。"

方晟坐在旁边没动，蒋远周忽然攥住她的手腕将她拉向前，万毓宁有些摸不清状况，她原本是坐着的，一个趔趄跪倒在地上，蒋远周按住她的手腕，将她握成拳的五指掰开。

"远周，你要做什么？放开我！"

"你把别人手指切下来的时候，怎么就没害怕过？"蒋远周拿过旁边那把带血的水果刀，刀刃刺进万毓宁分开的指缝间，尖锐的刀口压在她小拇指上。

万毓宁吓得动都不敢动："远周，一直以来你都不管我的，我做了再出格的事你都会帮我，为什么现在不行？我没错！"

许情深盯着蒋远周的侧脸，她看到了他眼里的复杂。

男人握紧的刀子往下轻压，万毓宁小指上渗出血来："因为你以前是我的人，可现在我的女人是别人了，懂吗？"

"不要——"万毓宁撕心裂肺地痛喊，"别动我的手，不要！"

方晟冷眼旁观，万毓宁确实是要吃点苦头才行的。

老白押着另一个男人过来，蒋远周抬起手臂，将刀子扎进对方的手腕，温热的血溅到万毓宁的脸上，她忽然没了声响，完完全全喊不出来，眼睛圆睁着，右手手臂失控般抖动着。

方晟见差不多了，起身拉过万毓宁，目光冷冷地望向蒋远周："蒋先生，这可是在万家。"

蒋远周丢开手里的刀子起身："我要找的就是万家。"

"这件事，说到底没有真凭实据。"

蒋远周就站在许情深的身侧，她抬头能看到他指尖沾染上的鲜血。她从未见过这一面的蒋远周，居然对万毓宁都能下那样的狠手。她喉间艰难地吞咽下一口气："方先生，这件事，我和我弟弟是受害者，我就是最好的证据。"

万毓宁在方晟怀里不住地哆嗦着，方晟揽着万毓宁，在她的后背轻拍两下。他一直没有正视过许情深的双眼，在听清楚这句话后看向了她："许小姐，你这话就算上了法庭都没用，哪有受害者给自己做证的？"

许情深朝那两个男人看去："那他们的话呢？也不可信？"

"这世道，有钱能使鬼推磨，你也不能排除是有人想陷害毓宁。"方晟的话，一字一句都铿锵有力。

许情深眼里的身影逐渐恍惚起来，她至今没想过会跟方晟处在这样对峙的场面中。

蒋远周回身坐在了她的后面，许情深看了一眼万毓宁，这娇小姐原来就是个绣花枕头，一见到血就吓成这样。

"所以一切伤天害理的事在你这儿都不算什么，是吗？"

"毓宁身上的伤我已经不跟你计较了，许小姐还要咄咄逼人？"

许情深喉间干涩，裂开似的痛令她不能很快答话，她收回最后的一点点感情："既然这样，方先生能保证，方太太以后绝不再找我和明川的麻烦吗？"

"你要知道，我们的孩子是被许明川害死的。"方晟目光清冽，看她的视线中没有夹杂丝毫的个人情感。

"那件事跟明川没关系！"许情深失控地怒吼出声。

方晟却将一把情绪控制得极好："许小姐不必这样，我只是在陈述一个事实。"

"就算明川做了不该做的事，但我们已经付出代价了……"

方晟揽紧怀里的万毓宁，手指朝她颈间一指："看到了吗？她并没讨到任何便宜。既然这样，你又凭什么带着人到我家里，上演这么一出教训人的好戏？"

许情深张了张嘴，忽然觉得哑口无言。

蒋远周抬了下视线，目光正好看到她苍白的侧脸以及微微颤抖的肩膀。

在许情深的心里，始终有一个位置不曾沦陷，她小心翼翼地呵护着，不让任何人接近它、触碰它，但是今天，她分明感觉到它岌岌可危了。

"我如果不反击，就只能等着被人玷污——方晟，如果不是万不得已，我不会选择主动去伤害别人。"

她喊了他的名字，方晟耳根处微动，脸色却没有丝毫的变化。周边静谧无声，好像整个别墅就只有他们两个人。但是方晟明白，他的一举一动都在所有人的眼皮子底下。

"这还是你的一面之词。那好，就算真是这样好了，但事情已经发生了，许小姐如果心里还是不平，你跟你弟弟的医疗费，我们可以全部负责。"

万毓宁伸手抱住方晟的手臂，蒋远周完全靠不住了，她能倚靠的人只有方晟了。

许情深听在耳中，心里猛地一空："你的意思是我不该来这儿是吗？方晟，你是不是已经把许明川忘了，他从小就跟在你身后，一直喊你哥哥！"

"那又怎样？他不懂分寸，一根手指赔我一个孩子，不值吗？"

许情深的呼吸像骤停了般，她两条腿忽然放到地上，老白欲要上前搀扶，蒋远周朝他摇了摇头。许情深艰难地站立起来，她身上的伤还未好，每走一步都犹如用刀在割。

万毓宁见她过来，身体瑟缩了下，面露惊恐："别过来！别过来！"

"别怕。"方晟柔声安抚，同方才的凛冽全然不同，简直判若两人。如今他这般模样，也只舍得为万毓宁一人展露。

许情深走到方晟跟前，垂在裤缝处的手一点点紧握起来。蒋远周冷眼旁观，紧接着，他听到一声响亮的巴掌声传到耳朵里。

方晟的脸微微别向一侧，被打过之后并未动怒。他舌尖在嘴角处轻触，然后抬起头看向许情深："赔你的伤，赔你的差点被玷污，够不够？"

许情深站在原地，不住地点着头："够了，足够了！"

蒋远周眼见她摇摇欲坠，似要跌倒，他起身上前，手臂轻轻拥住她的腰。

那两个男人被丢在了万家，蒋远周带着许情深走了出去。

回到车上，老白示意司机开车。许情深手掌攥紧，蒋远周将她的手拉过去，将手指一根根掰开，然后看着她的掌心："手都打红了。"

"你今天为我做的事，我会记在心里的。"

万家。

晚上，万毓宁抱住膝盖缩在大床内，几天过去了，她却仍旧精神恍惚，好像那天的一幕刚刚在眼前发生过。

方晟知道她受了惊吓，再加上蒋远周亲自下手，肯定也刺激到了万毓宁。

他让万毓宁整天都待在房间内，对万家夫妇那边，他就说万毓宁心情不好，不想出门；对保姆等人，方晟顶多允许她们上去送餐，就连阿梅打电话说要来探望，都被方晟婉拒了。

万毓宁面色苍白，嘴唇毫无血色。方晟来到床边坐定，朝她看了眼："为什么还不睡？"

"我也不知道，心里烦躁得厉害。"万毓宁伸手揪扯自己的头发，"方晟，你说我要是跨出这个房门一步，许情深会不会杀了我？还有她弟弟……不不，还有蒋远周，还有老白，还有……"万毓宁说了一大串的名字出来，越想越觉得这种可能性很大。

方晟没有打断她的话，万毓宁缩紧双肩："方晟，方晟！"

男人伸手握住她的肩膀："既然这样害怕，就别出去了，以后都待在家里。"

"你多陪陪我好吗？"

"好。"方晟将她揽到怀里，"你睡眠这么差，我去给你倒杯牛奶。"

"嗯。"

方晟下了楼，吩咐一旁的保姆："牛奶热好了？"

"热好了，按您的吩咐，加了些蜂蜜。"保姆将牛奶端出来递给方晟。

男人接过后上楼，来到卧室前，他从兜里掏出个药瓶，取了一颗药捏碎后放到杯子里头，然后轻晃几下。

万毓宁倒是很听话，方晟递给她的牛奶她乖乖地全部喝完了。

一个月后，许情深的伤才算彻底好了。

又是半个月过去，星港医院里，许情深放好签字笔，拿起包和手机起身。宋佳佳不止一次打电话过来催她，好久没聚，宋佳佳非要请她吃饭。

许情深刚走出医院，蒋远周的信息就来了："在门口等我，不许去！"

这请假还请不出来了？许情深手指在键盘上飞快按动："蒋先生，我们今晚不约。"

来到约好的地点，宋佳佳早就到了。许情深飞奔过去："我来了。"

"小祖宗，你想等死我！"

"没办法，下了地铁转车，前面怎么堵得那么厉害？"

宋佳佳伸手挽住她的胳膊："这条路在造四号线延伸段，能不堵吗？！"

许情深抬起腕表看了眼时间："这都快七点半了，吃什么啊？"

"大餐。"

许情深跟着宋佳佳往前走："你发财了啊？"

宋佳佳兴奋地抓了几下许情深的手臂："你男朋友不是给我家重新装饰过吗？我妈昨天把两个花瓶出手了。"

"真的很贵？"

宋佳佳不住地点头："我妈差点疯了，一定要让我把你喊到家里。不过我知道你肯定会不自在，所以我单独约你。"

许情深刚要开口说花瓶也不是她的，抬头就看到前面的路口处聚集了好些人："怎么回事？"

"走，去看看。"宋佳佳拉住她的手快步向前。

两人挤进人群，许情深看到一个中年男人躺在地上，她想也不想地走过去："我是医生！"

司机和一名随从蹲在一个男人跟前，许情深三两步上前，这才发现地上躺着的居然是万鑫曾，她立马收住脚步。

司机闻言，神色焦急地起身："医生，你快救人啊！"

"你们先把人群疏散开。"许情深来到万鑫曾面前，蹲在他身侧。见另一人还戳着，她神色严肃地道："去啊！"

"好，好。"司机和随从走向人群，"麻烦各位散了吧，别聚在这儿，救人要紧。"

许情深仔细查看，万鑫曾的情况很不好，摊开的两手在不住地痉挛。她视线落到他脸上："还有哪里不舒服吗？"

"不……要，走开……"万鑫曾瞪向她。

许情深收回了目光："如果我没判断错的话，你应该是脑中风，严重的话，下半辈子都要躺在轮椅上了。"

"什，什么……"

许情深站起了身，唤过万鑫曾的司机："打'120'了吗？"

"仁海医院已经派车过来了。"

"这儿距离仁海那么远，为什么不让'120'派车？"

司机满脸难色："我们老爷坚持要去自己的医院。"

"这样啊……"许情深眸底掠过一丝冷漠，"你们不怕耽误病情的话，可以等。"

从仁海医院过来，加上堵车时间最起码要一个半小时，接了人还得回去……挺好，这抢救的黄金时间自己不抓住，怪谁呢？

许情深抬起脚步，那名司机见了，大惊失色地上前抓住她的手臂："你赶紧救人啊！"

许情深回头朝万鑫曾看了一眼："他现在不能被挪动，救护车不是在来的路上了吗？"

"那你也不能走啊！"

人人都当医生是神，关键时刻，以为医生赤手空拳就能救所有人的命。

大半个小时之后，仁海医院的救护车才赶来，出动的是最好的医生和护士。

许情深见状，向一旁的宋佳佳走去："走吧，吃晚饭。"

第二天，蒋远周就去了仁海医院，许情深从他的嘴里得知万鑫曾已经半身不遂，说话都说不清楚了。

第七章
你是我的神

天气大好，许情深下班后走出医院，先到对面的商场买了些东西，然后再打车回家。

开门进去，赵芳华听到动静从厨房探出头来，许情深轻喊一声："妈。"

许明川的事让赵芳华心里一直不痛快，她没有答应，直接缩回了厨房。许情深也当没看见，先去了弟弟的房间。

许明川拿着本书躺在床上，许情深随手关上门："看书怎么不坐起来？"

"姐，是你啊，吓死我了。"许明川将手里的书丢开，单手捧着个平板电脑正在看大片。许情深朝他指了指，压低嗓音道："你真是出息了！"

"没办法，我都上大学了，可是妈老逼着我看书。"

"还不是怕你挂科？"许情深坐向床沿，"让我看看你的手。"

"别看。"许明川忙将手藏到被单里头去。许情深心里免不了难受："就给我看一眼。"

"姐，看了你心里反而又要难受，现在恢复得挺好的。"

"那也要给我看。"

"不！"许明川态度坚决。许情深没法子，将放在地上的盒子拿起来递向他："送你的。"

许明川直起身，看到许情深递来的东西，眼睛都直了："Astro Gaming A50！"那是一款多功能耳机，对于喜欢打游戏的许明川来说简直就是宝贝，只不过要两千来块钱，他一直没舍得买。"谢谢姐！"

"你先玩吧，我先去看看爸。"

许情深起身来到另一间卧室，许旺早就听到了动静，见到许情深进来，忙招了下手："情深。"

"爸。"

"刚下班吧？"

"是啊。"许情深拉过椅子坐定，"怎么病了？"

"没事，发烧了而已，放心。"许旺心疼地看向自己的女儿，"最近家里接二连三地出事，你妈肯定又给你冷脸看了吧？"

"没事，再说明川的事我也有责任。"

许旺右手落向床畔，翻开被褥似要找什么东西。许情深见状凑过身："爸，你要拿什么？"

"有张存折，帮我拿出来。"

许情深手伸进去，摩挲几下，最终拿出一张暗红的存折来："是这个吗？"

"是。"

刚从厨房出来的赵芳华站在虚掩的卧室门外，透过门缝看着。

许旺将那张存折打开后递向许情深："爸知道你在外面生活不容易，情深，你要实在觉得艰难，就把这笔钱动了吧。"

许情深看了眼，一共是几万块钱："爸，您放着吧，我现在用不着。"

"拿着吧，住在别人家里……自己手里也要有点钱才好，不能凡事都靠别人。"

许情深朝床上的许旺看了眼，她虽然性子凉薄，却是个特别感性的人，别人只要对她有一点点的好，她心里都恨不得感恩戴德："爸，您拿着，钱不用给我。"

外面的赵芳华听到这儿，一把推开房门冲了进来："这钱不是说好了给明川的吗？"

许情深扭头看去，手里还握着那张存折。赵芳华脸色很难看，走到床前指着许旺就说道："你什么意思？还把不把我当成一家人了？"

"这是情深该得的！"

"什么叫该得的？我来到这个家后，吃穿用度照顾着她，不用花钱？"

许旺面色铁青，抬手握紧许情深的手掌："情深，收着。"

"许情深，你自己说，这钱你该不该拿？"只要一涉及钱，赵芳华向来都是咄咄逼人的。

许情深轻轻推开许旺的手，刚要说话，许旺就怒不可遏地开口："芳华，你不是不知道这钱是怎么来的。"

"那又怎么样？"赵芳华冷笑了下，"你敢给她试试！"

"这是情深妈妈的赔偿款，你有什么资格动？"

"你再说一遍我没资格……"

许情深握着存折的手指用力挥下去："你们别吵了。"

赵芳华扯开嗓门，恨不得上去同许旺撕扯在一起。许情深猛地起身，拦在她跟前："别吵了！"她失控地用尽全身力气喊叫，赵芳华被惊得顿在原地。

许情深转过身，目光盯向许旺："爸，你不是说妈是得病死的吗？赔偿款又是从哪儿来的？"

赵芳华看了眼她手里的存折，许情深面无表情地朝她睨去："'赔偿款'三个字就足够说明我妈不是正常死亡，换句话说，这钱就是她用命换来的吧？我是不会给你的。"

"许情深，你个白眼狼……"

房门是敞开着的，许明川听到争吵赶过来。他脸色也不好看，进去后就拽着赵芳华的手臂往外拖："妈，你出去。"

"干什么你！"

"那是姐姐的钱，你能不能别惦记了？"许明川力道很大，再加上赵芳华心疼儿子，怕再次弄伤他的手指，只能出去。

房间内恢复了安静，许情深坐回椅子内："爸，你能告诉我这是怎么回事吗？"

许旺没想将这件事告诉许情深，避开视线："事情过去都快二十年了，情深，你就别问了。"

"爸，您为什么一直要骗我？"

许旺抬手遮了下眼帘，就算许情深知道了事情的来龙去脉，也没什么好处，说不定还会惹麻烦上身。许旺刻意隐去真相："那时候医疗条件不好，你妈挂水的时候没人陪着，等发现的时候就救不过来了。医院让我们家属不要声张，后来就赔了我们五万块钱。"

许情深翻开那张存折，看着许旺存了近二十年的钱。这就是她妈妈的一条命，放到今天，还买不起蒋远周送她的一个包。

"哪家医院？"

"现在早就没了。情深，我一直不告诉你，就是怕你难受。"

许情深双手捧着存折，许旺知道自己女儿的性子，如果让她知道这笔钱不只是赔偿款，还是封口费，她一定不会轻易原谅他的。当初方许两家同时出事，许旺知道闹也没用，所以拿了那五万块钱；而方家家境优渥，方明坤拒不接受赔偿，一直带着幼子，至今未娶，可又有什么用呢？他们说要彻查，但到了现在还是没有结果。许旺就是想不通，还不如拿了当初的五万块钱呢。

许情深没留在家里吃晚饭，走出去的时候，赵芳华气喘吁吁坐在餐桌前，许情深过去，也不避闪，开门见山道："这存折我不能给你，这是我妈留给我的，我希望你能理解。"

赵芳华冷哼一声，许情深也不想再多说什么，挺直脊背走了出去。

到了楼底下，许情深抬头看到自家厨房的灯亮了，应该是准备开饭了吧？许情深

163

强抑住鼻子的酸涩，妈妈当年的意外身亡，让她如今成了一个有家不能回的人。

时间总是流失最快的一样东西，最炎热的夏季已经悄然过去，转眼就到了深秋，抬眼望去，满目尽是落叶的苍黄之色。

方家。

这半年来，万鑫曾的情况并没任何好转，偶尔的出行也需要依靠轮椅。万家全部的担子也交到方晟肩膀上，而鑫宁制药的核心资料他也早就掌握了。

御湖名邸由原先的万家潜移默化成了如今的方家，之前的人全部被换走，当初进来的一批人，都是方晟精挑细选过的。

书房内，方晟修长的手指在键盘上敲打。

鑫宁制药早前叫万舒制药，三十年前，万鑫曾刚接手制药公司，生意被他越做越大，只是也接二连三地出了不少医药事故。后来为了上市，万舒制药转身变成了如今的鑫宁制药。只是有些手段屡试不爽，为了获得更多的利益，鑫宁制药死性不改，近几年医药事故就没断过。但万鑫曾向来天不怕地不怕，加上有些人对药物的反应不一样，比如个人体质等原因，即便真出了事，花笔钱就能搞定。少数的赔偿款与巨额利润相比，有足够的诱惑力使得他接二连三地铤而走险。

方晟靠进椅背中，双手交扣，目光炯炯地盯着电脑屏幕。右手手指无意识地痉挛了几下，他伸手按住，指腹在手背上轻轻揉着。

保姆敲响书房的门，方晟关上页面，抬头说道："进来。"

"方先生，"年轻的保姆推门而入，"方太太醒了。"

"吃过饭了吗？"

"不肯吃，到处找你。"

方晟推开椅子起身："知道了。"

来到主卧门口，方晟走了进去。万毓宁的午饭放在茶几上，他几步走到沙发前："怎么又不肯吃饭？"

"最近食欲特别差，吃不下。"

方晟坐到她身旁，万毓宁伸手握住他的手臂："方晟，我想出去逛逛，我在家好难受。"

男人朝她看了眼："你这样出去，就不怕别人用异样的眼光看你吗？毓宁，要是到了外面，你控制不住情绪怎么办？"

万毓宁垮下双肩，满脸的沮丧，欲哭无泪："不，我不是精神病！我是正常人，我想出门！"

"我们得听医生的话，在家接受治疗。"方晟轻轻揽住万毓宁的肩头，"只要你不出去，没人知道你的精神出了问题。"

"方晟，我怕我这样下去，生不如死啊……"

方晟起身拿过茶几上的碗："来，先把饭吃了。"

万毓宁捧过碗，稍后，方晟喊了保姆进来收拾。

万毓宁坐在沙发上翻看着杂志，保姆走到茶几前，小心翼翼地将她用过餐的碗放好。她见过万毓宁发疯，平日里能避开就避得远远的。

蒋远周带着许情深去万家那次，万毓宁受了不小的刺激，之后，方晟美其名曰给她请心理医生，实际上却引导着万毓宁一步步走向深渊，再加上还有药物的控制，万毓宁就变成了如今这副模样。

对方晟来说，所有的时机都已经成熟了，就等着最后一步。

九龙苍，清晨。

许情深的肚子里很空，胃被顶得难受，她双手掐着蒋远周的臂膀："蒋先生、蒋爷、蒋远周！我真的饿昏了。"

"马上，"蒋远周额角处的青筋直暴，"马上给你吃。"

许情深听到这儿，好像反应过来什么意思了，忙伸手捂住嘴："你个流氓！"

蒋远周一把拽过她的脑袋，许情深赶紧咬住牙关："不要！"男人迅速起身，许情深双手挡在面前，"你再这样，我喊人了！"

砰砰砰……

门外忽然传来一阵急促的敲门声："蒋先生，蒋先生！"

砰砰砰！

蒋远周听出来是老白的声音。他喘着粗气，呼吸不畅，极致的欢愉过后就是身体的空虚。他坐向床沿，眉头紧拧："什么事？"

"蒋先生，万家出大事了！"

蒋远周见许情深躲到了床角，不禁想笑："什么大事？"

"方晟实名举报鑫宁制药，万家牵扯出不少命案。"

蒋远周的笑意僵在嘴角，许情深也彻底惊住了。

"蒋先生？"老白在门外重复了一声。

蒋远周起身，快步走进衣帽间，出来的时候穿戴整齐，许情深也赶紧去换衣服。

男人拉开房门，老白紧跟在他身后，两人一前一后下了楼。

蒋远周站在偌大的客厅内，挽着袖口，目光冷冽如冰："到底怎么回事？说清楚。"

"方晟做足准备，而且是实名举报。您也知道，万小姐父亲瘫痪后，方晟接触到了很多核心的资料，有几桩还是二十九年前的事。若换成别人，肯定无迹可寻，但万家居然在家里还藏着详细的赔偿名单。"

蒋远周坐进沙发上，面容冷峻，目光盯着一处，似在思索："方晟执掌万家，现在应该是如日中天，他不会不知道万家垮台后他得不到任何好处。"男人指尖在手背上轻敲两下，"除非，他当初进入万家，就是冲着这个目的而来。"

许情深站在楼梯口，将他们说的话一个字一个字听到耳朵里。

蒋远周站起身来："走。"

"去哪儿，蒋先生？"

男人还未来得及回答，余光就看到了落地窗外蒋随云正下车而来的身影。

许情深也走下楼梯，蒋随云从外面进来，神色焦急，脸色也不好看："远周。"

"小姨，您怎么来了？"

"陪我去万家走一趟，快！"

蒋远周走过去，让她别着急："我也要去了解下情况，走吧。"

许情深戳在旁边，蒋随云朝她看了一眼，许情深点头打招呼："蒋小姐。"

蒋随云同样点了下头："不好意思，打扰了，我要让远周陪我出去一趟。"

她这样一说，倒让许情深觉得见外，自己终究是个外人。

蒋远周揽过蒋随云的肩头，冲许情深道："你在家等我。"

"好。"许情深随口答应下来，心不在焉地看着客厅内的几人出去，心乱成一团麻。

许情深来到方家的时候，怎么都没想到许旺也在。

方明坤给她开了门，见到是她，一点没有吃惊："情深。"

"干爸。"

许旺也从沙发上站了起来，许情深走过去几步："爸，你怎么来了？"

"我，我来看看……"

许情深环顾四周："方晟呢？"

"他实名举报了万家，还有很多事要做。"

"报道中说的是真的吗？"许情深着急地问道，"干妈的死，就是万家当年的医药事故？"

有些事一旦被提及，仍旧记忆犹新，方明坤眼眶湿润，点着头："是。"

许旺也红了双眼，盯着女儿不住地看。许情深觉得一口气闷在喉间："当年就追究不出来吗？"

"我们也闹过，可是没有用，万家买通了关系，逍遥至今。"

许情深坐过去，却不知道应该怎么安慰方明坤："万家总算也得到了他们应有的报应。"

蒋远周的车回到九龙苍，看见许情深不在，不用猜就知道她去了哪儿。

166

方家的门铃声响起，方明坤过去开门，许旺似乎这才有机会说话。他盯着女儿的侧脸看了看，这么多年的难言之隐总算鼓足勇气说了出来："情深，对不起，你妈妈其实也是当年的受害者之一。"

　　方明坤打开门，蒋远周看到许情深在里面，他面目冷静地朝跟前的中年男人看了一眼："我找情深。"

　　方明坤扭过头，许旺双手捂着脸，许情深呆怔地坐在沙发上，嘴唇嚅动："爸，你说什么？"

　　"你妈妈也是吃药吃死的，只是我们拿了五万块钱赔偿款，答应了要守口如瓶。这么多年来，我让你干爸和方晟都不许跟你说。其实……其实你妈也是被万家害死的，她跟你干妈向来要好，没想到死在了同一天。"

　　许情深如遭雷击，方明坤让开身，蒋远周却没有踏进去。他站在门口，看到许情深肩头的阳光跳跃着，她的肩膀却仿佛被压了千万斤的重量。

　　许旺羞愧难当："当年，我是想着闹也白闹，那时候也没有现在这么先进的技术去检验，而且那笔钱对我们家来说，是个不小的数目。"

　　"那你现在为什么要说？"许情深忽然看向身侧的男人，目光里迸射出一种令人心悸的阴寒，"因为方晟给所有遇害的人报了仇，所以你觉得心安了，是吗？"

　　"情深，别这样说。"方明坤坐到她身旁，"你爸也是不想你活在痛苦里面。那时候你和方晟还小，他的做法是对的。"

　　"爸！"许情深泪眼模糊，以至于蒋远周一步步走来，她都没有看见，"妈白白死了这么多年，你安心地拿着赔偿款另娶新人。既然你过得很好，为什么一定要跟我说出实情，你永远瞒着我不好吗？"

　　"我……"许旺没想到许情深会是这样的反应，"我以为你会想知道。"

　　"我想知道的时候，你百般隐瞒；现在说出来又有什么用？"许情深嘴角勾起一抹怪异的弧度，"赔偿款都拿了，也答应了人家要守口如瓶，难道这时候还有资格站出来撕了万家不成？"

　　"情深，你别怪你爸了，要不是方晟的身体原因，我也会隐瞒他的。"

　　蒋远周听到这句话，目光不禁朝方明坤射去。

　　许情深定定地看着身旁的中年男人："听您的意思，方晟病得不轻？"

　　方明坤余光瞅到蒋远周的身影，没说话。

　　许情深刚要继续追问，就听头顶有一阵声音传来："许情深。"她抬了下头，蒋远周弯腰扣住她的手腕，将她拉起身，"回去了。"

　　许情深鬼使神差般跟着他往外走，她回头朝沙发上的两人看看，却不知道还能说什么话。

　　到了车上，蒋远周抬起腕表看了一眼时间。气氛变得压抑无比，许情深浑身如坠冰窟，冷得厉害。蒋远周朝她看了眼："你放心，不论是近年来的事故，还是当年的命案，方晟这样一揭发，万家都逃不过去。"

许情深轻点下头，脸色还是很白，她伸手抹了把小脸。

"为什么要去方家，你急于想要求证什么事？"

许情深对上他的视线："你有你的青梅，我就不能有我的竹马？"

"你！"男人坐直身，隐约有怒意显露在脸上，"方晟娶万毓宁，现在看来很明显是为了报复，也替你母亲报了仇。你有没有一种蠢蠢欲动的感觉？"

"他隐忍至今，一个人扛起了所有的事，对我隐瞒、为我好，如果不是深爱我，他不会选择把我推开……"许情深看着蒋远周的脸色越来越难看，好似聚满乌云的天空，随时都有可能翻脸，"你是想听我这样说吗？"

蒋远周嘴角绷成一道直线。

许情深别过脸，不再看他。蒋远周好似重重一拳打在棉花上，只能听得见闷哼，却一点信息都没试探出来。

接下来的几天，整个东城都被搅得人心惶惶。

鑫宁制药涉及的范围很广，药品、疫苗、保健品等都有它的身影，现在的人可以被迫接受地沟油、苏丹红，可一旦涉及药物这类东西，就等于是往茫茫人海中丢进一颗巨型炸弹。

方晟这样一举报，等于是振臂一呼，后面的媒体大规模跟上，很快就将万家扒了个干干净净。没被祸害的人怒了，被祸害的更加怒火中烧，恨不得直接将万家的人撕碎。

万鑫曾夫妇被带走调查，万家的别墅成了众人泄愤的对象，门和窗户都被砸了，保安拦都拦不住，就连御湖名邸也遭了殃。

蒋远周在门口等着，老白进去将万毓宁带了出来。蒋远周吸着烟，忽然有些不敢相认。这完全不是他印象中的万毓宁，骄纵跋扈没了，肆意的笑容也没了，就连脸上的光鲜都没了。可这个人，分明就是万丫头。

蒋远周掐熄香烟过去，万毓宁头发散在身后，看到他大步走来，她飞奔着上前，扑到他怀里，什么都没喊，只是一个劲儿地哭。蒋远周手臂放到她颈后："不哭。"

坐进车内，老白亲自开车，他目光犹疑望向内后视镜："蒋先生，我们去哪儿？"

"万家肯定回不去了，先回九龙苍，待会儿你去附近找套房子。"

"好。"

接到家里，万毓宁还没坐定，许情深就回来了。蒋远周吩咐保姆："去给万小姐找套干净的衣服，先给她洗个澡。"

168

"我不要！"万毓宁听到这话，双手抱紧了蒋远周的手臂，"她们会害我，她们想杀我。"

"别怕，在我身边，没人能害你。"

万毓宁神色恍惚，一副畏畏缩缩的样子。许情深目光盯向万毓宁的脸："万家的那些缺德事，万小姐参与过吗？"

"她从没插手过鑫宁制药的事。"蒋远周替万毓宁做了回答，"许情深，她现在情绪很不稳定。"

"我的情绪也不稳定，"许情深抬起视线，认真地看着蒋远周，"我怕我会忍不住伤害她。"

蒋远周朝万毓宁推了把："毓宁，你乖乖上去，明天我还得带你去见万伯父。"

保姆拉住万毓宁的手臂："万小姐，上去吧。您放心，到了九龙苍，没人会害你。"

许情深眼看着万毓宁被带上了楼，蒋远周过去拉住她的手，许情深惊讶于他这样的举动，轻轻挣开："我没吓唬你，我情绪波动也很大，看到万毓宁在我眼前晃来晃去，我说不定真的会做出什么出格的事。"

"老白去安排住处了，她不会住在这儿。"蒋远周这样坦荡荡地说话，出乎许情深的预料。

傍晚时分，万毓宁吹干头发后坐在餐桌前，许情深下楼的时候，蒋远周正出神地盯着对面的女人看。万毓宁一声不吭，把玩着自己的手指。

从许情深的角度望去，蒋远周目光专注。她心里没来由地不舒服，转身想要回楼上。

"去喊许小姐下来吃饭。"

许情听到蒋远周的吩咐，放弃了上去的念头，款款下楼，拉开餐椅坐下去。万毓宁抬头朝她看了看，许情深皱拢眉头："看什么看！"

万毓宁吓得一个哆嗦，压回脑袋。

怎么她许情深倒像是个万恶的女配？

蒋远周知道许情深别扭，她开始用餐，万毓宁小心翼翼地拿起筷子，一口口夹着菜送到嘴里："远周，我爸现在在哪儿？"

"我明天安排你跟他见一面。"

万毓宁轻咬筷头，然后松开："你能救救他吗？"

许情深如鲠在喉，蒋远周面色绷着，视线落向万毓宁："不是我不救他，而是没人能救他。"

万毓宁听到这儿，眼眶瞬间红了，双手捂着脸，再也吃不下去。许情深都快被烦死了："万小姐喜欢哭，躲房间去哭！"

169

蒋远周面色铁青地朝她看看，许情深不以为意："你还指望我多善良？"她是怎样的人，他又不是不知道。

男人也没说什么，起身打了个电话。

心理医生赶到九龙苍的时候，许情深刚吃完晚饭，蒋远周起身往沙发跟前走，万毓宁也跟了过去。

蒋远周问："于医生，毓宁之前都是好好的，家族也并无精神病史，为什么会变成这样？"

"这个原因有很多种，有些人会因为惊吓过度，还有的则是药物所致，或者心理干预也有可能。"

"那你能诊断出她是哪种吗？"

于医生朝万毓宁看去："这个……需要点时间，但如果情况不严重的话，是能恢复正常的。"

万毓宁怔怔地盯着自己的腿，作为当事人，其实她应该是最清楚的。方晟给她的牛奶、方晟给她请的心理医生都有问题。

万毓宁摇了摇头，伸手抱住自己的脑袋，看上去害怕极了。她双手紧揪着头发："远周，不要砍我的手，我下次再也不敢了，我不敢了！"她的声音忽然变得尖锐，许情深的目光不禁被吸引过去。蒋远周脸色一变，朝她挨近些："没人要砍你的手，放轻松点。"

万毓宁顺势抓紧他的手臂："我每晚都会做噩梦，梦到你拿着刀扎向我，我好怕。"

蒋远周手掌握住她的肩头："不怕，只是个噩梦而已。"

于医生跟蒋远周约了让万毓宁去看诊的时间，然后离开了九龙苍。

许情深上楼洗过澡，看着偌大的主卧出神。她不知不觉将这儿当成了一个家，可是不踏实的感觉向来存在她心间。她怕最后，她在哪儿都只是个拎着行李箱就能被人以各种理由赶走的人。

许情深来到影音室，随便挑了部片子，坐定在偌大的屋内，最强的感官冲击扑面而来，却激荡不起她心里的任何涟漪，脑子已经开始不受控制地胡思乱想。万毓宁很会抓机会，当着蒋远周的面发发疯，他肯定能想到上次为她出头，害得万毓宁受到惊吓。

也许，万毓宁的疯疯癫癫，最后会查出来是和方晟有关，但至少蒋远周给了方晟一个机会。如果不是万毓宁惊吓过度，她不至于请什么心理医生。也许，她这会儿正扑在蒋远周的怀里忆往昔，或者，一哭二闹三上吊？蒋远周向来架不住万毓宁的哭闹，或者，两人已经抱上了？

许情深脑子炸开似的疼，使劲甩了几下。她觉得她应该冲到万毓宁房间去看看，拉着蒋远周不给他犯错误的机会。

屏幕内播放着什么内容，许情深一点都没看进去，她双手抱住膝盖，目光盯着自己的脚背。

蒋远周回到卧室并没看到许情深，出去找了一圈，才听到影音室内传来不小的动静。男人走到门口，伸手轻推开门，看到许情深整个人缩在宽大的真皮座椅内。他抬起脚步，却并未往前跨，而是往后退了一步，轻轻将门带上。他很清楚许情深的性子，如果这时候强行让她回房间，她反而会不自在。

男人单手插在兜内，走廊的灯光将他的身影拉成长长的一条。

也是有些奇怪，什么时候开始，他对许情深的性子越摸越透了？

许情深缩在那张椅子内都能睡着，半夜时分，隐隐约约听到万毓宁闹过几次，无非就是做噩梦，不敢睡。

第二天清晨醒来的时候，许情深伸展四肢，肩膀僵硬得难受。她原本以为自己会冻着，没想到影音室的暖气好像比平日里高出不少。她竟然在这睡了一个晚上，没人理睬，没人顾及。

许情深重重吐出口气，起身往外走去。

蒋远周动用关系，给万鑫曾和万毓宁争取了一个单独见面的机会。

万毓宁见到万鑫曾时，几乎没认出来。短短几天时间，这个中年男人头发花白，衰老得看上去好像七八十岁了。

"爸——"万毓宁扑过去抱住他。

万鑫曾下半身不能动，勉强抬起一只手在她背上轻拍："毓宁，你没事就好。"

"爸，你说，我要怎样才能救你出去？"

"爸爸……怕是再也回不了家了。"

"不！"万毓宁泪眼婆娑。万鑫曾嘴角仍旧有些歪斜："没时间了，你听我说，万家不能就这样完蛋。"

"可是鑫宁制药都被查封了。"

"爸一直没告诉你……"万鑫曾将嘴唇凑到万毓宁耳边，说了一串的话。

女人吃惊地睁大双眼："真的？"

"毓宁，你吃亏就吃亏在……性子太急，以后爸妈不在你身边，凡事……沉住气。"万鑫曾吃力地说着话，"不要放过方晟！不许心软！我留给你的东西，足够让你以后过得很好，知道吗？"

万毓宁点着头，一一答应。

蒋远周在车上等着，万毓宁过来的时候，脸色发白，还没走到车前就蹲下身吐了。

171

星港医院。

许情深吃完中饭准备回门诊室，经过走廊时，听到几个小护士正在交头接耳："听说仁海医院的事了吗？"

"当然，这么大的新闻！"

"刚才蒋先生抱着万小姐来医院了。"

"啊，你没看错吧？"

"你当我眼睛瞎了吗？还有，你知道万小姐做了什么检查吗？"

许情深不禁慢下脚步，护士的话依稀传到耳朵里："早孕。"

蒋远周拿着报告，一声不吭，脸色难看至极。万毓宁坐在那儿一动不动，怀孕？她之前是极度渴望想跟方晟有个孩子，可如今……

"拿掉！"蒋远周语气阴森，恐怖骇人。万毓宁下意识地摇头："不，不要。"

"你可想好了，这孩子是方晟的。"

对面的主任闻言，不得不插进来一句话："蒋先生，万小姐之前流过一次产，方才做检查的时候发现，她子宫壁很薄，如果这个孩子再拿掉的话，恐怕以后很难怀孕了。"

"什么？"蒋远周蹙眉，不禁看向万毓宁。

她震惊得说不出话，眼圈却是先红了。万毓宁手掌擦拭眼泪，半晌后才开口："我要见方晟，我要见方晟！"

许情深下班时接到方明坤的电话，说要见她，有些事想要跟她当面说。许情深不忍他跑来跑去，就约好了去方家见面。

她驱车来到方明坤所在的小区，上了楼，看见方家的门敞开着，里头隐约有说话声传来："爸，我只是想见方晟一面，他到底在哪儿？"

"毓宁，现在连我都找不到他……"

许情深站到门口，门忽然被人打开，蒋远周咬着根烟走出来，看到她时不禁拧了下眉头："你来做什么？"

"你怎么在这儿？"许情深反问。

蒋远周靠向墙壁，里头的说话声更加清晰地传来："爸，事到如今我还叫你一声爸，有些话我想让方晟当面跟我说清楚。你告诉他，我怀孕了，怀了他的孩子！"

"什么！"方明坤口气震惊，"你，怀孕了？"

"是。"

方明坤半晌不语，许情深站到门口，看见他面如死灰，双手捧着脸："报应啊！"

"你什么意思？"

蒋远周抽完一支烟，站到许情深身后。老白等几个人都在屋内，方明坤目光怔怔地落到万毓宁的肚子上："毓宁啊，你把孩子打了吧。"

"你再说一遍？"

许情深也没想到方明坤会说出这样的话。

"事情到了这步，我也没什么好隐瞒你的。方晟一直有病，当年他妈妈在孕期吃了你们万家的药品。这么多年过去了，方晟从先前的无缘无故晕倒到后来的手指开始僵硬，化验结果显示，是药物导致的身体损伤，等同于绝症，而且……具有极强的遗传性，方晟他不能要孩子。"

"你……"万毓宁摇摇欲坠，手掌落到腹部，整个人忽然失去了气力。

许情深听在耳中，杏眸圆睁，无意识地朝旁边的门框靠去。绝症？她只知道方晟会犯病，但她从来不知道这样严重，方晟居然连她也瞒得严严实实。

"不可能，不可能啊！"万毓宁着急地说道，"当初我们结婚，他的身体检查报告一切都好，如果他真有病，不会检查不出来！"

许情深如坠冰窟，整个人犹如站在冰天雪地里，苍茫得一眼望不到头。凉意从脚底开始往上蹿，直钻入四肢百骸。蒋远周就站在她身后，呼吸中似乎都带着阴寒。

万毓宁情绪崩溃，双手紧张地抓向沙发："这个孩子不能打掉，一旦打掉了，我以后都没机会做妈妈了！不行，绝对不行！"

方明坤垂着的头抬了抬："以后不能做妈妈？"

"这个孩子要是没了，我以后就怀不上了，我不要——"

妈妈这个角色被上天赋予了特殊的神圣感，万毓宁强忍着鼻尖的酸涩，眼泪却还是不住地往下掉："方晟呢，他自己也知道是不是？"

许情深的左手握紧门框，肩膀被轻轻碰了下，余光瞥见一抹暗影快步往里走去。

万毓宁伤心欲绝，几乎说不出话来："他既然知道，却还跟我有了第一个孩子，他把我当成了什么？"

蒋远周坐到她身侧，长臂一收，将她轻揽到怀里。万毓宁脸颊紧贴着蒋远周的肩膀，这个打击实在是太大了："我，我要是生下来会怎样？"

方明坤尽管对万家恨之入骨，可看到万毓宁这副样子，终究软了心肠。他僵硬的嘴角搐动："你看到方晟那样子了吗？他最近的情况越来越糟。毓宁，难道你以后想白发人送黑发人？"

万毓宁一口气哽在喉间，冰凉的手掌握紧蒋远周的手背："也就是说，我这辈子都别想再当母亲了，是吗？"

她仰起脸痛哭，蒋远周如鹰隼般的目光射向方明坤："方晟人呢？让他出来！"

"方晟没在家……"

老白让人去房间搜，屋内传来乒乒乓乓的动静。许情深抬起灌满铅似的双腿走进去，有人翻到了客厅，走向方妈妈的遗像。

许情深拦了把："这儿什么都没有！"

万毓宁听到说话声，抬了下头，眸子里浸润出无尽的恨意："许情深，方晟的体检报告是你出的吧？他这样的病不可能查不出来，你们根本就是串通好的是不是？"

蒋远周听到这儿，也把视线落向了她。方明坤闻言，赶忙说道："跟情深没关系！"

"怎么个没关系法？"万毓宁咬着牙关，"体检的资料，星港医院肯定还留着，调一份出来看看就知道了。如果只是没有检查出来，那我认了！但如果是人为地避开了某些检查，那就是居心叵测！"

许情深感觉到自己被逼到了悬崖间，往后一步就有可能坠入无底深渊。这不是简单地说几句威吓的话了，尽管连她自己都不知道方晟的这个病究竟有多重，但体检报告的事，终究她是动了手脚的。

许情深手掌握紧后松开，然后再握紧，满掌心都是湿腻的汗水。

那头，老白从方晟的房间出来："蒋先生。"

"怎么了？"

"您进去看看吧。"

蒋远周心情烦躁："有什么东西，拿出来！"

"太多了。"

万毓宁先站起了身，却是摇摇欲坠："我倒要看看，还有什么能让我大开眼界的！"

蒋远周搀扶着她来到房间，门被彻底推开，男人脸上的表情变幻莫测，万毓宁提着脚步往里走去。

许情深跟了过去。首先映入眼帘的，是一面照片墙，上面挂满了一张张印刷出来的照片，里头的人却都是她。

蒋远周看向四周，整个房间都贴满了许情深的照片，有她小时候的、少年时的，甚至还有不少今年和去年的。有的一个重复的动作印了好几张，一看就是抓拍的。

卧室中央摆着个画架，上面有未完成的半幅画。蒋远周走过去，白色的宣纸上只有一双眼睛是画好了的，翦眸盈盈，干净却勾人，不是许情深又是谁？

万毓宁觉得自己就是个天大的笑话，原来方晟的家不在御湖名邸，而是在这儿！原来他还会画这么好看的肖像！

万毓宁走到书桌前，上面有厚厚的一沓纸，都是已经画好的作品。她一张张看着："3月15号，4月2号，4月18号……许情深，许情深，还是许情深！"万毓宁翻了十几张，两个肩膀都垮下去了，"许情深！"声音中带着撕裂的怒吼。

万毓宁手臂一甩，掌心内的画稿犹如白雪簌簌而下，好几张落在蒋远周的脚边，还有几张打在了许情深身上。万毓宁扑到墙面上，疯狂地撕扯着照片。

蒋远周弯腰捡起两张，指腹拂过白色的宣纸，落到许情深勾起的嘴角处。她明媚的笑好似刺伤了他的眼睛，蒋远周拇指按下去，在她脸颊处穿了个洞。

许情深看着那些画摊开在地上，每一张都有不同的表情。

万毓宁撕掉了一面墙上的照片，筋疲力尽，伏在墙壁处大口喘着气。蒋远周过去揽住她的肩膀："行了。"

"不，我要撕掉，我不要看到它们！"万毓宁说完，扑向另一面墙壁。蒋远周怒不可遏，伸手扯过她将她按在墙上不能动弹："还要闹是不是？你撕得完吗？你要不要干脆一把火把这儿烧了？"

万毓宁身体软下去："方晟，我恨你，我恨你——"

蒋远周将她推向老白："先把她送下去。"

"是。"老白过来接过万毓宁，"万小姐，走吧。"

许情深站在方晟的卧室内，这里面塞满了她和他的回忆，至少在万鑫曾没有瘫痪、万毓宁没疯之前，方晟是不敢将这些东西摆在家里的。

房间的门被轻带上，屋内就剩下了两人。

许情深一下觉得闷热无比，她知道蒋远周会问什么，如今，这个事情躲都躲不过去。她当初帮方晟的时候，就有预感会出事。

两人沉默许久，直到老白再度敲响房门。蒋远周目光定在许情深脸上，他琢磨不透跟前的女人，什么都没问就出去了。

门被狠狠地甩上，许情深闭了闭眼睛。蒋远周要真开口问一句，那说明他至少对这件事是质疑的。可他这样走了，很显然，他心里非常笃定。

蒋远周回到楼下，回头朝方家所在的楼栋看了眼。老白在车前等着，万毓宁已经坐在了里头。

司机打开车门的声响传到蒋远周耳中，他弯腰坐进后车座。万毓宁缩在那儿一动不动，目光发直。车子启动后，蒋远周才听到万毓宁开口道："送我去医院吧。"

男人视线犹如寒冰般冻人："先回九龙苍吧，明天约好了医生再去。"

万毓宁眼泪流出来，也不再吵闹，双手捂住脸痛哭起来。

万毓宁是独女，蒋远周更知道一个孩子对于万家来说意味着什么。

万毓宁上半身斜靠向蒋远周："如果当时就查出了方晟的病，后面所有的事情就统统不会发生。许情深跟方晟从小一起长大，他发病的时候她还救过他，远周，你能说她什么都不知道吗？"

确实，他没法说服自己。

"老白，待会儿把方晟体检的全部资料调出来。"

"是。"

175

回到九龙苍，蒋远周先让万毓宁去休息，他走进书房。过了会儿，老白敲门而入："蒋先生。"

"怎么样？"

老白将手里的资料递给蒋远周。那是最原始的体检项目单，每一项都繁复无比。蒋远周翻过一页，一行行往下看，忽然定在某个空格前。那上面没有任何的勾选，而偏偏那几项原本就能定了方晟的病。

老白将另一个文件夹给他。

蒋远周毫不犹豫地打开，里面是许情深写的体检报告。他仔细看着，不放过一个字。老白神色肃然地站在他身后，蒋远周颀长的身子坐进沙发上："为了方晟，她也是什么事情都敢做。"

"蒋先生，现在应该怎么办？"

蒋远周将手里的东西甩向茶几，上半身疲惫地往后靠："万毓宁的心机跟她比起来，竟是小巫见大巫了。许情深不动声色就能报了所有的仇，这一招，连我都防不胜防。"

老白朝他看看："有没有这个可能，许小姐也不知道方晟……"

"那几个体检项目被规避得恰到好处，她若不知道，会这样刻意？"

老白没话说了。

蒋远周右手手指握向腕部的表，目光不经意地落向某处："这样的女人，竟然一直就睡在我身边。"他面色越来越冷，搭起长腿，身体紧绷得犹如一头正在潜伏的豹子，"我当初觉得她性子真，即便耍点小聪明我也能接受，却没想到她藏得这样深。"

蒋远周面目依旧冷静，抬头朝老白吩咐："跟卢主任约个时间，明天送毓宁去星港。"

"是。"

"还有，让方晟尽快露面。"

"是。"

许情深从方家走出来，蒋远周给她开的那辆车还停在不远处。她心里再清楚不过，九龙苍她是回不去了，即便这样，该还的东西她还得还回去。

万毓宁在三楼的房间，却睁着眼，睡意全无。门外有汽车喇叭声传来，万毓宁起身来到窗边，许情深将车开进车库停好，然后下了车往里走。

万毓宁握紧手掌，她凭什么还有脸回来？

许情深在玄关处换了鞋，进去的时候，没看到蒋远周的身影。她来到二楼主卧的门口，推门进去，远远看到蒋远周站在阳台上的背影。

许情深进入卧室，蒋远周回头看了一眼，也走了进来。他走到沙发前，还未坐

176

定，就看到许情深将一串钥匙放到茶几上："都在这儿了。"

男人径自入座，也不接话，许情深不免觉得尴尬，但她还是坐了下来："有些话，我觉得我有必要跟你说。"

"想要解释什么？你觉得你能解释得清楚？"

许情深微怔，心有些疼，双手握紧后放到自己腿上："这一年以来，谢谢蒋先生的关照，只是我没足够的能力偿还你。如果不是你，那接二连三的难关我过不去。而且一年的时间中，你对我很好，让我感受到了很多别人没给予过我的温暖。蒋先生，认识你很高兴，这十几个月内，你并不像很多纨绔子弟那样到处拈花惹草，跟着你，我觉得很心安，也很舒服。我不得不承认，至少在这方面，你品性很好。还有，我很喜欢星港的氛围，我希望你能让我继续上班……

"体检报告的事，是我做的。"许情深紧握手指，"从出生到现在，我一共谈了两次恋爱。第一次莫名其妙被甩了，这次，就让我先开口——蒋先生，分手吧。"

许情深说完这些话，站了起来。她快步走向衣帽间，东西根本就不用收拾，皮箱被保姆放在柜子里，拿出来塞上几件衣服就差不多了。

卧室内还有许情深的几本书，她的私人物品少得可怜，也许是早料到会有这么一天，所以不喜欢添置。买得越多，就代表牵挂越多，她适合孑然一身，东西够用就好。

许情深拎着皮箱离开，蒋远周眼帘轻抬，看到许情深的双腿走到门口。

万毓宁冲了进来，正好跟她撞上，许情深的皮箱啪地掉在脚边，手里一些零散的东西也摔落在地。万毓宁原本是含着怒气而来，如今看到她这副样子，唇角轻掀："好走。"

许情深喉间轻滚，弯腰捡起东西后快步离开，脚步踩过坚硬的地板。走廊上悬挂着一人多高的古画，蜜色灯光打下来，使得地板呈现出一种跟它原本色彩并不相配的朦胧。

许情深鼻子冒出酸意，拎着皮箱的手掌收紧。

来到楼下，保姆停住正在收拾的动作，满脸疑惑："许小姐，您这是……"

许情深强颜欢笑，却比哭还要难看："多谢你这么久以来的照顾，再见。"

她不敢去多看别人的脸色，快步离开，走的时候也谢绝了司机的好意，一路走出九龙苍。

万毓宁看到她的身影彻底消失，就好像扎在身上的一根刺终于被拔了，只是伤口仍旧痛得厉害。

蒋远周起身走到她身边："为什么不好好休息？"

"睡不着。"万毓宁抱紧双臂，"远周，我害怕，害怕躺到手术台上……"

"害怕也没用，这个孩子必须拿掉。"蒋远周的态度要比万毓宁坚决得多，如今万家没有一个能拿主意的人了，他若一味由着她，迟早也是害了她。

老白进来看到万毓宁坐在沙发上，他径自走向蒋远周："蒋先生，医院那边安排好了。"

"行，明天一早过去。"

"我回来的时候看见许小姐了。"

蒋远周似乎没将他的话听进去："毓宁，回房休息。"

万毓宁倒也听话，站起身来往外走去。老白见蒋远周这个态度，也不好再多说什么。

蒋远周掏出支烟，他向来不喜欢在屋内抽烟，但这次并未顾及这么多。他打上火，吸了一口之后才说道："司机送她了？"

"不是，许小姐步行离开的。"

"嗯。"蒋远周眸子透过萦绕的白雾望向老白，"以后，许家的事不用盯着，也不用管了。"

"蒋先生，您和许小姐这是结束了？"

蒋远周嘴角浅勾，唇瓣漾起轻讽："即便我要留她，她也没脸待下去。况且，我也不能留她。"

"那就先安顿好万小姐的事再说，许小姐那边，要不要我……"

"你听不懂我的话是不是？"蒋远周倾身，将剩余的小半截烟狠狠掐熄在烟灰缸内，"许家的事不用再管！"

"好。"

许情深走出去一大段路，这才想到给宋佳佳打电话，她能找的，也只有宋佳佳了。

翌日，许情深来到星港，经过导医台，护士早早就来了，看到她跟往常般亲切地打招呼："许医生。"

"早上好。"许情深嘴角轻勾。

走进门诊室，电脑前的文竹还是许明川送的那盆，许情深坐进椅子内，拿过旁边的签字笔开始胡乱涂鸦。她几乎整晚没睡，就怕走进星港的时候，被告知医院已经把她辞退了。

直到有病人进来看诊，许情深的心才稍稍安定。

天气越来越冷，医院的空调早就用上了，方晟做完了他想做的事情之后，回到了家里。这段日子他连着发了两次病，许情深心里总有种强烈的不安，她生怕方晟会撑不过去。

万毓宁找方晟闹过两次，然而这个男人比她狠心绝情多了，得知她流产后什么都没说，还跟她把离婚手续办了。

许情深回到家，推门进去。宋佳佳的房间亮着灯，听到动静走到门口："情深，你晚饭吃了吗？"

"没呢。"

"那待会儿我们一起吃。"宋佳佳笑着冲她道，"我在整理我的宝贝。"

"什么宝贝？"许情深走过去。

宋佳佳房间内有个小保险箱，她拉着许情深来到墙边："我妈上次给我的镯子我不想戴了，先放进去。"

宋佳佳坐到地上，回头朝许情深看了一眼："对了，你有什么值钱的东西需要我给你放吗？"

许情深轻轻摇头："我哪有？"她眼见宋佳佳将杂物都推开了，为避免下次麻烦，许情深说道，"上次我让你帮我放的存折呢？帮我拿出来吧。"

"你要用钱吗？"宋佳佳闻言，先翻找了下，然后把许情深的那张存折拿出来。

"应该会用到吧。"

宋佳佳跟许情深关系好，也不避讳什么，她翻开存折看了看："情深，其实有件事我一直没好意思问你。"

"什么事？"

"你看啊，你妈妈这赔偿款拿到手也有二十年了，五万块钱放到今天，绝对不止这个数目啊。"宋佳佳说完就觉得自己嘴欠，恨不得抽自己嘴巴两下。

"是啊，"许情深接过存折，"不过我能理解。"

"理解什么？"

许情深盘膝坐在宋佳佳身旁："我妈过世之后，我爸是一个人带我的，随后找了我后妈。两个孩子、一个女人，张开嘴就是要钱。他把存折给我的时候，说这是我妈的赔偿款，也没错，毕竟当初就赔了五万。我爸撑不住的时候用掉了这些钱，但后来想到我，又凑了笔钱存进去，其实看存款日期就知道了。只是我爸不说，我也不会说。他能做到这样，我也算欣慰了，不求别的。"

"你啊！"宋佳佳也就能说出这两个字。谁说许情深是个薄情寡幸的人？她其实比谁都心思细腻，会体谅人。

许情深拿着存折回到房间，方晟的病越来越重，即便需要治疗，方家也用不着她掏钱。但她总要备在身边，以备不时之需。

对方晟的病，许情深潜意识里还是希望有奇迹的，毕竟他是成年之后才发过几次病，她相信病魔应该不会来得那么快。然而，接下来的事发展迅速到令许情深连反应的时间都没有。

许情深接到许旺电话的时候，电话那头嘈杂得厉害，许情深以为又是家里的什么琐事："爸，怎么了？"

"情深，我和你干爸在北宁医院门口，方晟昏迷不醒，可医院不肯收治啊！"

"什么？"许情深大惊失色，"我马上过去。"

她着急走到路口去拦车，刚上车，司机就问道："去哪儿？"

"北宁医院。"

"好嘞！"司机发动引擎，看了看天，"马上要下雪了，为什么要去北宁医院啊？你上车的对面就是星港，那可是东城最好的医院了。"

许情深没心思搭话，只能含糊其词："嗯，我有朋友在那里。"

她将车窗落下去，心里忐忑不安。呼啸的冷风悉数灌进来，许情深冷得直发抖，司机朝她看看："把窗关上吧，多冷啊！"

"对不起，我想吹吹风，我……我晕车。"

"没关系。"司机是个老好人，听她这样讲，专心地开起车来。

阴冷的寒风刮在面上，好像一刀刀在割似的，许情深握紧颤抖的双手。车子很快来到北宁医院，她远远看到方晟的车停在那边，方明坤正和几个人在纠缠。

许情深下了车，许旺第一个看到她："情深，情深！"

她快步往前，脚下生风，语气急迫不安："方晟呢？"

"在车里面呢。"

许旺将许情深带到车旁，她弯腰一看，方晟拳着腿躺在后车座内，昏迷不醒。许情深上前拍了拍他的脸："方晟，方晟！"

"没用，一路上都是这样，医院也不肯收治。怎么还有这样的医院？！"许旺愤愤不平。

许情深退到车外后走向方明坤："干爸。"

方明坤正和一个人理论，那人是医院的保安，面露委屈地说道："那是院方的事，你跟我发火也没用啊，我也让你们进去过是不是？"

"这是医院，医院的使命是救人性命，不是见死不救！"方明坤长出来的白发被吹散开，拉着保安要进去。

许情深忙轻拽住他的手臂："干爸，您别这样。"

"你来评评理！"保安见方家总算有个冷静的人出面了，忙道，"我让他们进去了，是医院不肯收治，跟我有什么关系？"

方明坤眼眶微微潮湿，抬头看了看那家医院。许情深立在寒风里轻问："为什么不肯收治？"

方明坤摇了摇头："喊了半天也没人出来。我把方晟背进去，所有的医护人员像是没看见我们一样；送去急诊，说是抢救室人都满了——这样的话谁相信？这可是医院啊，他们就不怕被曝光吗？"

许情深唇色有些发白，方明坤一副即将崩溃的样子。许旺过来安慰："换家医院吧，别在这儿浪费时间了。"

180

"对，对！"方明坤似乎这才惊醒过来，"他们不肯收，不代表所有的医院都不肯收！"

方明坤回身朝着车子走去，许旺见许情深还戳着，过去拉了下她的手臂："走啊。"

许情深被许旺拉到车旁，她坐进后车座，把方晟的腿搁到自己身上。许旺将副驾驶座上的门关好："走吧。"

方明坤开着车，打算带方晟去另一家近点的医院。许情深盯着他焦急的侧脸："干爸，我觉得这件事没这么简单。"

"情深，你有话直说吧。"

"万毓宁对方晟恨之入骨，蒋万两家又是世交，我怕我们去哪儿都会扑个空，更怕是有人会从中作梗。"

方明坤握住方向盘的手指逐一僵硬，眼睛直勾勾地盯着前方："我不信！方晟揭露万家，他是做了好事！再说医院哪有眼睁睁看着人死的道理？"

许情深心里酸涩难耐，低头向躺在自己身上昏迷不醒的男人看去。方晟一动不动地躺在那里，许情深的视线开始模糊，她强忍着，伸手遮在额前。

车子开了二十多分钟，来到另外一家医院。方明坤率先下去，大步冲进医院，许情深焦急地在车上等着。过了几分钟，也没见到医生护士出来，许情深推开车门，远远地看到方明坤冲出来，她迎了上去："干爸？"

方明坤一语不发，许情深在原地等得更加绝望了。

"要不，我们离开东城试试？"许旺提议道。

方明坤抬了下头，许情深却摇头道："恐怕结果都一样。我们别浪费时间了，方晟这样耽误不起。干爸，你赶紧起来，把方晟送到星港去，我去找万毓宁。"

"情深！"许旺担忧地走到她身侧，"你找她能有用吗？她肯定不会帮忙的。你别去，万一有危险呢。"

"爸，我有分寸，你们赶紧去吧。"许情深说完，没再犹疑，直接冲出了医院。

如果不是方晟发病太快且又昏迷不醒，许情深倒还能想想别的法子，可现在呢？

人命关天，别的都是空的。

九龙苍。

万毓宁小口嚼着米饭，蒋远周不怎么和她说话，她时不时朝他看去。

玄关处有一阵动静传来，紧接着是老白的脚步声："蒋先生。"

蒋远周头也没抬："什么事？"

"方家的人和许小姐带着方晟在四处求医，方晟病重，昏迷不醒。"

万毓宁放下手里的筷子："然后呢？"

"无处可医。"

万毓宁胸腔起伏几下，怪异的笑声从嗓子里溢出来："报应啊，真是报应！我总

181

算等到这一天了。"

蒋远周字顾自地用餐，筷子戳向一盘糖醋里脊，这菜色倒是许情深喜欢的。男人收回筷子，面对桌上几道精致的菜肴，却发现没什么好吃的了。

"他们现在在哪儿？"

"方明坤带着方晟赶往星港医院了，许小姐……她正往九龙苍而来。"

万毓宁听闻，面色唰地难看下去："她来九龙苍？"万毓宁冷着脸，视线随之落向跟前的男人，"不用说，远周，她是冲着你来的。"

蒋远周拿起旁边的餐巾，慢条斯理地擦拭着修长的手指。

万毓宁目光紧紧盯向他："方晟欠我的，他当然要偿还！远周，你别忘了你答应过我的，你说要让所有的医院都不能收治方晟！"

"我没忘。"蒋远周推开椅子起身，"老白，你留在这儿盯着点。"

男人交代完这句话，起身朝着楼梯口而去。万毓宁唇瓣这才一松，只要蒋远周保持着这个态度，许情深即便找到九龙苍来，也兴不起什么风浪！

许情深去九龙苍的路上，倚着出租车的车窗，眼帘紧闭，一动不动。

司机透过内后视镜偷偷看了眼，这样的一个女人，漂亮精致，出入的又是九龙苍那样高端的地方，她的脸上应该不至于有这样悲伤无奈的表情才对。

许情深自从毕业工作后，就牢牢谨记当初说过的一句话。她从小需要仰仗爸爸和后妈，需要八面玲珑，她将来不求大富大贵，只求经济独立之后不用再求人一次！她想做个简单的许情深，做自己力所能及的事。但命运偏偏喜欢作弄人，她一次次做着自己违心的事，为自己、为他人，尽管厌恶却又是唯一的活路。

她懂、她深知、她明白，她开口求人，是因为她还没站到一个别人威胁不了她的地位。

车子忽然停稳当，司机回头说道："到了。"

许情深睁眼，视线有些模糊。

她给了钱后推门下去，门口的保镖见到她，还会喊一声许小姐。

"我想见蒋先生。"

"蒋先生出门了。"

许情深抬眼望向里面，二楼主卧的灯分明亮着，她知道这个时候蒋远周难做，必然要避着她。

"那万小姐呢？"

"万小姐在里面。"

许情深脸上没有多余的表情。她早就猜到了，万毓宁不可能搬出九龙苍。

"我想进去，可以吗？"

保镖点了下头，然后放行。这一点倒是出乎许情深的预料。她顺着那条熟悉的路往里走，这儿，她也住过一年，尽管没到一砖一瓦感情深厚的地步，但这样重新走一遍，也是感慨颇多。

许情深走进大厅，远远地看到万毓宁坐在餐桌前。老白站在一旁："许小姐。"

许情深轻点下头，然后来到万毓宁身侧："万小姐。"

万毓宁喝着汤，头也不抬："许情深，你来找谁？"

"既然蒋先生不肯见，我想，找你也是一样的。"

万毓宁起身，从汤盅内舀了一碗汤，她刚要喝，舌头却被烫得发麻："你找我做什么？"

"方晟……"

"我不想听到这个名字！"万毓宁抬起视线斜睨向许情深，"你总不会是来劝和的吧？"

"他昏迷不醒，如今没有一家医院肯收治。我知道你恨他入骨，但这也算是他最后的时间了，能不能让他不要这么受折磨……"

"许情深！"万毓宁冷冷地打断她的话，"你知道我现在最高兴听到的话是什么吗？就是方晟受尽折磨！我为什么要救他？你给我个理由。"

许情深没那么多时间耗，她目光恳切地看向旁边的男人："老白，我知道蒋远周在，你就让我见他一面吧！"

万毓宁听到这儿更是气不打一处来："许情深，你这是要跟我比比看谁在蒋远周心里的地位重要，是吗？"

"许小姐，蒋先生真的不在。"老白有些为难，他不善撒谎，脸上摆满了不情愿。

许情深目光盯着楼梯口的方向，万毓宁忽然手臂一扫，身前盛满汤的碗飞了出去，一碗汤全部打翻在许情深的腿上，烫得她往后退了一步。

"万小姐！"老白出声，视线朝着许情深看去。

许情深握了握手掌，左腿轻抖，半晌后方正常出声："万小姐要觉得解气，做什么事都行。"

"你以为你算什么东西，配得上给我解气？"万毓宁双手撑着桌面站起身。

老白在旁皱着眉，终究不好插话。况且蒋远周让他在这儿候着，不能离开。

许情深的脸色终究是晦暗了下去，视线盯着万毓宁不动："人命关天，万小姐，我们能不能先不计较以前的事？"

"许情深，我跟你、我跟方晟，所有的事我都记得，过不去！"万毓宁唇角轻扬。她对方晟也剖出过真心，可换来了怎样的结果？

老白冲着许情深轻轻道："许小姐，你还是回去吧。"

许情深看得出来，万毓宁是绝对不会答应的。她目光再度看向二楼的方向，脚步不禁往前。万毓宁见状，先一步拦在她跟前："就算蒋远周站在你面前，他也不会答应。方晟把我害成这样，他心疼我还来不及！"

183

万毓宁说完，朝着她肩膀狠狠一推："许情深，你跟我们就不是一个世界的人，认清事实，滚吧！"

许情深往后趔趄了一步，盯着万毓宁的目光平淡而漠然。

"有这个时间，还是回去给方晟收尸吧。"

许情深眼皮子跳动，嘴唇发白。万毓宁逼近上前："快走啊！方晟临死前最想见的是你，你想让他死不瞑目？"

万毓宁觉得身体往旁边猛地倾斜了下，许情深一把狠狠地推开她，忽然朝着楼梯口的方向跑去。老白反应迅速，就听到万毓宁惊喊："老白，拦住她！"

许情深大步跨上台阶，身后是男人追来的动静："许小姐！"

她不顾一切跑到二楼，再顺着走廊冲向主卧，一口气跑到主卧门前，猛地推门而入。

房间内传来电视声，许情深快走几步进去，果然看到蒋远周坐在沙发上。

许情深无法形容此时的心情，她气喘吁吁地看了看蒋远周，身后的老白也冲了进来："蒋先生……对不起。"

"为，为什么？"许情深轻问。

"什么为什么？"

"为什么不见我？"

蒋远周目光抬高，同她的视线对上："我知道你为什么而来，你也知道我不会帮你，何必浪费彼此的口舌和时间呢？"

许情深闻言，满腹求情的话忽然卡在喉咙口，一个字都说不出来了。万毓宁跑得极累，听到蒋远周的这句话，一颗心彻底定下来："听到了吗？还不走？"

"我不求你们什么，只要一个正常看医生的机会，这也不行吗？"

"许情深，你也是医生啊！"万毓宁嘲讽地轻笑出声，"方晟第一次犯病，是你救的，体检报告也是你写的，你忘了？你倒是救啊！"

"我可以救，但正常人生病求医，医院也不会拒绝，我只想有个施救的地方，这也不行吗？"

万毓宁嘴角绷紧："医院是你开的？"

许情深将全部的希望放到蒋远周身上，蒋远周却抬了下头说道："我帮不了你。"

"星港可以不用收治，别的医院呢？也都不行？"

"当然不行！"万毓宁恨恨地开口。

蒋远周脸上没有过多情绪表露出来，他双手交握，目光定定地看向许情深："这是我欠万毓宁的，如果不是我几次三番大意，万家不会变成这样，她也不会变成这样。她被伤害至深，这也是我唯一答应她的事。如果这点都做不到的话，许情深，我蒋远周岂不成了背信弃义之人？"

许情深站在原地，忽然发现一句话都接不上。蒋远周话已至此，她却没有办法去恨他。万毓宁被逼疯、数度流产，万家身败名裂至今，蒋远周替万毓宁做的事情，确

184

确实实只有这么一件。如果他连这件事都做不到的话，他也没法向万家的那份情谊交代。

老白深知蒋远周的脾气说一不二，他不忍见许情深这样："许小姐，你还是回吧。"

"回？"许情深声音中透出悲怆，"回去看着方晟死在我面前吗？世事不能两全，蒋先生为万小姐封了别人的活路，我就要为方晟无医可治的死内疚一辈子。你们都知道他身患绝症，也迟早会如了你们的愿离开，我真的搞不懂，你们为什么就连最后抢救的机会都要剥夺？"

蒋远周听着"蒋先生"这声称呼，不禁拢起剑眉。

万毓宁垂首，茶几上放了杯凉透的水，她弯腰拿在手里，蒋远周眼角余光睇过她的动作，忽然一把夺过水杯，冲许情深狠狠剜了眼："你还站在这儿做什么？"

许情深总算幡然醒悟，不接受也得接受，再留在这儿没有任何意义，她转身离开，走出了房间。

蒋远周将那杯水重重地放到桌上，万毓宁满脸委屈："远周，你做什么？我只是想喝口水而已。"

"许情深裤腿上的痕迹是怎么回事？"蒋远周头也不抬，冷着脸问道。

万毓宁心下微惊，许情深穿了条深色的牛仔裤，应该不至于太明显，她没想到蒋远周还是看见了："她刚才在楼下非要见你，一不小心打翻了汤碗，跟我没关系。"

蒋远周不知道是信了还是没有听进去，坐在沙发上出神地盯着一处。万毓宁却按捺不住："所以你刚才夺了我的杯子，是以为我要泼她是吗？"

"老白，送万小姐回房休息。"

许情深回到星港，方明坤和许旺还在外面等着，一辆小车孤零零地停在路边。

方明坤从后视镜内看到她，推开车门走了下去："情深，怎么样？"

许情深什么话都说不出来，只是摇了摇头，来到后车座查看方晟的情况。方明坤焦急地问道："还是不行吗？"

许情深的眼泪流出来，倚靠在车旁，双手掩面："对不起，我没办法。"

手背上有凉凉的触觉，许情深刚才离开九龙苍的时候就在下雪了，那时下得还小，如今一片片的雪花从天空簌簌地落下来，方明坤心如死灰，忽然朝着星港医院的大门跑去。许旺见状，赶紧追了上去。

许情深尝到嘴里的苦涩，望出去的视线逐渐模糊，好像已经看不清楚眼前发生的一切。

方明坤走投无路，他不忍看着独子就这样离开，早就不顾尊严不顾骄傲，他跪在星港的门口呼喊，求他们救救方晟。

星港医院的门外来来往往的行人那么多，可是冰天雪地的，没人顾得上别家的事，与其在这儿一分一秒地浪费时间，还不如回家窝在沙发上，陪着爱人说说话、看

185

看电视。

许旺在拉拽着方明坤："别跪着，你倒是起来啊，这么冷的天！"

许情深遥望过去，星港大楼坐落于东城最繁华的地段，服务的又是社会上最高端的人群，可如今，它冷冷地睨视着方明坤的跪拜求饶，残忍地将一条生命拒之门外。

从还未走进社会开始，医生这个职业就担负着救死扶伤的使命。那么医院呢？

许情深坐进车内，泪流满面地凑到方晟面前，轻轻地拍拍他的脸："方晟，你倒是睁眼看看啊，你看看你的亲人在做什么！方晟，你醒醒！"

天色完全暗下了去，犹如一张宣纸上泼着的浓墨，黑的是夜色、人心，白的是逐渐堆积起来的雪。

许情深透过车窗望向外面，方明坤跪在那儿，双肩和头顶上铺了一层白色，地面上却鲜少有下过雪的痕迹。她抬起手臂，将车门打开走了下去。

夜幕彻底落下去，星港医院门口的人越来越少，方明坤靠在许旺身上，没了力气。

许旺朝站着一动不动的女儿看了眼："情深，回去吧！这样下去，就连老方都撑不住的。"

"好！"许情深回了一个字，半晌后，才继续说道，"我们回去。"

许旺拍了拍方明坤的肩膀："老方，你别这样，走吧！"

"不——"方明坤尽管浑身无力，口气却仍旧坚决，"医院的人不肯收治，也好，我就陪着我儿子死在这儿！"

许情深神色晦暗，眼眶内有泪水在打转。远远地，一束灯光忽然射过来，正好落在她身上，许情深觉得刺眼极了，可她懒得抬起手臂去遮挡。

车子很快在路边停下来，雪越下越大，许情深看到一抹身影下来，走到后车座旁，将车门打开。一把黑色的大伞在头顶撑开，蒋远周出来的时候满身都是黑色，他身形气质极好，搭配长款的大衣威风凛凛，站立在茫茫的白色中，显得卓尔不群。

蒋远周站定在车旁朝她看去，菱形格的围巾搭在男人颈间，两边长度不一，摆了个最好看的造型。

车前大灯打在许情深跟前，将许情深的身影完全包裹其中。她视线定定地看着前面，蒋远周右侧几米处是高高竖起的路灯杆子，伞状的铁皮将灯光约束成昏暗的圆形。白色的雪花落到灯光底下，许情深看着它们拼命跃动，好像飞蛾扑火般，都朝着蒋远周扑去。

这样的男人，有多少女人也是宁愿拼得碎骨一次，只求他温柔以待一分钟、一秒钟？

老白似乎朝着蒋远周说了什么话，男人一动不动，形如雕像。

许情深垂下眼帘，不去贪图一眼的温存。蒋远周来星港，大抵是因为方明坤的不肯离去。蒋远周向来注重星港的名声，不肯收治这种事如果被媒体捅出去的话，实在

186

很麻烦。

许情深转身要去拉方明坤，视线一抬，忽然看到医院内走出好几人，正抬着担架冲着她这边快步而来。

他们经过许情深的身旁，继续向前。她忙转过身，看到医护人员到了方晟的车旁，你一句我一句的说话声很快拂去了夜色的寂寥。

"快，抬着腿……"

"这样不行，使不出力，你到另一边。"

"好。一、二、三！"

方晟被抬到了担架上，许情深觉得周身冰冻住的血液好像在复燃。许旺激动地拉着方明坤："快起来啊！医院有人出来了，老方！"

这一切快得令人猝不及防，方明坤被许旺搀扶着起身，他膝盖发麻，一步都走不出去，许旺忙蹲下身替他揉着膝盖："不急不急，他们肯救人就好。"

身后众人全部离开，许情深听到许旺远远地朝她喊了声，但她到底还是没动。

蒋远周抬起脚步，不知道是朝着她走去，还是朝着星港。

她定在原地，看见他从夜色星空中走来，老白撑着的那把黑伞已经被缀成苍茫的白色。风扬起蒋远周的衣摆，他在她最仓皇无措的时候从天而降，仿若一尊神。

许情深哽咽着，绷紧的全身在此刻才彻底放松，感觉身上冷得厉害。雪融化后湿了她的衣衫，方才她灵魂出窍似的，一点没有察觉到，如今整个人都被拉回现实中，她瑟缩起双肩，头上有水珠滴下来。

许情深抬起脚步，腿发麻，却走得异常坚定。她快步迎向蒋远周，钻入那顶黑伞下面，将头轻轻靠在男人的胸前。

蒋远周站定，老白退出伞下，单手仍然撑着伞，将空间全部留给他们。

"谢谢。"许情深沉闷的声音从他胸前往外散。

没有蒋先生的吩咐，星港不会出手。许情深双手拽着他的大衣，蒋远周手掌在她脑后摸了摸，什么话都没说。

她向来是淡漠甚至接近冷酷的一个人，都说许情深要动情，那是难于上青天。只是所有人都不知，她其实比谁都容易心动，她的心最受不了温暖、感动。她在蒋远周看似不经意实则强大的攻势下，一步步节节后退，退到了最后的地盘。许情深想要坚守住，但就在刚才、就在蒋远周下车迎风而来的瞬间，她清晰地听到心口的保护层砰然碎裂，碎片一片片剜割着她的肉体和灵魂。蒋远周以救世主一般的姿态强行挤占、进入她的心底，许情深仿佛看到了自己弃械投降的样子。

老白双肩担满了白色，蒋远周手臂拥住许情深的肩膀，大步往星港医院而去。她被他紧紧抱着，只能跟上。

第八章
最美的遗言

　　一个小时后。

　　会议室的显示屏上，许情深看到方晟的病床被推了出来。她快步跟在后面出去，来到走廊上。方明坤快步过去，一手拉着病床的边沿："方晟！儿子，你怎么样？"

　　病床从许情深的面前经过，她看到方晟扭过头朝她看了眼。许情深泪眼蒙眬，不管怎样，能活着就是最好的。

　　老白站在她身侧，看到医院的另一名权威主任从抢救室出来。方明坤和许旺都跟去了病房，许情深收回视线，快步走向那名主任："请问，方晟怎么样了？"

　　"这种病，治愈的可能性几乎为零，而且现在有个不好的消息必须要告诉你。"

　　许情深轻咽下口水，脚步出于本能地往后退去。老白见状，直接问道："您说吧，什么结果都是事实，必须面对。"

　　"这病一旦发作起来，来势汹汹，身体机能会被完全破坏，现在他的下半身和右手已经不能动弹了。"

　　"什么？"许情深如遭雷击，怔在原地。

　　"我的建议是让他留院，照目前的情况来看，他随时都会有呼吸困难、昏厥甚至突然死亡的可能，既然治愈已经不可能，至少减轻些他的痛苦吧。"

　　医生擦着许情深的肩头离开，她站定在走廊内，一动不动。

　　老白随后离开，许情深走进方晟病房，里头安静得不像话。方明坤彻底被击垮了，坐在床边握紧了方晟的手。

　　病床上的男人听到动静，视线朝许情深看过来，勉强勾了下嘴角，许情深快步走了过去。

"干什么一个个都摆着张臭脸？"方晟左手握了握方明坤的手指，"我不是好好地活过来了吗？"

许情深说不出话来，方晟盯着她问道："这么久才进来，医生跟你说什么了？"

"没什么，"许情深忙摇头，"就是关照我们，不能让你乱跑。"

方晟轻笑："情深，我自己的身体，我会不清楚吗？方才醒过来后，他们就问了我具体的情况。我知道，我下半身和右手已经没法动弹了。"

"什、什么？"方明坤起身去摸方晟的腿，眼泪夺眶而出，"怎么会这样？"

"爸，你别难过。"方晟倒是看得很开，"生老病死，没办法的事。"

许情深眼圈也红着，但接下来的事必须面对："我去安排护工的事，干爸一个人肯定照顾不来，行吗？"

"行。"方晟轻点头，"不过你得找个男的，我不想被人看光。"

许情深听着，一点都笑不出来，心里反而更加难受："好，找个身强力壮的。"

方晟见方明坤这副样子，心头仿佛在滴血："爸，您要再这样，我就真的没法活了，您给我点坚持下去的勇气吧。"

方明坤背过身，将眼泪擦拭干净。许情深也压抑得难受："那我先去联系下。"她需要时间喘口气，她怕再不离开这间病房，她会在这儿崩溃。

许情深在星港医院陪了整晚，天快要亮的时候才趴在方晟的床沿睡着了。

许旺已经回家，方明坤就睡在旁边的小床上。方晟听着身边传来的呼吸声，这是他最爱的两个人，他不愿看见自己走到这一步，却不可避免地要拖累他人。

方晟抬手轻摸了下许情深的脑袋，她睡得很熟，一点都没察觉。

他视线望向天花板，他爱的女孩啊，就是太善良，她要对他不管不顾多好？那样她就不用受罪了，他也能完完全全地解脱。

手机闹铃声忽然响起，许情深惊醒，猛地抬起头朝四周看了看，这才反应过来是在医院。

"醒了。"

"嗯。"许情深双臂发麻，直起身，"你肚子饿吗？我去给你买早饭。"

"喝点粥吧。"

"好。"许情深站起身。她待会儿还得上班，病房内有洗手间，她要先去楼下买点日用品上来。

九龙苍。

万毓宁看着蒋远周的车子开出去，她洗漱好后换了衣服下楼。保姆见她拿着包，似要出门，忙上前："万小姐，您去哪儿？"

"我去哪儿还用跟你报备？"万毓宁边说边往前走。

189

"但是蒋先生吩咐了，您不能随便走出九龙苍，现在外头挺乱的。"

万毓宁顿住脚步，冷冷地朝她睨了一眼："乱什么？谁敢把我怎样？"

"您如果需要买什么东西的话，告诉我吧，我去。"

万毓宁被保姆的几句话挑起火来："你是不是服侍许情深服侍惯了，什么都要管，倒像条忠实的狗！"

"万小姐，您——"

万毓宁不再理睬她，快步向前。保姆尽管委屈，但还是跟上来："蒋先生吩咐过的事，我不敢马虎。万小姐精神不好，还是在家静养吧。"

万毓宁听到这话，眼睛里冒出火来："连你都敢说我有病？"

"我没这个意思。"

"我这就打电话给蒋远周，我就不信我还出不了这九龙苍。"万毓宁从包里掏出手机，拨通蒋远周的电话后走到一旁。

保姆听到她的口气同方才判若两人，声音里带着哭腔，说一直以来都在家憋着，怕真的闷出病来，只是想出去走走。蒋远周似乎不放心，万毓宁跺着脚，又说了一大串。最后，万毓宁拿着手机走到保姆面前："接啊。"

保姆接过手机放到耳边："喂，蒋先生。"

"待会儿让司机送万小姐出去，先去她之前住的地方把保姆接上，她服侍万毓宁久了，也好照应。"

"是。"保姆点着头，将手机还给万毓宁。

"怎么样？"女人轻挑眉头，"只要我开口，蒋远周还没有不答应的事。以后眼睛放亮点，我跟许情深可不一样。"

保姆朝她看看："既然这样，我给万小姐去安排车。"

"去吧。"

万毓宁坐到车上，接了自己的保姆后出去。司机保持六十迈的速度往前："万小姐，我们现在去哪儿？"

"购物广场吧，我想先去吃点东西。"

"好。"

万毓宁的心思其实根本不在这些上面，方晟的事不清不楚就这么过去了，她也不知道怎么回事。来到购物广场，司机陪同两人进去，万毓宁说要喝鲜榨的果汁，让司机排队去购买，万毓宁选了张位子坐定。

"你现在去趟星港医院。"

"去医院做什么？"保姆不解地问道。

"你去住院部问问，有没有一个叫方晟的人，如果护士问起，你就说是方家的亲戚。"

保姆闻言，点头起身。

万毓宁将视线收回来，司机买完果汁回到桌前，看了看四周。万毓宁倚在座椅上说道："我让她去给我买吃的东西了，你去车上等着吧，不用跟着我。"

"万小姐要觉得不方便，我可以跟您保持距离，但是蒋先生吩咐过，不能让您离开我的视线。"

万毓宁握紧手里的杯子："又是蒋先生吩咐，你们都把我当成什么？"

"蒋先生的话，不能不听。"

万毓宁气极，也不想跟他争辩什么："离开我的视线，别让我看到你。"

"是。"

万毓宁盯着保姆离开的方向看了眼。她让保姆过去，就是因为目标不大，蒋远周即便真要瞒她，医院来来往往那么多人，总不至于像海关排查那样严格吧？

她百无聊赖地在商场等着，大约个把小时后，保姆回来了："万小姐。"

"怎么样？"万毓宁一颗悬着的心几乎跳到嗓子眼。

保姆在她身旁坐定，压低声音说道："方晟昨晚就进了医院。护士没怀疑我，我还特意去病房门口看了，里面是方家的人。"

万毓宁一拳砸在桌面上："你确定你看清楚了？"

"怎么可能看错呢，是真的。"

万毓宁脸上溢出痛苦的神色来："我昨晚看着他出去，就觉得不对劲，许情深那边也没消息，果然……"

保姆担忧地看着她："万小姐，您也别这样。方晟看上去并不好，躺在床上就没起来。"

"蒋远周为什么还是收治了方晟？他以为我看不出来吗？他心里要没有许情深，他不会这样。"万毓宁说完，拿了包就要起身。

保姆忙阻拦："您去哪儿？"

"当然是星港。"

"万小姐，收治就收治吧，您现在别跟蒋先生闹翻……"

万毓宁推开椅子，面露哀戚："蒋远周现在心里是完全没有我了，我要是再不闹，他估计连我是谁都要忘了。他答应过的事，不该出尔反尔。"

保姆跟着万毓宁走出去几步，司机也从远处过来了："万小姐，您要回去了吗？"

万毓宁僵硬地勾扯出抹笑容："跟我去楼下的咖啡店，我想买点吃的给远周送去。"

"好。"司机不疑有他，跟在万毓宁的身后下了楼。

第二天，蒋远周准备出门，万毓宁走过去几步："远周。"

男人接过外套，万毓宁跟在他身侧："我想去趟星港。"

"去那儿做什么？"

"昨天我去星港找你的时候，其实已经知道方晟入院了。你放心，我这两天想通了，方晟如今这样，我也不想再抱着仇恨活下去。我们好歹做过夫妻，我想去看看他。"

蒋远周慢条斯理地穿上外套，却并没答应她："过几天再说吧，你们本来就没什么见面的必要。还有，今天心理医生要过来，你快去准备准备。"蒋远周说完这话，转身就出去了。

许情深在宋家住着，做了饭菜送去医院，给方晟喂饭。方明坤过来的时候手里提着两袋子水果："情深，你赶紧回去吧，天不早了。"

"是，明天还要上班。"方晟朝窗外看了一眼，"回去记得一定要打车，拍下车牌号之后发给我。"

"哪有这么危险？"

"不然我不放心。"

许情深答应下来，起身朝房间角落的衣架走去。她穿了件紧身的毛衣，方晟抬头望着她的背影，她瘦得一双手就能掐住她的腰。

方明坤将许情深送出病房，回到床前时不禁轻叹："这丫头，白日里还要上班，这样下去身子怎么吃得消？"

"爸，您坐下来，我有些事想和您说。"

方明坤坐到椅子上："什么事？"

"我手头有些存款，我想给情深买套房子。"

方明坤没有言语，半晌后，他点了点头："行，你要不够的话，我这里还有。"

"情深以后的路，我不知道会走成什么样，但她总能找到一个可以倚靠的人。我想给她买个小户型，我在网上看过，有个六十六平方米的还行。"

方明坤仔细听着："既然这样，我明天过去看看。"

"许家，我看她是再也回不去了，我不放心她一个人孤独无依地在外漂着。"

"你说得是，情深是个好女孩，一直以来也都在吃苦——你放心吧，爸身边的钱足够你的医疗费，也够我以后养老了，再不济，住的那个房子太大，我可以换……"

方晟喉间轻滚动下："爸，给自己找个老伴吧。"

病房内忽然静谧无声，方明坤背过身，不想儿子看到他的表情："我要老伴做什么，多一个人管我？"

方晟闭了闭眼帘："我想睡会儿。"

"好。"方明坤起身给他将病床摇平。

九龙苍。

蒋远周还在睡着，却听到外面传来咚咚的敲门声。男人披上睡衣过去打开门，见万毓宁站在外面："怎么了？"

"我想去趟星港。"

"去看方晟？"

万毓宁站在门口没动："远周，你也不想看到我总是这样自己折磨自己吧？我答应你，我不会再乱发脾气。如果这次我做不到，我以后就待在九龙苍，一步都不出去。"

蒋远周朝她看看："毓宁，你要明白一件事，方晟的病无药可医，也撑不了多久。你如果要了他的命，你是要偿命的。"

"我知道，我不会那么傻。"万毓宁表情冷静，"说到底我们万家也有错，我真的想开了。"

蒋远周面无表情地朝她睨去，没有说不信，更没有说完全相信："我让司机送你去。"

"好。"

司机将万毓宁送到医院，按着蒋远周的吩咐守在病房外，以防万一。

万毓宁推门进去的时候方明坤也在，看到她进来，方明坤如临大敌，站起身道："你怎么来了？"

"我来看看方晟。"

"不需要。你赶紧出去吧！"

病床上的方晟看到万毓宁走过来，眼里生起一种异样的亮光，全身的血液都在沸腾，眸子紧盯着女人。万毓宁来到他床边，方明坤忙挡在她面前。

"爸，没关系，你别这么紧张。"

万毓宁居高临下地盯着方晟，眼神复杂万分。方晟继续说道："爸，我想坐起来。"

方明坤闻言，替他将病床升起。方晟半躺着："爸，你先出去吧，我想和她单独说会儿话。"

"不行，这太危险了！"

方晟唇瓣浅勾，清俊的脸上，笑容仍旧魅惑人心。他的视线扫向万毓宁："怕什么，一日夫妻百日恩，毓宁不会害我的。"

"方晟，你可别忘了……"

"爸，您要不放心，就在门口等着好了。"方晟轻抬左手，"让我有点自由的空间，行吗？"

方明坤闻言，终是同意了，不放心地往外走去："有事一定要喊我。"

"放心吧。"

方明坤走了出去，将门带上，病房内只有万毓宁和方晟两人。

男人半躺在那里，除了不能动弹之外，看不出跟以前有什么不同："是不是很想杀了我？"

"方晟，你把我家害成那样，难道一点点内疚都没有？"

方晟轻轻笑了声："内疚？我为什么要内疚？如果再给我点时间，我会杀了你全家，包括你！"

万毓宁怔在那里，目光紧锁住他："我爸妈对你那样好，把你当成亲生儿子。"

"万毓宁，你有脸说出这样的话，我还没脸听。你还是想想你爸能判多少年吧，不出意外的话，应该是要死在牢里了。"

"你闭嘴！"万毓宁脸色开始发白。

男人看了一眼窗外，嘴角始终带着笑。万毓宁站起身，睨着他这副样子："残废之后，日子好受吗？你这样骄傲，如今却连生活都不能自理，方晟，我看你活得还不如一条狗！"

方晟面无表情地看向她："那也比跟你睡在一起好。"

万毓宁一口气哽在喉间，却没有话能去反驳他。

"万毓宁，如今医学这么发达，我一天不死，总能等到奇迹的发生，到时候，我们再来相互残杀怎么样？"

"你以为你活得了？"万毓宁上前双手使劲掐住方晟的脖子。窒息感瞬间袭来，万毓宁使了全部的力道，方晟觉得差一点点他的脖子就要断了。

眼里的阳光更加破碎，他不着痕迹地拉了拉嘴角——很好，继续用力。

方晟感觉到自己就要解脱了，虽然过程比他想象的要难受，但他不在乎。他左手握紧床单，始终没有去按旁边的警铃，这对他来说，是最好的结果。他终于可以不用拖累任何人，不用拖累自己。他疲惫至极，只想舒舒服服地睡一觉。

万毓宁双目充血，恶狠狠地道："你去死吧！去死！"

方晟面色发白，轻轻地闭上眼睛。万毓宁拇指感觉到他颈部动脉的跳动，她好像忽然回过神似的松开了力道，大步往后退，一下坐进了椅子内。

呼吸重新充斥进来，方晟狠狠地吸了一口气。万毓宁摇着头，双手不住地拉扯着手指："你迟早要死，我不能为你搭上条命，不值得！"

方晟剧烈喘息着，他没想到万毓宁居然能在最后关头收住。他轻闭双眼，脖子痛得厉害："你就不怕我能恢复过来？"

"世上哪有那么多奇迹！"

方晟手摸向自己颈间，轻揉几下。万毓宁笑出声来："这样任人宰割的滋味很难受吧？你这么厉害，倒是起来还手啊！"

"你不用激我，我已经接受了我这副样子，所以不会觉得多么痛苦。只是我知道我好不了了，我想死。"

万毓宁眉头上扬："但是你死不了。"

"万毓宁，你觉得蒋远周是爱你还是爱许情深？"

女人的脸色唰地变了："你居然用这个词，你觉得蒋远周会爱许情深？"

"那在乎总是有的吧？你和许情深两个，反而是她跟蒋远周在一起的概率比较大。"方晟见她沉着脸不开口，继续说道，"而现在，在许情深心里，我的死活最重要。"

万毓宁目光望向他："你究竟想说什么？"

"如果我死了，而害死我的人又是蒋远周，你觉得他们之间还有机会吗？"

万毓宁轻咬唇瓣，似乎还在消化这话里面的意思："蒋远周害死你？"

"我现在只求一死，我跟许情深相爱，让我眼睁睁地看她和蒋远周在一起，我死不瞑目。这是个一举两得的机会。"

万毓宁双手握紧，放在膝盖上："你跟我说有什么用？再说，蒋远周为什么要害死你？"

"你帮我买一种药过来，我死了之后，许情深会看到我留下的遗书。我会告诉她，药是蒋远周给我的，也是他逼着我喝下去的——你觉得她会不会相信？"

万毓宁脑子虽然乱，但还是抓住了重点："不行，蒋远周会被牵扯进命案中。"

"你以为警方是吃素的？再说蒋远周一手遮天，他自然有办法脱身。只是许情深会认定我的死和他有关，这是她一辈子的疙瘩。只要她坚信，他们两个就没法在一起。"方晟盯着万毓宁的脸看，"没有了她，你跟蒋远周可以慢慢回到过去。你们毕竟青梅竹马，旧情复燃也不是不可能的事。"

万毓宁似乎被说动了，双手紧张地揉搓在一起，手掌心内都是汗，两手滑得几乎要握不住。

"你放心，我让你买的不是毒药。我这个病不能碰一种药，那只是一般的消炎药而已，去病房就能买到。"方晟露在袖口外的手背白皙，上面的青筋一根根明显地暴突出来。

万毓宁被他的主意招去了魂，方晟的话诱惑太大。如今万毓宁对他恨之入骨，走到这一步，她唯一能倚靠的人就是蒋远周。而她也是直到现在才发现，她心里最爱的还是蒋远周。

"你确定许情深会相信？"

"当然，我的死必定会让她痛不欲生。我没有任何自杀的能力，唯一的可能性就是别人给我提供药物。我会在遗书里详细写明，你放心。"方晟在一步步铺路。当他看见万毓宁走进病房的时候，心里豁然开朗，他觉得自己的解脱之日不远了。

万毓宁似在犹豫，这个男人阴狠毒辣，万毓宁怕自己一不小心就栽进去了。

"你只要把药买过来就行，到时候溶解在水里，水是我自己喝下去的，你怕什么？"方晟仿佛洞察了她的想法。

万毓宁视线对上方晟，一句话都没再说，转身走了出去。

周四，许情深早早去了医院，方明坤给方晟换好了衣服。许情深推了辆轮椅来到病床边，方明坤跟护工一起将方晟抱了上去。

他今天穿着件黑色的薄款羽绒服，里面是粗线的白毛衣，一双修长的腿包裹在深灰色牛仔裤内。许情深蹲下身，替他将白色的休闲皮鞋穿上。

方晟盯着她的头顶："你来这么早。"

"到墓园也不早了，回来的时候我再陪你逛逛。"许情深说完站起身来，方明坤推着轮椅往外走。

到墓园时，那边才开门，方明坤推着轮椅在前面走，许情深取来围巾，走过去给方晟围上。

墓园内有台阶，不能推行的时候，方明坤和许情深只能将轮椅抬起来。来到两座墓碑前，许情深将香烛和鲜花等物品从袋子里拿出来，还准备了些新鲜的水果。

方明坤祭拜完，将时间留给他们。方晟视线盯着墓碑上的照片，妈妈和许妈妈一样，本该在最美好的年华里陪伴着幼子幼女成长，却不想双双长埋于地下。

许情深走到方妈妈的墓前："干妈，你一定要保佑方晟。我相信，他的病终有一天能治愈。"许情深点上香烛，拿起袋子里的毛巾为方妈妈擦拭着墓碑。

方晟看向她的背影，所有人都将希望寄托在奇迹上，只有他完全看开了。与其一次次被推进急救室，还不如干脆离去。最沉痛的悲恸过后，生活依然可以继续。而对方晟来说，他最害怕的是从急救室出来，看见方明坤和许情深那充满希冀、焦急的脸。他们担惊受怕几个小时，那时候认为最好的事情，莫过于医生将他从死亡边缘拉回来吧？

许情深蹲在墓碑前，方晟的视线望过去："妈，你一定要多看看我这张脸，你走的时候我还那样小，可我马上就要过来陪你了，你千万不要不认识我。"

许情深手里的动作顿住，却不敢回头，哽着嗓音道："方晟，你胡说八道什么！"

方晟朝旁边看了眼："可惜，我妈边上已经有人了。不过这样也好，我可以葬在山脚下，这样你们以后祭拜的时候，就可以先祭拜我了。"

许情深单手遮住眼帘，两个肩膀轻耸，破碎的哭声从嗓子里溢出来："我不许你这样说。"

"情深，别傻！到了这一步，有些事情我们都好好地接受不行吗？"方晟抬起头，感受到充足的阳光，它们高高地、毫无遮拦地落到他身上，"情深，你放心，从此以后，你一定会过得越来越好，因为多了一个可以保佑你的人。"

许情深摇头："我不要你们的保佑，我只要你好好活着。"

196

"人都是贪婪的，"方晟轻轻扯出一抹笑，"如果可以好好活着，我比谁都想陪在你身边。我们两个人在一起的时间那么少、那么短，不过我也该知足。情深，毕竟我这一辈子你都在啊。"

许情深回过身来，将头埋在他的腿上："方晟，别说了。"

男人手掌在她头顶轻抚了下，他感受着四面阴冷的风，刮在脸上如一把把被磨利的尖刀。一座座竖起来的墓碑森寒逼人，方晟闭了闭眼睛，他知道在底下的滋味不好受。

回去的时候，许情深想带方晟去逛逛，但他已经没力气了。

被送回病房后，方晟面色发白，许情深在他身旁照顾着。一直到晚上他恢复过来，许情深才放心地回去。

两天后，万毓宁再次来到星港医院。

方明坤看到她还是会有防备，方晟却似乎挺高兴。他跟万毓宁说着话，两人之间不再剑拔弩张，倒真像是都过去了。

蒋远周的司机照例在外面等着，方晟借故让方明坤出去一趟。病房内一共有两道门，等到最外头的关门声传来，万毓宁才收回笑意。

"你让我买的药，我买到了。"她从包里掏出药盒，给方晟看了眼，"是这个吗？"

方晟晦暗的双眸迸射出光彩："是。"

"纸和笔，我也给你准备好了。"

方晟笑了笑："你想得真周到。"

"这都是跟你学的。"万毓宁面无表情地盯向他。

"好，现在就差一个步骤了，不过这步对你来说不难，你想办法让蒋远周到病房来。"

万毓宁这几天全都想好了，即便方晟有遗书，警方找不到证据，也不能将蒋远周怎么样？便道："这点你放心，我现在就让他过来。"

万毓宁说完，掏出了手机。

"纸和笔呢？"

她从包里将东西掏出来递给方晟。男人接过去，藏在被褥底下："你还真是迫不及待地要让我死。"

"什么意思？"

方晟摇摇头："万毓宁，你总是学不聪明。你现在让蒋远周过来，我连写遗书的时间都没有，况且我爸对你心存忌惮，不出一二十分钟就会回来，你觉得我们能把所有的事情都安排好吗？"

万毓宁轻咬下牙关，方晟继续说道："你明天直接让蒋远周过来。"

"不行，我怎么知道你在遗书里究竟写了什么？"她也算学聪明了。方晟轻抬眼帘："那等你来了之后，再打电话给蒋远周。"

"行。"

尽管做足了准备，方晟还是觉得这一切挺快的。

没过一会儿，方明坤匆匆忙忙回来了。万毓宁朝方晟看了看，他料得果然没错。万毓宁起身："我先回去了，你说明天想吃东街的点心，我给你带一些。"

"好，谢谢。"

方明坤眼见她出去，摇了摇头："方晟啊，以后还是要提防着她点，我总觉得她没有那么好的心。"

"嗯，我知道。"

翌日，太阳照样升起，只是今年的冬天特别冷，许情深拎着早饭走进方晟的病房。

在别人的眼里，这就是个再平常不过的早晨。许情深戴着手套，但出门的时候把围巾忘了，两只耳朵被冻得通红。她不住地跺脚："今天好冷，天气预报说零下五度呢，受不了。"

"过来。"

许情深乖乖地将脸凑过去，方晟左手摸向她的耳朵。他掌心很温暖，像个暖炉，许情深不禁展颜："暖和！"

"今天要上班吧？"

"是啊。"

她起身将早饭一一放到床头柜上，方晟嘴角不禁展开："今天喂我吃吧。"

之前他都挺排斥的，许情深朝他看看，今天这是怎么了？

"好啊。"她坐向床沿，手里捧着粥碗，"虾仁都是我趁着新鲜剥出来的，尝尝。"

鲜虾的香味混合着粥的细腻滑入方晟的口中，他点了点头："好吃。"

许情深轻笑："那当然。"

方晟吃了一碗，意犹未尽："还有吗？"

"有，有！"许情深忙不迭起身，他难得有这样的胃口，她当然开心，"我带了不少呢。"

方晟慢条斯理地吃着，享受地看着许情深的一举一动，然而时间总是这样少，方晟胃里面撑得不舒服，勉强将这碗粥吃完。他整个人都觉得难受，但还是强忍着说道："情深，你今天一定要把手机带在身边。"

"怎么了？"

198

"没什么，就是特别想你的时候，想听到你的声音。"

方晟很少会说这样的话，许情深心头划过异样："好，我带在身边。"

"快去上班吧。"

许情深将吃过的碗洗干净，这才离开方晟的病房。

万毓宁一直到午后才去医院，她带着东街的点心进去，见到方明坤还打了声招呼。方晟朝她手里看了眼："真有心，果然买来了。"

"当然，昨天答应的嘛！"

"爸，我想和她单独说些话。"

方明坤戳在原地不动："你总把我支开，有什么话我不能听？实在不方便，我看电视不打扰你们，总行吧？"

"爸，以前所有的仇恨都过去了，但关于我和毓宁的孩子，我总想跟他们说声对不起，你就给我点时间吧。"

方明坤张张嘴，最终还是答应了。

万毓宁嘴角勾起冷笑："我现在才知道，你的演技不去做演员真是可惜了。"

"你也不差。"

女人将点心放到床头柜上："你的最后一顿。方晟，你可曾后悔过？"

方晟将手伸到褥底下，从里面掏出一张对折的纸："你看看，满意吗？"

万毓宁接过去，坐到椅子内，视线一个字一个字地往下扫。她眼里露出满意，看到最后一行字上面写着：情深，再见，我这辈子唯一爱过的人。她咬了咬牙关，心里被刺激得厉害。

方晟盯着她的表情："怎么样？"

"呵！"万毓宁冷哼，"很好。如果我是许情深的话，看了这封遗书，我肯定想杀了蒋远周。只是你左手写字也能写成这样？你确定许情深认得出来这是你的笔迹？"

"她当然认得出来，她是最熟悉我的人。"方晟伸出手，万毓宁却并未将纸给他："我怎么知道你会不会反悔把它撕了？这样吧，我给你找个地方放好。"

方晟觉得好笑："我浑身不能动弹，连生活都不能自理，写好的遗书却藏在触手不能及的地方，你当许情深是傻子吗？"

万毓宁眼里有了犹豫，方晟抬起左手："我如果真要反悔，你怎么防都没用。到了这一步，万毓宁，你只能相信我。我和蒋远周向来势不两立，我就算死也不会让他得到情深。你既然都做到这一步了，最后的赌约不敢下吗？"

万毓宁将纸递还给方晟。

男人朝她手上看了眼，万毓宁戴了副白色的手套，看来也算吃一堑长一智了。

"麻烦帮我倒杯水。"

万毓宁拿过杯子，过去倒了大半杯水回到床前。方晟取过药盒，手指艰难地将药拿出。万毓宁看着他将药一颗颗丢入水中，白色的药丸遇水化开，她视线定定地看着。

　　方晟几乎将整盒药都放了进去，万毓宁喉间轻滚，目光落到男人脸上，再也说不出别的话来。这个男人，她曾经也爱过，并且坚定过要和他过一辈子的决心。万毓宁视线有些模糊，方晟朝她看了一眼，轻轻笑了下：“哭什么？”

　　“我没想到你会这样死去，我设想过一百种让你不得好死的死法。”

　　方晟左手拿起那杯水，慢慢摇晃了几下：“所以，如你所愿，我这也算不得好死。”

　　万毓宁心里并没有雀跃，只是觉得空空的。她坐到椅子上，方晟目光透过那杯渐渐发白的水看向窗外：“万毓宁，我死之后，你对我所有的恨就随之埋葬吧，你别再为难许情深了。”

　　万毓宁一听，抬起手指在眼角处轻拭：“我要说不呢，你还能拿我怎么样？”

　　方晟并未被她的话激怒：“确实，我已经不能拿你怎么样了。”

　　今天的阳光不算好，房间内有空调，感受不到外面的寒冷。方晟将水杯凑到嘴唇边，先是轻抿一小口，皱起眉头：“真难喝。”

　　万毓宁紧盯着，手掌轻握，看着方晟大口大口喝完了杯子里的水。他将水杯放回床头柜，安静地闭起双眼，万毓宁有些紧张：“你怎么样？”

　　“哪有那么快就死了，你不用着急。”

　　万毓宁起身朝着方晟看了最后一眼，再留在这儿只会徒增麻烦，她抬起脚步往外走去。她一刻也没有逗留，司机在外面等她，两人很快离开医院。

　　万毓宁并未直接打电话给蒋远周，她掏出手机，发了条短信给一个陌生号码。发完之后，她将信息记录删除，然后抬头看向窗外。

　　蒋远周此时正在星港的办公室内，接到短信时，手机发出振动声。他拿过来看了眼，简单明了的几个字，内容却足够震撼——“速去方晟病房，将死！”

　　蒋远周将手机放到旁边，精神却集中不起来了。他重新看了一眼短信内容，然后拿了手机往外走去。

　　来到方晟的病房时，护工正陪着方晟，方明坤下楼去买东西了。蒋远周朝四周看了眼，视线最终定在方晟身上。方晟神色并无异样，冲旁边的护工道：“你先出去。”

　　“好。”

　　蒋远周站在床尾处，面上没有多余的表情：“是你让我来的？”

　　“不是，”方晟轻摇头，“应该说，是万毓宁。”

　　蒋远周眼里露出疑惑，方晟朝旁边的椅子指了指：“蒋先生，请坐吧。”

男人站着没动："看你的样子，是有话要和我说。"

"我和你之间其实并不算有多大的仇，所以，我们可以心平气和地说几句话。"

蒋远周双手撑在病床床尾处："你想跟我说什么？"

"如果我什么时候死了，我的死只跟万毓宁有关。"

蒋远周垂下头，嘴角扯出抹嘲讽笑意："方晟，报仇还没报够是吗，还想借刀杀人？"

"万家如今这样，我已经心满意足了。只是我空有想法，可浑身不能动弹，显然是能力不够了。要不然的话，我临死之前肯定要拉万毓宁垫背。"

蒋远周眉角轻挑："有我在，你拉得动吗？"

"是，所以我放弃了。"方晟面上没有丝毫的恼怒，"蒋先生只需要知道，把你骗到我病房里的人是万毓宁。还有，我跟她最适合的就是互相残杀，不存在什么相互原谅。"

蒋远周并不知道方晟一心求死，更不知道他刚用过药："这是你和万毓宁的事，不必来跟我说，我不感兴趣。"

"那情深的事呢？"

蒋远周想到许情深的种种，心里更加不是滋味："那也是我和她之间的事。"

方晟自知蒋远周很难心平气和地跟他好好说会儿话，他们两个谁都不想给谁好脸色："如果有一天，情深回到你的身边，请你善待她。"

"我不需要你教我怎么做。"

方晟点了点头。时间差不多了，他闭起眼帘。

蒋远周知道整件事透露着怪异，他想到了什么，抬起脚步往外走去。

司机接到蒋远周的电话时，刚将万毓宁送到九龙苍："喂，蒋先生。"

"万小姐呢？"

"万小姐回九龙苍了。"

蒋远周站在一扇半人高的窗前："她今天去医院，没什么特别的事发生吧？"

"没有，挺好的。"

蒋远周挂断电话，司机下去给万毓宁打开车门，她神清气爽地走了出去。

许情深下午并不忙，接到方晟的电话时她有点惊讶，以为他不舒服，开口便焦急地问道："方晟，你没事吧？"

"我没事，你忙吗？"

"不忙。"

方晟的声音有些无力："情深，陪陪我吧。"

"现在吗？"

"请最后一次假吧，我想让你推我出去走走，我好久没有看到外面的热闹了。"

201

许情深听着难受："方晟，你为什么要这样说？"

"当然是想博取你的同情，"男人轻笑，"真的最后一次，我以后也没力气出去了。"

"不许胡说！"许情深打断他的话，"我马上过来。"

星港的规章制度向来严苛，但对许情深似乎格外照顾，况且还有两个多小时就要下班，医院这边也没说什么。

许情深走进方晟的病房，方明坤刚给方晟套上外套："这么冷的天，出去做什么？"

"爸，我挺喜欢冬天的，天气好。"方晟朝身上的衣服看了一眼，"我还想出去买几套新款，这些都过时了。"

方晟向来是个讲究的人，许情深走过去："好，我陪你去买。"

"爸，你就在这儿睡会儿，今天我想和情深单独出去。"

"你坐着轮椅，情深一个人……"

许情深拿了条毯子给坐在轮椅上的方晟披上："干爸，没事的，我们打车去，我可以让出租车司机帮忙。"

方明坤还是不放心，但方晟坚持，他最后只得点了头。

许情深推着方晟走出医院，门口停着好几辆待客的出租车，许情深将他推到其中一辆跟前："我们去哪儿？"

"就去明夏商场那边吧。"

"好。"

许情深过去请求帮忙，司机是个热心的中年男人，劲儿也大，将方晟弄上车后，许情深不忘替他盖好毯子。

来到明夏广场，许情深付钱的时候让司机不用找零，但对方执意将一张五十元的钞票递向她："你等等，我帮你拿轮椅。"

许情深不住地说着谢谢，将方晟安顿好后，推着他进入步行街："先给你买两套衣服吧？"

"一套就够了，也没多大的场合需要经常穿。"

方晟对这儿比较熟悉，许情深顺着他的意思往前推，来到男装精品店。他亲自挑选了一件衬衣，没有要正统的西装。这样的天气，他又选了件米黄色的低领毛衣。

结账的时候，许情深从包里掏卡，方晟按住她的手掌："我是男人，还用你付账？"

"我想送你。"

"以后吧，会有机会的。"

方晟付了钱，许情深看到他用左手签了自己的名字。服务员将纸袋递向她，许情深拿在手里。方晟有些累，坐在轮椅内微喘："我饿了，去吃点东西吧。"

"好。"

走出精品店，冷风猝不及防地灌过来，许情深散在肩后的头发被吹得散开，几丝打在面上，又痛又痒。

"你想吃什么？"

"小吃吧。"方晟许久不曾吃过这样的东西了，只是实在没什么胃口。

许情深推着他走，步行街上到处都是美食，许情深看到有卖酒酿饼的，过去买了两个。这东西方晟以前爱吃，许情深回到他身前："快尝尝。"

方晟现在看到吃的胃里面就翻滚得难受，但他还是张开了嘴，轻咬一口，立马偏过头要吐。许情深吓得用手里的袋子去接，方晟将她的手掌轻推开："没事。"

"很难受吗？"

方晟不住地咳嗽起来，他压抑着，面色涨得通红。他感觉到一种浓郁的死亡气息正在逼近。

许情深替他轻拍后背，半晌后，方晟才缓过神。他随手朝前面一指："推我去那边看看吧。"

商场的门口摆着某名牌的手套、围巾等，方晟走过去挑了几款让许情深戴上。许情深心不在焉，却又不忍扫他的兴。方晟没有问她的意见，觉得都不错，便要结账。

"我哪戴得了这么多？"

"那就一个星期换一套，你是女孩子，这个年纪哪有不爱美的？"

服务员将账单放在硬包装盒上，递到方晟手边让他签字。

天气逐渐暗下去，像是要下雨。许情深抬头望向不远处："要不要看电影？"

方晟的最后一天，想做很多很多的事，但显然来不及了："下次吧。"

"那好。"

"前面有跳舞机，去看看。"

许情深顺着他的意来到游戏大厅的一楼。许情深兑了币，方晟站在旁边笑道："跳一个？"

"不行，早就生疏了。"

"瞎跳跳，又没人认识你。"

许情深朝四周看看，确实没什么熟人。她投了币进去，然后选了单人的游戏。

方晟站在一米开外，劲爆的舞曲并未引来别人的侧目。许情深好久没跳过了，以前跟方晟恋爱的时候，每次逛到游戏厅都会进去跳两把。他们喜欢跳双人的，那时候一路过关斩将，旁边总会聚着不少小屁孩观战。

方晟这么看着，那种谈恋爱的感觉好像又回来了。他眼里满满的都是她的身影，看着她摆臂甩头，看着她一关关闯过去。

许情深的心思终究不在这上面，玩了两把，意兴阑珊地退了下来。

方晟倚在轮椅内，许情深勉强拉出抹笑，别说是跳舞了，她觉得她当着方晟的面每走一步，都是用刀在他身上割肉。

"怎么不跳了？"

"现在长大了，对这个没兴趣了。"许情深走到方晟身后，"你肯定累了，我送你回医院吧？"

"情深，我想回家。"

"回家？"许情深不禁弯下腰，"回家做什么？"

"先带我回家吧。"

许情深推着方晟回到街上，看到一把把伞撑了起来："呀，下雪了！"

"今天真是个好日子。"

"我去买把伞。"

方晟见她要往前冲，抬起左手拉住许情深的手掌："带我一起啊。"

"你在这儿等我吧。"

"我也喜欢雪。"

许情深见雪下得并不大，这才推着方晟出去。有雪花落到脸上，方晟并未伸手拂去，他看着形形色色的人在大街上穿梭，脚步迈得飞快，甚至有人跌倒。但是没关系，只要双腿还在，跌倒了就能爬起来。

方晟抬了抬脑袋，许情深看到他乌黑的发丝上落了几片白色："方晟。"

"嗯？"

"你看到活着的美好了吗？"

方晟仰起脑袋，目光望入许情深的眼里："我看到了。"

她嘴角展开弧度："那我等你，等你好了以后跟我去玩跳舞机。"男人没有答应，他不想在最后时刻给许情深一个空头承诺。

两人来到卖伞的摊位前，许情深随手拿了一把带碎花图案的伞。方晟轻摇头："换。"许情深拿起另一把格子的，方晟干脆抬手，指向旁边挂着的黑伞。

"颜色太沉了吧？"

"简单，最好不过了。"

"好。"许情深将那把黑伞取下，付了钱之后撑开，却在恍惚之间想到了那个晚上——那天的蒋远周也是撑着黑色的伞，他从一片苍茫的世界里走来，许情深满眼的白色都被那种浓黑给劈开了。

"情深？"方晟见她不动，轻唤出声。

许情深回过神来："我们回家吧。"

在回去的路上，方晟让许情深买了一束鲜花，他双手捧在手里，手指触摸着柔软的花瓣。许情深柔声问道："晚上想吃什么？要不要带点回去？"

方晟摇了摇头。他整个人都开始不适起来，眼睛望出去雾蒙蒙的一片。他使劲眨了眨双眼，视线这才恢复了清明。

"情深，快回去。"

"怎么了？不舒服吗？"

"不是，我不想待在外面了。"

许情深带他去拦车，回到方家的时候，天都快黑了。

许情深将方晟推入卧室："我给你把暖气打开。"

"情深，扶我到床上躺着。"

屋里就许情深一个人，她没那么大的力气，只能双手抱在方晟的腋下，好不容易让他起身，两人双双栽入大床内。许情深生怕压痛他，忙要起身。方晟左手臂搂紧她，但仅仅是一下后就松开了。

许情深让他躺好，再将被子给他盖上："我们这么久不回去，干爸肯定急坏了，我给他打个电话。"

她掏出手机，方晟见状一把夺了过去，将手机关机。

"你这是做什么？"

方晟轻拉过许情深的手："我不想我爸眼睁睁地看着我离开，我怕他承受不了。"

"你……"许情深听到这儿，心口咚咚直跳，慌乱得不行，"你别吓我！胡说什么呢？"

"情深！"方晟轻唤出她的名字，最后的话却卡在喉咙间说不出来了。许情深双手拽住方晟的手臂："走，我们去医院！"

"别白费力气了。"方晟动也不动，"情深，死亡不一定是最糟糕的事，对我来说，有尊严地死去，胜过我如今苟且偷生百倍、千倍。"

"你说这些话是什么意思？"许情深始终不敢往那方面想，"你身体不行了是不是？那你干吗不跟我说？星港那么好的医院，那么多医生都会救你的！"

"救回来一次又能怎样？"方晟看得很开，他握紧许情深的手掌，"我时间不多了，连一分一秒都不舍得浪费，情深，你陪我说说话吧！"

方晟忽然这般，许情深哪里能接受得了，她伏在他身侧哭出声来："你至少要告诉我，为什么会这样？"

"是我自己，我活不下去了。"

许情深听在耳中，倒觉得还有几分希望。她起身盯着方晟看去："我知道你一直都有这样的想法，但我们不是在你身边陪着吗？"

"不哭，行不行？"方晟拉了拉她的手，"让我好受些。"

205

许情深将眼泪吞咽回去，方晟的视线落向窗边："把窗户打开吧。"

她起身过去，拉开窗帘，再将窗户打开，寒风一下吹进屋内，吹得墙上的纸张哗哗作响。万毓宁撕过一次，不过如今这里又贴回去了几张。

许情深侧过身看了一眼方晟，见他面色似乎好了些。只是从这样的角度望去，他精气神都没了，人瘦得厉害，许情深知道这些都不是好的现象。她强扯出一抹笑，走回方晟的床边。

"情深，你还记得我妈妈长什么样吗？"

许情深轻点下头："小时候的记忆模糊了，但是家里有干妈的照片。"

"我也是。"方晟抬起的视线盯向天花板，"记忆中，妈妈的样子模糊极了，我只知道她去世的那天，我爸痛不欲生，满世界都是哭声。我当时应该特别想跟你在一起，想抱着你，让你安慰我。但那天也是你最黑暗的日子，我们一同失去了最爱的人。"

"方晟，我知道我比你幸运得多，我比你晚知道这么多事，我没有像你那样日日煎熬。"

"情深！"方晟唇瓣轻弯，视线落到她的脸上，"从昨晚开始，我妈妈的一颦一笑、眉眼之间的痕迹，忽然都清晰无比地呈现在我的眼前。她不再出现在我的梦里了，她是要来带我走了。"

"方晟！"

方晟听得出许情深话里的慌张，他意识有些模糊，嘴里干涩得厉害："你别怕，也别太难受，你这样……会让我走得很不安心。"

"你真要走了？真要这样走了？"

方晟拉过许情深，让她趴在自己胸口："一直想和你说对不起。我很早就知道自己的时间不够了，我选择了一条捷径去接近万家。很多时候，我看着你身处险境却不能帮你，我现在最放心不下的也是你。我真后悔，当初在万毓宁疯疯癫癫时，我应该除了她，不给她留下任何伤害你的机会。"

星港医院。

方明坤在医院内已经找了一圈，打许情深和方晟的手机，两人都关机了。他心里越来越慌张，再一看外面的天，雪倒是停了，可夜色浓重。这个时候还没回来，许情深不可能这样不知轻重，唯一的可能……难道是方晟出事了？

他们出门的时候并没有说要去哪儿，方明坤更不知道应该去哪儿找。他找到导医台，甚至找到许情深所在的科室，他想问问有没有线索，哪怕是一点点也行。

医院门口，方明坤形单影只地站在灯光里。老白听了蒋远周的话，示意司机按响喇叭。方明坤半晌后回神朝一旁望去，蒋远周落下车窗，方明坤抬起沉重的脚步走去。

蒋远周率先问道："找到去哪儿了吗？"

他轻摇头："方晟只说要出去逛逛，没说具体的地方。"

"手机呢？"

"关机了。"

蒋远周听了，就觉得情况肯定不会好到哪里去："你上车吧。"

方明坤没想那么多，坐进了后车座内。老白示意司机往前开："方先生，您再好好想想，许小姐和方晟恋爱的时候，通常都会去哪里？"

蒋远周将视线别向窗外，尽管此时最重要的是要找到他们，可越是逼近方晟最后的日子，他和许情深曾经的时光就越会残忍地映入蒋远周的眼帘。

"有，但是地方很多。情深和方晟感情好，那时候恨不得天天腻在一起……"方明坤满眼的焦急，他已经顾不上这些话会让别人作何感想了。

"你再好好想想，总不能这样没头没脑地找。"

"对了，方晟说要去买衣服。"

老白朝蒋远周看去："蒋先生，要不先去附近的商圈找找？"

蒋远周没说话，老白就当他同意了，示意司机往最近的印象城开去。

方家。

方晟不住地干呕，许情深给他拧了毛巾，她着急地要去拿手机，方晟一把拽住她的手腕。许情深用力挣扎，方晟的半边身体都被拉出了床沿。许情深忙抱住他，让他躺回去。

"为什么不肯回医院？"

方晟摇着头，待平复些后，才开口道："没用的，情深，我吃了药。"

"药？"许情深大惊失色，两手掐着方晟的肩膀，"什么药！"

方晟唇瓣轻启，说了个药名。许情深闻言魂都丢了，整个人木然地坐到床上。她知道这种药对于方晟的病来说是致命的，医院的人不可能给他用，方明坤更加不可能。

许情深颤抖着嘴唇："谁，是谁给你的？"

方晟痛苦地闭起双眼，难受地想要坐起身，可他全身使不出一点点力气。许情深见状，忙将他搀扶起来，让他靠在自己身上。

"情深，放我走吧！"方晟气息奄奄道，"别再一次次让我活下去。如果真的有治愈的可能，我比谁都想活着，所以……放我走吧！"

"不！"许情深说不出别的话来，"你告诉我，是谁给你的药？是谁？"

方晟仅能动弹的左手握向许情深的手臂："蒋远周既然爱你，你就有好好活下去的机会，情深……"

"你胡说什么呢？"

方晟剧烈地喘息着："蒋远周……他绝不是善良的人，星港肯收治我的时候，我就看出来了。蒋万这种家庭里的人，我们不能用寻常人的道德或者医德去衡量他们。蒋远周一言可夺万人权，他是不会在乎的，他在乎的是你。"

"我们不说这个话行不行？"

"情深，别再挣扎了。"方晟脑袋在她怀里动了下，"我也撑不到抢救室了，你让我把想说的话都说完吧。"

"你为什么要这样？你从来不是个轻言放弃的人。"

"因为我撑不住，我累了啊！"方晟躺在许情深的怀里，"但是你还得活下去。情深，你向来是个聪明的人，你一定可以让自己好好地活着。"

"我现在顾不得这些，我只要你活着，我不能看着你死！"许情深双手抱紧怀里的男人，这个人陪她走过人生最晦暗的时候，他拉着小小许情深的手，一步步在前面带着她，跨出许家的阴霾、跨出后妈的辱骂和暴打，让她看到了外面世界的光明和美好。可是为什么，他就要这样走了？越是接近那一步，许情深就越是接受不了。

"方晟，不可以！不可以……

"你不许走，不许走！"

她能体会到方晟的痛苦，也知道他需要解脱。可人都是自私的，即便再怎么看惯了生死，许情深都接受不了。活着跟死去，对她和方明坤来说，都会选择让方晟活着。

方明坤跟着蒋远周找了一大圈，这样下去不是办法，蒋远周想了想，忽然问道："他们有没有可能回家了？"

"不会，方晟答应了要回医院的。"

"与其这样瞎找，还不如回家看看。如果他们不在，就从家附近开始找起。"

方明坤也没别的办法，只能答应。

这儿离方家并不远，车子开出去十几分钟就到了。方明坤探出视线，嗓音猛地激动起来："应该是在家里，卧室亮着灯！"

蒋远周闻言，心里总算一松。找来找去，居然是回了家。

车子停稳后，不等老白替他打开车门，蒋远周就率先走了下去。方明坤快步在前面走着，车上就留了司机一人。

来到方家门口，方明坤开门进去，隐约听到卧室内有哭泣声传来。蒋远周穿过客厅往前，屋内的许情深和方晟完全没有听到外面的动静。方明坤欲要进去，被蒋远周伸手扣住手臂，两人的步子都顿在外面。

方晟弥留之际，话语越来越轻："情深，我看到我妈妈了，她正向我慢慢走来。听，她跟我说话了。"

"不，我不信！"许情深下巴紧紧抵在方晟的头顶，"她会保佑你……"

"她说，她来接我了。"

蒋远周抬起手掌，无意识地扶住门框。方明坤站在旁边一动不动，泪水从眼眶里淌落出来，不忍进去打扰。

方晟抬起左手，已经没了力气。许情深见状，忙握紧他的手掌。

"情深，再见。"

"不要——"

方晟剧烈喘息着，他抽回手掌，从兜里掏出一张对折好的纸，塞到许情深的掌心："我真的撑不住了。我没有遗憾，该说的我都说了。"

"不要！方晟，你还有干爸呢，你忍心丢下他一个人吗？别走！不要——"

方明坤再也站不住了，推开房门进去："方晟。"

许情深哭得不能自已，却仍旧没有放弃追问："你告诉我，究竟是谁给你的药？是不是那人逼着你喝下去的？"

"什么药？"方明坤走到床边，"方晟，你为什么忽然这样了？我们去医院！"

方晟嘴唇嚅动，只是喊了声爸，他拉过方明坤的手，轻轻摇头："我要走了。"

"儿子，儿子，你别说胡话啊！"

方晟闭起眼帘："爸，妈走的时候是穿了一条裙子吧？你看，我没认错。"方晟忽然抬起左手臂，朝着前方用力指去，"你看，妈妈来接我了！爸，情深……别哭，我只是和另一个亲人团聚了，她们在那边寂寞太久……"

许情深感觉到方晟的手臂慢慢垂落，她轻喊一声，一把握住他的手："方晟！"

方晟双眼彻底紧闭，呼出了最后一口气，身体软软地倒进她怀里。方明坤双手捧住方晟的脸："儿子，你醒醒啊，醒醒！情深，快喊救护车！"

救护车来到方家楼下的时候，蒋远周还没走。很快，方明坤和许情深急急忙忙下来，担架上抬着方晟，刺耳的警笛声逐渐远去。蒋远周随后也上了自己的车："走，去星港！"

方晟的病房有人守着，蒋远周和老白来到门口，里面有人正在翻找。蒋远周推门进去，目光扫向四周。这儿一切如常，茶几上还摆着许情深的保温杯，方晟换下来的病号服放在床沿处。

老白上前问道："有没有什么发现？"

那人拿出来一支笔以及一个再普通不过的本子，将东西递给老白："这是在床褥底下翻到的。"

"还有吗？"

"床头柜的杯子内喝剩下一口水，已经送去检验了。"

蒋远周站在偌大的病房内看着他们四下翻找。万毓宁临走前将药盒等东西都带走

209

了，除了那个本子，再无遗漏。

许情深坐在抢救室外，医生很快就出来了，方明坤大步过去，也不知道听医生说了什么，他崩溃地哭出声来。许情深没有力气、也没有勇气过去，呆呆地坐在椅子上一动不动。

参与抢救的医生认得许情深，走过来拍了拍她的肩膀："许医生，节哀顺变！"

许情深的整个灵魂像是都被抽去了，眼圈红着，但蓄满的泪水就是不掉出来。她双手攥紧，医护人员一一离开，方明坤痛不欲生地哭着，一遍遍地叫着儿子，让他活过来。

不知何时起，许情深的身旁坐了个人，她也不知道。

蒋远周见她近乎自虐地用指甲掐着自己的手背，右手上已经布满一个个深深的月牙印，满手背都是，看着触目惊心。蒋远周去拉她的右手，但许情深左手紧紧掐着不肯放，蒋远周使劲将她的双手分开。

许情深扭过头，射向他的目光尖锐、充满敌意，甚至有着惊人的攻击性。

蒋远周的视线对上她，许情深眼底映入男人的五官轮廓，她看清楚了跟前的人，眼角忽然一软，眼泪簌簌而落。

蒋远周拉过她的右手，同她十指交握。她手心手背都冷得厉害，视线渐渐模糊，方才的攻击性全然褪去，只剩下满眼的软弱。她心慌、无助，同时又难受到说不出话来，大拇指还在无意识地掐着，一下下的尖锐疼痛刺在蒋远周的虎口处。

方明坤并未通知家里的亲戚，所以方晟走的时候孤孤单单。

蒋远周看着许情深泣不成声，但他安慰不了她。他陪着许情深在椅子上坐着，接近清晨的时候，许情深撑不住了。

这一晚，东城又开始下雪，整整一个晚上都没停。

九龙苍。

万毓宁站在窗边望向外面，天色尚早，九龙苍的院子内铺满白色，连成一片的美景蜿蜒到九龙苍的正门口，连一个脚印都没有。

万毓宁也几乎整晚没睡，更知道蒋远周没回来。她焦急地锁紧眉头，手指在窗户上不住轻敲打。

电话是星港医院的小护士打来的，万毓宁看了一眼来电显示，赶忙接通："喂。"

"万小姐，方晟死了。"

万毓宁以为开了窗，浑身冷得打起寒战："什、什么时候的事？"

"昨晚就走了，还送到星港来抢救，不过抬上救护车的时候就已经……"

万毓宁顿了半晌没说话，那边喂了几声，才将她的魂拉回来："蒋远周呢？"

"蒋先生陪着许小姐了，这会儿没看到他们。"

陪着？这时候的许情深，不应该恨不得杀了蒋远周吗？

"还有什么特殊的情况吗？"

"没了。"

万毓宁不安地结束通话。还有种可能，方晟刚走，许情深肯定没有心思顾别的事，那封遗书应该还没来得及看。

对于别人来说，这不过是个再普通不过的清晨。

出门看到积雪，孩子们开心地乐了；上班族需要小心翼翼，再也不能大步奔跑着去赶公交车；老爷爷、老奶奶将广场舞和太极拳改在了室内；而卖早餐的小贩们则是风雨无阻……渐渐地，天空开始明亮起来，嘈杂声不绝于耳。黑暗过去，阳光无遮无拦地洒落到每个角落。

许情深真的在梦里看见了方晟，干妈接他去了另外一个世界，她张罗着要给方晟做好吃的，而她身后就是方家的厨房。

许情深身子抽了下，惊醒过来，脸贴在真皮座椅上，屋内暖气开得很足，所以她并没有觉得冷。她睁开眼，昨晚哭得太狠，视线望出去都是模糊的，眼睛痛得厉害。

隐隐约约有说话声传来，许情深不想听，但老白的声音带着几个关键词传入她耳中——检查结果、药名以及什么水杯，她还听见了方晟的名字。

许情深想要坐起身，但一点力气都使不出来。她视线扫向四周，这才认清楚这是蒋远周的办公室。

两个男人就在不远处站着，蒋远周问道："这药是不是导致方晟死亡的主因？"

"对，一粒就能加重三分病情，更别说是整整一盒了。"

蒋远周握着手里的报告，然后将它甩到桌上。老白朝他看了眼："蒋先生，您这是怎么了？"

许情深动了下手臂，蒋远周见她醒了，走过去将她搀扶起来。许情深脑子里嗡嗡作响："药，是谁给他的？"

"许小姐，这件事蒋先生已经让我去查了。"

许情深双手撑向身侧，嗓音沙哑："昨天都有谁去过病房？如果我没记错的话，万毓宁去过吧？"

老白不知怎么回答，蒋远周却承认了："对，昨天司机送她去过一趟。"

"医护人员都知道方晟不能碰这种药，干爸也知道，所以这绝对不是误服。刚刚老白也说了，那是一整盒的致死量。这么多人中，谁最想要方晟死？"

"我昨天也去过病房，是收到了一条陌生号码发来的短信。方晟当时跟我说，我只需要记得是万毓宁要我过去的。"蒋远周有些想不通，"可那时候，万毓宁已经回去了。"

211

许情深太阳穴处狠狠抽痛下："我干爸呢？"

"回了方晟的病房，收拾好东西后，他要带方晟回去。"

许情深站起身来："我去看看。"

蒋远周没有拦她，只是看她状态不好，便让老白跟着。

病房内，属于方晟的东西都是方明坤亲手收拾的。许情深走到门口，朝老白吩咐道："我没事，你一晚没睡吧？我看蒋远……蒋先生也是满脸倦色，你带他去吃些东西吧。"

"好，许小姐，你节哀吧。"

"放心，我自己会调整好的。"

许情深进了病房，东西都收拾得差不多了，她想过去帮忙，方明坤轻按住她的手："情深，让我来吧，反正这也是最后一次了。"

许情深忍着泪水走向病床，坐了下来，忽然觉得整个人空空的，不知道还有什么事能让她提起精神。

许情深双手放到腿上，手指触摸到口袋内的东西。她想到方晟给她的纸，她还没来得及看。

阳光透过窗帘照进来，落在许情深的身上，她掏出已经褶皱的、被折成正方形的纸张，用手指轻轻打开，发现里面有两张，她的视线落到第一张上面。方晟左手也会写字，只是没有右手写得好，但还算工整能看。

　　情深：

　　我知道我到了最后的日子，我该走了，你别哭。

　　纵然有太多不舍，也不敌生命的脆弱。

　　药是我让万毓宁买的，她起初不同意，她知道我将死，所以不用急在一时半刻。但是情深，这样的日子于我来说太难挨，生不如死。所有爱我的人，都不会眼睁睁看着我寻死，我几乎绝望，我想我可以挺过所有的悲伤痛苦，却挺不过瘫在床上，生活不能自理。

　　万毓宁的出现，让我看到了解脱的希望。我告诉她，我可以将我的死推在蒋远周身上。我留下一封遗书，说我被迫喝下那杯药，我的死一旦跟蒋远周有关，你跟他从此也就再无可能了。万毓宁是条毒蛇，尽管她的心肠越来越毒，但对于这样充满诱惑力的提议，她拒绝不了……

许情深用手掌紧紧捂住唇瓣，视线开始模糊。

　　"我写的那封遗书她看过，所以才放心地将药给我。她选择赌一把，就

212

只能相信我。

"情深，我走之后，最放心不下的是你，除了让你多保重，我别无他法。"

许情深一度闭上眼，不忍往下看，房间内安静极了，她深深呼出口气，然后重新睁开眼帘。

"你如今的处境太过尴尬，我这一生算计人无数，就让我在临死前，为你算计最后一次吧。"

许情深轻咬着自己的手掌，眼泪落在纸上，属于方晟的字迹晕染开。

"情深，我也尊重你的选择，你如果想让所有的事情都过去，可以将第二张纸撕了。这样的话，蒋远周永远不会知道这件事，我这个局也就等于白设了。"

不远处的方明坤望过来，他知道许情深难过至极，可此时的他，谁都安慰不了。
许情深擦净眼角的泪水，继续往下看——

"我最不放心的，也是最现实的——情深啊，你以后要怎么办？万毓宁这条毒蛇，不会因为你的隐忍不争而放过你。她早已经变态，不除掉你誓不罢休。所以，我不犯人，并不代表人不犯我。我希望今后有人再犯你的时候，你可以双倍奉还，直到这个世上再也无人敢欺你。

"你我都知道，让所有事情随风而去的这个愿望，太过美好。只是情深，不论你做怎样的决定，我都支持你。如果你决定了要把第二张纸交给蒋远周，就把我这封信撕了吧。"

许情深的手重重地落下去，看到信的末尾处写了一首歌词——《还魂门》。
许情深咬紧牙关，将第二张纸拿到上面。
纸上，是方晟编造出来的一个故事。他说蒋远周去了他的病房，并且强迫他喝下那杯药水，他是被蒋远周害死的。通篇文字里没有提到万毓宁一个字，所以才让万毓宁彻底信了吧？
许情深单手遮住半边脸，如果没有第一封信，独独看了这封遗书的话，她肯定会恨蒋远周入骨。
大约十来分钟后，许情深一手拿着一张纸，目光不住地在左右手间游移。这其实代表了许情深今后要走的两条路，是她逃不过去的选择。

方明坤从不远处走来，许情深将两张纸分别攥在手心上。

"情深，我们走吧？"

"干爸，万毓宁来的几次里，是不是都挺正常的？"

方明坤轻点下头："是啊，起初我也不同意她留在病房里，但方晟执意要跟她单独谈。"

许情深将一张纸折得很小很小，然后塞在自己的兜内。她将另外一张攥紧在手心内，快步往外走去。

"情深，"方明坤忙唤住她，"你去哪儿？"

"我去去就回。"

许情深的脚步一串串印在走廊上，她没有犹豫过，但一路上，她脑子里都是蒙的。

来到蒋远周的办公室前，她轻敲了两下门。

"进。"

她拧开门把，屋里的两人都抬头朝她看来，老白率先迎了过来："许小姐，将方晟送回去的车我已经安排好了。"

许情深朝他看看，径自往里走去。蒋远周坐在办公桌前，整夜没有合眼，脸上有掩不住的疲倦。许情深看着蒋远周这样，忽然间不知道该怎么办了，这条路还要不要走下去？

蒋远周见她不说话，轻声开口："怎么了这是？"

方晟昨天走后，最最难挨的时间是蒋远周在陪她；今天，又是他留在医院，替她安排着这些事，可她……明明知道方晟遗书里的内容是编造出来的。

许情深鼻尖开始往外冒出酸意，她提起脚步，想要往后退，但身后有一双无形的、有力的手在推着她向前。

方晟活着，也只是仅仅残留着最后一口气，身体不能动、受尽折磨，可即便这样，万毓宁都没有选择放过他。而她许情深呢，还在星港上班、还在蒋远周的眼皮子底下，万毓宁能放过她吗？即便她离开星港了又能怎样，当初她连万毓宁这个人是谁都不认识，还不是被害得差点惹出命案来？

"许小姐，要不要我跟您下去一趟？"老白在旁说道。

许情深的神被拉了回来，她目光定定地落向蒋远周："方晟的药，是万毓宁给的吧？"

"这件事，我会查清楚了再告诉你，毕竟每天进出方晟病房的还有那些医护人员。"

"如果不是万毓宁，那就是你了。"

蒋远周狭长的凤目轻眯："怎么，你怀疑是我？"

214

"你不是说你去了方晟的病房吗？"

"就算我去了，我为什么要害他性命？"

许情深握紧的手掌微松，将手里的纸递过去。蒋远周还未伸手接，她就将纸啪地按在了桌面上："这是方晟留下来的遗书。"

蒋远周面露疑惑，目光只是在纸上扫过，映入眼中的字眼就足够令他触目惊心。遗书里的内容精彩无比，仔仔细细描写了蒋远周是怎样害死方晟的，每一个步骤都清晰无比。说他当着方晟的面撕开药盒，说方晟无力挣扎，最后只能吞咽下去。还说了方晟有多么不舍得离开，但他知道蒋远周势力庞大，为了父亲晚年的清净和安稳，让许情深不要追究，更不要将事情闹大。

蒋远周将遗书一字不差地看完，整个人往后一倚："这是方晟写的？"

"你不信？"许情深没有盯着蒋远周的眼睛看，"方晟画的画上，有不少都是用左手写的字，你要不要比对下字迹？"

老白一眼就看出了不对劲，他走到蒋远周的办公桌旁，将遗书上的内容尽收眼底："许小姐，您千万别误会，蒋先生不可能会做这种事！"

许情深泪水涌出眼眶："那你们给我个解释，谁能做得出这样的事？"

"情深……"蒋远周刚喊出她的名字，许情深就拭去掉下来的眼泪道："你们放心，方晟就留了这么一份东西，现在也在你手里。我们姓许的和姓方的，没那能力兴风作浪！"

"你说这话是什么意思？"蒋远周嗓音不禁冷冽了几许。

许情深轻吸口气，似在极力隐忍："医院肯安排车送方晟回去，这是最好不过的事，谢谢。"

她说完这句话转身要走，蒋远周知道不能让许情深就这样离开，推开椅子起身。许情深走得很快，到了门口刚要将门打开，蒋远周就一手撑在门板上。

许情深用了很大的劲都没能将门拉开，抬首朝蒋远周看去："做什么？"

"老白，你先出去。"

"好。"老白本来就觉得戳在这儿挺尴尬的，可这间办公室就一个门，老白走向二人，蒋远周张开双臂将许情深抱在怀里，老白趁机开门出去，再用力将门拉上。

许情深挣扎了几下："放开我！"

"你真相信方晟的遗书？"

"那你说，他为什么要骗我？"

蒋远周手臂收拢，不给许情深挣脱的机会："我没理由害死他。"

"为万毓宁出气，这条理由够不够？"

蒋远周后背抵向墙壁："不够！我就算真要方晟死，完完全全可以不收治他，用不着让他进了我的医院，再去要他的命。"

"你肯收治他，我对你感恩戴德，可是之后呢？你没有遵守同万毓宁的约定——

215

蒋远周，你心里肯定是有过挣扎的吧？而最终的结果毋庸置疑，万小姐的重要性远远居于我之上，所以方晟就成了牺牲品。"

蒋远周将她的话一字一句都听在耳朵里，虽然觉得荒谬，可为什么觉得这一切居然天衣无缝？

方晟的遗书是最好的导火索，它可以迅速点燃许情深心里的恨意和怒火，毕竟这等同于方晟亲口叙述。许情深挣扎了几下，从蒋远周的怀抱中挣脱出来。

"我要是跟你说我没做过这些事呢？"

许情深手落向门把，蒋远周见状，一把握住她的手腕："你回答我！"

"你想要什么样的答案？"

蒋远周握住她手的力道紧了紧："给我点时间，我一定把那个人带到你面前。"

"我只是搞不懂一件事——如果不是你，你为什么要去方晟的病房？如果不是你，方晟的遗书里为什么一个字没有提到别人？"许情深连番质问，目光深深地望入蒋远周的眼底。

方晟这一盘棋，可真是精妙。

他临死之前为她筹谋的最后一次，居然连蒋远周都算计进去了。方晟如了万毓宁的愿，那封遗书到了蒋远周的手里，只是方晟留有一手，让许情深事先知道了真相，并且能够站在棋局外面，起着推波助澜的决胜作用。

许情深想到这儿，心里一阵悲痛。方晟最后的时间里，没有安逸，没有快慰，全是在想着如何让她以后的路更加好走些。

蒋远周抿紧唇瓣不语，许情深朝门口走近一步，手再度落到门把上，却被蒋远周从身后紧紧抱住："为什么你可以相信方晟，却不能相信我？"蒋远周手臂越收越紧，恨不得将许情深完全嵌入自己的体内。

许情深痛得出不了声，她弯着腰大口喘息着。蒋远周继续说道："是不是我为你做的一切都抵不过方晟的一纸遗书？许情深，如果方晟真是因我而死，你又会怎么做？"

"我会杀了你！"许情深牙齿内咬出这几个字。

蒋远周的手臂一松，许情深蹲下身去，两个肩膀犹如经过重创般，痛得不能动弹。

"杀我？"蒋远周没想到她会说出这样的词，"你别忘了，你可是医生。"

许情深手臂在墙上扶了把，慢慢起身，将后背朝墙面靠去，视线毫不犹豫地看向蒋远周："我当然不会忘，但是蒋远周，一个人敢在医院里杀了另外一个人，你不觉得这对星港来说是最大的讽刺吗？"

"我说了，我没有！"蒋远周几乎要暴怒了。

许情深喉间轻滚，红着眼圈。蒋远周胸腔内不住起伏："你爱方晟，是吗？"

"我们说的是人命，这跟爱和不爱无关。"

"一直以来，你心里放不下的人始终是方晟。"

许情深轻巧地将这个话题避开："所以，看到他的遗书，我是不是应该杀了你？"

"是！"蒋远周面无表情，却偏偏勾了下嘴角，"为你的爱人报仇，天经地义。"

许情深靠着墙壁没有动，头发散落在颈后，没有梳理，乱糟糟的，精神状态也很差："我和方晟的感情早就过去了，这一点，我比谁都看得开。蒋远周，你不必时刻试探我，虽然我不知道你这样做的目的……"

"你不知道我的目的？"

"那你跟我明说了吧，为什么这样纠结于我爱不爱方晟？他如今人都死了，有何意义？"

蒋远周拧起眉角，视线一瞬不瞬地盯着许情深："我就想知道，你心里有没有我。"

"那你呢，你心里又有谁？"

蒋远周被问住了，两人近乎剑拔弩张地对视着，蒋远周眼角温柔些许："我心里有你，你看不出来，是吗？"

许情深杏眸圆睁，什么话都没接，一把拉开门就要走。

蒋远周可不想被这样不清不楚地吊着，他右手臂撑向前，门砰地关上。蒋远周另一条手臂干脆撑在许情深脸侧，将她完完全全禁锢在他的怀里："对于我方才的话，你有什么想法？"

许情深的心坚硬如石，但也有柔软的地方，只是这会儿塞满了悲伤。她抬着下巴看他："蒋远周，我来找你，不是跟你谈情说爱的！方晟如今还在冰棺内，你别逼着我去想别的事。"

蒋远周的一条手臂垂下去，轻轻搭在许情深的腰间："我知道你难受，那就在你最难受的时候，让我陪着你吧。"

"陪？怎么陪？"

蒋远周挺起身："方晟的死，真的跟我无关。"

许情深双手捂住脸，那种心痛和悲伤，任凭她怎么压抑都压不下去："你不会明白的，也许在旁人看来，方晟这样离开是最好的结果，对于他自己来说也是解脱，但他走得这样快，我是真的接受不了。"她蹲下身去。

蒋远周叹口气，她恨他入骨也是正常。蒋远周随之蹲到许情深面前："你要觉得难受，那就恨我吧。把这些日子艰难地挺过去，等你心里好受一点了，你再把你的恨作为动力，来找我报仇。"

"蒋远周，你是不是傻？"许情深眼眶内淌着温热，这样问他。

男人目光沉沉地盯着她。

217

许情深的泪水没忍住，淌落出来："我偏偏选择相信你，我知道方晟的死肯定跟你无关。那你说，我现在又该怎么让心里好受起来？"

蒋远周说不出话来，他也不知道这时候能说出什么话来，确切地来说，他以为他自己听错了。

两人目光相对，蒋远周伸出手想将她搀扶起来，手刚伸出去，许情深却将他的手推开了。

"你要这样蹲到什么时候？"蒋远周双手落在地上，逼着自己去重拾刚才的话题，"你说方晟的死，你相信跟我没有关系？"

"是。"

他没有显露出高兴的神色来："你把我的解释听进去了？"

许情深轻摇头："不是。"

蒋远周被吊得浑身难受："把话一次性说清楚。"

"不想说。"许情深蹲在那儿，下巴抵着膝盖，目光出神。

蒋远周真是第一次遇上这样的，他烦躁地起身，在办公室走了两圈。说真的，要是换成别人，他早就一脚踢出去了。但她是许情深，她似乎就是他的克星，专按他的命门。

"你说，"蒋远周没法子了，只得蹲回许情深面前，嗓音中带着无奈，他认输了，"要怎样做，你才能心里好受起来？"

许情深这副样子，她的神态、她的表情，没有一点点是装出来的，她在这个男人面前越来越真实，她是真的难受到了极点："看到方晟遗书的时候，我的脑子是空白的，但我知道你不会做这样的事。我只是想要拉个人陪我一起难过，我选不了别人，只能选你了。"

"你有理由相信遗书里的内容。"

许情深摇了摇头："不用相信。"

蒋远周说不出来此时的心情，分明应该是雀跃的，可他看到许情深这副样子，心都快疼碎了。他单膝跪在地上，上半身往前倾，伸手将她抱在怀里。

"方晟爱我，他不会明知我和你实力悬殊那么大，还让我心怀仇恨。这关系到他的性命，他向来了解我，如果这是真相，哪怕拼得你死我活，我也要为他报了这个仇——他不会舍得我这样去送死。"

蒋远周听着许情深对方晟的评价，心里有苦涩、有疼痛、有跟一个死人去计较的不舒服感觉，但他不能让许情深住嘴，也许她说得越多，心里就会越好受了呢？那么，就让他替她将这难受分担了好了。

许情深眼睛痛得厉害，她将额头贴着蒋远周宽厚的肩膀："我相信你，不仅仅是因为你没必要多此一举，更因为我相信自始至终认定的一件事——东城蒋先生不是个善良的人，可他带给我的从来都是温暖。"

蒋远周感觉自己的心就跟坐过山车似的，一下坠落，一下又被高高抛起，所有的情绪都抓在许情深的手里。这个女人，没有权势、没有登峰造极的本事，却偏偏把他蒋远周给捏住了。

半晌后，许情深推开蒋远周想要起来，由于蹲得太久，她起身后靠着墙壁缓了缓，两条腿酸麻得不行。

蒋远周见她穿得单薄，道："待会儿我送你回去。"

"不用，你也没休息好。放心，我没事的。"

许情深的手将门拉开，回头朝他看了一眼："遗书的事情，肯定不会这样简单。如果不是有人逼着，方晟绝不可能会写这样的东西。再有一种可能，就是他急于解脱，对方用一盒在药店就能轻易买到的药，换了他一封遗书。"

蒋远周轻点头，他其实心里都明白了。

许情深走了出去，将门带上，迈着沉重的脚步往前走去。老白就在不远处，见到她过来，站在原地等她。许情深走路很慢，步子在地上拖动。到了男人跟前，老白端详着她的面色："许小姐，蒋先生不是那种人！"

许情深不说话，站在那儿没动。

"你觉得蒋先生会逼着方晟喝药？"

"也许会吧，也许不会。"许情深不想和老白说太多的话。她必须保持最后的体力，她还要带方晟回家呢。

老白绝对是蒋远周最得力的手下，眼见许情深往前走，跟出去几步："当初你们四处求医未果，将方晟带到星港来，也将蒋先生推到了最难的地步，可星港的大门不还是蒋先生亲自让打开的吗？"

许情深头也没回："我也不是非要到星港，当时是被逼得没办法了。别的医院都不肯收治，我们只能在星港外面求着。"

"那许小姐又知不知道，别的医院为什么不肯收治方晟？"

"有些话，不用我重复说了吧？况且我能理解蒋远周这样的做法……"

老白紧随其后："那些医院的事，跟蒋先生无关。"

许情深猛地刹住脚步。老白走到她跟前，许情深盯视着他："什么意思？"

"蒋先生确实说了所有的医院都不能收治方晟，但那也只是为了安抚万小姐。您试想下，蒋先生再权势滔天，可这个行业公办、私人那么多医院，而且有几家先前就跟星港竞争得你死我活，它们真能遂了蒋先生的意？这显然是不可能的。蒋先生当初想的是，星港以客观原因将方晟拒之门外，但有些因素是不受控制的。我们谁都没想到，你们在别的医院居然都吃了闭门羹。"

许情深眼神越发黯然："既然这样，为什么不早说？"

"许小姐要知道，你最后是求到了星港来，蒋先生心肠坚硬，想让你离开，可在大雪里呆呆站着的人是你，不是别人，他能看得下去吗？"

"你们谁都不跟我说……"

老白踩在许情深的影子内，难掩疲倦之色："星港收下了方晟，这就够了。所以许小姐，遗书的事你别太着急认定，你如果信得过我的话，我来帮你查。"

"为了阻止方晟入院，居然能操纵那么多家医院，这人会是谁？最想让方晟死的是万毓宁，难道是她？"

这一点，谁都想到过。

老白不敢妄下断论："如今的万家怕是没有那个势力。就算是最风光时期的万家，想要这样不声不响地做一件事，可能性也不大。"

许情深头疼起来，老白说道："方晟得罪的人太多，当初的实名举报，牵扯到很多上面的人，有些只是险些遭殃，却来不及被动摇。如果是他们要对付他，也不是不可能的事。"

"是吧，"许情深垂下眼帘，"应该是。"

"许小姐，遗书的事，我敢用我的生命保证，跟蒋先生绝对没关系！"他重复这个话题好几次，许情深却沉浸在方才的话里面："可我总觉得，万毓宁没那么干净。"

"许小姐！"

许情深越过老白往前走："时间不早了，我要送方晟回家了。"

老白追上几步："许小姐，我会先把那份遗书拿去做笔迹鉴定，还有医院的监控我会让人调出来，还有……"

许情深挥了下手："我头疼，你别跟我说这么多话，我听不进去。"

"许小姐，许小姐！"

她落寞的身影渐行渐远，老白始终没能替蒋远周摆脱嫌疑。

老白回到办公室内，见蒋远周正盯着那份遗书在看。老白面色晦暗："蒋先生，许小姐她听不进我的解释。"

"你解释什么？"

"我跟她说，您不可能杀方晟，这是有人栽赃陷害！"

蒋远周抬起眼帘："不用解释什么，许情深看过这封遗书后就没相信。"

老白顿了顿，才说道："那她方才的一声声质问……"

"她就是心里难受，想发泄下。"

"可我跟许小姐说了那么多，她都没有明明白白地跟我说清楚一句。"

蒋远周回答得很理所当然："那还是因为她心里难受，不光要我陪，还要你陪着。"

老白这么一听，再也说不出什么话了。想他生怕许情深误会，说了那么多掏心窝子的话，原来还是他做人太简单啊！

220

第九章
陪她荒唐吧

回到九龙苍，蒋远周进屋就脱了大衣，老白替他挂到衣架上："蒋先生，您抓紧时间休息会儿。"

"老白，今天没你的事了，回去吧。"

"是。"老白抬眼见到蒋远周大步上楼，并没有立马离开，他知道接下来肯定会有什么事发生。

蒋远周来到楼上，恰好保姆收拾完卧室出来："蒋先生，您回来了。"

"万小姐呢？"

"万小姐在午睡。"

蒋远周径自来到万毓宁的房间门前，推门进去。万毓宁昨晚提心吊胆了一整夜，今天接到电话后心安不少。此时，她正躺在铁艺雕花的大床上。

蒋远周来到床尾处，他双手往下撑，视线盯着正在熟睡的万毓宁。

万毓宁睡得也不算安稳，额角渗着汗，眼睛睁开时，明显在大口喘息。她坐起身，却看到蒋远周就在眼前，她吓得尖叫一声："啊——"

蒋远周嘴角一勾："做噩梦了？"

万毓宁拍着胸口："远周，你什么时候回来的啊？吓死我了！"

"我见你睡得挺美，就没打扰你。"

万毓宁调整下呼吸，将被子往上拉了拉："你昨晚怎么没回家？"

"医院那边有点事。"

"什么事啊？"

蒋远周目光盯向万毓宁的脸："毓宁，你昨天是去过医院吧？"

"是、是啊，不过马上就回来了。"

"去的时候，方晟怎么样？"

万毓宁强行压抑着胸口的紧张："挺好的啊，就跟以前一样嘛。"

"但在你走后不久，方晟死了。"

"什么？"万毓宁故作吃惊，"死了？怎么会这样？"

蒋远周绕过床尾，坐到床沿上，身子朝着万毓宁倾去："吃了一种医生不可能开给他的药。这药算是他这种病的克星吧，效果很快，几个小时就死了，连抢救都来不及。"

"是吗？"万毓宁尽量掩饰着自己的情绪，"是不是他觉得活着太煎熬，所以想方设法弄到了这种药？"

"方晟浑身不能动弹，没有别人的帮助，他怎么可能弄得到？"

万毓宁触到蒋远周的视线，感觉他眸底阴暗无比，这种逼视令她心慌不已。男人从兜里掏出张纸，将它递给万毓宁。

"这是什么？"

"你看了就知道了。"

万毓宁看到那张纸的一角，就已经知道里面的内容了。她接过来，假装认认真真地看完："这、这是谁写的？"

"这是方晟的遗书。"

万毓宁满目吃惊地盯向蒋远周："怎么可能？你怎么会杀方晟呢？远周，你别担心，我相信你。"

"我当然不会杀他，只是有人要借刀杀人。"

万毓宁握紧那张纸："是不是许情深，她以为人是你杀的？"

男人听到这儿，绷紧的嘴角展开，一侧往上勾翘，露出抹笑容："她没认为人是我杀的。"

万毓宁喉间艰难地吞咽了下，面色不自然极了："那、那就好，这件事跟我们本来就没关系，真不明白方晟为什么要这样写。"

"这还不简单吗？医护人员跟方晟的亲人都不可能把药带进去，方晟生不如死，急于解脱，他会找一个最想让他死的人，跟对方做一笔交易。"

万毓宁几乎就要接不住话，生怕自己说错一句，让蒋远周看出破绽。

"毓宁，药是你带进去的吧？"

万毓宁听到这儿，使劲摇着头："怎么可能是我？"

"方晟临死之前，我进了方晟的病房，你知道他对我说了什么吗？"

女人的脸色越来越难看，惨白如纸："不知道。"

"方晟看到我进了他的病房，他一点都没有惊讶的表情，这就说明他做好了我会去的准备。他跟我说，我只需要知道一件事——我进这个病房，是你安排的。"

万毓宁呼吸困难，眼泪都快出来了："怎么可能呢？远周，你别相信他的话，他

222

这是临死之前还要拉个垫背的，你别上当啊！"

　　"他如果要拉垫背的，为什么在遗书上只字没有提到你？"蒋远周一把将那张纸夺过去，拿在手里扬了扬，"好大一盘棋啊，把我也给算计进去了。为的是什么，不用我解释给你听吧？要许情深对我恨之入骨是吗？这封信你之前就看过吧？验收满意了，才给了方晟药，是吗？"

　　他说的全部都对，可万毓宁偏偏不会承认。她喉间干涩难耐，只是摇着头，不住地摇头。

　　蒋远周眯起眼睛："那天进方晟病房的没几个人，恐怕最有机会害他的，不是我就是你了。"

　　"不，真的没有，我没有！"

　　"起先，我也以为你不至于，我跟你说过利害关系，我认为你听进去了。方晟到了弥留之际，多等一两个月，又能怎样？直到我看见了他写的遗书，我比谁都清楚信里的内容是多么胡编乱造，可是这封信，却独独能让许情深恨透了我。别说是老死不相往来了，给她一把刀，她都能杀掉我吧？现在，我心里全部的疑惑都解开了。"

　　"不是这样的！"万毓宁拼命想要解释，"方晟不满你对许情深好，他又深爱着她，他不会让别人轻易得到许情深。这是方晟自导自演的，是他，肯定是他！"

　　"果然，你心理已经扭曲了，所以你看所有的人都是扭曲的。"

　　"远周！"万毓宁双手抓着蒋远周的手腕，"你相信我！相信我好不好？"

　　蒋远周甩开她的手："需不需要我查遍所有的药房？"

　　"我真的没有这样做。"

　　"有些事我不追究，不代表我都不知道；只要我想查，我不信你万毓宁能玩得过我。你出门有司机陪着，你唯一能信任的人，恐怕就是万家过来的那个保姆吧？药八成是她去买的，你能保证，她能咬死了嘴巴不说实话？"

　　万毓宁扑过去，双手紧紧抱住蒋远周的手臂。她没想到方晟临死之前居然还给她精心设了这么一个局，环环相扣，就在她沾沾自喜的时候，怎么都没想到被拉下去的那个人居然是她！

　　万毓宁此时此刻才彻底明白过来，方晟的目标一直都是她，而不是蒋远周。要不然的话，凭着那封遗书，蒋远周兴许还不会怀疑到她身上，可是他进了方晟的病房，方晟的一句话就彻底将她出卖了。

　　万毓宁欲哭无泪，如今方晟如愿了，他的解脱加上他亲手给万毓宁制造的困境，真是完美。

　　蒋远周站起身来，居高临下地睨着她："万毓宁，你真的疯了！我已经给你安排好了医院，从此你万毓宁的生死，跟我蒋远周没有任何关系！"

　　"远周！"万毓宁整颗心都被抽空了，她跪在床上，伸手想去拉他的手。蒋远周侧开身："我们之间，就不需要继续撕破脸了吧？万毓宁，我给你些脸面，你自己走吧。"

223

"不，我不走！"万毓宁蜷缩在床上，"我什么都没做过，这里就是我的家！远周，我没地方可去了，你别赶我走行不行？"

蒋远周看着她的样子，弯下腰，精致的脸凑近万毓宁："方晟昏迷的那晚，为什么那么多家医院都不肯收治他？这件事我会查到底！万毓宁，你最好别让我发现，所有的事都跟你有关！"

"你、你说什么呢？"万毓宁似乎听不懂蒋远周的意思，她瞪大了双眼，"那不是你的意思吗？不是你答应我的事吗？"

蒋远周嘴角清冷地勾起，万毓宁的脸上倒是看不出明显的破绽，她张皇失措地睁大眼睛，那神色，就好似被人泼了一盆脏水。她委屈地哭出声来："是不是有人跟你说了什么？你就这么不相信我吗？如今万家都这样了，我还能使唤得了谁，谁又肯替我做事？"

蒋远周站起身，抬着脚步要往外走。万毓宁见状，一下子从床上跳了下去，三步两步冲到蒋远周身侧。两人拉拉扯扯，来到楼梯口，蒋远周冷着脸朝她怒喝："松手！"

万毓宁从未见过蒋远周这样，吓得把手收了回去："为什么不信我？"

蒋远周顺着台阶往下走，老白在客厅内听到两人的争吵声，几步走到楼梯口："蒋先生……"

"远周，你听我解释！我不否认我去了方晟的病房，但我真的没有拿药给他，遗书的事更加与我无关。"眼见蒋远周头也不回，万毓宁急了。以往蒋远周总是由着她，即便她真的做错了什么，最后也是不了了之。万毓宁不信，难道仅仅因为多了个许情深，就会有翻天覆地的变化不成？

她情急之下去抓蒋远周的手臂："你听我说啊！"

"走开——"蒋远周手臂猛地一甩。

万毓宁穿着拖鞋，脚底一个打滑，从最后几个台阶上摔了下去。她整个人趴在地上，脚踝明显是扭伤了。

万毓宁痛得倒抽口冷气，手掌按住自己的脚："远周，好痛！"

老白朝蒋远周看了眼，这恐怕是蒋远周第一次对万毓宁无动于衷。他视线居高临下地落到万毓宁身上："方晟的死，你有脱不了的干系。不管他是有意寻死，还是被你用了什么手段逼死，你都得负责！"

万毓宁闻言抬起脸，满眼的难以置信："负责？你想让我怎么负责？"

"万毓宁，是谁将你一步步纵容至此，是我吗？"

"你？"万毓宁脸上淌着泪，哭着反问，"自从遇上了许情深，你纵容过我几次？"

"我现在只给你一个选择——搬进隆港医院，好好治治你的疯病！"

万毓宁一瘸一拐地走向蒋远周，握紧手掌，她这个下意识的动作，只是想要给自

224

己些勇气。她来到男人身侧："远周，方晟的药是我给他的，我承认，但那只是因为我不想看到他再受尽折磨。遗书的事我完全不知道，真的。"

蒋远周朝她眄了眼："你会这么好心地去帮方晟？"

"他跟我说起以前的事，让我原谅他……"

"万毓宁，你再编！"

她吓得一个哆嗦，眼眶内泛出酸意："是他自己要寻死，药名也是他跟我说的。"

"然后，你肯定不答应，因为你发现方晟的现状比让他痛痛快快死了还要难受。可是方晟也有他的办法，他说可以留下一封遗书，说是我害死他的。这对你来说是一箭双雕的好事，你自然就同意了。"

万毓宁轻摇下头："不是。"

"我听你的解释听够了，我现在只相信我的判断。"蒋远周冲着不远处道，"老白，把她拖出去。"

"是。"

万毓宁伸手去拉蒋远周的衣袖，却被他狠狠甩开了。

对蒋远周来说，他纵容万毓宁已经纵容得够了，如今方晟死了，他如果再帮万毓宁，就等于是将许情深推出去。

许情深在方家待了一天，离开的时候天都黑了，方明坤此时也顾不上她。

许情深走出楼道，路灯昏黄地打在身上，她仿佛看到不远处有个熟悉的身影站在那儿等她。她闭了闭眼帘，再次睁开时，发现原来不过是自己的幻觉而已。

许情深想回宋佳佳那儿，她不想在心里这么难受的时候，还要看赵芳华的脸色。

她顺着街角的光一点点往前走，身后有汽车喇叭声传来，她以为自己挡住了别人的路，离开人行道，走在花坛的边缘处。

可喇叭声还在响，许情深心里尽管烦躁，但她以为自己不对，又赶紧让道。她渐渐地往里走，最后一脚踏进花坛，恰逢里面有个坑，许情深右腿一歪，摔了进去。

她听到有匆忙的脚步声过来，紧接着，上半身被拎起来："没事吧？你没长耳朵是不是？"

许情深伸了伸腿，还好没有大碍，就是摔进去的姿势有点丑。她拍了拍腿上的泥土，抬头看向身边那抹高大的身影："蒋远周，是你。"

"刚才司机不是按喇叭了吗？"

"我听见了，但我以为是催我让道呢。"许情深说话有气无力的。

"晚饭吃了吗？"

"没吃。"

"中饭呢？"

225

"好像没吃，又好像吃了。"

蒋远周气得说不出话，拽着她的手臂将她拉出花坛。许情深两个膝盖上都有泥土，蒋远周去拉她的手掌，许情深没什么力气，被他一拉就走了。

"去吃饭。"

许情深这几日听到别人跟她说得最多的就是这句话，他们都以为她伤心到绝食，只有许情深心里清楚，她是完全吃不下，就是不想吃东西。

"我不去。"蒋远周手臂被甩开，许情深拨了下颊侧的头发，"我要回家。"

"你看看你的样子，浑浑噩噩，像个什么东西！"

"我不想吃饭你也要管？"许情深只想要清净，别人看着觉得她颓废，可她除了悲伤，旁的都正常得很。

蒋远周见她这般口气，一簇火苗在胸膛处开始往上蹿："我就是要管！"

他双手轻松扣住许情深的手腕，将她拉到自己身前："没人管你，我管你！就从今晚的晚饭开始，你吃也得吃，不吃也得吃！"

许情深张了张嘴，蒋远周将她拖到车旁。车门打开着，许情深双手扳住车门："你要带我去哪儿，我都说了我吃不下。"

男人朝着她腰际一掐，轻轻松松将她推了进去。车内的暖气瞬间包裹而来，她还想去打开另一侧的车门，蒋远周见状，张开强壮的双臂将她抱在怀里。

他冷了嗓音，冲着司机道："开车。"

车子开始提速，许情深肩膀左右晃动、挣扎。蒋远周下巴抵着她的头顶，他要控制住她，所以用了些力道，气息明显有些紊乱。许情深听着他的呼吸声越来越重，身子在他怀里动了动："放开我吧。"

"不挣扎了？"

"没力气了。"

蒋远周箍紧她的力道微松，只是双臂还抱着她。许情深被车内的暖气一吹，头脑昏沉沉的："我想睡会儿。"

"睡吧，到了吃饭的地方我会叫你。"

"这样睡着不舒服，没有枕头。"许情深嗓音闷闷地说道。

蒋远周心想她要求还真多。他松开许情深，往边上挪了挪，几乎靠到了一侧的车门上。许情深见状，将头枕着蒋远周的双腿，在那真皮座椅上睡了过去。男人腿部肌肉紧绷，许情深不由摸了摸："比枕头硬了些。"

蒋远周轻轻一笑，许情深正好睁开眼，望到男人脸上，也看到了他许久未展露过的魅惑笑颜。许情深眼皮沉重："蒋远周，我真的不想吃东西，别逼我了。"

"不行！"男人斩钉截铁地回道。

"你们都放心好了，我尽管难受，但我知道生死有命。我活到这么大，还没什么事让我熬不过去的。"许情深闭着双眼，嘴里轻轻说道。

蒋远周的右手落向许情深头顶，手指穿过她柔软的发丝，大拇指落向她太阳穴处，轻轻按动几下："既然走得过去，就不要让别人担心你。"

许情深鼻尖再度泛出酸意："但我害怕这个过程，我多希望现在是一个月后、三个月后，甚至是半年以后。"

"有些事落到了头上，就不能不接受。"蒋远周不给她逃脱的机会。

她眼泪流淌到蒋远周的裤子上，透过一层薄薄的布料渗进去："你陪我吧，蒋远周，你陪着我走过去吧！"

"好，我陪你。"

"每天每天都陪着。"

蒋远周手掌摩挲着许情深的头顶，嗓音温柔无比："好。"

许情深将握成拳的左手放到嘴边，张开嘴咬住食指，说出的话有些模糊不清："你明知道我是为谁难受，还要陪着我，蒋远周，原来做过你的女人，竟然能这样幸福。你是不是也太大度了？"

男人抬起手，食指弯曲，朝着许情深的脑袋叩下去。

一记栗暴痛得许情深倒吸了口冷气，她刚要抬头，就被蒋远周的手掌按了回去："我蒋远周可以跟天跟地争，但我不跟死人争。许情深，伤心期谁都会有，你说过你跟方晟是再也不可能了，我信你的话，所以在我看来，你只要把这一段时间度过去就能好了。"

"好什么？"许情深反问，"我走过去了，跟蒋先生又有什么关系？"

蒋远周的手掌往下滑，落到许情深纤细的颈间。他修长手指收拢，然后松开，反反复复好几下："等你走过去了，我们就能在一起了。"

许情深上半身使劲，想要起来，但蒋远周显然不想同她有任何眼神交流，他面色颇为不自在地看向窗外："你不是困吗？躺好了！"

"蒋远周，你这话我怎么听不懂呢？"

"你别跟我装糊涂！高难度的手术都没能难倒你，这几个字，你还能理解不了？"

许情深视线甚至接触不到蒋远周的脸，更加看不见他面上的神色。她盯着前方，蒋远周的外套里就穿了件白色的衬衫。他往那儿一坐，肌肉绷紧，以至于衬衫紧贴着腹部那一块。

许情深就这么躺着，忽然觉得心里安静了不少，那种令人崩溃的悲伤好像在短暂的时间内得到了最好的忘却。

方晟下葬的这天，天气出奇地好，细碎的阳光打在墓碑上，墓碑上的字体清晰深刻。照片是许情深选的，她跟着方家人来到墓园，戴着宽大的墨镜，却仍旧能够感觉到阳光的温暖。

方明坤跪在墓前痛哭不已，来的还有方家的亲戚。许情深走上前，没有安慰任何人。她蹲在墓碑旁边，白皙的手掌捧起一堆泥土，轻轻撒在了才栽种下去的松柏上。许情深选的是一棵特别小的苗，也就半块墓碑那么高吧。

大家都在劝方明坤节哀顺变，耳边奏着哀乐，许情深还是没忍住，她急忙伸手要擦拭眼泪，手指划过脸庞，留下一道脏污的痕迹。

许情深站起身，抬头远远望过去，两个妈妈就葬在上面，一眼望下来，就能看见方晟。

心间的悲凉逐渐蔓延开，许情深望着墓碑上的照片，这是方晟的样子，无需用心铭记，看一眼就能令人痛彻心扉。最伤心的莫过于英年早逝，二十出头的年纪，这个世界那么大，方晟说要陪她走过的地方，还一个都没去呢。

她双手轻轻搓揉下，掌心内的泥土随风飘到地上。

方晟，你选择了你的方式解脱，那我也要选择我的方式过下去了。

活着，并且活好，是许情深一直以来未放弃过的。

星港医院。

许情深放下签字笔，导医台的护士过来，推开门说道："许医生，最后一个病人了。"

"好。"许情深看了一眼时间，差不多要吃饭了。她将桌面收拾下，起身离开办公室。

走进食堂，许情深打好饭菜，选了个安静的角落坐定。星港的伙食向来都是东城所有医院中的佼佼者，她筷子拨动两下，吃了几口。

对面有个人影坐下来，许情深一抬头，看见是蒋远周，她迅速朝四周看了看。

"干什么？跟做贼似的。"

许情深咀嚼下嘴里的饭菜："我吃得差不多了。"

蒋远周朝她饭盒里看了眼："我看你没吃几口。"

"那是因为阿姨看我好看，给我打多了。"

蒋远周手臂压在桌面上："是饭菜不合你胃口吧？晚上跟我回九龙苍，之前按着你口味找的厨师还在。"

"不去。"许情深轻摇头。

"为什么？"

"我想喝酒。"

"喝酒？"蒋远周不禁皱起眉头。

"是啊，你能陪我吗？"

蒋远周知道她心里难受，答应了下来。

下班后，许情深跟着蒋远周出去，坐到车上后，蒋远周问道："去哪儿？"

"有家川菜馆不错。"许情深开始指挥，"前面路口右转弯。"

蒋远周听着她的嗓音不对劲："还要吃辣的，你受得了？"

"没事。"许情深坐回蒋远周身边。

这个时间点恰好是用餐的高峰期，来到目的地，许情深推门进去。饭店倒是很大，只不过坐满了人，也没有包厢。许情深走向前台："有位子吗？"

"有有有，里边请。"服务员带着许情深和蒋远周进去。两人坐下来，服务员将菜单递给蒋远周，蒋远周朝许情深看了眼："你点。"

"好。"

许情深点菜的时候，蒋远周开始打电话。许情深点的菜不多，耳朵里钻入蒋远周的声音："喂，老白，我跟许情深在辣妹子川菜馆，你现在过来一趟。"

许情深将菜单还给服务员，蒋远周打完电话抬头，看到许情深撑着下颌正一瞬不瞬地盯着他看："干什么？"

"你是不是到哪儿都缺不了老白？"

"是你说要不醉不归，你想让谁送我们回去？"

许情深理所当然道："有司机啊。再说了，我不会醉到一点意识都没有的，不用麻烦别人。"

蒋远周表示怀疑。服务员很快搬了一箱啤酒过来，还拎着两瓶海之蓝。男人手摸向自己的领带，来回几下扯松："大冬天的喝啤酒？"

"我挺喜欢喝啤酒的。"许情深拿出一瓶，打开瓶盖，给两人倒上。

老白很快赶过来并找到两人的正确方位，他瞅了眼地上和桌上的酒："蒋先生，许小姐。"

蒋远周示意他坐："我去下洗手间。"

许情深喝了口啤酒，老白朝她看了一眼："许小姐，你酒量怎样？"

"我没喝醉过。"

老白一听，那就是酒量惊人的意思了？"既然这样，我就放心了。"

"喝个酒而已，你们不用这样小心翼翼的。"

"许小姐有所不知，蒋先生也算公众人物，可他喝醉酒之后非常非常难弄，希望许小姐待会儿手下留情。"

许情深轻笑："放心吧，有我在呢。"

菜很快上齐，冒着红油的川菜，光是闻味道就受不了。许情深让服务员给老白添一副碗筷，老白用筷子将上面的辣椒夹走，许情深见状，按住老白的手背："你干什么？"

"蒋先生吃不了这么辣的。"

"这是川菜。"许情深夹起块红彤彤的水煮肉片放到蒋远周碗里，"老白这紧张

229

你的程度不对劲啊，让我看得鸡皮疙瘩都起来了。"

"胡说八道什么！"

许情深端起一指多高的酒杯："来，干杯。"

蒋远周拿起玻璃杯同她轻碰了下，许情深一仰脖，整杯酒都喝下去了。蒋远周见状，也一饮而尽。

许情深和蒋远周喝着酒，老白就看到两人的酒杯在他面前不住地相碰，桌上的酒瓶开始增多，他有些不放心："蒋先生，少喝点，身体要紧。"

许情深正将白酒打开，蒋远周冲老白道："别多嘴！"

"就是，别多嘴！"许情深给自己和蒋远周倒上酒。好不容易上了一盘凉拌菜，老白用另一双筷子给蒋远周夹着。许情深看在眼里："你们太过分了。"

老白闻言，赶紧要给许情深也夹一份。蒋远周见状，拧眉看去。许情深拉开自己的小碗："算了，我自己有手。"老白乖乖放下筷子，那两人又喝上白的了。

许情深喝酒之前用酒杯在桌上轻敲两下，然后再同蒋远周碰杯。她被一口白酒呛得倒吸口冷气，别过脸。蒋远周知道她心里难受才会这样，陪她喝了大半杯。其实他平日里也就应酬的时候会碰点酒，在九龙苍的时候，他滴酒不沾。

蒋远周看着她，陪着她。

老白就眼看着两人的杯子一次次相碰，几杯白酒下肚，老白猛地想起万毓宁流产的那次，许情深被蒋远周灌了酒，最后差点没醉死。这样看来，她的酒量应该也没多好吧？

可到了这一步，老白没法劝，这两人一个比一个凶猛。桌上的菜倒没怎么动，许情深撑着侧脸，看在眼里的身影开始模糊："蒋远周，你输了还是我输了？"

蒋远周一声不吭，看来是酒劲上头了。老白不免担忧："许小姐，差不多了，我们走吧！"

许情深脑袋往下压，手臂枕在餐桌上。老白见状，赶紧起身去结账。

走出饭店，老白一手拉着蒋远周，另一手扣住许情深的手臂，司机也过来帮忙。

两人就是脚步有些趔趄，并没什么出格的举动，老白松了口气。到了车前，司机过去打开车门，许情深趴在一旁，抬头看向不远处，忽然丢下众人快速往前走去。

"许小姐！"老白率先开口。

寒冬的晚上冷得惊人，许情深走到马路旁，胃里翻搅得难受。她弯下腰想吐，可就是吐不出来。

老白冲着司机喊道："还戳着干什么，去把她拉回来！"

"是。"司机车门都没来得及关，快速来到许情深身后："许小姐，我送您回家。"

"不用了，我自己会走。"许情深站在那儿，脑子里意识尚存，至少还知道看交通信号灯。等到对面的绿灯亮起，许情深抬起脚步往前走去。

"许小姐，许小姐——"

蒋远周朝四周看看，循着声音望去，推开老白，快步走了过去。

许情深经过斑马线，快要走到马路对面的时候，忽然一辆电动车从停着的汽车旁边蹿出来。司机身手矫健，一把拉住许情深，但电动车车主吓坏了，赶紧刹车，车轮砰地撞在路牙石上，整个人都摔了下去。

"哎哟喂，你没长眼睛啊！"

蒋远周眼看着这一幕，心都悬了起来。老白跟在他身后走过斑马线，司机也被吓得不轻："许小姐，您没事吧？"

许情深蹲下身来："你是不是闯红灯？"

"什么红灯啊？"

"你不知道什么叫红灯？红颜色的灯，懂不懂啊？"

对方揉着膝盖："我开的又不是汽车，需要什么红灯？我哪知道你会忽然出来，你赶紧送我去医院，我的腿可能摔断了！"

许情深抬起手掌，啪的一巴掌拍向对方的头顶。那年轻男人也就二十五六的样子，很显然被许情深给拍蒙了。司机惊讶地睁大双眼，他本来是想拉一把的，可是没拉住。

"如果刚才你碰上的是汽车怎么办？恐怕你已经粉身碎骨了吧？"

"呸！"年轻男人摸了摸头，"汽车会走斑马线？"

"说不定人家跟你一样，不仅不看红绿灯，还专喜欢挑斑马线开呢？"

蒋远周来到许情深跟前，那个男人揉着腿，老白面色严肃地看着，只想赶紧解决这件事。他掏出钱夹："说吧，要多少钱？"

男人听了，眼睛一亮："腿肯定摔坏了，我还要去医院拍片，你给三千吧！"

老白翻开钱夹，许情深一把将老白的钱包抢过去，塞进自己兜内。她一屁股坐到地上，冲着那个男人看了看，然后伸手去按他的腿。男人鬼哭狼嚎起来："哎哟，痛啊！"

"我是医生，星港医院的医生——知道星港吗？东城首屈一指的……"许情深酒劲上来，面色酡红，拉过蒋远周的衣角，"这是星港的老板——知道星港吗？东城首屈一指的……"

那个男人面色变了变，他是不是遇上了几个酒鬼啊？瞧，话都说不清了："你满口酒气，喝大发了吧？赶紧赔钱！大冬天的，我还要去医院呢。"

许情深又要去按他的腿："摔断了是吧？我给你检查检查。"

"走开。"男人将她的手推开。许情深手一挥："把他按住！这个病人不肯配合，太坏了。"

蒋远周听闻，坐到那个男人的另一边，伸手想去抱住对方。老白喊了声："蒋先生！"蒋远周怔了怔，忽然将男人用力一推。对方猝不及防，上半身也倒在了地上。蒋远周顺势往他身上压去："快！给他检查。"

司机慌了神，朝老白看了看。老白伸手扶额——这都是什么事啊！

许情深坐在地上，在四下找了找，摸到一个石块拿在手里。老白忙跟着蹲下身："许小姐，您当心，这可是石头啊！"

"这是我的检查仪。"许情深按住男人的腿，对方简直快被吓得晕过去了："你们有病吧？想谋杀啊？别装醉啊，哪有人喝醉了这样的啊？放开我！救命啊——"

许情深用石块在男人的腿上轻敲两下，嘴里念叨："咚咚，咚咚！"

"我他妈又不是木头，还能发出这样的声音？放开我！"

"是！"蒋远周接过他的话，"应该是嘘嘘，嘘嘘！"

你妹的啊！

男人伸腿要踢，老白见状，忙用脚踩着对方的脚踝。他知道他拉不开耍酒疯的两人，只能催促道："许小姐，您快点！"他可丢不起这个人。

"慢点！"蒋远周又说道，"我们是开医院的，一切要以细致为主，专心、专业！"

"……"

"我没病，放开我！"

许情深敲了几下，坐直身子："哪儿就腿断了？这不是好好的吗？瞎凑什么热闹啊，医院每天那么多病人！"

老白踩着的脚挪开，蒋远周也端端正正地坐回路牙石上，电动车车主本来就只是擦破了点皮，现在双手双脚得到自由，他噌地坐起身，两手朝着屁股拍了拍，推起电动车一溜烟地跑了。

许情深和蒋远周坐着，老白弯腰："许小姐，地上凉，起来吧。"

许情深双手插在兜内，摸到一样东西，她掏出来一看，是个钱包。她打开看到里面塞满了一整排的卡，还有现金，用手指拨动了几下，老白以为她要还给自己，便伸出了手。

许情深嘻嘻地笑着："好多钱，发财了！"说完，将那个钱包揣回了兜内。老白神色颇为不自然地将手掌又收了回去。

许情深站起身来，却并没有原路返回的意思，而是转身向前。前面是个小花园，四周栽满了树，她走到一棵树前，抬头定定地往上看去。

老白示意司机跟过去，他眼见蒋远周起身，忙一把搀扶住："蒋先生，快回家吧，天越晚就越冷。"

"她人呢？"

老白刚要说话，不远处传来司机的叫唤声："许小姐，您当心！"

两人扭过头看去，许情深抱着树干正要往上爬，可是她使不上劲，司机在旁边

232

劝："您这样会弄伤自己的。"许情深听不进去。蒋远周大步来到她身后，见她还在尝试。司机摸不着头脑地问道："您是不是要取什么东西？"

她伸出手指朝着树上指了指，几人同时抬头，看到树杈上挂了个氢气球，好像是个葫芦娃形状的，应该是哪个小孩不小心撒了手飘上去的。

司机笑道："许小姐要喜欢这个，我们回去的路上就能买。"

"不要。"

"那我上去替您拿。"司机说完，撸起衣袖就要往上爬。

许情深一把将对方拽下来："这是我的！"

司机越发失笑："我没想和您争。"

许情深抓着他的衣袖不放："我先看到的，我先看到的！"

老白直接崩溃了——这就是蒋许二人的酒品？一个比一个差，喝了酒就跟变了个人似的，他是伺候不住了！

蒋远周盯着许情深的背影，忽然走上前，来到她身后。许情深只顾盯着上头，猛地感觉双腿被人抱住，膝盖后弯处好像有东西抵过来，紧接着整个人腾空而起。许情深往下一看，发现自己居然坐在了蒋远周的肩膀上。

那一下，许情深差点往后栽去，吓得她赶忙用左手抓住蒋远周肩膀处的衣料。

她高高地坐着，男人稳稳地让她坐在自己肩上。老白有些不放心地跟在后面，万一蒋远周半途将许情深扔下来可怎么办？

许情深左手改为搂住蒋远周的脖子。到了树底下，系着氢气球的彩带在她面前飘来飘去，她伸出右手，手指几乎触碰到了。一阵风轻轻吹来，她一下没抓住，有些恼："跑什么！"

蒋远周手臂抱住许情深的双腿，她在他肩上伸出了两手，张牙舞爪，嘴里还不住地道："左边、右边、前边……"

老白看得有些出神，司机也不上前帮忙了。许情深一手握住那根彩带："拿到了！"

老白对那个氢气球不感兴趣，他只知道，他从未见过这样的蒋远周——即便酒品再不好，蒋远周也没有这样将女人高高架在自己肩上的时候。

许情深弯下腰抱住蒋远周，朝前面一指："回家！"

蒋远周往前走了几步，然后小跑了一段距离。许情深坐得高，身体前后晃动着，她怕摔跤，只能抱紧蒋远周，嘴里忍不住笑出来："好玩……"

蒋远周开始原地转圈，许情深感觉到头晕，尖叫着："停下来，停下！"

许情深的衣摆迎风摇曳而起，司机看得胆战心惊："不会摔下来吧？"

"放心吧，蒋先生有分寸。他就算摔到自己，也不会摔到许小姐。"

蒋远周转得越来越快，许情深既紧张又兴奋，右手抱住他时手里的力道一松，氢气球忽地往上飘去，许情深手指虚空抓了下，没抓住。

蒋远周定住脚步，许情深抬头怔怔地盯着夜空，蒋远周也抬高了视线。

氢气球越飘越高，整片天空被公园四周的路灯照亮，昏黄的、细碎的光打在远方，衬出一对惹眼的身影。

"再买一个吧？"蒋远周道。

许情深一动不动地看着，直到氢气球在她眼里消失。蒋远周轻拍她的腿："喂。"

许情深回神，垂下眼帘，左手不禁摸向蒋远周的脸。他眉眼精致如画，一双眸子犹如黑曜石般嵌在完美的脸上。她轻轻笑开，忽然觉得眼睛酸涩。

看看，在她最难受的时候，果然是蒋远周在她身边陪伴。她想要不醉不归，可方才在饭馆的时候，蒋远周怕她喝多，她喝完一杯他就给自己倒上了第二杯。尽管他酒量不怎么样，尽管他喝多了总会断片，这样一个男人，天生拥有强大的力量，却愿意在她面前摆低姿态。

许情深展颜，他们两个啊，一个是真醉，一个是半醉。

她不是真的要什么氢气球，只是看见后忆起小时候的那份纯真，想要暂时抛却烦恼，没想到蒋远周会跟她一起胡闹。

许情深一下下笑着，有点傻，她垂着的视线对上蒋远周，觉得他眼睛很亮很亮，比夜空中的星星还要闪烁。她的手指忍不住在他脸颊上摩挲几下："头晕了，放我下来吧。"

蒋远周将许情深放到地上，她似乎一下子就看清楚了那么多的事。

她在夜色中茫然行走，是蒋远周远远地在她后面跟着；她想不醉不归，最后醉的却是蒋远周……许情深啊许情深，你不是身系名门的富家千金，却让东城只手遮天的蒋远周为你做尽了所有的事。

老白走过来，看了看时间："许小姐，回去吧，蒋先生明天一早还要开会。"

"好。"许情深答应下来，伸手去牵蒋远周的手，"来，我们回家了。"

到了车上，老白朝许情深问道："许小姐，是回九龙苍吧？"

"这儿离我家不远，又是顺路，你先送我吧！"

老白听到这儿，点了点头："好。"

来到许家，许情深下车之前将兜里的钱包掏出来递向老白："给。"老白朝她看看，许情深轻笑，"今晚也让你受罪了，谢谢你，老白。"

"许小姐别这么客气。"

许情深推开车门下去，老白朝蒋远周看看，见他还在睡着，轻声吩咐司机："走吧，回九龙苍。"

临近年关，过年的气氛已经开始呈现出来，科室内的小护士攒了几天的假："今年结婚，我只休息了两天，这次补蜜月活动，我要好好玩玩。"

234

"再怎么玩也就几天的时间，且玩且珍惜吧。"

许情深对过年从未有过期许，她不喜欢过年，也始终无法融入那样的氛围。

下午有一台手术，方晟的事尽管过去没多久，但活着的人总该有自己生活下去的理由。

守候在手术室外的家属焦急地等待着，一看见灯光熄灭，快速到门口去等着。

许情深走了出来，手术时间很短，家属心里有种不好的预感："许医生，手术结果怎么样？"

"腹腔是打开了，但里面的情况远远比片子上显示的复杂，我只能给他重新缝上。这个手术的风险非常大，如果强行继续下去，患者恐怕……"

跟前的中年妇女双手捂着嘴，蹲到地上痛哭起来："这可怎么办啊？别的医院都医治不了，都说星港的医生是最好的。"

许情深能理解家属的心情，她蹲下身，摘下口罩："您要知道，他这样的病例之前从未有过，手术之前我也跟您说过，未知的各种可能性很大。"

"我知道，我知道！"妇女单手撑在冰冷的地面上，"许医生，我儿子还那么小，还在上学，我就这么一个孩子啊。"

许情深将她搀扶起来："我理解……"

"求您了，救救他行吗？"

手术室的门被打开，许情深看了眼："您先去看看他吧，他的病回头再跟您说。"

许情深跟着去了病房，然后回到门诊室。今天不用看诊，她坐在椅子上，盯着方才那名患者的病历发呆。

外面传来很轻的敲门声，许情深说了句请进，方才的妇人走了进来。她将门关上，许情深站起身来："怎么了？是不是小军情况不好？"

对方没说话，砰地一下跪在了许情深跟前："许医生，求您救救我的孩子！"

许情深从医以来，这样的情况也不是第一次见，她忙上前将妇人拉起身："您别这样行吗？"

妇人颤颤巍巍地将手伸进外套，从内兜里掏出来一个信封："我知道钱很少，但是我们为了给孩子看病四处奔波，只留下这么点了，许医生，您别嫌少成吗？实在不行的话，我给您打张借条。"

"您这是做什么？"许情深将她的手推开。

"我知道，那么多医院都不敢给小军动手术，也是因为红包没到位。"

许情深听到这儿，虽然心里气愤，更多的却是无奈："小军妈妈，我们是医生，救人是我们的职责，况且星港明令禁止收红包，您别这样！"

"不收红包？"妇人的脸色并未因此而放松下来，反而更加紧张，"所以我的孩子又没的救了，是吗？"

"手术的可行性确实不大。"

妇人差点没站住，她伸手扶住办公桌："我就这么个独生子，他要死了，我也不活了。"

许情深安慰的话不会说，坐回办公椅："您放心，话虽这样说，但我也不会放弃小军。这几天我会想办法，希望能研究出一个可行的方案，到时候再通知您吧。"

"谢谢许医生，谢谢，您可真是大好人！"

许情深将她送出门诊室，对绝症的患者来说，哪怕一丁点的希望，都能让他们感激涕零。

许情深学医是为方晟，家里也没有多好的条件提供给她，她一步步走到今天，靠的都是自己，她向来坚持的从未有过改变。

像小军这样的病人，不动手术，撑不过一个月就会死；如果选择动手术，死在手术台上的几率就是百分之九十九。几乎所有的医生都不会接这样的手术，死亡率接近百分百，他们是医生，不是什么信徒，没法把希望寄托于"奇迹"二字上。

许情深走到窗边，只有百分之一的机会，能搏吗？

她又想到了方晟，他当初只要有百分之零点零一动手术的机会，许情深都不会放弃。只是方晟没有这个机会，他那种才叫必死无疑。

几天后。

许情深一早就到了星港，在门诊室换好衣服。她看了一眼时间，然后拿着资料出去。

早上九点，周主任准时到医院。看到许情深时，周主任不禁吃惊："许医生，你找我有事？"

许情深跟着他走进办公室："周主任，有件事我想跟您商量下。"

"什么事？"

"关于莫小军的手术问题。"

周主任将提包放到桌上："这个病人我也听说了，不是确定了不能手术吗？"

"我最近查阅了不少病例，也翻看了全球的资料库，我觉得不是不能手术，只是风险比较大。我制订了相关的手术方案，想请您看看。"

周主任拿起桌上的茶杯，实习的年轻医生早就给他泡好了茶，周主任轻呷一口："你想做这个手术？"

"我是想请周主任帮忙……"

"什么意思？"周主任打断许情深的话。

"您在这方面的权威性毋庸置疑，而且莫小军这个病例如果按照手术方案顺利进行的话，他生存下来的可能性非常大。"

"那如果不顺利呢？"周主任反问，"你对你的手术方案就这么自信？"

"周主任，我不是这个意思。"许情深慌忙解释，"我只是觉得，哪怕只有百分之零点一的希望，都不应该放弃。"

"许情深，我这双手也抢救过不少人，就算是只有一成的希望，我也愿意尊重患者。可明明知道莫小军这样的人躺上手术台就是必死无疑，你又何必把他当试验品呢？"

"我没有……"

"我知道，你是蒋先生带进星港的，你平时表现也确实优于别的医生，你着急地想要证明自己，但你不能拿星港的荣誉开玩笑！"

许情深听完，竟是哑口无言。原来在别人的眼里，不论她自身多么努力，她身上都始终戴着蒋远周的光环。

周主任坐到位子上："你还年轻，以后会有很多机会的。"

许情深握紧手里的资料，但没有恼怒："那请周主任帮我看看，我这手术方案可行吗？或者，还有哪里是需要改动的？"

周主任接过去，许情深站在旁边耐心地等着。半晌后，周主任轻摇头："你还是太理想化了。"

走出周主任的办公室，许情深来到莫小军的病房。小军妈妈看到她就像看到救命稻草似的："许医生来了，快坐，坐！"

"不用，我就是来看看。"

病床上，莫小军身形瘦弱，比一般的同龄人显得小很多。他的肚皮鼓出来，像是怀了几个月的身孕。他痛苦地呻吟出声："妈妈，我好难受！"

小军妈妈走过去，轻抚他的额头："儿子，不怕，许医生在这儿，她一定会救你的。"

"如果救不了的话，就让我死了吧，我不要再受这样的折磨了！"

"儿子，你别胡说……"

许情深走到病床边，弯腰看向他："小军，你不是小孩子了，所以我不瞒你，我需要把风险跟你们说清楚。"

"医生姐姐，"莫小军张着嘴，"我不想这样活着，一口东西都不能吃，我想念外面的食物、想念我的朋友们，您给我做手术吧！您放心，就算我死在手术台上，我保证我的爸爸妈妈都不会闹，这是我们自愿的！求求您……"

许情深动容，她伸出手掌摸了摸他的额头。

马上就要过年了，许情深将莫小军的手术安排在了大年初一，他病情恶化得太快，多拖一天都危险重重。

237

这些日子，许情深都住在家里，腊月二十九的那天，她拿了包准备出门。许旺开口唤住她："情深。"

"怎么了，爸？"

"明天就是除夕了，想吃什么告诉我，我准备好。"

赵芳华坐在餐桌前，筷子在碗上重重敲了几下："明川！明川，吃早饭了！你睡死了是不是？"

许情深冲许旺微笑道："爸，我又不挑食，家里有什么就吃什么。"

"那好，爸给你多做几个菜！"

"好。"

许情深没吃早饭，她打算在医院门口买些，对付着吃一口就好。来到楼下，没承想居然看到了蒋远周的车。

老白见她下来，推开车门，神清气爽地打招呼："许小姐。"

许情深走过去："早上好。"她坐进后车座内，蒋远周将一个纸盒子递给她。许情深接在手里看了眼，是个奶酪包。

"明天过年，打算在哪儿过？"

"在家吧。"许情深抱着那个盒子，"佳佳跟她爸妈也不在家。"

蒋远周没再说什么，让老白开车。

车子开到半路，蒋远周漫不经心地开口："给莫小军的手术安排在了大年初一？"

"你连这件事都知道？"

老白接过话："许小姐的事，蒋先生哪件不知道？"

许情深手指捏着奶酪包的盒子："是，明天好好放松下，后天我就拼了。"

蒋远周轻笑："不用有太大压力，你肯接下这台手术，已经不容易了。"

两人语气轻松地说着话，到了医院，许情深先要下车，蒋远周一把拉住她的手："今晚一起吃个饭，我明天就要回家了。"

"好。"许情深下了车，转身进入星港。

除夕这天下雪了，对东城来说也不奇怪，这个冬天经常下雪，况且除夕放假，大家都在家准备吃喝，再欣赏着雪景，是件很美好的事。

蒋远周回了蒋家，蒋随云正安排手下人准备家宴，屋外严寒逼人，屋内却温暖舒适。

蒋远周有些心神不宁，一个电话打到他手机上，他看了一眼来电显示，迅速接通："喂！"

"蒋先生，莫小军被推进手术室了。"

"怎么回事？"

"病情忽然恶化，不得不提前手术。"

蒋远周挂了电话，拿起外套就要出门。蒋随云几步走到他身后："远周，都快吃饭了，你要去哪儿？"

"医院有点事，我要出去一趟。"

"能有多大的事？你难得回来，就别惹你爸不高兴了。"

蒋远周将外套穿上："小姨，晚饭我一定回来吃。"

蒋随云见他的样子实在着急，知道拦不住："那好，千万记得晚上要回来。"

"好。"

从蒋家出去的路上积了雪，很滑，一路过去不时能看到有车祸发生。司机驾驶技术娴熟，但也开得很吃力。好不容易来到星港医院，老白已经在办公室等着了。

蒋远周带着一身寒气进去："怎么样了？"

"手术已经开始了。"

男人看向墙上的大屏幕，走过去抓了个近景。画面中，许情深眉头紧锁，正在动作熟练地进行手术。

"老白，对这台手术，你怎么看？"

"蒋先生也问过周主任的意见了，他说不能做。"

蒋远周掸去肩头的水渍，老白走过去替他将外套脱下来，蒋远周一瞬不瞬地盯着画面："他说不能做，所以他没有动手术；许情深说可以一试，所以，站在手术台边上的是她。"

老白朝蒋远周看看，没有再说话。

手术时间持续了很久，过了吃饭的时间，老白让人将饭菜送进办公室："蒋先生，您不用亲自在这儿等着，您要不放心的话，我盯着就好。一有消息，我会第一时间通知你。"

"老白，今天可是除夕。"

老白有些不明白他的话："是。"

"如果许情深今天的手术不能成功，这个年，她还怎么过？"蒋远周顿了顿，然后继续说道，"她给自己揽下这么重的一副担子，没人陪她怎么行？"

"我明白了，蒋先生。"

手术室外，莫小军的父母正在焦急地等候着，老两口握紧对方的手，门口显示的手术时间已经过去了三小时。有人走过来，将手里的袋子递给他们。两人抬头看向对方，却并不认识："这是……"

239

"病人一时半会儿还出不来，这是饭，还有两瓶水，你们拿着。"

"谢谢！"小军妈妈接过袋子，忙不迭起身鞠躬，"我们小军能进星港，是我们的福气！谢谢！"

办公室内，时针指向下午三点。

蒋远周倚着办公桌站在那儿，画面内的许情深仍旧专注地进行着手术。蒋远周手指在臂膀上轻敲，猛地看到许情深闭了下眼睛，喷溅出来的鲜血像是在她脸上划出了一个巨大的刀口。

蒋远周的心跟着揪起来，围在许情深周边的人眼睛里都显露出紧张。这么大的一台手术，一点都疏忽不得。许情深抬头望向不远处的仪器，屏幕上出现的正好是许情深的正面。尽管戴着口罩，尽管脸上的血还在淌，但她眼神间的镇定一下就安抚了蒋远周的紧张。

护士替她擦拭着脸上的血渍，许情深有条不紊地吩咐着旁边的医生。她额头渗出汗来，眼睛里甚至带有血丝，但她目光中的坚强就像是一堆熊熊燃烧的烈火，越烧越猛！

许情深埋下头，迅速找出出血点。她自然是紧张的，这台手术需要面临的危险太多，这种情况仅仅是其中的一个。她需要沉稳，她需要将自己过人的心理素质完全展现出来，她是这些人中的主心骨，别人都能乱，她却不能！

蒋远周手掌按住桌沿，直到这次危机过去，才松出一口气："原来许情深最大的魅力，是在手术台上。"

老白轻轻笑道："许小姐天生适合做医生吧。"

蒋远周出神地盯着屏幕，好像忘记了外面的喧嚣，忘记了今天是除夕。他只知道，面前这个女子明媚、坚韧，她用一把手术刀，细致而霸道地跟死神在争夺着性命。

这样的女人，又怎么能让他不着迷呢？

一直到傍晚时分，手术室门口的灯才熄灭，许情深拖着沉重的脚步出来。莫小军的父母就站在门口，紧张得说不出话来。许情深冲着他们微微一笑，比了个OK的手势。

许情深实在是太累、太累了，她向前几步，靠着墙壁蹲下来，双腿好像已经不是自己的了。莫小军的父母喜极而泣，相互抱着哭了起来。

许情深闭起眼帘，有护士走过来推了推她的肩膀："许医生。"她睁开眼，护士递给她一袋葡萄糖，她苍白着脸开口："谢谢。"

所有的人都离开了，许情深坐在地上，咬住葡萄糖的袋口，拼命吸吮起来。

没过多久，一阵脚步声由远及近传来。许情深嘴里还在吸着葡萄糖，一抬头，就看到蒋远周蹲下身来，目光定定地看着她。许情深冲他咧开嘴笑，男人看她这样，不禁拍了拍她的头。

"你怎么在这儿，不是应该在家过年吗？"

蒋远周伸手将她手里的东西拿过去："大过年的，你就喝这个？"

"这是补充体力最有效的方法了。"许情深仍旧瘫坐在地上，"我的腿好像已经不是自己的了。"

"今天可是除夕。"

"我知道啊！"许情深嘴角轻挑，"莫小军一家可以过个好年了，我也可以过个好年了。"

"我们去吃晚饭。"

许情深抬头朝他看看："你不用回家吗？"

"那你呢？"

许情深其实想说，她一时半会儿还回不去，莫小军刚经历过重大的手术，还需要观察，不能马虎，但话到嘴边，许情深还是说道："我要回家过年啊，跟我爸说好了。"

蒋远周兜里的手机响起，他知道肯定是家里打来的，起身走到空旷的手术室门口看了一眼来电显示，果然是蒋家的座机。蒋远周压低嗓音接通："喂。"

"远周，你在哪儿？这都几点了。"

"小姨，我这儿有点事。"

蒋随云将手拢在嘴边，轻声说道："还有一个小时就要开宴了，今天可是除夕，你千万别惹你爸不高兴。"

"我知道了，挂了。"

蒋东霆坐在沙发上，见蒋随云挂了座机，面无表情地问道："他去哪儿了？"

"医院有点急事。"

蒋东霆冷笑下："我看他的魂都在那个女人身上。"

"姐夫，远周和许小姐已经分开了，她也没再住进九龙苍，医院那边的事肯定也跟许小姐没关系。"

蒋东霆看了眼时间："我们也准备出发吧。"

除夕夜，蒋家的规矩和排场自然大，晚宴是在外面举行的，回家后，还有一顿正式的家宴。说到底，却是为了祭奠先人。

许情深在地上坐了会儿，然后起身，蒋远周回到她身侧："我先送你回家。"

"不用，我换件衣服，然后要去病房看看，待会儿直接打车回家就好。"

两人并肩向前走，许情深手里攥紧那袋葡萄糖："我给人手术的时候，你都在吗？"

241

"是，我看到了手术的有惊无险，也看到了你的专业性。"

许情深不禁笑出声来："夸我夸得真动听。"

蒋远周伸手揽住许情深的肩膀，她也觉得累，便不自觉地朝着蒋远周靠了靠。长长的走廊内再没有其他人，间隔的灯光下，两道身影相依相偎着向前，竟生出别样的动人感觉。

蒋远周将车开出星港，下午时分他让老白先回去了。男人的视线落向后视镜，看着星港在他的眼里越来越小，心绪有些复杂，他不知道许情深这个年应该怎么过。

来到酒店，隔了一层厚重的门板都能听到里面传来的热闹声。蒋远周推门进去，蒋东霆抬了下头，蒋随云起身朝他走来："你看，就差你一个了。"

堂弟过来同他拥抱，屋里热热闹闹的，酒菜已经全部上桌。蒋远周落座，堂弟问道："医院能有多大的事啊，让你除夕还跑过去？"

"一台重要的手术，做成了，星港又能破个纪录了。"

堂弟轻笑："既然是这么重要的手术，操刀的是哪位主任啊？"

蒋远周想到许情深在手术台上的表现，眼角眉梢都带了笑："不是，是个住院医师。"

蒋东霆不动声色地端起茶杯，堂弟却按捺不住好奇："住院医师也有这样的水平？"

"那自然，"蒋远周语气中是满满的笃定，"只是缺了个职称而已。行医这种事，经验和天赋都很重要。"

蒋随云坐到他身侧，她看了一眼蒋东霆的脸色，随即抿嘴笑道："行了，大过年的，不说医院那些血腥事了。"

堂弟把女友带来了，蒋远周看了眼，那张脸在他脑中没有任何的印象，好像不是去年见到的那位。

"哥，你有没有想过找个女朋友？"

蒋远周朝他斜睨一眼："要你瞎操心。"

"我可以给你介绍啊，你看你除了之前那个万毓宁，连个绯闻女友都没有。"

蒋远周手指在桌面轻敲几下，包厢内的气氛其乐融融："用不着你介绍。"

"听你这意思，就是有了？"

其实他们也不是没有耳闻过，但蒋远周这样的身份，身边有个女人也不奇怪。堂弟朝蒋远周越发凑近了些："什么时候带给我看看？"

"过些时候吧。"

"这就对了，成了！哥，是哪家的千金啊？"

蒋东霆眼角垂着，年轻人的话题，关系的却是蒋家未来的当家主母，有些话传出去，假的都能成真。蒋东霆身子往后倚，满目慈祥地看向另一侧："你要有合适的人选，就给你哥介绍一个。"

蒋远周将这话听在耳中，眉宇间的笑意逐渐敛下去，堂弟也有些尴尬："大伯，我哥是人中龙凤，你还真怕他缺了将来的伴侣不成？"

"远周也是老大不小的年纪了，很多事不放在心上。依我看，凌家的丫头就不错。"

蒋东霆这话一出，几乎所有人的视线都朝他看来。蒋远周先是一笑，然后面无表情地问道："凌家的丫头，哪个？"

"凌家还有几个女儿？凌时吟。"

"大伯，时吟妹妹还在上学呢。"

"年龄不是问题。她虽然年纪小，可为人处世方面很有担当。"

诸人都不说话了，蒋远周视线对上蒋东霆："我蒋家这样的地位，不需要再找个门当户对的，锦上添花不如相依相伴来得重要。爸，您别操心，我自己的事情，我有分寸。"

蒋东霆冷下脸来，蒋随云见状，踢了踢蒋远周的腿："人生大事，哪能急得来，更不是三言两语就能定下来的。吃晚饭吧，待会儿还有那么多节目呢！"

她一语岔开话题，堂弟等一伙人也参与进来，免得父子俩剑拔弩张。

蒋远周给许情深打电话，第一遍的时候，就没人接。

来到星港医院，蒋远周走到许情深的门诊室，门是关着的，他旋开门把，并未上锁。房间里开着灯，他一眼就看到许情深趴在桌上，睡得正沉。

屋内的暖气都关了，她缩在那儿，像是很冷。蒋远周走过去，还没走到她身边，许情深就猛地抬起上半身："输血——"

"输什么血？"

许情深睡糊涂了，双手捂住脸："做梦还在手术呢，吓死我了！"

"就你这点胆子，还想住在医院？"

许情深忙看了一眼时间："哎呀，这么晚了！回家吧。"

"那个患者怎么样了？"

"我刚查看过，情况挺好的，我明天早上再过来。"

两人边说边往外走，到了外头，许情深呼出口气，看着白雾在嘴边散开："好困！"

"现在还不是睡觉的时候，走，出去逛逛。"

"还逛？不要，我想睡觉……"

蒋远周将她拖到车旁，拉开车门将她塞了进去。

来到商场，许情深有些摸不着头脑："干吗来这儿啊？"

蒋远周牵起她的手往里走，给她挑了身衣服。素白色的紧身毛衣配一条深卡其的羊绒半身裙，简单干练，又给她选了件同样牌子的大衣。

许情深看着镜子里的自己，好看是好看，但她平时穿不上："你不会让我穿成这样进手术室吧？"

"明天没有手术，就穿这一套！我再给你选双鞋子。"

许情深被他拉来拉去地走着，蒋远周知道她累，所以买得不多。两人经过商场上悬挂的大屏，蒋远周忽然顿住脚步。巨大的屏幕上正在播放广告，某某避孕套，画面激烈而直观。许情深朝四周看看，敢这样明目张胆地盯着看的，恐怕也只有蒋远周了。

许情深猛地攥了下他的手臂："走了。"

"说得效果这样好，要不要买些试试？"

许情深吞咽下口水："你想跟谁试试？"

蒋远周将目光投向她："不行吗？"

"快走！"

回到车上，司机将东西放进后备厢。车子启动，蒋远周手指在腿上轻敲了两下，忽然就倾过身去吻住了许情深。

"唔！"

司机见状，手指熟稔地按向按键，专注地开起车来。

车内空间狭窄，蒋远周施展不开，许情深两手推在他身前，蒋远周干脆一手握住许情深的一只手腕，再将她的手臂抬高。许情深被他压得整个人往后躺去，后背躺在了真皮的座椅上，蒋远周全身的重量都压在她身上。车子转弯，司机特别贴心，那速度简直就跟乌龟爬似的，蒋远周的动作没受到什么限制。

唇齿留香，许情深感受着蒋远周身上的酒气，她的菱唇被撬开，男人与之缠绵，然后顺着她的脸一路向下亲去，最后在她颈间轻一下重一下地咬着。他的齿尖咬住许情深的肌肤，往上轻提一下，然后松开，看着她白皙的颈部留下一个个红色的印子。

"我今天可是刚给人手术过。"

蒋远周的动作顿了下，抬起头。想到在大屏幕中看到的一幕，他微微直起身："身上洗干净了吗？"

"就洗了脸和手，难道还能洗澡不成？"许情深顺势坐起身，平复下情绪，"今天工作强度太大，我累得就想睡觉。"

"既然这样，我给你开一间房，让你好好睡一觉。"

"今天可是除夕啊，我想在家过。"许情深朝他轻笑了下，"去年就没回家，这次好不容易有了这个机会，我不想错过。"

"可那个家欢迎你吗？"

244

"就算有人不欢迎，家还是家。"

蒋远周不禁语塞，车子很快来到许家的门口。司机下去取了东西，蒋远周不忘吩咐："别忘了，明天早上穿这一身。"

"好吧。"

司机询问蒋远周去哪儿，男人往后轻靠："回九龙苍。"

蒋远周向来爱清净，那地方空空荡荡的，但后来九龙苍里住了个许情深，这一住，就住到了他的心里去。如今她走得倒是轻松，可蒋远周再也习惯不了那里的冷清了。

"算了，回家吧，我爸他们估计也回去了。"

"是。"

这一晚，许情深回到家后睡了个昏天暗地，第二天的手机闹铃响了几次，才勉强将她从床上拉了起来。

洗漱完后，许情深回到卧室，目光瞥过电脑桌上的袋子。

准备出门的时候，许旺让她吃早餐，他特意下了饺子。许情深走向餐桌，许明川正好从厨房出来："哇塞！姐，今天怎么这么漂亮啊？"

"你是说我平日里不漂亮？"

"不是不是！你看这衣服，简直将你的优点都衬托出来了！今天是有什么好事吗？"

许情深坐下来，她实在想不出今天能有什么好事："大过年的，当然要打扮好看些。"

吃了碗饺子，许情深就出门上班去了。

来到星港医院，许情深有些后悔穿成这样——真冷啊！寒风呼呼地吹在腿上，羊绒半身裙里面就套了条打底裤，穿了就跟没穿似的，许情深都快被冻死了。她拢紧大衣，脚步飞快地走了进去。

快到门诊大楼的时候，许情深远远看到医院门口聚了一堆人，仔细一看，都是她认识的面孔。许情深一惊，不会出什么事了吧？

这时，有名护士推开人群，手里捧着一束花向她走来。许情深彻底蒙圈，对方走到她面前，将花朝她怀里塞去："许医生，恭喜你！"

"这是怎么了？"

"莫小军的手术，电视台都来采访了。"

许情深抱着那束花，有记者飞快地朝她走来："许医生，您能谈谈昨天的手术吗？"

"是啊，据悉这是全国第一个成功的案例，许医生您这样年轻，又是怎么做到的呢？"

"是什么坚定了您的信心，让您敢接下这台手术？"

许情深望着递过来的话筒，这不会是直播吧？

"关于手术的事我们稍后再说好吗？至于为什么要做这个手术，因为莫小军有活下去的希望，有希望，我们作为医生就要救他，就是这么简单。"

"我们也能看到，许医生非常非常年轻，之前是否有人劝过你，手术的危险性很大呢？"

"……"

许情深好不容易挤进医院，那些记者也被挡在了外面。一名护士跟在她身侧，许情深不禁问道："只是个手术而已，怎么连记者都来了？"

"我刚来就接到通知了，待会儿还有人要约你做专访，据说昨天的手术会适当截取后播出去——许医生，你马上就要声名大噪了！还有还有，你今天穿得好好看，接受采访正好。"

许情深朝着自己身上看看，原来，蒋远周昨天就已经打算好了。

周主任来到医院的时候，记者们还未散开，门口也围了不少人。他走进去，问导医台的护士："外面怎么了？"

"都是来采访许医生的。"

"许情深？"

"是啊！周主任你可有面子了，许医生也算你半个徒弟啊，她这回年纪轻轻就出名了。"

周主任不禁朝着门口看去："难道是昨天的那台手术成功了？"

"是啊，几乎算是奇迹了吧！"护士看上去比许情深还要激动，握着双拳，"待会儿好像还要有个专访呢。"

周主任没再接话，护士赶忙道："许医生到时候一说师傅是您，周主任，您面子也大喽！"

周主任笑了笑，转身离开。他真是没想到，他的面子居然还要靠着一个小医生？

许情深下班后，蒋远周在医院外面等她，她坐进车内，眼圈下面有没睡醒的痕迹，蒋远周也没好到哪里去。

"晚上想吃什么？"

"你自己有那么多事要忙，不必特地过来跑一趟的。"

"我也想找个人陪我吃东西。"

许情深对吃向来没什么讲究："随你。"她看了眼男人的侧脸，"对了，一直没问你，万毓宁最近怎么样了？"

"疯了。"

246

"疯了？那她现在在哪儿？"

"留在隆港附属医院了。"

疯了？万毓宁疯癫这一说法之前就有了，可许情深见她的时候都是好好的。说到底，方晟的死和她大有关系，而方晟的死，果真也是彻彻底底地拉了万毓宁作为垫背。

蒋远周见她出神，不禁开口道："许情深，你说我们两个现在是什么关系？"

许情深抿紧了唇瓣不语。蒋远周往后一靠，眼神间有些无奈："年也过完了，你是不是情愿在家里听着冷言冷语，也不愿意回九龙苍？"

"明天我就从家里搬出去了。"

"又是去宋佳佳那儿？"蒋远周有些恼怒，更多的是拿许情深没办法，"你要过的日子，和我要过的日子其实是一样的，无非就是有人一块儿吃饭、一块儿说话、一块儿看看电影，再然后，就是互相抱着睡觉。"

许情深抬首看他："我要住回九龙苍，真的能有那些简单的日子过吗？"

"当然。"

许情深没再接口，只是推脱说饿了，把话题岔开了。

吃过晚饭，蒋远周将许情深送回家。今天是大年初二，家里人都出去串门了。许情深回到许明川的房间，将自己的衣物收拾了下，其实也没几样东西。

她到电脑桌前坐定，打开其中一个抽屉，拿出个笔记本翻开，从里面取出一张纸。

那是方晟留给她的另一封遗书，这毕竟是他留下的最后的东西，许情深一直没舍得处理。

她仔仔细细地将遗书又看了遍，是，就算万毓宁真疯了又能怎么样呢？方晟因她而解脱，却也是因她而死，他最后布下的局精妙至极，可并不代表万毓宁没有死灰复燃的可能。

许情深珍惜如今的生活，特别是做完了莫小军的手术后，她走出手术室的一瞬间是累极的，可那种满足和充实感也是从未有过的。她可以大展拳脚，可以拥有自己的一片天空，这些全部都要建立在万毓宁不再找她麻烦的基础上。

许情深手指拂过上面的字体，她已经接受了方晟离开的事实，也知道他活下去会很痛苦，可人就是这样自私，最难受的永远是失去。而有一件事，许情深是今生不会忘的——害死方晟的那盒药，是万毓宁给他的。

她拿起旁边的打火机，点燃遗书的一角，然后看着火苗越燃越烈，最终将整张纸吞噬。

大年初三的九龙苍依旧冷清不已，蒋远周一个人坐在餐桌前，食之无味。保姆还要端粥出来，他摆下手："算了，我不想吃。"

玄关处传来细微的动静，蒋远周抬起头，看到许情深正拖着皮箱走进来。她换了拖鞋，就像是刚出门旅行回来。

许情深将行李箱放定，快步走向餐桌："今天都有什么好吃的？"

蒋远周嘴里轻轻咀嚼了下，一句话也说不出来。

保姆从厨房出来，声音中带着惊喜："许小姐回来了！呀，蒋先生也不提前说一句，我好准备些合许小姐口味的。"

"没关系，我又不挑食。"许情深拉开椅子要入座，突然拍了拍手掌，"我先洗个手。"她脚步轻快地走进厨房，蒋远周冲旁边的保姆轻声吩咐道："赶紧将许小姐的行李送回卧室。"

"蒋先生，不急，我先给许小姐盛粥吧！"

"废话那么多，拿上去！"

保姆闻言，忙不迭地点头："好，好。"

许情深从厨房回到餐厅，桌上已经摆了好几样吃的，她倒了杯热牛奶，拿了块现烤的面包片。蒋远周身子向后倚，右手臂放在餐桌上。

"干吗盯着我看？"许情深轻笑，"是不是觉得很惊喜？"

"还好。"

"还好？"许情深朝不远处扫了眼，"我的行李箱呢？"

"家里的保姆特别喜欢整洁，你把东西放在那儿，一眼望去乱糟糟的，她看不下去，所以……"

身后传来保姆下楼的脚步声，她嘴里还说着："蒋先生，按着您的吩咐，我把许小姐的行李箱送去房间了。"

蒋远周像是没听见似的，朝着许情深倾过身，那样子很明显，最好她也没听见。

"昨天还不答应，今天怎么就肯搬回来了？"

"哦，这个月挥霍得太厉害，交不起房租了。"许情深咬着面包片，眼角上扬，轻笑。

"少来。"

许情深接过保姆递过来的粥，说了句谢谢，又冲蒋远周道："你昨天说的话，说到我心坎儿里了，我也想找个人过那样的日子——蒋远周，谢谢你一直以来都在陪我！从今以后，我们就互相陪伴吧。"

蒋远周嘴角轻扬："好。"

许情深下班后喜欢在院子里走来走去，保姆拿了她要的铲子过来。花园内有大片的空地，许情深弄出一小块。蒋远周进门的时候也注意到了，他快步走来："这是做什么？"

248

许情深抬头看他，额头上渗着一层细密的汗珠："哦，种些草药。"

男人来到她身旁："什么年代了，还要自己种？"

"我就是喜欢闻这些味道。"

蒋远周看了看时间："不早了，去换套衣服，跟我一起出去吃晚饭。"

"家里饭菜都备好了，不想去。"

蒋远周去拉她的手："走了。"

"真不想去……"

"走了！"

许情深无奈地笑出声来，被蒋远周拽着，脚下不情愿，双腿却只能跟着他往里走。

到了酒店，穿过金碧辉煌的大厅，许情深总是不适应这样的大场面。

服务员将他们领至一个包厢前，然后抬手轻叩门板。里面有一阵声音传来："来了，来了！"

服务员将门推开，蒋远周带着她走进去。许情深一看，偌大的圆桌前，坐满了她不认识的人，她脚步顿住。

谁都没想到蒋远周会带个女人来，包厢内一时静谧无声，然后各种声音就都传了出来。

"这位是谁啊？"

"传说中的女朋友？"

凌时吟慢悠悠地从椅子上起身："你好。"

在场的所有人中，她是第一个跟自己打招呼的，许情深点下头："你好。"

蒋远周拉过她，让她坐到其中一把椅子上："不必拘束，都是些朋友和平辈。因为不喜欢跟长辈们一起拜访来拜访去，所以每次过年，我们这些人都会单独约一次。"

蒋远周的堂弟也在，看向许情深的眼里充满探究："哥，你可是把人带出来了！你来真的？"

这话题比较敏感，许情深自然听得出来。蒋远周轻笑："平时不都说我喜欢藏着掖着吗？我就介绍这一次——这是我女朋友，许情深。"

"许小姐，跟着我哥回过蒋家吗？"

旁边的凌时吟闻言轻斥一声："渊铭哥哥今天好奇怪，你这样太没礼貌了。"

"你一个小丫头片子懂什么！"男人轻笑道，"除夕那晚的家宴上，我大伯可是钦点你了，说凌家的女儿很不错，给蒋家做媳妇正好。"

凌时吟被说得脸都红了："你再胡说！"

"我哪里胡说了？不信的话，你问我哥。"

"我怎么不知道你的嘴巴这么碎？"蒋远周一句冷冽的话语丢过去，"至于蒋家，过些时候就会去。还有，时吟还小，别总是拿她开玩笑。"

"是不是玩笑，你心里最清楚。"

许情深坐在旁边，面上没有多余的表情。凌时吟以为她不高兴了，凑近她身侧道："许姐姐，你别放在心上，他们向来口无遮拦的。"

"既然是口无遮拦说出来的话，就是没经过大脑，那自然也不会经过我的耳朵。"

蒋远周轻笑下。堂弟蒋渊铭之前就多喝了几口酒，说话有些冲："许小姐是东城哪一家的？"

"许家。"

"许家是哪家？"

"许家就是许家。"

"那好，许小姐经营什么呢？"

"我是医生。"

"也就是说，你家里是经营医院的。"

"不，我是专门给脑袋不好使的人开刀的。"许情深一字一顿回答，话不冷冽，却也没有丝毫的自卑。

"医生？"蒋渊铭似是嘲讽地笑了笑，"医生有几个工资？"

"那就看你哥给我开多少工资了。"

凌时吟在旁边听着，应该说，边上的人一句话都别想插进去。蒋远周从烟盒内掏出支烟，手指轻巧地打开打火机。

"说到底，许小姐就是要靠男人？"

坐在蒋渊铭身侧的人拉了下他的手臂："吃炮仗了你？"

许情深朝着右边的蒋远周看了看，蒋远周以为她会动怒，没想到许情深只是目光微动，冲着蒋渊铭道："请问你是谁？"

"我？"男人话里透出得意，"铭天医疗器械有限公司，听过吗？"

"听过，大名鼎鼎。"

"那是我的。"

"你的，还是你家的？"

蒋渊铭听在耳中，瞬时不耐烦起来："我现在已经接管了公司，而且我的努力和付出有目共睹，不信的话，你可以问在场的所有人。"

"那你又何必五十步笑百步？不必强调你有多努力，这种话我从来不说。"她朝身侧的蒋远周再度看了一眼，"如果有个人心甘情愿地给你倚靠，那就靠着，你也一样。"

"蒋渊铭！你要是酒喝多了，这一拨你就别参加了。"蒋远周淡淡地抛出句话来。

许情深视线一一扫过桌上的众人，嘴角噙着笑，也不再多说什么。

开宴后，蒋远周问凌时吟："你哥呢？"

"他啊，比较忙，这个年也没跟我们好好过。"

蒋远周手指按住转动的圆盘，一边同凌时吟说着话，一边拿起筷子将夹好的菜放到许情深碗里。

也有人过来敬酒，说是许情深第一次跟着蒋远周出来，必须好好喝一杯。许情深也不推托，爽快地喝了几杯。酒过三巡，许情深出去，她必须得醒醒。起身的时候，蒋远周拉了把她的手："要我陪着你吗？"

"不用，我洗把脸就好。"

许情深走出包厢，经过长长的走廊，有个休息间，那儿通风，窗户是打开着的。许情深没穿外套，走过去的时候觉得很冷。许情深站到窗户边，风一吹，整个人都精神了。

方才喝过玉米汁和酒，许情深这会儿觉得口干舌燥。墙上挂着四十英寸的电视，电视下面有饮水机。许情深走过去，拿了个一次性杯子接水。

屏幕似乎暗了下，许情深抬头看去，看到一个男人的背影出现在上面。

她口渴得厉害，直起身，喝了半杯水。

那人忽然回过头，许情深手里的杯子掉了下去，她难以置信地盯着画面上的人——怎么可能呢？许情深再一看里面的背景，好像就是在这个酒店。

那个走廊两旁挂着异域风格的画像，是许情深方才一步步经过时看过的。

屏幕上显示着时间，许情深颤抖地抬起左手手腕，她不敢相信，却不得不相信，那个时间，就是现在。

许情深的目光落到电视上，只见方晟单手插在兜内，正在一步步往前走着，他身上穿着的衣服都是她熟悉的。男人来到一间包厢前，左右看了看，然后推门进入。

许情深看到了包厢号，377。

她转身离开休息间，很快就找到了377的包厢号。

许情深不相信方晟还活着，当时，他就死在了她的怀里。如果能救的话，许情深怎么可能任由方晟就那样走掉？她伸手想要敲门，想了想，还是收回了手掌。

许情深拧开门把，推开的那一瞬间，一股香气扑入鼻翼间，她走了进去。

屋内的摆设跟方才的那个包厢有很大差别，几片竹帘子垂到地上，偌大的空间被隔开。

许情深走近上前，伸手拨开其中一道帘子，里面也是别有洞天。四个角分别放着雕花的红木摆架，架子上头有雕刻着四大神兽的香炉，青龙、白虎、朱雀、玄武各占一角，依稀能看到有袅袅白烟从香炉里面冒出来。

而此处的中央，则是一张软榻。

许情深往后退了一步要走，余光却看见榻上好像摆着些东西。她走近一步蹲下身，手指将遮在本子上的纸拂开，一本笔记本就出现在许情深眼中。她倒吸一口冷气，瘫坐在了软榻上。

事情诡异到令人发寒。

许情深翻开笔记本，属于方晟的字体就那样清晰地呈现出来，是好几年前的日记。

"谁？"许情深合上日记，目光看向四周，"别装神弄鬼的，出来吧！"

周边静谧无声，许情深欲要起身，却发现浑身使不出劲。她瘫软在榻上，手指轻握下去，却感觉不到自己的力道。

许情深眼帘沉重，往后躺了下，依稀看到有个身影正在朝她走来。她强吊着一口气："你是谁？"

许情深今天穿了件衬衣，她感觉到那人将手指落到她颈间，扣子被手指解开一颗。她抬手挥打在对方手背上，紧接着她的颈后被抬了下，整个上半身都被拉了起来。

许情深薄唇轻启，话语模糊："你不是方晟，你究竟是谁？"

对方在她身侧蹲下身，用手掌捂住她的眼睛，许情深瞬时跌入了无边的黑暗中。

第十章
蒋先生相亲

蒋远周坐在包厢内，视线在挂壁钟上扫过，落到身侧的空位上。

凌时吟放下手里筷子："许姐姐怎么还不回来，要不我去找找看？"

"我去吧。"蒋远周推开椅子起身。

他走出包厢，里头的人借着机会跟蒋渊铭说话："你说你今天脑子是不是被门夹了？对着人家女朋友那么冲，他能甩你好脸色看吗？"

"我也不是冲，我是好心。无疾而终的感情有什么好谈的？"

"你这结论下得也太早了，说不定蒋伯父就能同意呢！"凌时吟轻轻地说道。

"我大伯要能同意，我跟你姓！凌家丫头，你做好准备吧，说不定不久之后，蒋凌两家的长辈就能谈及你们的婚事了。"

"我不跟你说。"凌时吟站起身来，"我去看看找到许姐姐没。"

蒋远周在休息间找了一圈，凌时吟从不远处走来："远周哥哥，找到了吗？"

男人轻摇头。凌时吟皱起秀眉："怎么回事？洗手间也没人。许姐姐不可能去别的楼层，这都半个多小时了，不会出事吧？"

"再找找看。"

凌时吟跟着蒋远周："要不，我喊别人一起找吧？"

"不用。"蒋远周回到走廊，推开一扇包厢门进去。里头的人见是陌生人，高声问道："你谁啊？"

男人快速拉上门，然后又去了另外一间。

有些排场大的，有服务员在门口守着，见到蒋远周这样闯，自然要拦着："您好，请问您找……"

蒋远周不顾对方阻拦，硬是将门打开。

凌时吟做不来这种事，只能跟在蒋远周身后。她看着男人越来越急，身形凌厉，脚下生风。这样的紧张程度，令蒋远周整张俊脸都绷着。

以前蒋远周身边有万毓宁的时候，凌时吟还是个小丫头，所有人都把她当成孩子。如今，蒋远周身边的女人已经换了，凌家有女初长成，可在蒋远周的眼里，凌时吟还是个没长大的丫头。

蒋远周再度推开扇包厢门，里头的香气扑面而来，他用手在面前扇了下，里头似乎没人。凌时吟亦步亦趋地跟着他，在身后问道："看到许姐姐了吗？"

蒋远周没有答话，抬起脚步往里面走去。竹帘落到地上，依稀可见有个身影若隐若现地露出来。男人走到跟前，大手伸出去，将帘子拨开。

凌时吟好奇地望过去，接下来映入她眼帘的一幕使得她双手捂住了脸，并快速转过身。

其实也没什么，只是蒋远周也被吓了一跳："情深？"

许情深整个人趴在软榻旁的矮茶几上，头发散乱地披着，肩膀处微微露出来，双臂伸直，放在前方。蒋远周手掌落向她肩膀："许情深！"

许情深一动不动，蒋远周赶紧将她往后拉，抱在怀里。他冲着凌时吟说道："快走！这个房间不对劲！"

"好。"凌时吟双手捂住鼻息，快步走了出去。

蒋远周抱着许情深来到外面，凌时吟在门口等着："许姐姐没事吧？"

"我们的东西还在包厢，你帮忙去拿下。"

"好。"

眼见她要离开，蒋远周出声唤住她："你应该知道怎么说吧？"

"放心。"

凌时吟快步回到先前的包厢，推门进去。有人见她只身进来，赶忙问道："他们两个呢？"

凌时吟拿了许情深和蒋远周的外套，把许情深的包也拿上："你们啊，给人灌酒灌多了，许姐姐都吐了。远周哥哥说改天补上。"

"这么点酒力？才几杯就吐了。"

凌时吟的面上没有露出丝毫破绽，拿着东西快步离开。

回到包厢门口，不见蒋远周和许情深的身影，凌时吟继续向前，看到两人在不远处的休息室坐着。

许情深刚醒，凌时吟过去，蒋远周接过她手里的外套给许情深披上。许情深有些无力："我这是怎么了？"

"你怎么进那个包厢的？"

254

许情深抬起头，盯着休息室内的电视："我刚才见到方晟了。"

蒋远周一听，整颗心沉了下去："这样的话，你自己信吗？"

"对了，你看到日记本了吗？"

"什么日记？"

许情深伸出自己的双手，却吓了一跳："谁给我涂的指甲？"

蒋远周将许情深的手拉过去，她平时从来不涂指甲油，可如今十个手指头都是鲜艳的红色，看上去十分诡异。

许情深手掌按向自己胸口，带着一份忐忑的不确定："你找到我的时候，我是怎么样的？"

男人面色铁青地起身："走，跟我去找酒店的负责人。"许情深一把握住他的手腕："当时我很狼狈，是不是？"

凌时吟抿紧唇瓣没敢插话。许情深只知道自己没被侵犯，但具体的情形她浑然不知。蒋远周轻摇下头："没有。"

"你不用骗我，虽然我不知道对方有什么目的，但是我当时的样子肯定不会好看到哪里去。"

"这样的事发生在我眼皮子底下，我不会善罢甘休！"蒋远周拉住她的手起身，许情深跟着他离开，凌时吟紧随其后。

酒店方面得知了这件事，倒是十分配合，很快调出了监控。只是那层楼的监控出了问题，还没维修好。

蒋远周冷声吩咐："七点半到八点这段时间，凡是经过转角那边的都有可能。先把那个时间段的监控调出来给我看看。"

对方按着蒋远周的吩咐，将那段时间的监控调出来。出入的人很少，还看到了许情深。直到一个男人的身影出现在监控中，蒋远周道："看看他最后去了哪儿。"

监控画面被熟练地切换过去："444号包厢。"

蒋远周拉着许情深的手出去，凌时吟也跟在后面。

来到444号包厢，蒋远周没有敲门，直接开门进去。凌时吟一眼望去，不禁吃惊地喊道："哥？"

包厢内坐着几个人，正相谈甚欢。随着凌时吟的一声呼唤，其中一名男子扭过头来，张扬俊美的五官毫不掩饰地落到许情深眼中。

凌慎眼眸眯起："远周，时吟，你们也在这儿？"

蒋远周的视线同他对上，目光扫向凌慎旁边的男人。方才只是看到个背影，没认出来，这样一眼望去，却并不是个陌生人。

"蒋先生，好久不见。"对方率先打起了招呼。

凌慎起身，不禁看了许情深一眼："这位是？"

"哥，这是远周哥哥的女朋友。"

凌慎的视线锁定在许情深脸上没有挪开，嘴角轻巧勾起："远周，有了女朋友也不告诉我一声？"

蒋远周来到餐桌前，看向那人的目光有些瘆人："董局，既然吃饭的地方是在四楼，为什么方才你会出现在三楼？"

"这话怎么讲？"董局想了想，然后说道，"方才喝断片了，找厕所找了半天，跑楼底下去了。"

"377号包厢，进去过吗？"

"什么377，我不知道。"

凌慎走过去，拦在蒋远周身前："怎么回事？"

"我女人被欺负了，算不算大事？"

凌慎目不斜视，修长的手指按住蒋远周的手臂："你知道董局的身份，他专管制药方面。远周，你平日里跟他也会有接触，一个女人而已，没必要撕破脸皮。"

凌时吟走到许情深身侧，神色有些焦急："许姐姐，怎么办啊？"

许情深压低嗓音："那人来头是不是不小？"

"我不认识他，但是能跟我哥坐在一个台上的，肯定不是小人物。"

蒋远周推开凌慎的手，董局见状，站起身来："377包厢，我是去了。我那是走错了，推门进去一看不对劲，我就出来了。"

"那个时间在监控前经过的，也只有你了。"蒋远周忽然拿起桌上的酒瓶挥过去。凌慎阻拦不及，董局抱着头哀号起来。许情深吓了一跳，快步来到蒋远周身侧。

"你没有真凭实据，凭什么说是我？"

"我要是拿得出真凭实据，就不会让你这么好受了！"

凌时吟怔在原地，吓得双手塞住耳朵。许情深拉过蒋远周的手，蒋远周朝着凌慎看看："今天坏了你的事，我改天请你喝酒。"

蒋远周带着许情深出去了，凌慎朝着瘫坐在地上的董局看了一眼，冲面色苍白的凌时吟道："你戳在这儿做什么？出去！"

凌时吟看了眼董局脸上的血，转身就走。

凌慎拨打电话让司机赶紧上来，他穿起外套，站在衣架前，整个人修长挺拔："董局，我送您去医院。"

"蒋远周这是疯了吗？"

"这里面肯定有误会。"

"他以为他经营了几家医院就很牛吗？我不会让他好过的……"

凌慎嘴角若有若无地勾出一抹弧度，司机很快进来，带着董局去了最近的医院。

离开酒店，许情深坐在车内，伸手握住蒋远周的手背："是我当时大意了。我是

256

在休息区喝水的时候，看到了电视里的方晟。我知道人不会死而复生，就想看看是谁在搞鬼。现在想来，对方应该是下了双保险，水和房间里点着的香都有问题。"

"你能这样被骗进房间，还不是因为心里没放下方晟？"蒋远周的话语始终温柔不起来。

"那个董局之前跟我并不认识，而且这明显是个连环套。"许情深抬起十指放到眼前，"还有这红指甲，为什么？"

蒋远周将领带扯松些："当时我要是晚到一步，想过后果吗？"

许情深朝他看看，将脑袋搁到了他肩头："你把董局一瓶子砸晕了，你想过后果吗？"

"没什么后果是我蒋远周担不起的。"

"蒋先生就是霸气。"许情深手掌握向蒋远周的臂弯，"我觉得，我好像还得罪了什么人。只是我不明白他们这样做的目的是什么，如果是想让我离开你，那直接把我玷污了不就成了？"

蒋远周听到这儿，心都快跳出来了。他伸手捂住许情深的嘴，恶狠狠地说道："你一个女人，怎么什么话都能说？"

许情深被吓了一跳，她将蒋远周的手拉下去："我只是就事论事，那个法子虽然恶毒，但坏人做事难道还有原则不成？"

"你想，对方用的是方晟这一招，还有你说的日记本，那么私密的东西都能想办法从方家偷出来，本事不小。可这么小题大做为的什么呢？让你想起方晟，伤心不已？这似乎太幼稚了；让我以为你心里还有方晟？"蒋远周锁紧眉头，然后摇了摇头，"似乎也不是这样，总觉得差了那么一点。"

许情深忽然觉得胸口闷得难受，将目光望向了窗外。

蒋远周让司机把车停在路旁，对面有个美甲店，不管怎样，许情深手上那抹刺眼的红色总要先解决掉。

回去的时候，许情深自己觉得没事，可蒋远周非要带她去医院。

药物检查的报告第二天才送到许情深和蒋远周手里，那杯水果然有问题。她能见到方晟，是因为她的体内检测出了致幻药的成分。许情深甚至怀疑到底是饮水机的水有问题，还是在包厢内吃的东西有问题。对方怎么知道她会去休息室，又怎么知道她会喝水？

几天之后，一直按时服药的许情深才感觉大好，有些幻觉也没有再在她面前出现过。

蒋随云来九龙苍的那天，恰是元宵节的清晨。

许情深起得比较早，披着外套下楼，冷不丁看到沙发上坐着个清瘦的女子。她敛

257

起面上的吃惊，快步走过去，看清楚对方的侧颜后，开口道："蒋小姐。"

蒋随云一抬头，也站了起来："这么早就起了？"

"您……您什么时候来的？怎么也不让人通知一声啊？"

蒋随云轻笑道："你们年轻人工作压力大，喜欢睡个懒觉，我是没事才起那么早。我刚才经过院子的时候看到有一片种着草药，你种的？"

"是，栽着玩的。"许情深这会儿睡意全无，"我去喊远周下来。"

"不用，让他睡吧。"

许情深戳在这儿有些尴尬，所幸没过多久，蒋远周也下来了："小姨？"

蒋随云的脸上溢满笑，她并未起身，而是扭头看去，一只右手跟着抬了起来。蒋远周走到蒋随云跟前，伸手握住她的手："跑九龙苍来，也不提前跟我说一声。"

"我又不是什么老佛爷，用不着你提前接驾。"

蒋远周朝蒋随云身上看了看，手掌朝着她腕部握下去，脸色微变："又瘦了。"

蒋随云轻打蒋远周的手背："哪有这样衡量胖瘦的？"

"小姨，你的手不能再细了，就剩骨头了。"

"不说别的。"蒋随云眸中的笑意微敛，"远周，你把毓宁送到医院去了？"

"小姨，您怎么什么事都要操心？"

"你先回答我，是不是？"

蒋远周搭起长腿，点头："是。"

"什么医院不好啊，那可是精神病院……"

蒋远周深邃的眸子闪烁下，目光落向对面的许情深，然后将万毓宁近来的几件事告诉给蒋随云："小姨，毓宁确实是有病了，我要再放任她留在我身边，肯定是害人害己。"

蒋随云面上也有吃惊，看了看许情深："毓宁这丫头，居然……"

"小姨，您别操心她的事了。您最近的身体怎么样？"

"挺好的。"蒋随云双手轻握，似在斟酌着接下来的话怎么说，"远周。"

"嗯？"

"陪小姨出去一趟吧？"

"去哪儿？"

蒋随云手指在手背上来回画着："小姨天天待在家里，去哪儿都好，只是想出去走走。"

"但您的身体……"

"无妨，我自己的身体，我清楚。"

蒋远周似在认真思索，蒋随云说道："你不是喜欢潜水吗？去海边好了。"

"但您不适合去太远的地方，也不能坐飞机。"

"就去近点的海，开车去。"

"东城附近确实有海，可气候不一样，太冷了。"

蒋随云笑容温婉："我只是看看风景，没关系。我记得你之前就有过冬天潜泳的经历，你肯定也没问题吧？"

"您别什么都想着我，您喜欢就成。"

"那就去海边。"

他们说着话，许情深已经神游开去，直到蒋远周的一句话钻到她耳朵里："你也一起去。"

许情深朝蒋随云看了看，蒋随云忙按住蒋远周的手背，但男人话已经说出来了，蒋随云尽管面有难色，却不好再开口阻拦。

许情深忙摆手："我去做什么？我还要上班呢。"

"这也是上班。"

"胡说。"

"你是医生，你跟着我们，负责我们的安全。还有我小姨……她需要你照顾。"

许情深菱唇微启，蒋随云见许情深不说话，紧接着说道："许小姐肯定不方便，再说我出门，有家庭医生跟着，你放心吧。"

"家庭医生哪有自己人放心？"蒋远周口气自然，看向许情深的眼中带着笑，"就这么说定了，家庭医生和情深都去。"

"我……"

蒋远周抬起手："你是星港的医生，应该服从调配。"

蒋随云闻言，嘴角轻抿了下，没再说什么。

吃过早饭，老白来了九龙苍，蒋远周让他亲自将蒋随云送回蒋家。

许情深跟蒋远周上了车，准备去星港："我总听说蒋小姐身体不好，究竟怎么了？"

蒋远周面色微微严肃："脑子里长了东西。"

"是不能手术吗？"

蒋远周轻点头："小姨的脑部跟别人有些不一样，这东西留在里面，不能切除也治愈不了，只能保守地控制病情，但这等于是在慢慢等死。"

许情深胸腔内也跟堵住似的难受，很难想象，蒋随云那样气质修为宛若仙人的女子，却要长期受着病痛折磨："一点办法都没有吗？"

"嗯，国内国外的专家都请遍了。"蒋远周握了把许情深的手，"所以我要带着你，有你在，我才觉得安心。"

"但对于蒋小姐的病，我也是束手无策。"

"你在身边陪着就行了。"

许情深笑了笑："行。"

259

凌家。

司机拎着凌时吟的行李箱出去，女孩踩着高跟鞋走进院子。不远处的凉亭下，一抹修长挺拔的身影坐在白色的雕花长椅内，身前的茶几上摆着咖啡以及几盘小点心。

男人出神地盯着不远处的湖面，凌时吟的高跟鞋踩着地面，男人嘴角微动，却没有回头。

"哥。"

"要出发了？"

"是啊！"凌时吟坐到男人身边，"看什么呢，这么出神？"

凌慎身子往后倚，视线随之落到妹妹的侧脸上："看你——我们凌家的丫头总算长大了，落落大方、标致出色。"

"哥，我哪有那么好！"

"我凌慎的妹妹，必须那么好。"

凌时吟浅笑："玩这一趟回来也就差不多了，学校快开学了。"

"嗯，玩得愉快！"

凌时吟视线落向远处："我知道，蒋家和凌家有些事已经商量好了，只是通知我一声罢了。"

"嫁给蒋远周，难道你不同意？"

凌时吟手掌握向毛呢裙的边角处："哥，你觉得我应该同意吗？"

"当然。要不是万家和蒋家交情更深，蒋凌两家联姻，才是最合适的。"

凌时吟感觉到冷，拢紧了披肩，却不想这么早就过去："哥，远周一直都是把我当妹妹的。"

"那你呢？你是要把他当你哥哥还是情人？"

凌时吟眼角处轻轻跳跃了下，凌慎朝她看了眼："你已经满二十周岁了，随时都能结婚。时吟，你是凌家的女儿，配得上蒋远周那样的男人。"

"哥……"凌时吟踢了下脚，"我就是出去玩一趟，你都能扯到结婚上……不说了，我走了！"

凌慎失笑，挥挥手："走吧。"

从九龙苍出发的是一辆商务车，许情深坐在第二排，老白吩咐司机去蒋家接蒋随云。

车子停到蒋家门口，许情深没有下去，蒋随云就带了个家庭医生，蒋远周亲自将行李拿到车上。

这次要去的地方叫蛏洲，四面环山，中间是一片海，景色宜人。只是气候同东城一样，大冬天的，自然就没人去了。

一行人来到安排好的酒店，登记入住。许情深陪蒋随云站在一旁，蒋远周大步过来，老白自然是最贴心、最细心的那个，正在前台安排着套房的事。

"小姨！"不远处，一道惊喜的声音传过来。

许情深抬头，看到凌时吟快步从电梯口那边走来。蒋随云朝许情深看了看，眼底的那抹不自然被许情深一下就给捕捉到了。

"好巧啊！"凌时吟过来，给了蒋随云一个拥抱，然后满面欣喜地看向许情深："许姐姐。"

许情深嘴角轻扬，点头："你好。"

蒋随云之前的推托就让许情深觉得有些不对劲，蒋随云向来好说话，也很热情，如果不是有特别的安排，是绝对不会为难或拒绝人的。

凌时吟说着好巧，其实这哪里是巧合的事啊？

许情深想到那晚在饭桌上蒋远周的堂弟就公开说了，蒋家长辈对凌时吟满意，这……恐怕是一次刻意安排的相亲会吧？只是没想到，她被这么拉了进来。

蒋远周看到凌时吟，也微挑了下眉头："你怎么在这儿？"

"快要开学了，想要来个短途游，同学推荐说这边还不错，我就来看看。"

"就你一个人？"

凌时吟笑着摇头："我一个人来干吗？还有我闺密，只不过她要晚上才到。远周哥哥，真巧啊！"

这些话，倒是正常得不能再正常了，就连许情深都开始怀疑，她那一闪而过的念头仅仅是她多心了。

"是挺巧的。"蒋远周心不在焉地回了句，回过头。老白已经拿了房卡过来："蒋先生，走吧。"

"好。"

蒋随云朝凌时吟看了眼，并未立马抬步。她伸出手掌："我的房间在哪儿？"

"蒋小姐的房间最安静，希望您喜欢。"老白将其中一张房卡给了蒋随云。

"我这几天晚上睡得很不好，人也难受。许小姐，要不你跟我一个房间吧？"

蒋远周没承想蒋随云会提这样的要求，当下就要拒绝，许情深却点头道："好，本来我就是为了蒋小姐来的。"

凌时吟笑了笑，挽住蒋随云的手："小姨，要不我跟你一起睡啊？"

"你就算了吧，人家许小姐是医生。"

"那我接下来的时间都要流浪，你们收留我行不行？等我闺密来了，我再跟她玩。"

"行。"蒋随云若有所思地轻拍了下她的手。

蒋远周让司机先拎着行李去电梯，他冲许情深道："你跟小姨上去吧，我跟老白有些话说。"

"好。"

"小姨，我也去！"凌时吟也跟了过去。

几个人很快走进电梯，直到电梯门合上，蒋远周嘴角的笑容才慢慢收回去："看到了吗？我爸为了让我跟凌时吟见面，把我小姨都拉出来了。"

"您是说……"

"蒋家已经越过我，直接和凌家对上了。如果凌时吟也有那样的想法，这个人，以后也不能见了。"

老白盯着电梯的方向："但依着蒋小姐的性子，她应该不喜欢掺和这种事。"

"她是不喜欢，那天还让我别带着情深，是我执意坚持的。"

"凌小姐还太小了吧？"

蒋远周冷哼，然后轻轻笑道："不小了，成年了，联姻这种大事能担得起来了。"

老白面色怪异，始终很难将凌时吟和蒋远周想象到一起。

许情深跟着蒋随云进入房间，凌时吟过去将全部的窗打开："透透气。"

蒋随云坐了一路的车，累了。许情深见她面色发白，忙道："蒋小姐，您要是不舒服，就先躺会儿吧。"

蒋随云点了下头，似乎连说话的力气都没了。许情深搀扶着她躺下，就她这样的身体，真是不适合出门。

凌时吟坐在边上："小姨，那您好好休息，我先回房间，等您好受点了再来。"

蒋随云轻点下头："好。"

凌时吟出去了，家庭医生替蒋随云检查了下，见无大碍，这才离开。

许情深将行李箱内的衣服拿出来，蒋随云见她忙里忙外的，也不说话，看着许情深站在衣柜前，开口道："许小姐。"

许情深挂好一件衣服，回头看向她。蒋随云双手交叠在被子上："真不好意思，让你跟我住一间。"

"您别这样说。"

"还是觉得抱歉……"蒋随云欲言又止，有些话最终卡在了喉咙里，"待会儿，你也跟他们出去玩吧。"

"那您呢？您这样……"

"我没关系，我在房间里睡会儿，明天再玩。"

许情深拿出条披肩，走向另一张小床："今天大家肯定都累，还是歇歇吧。"

蒋随云盯着许情深看。她是真喜欢许情深这样的，只是蒋家门槛这么高，有些事连她自己都身不由己，这姑娘……以后的路怕是会很艰难。

休息了没多久，许情深洗了把脸回到屋内。门口传来一阵动静，蒋远周走了进来，身后还跟了推着餐车的服务员。

"饿了吧？吃点东西。"

蒋随云从床上撑坐起身："你们不用管我，外面景色那么好，都陪我待在房间里做什么？"

许情深过去取过床上的毯子，小心翼翼地搀扶着蒋随云起床。几人走向窗边的餐椅，待蒋随云坐下后，许情深将毯子给她盖到腿上。

蒋随云盯着她的一举一动，嘴角溢出笑来。

"小姨，这是当地的名菜，快尝尝。"

蒋随云拿着筷子，看向窗外。真是晴空万里，大片的白云聚在头顶，蔚蓝的海水波光粼粼。

"我觉得有精神多了，吃过中饭我们就出去吧。"

"您确定？"

"真没事，来就是玩的。"

"好。"蒋远周答应下来。

吃过中饭，几人走出房间，准备下海去玩。蒋随云走到蒋远周身侧："把时吟也叫上吧。"

"她一个女孩子家的，下什么水！"

"她朋友不是还没来吗？"

许情深将披肩披到身上："一起吧，人多热闹。"

蒋远周将这事交给老白，他自己带着许情深和蒋随云往前走。见许情深走得慢，他干脆拉过她的手："待会儿潜泳，一起？"

"这么冷的天，受得了吗？"

"我倒是还好，每年都会冬泳。你呢？"

许情深没玩过潜泳，有些蠢蠢欲动。蒋随云跟在他们身后："远周，别让许小姐下水了。"

"为什么？"

"这么冷的天，对女孩子不好。"

蒋远周朝许情深看看："你月经期已经过了，应该没事吧？"

许情深推开他的手掌，大庭广众下，他一个大男人将她的月经期记得这么清楚，真的好吗？

"难道小姨是担心……"蒋远周顿了顿，"也是，情深毕竟还没生过孩子，小心一点也是应该的。"

263

许情深没想到蒋远周能想得这么远，顺着他的话往下说："你下去玩吧，我在游艇上陪着蒋小姐。"

来到海边，蒋远周带着几个人上去，不久，老白跟凌时吟也来了。

游艇朝着指定的海域出发，蒋远周起身去换衣服，凌时吟跟着说道："我也去。"

"你那水平行吗？"

"别小瞧我，我可是专门找教练学过的。"

许情深和蒋随云坐在甲板上，朝蒋随云挨近些："冷吗？"

"还好，这儿空气不错。"

"是啊，有时候真该出来多走走。"

蒋远周出来的时候，身上已经换好了泳衣，黑色的泳裤包裹着修长的双腿，上身的布料紧紧贴着肌肤，腹肌的轮廓清晰展露。游艇已经停下来，有救护员和教练过来，蒋远周接过器具戴到脸上。

许情深刚要起身，就看到一抹娇小的身影走到蒋远周身后。凌时吟穿着粉色的比基尼，身材已经发育丰满，露在外面的肌肤透着莹白。这样的女孩，浑身都洋溢着满满的青春气息，一颦一笑都是简单自然的。凌时吟冷得直跺脚："哎呀，真怕待会儿下去受不了，还没到水里就跑上来了。"

蒋随云不禁失笑："我坐在这儿，风吹过来都跟刀在脸上刮着似的，你们真的可以吗？"

蒋远周比了个OK的手势，凌时吟双手在臂膀上搓揉几下："没问题！远周哥哥，你一会儿可得保护我啊。"

蒋远周做着热身运动，许情深坐在那儿，看着阳光折射在海面上，一道道将男人圈拢在中间。他双臂向上抬，猛地一个纵身往下跃去，一头扎入了海中。

凌时吟朝着许情深和蒋随云挥手："许姐姐，小姨，我也去啦！"

"去吧。"蒋随云轻笑。

许情深走到白漆护栏前，几个人很快没了身影。她专注地盯着海面，一副若有所思的样子。

蒋远周的动作较凌时吟来说熟练得多，他潜入海底，腿和臂配合得相当好。成千上万的鱼儿从对面而来，蹬水和划水结束后，男人身体成一直线向前滑行，犹如化作了一条矫健的海鱼。

凌时吟下去没多久就感觉到冷得难受，双腿双手僵硬不说，勉强的深潜令她耳膜发出强烈的痛感，头也开始晕了。她看到蒋远周就在不远处，可她不能张嘴呼喊。小腿猛地一抽，凌时吟心里着急起来，整个人开始在水下剧烈挣扎。紧随其后的救生员见状赶紧游了过去，拽住她的手臂，带着她快速游回水面。

几个人逐一冒出头来，蒋随云起身走到许情深旁边："看到远周了吗？"

"还没。"许情深话语方落，就看到蒋远周也跃出了海面。

凌时吟大口大口地喘着气，蒋远周飞快朝她游了过去。他摘下脸上的器具："怎么回事？"

"抽，腿抽筋了。"凌时吟吓得面色发白。

"谁让你跟下来的？"蒋远周脸色骇人，水珠顺着他有型的侧脸往下淌。

凌时吟嘴角哆嗦着："我以为没事。"

"以为没事？刚才要不是有救生员跟着，你就死在海里了。"

"凌小姐，先上去吧！"救生员见她冷得瑟瑟发抖，忙带她回到游艇前。

船上的人扔了救生圈下来，凌时吟缩紧双肩。蒋远周见她套上了救生圈，冲那两名救生员道："你们先回去吧。"

"这……"

"回去！"

凌时吟双手抓着救生圈，忙解释："上次出海，我是跟我哥一起去的，教练也说我可以单独下水了。"

"凌家的小姐跑到这冻死人的海里来泡着，你也是真不怕啊！"

凌时吟唇色发青，水下的身体都快不听使唤了。她何时受过这样的罪？她看到了蒋远周嘴角处的漫不经心，也看到了他眼里的疏离。凌时吟从小在那样的家庭长大，自出生起就被父母带至各种各样的场合，她从小见得就多，虽然年纪小，可心思活络。聪明如蒋远周，肯定会怀疑到这次的见面不止巧合那么简单。况且，他今天还带着许情深。

凌时吟抱住双肩，冷得连说话都在颤抖："远周哥哥，你以为我想来啊？要不是我妈逼着，我在家吹着暖气多舒服！"

"那你什么都知道了？"

凌时吟手掌在臂膀上轻握："我爸妈那点心思，我能不知道吗？我跟他们说了，我跟你不可能，我把你当成哥哥一样，可他们就是不听。这次的事虽然没有明说，可我猜得出来，这不是给我们安排的相亲吗？可我不答应怎么行？我爸管我管得严，非给我禁足不可。所以我就偷偷拉着我闺密一起来，就当是来玩了……"

蒋远周听在耳中，面上总算有了笑意："我也搞不懂，两家长辈怎么会把我跟你扯在一起。"

凌时吟轻笑："因为家境都不错呗！远周哥哥，你还是幸运的。你看看我，我还有两年才大学毕业啊，在我爸妈眼里都是剩女了……"

男人听闻，嘴角的弧度越发深了，看来是他多想了。

凌时吟见他这样，心里微微一松。她别过脸，掩住鼻子忍不住打了个喷嚏："冻

265

死了！我们快上去吧。"

不远处，两名救生员上了游艇。老白快步上前："蒋先生和凌小姐没事吧？"

"凌小姐腿抽筋了，蒋先生让我们先上来。"

许情深望向远处，既然凌小姐差点出了意外，蒋远周为什么不让救生员将她带过来？游艇离那边有些远，许情深根本就听不到他们在说什么。

蒋远周一手抓住救生圈的绳子，凌时吟都快冻僵了："远周哥哥，你既然喜欢许姐姐，为什么不把她带回家呢？"

"我自己选的人，不需要经过那边的同意。"

凌时吟听得懂蒋远周话里的意思——他选的和蒋东霆选的，绝对不会是同一个人，所以他只需自己看中就好。

"我觉得，你跟蒋伯父还是不要正面起冲突的好，毕竟是父子，而且许姐姐夹在里面很难做……"

蒋远周修长的手臂在水中滑动，海面被劈开，男人一手拖着凌时吟，丝毫不显吃力。

凌时吟的视线落到蒋远周的手臂上，肌肉结实、古铜色的肌肤呈现出别样的性感……

男人抬头，许情深正在冲他招手。

凌时吟抱紧身前的救生圈："远周哥哥，我们这次出来，也算是小姨安排的，我们别让她太为难。"

蒋远周停了下来，将凌时吟拉到自己身前："怎么个不为难法？"

"其实，小姨性子那么好，有些事是她做不来的。蒋伯父让她出面，还不是看着我们都无法拒绝她吗？相亲相亲，关键还是要看你和我。"

"那你觉得应该怎么做？"

凌时吟被冻得不行，牙关紧咬，说出来的话像在打架似的："你要跟家里说不同意的话反而不好，我来说吧。我就说我对你没感觉，性子合不来，我相信我爸妈不会勉强我的。"

蒋远周听着凌时吟说话这样爽快，倒觉得她跟别人有几分不一样："好。"

"关键我是女孩子，我可不要被人拒绝。"

蒋远周拉过救生圈："上去吧，看你被冻坏了。"

来到游艇跟前，几人合力将凌时吟拉上去，蒋随云取来毯子给她裹上。凌时吟冻得话都说不出来，整个身体颤抖得不行。蒋随云赶忙催促："快，快去洗个热水澡。"

蒋远周没有要上来的意思，他冲许情深轻摆下手："等我，再有一圈就回来了。"

266

"你当心点。"

蒋远周点了下头，重新潜回了海底。

海面上开始有浪拍打着游艇，蒋随云不禁担心起来："远周会不会有事？"

"蒋小姐放心，他肯定没事。"许情深倒是不急，站在甲板上望着辽阔的海域同天际连成一线。

蒋随云站在那儿，扑打过来的腥味撞入她的鼻翼间："不会要变天了吧？"

"就是起风了而已。"

在蒋随云的眼里，蒋远周始终是那个没长大的孩子。她一生未嫁，除了被这副病躯拖累，大多数的精力都扑在了蒋远周身上。许情深见她忧心忡忡，不禁开口宽慰道："您定下心来，真的不会有事。"

"远周之前没到过这儿……"

"小姨，"凌时吟换了衣服快步走来，"水底下都快冻死人了，而且水压很强，待会儿让远周哥哥快上来吧！"

"是啊，"蒋随云听到这儿越发担心，"老白，你赶紧看看远周在哪儿，让他上来。"

许情深双手撑着栏杆，一脸的闲适轻松。她生长在东城，几乎没怎么出来过，这样的怡人景色，心情不该有任何的沉重："你们都别急，他应该快上来了。"

"许小姐难道不着急吗？"蒋随云轻问道。

许情深摇头："不着急。"

"为什么？"

"他无所不能，包括上天入地……"

凌时吟扑哧一下笑出声来："原来许姐姐还是远周哥哥的迷妹啊。"

"是啊，我崇拜他，他给了我足够相信他的力量。"

蒋随云听闻，面上的凝重散去些："你说得对，出来玩，不能把神经绷得太紧了。"

蒋远周蹿出海面的时候，吓了许情深一跳。众人拉着他上来，男人几步上前，蒋随云赶紧吩咐："快去洗洗。"

男人径自走到许情深跟前，拉起她的右手，将一样东西放到她掌心："这是我在海底给你找到的红珊瑚。"

许情深看着手心的东西，双目圆睁："红珊瑚？"

"是。好看吗？等回东城之后，用这原料给你打一串手链，肯定好看。"

凌时吟也凑了过来："哇，真好看！红珊瑚生长缓慢，很珍贵的。"

"据我所知，红珊瑚只生长在几个海峡——台湾海峡、日本海峡、波罗地海峡、地中海……怎么会出现在这儿呢？"许情深不解地问道。

"巧合吧。"蒋远周抹了把脸上的水。

许情深仔细看了眼："这一看就是上品，发了啊！明天租条船来，我们专门下海去打捞红珊瑚吧？"

男人摸了下鼻子："行了，想给你个惊喜，你就不能有智商暂时下线的时候？"

蒋远周说完，老白给他披上条厚重的毯子，他转身进去冲澡。许情深手指摩挲着那块红珊瑚，老白忍不住笑道："蒋先生之前让我猜你的反应，我说，许小姐一定会欣喜若狂，连连夸赞他厉害。"

"夸还是要夸的，"许情深嘴角藏不住笑意，"这东西哪儿来的？"

"我前两日特地去拍卖会上拍来的。"

许情深将它收好："我很喜欢。"

凌时吟也适时地插了一句："远周哥哥真有心。"

蒋随云坐到旁边，头隐隐作痛。她记得蒋东霆的吩咐，要制造机会让蒋远周和凌时吟单独相处。可许情深也在这儿，再加上蒋随云打心里也喜欢许情深，总觉得这样做实在对不起她，但一想到回去还要跟蒋东霆交代……蒋随云头痛得不行。

许情深见她面色发白，忙过去搀扶住她："快到里面去，不能多吹风。"

回到酒店的时候已经是傍晚了，晚饭订在了酒店一楼的海鲜自助餐厅内。凌时吟接了个电话，说是闺密马上到酒店了："小姨，我就不跟你们玩了，我朋友还有十几分钟就到。"

"那一起来吃晚餐吧？"

凌时吟朝蒋远周看了看，那一眼，似乎只有他们两人懂。毕竟在某件事上，他们已经"达成共识"。

"你们先吃，我还要等等她呢。"

蒋远周揽过蒋随云的肩膀："时吟有她自己的朋友，她们也是出来玩的。你让她朋友跟着我们，多尴尬？"

"是啊，小姨。"凌时吟挥了下手，倒是落落大方，"我先去接她。"

"好吧。"

许情深和蒋随云先回房间，许情深坐在床沿等着蒋随云。

电视里正在播放美食节目，蒋随云从洗手间出来。许情深视线从电视机上收回："您还好吧？"

"挺好的。"蒋随云坐了下来，"我以后喊你情深吧。"

"好啊。"

"情深，你救过我，可我今天这一天……心里特别难受。"

"为什么？"

蒋随云欲言又止，许情深端详着她的神色，明白了过来："是因为凌小姐吗？"

"你知道？"

"我猜的。蒋小姐，这没什么好难受的，有些事情顺其自然就好。如果凌小姐真的和远周有这个缘分，有我跟没我，其实一样。"

蒋随云眉头舒展开："你真是个看得透的孩子。"

"关键是您啊，您要玩得高兴，别让他白来这一趟。"

蒋随云嘴角轻扬："是，你说得太对了。"

没过多久蒋远周过来了，一行人先去餐厅用餐，吃过晚饭，许情深和蒋远周陪着蒋随云去海边走走。

许情深拿着手电，灯光打在海面上，耳边海浪声呼啸。蒋随云走在蒋远周身侧，她倒下去的时候毫无征兆，旁边的男人下意识地想要捞一把，却没接住："小姨！"

许情深脚步猛地一顿，回过头，就看到蒋远周慌忙蹲下身，扳过蒋随云的身体："小姨！小姨，你怎么了？别吓我！"

跟在后面的家庭医生和老白也快步赶来，许情深跑到两人身边，二话不说先跪了下去，推开蒋远周的手。蒋随云摔倒的时候整个人趴在沙滩上，许情深用手将她面上的沙子清理干净，以免堵住鼻息。

家庭医生也到了跟前，放下随身携带的药箱，从里面拿出药来："快，赶紧给蒋小姐吃下去！"

"人都昏迷了，这样怕是不行。"许情深朝着老白吩咐："赶紧叫救护车。"

"小姨没事吧？"蒋远周伸手握住蒋随云的手，"你们赶紧救她！"

家庭医生将药丸拿出来，拧开水，将蒋随云的嘴巴撬开。可是蒋随云根本没法吞咽，水顺着她的面颊往下淌。

家庭医生显然也急了，许情深将手电的光开到强挡，照在蒋随云的脸上："这样下去不行，救护车什么时候能到？"

"最快也要二十分钟。"

"我带小姨去医院。"

"不行！"许情深按住蒋远周的手腕，"你急糊涂了是不是？她这样能移动吗？"

"那你说怎么办？"蒋远周语调不禁拔高，似乎即将丧失理智，"难道要我眼睁睁看着她……"

有脚步声由远及近而来，凌时吟看清楚了跟前的几人，再一看地上躺着的蒋随云，不禁大惊失色："小姨！"

许情深额角冒着汗，问旁边的家庭医生："平时有过这样的情况吗？"

"倒是有过几次痛到认人不清，但从未昏厥过，之前都是吃了药休息会儿就能好。"

"小姨，你怎么样了？"凌时吟蹲到蒋远周身侧，满面担忧。

许情深看了一眼时间，蒋随云这样的状况是最难弄的。蒋远周面色铁青，一个字一个字地从口中吐出："难道只能这样干等着？"

家庭医生吓得不敢接话，许情深朝家庭医生看看，这确实不能迁怒到任何人身上："这样的情况下……确实没有别的办法。"

"我养你是做什么吃的！"蒋远周暴怒出声，许情深感受到男人眼底熊熊的怒火在迸射出来。家庭医生一阵哆嗦，赶紧压下脑袋。

"远周哥哥，你别对许姐姐发火，谁又想看到小姨这样呢？"

蒋远周没力气去解释他并不是在冲着许情深动怒，而许情深也不需要他多说，她心里自然是懂的。

许情深着急地观察着蒋随云，生怕再有更严重的状况发生。救护车始终没来，等待的时间总是漫长的。许情深摇了下头："再这样等下去，一旦脑部供氧不足，可就真的危险了。"

在场的所有人都慌了，包括蒋远周。他握紧双拳，目光盯着躺在地上的人。

"不管了！"许情深朝着家庭医生道："有针管吗？"

"有。"

"给我。"

家庭医生将未开封的针管取出交到许情深手里："可是没有注射的药物。"

"不用。"许情深打开包装，将手电塞到蒋远周手里："拿好了。"

她弯下腰，手指轻按向蒋随云的人中。着急之下，她也随了蒋远周的称呼："如果能让小姨醒来，就没事；但如果醒不来，我们必须做好准备……"

蒋远周手里照出去的灯光微晃动。

许情深抬眼看他："晃什么！我还没说不能救，蒋远周，蒋先生！"

蒋远周喉间吞咽了下，接触到许情深的眼神后，莫名一阵心安。他将手电的光打在蒋随云脸上。

许情深动作极快，针头落到蒋随云人中处，狠狠地扎了进去。蒋随云双目紧闭，一动不动。许情深拔出针头，蒋远周蹲下身，夜色中，能看到蒋随云的人中处溢出的一点红。

可蒋随云仍旧没有丝毫反应。许情深拉起蒋随云的手，将针头对准她的手指。

凌时吟捂住嘴的双手松开："这样……真的行吗？"

许情深将针头扎进了蒋随云的手指，连着扎了两根手指，蒋远周忽然听到耳边传来阵极轻的嘤咛声。他赶紧将灯光照过去，蒋随云眼帘微动，嘴里说了句："好痛。"

"小姨！小姨！"

许情深趴过去，朝着她人中使劲一掐。蒋随云皱眉，缓缓睁眼："我的手……"

"快，刚才的药呢？"许情深催促道。

家庭医生反应过来，从药瓶内倒出两粒药丸放到许情深手里。许情深见蒋远周一动不动，催促道："把小姨扶起来啊！"

"好。"蒋远周拉着蒋随云让她坐起身，许情深给她喂了药。蒋随云吃力地吞咽下去："我这是怎么了？"

"小姨，你刚才晕倒了，"凌时吟轻拍胸口，这才缓过气，"多亏了许姐姐救你。"

"是吗？"蒋随云抬手按向太阳穴，"情深，谢谢你，你这次真是救了我的命。"

"这是我应该做的。"

"许姐姐，小姨这样没事了吧？"

老白也弯下身来："救护车应该马上就到了，把蒋小姐送去医院看看吧？"

"我不去医院。"蒋随云轻语，看向旁边的蒋远周，"去医院做什么？又不是吃药开刀就能好的事，我去够了。顶多就是观察，在那个充满消毒水的房间里睡一晚。"

"酒店就有医疗室，要不……"

许情深率先起身："去酒店的医疗室吧，做个检查，也好放心。"

蒋远周抱着蒋随云起身，凌时吟回头跟朋友说了声，也跟了过去。

许情深靠着窗看过去，蒋远周握着蒋随云的一只手，满眼的担忧至今未褪。这让许情深想起了当初的方晟，也是拖着一副像这样无法医治的病躯，受尽折磨。

凌时吟推门进来，提着个购物袋，给每人送了杯咖啡。许情深拿在手里，说了句谢谢。凌时吟坐向床边："小姨，没事？"

"没事，"蒋随云说道，"老毛病，只是发作的时候吓人罢了。"

在医疗室逗留了个把小时后，蒋远周带着蒋随云回到房间。

男人全程阴沉着脸，看上去特别骇人。许情深洗了把脸出来，凌时吟跟蒋随云说了几句，然后起身："远周哥哥，我先走了。"

蒋远周一语不发，蒋随云拍下他的手腕："时吟跟你说话呢。"

"我不想说话。"

"没关系。"凌时吟又走到许情深跟前，"许姐姐，要麻烦你照顾小姨了，今天真是多亏了有你。"

"没事，放心吧。"

271

凌时吟回到自己的房间，闺密百无聊赖地看着电视，见她进来，忍不住吃惊道："不是蒋家小姨病了吗，你怎么不陪着？"

"我不是医生，陪着也没用。"

"不会啊，这时候你就应该表现得体贴人。你要陪在病床前，别人才能看到你的好。"

凌时吟回到床前，脸上的笑容彻底收敛起来。她踢掉高跟鞋，人顿时矮去不少，整张脸却并不显稚嫩："你懂什么？蒋远周和我心知肚明，我们这次并不是在游玩途中偶遇，而是通过小姨，被安排见了面。如今小姨出了这样的事，我要再上赶着往前凑，蒋远周难免会将怒气都发泄在我身上。"

闺密似乎被一语点醒："也是啊，要不是为了促成你们，蒋家小姨根本不用来这样的地方。"

"所以，明天你跟我在这儿留一天，我们两个单独玩。"

"好。"

酒店房间内，蒋远周和蒋随云说着话。许情深坐在一旁的沙发上，起先还是端端正正的，后来觉得累，干脆抱了个抱枕，身体往后倚靠；再后来，就变成整个人蜷缩着，睡着了。

蒋随云冲旁边的男人道："我这病谁都治不了，你是不是又冲着家庭医生发火了？"

"这样危急的情况下，她却束手无策，我不知道养着她做什么！"

"本来她的职责就是给我检查身体、安排我准时服药，再定期送我去医院，别的事……她也做不了。"

"可许情深做到了。"

蒋随云听到这儿，低低地笑出声来："是啊，这是她第二次救我了。"

"一般医生遇到这种情况，肯定都是不敢随意施救的，我也不知道她哪来的胆子，想到用疼痛刺激法。"

"她要是没胆子，那个莫小军的手术，她能接吗？"

蒋远周视线望过去，看到许情深歪着脑袋，睡熟了："小姨，您也知道？"

"有关星港的新闻，我都不会错过。"蒋随云看了一眼时间，已经不早了，"你带情深回去睡吧。"

"不是说好了让她陪您吗？"

蒋随云摇头："看这样子，你跟凌家丫头也是不可能的。让家庭医生陪我就好，反正你们就在对面，快去吧。"

"以后这种事您别参与了，让我爸自己来跟我说。"

"你啊——"蒋随云轻叹，"我就知道，瞒不过你。"

"小姨，您只管好好照顾自己的身体，我从小没有母亲，您就是……"

蒋随云看不得他这样："远周，小姨没事。我还要看着你结婚生子、给你带孩子呢！"

"是。"

蒋远周来到许情深身边，她还在睡着，男人弯下腰，在她耳朵处吹了口气。许情深感觉到痒，却只是缩了缩脖子。蒋远周见状，一口咬向许情深的耳朵。

她惊得睁开眼来，蒋远周揽住她的腰将她拉起来："走，回房睡觉了。"

许情深哦了声，很自然地跟着蒋远周往外走。两人跟蒋随云道过晚安，走出房间的一瞬，走廊内有风吹拂到脸上。蒋远周来到对面，随着门嘀的一声被打开，许情深回过神来。她回头朝着蒋随云的房间一指："我今晚不是跟……"

蒋远周握住她的手腕，将她猛地扯进屋内。

房门被踢上，许情深抬起腿，脚步还未跨出去，双肩就被蒋远周给握住了。她几乎一步都没走，就被蒋远周推到了旁边的墙壁上。男人将房卡插进去，走廊内的灯亮起，许情深抬头看了看，还未出口，就看到蒋远周低下头来。

许情深没动，男人的唇瓣印到她唇上，没有再深入，退开了。

这可不像是蒋远周的作风啊！许情深朝他看看，蒋远周手掌固定住她的脸，再度吻来。他一下下啄着她的唇瓣，如此反复，不厌其烦。

两人亲昵地靠着，许情深反而不适应这样的温存。她别开脸，蒋远周将她的脸扳回去。

屋内的暖气温暖舒适，许情深手掌落到蒋远周的腰际，他手臂圈紧她的腰，将她整个人箍在怀里："今天多亏你了。"

"你忘了，我是医生啊。"

"我妈过世得早，那时候失去的痛苦大部分在记忆里面都模糊了。这几年，小姨的身体每况愈下，她只要有一点不对劲，我就觉得惊心动魄。我没法想象，她离开我的话我会怎么办。"

许情深手掌在他背后轻拍了下，却不知道该怎么安慰。

蒋远周埋下头继续亲吻，许情深回应着他。两人彼此抱着走进屋内，一头栽进了大床。许情深双手抓着蒋远周的衣领："你跟我睡在一个房间，怕是不方便吧？"

"怎么不方便？"

许情深目光对上他："你这样，是不是太不把凌小姐放在眼里了？"

"跟她有什么关系？"

许情深手指在他胸前轻戳两下："下午潜泳的时候，你跟凌小姐单独说了不少话吧？说什么了？"

男人握住她的手，将许情深的手指放到嘴边轻咬："你猜猜。"

273

"蒋先生的心思深如海底，我可猜不到。"

"凌时吟说知道我们不合适，等回东城后，她会跟家里人说，以后别安排这样的见面。"

许情深不禁低笑："你们两个泡着海水，就把相亲的结果定下来了？"

"我就说你心思剔透，怎么会看不出，原来也是揣着明白装糊涂。"

"我没装糊涂，一直都很剔透。"

蒋远周摸了摸她的脸，许情深眨着眼睛朝他看看，蒋远周没来由地觉得心疼。小姨让许情深跟着她睡，许情深同意了；潜泳的时候没让许情深下水，她也二话不说就同意了。她心里更是比谁都清楚，要是换成他的话，他肯定不会给任何人留着面子。

第二天，天刚放亮，许情深和蒋远周就收拾好了东西。

蒋随云也起来了，见两人进来，她垂首穿上拖鞋："再玩两天吧，跟着我出来，让你们担惊受怕了。"

"不了小姨，要玩的话随时都可以，海边风大，赶紧回去吧。"

在蒋远周的面前，自然是什么事都得给蒋随云让道。老白安排司机将行李拿到车上，一行人去了餐厅。

凌时吟跟闺密下来了，她来到蒋随云桌前打过招呼。

"时吟，你要不要跟我们一起回去？"

"不了，我朋友昨晚才到，我们还没玩呢。"凌时吟面色坦然，一点都没有相亲失败的样子。看来真如蒋远周所言，她也是被家里逼着过来应付一趟的。

"那好，自己注意安全。"

"放心吧。"

吃过早餐，众人相继上车，蒋随云觉得闷，让司机将窗户敞开道缝。

"小姨，下个星期你要去医院做检查。药也吃得差不多了吧？要重新配了。"

"我知道。"

蒋远周坐到她身边去："以后，让情深做你的主治医生，你去医院的时候，直接找她就好。"

许情深原本正在神游，听到这话，猛地回神，慌忙摇头："我资历不够，蒋小姐原本是哪位主治医生？"

"是周主任。"

那就更不行了！许情深着急地说道："周主任算得上星港一把手了，经验丰富，我还有很多不足的地方……"

"经验丰富又怎样？畏首畏尾，我不喜欢！"蒋远周毫不留情地说道，"越老越怕，也是，越老越喜欢保守治疗了。"

许情深知道这是一副多重的担子，蒋远周对她信任至极，可她担不起啊："但是我……"

蒋随云面露微笑，点着头道："我也觉得不错。情深是自己人，总归方便些。别再说你资历不够了，莫家那个孩子的手术我了解过，那可是连周主任都不敢接的。"

许情深张了张嘴，蒋远周起身又坐回到第二排的位子上，拉过许情深的手，轻拍两下："就这么决定了。"

回到蒋家，蒋远周带着蒋随云下车，见许情深待在车上不动，朝她伸出手来："下车。"

"我也去？"

"是。"

司机拎着蒋随云的行李箱进去，厚重的大门足有好几米高，一左一右两个用人从里头将门打开。蒋远周上前搀扶着蒋随云，许情深心情忐忑地跟在他身侧。进了门后，一辆黑色的观光敞篷车开过来。蒋远周让蒋随云坐上去，许情深被他抓住手拉上去。许情深还是第一次见这样的阵仗，进了家门居然还要坐车？

车子缓缓向前，景致宜人。穿过一座桥时，许情深望向旁边，桥下的水干净清澈，石块堆砌成的坝上爬满了苔藓。许情深忽然开始紧张，双手用力交握。

也不知开了多久，当她再抬起视线时，就看到一堵朱红色的墙壁出现在面前。高高的墙头上栽满了花树，阳光打在上面，自成一道美丽壮观的风景。

车子稳稳当当停妥，蒋远周带着蒋随云下车，许情深紧随其后。

蒋家的小楼可要比九龙苍的那一栋考究多了，独门独院，铺在地上的砖一看就有些年头了。

许情深跟着进去，门口有人快步过来："蒋小姐，怎么才去了一晚就回来了？玩得怎么样？"

蒋随云笑着，一看就是性格随和的人："挺好的。"

刚进屋，蒋随云就让保姆沏茶。那保姆也是蒋家的老人，看着许情深面生，忍不住问道："这位小姐是……"

蒋远周接过茶杯喝了口："是我女朋友。"

许情深刚到嘴里的茶水差点喷出来。他这话一出，好几个人聚了过来，蒋随云平时毫无架子，也惯着她们："行了行了，赶紧做饭去！"

"不了小姨，我们马上就走。"

"都回家了，还不吃顿饭吗？"

蒋远周站起身来："我要去我爸那儿一趟。"

蒋随云面色有些不自然地看向许情深："现在？"

"是。"

275

"远周……"蒋随云欲言又止，"千万别惹你爸生气。"

"您放心吧。"

蒋远周带着许情深出去，到了外面，许情深却站在观光车前不动："要去见你爸？"

"是啊，怎么了？"

"现在……不合适吧？"

蒋东霆千方百计地给蒋远周安排相亲，就是因为在他眼里蒋远周自己谈的女朋友压根就不能算数。蒋远周朝许情深看了眼："总有一天要见，择日不如撞日。"拉着她的手上了车。

许情深想，她总不能这个时候跳车吧？算了，船到桥头自然直。

来到蒋家的楼前，许情深还未来得及细看，就被蒋远周带下了车。男人的步子跨得很大，许情深朝他侧脸看了眼，他隐忍了一路的怒气是藏不住了。

许情深拉住他的手臂，蒋远周朝她看了看，脚下跨出去的速度丝毫不减。

走进客厅，蒋远周紧握着许情深的手。管家见到两人，笑眯眯地上前："蒋先生来了。"

门口的人一早就通报过了，蒋远周视线落向客厅。蒋东霆正在那儿下棋，只是没有对手，在蒋远周看来，不过是孤芳自赏。

两人走过去，许情深觉得尴尬，清了清嗓门："伯父，您好。"

蒋东霆抬起头，岁月并没有在这个男人的脸上刻下明显的印记，他的目光淡淡地扫过许情深："你好。"没有吃惊，没有怒火，语气甚至平静到好像之前就认识许情深一样。

蒋东霆将一颗棋子落到棋盘上，眼睛盯着手里的黑子："远周，这位小姐是谁？"

"我女朋友。"

这下，蒋东霆重新抬起了双眼。许情深被他盯视着，浑身不自在。男人身子往后靠："站着做什么？许小姐，请坐。"

许情深面色微变，蒋东霆话语倒还算得上亲切："你是星港的许医生吧？"

"是。"

"请坐。"

许情深走到沙发跟前，两腿僵硬地往下坐："谢谢。"

蒋远周却不想陪着蒋东霆在这儿做戏，他怒火中烧，口气咄咄逼人："爸，您知不知道小姨出去差点没命？我的事用不着您操心，您能不能别再把小姨扯进来？"

"这是什么话？随云觉得闷，要出去走走，你怎么怪到我头上来了？"

"您别以为我不知道，您这么想让我跟凌家丫头见面，现在好了，也如您的愿

276

了，只是我对她没兴趣！"

蒋东霆把玩着手中的棋子，自始至终都没再看许情深一眼："没兴趣，也还有别家的姑娘。"

"我已经有女朋友了。"

蒋东霆嘴角轻轻勾了下："许小姐是不错，年轻貌美。你这样的年纪，自然会看中女人的外表多一些。"

"我不止看中她的外表，我喜欢她这个人。"

蒋东霆手里的动作微顿，冲着管家吩咐："让厨房多备几个菜，既然是远周第一次把女朋友领回家门，不能怠慢了。"

"是。"

"不用了！"蒋远周冷声打断，"我们不在这儿吃，今天回来就是告诉您一声，我的终身大事，我自己已经落定了，不需要您操心！"

父子俩剑拔弩张，在许情深看来，蒋东霆倒还好，也没说什么过分的话。相较而言，蒋远周则要激烈不少。

"既然你自己落定了，又把女友带上了家门，怎么，一顿饭的时间都留不住你？"蒋东霆微笑，视线看向许情深，"许小姐，你第一次来，就让你看笑话了。"

"没有，是我不好意思，冒昧登门了。"

蒋东霆脸上摆满笑意："许小姐有什么喜欢的口味吗？"

"我说了，不用！"蒋远周冷冷地打断蒋东霆的话，"爸，我跟您打了二十几年的交道，还不了解您吗？和蔼可亲这种事您装不出来。"

蒋远周双手交握，狡黠得像是一只狐狸："我怕许情深待在这儿，一不小心就中了您的圈套。您要真觉得她不错，把妈留下的那对宝贝拿出来送给您的未来媳妇。"

"你们现在不是男女朋友吗？总还要有个谈的过程吧？"

蒋远周食指轻对，唇瓣若有若无地勾起。他朝许情深看了眼，这话既像是在说给蒋东霆听，又像是对许情深的直接告白："跟我好好在一起，我不需要别人的家世作为嫁妆、给我锦上添花，我只需一位灵魂伴侣，让我每每牵肠挂肚就好。"

蒋东霆面色终究往下沉了。

许情深感觉到有刺眼的阳光钻入她的眸底，那一抹光亮瞬间炸开，她该是喜上眉梢的，却做不出一点点反应。

"许情深，如果哪天我要娶你，你也不要太吃惊。这个世上，没人规定我和你是不可能的，我们之间没有千山沟壑，也没有那么难。说到底，别人在乎的家世就是钱和权。许情深，这两样我都不缺，我就缺一个你。"

"蒋远周……"许情深惊愕无比，更不知道该怎么去接这个口。她杏眸圆睁，同时也看到了蒋东霆眼底升腾起的愤怒。

蒋远周站起身来："我最后说一句，以后别把小姨扯进来。她要有个三长两短，

277

蒋家可就没有能管得住我的人了。"

男人走到许情深身边，拉了她的手。许情深赶紧起身："伯父，再见。"她急急忙忙跟着蒋远周出去，蒋东霆闭起眼帘，握紧手中的一把棋子。

管家眼见两人离开，朝蒋东霆看了看。蒋东霆气得一甩手，手里的棋子噼里啪啦砸向茶几。

"老爷，我看这许小姐人挺好的。"

"好？"蒋东霆眼里的嘲讽藏匿不住，"她要真那么好，远周就不会把万毓宁赶出九龙苍了。你知道万家那个丫头如今在哪儿吗？"

"在哪儿？"

"被丢在了精神病院，无人过问。"蒋东霆轻摇头，"如果没有一定的手段，这位许小姐能在九龙苍住得那样稳妥？"

管家闻言，不再言语。

许情深跟着蒋远周快步出去，到了外面，老白还守在车旁。

蒋远周带了许情深上车："走，回家。"许情深没再多言，点了点头。

凌时吟回到凌家的时候，天色昏暗，司机将车开到门口，凌时吟裹着大衣下车，快步往里走去。走进玄关，她换了鞋子进屋，凌家父母见到女儿回来，赶忙让保姆准备开饭。

"宝贝，快过来。"

凌时吟面上有些不悦，穿着拖鞋过去："哥呢？"

"你哥在楼上。"

"快跟我们说说，见到远周了吗？"

凌时吟坐进沙发上："见到了。"

"怎么样？"

"什么怎么样？"凌时吟反问。

"你这丫头，当然是问你们相处得怎样。"凌母脸上爬满了焦急。

凌时吟一脸的自然："挺好的啊！远周哥哥带了女朋友来，很漂亮，是个医生。"

"什么？女朋友？"

凌时吟看向一旁的座机："妈，我回来的路上已经给小姨打过电话了，就说是我的意思，我们性格不合，做不来男女朋友。"

"你胡说什么呢？"

凌时吟站起身来："我先上楼洗个澡，累死了。"

"时吟，你把话说清楚啊！"

蒋随云傍晚时分确实接到了凌时吟的电话，她把话说得也清楚，和蒋远周只是兄

278

妹，感谢蒋家的抬爱。蒋随云当时心里一松，替许情深高兴，也顿觉凌家的丫头性格直爽，是个好姑娘。

凌家。

凌时吟把话匆匆交代完毕，准备上楼，在楼梯口恰好碰上凌慎："哥。"

"玩得怎么样？"

"挺好的。"

凌慎拦在她身前："你也不是第一天认识蒋远周，你要真没那心思，跑过去做什么？"

凌时吟抿了抿嘴角："我不喜做插足的事。"她说完就上了楼。

凌慎微微一笑，几步走到客厅内："妈，您给蒋伯父打个电话，就说……时吟对蒋远周很满意，我们蒋凌两家有朝一日能成为一家人。"

凌母的面色有些不好看，听到凌慎这话，朝着楼梯口看了眼："你妹妹可不是这个意思。我实在搞不懂，要是蒋家她都看不上，那她还想找什么样的人？"

凌慎几步上前，一派闲适地在沙发上坐定："是你们了解她，还是我更了解她？"

凌母直起身来："你的意思是……"

"蒋远周如今是有女朋友不假，但这个女人蒋家是没法接受的。你们只管跟蒋伯父说就行了，就说凌家看得中。"

凌母闻言，轻点下头："那你妹妹那边……"

"不用管，听我的。"

凌父起身，冲身侧的女人道："赶紧打了电话，然后让时吟下来吃饭。"

"好。"

许情深下班的时候，直接去了地下车库。蒋远周的车已经发动，正在等着她。许情深打开车门坐进去，司机开了车。蒋远周倾过身，替她将安全带系好。

车子开出去一段路后，许情深才发现这并不是回九龙苍的方向："我们这是去哪儿？"

"怎么，你连自己家的路都不认识了？"

"去我家？"许情深正襟危坐，"怎么突然要去我家？"

"这是第一次正式上门拜访，我们的礼数不能缺。"

许情深绞着自己的手指，抬头朝蒋远周的侧脸看去。她怎么觉得就跟做梦似的呢？蒋远周的一句做他女朋友，她至今都还没消化，这么快就发展成见家长了？

"我都没准备，是不是太快了？"

"你连我爸都见过了，还快吗？"

许情深一听，更是蒙圈了："那不算见吧？两手空空上门，还见了一场你们父子俩的吵架。"

"怎么不算？我都跟他正式介绍了，你想赖账？"

许情深说不过他，朝蒋远周挪近些。车内温暖舒适，许情深头一低，将脸轻轻地枕向蒋远周的肩膀。

他侧了下脸，嘴角轻扬。一路上，两人不再开口说一句话。

来到许家，许情深推开车门下去，司机打开后备厢，从里面拎出大大小小的礼品盒来，一看就阵仗不小。许情深拨了下耳侧的头发："这么好的日子，怎么不把老白带着？"

"他有事。"

蒋远周拉住许情深的手往前走了两步，这才感觉到不对劲，顿住脚步问道："为什么凡事都要带着老白？"

"酸酸他！"许情深忍俊不禁。

蒋远周摆着张一本正经的脸道："这可不好，万一把他酸死了，以后谁替我做事？"

两人一前一后上了楼，许情深掏出钥匙开门，进去的时候，听到厨房内传来菜下油锅的声响。赵芳华在里头忙碌着，许情深看向沙发，明显变得拘谨起来："外婆。"

老人颤颤巍巍地起身："情深回来了啊？"

蒋远周和司机随后进来，赵芳华听到动静出门，身上还挂着个围兜。她赶紧放下锅铲："蒋先生来了。"

"阿姨，您好。"

赵芳华一听更是不得了了，忙擦拭着双手出门："情深，你们要过来，怎么也不提前说一声啊？我好多准备几个菜。"

"没关系，家常便饭就好。"蒋远周示意司机将东西放下。

赵芳华看了眼，忙去找手机："我打个电话给你爸，让他赶紧回来。"

"我爸去哪儿了？"

"你爸找工作去了。"赵芳华拨通许旺的电话，那边的人显然是不想接，连着几次都是这样，赵芳华脸上的怒火几乎要藏不住了。

许明川打开房门，裹着大棉袄走来："姐。"

他朝旁边的蒋远周看看，嘴巴张开又合上，再张开。余光扫了眼地上的东西，这都上门了，关系应该确定了吧？

"姐夫。"

蒋远周唇一勾，居然答应了："嗯。"

280

许情深拉过许明川："爸怎么还不回来？"

"姐，你是不知道，爸妈吵架了，都冷战好几天了。"

"为什么啊？"

"还不是因为工作的事！爸连找了几份都不行，他这个年纪，要么就是体力活，但你也知道爸……"

赵芳华拽过许明川，不让他再往下说："赶紧下楼买点熟菜，我再烧个汤，我们一会儿就开饭。"

"好。"

许情深从包里掏出手机，给许旺打了个电话，那边倒是很快接了。许情深只说了她跟蒋远周在家，许旺一个劲儿地说着马上回来。

她朝蒋远周看看："先坐吧。"

没过一会儿，许明川和许旺都回了家。赵芳华张罗着将熟菜放进盘子后端上桌，许情深坐到许旺身侧："爸，别出去找工作了，年纪一大把，实在不行，就做个保安，轻松点。"

"那种工作能赚几个钱啊？"赵芳华把家里的酒拿出来，"明川还在上大学，需要用钱的地方多着呢！"

许家的餐厅很小，其实就挤在客厅里头。如今桌前坐满了人，蒋远周脚长手长，坐在那儿连腿都伸不开："叔叔没想过做点生意吗？"

"生意？"赵芳华坐到椅子上，"做生意都要本钱，我们都这把年纪了，担不起风险。"

许旺一语不发，赵芳华朝他手臂撞了下："今天算是你未来女婿上门，你就摆着这一张苦瓜脸？"

许情深和许旺都一怔。许旺忙端起酒杯，目光在许情深和蒋远周的脸上扫来扫去："真、真的啊？"

"爸，还没到……"

蒋远周用手里的酒杯同许旺轻碰了下："是。"

是什么是！许情深去拉蒋远周的衣袖，却被他握住了手，目光盯视着许旺："我让老白出去租了个店面，叔叔您看，开个药店怎么样？"

许旺没反应过来，许情深也没听懂。只有赵芳华反应极快："药店？那敢情好啊，据说药店很赚钱！"

许情深将手抽回去："不行。"

"不可以！"许旺也摇头道，"工作的事，你们就别操心了。"

"前三年的租金我已经付了，进药品的事我这边会安排。店里请了两个医师，叔叔您只需要坐在里头收收钱就行。"

赵芳华激动得不行，蒋远周继续道："三年以后见分晓，如果可以赚钱，那就继

281

续开着；如果不行，再换个别的生意做做。"

"开店不是小事，"许情深手握向蒋远周的臂膀，"我们再商量下行不行？"

"我不是和你商量，"蒋远周唇瓣处挂着笑，视线落向许家夫妇，"我是在问叔叔阿姨的意见。"

赵芳华踩了下许旺的脚背，许旺痛得脊背挺直。蒋远周喝了口酒，缓缓启唇："以后情深休息的时候，也可以让她去店里帮忙，那地方宽敞。"

"开药店不是简单的事，投资成本更是不小，"许情深双手放到桌上，"我不是很同意……"

"我都说了，你反对无效。"蒋远周压根没将她的话听进耳朵里，"就这么决定了。明天我让老白过来，带你们去认认地方。开张的时候，我跟情深也一起过去。"

"真是不知道要说什么好了。"赵芳华端着酒杯的手在抖，"其实我看着情深爸爸出去，我也心疼，但没办法，家里接二连三出事……不赚钱怎么行？"

蒋远周轻笑："那以后就不用再愁了，用钱能解决掉的麻烦，其实就是小事一桩。"

许情深狠狠夹了筷子菜，那也要有钱才行啊蒋先生！能把钱说成小事一桩的，恐怕也就只有你这等段位的土豪了。

许明川听着，一手端起酒杯，在旁边插话道："那是不是就说明，从今以后家里人吃药可以不用花钱了？"

许情深一巴掌拍向他脑袋："有你这样说话的吗？"

"我说的实话嘛！"

酒过三巡，桌上的气氛也热闹起来。许明川凑向许情深："爸妈都冷战好几天了，晚饭也不在一个桌上吃，这下好了！"

许情深朝着对面看去，许旺正笑意盈盈地和蒋远周说着什么，赵芳华起身，说柜子里还有花生，再去炒两盘出来。

旁边的男人仰脖，半指高的酒杯内，酒一下喝去了大半。许情深手掌落向蒋远周的腿："少喝点！"喝醉酒之后的蒋远周，没人招架得住。

"放心，我酒量好得很。"

许情深也不知道蒋远周是哪来的自信。许旺喝着喝着，忽然拉住了蒋远周的手："情深跟着我，没过过几天好日子……"

"放心！"蒋远周认真道，"以后她跟着我，每天都是好日子。"

"对对对……"

许旺说了什么话，许情深已经听不进去了。她握紧酒杯，满脑子都是蒋远周那句让许旺放心的话，心里甜得像是用蜜冲调过似的。

许明川凑过来："前方高能，看来我要自备狗粮。"

许情深轻踩他一脚："请问你吃什么牌子的狗粮？"

"……"

吃过晚饭，许旺和许明川将两人送到楼下。回去的时候，赵芳华拉着母亲正在拆封礼品。除了好酒、好烟，还有些滋补的东西。赵芳华对燕窝、鱼翅等不感兴趣，她拿过一个沉甸甸的盒子："这是什么？"

"应该也是吃的东西吧？"赵芳华将盒子打开，惊得双目圆睁，伸手捂住嘴。

许明川凑过身一看："我去！"

里面躺着金八件——纯金打造的碗、碟、筷子、摆件等。许明川用手指点了点，拿起其中一样，掂在手里："很重！"

赵芳华笑得合不拢嘴："这蒋家的人，出手就是大方啊！"

回去的路上，许情深没忍住，问着身边的人道："那些礼品，都有什么啊？"

"又不是送给你的，你这么心急做什么？"

"我总要知道会不会超过他们的承受范围。"

蒋远周将车窗打开些，外面的凉风争先恐后钻入。男人手落向颈间，将领带左右扯松，一只手伸过去包裹住许情深的手掌。

蒋远周看了眼窗外，然后转过头来，一双眸子在路灯的碎影下掠过："什么才是他们的承受范围？"

"比如太贵重的就不行。"

"还有什么能比你更贵重？"

许情深哑然："你——"真是一言不合就上撩啊！

偏偏许情深还特别吃这一套，那也不怪她啊，试问哪个女人不吃这套呢？

蒋远周脸上是一副再认真不过的表情："你爸放心地把你交到我手里，冲着这一点，他们就值得我给最好的东西。"

"在你眼里，我真有那么好吗？"

许情深听多了毫无营养的夸赞的话，说她漂亮、说她长得好，可她还没自信到那种程度。蒋远周如果是一个仅仅依靠美色就能拿得下的人，今时今日，就不会再有她许情深什么事了。

她想，蒋远周这么会说情话，一定又要酝酿什么甜言蜜语了。

她竖起耳朵准备听，却看到蒋远周凑到她耳边来："在我眼里，你的36D无人能比。"

许情深第一时间拢紧外套，抱住胸前，一张强装出镇定的脸别向窗外。

她与他

狭路 相逢

XIALU XIANGFENG

[下册]

圣妖——作品

青岛出版社
QINGDAO PUBLISHING HOUSE

第一章
玷污的爱情

药店开张那日，蒋远周带着许情深过去。门面很宽敞，是将两间店铺打通的，共有两层。

许旺的精神很好，一男一女两名医师都上了岁数。许情深往里走，见柜台内摆放着各式各样的药，类别都分得清清楚楚。

二楼是休息区，里头所有东西都准备好了。

药店就在许家所在小区的对面，位于一栋商业楼内，四周都是住宅区。最重要的是，这是周边开张的第一家药店。

蒋家。

蒋随云端着糕点从厨房出来，来到茶几前，见蒋东霆正在下棋："姐夫，尝尝。"

"家里又不是没有用人，不用你忙来忙去的。"蒋东霆头也不抬。

"我在家也没什么事可做。"

蒋东霆拿了块绿豆糕，刚放到嘴里，就见管家进来了。蒋东霆拿起旁边的帕子，轻拭手指。管家几步上前："老爷，今天是许家的药店开张。"

"我看看。"

管家将一沓照片递给蒋东霆，男人接过来，一张张翻看："许家的药店？住在那种地方的人，还开得起这样像模像样的店？"

"那自然是有蒋先生的一份。"

蒋随云看了眼蒋东霆丢向桌面的照片，没敢说话。

"所以你们信吗？这个女人要进蒋家，真是什么都不图？"蒋东霆将棋盘上的棋子全部推开，"我们蒋家还从来没有出过自己选个女人就能随随便便结婚的事。"

"老爷，还有一件事您可能不知道。"

"还有什么事？"

"蒋先生有意让那位许小姐做副主任。"

蒋随云的嘴唇被茶水烫了下，她立马感到不妙，果然，蒋东霆立刻发火了："一个连主治医生都没当上的女人要升副主任？天大的笑话！他以为规矩都是他定的？考核也是他说了算？"

"您先别动怒，毕竟这事还没成。"

"蒋远周啊蒋远周，你是中了什么毒，居然连原则都不顾了？"

蒋随云忙跟着说道："姐夫，您先别生气，事情或许不是这样的。"

"之前一直没管，是觉得这样不明不白的女人在他身边待的时间不会太长，没想到，他不只捧起了她，还连带把她的家人都提拔了。事已至此，再放任下去只能养虎为患，远周不小了，不能再这样浪费时间。"

蒋随云听到这儿，心蓦地一沉："姐夫，您想做什么？"

"随云，你是远周的小姨，你肯定也要为他着想。"

回到小楼后，蒋随云心不在焉地给蒋远周打了个电话。那边还有药店开张的鞭炮声传来，蒋随云不好多说什么，只说蒋东霆知道了药店的事，顺便又吩咐了蒋远周几句。

许情深走到蒋远周身侧，挽住他的手："谁的电话？"

"是小姨。"

"有事吗？"

蒋远周轻摇头："没事。"

两人重新回到药店内，此时店中央排起了一条长长的队伍，都是来免费量血压的老人。

晚上，蒋远周在隔壁的酒楼订了一桌酒席，等到药店关门后，老白带着众人走进包厢。

赵芳华脸上是掩不住的喜色："今天还是头一天啊，生意就这么好。"

许情深拿起手边的茶壶起身，第一个就给赵芳华倒水。

"都是自家人，还这么客气干什么？"赵芳华乐呵呵地道。

许情深自顾给许旺也斟满茶水，然后回到原位："爸，妈，我有个想法，想听听你们的意见。"

"你说。"

"我提议，等药店走上正轨后，把每个月赚到的钱拿出三分之二，先把蒋远周垫付的那些药钱付掉。以后，进药这边还是他帮忙，结算的时候，他直接找你们就好。"

蒋远周轻呷口茶水，伸手握住许情深的手掌。

当着这么多人的面，赵芳华的脸有些绷不住，许情深却很坚持："店里的药本来就是投资，卖出去就是赚了钱，这本金总归是要给人家的。"

这一点，许旺倒是很赞同："情深说得对，就这么办。"

许情深坐回蒋远周身侧，朝他笑了笑。赵芳华还等着蒋远周开口拒绝，可男人对许情深那般了解，既然这样能让她心里舒服，他又怎么舍得扫了她的兴？

"好，"蒋远周轻笑，"你说了算。"

许情深点头，心里宽慰不少。

翌日。

许情深来到星港医院，蒋随云晚到了一会儿，径直去了许情深的办公室。

"情深。"

许情深抬头，放下手里的笔："蒋小姐。"

蒋随云从身边人的手里接过一个纸袋："这是花茶，你放在办公室泡着喝。"

"谢谢。"许情深接过，"走吧，我带您去做检查。"

"好。"

三人一道出去。进了电梯，许情深询问起蒋随云的近况。来到检查室门口，两人换了鞋子进去。半晌后，蒋随云做完检查，到门口的椅子上坐着，许情深还在里头等报告。

导诊台的一名小护士见状，端了水送过来："蒋小姐，喝水。"

蒋随云接过，客气地道："谢谢。"

那名小护士回到导诊台后，旁边的同事不由得问道："那不是蒋小姐吗？之前带她来做检查的都是周主任，今天怎么变成——"

"嘘——"护士示意对方别乱说话，"哪位医生带过来不都一样吗？别多嘴。"

"怎么一样？这许医生才到医院一年多吧，出尽了风头不说，如今还成了蒋小姐的主治医生，这不正常啊。"

门没有完全关上，敞开了一条细缝。许情深拿了报告，那些话正好传到了她的耳朵里。她倒不觉得有什么，毕竟，有些话听多了反而会免疫。

蒋随云端着水杯却是一口没喝，许情深刚要出去，就看到蒋随云站起身来。她穿着素色的旗袍，白净的底面，只在背部勾勒出简单的一抹水墨。

蒋家是名门望族，从小学的那些规矩，蒋随云至今没忘，所以她每一次出门，必定都打扮得妥妥帖帖，绝不敷衍了事。

她走到导诊台前，将那杯水放在桌上。

小护士一看，赶紧问道："蒋小姐，请问有什么吩咐吗？"

"你们是不是很好奇，为什么我的主治医生变成了许情深？"

"不不不，我们没有这个意思……"

287

蒋随云似乎完全没将对方的话听进去："许医生是我们自己人，也是蒋先生的女朋友，她带我做个检查而已，有什么不妥吗？"

"没有……"

许情深分外吃惊，忙打开门。两名护士见到她走出来，脸色更白了。她几步走向蒋随云，当作完全没听到刚才的话："蒋小姐，报告出来了，情况挺好的，放心吧。"

"都跟你说过几遍了，跟着远周喊，难道一声'小姨'就这么难叫出口？"

许情深蒙了，蒋随云轻笑："别喊我蒋小姐。"

"好。"许情深的嘴角扯动了一下，"小姨。"

蒋随云应声："走吧，去你办公室，这次的药就别开了，家里还有一些。"

"嗯。"许情深点点头，跟着蒋随云离开了。

回到办公室，许情深给蒋随云倒水："蒋小姐……"

一语说出口，许情深觉得不对劲，她朝蒋随云看了看。蒋随云双手放到桌上："情深，方才我可不是为了替你解围才让你改口的，你是远周认定的人，不管蒋家怎样，我第一个认你。"

许情深拿着水杯的手轻颤，她将杯子放到蒋随云手边："小姨，谢谢您。"

"有些话，你不必放在心上，只要跟你在一起的这个男人立场足够坚定，那就够了。"

许情深唇角轻扬，点了点头。

凌家。

蒋东霆的车在门口得以放行，一路开到了凌家的正门口。

凌慎和凌父站在外头，看到蒋东霆下车，凌慎率先上前："蒋伯父。"

蒋东霆朝身前的年轻男人看了看："凌家公子越发气度不凡了。"

"过奖。"

蒋东霆迈开步子往里走。凌时吟得了消息，一早就在客厅等着，这会儿听到脚步声，赶忙起身："蒋伯父。"

"不必客气。"

凌父让用人上茶，几人围坐在客厅内，蒋东霆也不拐弯抹角，开门见山道："这次来，主要是想谈谈两家孩子的事。"

"姻缘这种事急不得，蒋伯父为何这么晚了……"凌慎顿住，没再往下说。

"我若再不急，蒋家就岌岌可危了。"

凌父朝自己的女儿看了眼："可我们这些长辈，终究做不了孩子的主。"

蒋东霆这趟前来，也只是想看看凌家的决心，他的视线落到凌时吟的脸上："凌丫头，我问你一句话，你可要老老实实地回答我。"

"您问吧。"

"如果让你跟远周结为夫妻，你是否同意？"

288

凌母听到这儿，有些担忧，生怕女儿害羞不肯说，刚要接话，就听到凌时吟低低地说道："同意。"

蒋东霆原本绷着的脸微松："那如果，这个过程会让你受尽委屈呢？"

"委屈？"凌母一听，想要仔细地问一下，"联姻不是好事吗？"

凌时吟垂下眼帘，双手手指互相轻触："蒋伯父，我小时候跟着远周哥哥玩过几次，那时候，他身边有万姐姐。十四岁那年，一天晚上，在清风雅苑门口，我穿着单薄的礼服等着家里的车子，他给我披上了他的外套，从此以后……"

从此以后，她就贪恋上了外套底下属于男人身上的那种温暖，只是那层薄薄的布料终究留不住蒋远周的体温。

凌时吟这话一说出口，在场所有的人都怔住了。

凌慎不着痕迹地朝她看了眼，凌母更是吃惊："十四岁的时候？"

天哪，这个丫头对蒋远周的心思，竟然藏了整整七年？

这七年间，凌家跟蒋家也有来往，只是并不亲昵，而凌时吟见到蒋远周，除了一句"远周哥哥"，再无其他亲近腻人的话，怎么会……

蒋东霆听到这儿，眉眼彻底舒展开，嘴角勾出抹笑："看来有些缘分并不是没有，只是时候未到。"

凌时吟不顾父母的逼视，抬头看向蒋东霆："蒋伯父，您说的委屈……我想我可以承受，不过，我可不想白白吃了这委屈还进不了蒋家的门。"

"这个你放心，我保证，以后站在远周身边的人肯定是你。"

凌时吟轻巧几句话，就算是将自己的终身大事定下来了。

第二天，天一直在下雨。许情深写着报告，桌上的手机响了。她看了眼来电显示，是蒋远周。

对面的病人还在问着病况："医生，您确定我这样没事吗？不用开刀是吗？"

"放心，药物治疗就可以了。"

"那好，谢谢。"老人拿着病历卡出去了，许情深趁着间隙赶忙接通电话，"喂。"

"这都已经是第二遍了。"

许情深轻咬唇角，盯着门口："我在看诊，肯定要先顾患者。打我的电话有事吗？"

蒋远周走到窗边，一手将帘子拨开，看着外面犹如断了线的雨珠落到院子内："下雨了。"

"我知道啊。"许情深回头看看，大滴的雨拍打在窗户上，"还有事吗？"

"下班后去车库，一起回家。"

许情深情不自禁地展颜："就为了这事啊？"

"这难道不是大事？"

"好了，我知道了。"许情深听到外面的护士在喊下一位，她忙压低嗓音道，

"不说了，上班期间呢。"

挂了电话，一名妇人走进来，许情深嘴角的笑意藏匿不住，只好掩饰性地抚摸了下颊侧的头发。原来这就是恋爱的味道吗？这样甜，这样浓郁，真是令人时刻都牵记着。

下班的时候，许情深换了衣服出去。

蒋远周的车停在车库内，他不是很喜欢开车，所以都是司机接送。

上了车，许情深手里还拿着把伞："今天这雨，看来会下个不停。"

"它下它的。"蒋远周接了句。

车子开出星港医院，车内暖气正好，舒适得令人想要睡觉。许情深望向窗外，冷不丁看到不远处的街角有家星巴克。

许情深轻叩下车窗："停一下。"

"怎么了？"

"我想喝点冰的。"

蒋远周朝那边看了眼："让司机绕过去。"

"不用，这儿不允许掉头，把车停在这儿就好了，过去也就几百米的路程。"

蒋远周看着窗外的雨势，自然不肯："你想喝什么，让司机去买。"

司机先将车停稳："是，许小姐想喝什么尽管吩咐。"

"我自己都没想好呢，到了店里再点就行。"许情深说着，将车门轻轻推开，"你们谁都不许跟下来。还有你啊，"许情深捏了把蒋远周的脸，"我不过买杯咖啡而已，乖。"

许情深打开伞，跨出去后将车门重重关上。

蒋远周有些难以置信，摸了摸自己的脸颊，又朝驾驶座看了眼，确定司机没注意到许情深方才的动作，这才脸色如常地别开视线。

许情深小跑着进了星巴克，蒋远周将车门打开。外面大雨滂沱，路上已经有积水，飞溅起来的水花朝着车内扑来，司机见状忙说道："蒋先生，关门吧。"

"不用。"

透过打开的车门，一眼望去，视线毫无遮拦。

很快，许情深就从星巴克出来了，拎着打包袋，一把小花伞撑在头顶。

此时还属冬天，下着雨，两旁的街景显得更加萧瑟。许情深快步向前，远处的树枝打下来，遮住了半边人影，蒋远周只看到许情深的伞在动。

雨下得实在是太大了，许情深紧跑几步到了车旁，弯腰钻进去，将袋子放到蒋远周手里。男人一手放在旁边的座椅上，许情深没注意到，直接坐了下去。

她收起雨伞，关上车门，这才觉得不对劲。

蒋远周将咖啡放在旁边，许情深朝身下看看，刚要起身，就感觉蒋远周另一只手搂住她的腰，将她从他身上抱过去，双腿跟着往旁边挪，就这样跟许情深换了个位子。

"干……干吗把手放座椅上？"

"傻，座椅上有水。"

许情深进来的时候是没注意到："那干吗又把车门开着？这样雨水能不溅进来吗？"

"门开着，你才能第一时间上车。"蒋远周说得理所当然。

许情深朝他看看："那你坐的地方是不是都湿了？"

"我没事，"蒋远周朝她挪近些，"我的外套够长。"

她的脸颊上有雨水，蒋远周拿出干净的毛巾替她擦拭，司机缓缓发动车子，许情深握住他的手掌："我买了咖啡，赶紧喝吧。"

许情深拿了一杯递给蒋远周，另一杯递向司机。

"谢谢许小姐。"

头上还顶着那条毛巾，许情深埋下头，装作认真地喝咖啡，视线却往下移，看到坐垫那边也有明显的水渍。许情深心里有种说不出的感觉，她从未奢望过一个人能对她这样好，细致到令她觉得手足无措。

蒋远周见她低垂着眼帘，头发落在颈间，尽管出去的时候撑着伞，但腿上、肩上还是湿了。

他没有喝咖啡，而是扯下毛巾替她盖住肩膀。

许情深朝他看看："喝一口？"

"大冬天的，为什么喝凉的？"

"最近体内燥热，想要降降温。"

蒋远周眉头轻挑，许情深看到他眼里的不怀好意，她忙伸手捂住蒋远周的唇："不许说，不是你心里想的那个意思。"

男人将她的手扯下去："我是想说——"

许情深伸手再度捂住他的嘴："这一页翻过去，我都说不准提了。"

蒋远周的眼角眉梢缀满了笑意，他轻轻往后退："既然这么不想让我开口，何不来个直接的？"说罢，身子已经凑了上去。许情深的嘴唇还有些冰冷，蒋远周的唇瓣碰触到她的，让她的一口气滞留在喉间。

所幸男人没有深吻，他拿过许情深手里的咖啡杯，喝了一口，然后望向窗外："晚上想吃什么？"

许情深轻呼出一口气："回家吃啊。"

"这么好的天，要是订个包厢，站在几百米的高空欣赏雨幕下的东城，是不是别有一番滋味？"

许情深只得拿了另一杯热咖啡捧在手里："蒋先生，您向来看重自己的形象，这样的天，不适合出门耍帅。"

男人浅笑，摇了摇头："我在问你，是想出门，还是想回家？"

"回家吧，洗个澡，再舒舒服服地吃饭。"

"可是我想出去吃。"

许情深朝他看了眼："那你还跟我浪费口舌说这么多？我无所谓，哪里都行。"

"我是觉得跟你聊聊这种家常也挺有趣的。"

蒋远周跷起二郎腿，手里握着许情深的冰咖啡。不过，刚才喝过一口后，他就再也没动过。车子穿过闹市区，飞快向前，许情深靠向他的身侧："拿了我的咖啡，干吗不喝？"

"我只是不想你喝太冰的东西，"蒋远周手掌托着那杯咖啡递向许情深，她能看到男人的掌心微微湿了，见她不动，蒋远周又道，"还要吗？现在只是有些凉，能下口了。"

许情深僵直着上半身不动，喉头轻滚，说不出话来。

她侧过身，朝车窗看去，蒋远周见状揶揄道："怎么了？不让你喝，闹脾气了？"

许情深摇头，只是在这个时候，她真是一句话都说不出来，心里又酸又甜，百感交集。

蒋远周出手，果然气派，吃饭的地方订到了金顶四十八楼，简直是直入云霄。

许情深跟着蒋远周进去，不出她所料，包厢内的大圆桌占据了大半的地方，而吃饭的只有他们两人，人往里面一站，感觉像是被压缩在一个巨大的空间内。

许情深往前走，蒋远周拉了把她的手臂："先点菜。"

"我什么都吃，随便。"

许情深往前走，墨绿色的窗帘垂落在地上，她一手拉开，一整面落地窗呈现在眼前。从四十八楼俯瞰，远处的楼层像是被直接踩在脚下，视线稍稍往前，突如其来的晕眩感令许情深猛地后退。

腰被一双大手搂住，蒋远周的薄唇贴至她耳侧："怕了？"

"怕什么？"许情深顿住脚步，蒋远周推着她往前走，许情深赶忙闭上双眼，双手探出去，掌心触摸到了前面的玻璃，"菜点好了？"

"吃饭是次要的，反正你也不挑，"蒋远周侧首看向她，"点了个套餐，保管让你吃饱。"

许情深双手在玻璃上轻敲，蒋远周凑到她耳际，忽然大声道："玻璃碎了！"

"啊！"

许情深吓得要往后跳，蒋远周笑出声来，展开双臂将她紧箍在怀中，贴着她的面颊道："原来胆子这么小，平时都是装出来的？"

"我有点恐高。"

"是吗？"蒋远周往下看了眼，"真看不出来。"

许情深看向前方，蒋远周松开手，让许情深面对自己。他脚步往前，她就跟着向后退，直到背部抵着身后的玻璃。蒋远周双手分别撑在许情深的两侧，她的身体挺得笔直，模样认真："做什么？"

"吻你，行不行？"

许情深肩膀一缩。玻璃上传来噼里啪啦的声响，又是一阵疾风暴雨，模糊了两人的身影。

蒋远周低下头，嘴角擦过许情深的脸颊，她慌忙别开："待会儿服务员就进来了。"

"她们进来是上菜，又不要你帮忙。"

"你——"许情深仰起下巴，"那人家不会看见吗？"

"看见就看见。"

"蒋远周！"

男人见状，一把扯过窗帘甩向身后："这下满意了？"

许情深双手拉着蒋远周腰际的布料，他脱了外套，这会儿就穿着一件单薄的衬衣。蒋远周抬起左手，手掌贴着许情深的脸。这样滂沱的雨势下，透过模糊的玻璃能看到两道相拥的身影，无疑是最美的浪漫。尽管它出现在最糟糕的天气中，但那又怎样？有爱情的地方，哪里都是晴天。

男人的手指摩挲着许情深的脸颊："明天开始，我们每晚都在外面吃，每一顿都换个地方。"

"为什么？"许情深微喘。

蒋远周轻笑："因为，我要在每个地方都这样吻你。以后，不论你是上班还是逛街途中，只要抬头……就会想到我吻你时的样子。"

许情深朝着他的腹部猛地一推："变态是不是？"

身后传来敲门声，服务员逐一进入包厢，许情深拉住蒋远周的皮带："出去吧。"

男人低头看了眼："你确定你这样是要让我出去？"

许情深朝他的肩膀一拍，蒋远周笑着挥开窗帘，拉住她的手出去。

服务员见到这一幕，脸上依旧维持着微笑："蒋先生，请慢用。"

"好，谢谢。"

两人坐定，蒋远周开了酒，刚要执起酒杯，又抬起手指按向许情深的唇瓣："肿了。"

许情深张开嘴，干脆一口咬住男人的手指，轻轻用力，然后松开，眉头一挑："你的也肿了。"

蒋远周嘶了一声，继而笑道："看来我肿的地方不止一处啊。"

她摸向脸颊，觉得脸部滚烫。

男人收回自己的手，看了眼指尖的牙印，将手指放到自己嘴里。这时，旁边的手机响了起来，蒋远周拿过一看，竟然是家里打来的。

他的面色忽然凝重，接通电话："喂？"

许情深尝了口菜，过了一会儿，才听到蒋远周的声音："您说，您同意我跟许情深的事？"

她抿紧唇瓣，竖起了耳朵，蒋东霆在那边道："既然你执意如此，我又拿你没法子，只能不再干涉你们。这样吧，你把她带回家里吃顿饭，也好让我了解了解她究竟是什么样的人。"

蒋远周眼眸微眯："爸，您心里打着什么歪主意呢？"

"胡说八道什么？不同意不行，这下同意了也不行？"蒋东霆的脾气上来了，"你不肯带上门也好，那就别怪蒋家以后不认这个媳妇。"

"行了，"蒋远周轻轻地道，"再说吧。我在吃饭，挂了。"

许情深见他将手机放在一旁，她好奇地问道："你爸？"

"嗯。"

"说是……同意了？"

蒋远周眉头微锁："说是这样说。"

"至少是好事吧。"

蒋远周嘴角轻翘："明天就回家一趟，是不是鸿门宴，去了才知道。"

第二天，许情深跟着蒋远周回蒋家，下车后，司机将后备厢内的东西一一拿出来。

许情深抑制不住心里的紧张，走进客厅，蒋随云也在，她上前，逐一打过招呼："伯父，小姨。"

"情深，快过来坐。"蒋随云起身，拉过许情深。

这次的氛围显然同上次不一样，管家及底下的用人都是和颜悦色的。蒋东霆看向许情深："医院那边做得挺好的吧？"

冷不丁被这么一问，许情深当即紧张起来："是，挺好的。"

"挺难得，年纪轻轻的小姑娘还要上手术台。"蒋东霆说完，起身走向餐桌，"不必拘谨，开饭吧。"

蒋随云忙拉了把许情深的手臂，面露笑意，喜滋滋地道："姐夫这已经算是在夸人了，情深，放轻松点。"

几人坐到餐桌前，蒋远周往许情深碗里夹菜，示意她多吃，蒋东霆朝蒋随云看看："随云，你最近身体怎么样？"

"挺好的。我这病，只要心情舒畅，比吃什么药都强。"

"最近一次检查，是许医生给安排的？"

许情深放下筷子道："是，小姨一切正常。"

"吃饭吧，以后都是自家人，用不着小心翼翼的。"

"是。"许情深朝蒋远周看看，面上藏不住喜悦。在她看来，蒋东霆的这句话就等于同意了，压在心里的石头总算落了地。

饭后，许情深跟蒋远周坐了会儿，快到九点的时候，两人才准备回九龙苍。

294

管家准备了不少东西让他们带回家，蒋东霆将二人送到门口："许小姐，以后常来。"

"好，谢谢伯父。"

蒋远周带着许情深离开后，蒋随云看天色不早了，走下台阶："姐夫，我也回去了。"

"正好，我也要散会儿步，我送你回小楼。"

"好。"

两人趁着夜色往前走，蒋随云拢紧披肩："今天太高兴了！姐夫，没想到您这么快就接受了情深，其实她真是个好姑娘，上次要不是她救我——"

"她是医生，救人是她的职责，你也不必天天挂在嘴上。"

"是，是。"蒋随云闻言，垂下头去。

"随云啊，你姐姐过世多少年了？"

蒋随云放慢脚步，看着自己的影子停顿下来："姐夫，为什么这样问？"

"要不是家里的照片，我都快记不清楚她长什么样子了，只记得她临死前让我照顾好你，照顾好远周。"

蒋随云鼻尖一阵酸涩："您做到了，这些年来，您把我们照顾得很好。"

蒋东霆继续往前走，距离小楼还有一段路时，他看了看这栋偌大的庄园式别墅："还有两天就是你姐姐的忌日了。"

"是，我记得。"

"随云，你真觉得那个姑娘和远周很配吗？"

蒋随云心里咯噔了一下："姐夫，您什么意思？"

"在我看来，他们一点儿都不配。爱情的滋味，初尝是美好的，可是以后呢？门不当户不对，始终是最大的隐患。"

蒋随云尝试着开口："情深很懂事，她会慢慢融入进来的。"

"随云啊，当初你姐把远周托付给你，算是白费心思了。"

蒋随云的面色唰地白了。蒋东霆朝她看了眼，继续说道："她的遗言，你还记得吗？"

蒋随云木然地点了下头："记得。"

"抚养远周成长，替他择一位匹配的良人。难道在你看来，这'匹配'二字就是空有美色？他要娶了这么一个女子，以后蒋家的颜面何存？带出去介绍的时候，是不是要说，这是星港的一个普通医生？"

"姐夫，可您不是同意了吗？"

蒋东霆轻叹口气："随云，我遵照你姐姐的遗愿，让你在蒋家备受尊重，吃穿用度都照着你姐姐的来，可是你呢？你真的对远周尽心了吗？"

蒋随云将手掌抚向胸口，顿时觉得心慌胸闷，她勉强跟着蒋东霆向前走。

两人来到小楼前，蒋东霆走到院子的凉亭内，蒋随云跟着坐了下来。

"姐夫，那您是什么意思？"

295

"过几天是你姐姐的忌日，我需要你帮我个忙。"

蒋随云一听，呼吸越发急促起来，她艰难地开口："什么忙？"

蒋东霆的手指在桌面上轻敲几下，他压低嗓音，缓缓说出一句话。蒋随云听后，面色苍白如纸，她只顾摇着头，嘴里重复着一个字："不，不……"

"你知道的，远周只听你的，也只有对你才不设防，随云，这件事我只能求你。"

"姐夫，别这样好不好？"蒋随云站起身来，"这样不行。"

"那你觉得，还有别的办法吗？"

蒋随云想到刚出门的那两个孩子此时正沉浸在喜悦中，心里的震惊久久散不去，只是摇着头："不行，这样不行。"

蒋东霆沉下脸："你姐姐当初跟着我的时候，我们之间也没有爱情，你试想下，她如果还活着，是会同意我的决定，还是会选择站在你一边？"

蒋随云手掌撑向石桌。

蒋东霆最后说道："随云，说到底，你把远周当成你儿子了吗？"

她身体一软，坐了下来："姐夫，就因为我爱这个孩子，我才想让他过得好啊。"

"你这是在害他！"蒋东霆厉声喝道，"他如果执意要跟许情深在一起，我是不会认这个儿子。你如果想看着我们父子反目成仇，那你完全可以袖手旁观。"

蒋随云手掌撑向额头。这几日，蒋东霆和蒋远周的关系一直绷着，她也跟着操心受累，今天在蒋家见到许情深，再一看蒋东霆的态度，她原本以为一件好事就这么成了，却没想到……

"随云，蒋家就我们三个人了，还有什么比父子和睦更重要呢？我也老了，为了远周才撑到今天，我不想到了地底下，你姐姐还要怪我。"

蒋随云心头遭到砰然一击，整个人如雕塑般坐在那里。

蒋东霆心里是有把握的，蒋随云这人，心善，更重要的是心软，她是自己那个铜墙铁壁一般的儿子的软肋，他只能找她。

许情深和蒋远周回到九龙苍后，心情还未从方才的愉悦中平复过来。

蒋远周刚进卧室，蒋随云的电话就来了。

"小姨。"

"远周，到家了吗？"

"刚到。"

"那就好。"蒋随云的声音在那边顿了顿，"远周，大后天是你妈妈的忌日，你记得过来。"

"小姨，这个日子……我是不会忘记的。"

"还是老规矩，上午你跟着你爸去墓园，晚上的时候来小楼，我下厨。"

蒋远周单手解着扣子："好。"

许情深见他将手机放向床头柜："是小姨？"

"嗯，大后天是我妈的忌日，我要回家。"

"忌日？"许情深勾起的唇角抿紧，"要不要我陪你？"

"不用。"蒋远周上前，捏了捏许情深的下巴，"你还未进门，按着蒋家规矩，这种事不便参加，乖乖在家等我。"

"好。"

许情深说完，踮起脚去吻他，蒋远周顺势搂住她的腰，再将她重重地压到大床上……

两天后。

蒋远周上午去了墓园，吃过中饭后回到九龙苍。许情深回来的时候，正好遇上他出门。

两人在院子里遇上，许情深上前："现在就去吗？"

"是。"蒋远周摸了摸她的肩膀，"穿这么少，也不怕冻着。"

"在办公室有暖气，不怕。"许情深拉下他的手，"去吧，早去早回。"

"好。"蒋远周上前，将她纳入怀中，"晚上有你爱吃的菜，多吃点。"

"知道啦。"

蒋远周直起身，然后快步向前。许情深回头看了眼，见他的背影越走越远，心里那种怅然若失之感却是越来越重，压得她快要喘不过气来。

许情深轻摇下头，转身进了屋。

蒋远周来到小楼时，蒋随云还在厨房里忙碌，他脱下外套走到门口："小姨，就我们两个人，不用做那么多菜。"

"今天不一样。"蒋随云认真地炒着虾仁，"你赶紧坐着，别站这儿啊。"

蒋远周走向餐桌。小楼内并无用人，今天是特殊的日子，同往年一样，用人傍晚时分都放了假。

很快，蒋随云端着炒好的菜过来，还拿了瓶酒："这是你爸给的。"

蒋远周接过看了眼："这酒很烈，小姨，您就别喝了。"

"那你喝点儿。"

"好。"蒋远周坐下，倒上一小杯。

蒋随云拿过旁边的椰汁，拾起筷子给蒋远周夹菜："情深呢，在家吗？"

"是，出来的时候正好碰上。"

蒋随云握了握手里的筷子："远周。"

"嗯？"

她最终轻摇下头："没什么。"

"小姨，您准备得太多了，我们两个吃不完。"

"远周，要是你妈在，肯定比我用心多了，我身子不好，平日里也照顾不到你……"

"您说什么呢？"蒋远周垂下眼帘，"您跟妈，一样好。"

蒋随云端起杯子，蒋远周跟她轻碰了下，然后饮掉半杯，白酒滚过喉咙，辣得不行。蒋随云说了些蒋远周小时候的事，这样的日子，难免触景伤情。

蒋随云起身给蒋远周倒酒，小楼内静悄悄的，不远处的案台上还点着蜡烛。

蒋远周喝了几杯酒，有些醉意，他挥了下手："小姨，不喝了吧。"

"再陪小姨一会儿吧？"蒋随云起身，给他倒满酒，"我这小楼啊，除了你来，就没热闹的时候。"

蒋远周嘴角轻勾："没关系，以后我带情深一起来。"

蒋随云出神地坐回椅子上，怔怔地盯着对面的男人，眼圈发红。蒋远周抬头对上她的视线："小姨……"

她别过脸，蒋远周看向不远处的照片："别太难过了。"

蒋远周以为蒋随云是想到了已经过世的人，蒋随云便顺着他的话往下说："匆匆一别几十年，有时候想想，日子真难过。"

"您别这样，还有我呢。"

"是，还有你呢。"

许久之后，小楼的门被打开，蒋随云面无表情地站在那儿。外面两人见状，快步走了进去。

蒋远周趴在餐桌上，袖口挽至臂弯处，整个人一动不动。

整个蒋家的人都知道，蒋先生什么都行，就是喝酒不行。

两人小心翼翼地架着他起身上楼。很快，一辆黑色的轿车来到小楼前。后车座的门被推开，下来一个娇小的女孩，她一步步朝着蒋随云走来。

到了跟前，女孩轻声喊道："小姨。"

蒋随云的脸上没有笑，人站在那儿摇摇欲坠，似乎随时会跌倒。

凌时吟同她擦肩而过，走进客厅，最终上了楼，消失在黑暗中。

没过多久，先前的两人下来了。蒋随云还是一动不动地站在那儿，石化了一般。

她望着前方，前面只有一片黑，看不到远处的路，看不到任何光明。

二楼主卧。

蒋远周整个人占了大半张床，地上散落着男女的衣物，凌乱不堪。

男人的腰间盖了条薄被，古铜色的胸膛裸露在外，凌时吟坐在另一侧，同样光着身子，她将手伸出去，落在男人的胸口处。

半晌后，凌时吟重重地呼出口气，左手握成拳，张开嘴狠狠咬住，右手顺着腿侧往下……

当剧痛袭来之时，凌时吟痛得咬紧自己的手背，嘴里发出细碎的唔唔声，她弓起上半身，感觉到有温热的液体流淌到洁白的床单上。

那一口，几乎咬掉自己的一块肉。

然而这股疼痛远远比不上身体被撕裂的疼痛，豆大的汗珠顺着凌时吟的面颊往下淌，她撑起身体，往后退了一步，看到床单上一抹红色鲜艳无比，还在往外渗。

她松开嘴，背部往后靠，视线带了些蒙眬落到蒋远周的脸上。

凌时吟不知道这样值不值得，她只知道，如果不试，自己连感慨值不值得的机会都没有。

蒋东霆的这个提议其实挺荒唐的，可细想之下，蒋远周那般无坚不摧，若不是因为母亲的忌日，他不会一个人出行，不会喝醉，不会……

凌家的人自然不同意，毕竟这个女儿是从小被捧在手心里养大的，要联姻，自然也要光明正大，怎可先失了名节？

今晚，凌时吟是瞒着家里人自己出来的。她颤抖地将手伸向了蒋远周的身子。

见蒋远周沉沉地睡着，凌时吟起身来到洗手间，将双手洗净，走回去的每一步都像是被人用刀子在割。凌时吟躺回床上，正好男人翻了个身，一条手臂横过来落在她的腰际。两人贴得那么近，蒋远周的呼吸声就在她耳边，带着醇厚的酒气。

凌时吟尝试着将手放到他身上，蒋远周眼帘紧闭，一点儿反应都没有。

九龙苍。

许情深吃过晚饭并未立即上楼，她窝在客厅内的沙发上看着电视，只是里面的情节一点儿都没看进去。

眼皮子不住地跳着，她心浮气躁起来，将电视关掉后走向落地窗。

没过多久，一名用人来到她身后："许小姐，蒋家派了车过来。"

"什么？"

"已经到门口了，说是要接您过去。"

许情深吃惊之余还是跟着用人往外走。到了门口，用人不忘替她将外套拿上。

蒋家的车就在九龙苍外头，许情深走出去，用人小心翼翼地问道："许小姐，不会出事吧？要不要给蒋先生打个电话？"

司机从车上下来，许情深之前见过他，男人绕过车前，一把拉开副驾驶座的门："许小姐，蒋先生喝多了，老爷让我接您过去。"

"哦。"许情深笑了笑，冲着用人道，"不用打电话了，蒋先生这酒品啊……"

用人扑哧笑出声来："是。"

许情深上了车，司机很快发动引擎，她系好安全带，漫不经心地问道："今天这样的日子，怎么反而喝多了？"

"应该是心里不痛快吧。"

许情深轻点下头，没再多说什么。

车子飞驰向前，马路两旁的景色逐渐变得萧瑟，只是在眼中闪了一下，就再也看不见了。

许情深握紧手掌，心里的怪异感越来越重，无法拂去。

来到蒋家，这次车子并未停在门口，而是直接朝着蒋随云所住的小楼开去。

小楼前一片静谧，只有客厅的灯是亮着的。蒋随云记不清楚自己在门口站了多久，她的双腿已经僵硬，全靠体内最后的力道撑着。车子从红砖砌成的隔断墙那边拐过来，蒋随云的注意力本来不在上面，直到车停下来，许情深推开副驾驶座的门下来……

蒋随云感觉那股力道绷不住了，她的身体瘫软下来，倚向旁边的门框。

司机跟着下来，在前面引路："许小姐，请。"

许情深看到蒋随云，快步上前："小姨。"

"情深……"

"小姨，远周呢？"

"你怎么过来了？"

许情深朝那名司机看了眼："说是远周喝多了，让我过来一趟。"

蒋随云将视线抛向司机，仿佛能够看到，远远的主楼前，站着蒋东霆的身影。他必定是掐好了时间，此时，该发生的和不该发生的都已成定局，蒋东霆让许情深过来，不就是为了让她目睹这一切吗？

许情深经过蒋随云身边时，她一把按住许情深的手腕："情深。"

"怎么了，小姨？"

"远周喝醉了，就让他在小楼住一晚吧。"

许情深站定在她身侧，司机跟着上前："许小姐，我可以在这儿等您。"

蒋随云视线扫过去，许情深正朝里面张望，蒋随云朝她看了眼，楼上的场景如果被许情深亲眼看到，她不只会崩溃，怕还会烙下深刻的阴影。

蒋随云手一松，双腿无力地跪下去，整个人瘫倒在地。许情深吓了一大跳："小姨！"

蒋随云呼吸不畅，伸手按着胸口，她面色痛苦不堪："情深，我头痛，痛得厉害！"

"走。"许情深二话不说去搀扶蒋随云，只是她的力道完全不够，她朝一旁的司机道，"还愣着干什么？没看到蒋小姐发病了吗？"

"可是……"

"可是什么？快送医院！"

司机见状，只好过去帮忙。两人将蒋随云带到车上，司机朝楼前看了看："要不把蒋先生叫上？"

"你这人怎么回事？是成心看着我死是吗？"蒋随云忍着剧痛，不悦地出声，"蒋先生醉得不省人事，等他醒来，是不是要直接给我送终？"

许情深心里咯噔了一下，不由得朝蒋随云看了眼。她印象中的蒋随云从不会对别人说出这样的话，更加不会动怒。司机显然也被吓到了，不住地说道："对不起蒋小姐，对不起。"

许情深望向窗外，整栋小楼在她眼中变得不真实起来，就好像那只是一幅画，一笔一画勾勒出的景随着她们的离开而变得模糊，最终彻底幻灭。

蒋随云手掌抚向额头，方才那一下，她并不是装出来的，而是真的疼得无法忍受。

车子很快开至星港，蒋随云被抬上病床，许情深快步跟在她身侧："小姨，别怕，没事的。"

蒋随云一把拉住她的衣袖，那么多话到了喉咙口，却始终没有勇气说出来。她薄唇轻启，只以唇形对着许情深说了三个字。

许情深心里越发沉重，蒋随云说的，好像是"对不起"。

她为什么要跟自己说对不起？

许情深来不及细想，毕竟蒋随云的病反反复复，每一次都凶险难测。

蒋随云被推出急救室的时候，许情深看了眼时间。病房内，蒋随云很清醒，只是有些无力："情深，我的命总是靠你才一次次被抢救回来。"

"小姨，这次不是很严重，您放心好了。"

许情深坐到床边的椅子上，蒋随云朝她看看："既然没事，你回去吧。"

"那怎么行？您身边可不能缺了照顾的人。对了，今天小楼内怎么没有用人？"

"给他们放假了，姐姐的忌日，不想他们待在家里。"

许情深轻轻点头："但是多危险啊！您身边总要留个人。"

"好，"蒋随云闭了闭眼睛，"听你的。"

许情深起身，旁边还有一张病床，她脱下外套："小姨，您快休息吧。"

"陪我说会儿话。"

许情深躺到病床上："好。"

蒋随云叹了口气，却又不知道该说什么。许情深枕着右手臂，出神地盯着天花板。蒋随云的阻拦，还有蒋家特意安排司机接她这一出，她已经隐隐意识到出事了……

一个，是不想让她看见。

301

一个，是千方百计要让她看到。

那么，究竟是怎样的场景呢？

许情深心乱如麻，蒋随云看了她一眼："情深？"

"嗯。"

"你说，人死了之后，是不是只有天堂和地狱两个去处？"

"小姨，您为什么要这样问？"

蒋随云食指在手背上敲打两下。她这几日的精神差极了，特别是听了蒋东霆的话那样做了之后，心里的愧疚压得她几乎要死去。她轻轻摇头："我觉得，我可能是要下地狱的。"

许情深吓了一跳，坐起身来："小姨，您别这样！什么天堂地狱的，您现在不是好好的吗？"

蒋随云抿唇浅笑："情深，你答应我一件事好吗？"

"您说。"

"从明天起，不论怎样怨我、恨我，你都不要对我避而不见。你是个好姑娘，我喜欢跟你相处时的感觉，你给我个机会，让小姨对你好，行不行？"

许情深怔怔地盯着蒋随云，撑在身侧的手掌握拢："小姨，是不是远周出事了？"

蒋随云喉间轻咽了下，然后摇头："不，不是。"

"他要是真的喝醉了睡在小楼，您只需要给我打个电话告诉我一声就好，蒋家为什么要刻意派车来接我？而且那名司机执意让我进去，我是不是可以理解为，有什么……非要让我一见？"

蒋随云哑口无言。她知道许情深和蒋远周一样，聪明剔透，可有时候太过聪明，还不如糊涂一回。

许情深掀开被子下去："既然这样，我更要去看看。"

"情深……"

许情深快步往外走，蒋随云情急之下起身："不要，情深……"

许情深一回头，看到蒋随云差点栽倒在地。许情深快步走过去，伸手扶住她的双肩："小姨，您别乱动。"

蒋随云握住许情深的手臂："远周只是喝醉了，没事的，你别太担心。"

她语气急促，摇晃着许情深的臂膀，许情深坐在床沿，一语不发，蒋随云的话丝毫安慰不了她。

蒋随云气喘吁吁："别去。"

许情深眼圈泛红。蒋随云肯定是为她好，可她心里犹如被猫爪子挠着，痛苦不已。她垂下眼帘，半晌后才能忍痛开口："蒋远周他，不会有任何生命危险吧？"

"不会。"

许情深点点头，让蒋随云躺回病床上："那就好，那就好。"

"情深，有些事……我们终究没有办法。"

"我知道的。"许情深替蒋随云盖好被子，回到另一张病床前。蒋东霆要让她看的是什么？女人吗？

这是许情深心里最坏的打算了。她摇了摇头，不，应该不至于。

只要不是女人方面的事，别的……她都可以接受。

许情深这样安慰着自己，躺回病床，却睁着眼，度秒如年。

蒋家小楼。

蒋远周醒来的时候，空气中有一股冷气在四处乱窜，应该是哪边的窗户没关好。他手臂动了动，抱紧身前的人："几点了？"

对方一声不吭，看来还睡着。蒋远周睁开眼，天还未完全放亮，房间内只有些许亮光。他已经不记得昨晚是什么时候回九龙苍的了，大概是醉得厉害，被司机架回来的吧？

蒋远周俯下身，女人瑟缩了下，好像有醒来的意思。

对方翻过身，蒋远周感觉胸前被人猛地一推："啊——"

他睁开眼，看到一张惊慌失措的脸，凌时吟扯过旁边的被单裹住肩膀："我，我为什么在这？远周哥哥，你……"

蒋远周的脑子"轰"的一下炸开了，厉眸扫向四周，这才发现房间的风格根本就不是九龙苍。

他的视线扫到床上，看到另外半边床单上有着点点血渍，凌时吟面色发白，裹着的被单上也有血。蒋远周的脸上透出骇人的阴鸷："你为什么会在这？说！"

"是蒋伯父让我过来的，但我只是来拜访一下，吃顿晚饭而已……"

凌时吟脸上的震惊不比蒋远周少，她唇色发白，整个人不住地颤抖。蒋远周起身，捡起地上的衣物一一穿上，他的目光冷冽如冰，动作也变得不耐烦起来。穿好裤子，蒋远周绕过大床来到凌时吟一侧，他猛地伸出手拽住她的手臂，将她直接从床上甩了下去。

凌时吟重重地跌到地板上，一双腿包不住，裸露在外面，腿侧的血迹早已干涸，蜿蜒的形状好像在抽打着蒋远周的脸。

她抱着摔痛的手臂坐起身，手忙脚乱地拿过自己的衣服开始往身上套。蒋远周居高临下地盯着凌时吟："当着我的面还要装是吗？凌时吟，我没想到你这样不知羞耻！"

凌时吟脸色苍白，几近透明，手指颤抖着穿好了衣服，她慢慢站起身，望了眼床上的殷红："你放心，我不会让你对我负责的，昨晚的事你完全可以当作没有发生过。"

蒋远周深深地睥了她一眼。凌时吟光着脚，整个人显得越发娇小，锁骨处还有几道印子，像是被人用手掐出来的。周边的空气冷得像是冻住了一般，凌时吟眼圈发红，擦了擦双眼："我成年了，有些后果自己能承担。"

“好大的一盘局，倒是真没想到，你肯配合！”

凌时吟对上蒋远周的视线，脸上一阵红一阵白，似乎受了极大的屈辱，她弯腰捡起外套，咬紧牙关出去了。

蒋远周拿着衬衫，甚至没来得及穿上——他急着去找蒋随云问清楚。

两人一前一后下了楼，凌时吟的脚步忽然顿住，盯着客厅。

蒋东霆面朝楼梯口坐着，而放眼四周，屋内再没别的人了。

不等蒋远周说话，凌时吟率先上前几步：“蒋伯父，昨晚到底怎么回事？”

蒋东霆抬了下头，见凌时吟头发凌乱，双眼通红，他沉着嗓音道：“凌丫头，你放心，我会为你做主的。”

“做主？做什么主？”

“你父母已经同意了两家的事，如今，你和远周有了夫妻之实，这件事更是板上钉钉了。”

凌时吟戳在那儿，满脸的难以置信，她朝蒋远周看了看，一时说不出话来，只是摇着头。最后，凌时吟几近崩溃地喊道：“昨晚您让我到这儿来，你们……”

“时吟，我们长辈都是为了你们好。”

蒋远周看向凌时吟，她似乎完全不知情，一张俏脸上写满了不相信，她沙哑着嗓音问道：“是不是我爸妈也知道？”

“凌丫头，我先让人送你回去。”

“你们怎么可以这样？蒋伯父，您把我当成什么了？”凌时吟悲愤交加，眼泪流了出来，“我不是你们联姻的工具，你们把我失去的还给我，还给我……”

蒋东霆似乎完全不为所动。蒋远周冷眼看着，这是一出荒唐至极的戏，而他和凌时吟，却是这出戏的主人公。

“凌丫头，你父母已经把你的八字送来了，昨晚的事是我们瞒着你，但迟早有一天，你会感谢我们的。”

凌时吟气得说不出话，她伤心欲绝，伸手扶住旁边的沙发，嘴唇发抖：“把我害成这样，还要我谢你们？蒋伯父，我没想到您是这样的人，我没想到你们所谓的联姻，居然这样肮脏……”

蒋东霆面色平和，凌时吟却嗓音都撕裂了，话语中透着满满的悲愤：“从此以后，我们凌家和你们蒋家势不两立！”

“凌丫头，你还是先冷冷静静吧，回家听听你父母的意思。”

凌时吟光着脚往后退，身子撞上了蒋远周。她抬头朝他看了一眼，那一眼中也蕴藏着满满的恨意，她什么都没说，推开蒋远周后快步离开了。

客厅内就只剩下父子二人，蒋远周将衬衣往身上套：“就算你把我们两个强行绑在一起，我也不会娶她。”

"你不娶凌丫头，还能娶谁？许情深吗？她要是知道了昨晚的事，肯嫁给你吗？"

蒋远周的心冷不丁地被扎了下："我会让她接受的。"

"她要真能大度成那样，就不是爱你这个人了，那么这个女人就更该防。"

"你也知道她爱我……"蒋远周脱口而出，毫不犹豫。许情深从来不曾对他说过"爱"这个字，但有些感觉沁入了骨髓。他说她爱他，说得这样笃定，若不是有那份把握，他也不会不假思索。

"在我们蒋家，需要爱情吗？"蒋东霆站起身来，"事已至此，许情深的事，你自己解决吧。"

蒋东霆同他擦肩而过，蒋远周看向四周："小姨呢？"

"哦，随云昨晚忽然发病，被连夜送去了医院。"

"你——"蒋远周走到蒋东霆跟前，"为了算计自己的儿子，你把她都牵扯进来，我真没想到，你是这样可怕的一个人。"

蒋东霆没有多说什么，提脚离开了小楼。

蒋远周出门的时候，身上只穿了件单薄的衬衫。他一直走到蒋家外面，正好老白开着车过来，蒋远周似乎没有看到他，老白赶紧刹车，然后快步下去："蒋先生！"

蒋远周抬了下头，老白见他神色难看，衬衫也是皱皱巴巴的："我去了九龙苍，那边的人说您一晚上没回去。"

蒋远周坐进车内："去星港。"

"是。"老白看了眼时间，"您这么一说，我才反应过来，刚才去九龙苍，许小姐也不在。"

"什么？"

"用人说昨晚这边派了车过去接许小姐，我以为，你们在家里留宿了。"

蒋远周身子无力地往后倚："把她接到这儿了？"

"蒋先生没看见许小姐吗？"老白心下一惊，"不会出什么意外吧？"

"先去星港。"

"好。"老白一踩油门，车子飞速地驶了出去。

蒋远周不知道许情深有没有看到那样不堪的一幕，但她倘若看见了，怎么都得将他拉起来问个清楚吧？

来到星港，找到蒋随云所在的病房后，蒋远周推门进去。许情深坐在床沿，听到脚步声，她立马下了床："远周！"

这一声呼唤，似乎隔了很久才传到蒋远周耳中。蒋随云也没睡，看到蒋远周，赶紧坐了起来："远周。"

蒋远周走到许情深跟前，她上下打量了他一番："你，没事吧？"

305

男人不知该怎么回答，只是摇了下头："小姨怎么了？"

"昨晚犯病了，不过你别担心，没有大碍。"

蒋远周站在病房里，有些事他和蒋随云心知肚明，他走到病床前："没事就好。"

蒋随云见他站得有些远："远周……"

"您好好休息。"蒋远周说完，转身走向许情深，"走，我们回家。"

"还回去做什么？"许情深抬起腕表给蒋远周看，"马上就到我上班的时间了。"

"今天不上班。"蒋远周扯过许情深的手臂，想要带她出去。许情深按住他的手腕："远周。"

男人回头看了她一眼，许情深心里酸涩得难受，却还是强忍着说道："又不是什么特殊的日子，该工作还是要工作，今天就是普通的周四而已，是不是？"

蒋远周的视线在她脸上逡巡，越来越多的不舍和复杂的情愫从他的眼中流露出来，他最终松了手："是。"

许情深轻笑道："洗手间里有一次性的洗漱用具，我先去刷牙洗脸。"

说完，她将凌乱的头发用皮筋绑了起来，然后快步走向洗手间。

蒋随云看在眼里，心仿佛在滴血："远周。"

蒋远周站在那儿，没有如往日般亲近地靠上前。蒋随云压下嗓音："对不起，小姨对不起你。"

"我一直以为，这世上只有小姨不会骗我。"

蒋随云眼眶酸涩："远周……"

男人没再开口，脸上的表情冷漠至极，同蒋随云印象中的蒋远周好像不是同一个人。

凌家。

凌时吟下了车，踩着冰冷的地面往里走。凌家的客厅内坐着几人，凌慎见她进来，只是动了下眼皮子。

凌母赶忙起身："时吟。"

凌母一看，她还光着脚，脚指头被冻得通红，心疼得不行，朝着门口的用人道："眼睛瞎了是不是？还不赶紧把小姐的拖鞋拿过来！"

凌父满面怒色，直勾勾地盯着凌时吟："昨晚出去的时候为什么不告诉我们？要不是蒋家来了电话，我都不知道，你，你居然留宿在蒋家！"

"爸，木已成舟，您就别气了。"

"我怎么能不气？你现在跟那些随随便便的女人有什么两样？"

凌时吟穿上递过来的拖鞋。凌慎紧锁着眉头，脸色十分难看："时吟，昨晚究竟发生了什么事？"

"哥，联姻的事，你不是也赞成吗？"

"但我没让你跑去献身！"凌慎噌地站起身来，"你是凌家的女儿，身份摆在这儿，有些事不必做到这么难堪的地步。"

凌时吟抬了抬头："不破釜沉舟，我将来就只能随随便便找个人嫁了，这种事，我不允许它发生在我身上。"

凌父气得恨不得上前去打她，凌母心疼地将女儿护在怀里："好了好了，事情都出了，还是想想以后怎么办吧。"

"还能怎么办！"凌父满腔怒气。

凌时吟朝凌慎看看，男人尽管怒火中烧，却还是不忍再责骂下去。

星港医院。

许情深洗漱完走出洗手间，蒋远周还在原来的地方站着，她甩了下手上的水渍，不由得看了看蒋随云。

"好了？"蒋远周轻问。

"嗯。"

"时间还早，先出去吃早饭吧。"

许情深来到病床前："小姨，您下午就能出院，到时候让司机直接送您回去。"

蒋随云躺回床上。许情深看到她眼睛红肿，昨晚两人都未合眼，而现在蒋远周的态度更是让许情深心里咯噔了下。

"不用管我，你们去吧。"

许情深按向床头的警铃，很快就有值班的护士进来，许情深吩咐她在这儿照顾着。

蒋远周走出病房，老白就在外面，许情深跟着他出去，伸手去拉他的手："怎么回事？穿件衬衫就跑来了，也不怕冻死。"

男人回握住她的手掌，两人进了医院对面的商业楼。许情深选了家面馆，一进去就看到里面坐满了人，蒋远周跟着她来到前台，问道："想吃什么？"

"肚子真饿了，吃碗爆鱼面吧，你呢？"

"跟你一样。"

收银员动作熟练地敲打几下："两碗爆鱼面，一共三十。"

蒋远周摸向兜内，才发现自己连皮夹都没带，许情深也是，她昨晚出门并没有拿包。她摸了摸口袋，幸好兜里还有用剩下的五十块钱，忙递了过去。

两人选了个位子坐下来，没过多久，就听到窗口有人喊："十八号桌，两碗爆鱼面。"

蒋远周并不知道还要自取，眼见许情深站起身来，他才说道："我来。"

男人起身向窗口走去，许情深双手交扣，盯着他的背影出神。她轻咬一下自己的手指，疼痛将她拉回神，一抬头蒋远周端着面回来了。

面店里各种声音混杂在一起，有的在讨论今天的专家号，有的在说星港看病太贵，还有的带着孩子，孩子一个劲地哭。

307

许情深拿了两双筷子，将其中一双递到蒋远周手里。

她捞起一筷子面条，蒋远周看到热气往上扑，以至于许情深的面目在他眼中变得模糊起来。

"昨晚，我爸让人去接你了？"

"嗯，说是你喝醉了。"许情深将面条塞进嘴中，含混地出声。

"然后呢？"

许情深嘴里咀嚼着，抬头看向他："然后小姨不舒服，我就跟着她到医院来了。"

蒋远周看向自己的碗，神色并未因许情深这番话而放松。

两人各有心思，许情深用筷子拨着碗里那块爆鱼："昨晚没发生什么事吧？"

蒋远周心里一惊，他看着眼前的女人，除了昨晚的事，他们之间都是温馨和美好，美好到令蒋远周贪恋。

他最终摇了摇头："没有。"

许情深藏起眼底的苦涩，微笑道："没有最好。"

谁都知道这仅仅是一个美好的愿望，美好到虚幻，可没有一个人愿意先去捅破它。

许情深再度开口："吃完早饭，你要不要回医院？"

"不了。"

许情深神色间有些犹豫："那小姨那边……"

"我会安排好的。"

"哦。"许情深轻应一声，蒋远周见她还在吃："面够吗？"

她点了下头："你也吃吧。不管有什么事，先填饱肚子再说。"

蒋远周朝她看看，各种滋味萦绕在心头。两人吃过早饭，回了星港。

司机将车停在星港门口，许情深见老白也在那儿，她拉了下蒋远周的手臂："我先进去了。"

"好。"

蒋远周看着许情深往里走，老白上前问道："蒋先生，回九龙苍吧？"

男人坐进车内，直到车子发动后，才说道："去蒋家。"

来到小楼门口的时候，用人们已经回来了，蒋远周径自走上二楼。昨晚的卧室门还敞开着，像一头亮出尖牙的野兽，蒋远周没有犹豫，径直往里走。

一眼望去，窗户全部被推开，床上的被褥也换了新的，枕头、被子等都不见了，只有一张空空的床。

蒋远周转身往外走，到了楼下，他唤来一名用人："谁让你们收拾房间的？"

"蒋先生，我们都是刚回小楼，还没上楼呢。"

蒋远周听闻，提脚出去，在门口看到蒋东霆正从不远处走来，老白同他打了招呼，然后走到蒋远周身侧。

蒋东霆上前两步，蒋远周站在最高的台阶上，睨视着他："房间是您让人收拾的？"

"是。"

"床上的东西呢？"

蒋东霆说道："凌家一早派了人来，将东西全收拾走了。"

"什么？"蒋远周声调扬高。

"凌家对这件事看得很重，远周——"

"别说了。"如今，蒋远周就连站在这儿都觉得胸口堵得慌，"他们要喜欢，那就好好收着，当个纪念也好。"

"远周，你怎么说话的？"

蒋远周走下一级台阶，目光冷冷地扫到蒋东霆面上："想让我娶凌时吟，门都没有。酒后乱性吗……谁没有年轻糊涂的时候？还要麻烦爸跟凌家那边周旋一下，赔礼道歉也好，当什么事都没发生过也罢，交给您了。"

"你！你怎么能说出这样的话？"

"凌时吟的态度您也看到了，她没想让我负责，我也没想过对她负责，谁愿意为了一个错误，用一辈子埋单？"

旁边的老白听到这儿，眼底溢出惊讶。昨晚的事他丝毫不知，只是觉得蒋远周今早有些不对劲，没想到居然和凌家的小姐有关？

"凌家可不是小门小户，凌丫头既然跟你这样了，你就得负责，你还想丢我们蒋家的脸不成？"

蒋远周的唇角勾出一抹嘲讽："你把人打包送到我床上就不丢脸？我一直不知道，所谓蒋家，居然肮脏至此！"

"蒋远周！"

"老白，我们走。"

蒋远周快步向前，老白紧随其后。坐进车内，老白冲司机道："回九龙苍。"

开出蒋家后，车内的气氛依然令人窒息。老白打开音响，舒缓的歌声飘入蒋远周耳中，男人说了句停车，司机立马打过方向盘，将车停靠在路边。

蒋远周手掌撑向前额："下去。"

老白冲司机使个眼色，对方见状，赶紧推开车门下去了。

"蒋先生，昨晚不是夫人的忌日吗？"按照惯例，蒋先生是应该去小楼的，但后来的事情是怎么搞出来的？

司机关上车门。四周倒是很安静，看不到多少车，他站在旁边，阳光落到那辆黑色的车上，他见老白侧着身，似在认真倾听。

许久后。

老白一脸严肃，脸上也有难以置信："这件事，跟蒋小姐也脱不了干系。"

"我原本想回小楼，将那些东西送到医院去。"

"蒋先生是怀疑……"

蒋远周轻闭眼帘："应该说是抱着最后的侥幸吧，可凌时吟那副样子……我们两人之间不像是什么都没发生过。况且好不容易趁着我妈忌日逮住的这个机会，这侥幸，怕是完全不可能。"

老白眉宇间拢起褶皱，似是有话要问，蒋远周见他这样，不耐地说道："都这个时候了，还有什么不能说的？"

"蒋先生，昨晚你就一点儿印象都没有吗？"

这才是蒋远周最气恼的地方。他别过脸："你又不是不知道，我真喝醉了之后，做过什么事就没一次记起来过。"

也是，蒋远周喝断片后，总是有奇奇怪怪的事出来，别人要是不讲，他永远都不知道。

"凌家肯定也知道了这件事。"

"知道就知道，这种事也没人想刻意瞒着。"蒋远周打开车窗，淡淡地说道，"事情都出了，面对吧。"

"那许小姐……"

蒋远周眼皮子轻跳："昨晚，我爸让人开车去接她，依着她的聪明劲，心里不会不起疑。"

"是。"

蒋随六下午就出院了，蒋家派了车过来接。

傍晚时分，许情深换好衣服，走出星港医院，风吹到脸上不再如刀割一般。许情深想要穿过马路，一辆车缓缓来到她跟前："许小姐。"

许情深顿住脚步，看到蒋家的司机下来。

"老爷让我接您去家里。"

她握紧手里的包："蒋伯父让我过去有事吗？"

"您去了就知道了。"

许情深面色沉重。蒋东霆让她过去，肯定是要跟她说昨晚的事。许情深勉强勾起笑："我现在有急事要去办，改天吧。"

"许小姐，您还是过去一趟吧。"

许情深抿了下唇瓣："你跟蒋伯父说，改天我和远周一起去。"

"许小姐，老爷交代了，让我无论如何也要带您过去。"

许情深抬了下头，看到一辆熟悉的车子正开过来，她的目光扫过车牌，心里微松。很快，那辆车来到许情深跟前，老白推门下来："许小姐，看来我迟到了。"

"没事，我刚下班。"

老白朝那名司机看了看，然后冲着许情深做了个"请"的动作。司机见状，想要阻拦："要见许小姐是老爷的意思。"

"我只听蒋先生的，"老白狠狠地睨了眼对方，"要从我手里抢人？你试试。"

老白说完，站在许情深身后护着她离开，并亲自替她开了车门。车子在星港跟前转了个大弯，然后扬长而去。

一路上，谁也没开口，许情深被这氛围压得难受。

"老白，他在家吗？"

"在，是蒋先生让我来接您的。"

许情深用手掌按住自己另一只手的手背，垂下眼帘："今天早上，是你接了他来医院，还是他自己来的？"

"是我，我早上先去了九龙苍。"

"哦，对，早上在医院的时候，我看到你了。"许情深想要装作漫不经心，但有些情绪却是装不出来的，"你去小楼的时候，只有他一个人吗？"

"我刚到那边，就看到蒋先生走出来了，没看到别人。"

许情深心里还是难受，只是这个话题不能再继续下去了。

回到九龙苍，许情深跟老白一前一后走了进去。

蒋远周就坐在客厅，许情深放下包上前，男人朝她伸出手："你要实在不想开车，以后上下班都让人接送。"

"蒋先生，我们在医院门口碰到了那边派来的人。"

蒋远周仿若没听到，只是询问许情深："听见了没？"

"好。"

"还有，我爸要是想单独约你见面，你也不要去。"

许情深有些出神，她想到了那一晚在蒋家的其乐融融，想到了蒋东霆跟她说以后都是自己人了。这才几天时间？虽然还没有接触到蒋东霆那边，但许情深怎能不知，蒋家压根就没想过接纳她。

"可若总是避而不见，礼数方面是不是——"

"跟他还讲什么礼数？"蒋远周冷冷地打断许情深的话。

她点了下头："好吧。"

吃晚饭的时候，有电话打进来，用人接通后说道："蒋先生，是蒋小姐的电话。"

蒋远周动作顿了下，没有任何反应。用人以为他没听见，又喊了一遍。许情深朝他看，还是老白反应快，推开餐椅便走了过去。

许情深听到老白客气地讲道："不好意思蒋小姐，蒋先生刚吃过晚饭上楼了，您找他有事吗？……好，蒋小姐，您保重身体。"

蒋随云也没什么大事，就说了已经出院回家，身体也无大恙，让这边别担心。

一顿晚饭，两个人都吃得味同嚼蜡。

晚些时候，蒋远周让老白先回去。许情深洗完澡回到卧室，见蒋远周正坐在床沿，头发也没吹干，水珠滴答滴答地往下落，只是他看上去似乎有出门的打算，衣服都换好了。

许情深走过去，将毛巾放到他头上："也不怕感冒。"

蒋远周伸手搂住她的腰，双腿叉开，将脸埋在她腹间。她替他擦拭了几下，然后松开手，坐到他腿上，抱住蒋远周的脖子去吻他。两人面颊紧贴，男人发上的水珠淌到许情深的脸上。她跪在床沿，双手朝着蒋远周的肩膀一推，男人便倒了下去。

两人在床上缠吻，许情深拉扯着蒋远周的衣服，衣摆被她从西裤中扯了出来，她的手掌趁机滑入他的腰间，贴着西装裤下那层紧致的肌肤往下游移。

蒋远周没有阻止，却抱着许情深的腰一个翻身，许情深被推倒在旁边，手也不得不抽了出来。

男人坐起身来："我去把头发吹干，不然一会儿就得感冒了。"

"蒋远周，"眼见他起身，许情深手疾眼快地抓住他的手，"你为什么生小姨的气？"

"什么？"蒋远周转过身，抽回自己的手掌。

"明眼人都能看出来。平时，小姨要是有一点点不舒服，你比谁都紧张，可是今早，她住院了，晚上打到九龙苍来的电话你却没有接。为什么？"许情深起身，两人近在咫尺，这距离，完全能看到眼中的彼此，"昨晚，小姨是不是做了什么事，或者参与了什么事，才让你难过到舍得去忽略她如今的感受？"

蒋远周差点接不下去许情深的话。她心思剔透，有些事何须花费过多精力去猜？

男人往床边挪了一步，然后坐下去，拉过许情深，让她站到自己跟前："不论怎样，我都不会跟你分开。"

许情深的手落到蒋远周的肩头："那不就行了？既然这件事影响不到我们，就还是跟以前一样吧。昨晚，我是被那边接到了小楼，司机执意让我进去，我当时看到小姨站在门口，摇摇欲坠，脸上的表情很奇怪，既痛苦，又充满了绝望，眼里看不到一点点光彩。我想进去的时候，是她使劲拦着我。谁都有身不由己的时候，我至今不知道昨晚究竟发生了什么事，但你说没事，那就没事。我们就照着没事那样好好过吧。"

蒋远周伸出手，将她的手掌紧紧攥在掌心。是，许情深是知道昨晚出事了，但她怎么能想到，昨晚他和凌时吟睡在了一张床上？

男人抬头看着她，眼里有心疼。许情深弯下腰，蒋远周捏了捏她的脸。他不想她这样，为了他，居然开始逃避现实，可不逃避又能怎样呢？难道硬着头皮冲上去，将那一层窗户纸捅破吗？

两日后，许情深坐在桌前，手里的签字笔一下下插进笔套中，她若有所思地盯着

312

远处。

蒋家来过几个电话，可都被拦截了，而且蒋远周告诉她，陌生人的电话也不许接。

桌上的手机忽然响起，许情深瞥了眼，是蒋远周打来的。她再看了眼时间，应该是催着她赶紧下楼。

许情深慌忙收拾东西，然后走出办公室。

坐上蒋远周的车，男人替她将安全带系好："去得月楼。"

"为什么不在家吃？"

"小姨又在九龙苍。我不想她每天这样跑来跑去，让她几次扑空，看她能不能老实一些。"

许情深轻笑："那也是心疼你，想给你多做些好吃的。"

蒋远周的嘴角不着痕迹地勾了下。

来到得月楼，许情深跟着蒋远周进去，按照惯例，还是他点单。

许情深坐在旁边拿出手机，听到服务员轻声询问："蒋先生，只要一扎橙汁吗？需不需要酒？"

"不需要。"

许情深朝他看了眼："你可以喝点酒，没关系，我可以等你。"

"不用了。"蒋远周道。

菜很快上齐，许情深给他倒了杯橙汁。饭吃到一半，包厢门忽然被人推开——也没敲门，冷不丁就给撞开了，动静颇大。许情深扭头一看，竟然是蒋远周的堂弟。她对这人的印象并不好，但总不能板着脸对人，许情深朝蒋远周看看，见他不搭理，自己也就埋下头只顾着吃饭了。

"哥！"男人上前，手落在蒋远周的肩上，"我就知道你在这儿。"

蒋远周将他的手推开："出去。"

"干吗火气这么大？带谁来吃饭呢？我看看……"男人的脸朝许情深凑过去，"呦，还是这人啊。"

许情深握紧筷子，冷冷地朝他扫了眼。男人的嘴角勾起些许嘲弄："哥，据我所知，大伯那边已经在筹备去跟凌家提亲了吧？"

"你再胡说一句试试？"蒋远周丢开手里的筷子看向他。

堂弟摸了摸鼻子，往后退了一步："行，行，不说！"他朝许情深轻指了下，"是要瞒着，天机不可泄露啊。"

许情深浑身泛起冷意，只觉得鸡皮疙瘩都起来了。什么叫蒋家要准备提亲了？

男人往前走了两步，拿起桌上的橙汁要给许情深倒。许情深见状，用手按住杯口："不用了，谢谢。"

"好歹给个面子不是？"

许情深轻轻摇头："不好意思，适可而止就行，喝多了我怕会吐。"

男人面色微变，提着那扎橙汁来到蒋远周身侧："哥，我给你倒。"

"你是不是闲得要命？"蒋远周冷厉的视线扫向身侧的男人，对方朝他手边的杯子内看去，夸张地道，"你竟然不喝酒？"

蒋远周眸子微眯，眸底聚起诡谲的波澜。男人单手撑向桌面，微微压低了上半身："哥，你怎么现在酒都不碰了，是怕酒后乱性吗？"

许情深握着杯子的手一紧，指尖开始泛白，她余光看见蒋远周站了起来，紧接着，是砰的一声巨响，蒋远周一拳挥在了对方的脸上。那人根本就承受不住这样的重力，身子往下倒的时候，手臂挥过桌面，哗啦啦扫落了好几个盘子。

包厢内瞬间变得一片狼藉，男人躺在地上，手掌捂着脸，难以置信地看向蒋远周。

"你，你——"

米色的休闲裤上沾满了酱汁，蒋远周逼近他，提起脚踢了下对方的腿："滚出去。"

"蒋远周，你疯了是不是？"

蒋远周抄起桌上的玻璃杯，男人吓得用手护住自己的脸。许情深见状，忙上前拉住他的手："别这样。"

蒋远周的堂弟蜷缩在地上。讲真的，他从来没见过蒋远周这样，尽管以前就觉得蒋远周"老奸巨猾"，但从来没动过手啊。男人一下厑了，死死地护住自认为俊俏不凡的脸。许情深见他一个劲地颤抖，也不爬起来，忍不住吼了一嗓子："还不快走！"

男人赶忙爬起身，一溜烟地跑了。

许情深拉过蒋远周的时候，鞋子在地上滑了下，她朝脚下看看，然后冲蒋远周道："怎么发这么大的火？"

"混账东西！"蒋远周怒道。

许情深让他坐回椅子上："看来这顿晚饭也不用继续了，我们走吧。"

"你还没吃上几口。"

"我食量又不大，已经饱了。"许情深看了眼脚下，"我去下洗手间。"

蒋远周起身走到窗边去抽烟。许情深走出包厢，见门口站着两名战战兢兢的服务员，她轻声道："不好意思，里面弄脏了，待会儿结账后麻烦打扫下，实在不好意思。"

对方没想到她这么客气："没关系，没关系。"

314

第二章
男人的眼泪

许情深来到洗手间，抽出纸巾将鞋跟上的东西处理掉，然后挤出洗手液，双手开始细致地搓揉。这里只是洗手的地方，所以就在走廊上，许情深不经意地抬头，透过镜面看到凌时吟也走了过来。

许情深垂下脑袋，将手放到水龙头下面，水流冲出来的时候，凌时吟的声音也传到了许情深的耳朵里："许姐姐，真巧，在这儿碰上你。"

许情深装作才看见她的样子："是啊，好巧，你也在这儿吃饭？"

"我舅舅家的孩子要出国读书，我们给他送行。"

"哦，恭喜。"许情深洗着手，凌时吟也涂上了洗手液："你跟远周哥哥一起来的吧？"

"嗯。"

蒋远周在包厢内抽完了一支烟，又等了会儿，却始终不见许情深回来。

他拿了手机走出去，来到离洗手间不远的地方，看到许情深站在那儿，身侧似乎还有一个人。蒋远周走近两步，这才认出来竟然是凌时吟。

两人似乎在说话，凌时吟侧着身，蒋远周的脚步不由得加快。凌时吟凑到许情深旁边，轻轻地说道："许姐姐，小姨的身体最近怎么样？"

她凑得很近，以至于蒋远周看在眼中，以为是凌时吟跟许情深说了什么悄悄话。许情深不习惯跟人这样亲近，她往旁边退去："她身体挺好的。"

这一幕落入蒋远周眼中，男人握紧手掌。凌时吟转过身，脸上一副吃惊的表情，好像没想到会在这儿碰到他。

"远周哥哥……"

话音方落，蒋远周过来扯过许情深的手臂将她拉到跟前，许情深被这突如其来的力道拽得跌跌撞撞，不小心把旁边的凌时吟给撞倒了。

　　凌时吟双手撑在地上，她穿着高跟鞋，摔得不轻，满脸的委屈和无辜。蒋远周却是怒火中烧："你跟她胡说八道些什么！"

　　这话一说出口，凌时吟的眼泪唰地淌了出来，她嘴巴张了张，似有难言之隐，最后不得不使劲摇头："我没有，我没说什么。"

　　许情深看到蒋远周这样却是心都凉了，整个人如坠冰窟，雕塑般站在原地。蒋远周的视线落到她脸上，神色急切，眼里有着藏匿不住的慌张。他是蒋先生啊，居然也有慌的时候？

　　他，又在慌什么？

　　"她跟你说了什么？"蒋远周重复道。

　　许情深朝地上的凌时吟看去，僵硬地摇头："没有，她没说什么。"

　　凌时吟双手揉着膝盖，坐在地上，连起身的力气都没了。她眼圈发红，手背胡乱擦拭了下眼睛，似乎在强忍着："远周哥哥，你以为我会说什么？"

　　蒋远周面部绷紧，眼里面迸射出寒光："没有最好，有些事我们彼此一直都看得清清楚楚。"

　　凌时吟想要起来，手在地上胡乱撑了好几下。

　　不远处猛地传来一阵惊呼声："时吟，时吟，这是怎么回事啊？"凌母飞快地走来，到了几人跟前，她看向蒋远周，眼里满是愤怒，"远周，我没想到你这样绝情！时吟不是别人，她跟你的关系，你心里最清楚，你怎么还能……"

　　凌母说着，视线射到许情深身上。

　　蒋远周揽过许情深的肩膀，想要带她离开。

　　凌母却拦在了两人跟前："远周，你和时吟的事，是不是应该给我们个交代？"

　　许情深的双脚像是钉了在地上。有些话，就差捅个明明白白了吧？她握住蒋远周的手在发抖。男人显然也意识到了这点，他朝凌母看去："事情开始之前，不就是你们和我爸说好的吗？对你们许下承诺的不是我。"

　　"你——"凌母气得唇角发抖，"难道我女儿就白白——"

　　"妈！"凌时吟高喊出声，从地上挣扎着爬起来，几步走到凌母跟前，"快回去吧，舅舅他们还等着呢。"

　　凌母的目光再度扫向许情深，蒋远周搂住她转身，凌母自然不甘心："这位小姐，很多事你应该还不知道吧？我家时吟也是受尽委屈，你不妨问问蒋远周，问问他都做了——"

　　凌时吟猛地扯了把凌母的手臂："您不走是不是？那好，我走！"

　　她一条腿摔得疼痛不已，走路的时候有些跛。许情深看着凌时吟快步向前，凌母焦急地追往她身后大喊："时吟！"

许情深来不及细看，脚步匆匆地跟着蒋远周离开了。他走得很快，仿佛这座得月楼即将变成吃人的怪物，如果晚一步，就会万劫不复，许情深好几次差点没跟上。

到了外面，司机见他们出来，将车缓缓开过去。

蒋远周不等司机下来，便将车门打开了："走，回家。"

许情深伸手撑住车门，忽然从他怀里挣脱出来，往后退了一步，突如其来的动作令蒋远周有些不知所措。

"我不想装糊涂下去了。蒋远周，那天晚上究竟发生了什么事？跟谁发生的？"

蒋远周似乎有话卡在喉咙里："她告诉你的？"

"没有。凌时吟凑到我耳边，只问了我一句小姨的身体怎么样，可是你的反应……"许情深没有显露出歇斯底里的表情，只是目光攥住蒋远周不放，"是你自己告诉我，还是我找个机会，去趟蒋家？"

男人闻言，猛地上前扯住许情深的手臂，她甩了几下没甩开："放开我，你放开我！"

蒋远周将她推进车内，许情深好不容易坐稳后朝着他推了一把："你跟她，睡了？"

男人面部绷紧，脸色难看至极，司机赶紧发动引擎，许情深手掌垂在身侧，重复问道："你跟凌时吟？"

蒋远周上半身往后靠："那晚我在小楼喝醉了。"

"然后呢？醒来的时候发现凌时吟在你身边？"许情深不得不佩服自己，到了这时候还能理性分析，"如果是这样，你何必瞒着我？男人喝醉酒后能行事吗？"

蒋远周拧紧眉头，脸上有沉郁堆积。许情深问完这句话，心猛地一沉："只是喝醉了吗？酒里面，有没有下药？"

男人单手撑着前额，开了窗，手肘支在车窗外面："不确定。"

"那你呢，一点儿印象都没有吗？"许情深问完这句话，却觉有另一种绝望扑面而来，她闭了闭眼帘，"蒋远周，那次我们在一起喝酒，后来差点被一个骑电瓶车的人给撞了，你还记得吗？"

蒋远周脑子里根本没有这样的印象："什么时候？"

"方晟走后不久，你还让我坐在你的肩上，我从树上拿了个氢气球下来。"

许情深始终没有等到蒋远周的回答。她知道，不是他不想说，而是他根本就记不起来。

有人醉酒，可脑子还是清醒的；也有人喝醉了酒，能模模糊糊记起一些片段；可蒋远周呢？他哪次记得醉酒之后的事？所以，只要有应酬的时候，老白都是紧随左右，哪怕他只喝了一点点酒，都得战战兢兢地护着他。

蒋远周啊蒋远周，你行事这样小心翼翼，最后却还是逃不过醉酒带来的麻烦。

317

许情深感觉胸腔内有一股火迅速烧上来，说不清是痛，还是非人的折磨。她觉得车内的空气越来越窒闷，好像要将她整个人吞噬掉。

她拍了下车窗："停车。"

司机朝蒋远周看看，没有他的吩咐不敢擅自停车。蒋远周伸手去抱她："你要做什么？"

"我不想待在这儿，我要下去。"

"我不会让你离开。"蒋远周抱住她的双臂在使劲收拢。

许情深提起脚，挣扎间，一脚踹在了前面的椅背上："松开！"

"不松！"

许情深到底不是蒋远周的对手，她冷静下来，目光垂落，盯着椅背上的脚印："酒，是小姨给你喝的吧？他们知道你对别人都有戒心，所以让她出面。"

这就是蒋远周之前疏远蒋随云的原因。

男人喉头轻滚了一下："是。"

"她事先肯定知道……可居然，还是帮了他们。"许情深轻声说出这样的话，眼里浸润着数不清的失望和难受。蒋远周下巴抵向许情深的脑袋："我知道你肯定会受不了，但瞒着你的时候，我更难受。情深，我从没想过跟别的女人有什么事。我若真是那样的人，他们也不必这样费尽心机……"

道理，许情深自然都懂，也不需要蒋远周多解释一句，可心里能不能接受，又岂是单单靠理智就行的？

司机加速，车子很快回到九龙苍，许情深却呆坐在里面不动。

蒋远周将她拉下车，然后搂住她的肩膀往前走。许情深觉得自己就像是一具傀儡，一步步跟在边上。男人感觉到手掌底下她的双肩很僵硬，可他不敢松开手。

两人走进屋内，许情深也不脱鞋。蒋远周蹲下身按住她的腿，让她坐到旁边的矮椅上。许情深看着他将自己的靴子脱下来，她弯腰按住男人的手掌，然后自己脱下了另外一只："我不需要你为我做这些。"

"蒋先生和许小姐回来了。"用人看到他们，率先打招呼。

蒋随云匆匆忙忙从客厅赶过来，脸上带着笑，只是神情有些憔悴："不是在外面吃饭吗？这么早就回来了。"

蒋远周跟她打招呼："小姨。"

"吃饱了吗？"蒋随云问道。

许情深一声不吭，蒋随云指了指厨房："我炖了汤，还有玉米，给你们盛一碗？"

"不用了，"许情深拒绝道，"谢谢蒋小姐的好意。"

蒋随云听到这句话，脸色唰地变白了，几步来到许情深身边，手掌握向她的肩头："情深这是怎么了？"

318

许情深明白，蒋随云这几天一直往九龙苍跑，变着法给她和蒋远周做吃的，几乎是弃自己的身体于不顾。许情深一早就明白，蒋随云这是在内疚，可许情深之前没想到的是，这么大的一件事里，蒋随云居然起了那样的作用。

她当晚被接去小楼，是蒋随云将她拦在外面，如果她执意冲进去，看见的是不是就是蒋远周和凌时吟躺在一起？

许情深没法拿之前劝慰蒋远周的话来劝说自己，真的，她没法大度成那样。

蒋随云说喜欢自己，让自己喊她小姨，说把自己当成一家人，许情深听闻后，心里被感动塞满了，她原本就是个极易被温暖的人，甚至有几次，蒋随云将吃的东西送到她手里，许情深觉得，她从小就缺失的那份母爱，好像正在通过蒋随云弥补回来，可事实呢？

蒋随云要成全的，还是蒋远周和凌时吟。

她心里是有内疚的，但内疚并不代表没有伤害过，蒋随云同意去做那件事的时候，终究没有想到过她许情深。

许情深肩膀轻动，蒋随云的手落了下去，许情深勉强轻笑："没什么，只是吃饱了，不想再吃别的东西。"

"小姨，您先回去吧。"蒋远周抱紧身旁的许情深。

蒋随云站在原地，脸上有些不知所措："那我明早再来。"

"不用了。"拒绝的还是许情深，她的口气客气极了，"蒋小姐身体不好，还是在家好好休养吧。"

许情深话里面的疏远很明显，蒋随云也察觉了，她朝蒋远周看了看。男人朝一旁的阿姨说道："把我小姨送回去吧。"

"好。"

许情深上了楼后，自顾自地洗完澡，蒋远周走进卧室的时候，并没有看到许情深的身影。

更衣室那边有舒缓的音乐声传来，蒋远周一步步走过去，见许情深的手机放在敞开的衣柜内，她跟着那阵男声在轻唱："还魂门前许个愿，不要相约来世见……"

她的嗓音压得很低。许情深不知道方晟从哪儿听来的这首歌，她在他的遗书中见到了这首歌的歌词，后来翻出来一听，却是听一次就想哭一次。

歌声传到蒋远周的耳朵里，其中有一句叫"最丑的是誓言"，男人靠在门口，心情复杂万分。许情深正在整理衣物，蒋远周起先不觉得有奇怪的地方，只是听着这首歌曲循环，里头的歌词像是一个字一个字地印刻到他心上，他猛然觉得不对劲，快步上前："你这是要离开？"

许情深整理着自己的衣服，头也不抬。

男人干脆拉过她的手臂："你总要跟我说清楚，你心里究竟是怎么想的。"

"我没在想什么，只是马上要换季了，把衣服整理下。"

蒋远周从她手里将毛衣拿过去："这段日子，你怎么使小性子都可以，怎么折腾我都可以，但我不会让你离开九龙苍，一晚都不行。"

"你这话说的，是不是也太霸道了？"

"跨出去的这一步是最难的，你一旦真做了这样的决定，就不会再回来，所以我连走的机会都不给你。"

许情深的手摸到旁边衣柜里堆放得整整齐齐的衣物，心底有莫名的火往上蹿，她将那排衣物狠狠地甩到地上："凌家那边呢？怎么办？"

"我从来就没考虑过他们。"提起许情深以外的人，蒋远周的眸子内很快恢复了冷冽和阴寒，"他们想怎么办就怎么办，结婚？不可能！"

这下反而换作许情深哑口无言了，她张张嘴，从衣柜内拿出了自己的手机。

回到卧室，许情深躺到床上，拉过那床大被子，眼见蒋远周朝她走来，她忙背过身去："洗澡睡觉吧。"

第二天，蒋随云还是来到了九龙苍。两人来到餐厅时，蒋随云已经在桌边坐着了。蒋远周替许情深拉开椅子，气氛自然是欢快不起来的。

蒋随云张罗着给二人准备吃的，她的心思其实很简单，就想他们每一顿都吃好。

许情深吃着碗里的饭，手边的小碗里堆满了蒋随云给她夹的菜。用人将煲好的汤端出来，蒋随云忙起身去舀了一碗。蒋远周见她这样忙碌，只好说道："小姨，我们自己来就好。"

"汤要趁热喝，"蒋随云舀了一小碗递给许情深，"情深，来，尝尝。"

许情深摇了下头，汤里面搁了山药，她觉得喉咙口毛毛的："不了，我不想喝。"

蒋随云见状，将那碗汤给了蒋远周，重新拿起另一个碗。

阿姨坐在旁边，小声道："蒋小姐，我来吧。"

"不用。"

许情深其实想挑明了说，蒋随云真不必这样，她这样反而会让所有人都觉得不自在。

蒋随云将汤碗放到许情深手边，道："快喝一口。"

"我嗓子有点不舒服……"

"嗓子不舒服？我今天带了野山蜜来，给你泡一杯吧？"

"不用，"许情深将汤碗往前轻推了下，"我待会儿多喝点白开水就好了。"

"好，"蒋随云又将汤碗递过来，"那就吃里面的鸡头米吧。"

许情深下意识地挡了下，没想到那只碗竟然就这样翻了。蒋随云缩回手去，旁边的阿姨吓得赶紧起身："蒋小姐，没事吧？有没有烫到哪儿？"

"没有没有。"

汤顺着餐桌往外漫，蒋远周拿起旁边的餐巾放上去，用人见状过来收拾，许情深放下筷子："我饱了。"

她逃也似的起身离开，又不想上楼，干脆走到了外面。

蒋随云坐回椅子上，有些出神。蒋远周走到她身侧："小姨，没事吧？"

"没事，没碰到我。"

"还说没事呢，"一旁的阿姨执起她的手，"手指头都红了。"

蒋随云抽回自己的手掌，冲着蒋远周道："你去看看情深。"

"小姨，您给她点儿时间。明天您就好好地待在家里吧，别跑来跑去了。"

蒋随云听着，点了点头："好，我知道了。"

许情深坐在院子里，也不嫌冷，定定地看着那些草药。蒋远周来到她身侧，许情深听到动静，头也没抬："我不是故意的。"

"我知道。"

许情深盘膝坐在那儿："我只是对她……做不到像以前那样亲近而已。这也不能怪我，感觉是油然而生的，我自己都控制不住。"

蒋远周没有答话，许情深双手抱住自己的腿："之前，就算她没跟我说让我把她当成亲小姨，我都忍不住想要去亲近她，因为她真心对我好，喜欢我，我看得出来。"

"所以，关键还是那件事。"

"蒋远周，我跟你说开吧。"许情深伸出手，摸着地上的泥块，"她既然选择了帮忙，就肯定想过这件事会给我带来怎样的伤害……"许情深深吸口气，然后故作轻松地摇头道，"所以，真的不需要再对我多好，我认定的事情，有时候很难改变，执拗起来连我自己都觉得可怕。"

"好。"蒋远周语气冷冽，语调没有多少起伏，"我已经跟她说了，让她明天起不用来九龙苍了。"

这样的话，蒋随云不用再小心翼翼的，许情深也不用强打起精神来应付。

距离那一晚已经过去了半个月左右。

凌家那边终究是坐不住了。

在他们看来，凌时吟吃了这样的暗亏，却还没个说理的地方，实在憋屈，而蒋家那边呢，比他们还沉得住气，毕竟吃亏的不是蒋远周。

凌时吟被凌家父母强行带去了蒋家，蒋东霆一个电话打给蒋远周，让他必须回家，否则就直接派人去星港将许情深绑到蒋家。

蒋远周完全没将蒋东霆这番威胁的话放在心上，但挂了电话后，他还是独自开车赶了过去。

321

来到蒋家，走进屋内，里面静悄悄的，仿佛什么人都没有。蒋远周往里走了几步，蒋东霆抬起头，满面严肃地盯着他。

　　"这是怎么了？家里开大会？"

　　凌父回头，蒋远周的视线扫过去，一下就落到了凌时吟身上。

　　他大大方方地走过去，然后坐进沙发内，冲着旁边的管家吩咐道："一点儿礼数都不懂，上茶。"

　　管家心想蒋远周竟然还有这样的闲情逸致，但也不敢耽误他交代的事，用人已经全部被支出门外，管家只得亲自去泡茶。

　　蒋远周看向蒋东霆："说吧，喊我回来为了什么事。"

　　"商量一下跟凌丫头的婚事！"

　　蒋远周嘴角轻勾，不以为意，眼底倒有几分邪肆："呦，爸，您坚持了几十年没有再婚，这是要晚节不保？"

　　"蒋远周！"蒋东霆气得站起身来。

　　凌家父母听到这句话，也是面色发白。凌时吟手掌握紧领口。

　　蒋东霆指着蒋远周说道："你这混账东西！"

　　"爸，您要再这样骂人，我们就没什么好聊的了。"蒋远周的视线狠狠地扫向蒋东霆，"我敬您是长辈，您能说出这样的话来，也不怕外人笑话！"

　　蒋东霆收回手，一屁股坐回原位："跟凌丫头的事，你打算怎么办？"

　　"什么怎么办？"蒋远周双手交握，身子微微往前倾，表现出一副漠不关心的样子，目光随即投向凌时吟："凌小姐想怎么办？"

　　凌时吟戳在那儿，一语不发。

　　蒋东霆喝道："这种事，你竟然让一个女孩子表态？"

　　"这是我跟她之间的事，她最有资格说话。"蒋远周凛冽的目光攫住凌时吟，"你说是不是？"

　　"是。"凌时吟点头，然后冲着蒋东霆说道，"蒋伯父，关于联姻的事，我不——"

　　"闭嘴！"凌父猛地出声，打断了凌时吟的话，"即便是你自己的婚姻大事，也还轮不到你做主！"

　　凌时吟面上露出委屈："你们究竟想让我们怎么样？"

　　"你的名节丢在了这儿，你说怎么办！"

　　蒋远周的嘴角溢出些许冷笑："蒋伯父，话不能这样讲，我跟她为什么会到一张床上，你们最清楚。你们的意思是，这样了我就要娶是吗？那如果以后还有人效仿，我是不是还要娶第二个、第三个？"

　　凌时吟将他的话一字不漏地听了进去。蒋东霆在旁插了句话："远周，我们跟凌家一向交好，事情是你做下来的，作为一个男人，你就该负责。"

"你怎么知道事情就是我做的？"蒋远周跷起二郎腿，身子倚向蒋东霆，"凌时吟说她完全不知情，我也是醉得迷迷糊糊，醒来的时候就说我们成事了，你让我怎么认？"

"远周。"凌母听到这儿，神色越来越难看。要不是为了女儿，他们又何至于坐在这里任人羞辱？"话不能这样说。况且，你，你怎么能不认呢？"

"有人证和物证吗？"蒋远周被人平白无故摆了这么一道，还要那些修养做什么？他的脸上慢慢浮出轻蔑："现场早就处理干净了，我查不到，你们也查不到，我要说我那晚其实没喝醉，我也压根没碰凌时吟，你们是不是更加要疯？"

"你——"

蒋东霆沉寂片刻，管家将泡好的茶一一端上桌。

"有些事情，做下来了就得认，"蒋东霆面色严肃，"不然的话，对凌丫头也不公平。"

凌时吟抿紧唇瓣，脸色苍白如纸。蒋远周只是扫了她一眼："我知道。其实在我看来，那件事不管成不成，结果都是一样的。你们不会天真地以为我跟凌时吟有了一晚，就想逼着我娶她吧？"

凌父的脸色难看到不能再难看了："老蒋，你们到底什么意思？"

蒋远周抢先说道："这事情，我爸不能替我决定，我把我的态度跟你们讲明白吧。凌时吟，我不会娶，至于你们要怎样善后或者赔偿，找我爸。"

"你们蒋家也是有头有脸的人家，就不怕这件事传出去被人耻笑？"

蒋远周听到这儿，却是忍不住笑了出来："传出去？好啊。这么上不了台面的事，我一个大男人怕什么？你们凌家要闹，我奉陪到底。只不过凌小姐一向低调，是要借助这件事出名吗？"

蒋远周把话说得如此赤裸裸，如此毫不留情、损人尊严！

凌母已经气得说不出话来了。

凌时吟听到这里，眼圈发烫，她轻仰了下下巴："你们这样商量着，把我贬得这么低，有考虑过我的感受吗？"她的视线对上蒋远周的，然后继续说道，"联姻的事，我还是那句话，我不同意。"

啪。

一道清脆的巴掌声忽然在客厅内响起。蒋远周也觉得有些出乎意料。凌时吟偏着头，凌父牙关紧咬："这件事，没有商量的余地！"

凌时吟面上红肿，凌母心疼地将女儿护在怀里："你这是做什么啊？"

"我们在这里为了她把脸都撕开了，她还在说不同意，她想过我们凌家的脸吗？"

"难道这件事还要怪我吗？"凌时吟委屈地哭出声来，目光一一扫过众人，"到底你们是受害者，还是我？还有你，蒋远周，你不必这样侮辱我……"

蒋远周看着不远处的女孩。凌父那一巴掌打得很重，她的脸上出现了清晰的手指印。蒋远周站起身来："该说的我都已经说完了。爸，以后没什么要紧事别打电话让我回来，我很忙。"

男人快步走出去，蒋东霆拦不住他，但这个底算是摸透了，蒋远周这样冥顽不灵，不想别的办法是不行了。

星港医院。

许情深的门诊室外空无一人，办公室的门紧闭着。

她朝进来的年轻小姑娘看了眼："哪里不舒服？"

"您好，许医生，我这儿有些资料您看看吧。"小姑娘说完，将手里的东西递过去，许情深看了眼："你是医药代表？"

"对，我们这几款药销售得非常不错，许医生如果可以……"小姑娘打了个手势，"我给您这个点的提成。"

许情深将资料送了回去："我开药只看病人的情况，没空了解你这些药。"

"许医生，这又不是违法的事，您怕什么啊？"

"我不是怕，"许情深拿过旁边的一本病历看着，"我是觉得麻烦。"

"您不需要有这样的想法，等到药品在医院使用后，我们会定期跟您结算回扣。"

许情深面无表情地盯着她："这种事在星港应该是明令禁止的。"

"这就是您多虑了，现在的医院，哪个没接触过我们这样的啊？星港的不少主任也是我们的客户——"

许情深转动着手里的签字笔，忽然朝着门口喊道："下一位。"

"哎，许医生——"

许情深见门外没有动静，干脆起身过去，一把拉开了门："下一位患者。"

那名医药代表见状，只得悻悻地站起来离开。

第二天，许情深接到电话，说是蒋随云身体不适，待会儿要过来看诊。

许情深留了宽裕的时间出来。蒋随云来到星港，许情深也就几天没见她，却发现她瘦得面颊凹陷，脸色也极其难看。

做过检查后，许情深回到门诊室。蒋随云坐在旁边的躺椅上，阳光透过窗户洒进来，她眯着眼，许情深朝她看看："有没有觉得哪里特别不舒服？"

"头痛得更厉害了，睡眠也不好。"蒋随云嘴角轻翘，"情深，天气马上就要暖和了，你想不想去哪里玩？"

许情深仔细地看着报告："最近头痛的频率是不是越来越高？"

"是。"

许情深来到蒋随云身侧："药呢？还在正常吃吧？"

"吃，每顿都吃，"蒋随云手掌抚向额头，"但吃了也是一点儿用都没有，经常痛得半夜睡不着觉。还有，偶尔会感觉视力也不好了。"

许情深表情凝重，蒋随云倒是一副轻松的样子："情深，能不能换种药啊？现在那些，吃了就跟没吃一样。"

"好，"许情深走到办公桌前，"我给您重新开药吧。我接触过几个病人，那药的效果倒是不错，今天晚上回去您就换药，明天我会打电话给您，看看情况怎么样。"

"好。"蒋随云笑着，"医院里有自己人就是好。"

许情深一听，没再说什么，拉开椅子坐了下去。

蒋随云见她模样认真，便没去打扰她。许情深握着签字笔，时而蹙眉，时而奋笔疾书，写字的时候背部挺得很直，身上的白大褂洗得干干净净，一张素净的小脸在阳光下更显娇嫩。蒋随云看得出神，可越是这样盯着，心里的愧疚就越是浓烈。

这样的许情深，她当初怎么就舍得去伤害呢？

蒋随云觉得胸口窒闷无比，太阳穴像是被人用针扎一样，她忍着剧痛闭起眼。

许情深开好了药，让门外的阿姨去药房拿药。阿姨取了药回来时，蒋随云已经睡着了。许情深查看了一下袋子里头的药盒，再比对了下用量，转身想要将蒋随云唤醒。阿姨见状，忙开口说道："让她睡会儿吧，昨晚辗转反侧的也没睡好。"

许情深点点头，也没继续看诊，留了一片安静的地方给蒋随云。

然而没过多久，蒋随云就惊醒了，披肩落到地上，她吓得坐起身来。

阿姨赶忙上前："做噩梦了是不是？"

"这是在哪儿？"

"您忘了？星港啊。"

蒋随云靠了回去，脸上都是汗。许情深倒了杯热水给她，蒋随云开开心心地接过："谢谢。"

过了一会儿，许情深安排司机送蒋随云回了蒋家。

九龙苍。

蒋远周回来的时候，许情深已经睡下了，卧室内没有留灯，一片漆黑。男人径直进浴室洗了澡，出来的时候什么都没穿，摸黑来到床边。

他掀开被子钻进去，手臂搂住身前的女人。蒋远周身上没有完全擦干，还带着潮湿，这样一碰触，许情深冷得打了个寒战。

蒋远周将脸埋到她颈间。他出去应酬了，但是呼吸间没有丝毫酒气，似乎从那晚开始，蒋远周就再也没有碰过一滴酒。

许情深被他紧抱着，难受得想要挣开。她的手臂刚一动，蒋远周就在她耳畔说道："没睡？"

"刚要睡着，被你吵醒了。"

蒋远周一口咬住许情深的脖子，开始拉扯她的衣物。许情深忙睁开眼，手掌按向他的胸前："放开。"

"情深，你想跟我一直这样下去吗？"不冷不淡，尽管没有分开，却也磨得人难受。

许情深按紧自己的领子，蒋远周在她背后亲吻，最后干脆抱住她的腰，让她整个人陷进大床内。他的手落到许情深的腰际，她忙一把按住："我，我不想……"

"半个多月没有，为什么不想？"蒋远周的嗓音在她耳边响起，"你在嫌弃我是不是？"

许情深肩膀耸动。这段日子，他们像往常那样一起去医院，一起吃饭，一起说话，唯独没了一起欢爱的时候。

蒋远周知道这样下去不行，除非，他一辈子都能忍着不碰她。

他双手拉扯着她的睡衣。许情深被压着，使不出多大力气，蒋远周几乎没费多大劲就将她钳制住，他的胸膛紧紧压住她，许情深没动几下，额头就冒出汗来。

"我已经跟家里摊牌了，我不会娶别人。"

许情深感觉颈间痒痒的，不由得轻缩了下，蒋远周双手掐住她的腰，不让她乱动："我保证，从此以后我滴酒不沾。我把酒戒了，别人就再也近不了我的身，行不行？"

她的脸蒙在枕头内，吃力地出声："你先放开我。有些事，得让它慢慢过去才行，你别逼我。"

"我要不逼你，这件事就永远过不去。"蒋远周身子向前，许情深揪紧身下的床单，伸手想去打他，蒋远周一把握住她的手掌，"你没从我身边离开，就表示离不开我，冲着这一点，这道坎再难我们也要跨过去。"

许情深痛呼一声，嘴里发出细碎的声音，忍不住开口道："跨过去也不是这样跨的，我没让你这么大力气。"

"那是我没忍住。"蒋远周手肘撑在许情深颊侧，将她往前推挤。

室内充盈着温暖的暧昧。

许情深在脸上抹了把，将凌乱的头发拨开，蒋远周替她拉过被子，她轻掀了下眼帘："不用盖，我还要去洗澡。"

蒋远周闻言，顺势朝她后背上一趴："要洗澡的话，带上我。"

许情深的脸还陷在枕头里："凌家和蒋家一起布了那么大一个局，可如今两头都静悄悄的，我总觉得会有什么大事发生。"

"他们当然不会善罢甘休，不过，不管怎样，我都不会让他们得逞的。"

许情深觉得累，于是闭上了眼睛，这累不光是身体上的。

一段不被对方家里承认的感情，想要修成正果，那真是要经历九九八十一难。

"对了，今天你小姨来医院，说是之前的药吃着不管用，检查报告倒是还好，我给她换了药。"

"好。"蒋远周的唇在她背后上游移，"你是小姨的主治医生，你决定就好。"

"嗯。"

翌日，下班的时候，许情深没有接到蒋远周的电话，她走出星港医院，却看到他的车停在路边。许情深以为是司机过来接，她快步走过去，拉开后车座的门一看，车里竟然只有蒋远周。

男人轻拍着副驾驶座："坐这儿来。"

许情深闻言，坐到了前面去："今天你开车？"

"要不你来？"

许情深往后靠了靠，蒋远周见她望向窗外，忍不住轻叹："你这记性怎么主刀的？"

"怎么了？"

"安全带。"男人说着，已经替她系好了安全带，许情深轻拉了一下："好，回去吧。"

蒋远周从仪表盘上取过一沓宣传资料放到许情深手里："你先看着。"

"什么东西？"许情深翻开资料，看到竟然都是房产信息，"看这个干什么？"

"买房。"

"你不是有地方住吗？"

"那你的意思是，以后的新房就在九龙苍？我以为你会希望换一处。"

许情深握紧手里的资料，怔怔地盯着男人："新房？"

"嗯。买完房，办好手续，还要装修，我不喜欢买精装修的。到入住还有一段时间，我算了算，刚刚好。"

许情深转过身，目光却没有从男人的脸上挪开："怎么就刚刚好了？"

"我们总要结婚的。"

她菱唇微张："你……你真的想到了那一步？"

"你没想过？"蒋远周闻言，朝许情深睒了眼，"那你跟我在一起，为了什么？"

许情深手掌摸向自己的颈后："不是没想过……"

"既然我们想到了一起，就得准备起来。"

蒋远周驱车来到售楼处，许情深张望了一眼："算了吧，九龙苍挺好的，而且以后的事……不用考虑得这么早。"

男人似乎没将她的话听进去："下车。"

许情深被他拉下车，跟着他走进售楼处，门口有销售过来迎接，许情深被蒋远周带了进去。

偌大的售楼处内，电子屏上显示着楼盘所在的位置，蒋远周轻扫一眼："能实地看一眼吗？"

"可以可以。"销售打了个电话，让人将车开到门口。敞篷的观光车能同时容纳七八个人，许情深坐在后排。车子绕过售楼处，很快来到别墅区。

"蒋先生，我现在就带您去看地段最好的那几栋。"

蒋远周嗯了一声。许情深余光瞥向蒋远周的脸，傍晚的风带着天气即将转暖的预兆吹拂到人的脸上，很舒服，让她更加舒服的，是看到的那精致的眉眼。

许情深忍不住问自己，这个男人，他说要跟自己过一辈子？

就是这个人，是吧？

答案必须是肯定的。

许情深心里有些酸涩。

蒋远周朝她看了看，然后一把握住她的手掌："饿不饿？"

她轻摇下头。蒋远周看了眼时间："看完这边我们就去吃饭，天也不早了，改天等你休息，我们再去别的楼盘看看。"

"好的。"

别墅区的风景自然不用多说，许情深下了车，有些恍惚。蒋远周拉过她的手往前走，她不敢跨步太大，感觉就像是走进了一幅画中。

经过前面的小桥时，蒋远周捏了捏她的手掌："这儿也不错，吃过晚饭可以陪你散步。"

那样的一幕，想想都觉美得惊人。

他们已经好久没有这样在一起了，心中的芥蒂难以消去，生活得战战兢兢、小心翼翼，都不想让对方增添难受。蒋远周带许情深进了别墅，是毛坯房，更显空旷宽敞。

住在哪儿许情深其实都不介意，只要心里舒服就好。蒋远周问她的意见，她笑着说道："随你。"

"我想让你亲自挑。"

"那就再看看，不急。"

"好。"

许情深对房子的感觉不大，却莫名其妙爱上了跟蒋远周一起看房子的过程，那就好像他们真的即将结婚，和寻常的小夫妻一样，满怀喜悦地憧憬着未来的小家。

离开售楼处，两人来到停车场，许情深拉开车门："回家吧，不早了。"

"好。"

随后的日子里，许情深跟着蒋远周去看了另外几栋，只是都没定下来。蒋随云偶尔也会来星港，还送过一次蛋糕，说是顺路经过，来看看许情深。

午后，旁边科室的医生敲开了许情深的办公室："一波刚走，现在体检的人肯定少，要去吗？"

"哦,好。"许情深从抽屉内拿出单子,跟着那名女医生往外走。

两人进了电梯,出去的时候,那名女医生忍不住道:"体检这玩意,其实查来查去也查不出什么,只是医院既然给了福利……"

"寻个安心嘛,"许情深接过话,"身体健康当然是最好的。"

"是啊。"

进B超室前,许情深还在喝水,跟她一起来的女医生从检查室出来:"你准备好了吗?快进去吧。"

"好。"许情深将纸杯丢进垃圾桶内,然后大步走过去。

躺下去的时候,许情深看着头顶的天花板,感觉腹部一片冰凉,检查的仪器在她平坦的小腹上按来按去。

半晌后,那名大夫朝她看了眼:"可以了。"

"没问题吧?"

对方摇了下头:"正常。"

"谢谢。"许情深接过对方递来的纸,擦拭着腹部。

"报告单会送到门诊室,不用特地过来取。"

"好的。"许情深整理好衣物,然后转身走了出去。

隔了一天,蒋随云从小楼离开的时候,蒋东霆的车跟在了后面。

阿姨手里拿着保温盒:"蒋小姐,您干吗一大早跑去医院?再说您送的是早餐,人家肯定在九龙苍吃过了啊。"

"吃过就吃过,里头是虾饺,什么时候都能吃。"

阿姨嘀咕了一句:"其实我真搞不明白您为什么要这样,您说您喜欢许小姐,可她呢?"

"你是不是早饭没吃饱?"蒋随云拧了下眉头,"这张嘴就没有闲着的时候。"

阿姨别过身,一声不吭地抱紧手里的保温盒。

车子即将到达星港时,蒋东霆的车超了过去,将蒋随云的车拦停。蒋随云看了眼,微微吃惊:"姐夫?"

司机下来,让蒋随云和阿姨都上了蒋东霆的车,车子直接开到星港对面。蒋随云意外地跟着蒋东霆下了车:"姐夫,您来这儿做什么?"

"先带蒋小姐进去坐着。"蒋东霆朝司机指了指。

"是。"

那名阿姨刚要跟进去,就被蒋东霆拦住:"等等,你去趟星港。"

"姐夫,您要做什么?"蒋随云隐约有种不好的预感,她想要上前阻止,"我还要去医院拿药。"

"会给你拿药的时间。"蒋东霆示意了一下,司机拦在蒋随云身前:"请吧,蒋小姐。"

许情深刚进门诊室不久,蒋随云身边的阿姨就匆匆忙忙进来了:"许医生,许医生!"

"怎么了?"许情深看她这样,吓了一跳。

阿姨将保温盒放到桌上:"我和蒋小姐一早就来了,在对面的商场等了会儿,没想到她现在不舒服,您跟我去看看吧。"

"是头痛吗?"许情深边问边跟着阿姨往外走。

"是。"

"厉害吗?实在不行的话,我安排人一起过去。"

阿姨快步在前面走着:"应该不用,您先看了再说吧,反正就在对面。"

许情深不疑有他,跟着阿姨去了星港对面的咖啡馆。

咖啡馆开业倒是早,只是人并不多,阿姨在前面带路,一眼望去,也就寥寥几人,空气中弥漫着现煮的咖啡的味道,很香。

来到一间帘子隔断的小包厢前,阿姨戳在门口:"就在里面。"

"那你还站着干什么?"许情深说完,将那道帘子掀开。她看到蒋随云坐在蒋东霆身侧,苍白着脸,似乎在发抖,整个人看上去更加弱不禁风了。

许情深说不清此时的心情,好像被人兜头浇了盆冷水,冻得透心凉。

除了失望,心头一片空白。

许情深转身要走,蒋东霆唤住她:"等等,我有话跟你说。"

"我不想听。"许情深丢开手中的帘子,脚刚提起,蒋东霆的声音就传了出来:"时吟怀孕了,就算你不想听,这也是事实。"

许情深的脚步猛地刹住,她想转身离开,腿却不听使唤地换了个方向。

走进去后,蒋东霆让她坐到对面。蒋随云脸上几乎是灰白的:"姐夫,你,你说时吟怀孕了?"

蒋东霆眉角轻扬:"是啊。"

许情深手脚冰凉,垂着眼盯着桌面。蒋随云身子一沉,无力地往后靠去。

"这是检查报告。"蒋东霆将报告推到许情深面前,她没有伸手接,更没有看一眼。

"您不应该来告诉我,蒋远周知道吗?"

"还不知道。"蒋东霆盯着跟前的人道,"因为我想听听你的意思。"

"我的意思?"

"时吟的孩子可是蒋家未来的长孙,一定要留下来。"

许情深口中泛起苦涩:"所以,是时候让我走了是吗?"

"许医生,有些事再拖下去可就真的不好了。这一个月来,凌丫头也是受尽委

330

屈，但如今她既然怀了孩子，这事就没有商量的余地了。"

许情深的脑子嗡嗡作响，手掌在桌面上撑了下："既然是你们蒋家的事，你直接跟蒋远周说吧，不用通过我。"

"情深……"蒋随云见她起身，不忍心地喊了一句。蒋东霆坐在那儿一动不动："你想要什么，尽管跟我提。"

"我要蒋远周这个人，你能给吗？"

蒋东霆锁紧眉头。许情深深吸口气，她怕在这里多留一秒都会窒息。蒋随云试图说些什么，可许情深哪里听得进去，她大步走出了咖啡馆。

蒋随云站起身来，看着许情深的身影越走越远，她拿过桌上的检查报告："真的吗？凌时吟怀孕了？"

"我们蒋家就要双喜临门了。"

蒋随云将检查报告丢回桌面上，脸部僵硬。蒋东霆朝她看看："走吧，回家。"她轻摇头，蒋东霆扫了她一眼，"你看看你这样子，还成天乱跑做什么？走，回小楼。"

阿姨进来搀扶蒋随云，她似乎一下没站住，吃力地坐回椅子上。

许情深逃也似的回到星港，进了门诊室后，她将门反锁，脑子里一片空白，可心口像是被人撕裂了一道口子，痛得她只能撑着身前的桌子，直不起身。

这一个月来，她和蒋远周过得很难，很不好受，每一天都格外小心，生怕迈不过那道坎，可两人都在竭尽全力，这下好了，连努力都不需要了。

有些事，上天自然会给你安排，不论是善意的，还是恶意的。

许情深抬起手指轻拭眼角，最后忍不住，只能轻咬着自己的手背。

回到小楼后，蒋随云坐在院内的藤椅上，藤椅底下铺了层垫子，阿姨替她拿了床薄被出来："您先休息会儿。不过天气凉，待会儿就得上楼。"

蒋随云挥了下手，阿姨见状，转身回了屋。

一直到中饭时间，阿姨走近藤椅，看到蒋随云一动不动地躺在那儿，她心里一惊，嗓音颤抖地喊道："蒋小姐？"

见蒋随云没有回应，阿姨推了她一把："蒋小姐！"

蒋随云似乎刚从睡梦中惊醒，睁开眼，阿姨不住地拍着胸口："您吓死我了！"

"有什么好害怕的，你以为我死了？"

"您别乱说话。"

"几点了？"

"该吃饭了，管家来电话让过去。"

蒋随云抬起手掌遮住眼睛："我不想吃。"

"那怎么行？"

"你把手机拿来，我想给远周打个电话。"

"好。"

蒋远周到的时候都快到傍晚了。他远远地看到蒋随云坐在藤椅上，椅子轻轻晃动着，从那个角度望去，蒋随云就像是一个老者，身形消瘦，蒋远周甚至产生了一种错觉，好像是一张纸躺在椅子上。

蒋远周快步走过去："小姨。"

蒋随云扭过头："远周，你来了。"

男人走到她身侧，见旁边有椅子，便坐了下来："天都快黑了，怎么还坐在这儿？"

蒋随云端详着跟前的男人，他看上去心情不错，看来凌时吟怀孕的事，他至今不知道。蒋随云嘴角轻翘："不想回屋。"

"那也不行，你的身体受不了。"

"没关系的，"蒋随云坚持，"自从换了新药后，好多了。"

阿姨从屋内出来："蒋小姐，您从早上到现在一口东西没吃，快进去吧，晚饭做好了。"

蒋远周听到这句话，脸色蓦地一沉："为什么不吃东西？"

"就是没有胃口。"

"走，进屋吃晚饭。"蒋远周说着，想要去拉她。

蒋随云感觉自己的身体很重，好像躺下去就起不来了，但她不想被蒋远周看出异样："拿到外面来吧，给我盛碗粥。"

"这……"

"去吧。"蒋远周说完，朝着蒋随云挨近些。

她的手掌伸出去，落在蒋远周的头上，手指穿过男人浓密的发丝："远周，你真是长大了。"

蒋远周不由得轻笑："可不是吗？就您，还把我当孩子。"

"小姨不知道还能陪你走多远。"

"瞎说什么？"蒋远周冲她看看，"您还要亲眼见我结婚、生子，我还指望您给我看孩子呢，所以，您要赶紧养好病，不然到时候连孩子都抱不住。"

蒋随云勉强扯满下嘴角，眼里却满是心疼。结婚、生子？那也要他能娶到称心如意的人才行啊。蒋随云累极，靠过去将头枕在蒋远周的肩膀上，她已经感觉到自己没有力气了，她不敢再去面对接下来的事。

蒋随云的罪孽随着凌时吟的怀孕而加重，她无法释怀，无法原谅自己。

阿姨端着碗出来："蒋小姐，当心烫。"

蒋远周接过碗，阿姨又进屋取了几样小菜出来，蒋随云伸手："我自己来吧。"

她将手伸到蒋远周跟前，男人的眼睛仿佛被猛地刺了下——他看到她手背上的青筋好像蜈蚣一样一道道绷起，蒋远周喉间干涩："我来。"

"我又不是病得不能自理。"

"我小时候是您给我喂饭的，现在换我来。"蒋远周说着，舀了一勺粥送到蒋随云嘴边。

她吃下一口，眼眶却忍不住泛红，胃里面堵得难受，但她还是勉强吃下了小半碗。

"情深呢，回九龙苍了吗？"

"还没有。"蒋远周把碗放到旁边，"我来之前给她打过电话，她说待会儿要回趟许家。"

"是吗？"蒋随云不放心地看向蒋远周，"让人跟着她吧。"

"放心，我知道。"

蒋随云胡思乱想了一天，她知道许情深得知那个消息后肯定受不了，于是试探着问道："她，她情绪还好吗？"

"一直都那样。"

蒋东霆当着她和许情深的面说了凌时吟的事，自然希望这件事蒋远周也早早地知道。蒋随云看着男人的侧脸："远周，你说情深会有原谅我的那一天吗？"

"当然。"蒋远周轻笑了一下，"她心地善良，有些事会慢慢淡化的，您放心好了。"

如果只有那一晚，也许……蒋随云坚持不懈的话，兴许能等到那一天吧，可如今她知道，她肯定是等不到了。蒋随云轻声咳嗽起来，她弯起腰，脑子里像是被人用针在刺。

"是不是冻感冒了？"

蒋随云摆了下手，半晌后方才气息不稳地躺回去："远周，你还没吃晚饭吧？"

"嗯。"

"你让情深过来吧，我们一起吃顿晚饭好不好？"

"刚才不是说了嘛，她要回许家。"

蒋随云望过去，视线一片模糊，她伸手抓着蒋远周的手腕："就这一顿晚饭，行不行？我想听情深喊一声小姨，特别想。"

"这……"蒋远周犹豫了一下，"那我打个电话。"

许情深接到蒋远周电话的时候刚走出医院："喂。"

"下班了吗？"

"嗯。"

"到小楼来吧，一起吃顿晚饭。"

"不了。"许情深毫不犹豫地拒绝。

蒋远周望见蒋随云眼里的期盼，他再度开口道："我看小姨的身体好像不怎么舒服，你顺便来看看？"

许情深手掌抚向前额，感觉自己精疲力竭："我不去，挂了。"

333

男人有些难以置信，盯着手机屏幕，才发现通话真的被掐断了。

蒋随云满心期盼，问了句："来吗？"

蒋远周收起手机，还要尽量去安慰她："她正在忙，赶不过来。"

"哦。"她只是低低地应了一声，却是满眼的失望。

"以后有的是机会。"蒋远周坐回她身侧，"小姨，我们进屋吧？"

"饿了是吗？"

"您要再这样待下去，非冻出病来不可。"

蒋随云将毯子往上拉："你看天边……美得不像话，我好久没看到这样的景色了。"

蒋远周听在耳中，有种隐隐的不安。蒋随云朝他看了看："远周，这二十几年来，我是看着你过来的。起初，你还是那么大点的孩子，姐姐走后，你躲在房间里不肯出来，还记得吗？"

"当然记得。来送葬的人那么多，我看到有的小孩子牵着自己的妈妈，我心里就很难受，因为我以后再也牵不到妈妈的手了，我还冲上去把人打了一顿。"

"是啊。"蒋随云想起那一幕，心痛难耐，"所以从那以后，蒋家出席大大小小的宴会，你都非把我带着。"

"因为有您在，我才有安全感。"

蒋随云轻笑，抬起的手掌再度落到蒋远周的脑后："人人都说东城这位蒋先生不讲人情不好惹，可在我的眼里，他却再善良不过。"

蒋远周听到蒋随云用善良来形容他，忍俊不禁道："小姨，您也太偏帮我了。"

"不是偏帮你，我是说真的。"蒋随云觉得喉咙口痒，又咳了几声，"至少你从来不会主动伤害别人。"

"这是您教我的：人不犯我，我不犯人；人若犯我，我双倍奉还。"

"是。"蒋随云也觉得欣慰。蒋远周算是她一手带大的，她深知以后蒋家的当家人该是什么样子，所以在教育上面从不马虎。

"小姨，进屋了。"蒋远周再度催促道。

"远周，有些事是小姨错了，对不起。"

"您又提起那件事做什么？"

因为心里过不去，所以才会一而再再而三地提起。

"我甚至一遍遍地问自己：如果姐姐还在，对那件荒唐的事，她是会同意还是反对？"蒋随云眼里露出哀伤，神情悲戚，始终没法放过自己，"她至少可以跟姐夫据理力争，为你争取一下吧。"

"小姨，您别总是纠结这件事，它迟早会过去的。而且不管这事成不成，我都不会娶凌时吟，所以，它对我和情深的影响不大，您放心。"蒋远周安慰着她，蒋随云嘴唇微启："远周……"

男人抬头朝她看看。蒋随云冰凉的手掌缩在毛毯底下，她索性双手交握："对情

334

深好一点，更好一点，如果到了不得已的地步，你……"

"小姨，您这话什么意思？"

"你听小姨说，如果真到了不得已的地步，你让她原谅我。我可能等不到那一天了，但我不想她折磨自己。"

蒋远周轻叹口气："她会原谅你的。"

"会吗？"

"我说过，情深心善，不会永远都对你有嫌隙。"

蒋随云点点头，微微眯起眼："那天在医院里做检查，我当着两个小护士的面，让情深改口喊我一声小姨。她当时顺着我的意思，低低地喊了一声，真好听。"

"小姨，您又在胡思乱想是不是？您要听，我过几天就带她过来，不就是一声称呼吗？"

"这可是你说的。"蒋随云笑着。

天色逐渐昏暗，院内的景观灯齐刷刷地亮了起来，蒋随云轻拍下蒋远周的手掌："回屋吧，你还没吃晚饭呢。"

"好。"

许家药房。

许情深走进店内，除了两名药剂师外，没看到别人："我爸呢？"

"在楼上。"

许情深顺着楼梯往上走，二楼隐约传来赵芳华的声音："都是药品，而且名字、厂家都一样，能出什么问题？我看你就是胆小如鼠，怪不得一辈子发不了财。"

"你懂什么！这又不是卖衣服，假冒了也不会出大事，假药可是会吃死人的。"

赵芳华狠狠地骂了一句："谁告诉你是假的？不是一模一样吗？"

许情深听到这里，大惊失色，快步上前将门推开："什么假药？"

二人没提防她会忽然进来，许旺扭过头："情，情深，你怎么来了？"

许情深目光扫向四周，看到货架上堆着还未开封的药箱，她快步上前。赵芳华见状，赶紧背过身。

"爸，你们把话说清楚，怎么回事？"

许旺朝赵芳华看去，可赵芳华装出正在盛饭的样子，他摸了摸头，说道："没什么事，你听错了。"

"听错？"许情深将货架上的一箱药品搬下来，然后找出美工刀，将箱子划开。里面装的药倒是看不出什么，许旺装出镇定的样子："跟之前是一样的。"

"进货单呢？"

许旺一怔："在，在家呢。"

"拿给我看看。"

赵芳华听到这里，忍无可忍了："情深啊，这家药店又不是你的，你管这么多干什么？我跟你爸会经营出成绩来，又不会欠着别人的钱不还。"

"爸，如果卖出去的药出了问题，那这家药店可就完了，赚不到钱都是小事，到时候倾家荡产都有可能。"

"怎么可能？"赵芳华不以为意，"吃不死人的。"

许情深见她是这样的态度，心头噌地冒出火来："还不肯说实话是不是？真要弄出人命来吗？"

见许旺神色间有了犹豫，许情深继续道："既然你们不肯说，我只能去问蒋远周，到时候核对下药品的数量，不就一清二楚了？"

"别，情深！"赵芳华见她要走，忙朝许旺递眼色。

许旺伸手拽住许情深的胳膊："情深，你听我们说，这些药也是从正规渠道进的。爸爸之前有个跑运输的朋友，那个李叔叔你有印象吗？他是中间人，拿货价可以便宜一半呢。"

"便宜一半？"许情深拿起一盒药，"这些药都是跟星港通用的，蒋远周直接安排了药品过来，进货价本来就比别人低，对方却说能便宜一半？也就是说，这盒药的成本才三块多？爸，这样的话你也相信？"

"怎么不能信？"赵芳华上去拦在许旺跟前，"你李叔叔认识人，这个价就没赚我们钱。"

"那按你的意思，蒋远周还会赚你们这点钱不成？"

赵芳华说不上来，只能支支吾吾地道："至少你不用担心药的真假问题。"

"出售过了吗？"许情深看向货架，上面的货品倒是不多。

许旺见她脸色严肃，老实作答："嗯，前两天上了柜台，卖出去了一些。"

许情深的脑子里嗡的一下炸开了："卖出去了！"

"哎，你别大惊小怪行不行？"赵芳华满脸的不在乎，"我跟你爸自己比对过，一模一样，连备注都一样，药丸长得也一样。"

"这件事蒋远周知道吗？"

"药店是我们的，为什么要他知道？"赵芳华回道。

"他当初答应帮忙把关，如果有人发现这种事，肯定会跟他提起，他如果知道了，不可能不管。"

许旺拉过许情深，事已至此，也没什么好隐瞒的："进货的时候，他是让我联系他的人，我按照正常的报过去，等到药品过来，我就说之前清点存货出错了，多的这些我留在二楼了。"

"所以，你就把这些药掺杂着卖？那这药又是怎么进到店里的？外面可也有蒋远周的人。"

"这个好办。"赵芳华插了句嘴，"蒋远周不会管我们经营的事，外头的人应该

336

就是负责保护我们的安全。店里头总要添置东西，所以这几箱药是通过快递送过来的，直接搬到了二楼，不会有人发现。"

赵芳华可能还在为自己的聪明沾沾自喜吧，可许情深听在耳中，却是心都凉了："把这些药全都封起来。还有，卖出去的药有记录吗？"

"情深，你要干什么？"

"爸，这些药就算都卖光了，也多赚不了几个钱，来路不明的东西我们不要。"

赵芳华好不容易才说通了许旺，如今许情深这么一说，赵芳华顿时恼羞成怒："你要真为我们考虑，当初就不应该让我们把本钱还给蒋远周！"

真是莫名其妙。

许情深冷着脸，将药品的箱子重新封好："明天我再过来一趟，你们先把下面的药撤出来。要是不按照我说的去做，这件事我就只能找蒋远周过来了，毕竟药店也是他投资的。"

"你少拿他来吓唬我们，他也不可能一辈子给你当靠山。"

许情深听到这儿，脸色明显有了变化，她差点就忘了今天蒋东霆来找过她的事。

许旺见她神色难看，忙推了把赵芳华："闭嘴吧你。"

许情深收回了神："他当不了我的靠山以后你们也就完了。"

赵芳华知道是这么个理，也就闭紧嘴巴不再争论。

"情深，你晚饭还没吃吧？来，"许旺拉过她，"你妈带了饭过来。"

"我不吃了。"许情深不放心，朝着楼下走去，"我先把下面的药品清点下。"

蒋远周回到九龙苍时，许情深也是刚到家，看到他臂弯间挂着自己的外套。

"什么时候回来的？"

"刚吃过晚饭。你呢，吃了吗？"

蒋远周单手撑向餐桌："在小姨那边吃过了。"

"哦。"许情深抬头看向蒋远周。她不确定凌时吟的事他是知道了还是被蒙在鼓里，但看蒋远周的神色，他似乎并不知情。

许情深推开椅子起身，拿了包准备上楼。男人见状，跟在她身后："情深，我没有强求你一定要原谅小姨，但有些表面上的事，我希望你能做到。"

"比如呢？"许情深跨上一级台阶，转过身来看向蒋远周。

男人站到她身侧，身高压过她不少："小姨今天特别想你过去。"

"过去又能做什么呢？"许情深没有觉得她这就是存心针对蒋随云，"与其面对面尴尬，避开一点儿不好吗？"

"她是我小姨，难道你要永远这样对她吗？"

许情深的目光定定地落在蒋远周的俊颜上，她抿着唇瓣，半张脸隐在黑暗中："永远？"

337

听到许情深的疑问，蒋远周的口气软下不少："我知道你需要时间，但小姨和别人不一样……"

许情深沉浸在男人方才的话里头，这"永远"二字并不是属于她的，她平静的神色几乎要撑不住了："如果不是那一晚，我们又何必落得这样狼狈？"

男人听到这里，声音越发低沉："所以，你最终还是放不下，是吗？"

"是。"许情深几乎是咬牙切齿地吐出这么一个字来，"你需要顾及你的家庭、你的家人、你的小姨，可我不需要，我不想自己太累。你让我面对她，你指望我说出什么话来呢？违心地说没关系吗？蒋远周，我说不出口，我也无法做到心无芥蒂。"

蒋远周的视线攫住她不放，许情深大步往上走，进了卧室后，刚在床沿坐定，蒋远周就进来了。

男人将手里的外套丢到床上："既然你这一步跨不过去，我们又何必这样互相折磨。"

许情深听到这儿，抬头看向他："我们之间的问题只会越来越多，你觉得能跨过去吗？"

"为什么不能？"

许情深握紧了双手："那个晚上就够我们难受的了，你可以把它当成不存在，但是……"

"但是什么？"

许情深手掌捂住脸，声音有些沙哑："蒋远周，你到底知不知道凌时吟已经怀孕了？"

"什么？"蒋远周听了却觉得好笑，"不可能。"

"是真是假，我没有花心思判断，但我知道一点，没有蒋小姐把你叫去小楼的那一晚，就不会有现在的这个孩子。没有孩子，我们也许能走过去……"

"就算真有了，又能怎样！"蒋远周走到床头柜前，手臂猛地一扫，上面的台灯应声落地，摔了个稀巴烂，"即便她真的把孩子生出来，即便孩子真是我的，也不能改变任何事情。"

许情深听到这句话，却是绝望的，她近乎歇斯底里地吼出声："那我们呢？我们还能像之前那样吗？"

卧室内久久没了动静。

半晌后，蒋远周大步往外走，许情深无力地歪倒在大床上。男人走到门口，回头看了一眼。

许情深拉过被子将自己卷起来。蒋远周的脚步顿住了，心口像是被人狠狠凿出个洞。就算他这时候冲去蒋家问个明白也没有任何意义，他可以肆无忌惮，甚至六亲不认，但他最难过的，是许情深这一关啊。

说到底，她在乎的太多。她如果能将那一晚以及如今忽然冒出来的这个孩子抛之脑后，那么蒋远周就能完全施展拳脚去跟对方博弈。

他是不在乎，真的不在乎。

338

蒋家的颜面？算什么！

孩子？算什么！

联姻？又算什么！

然而许情深做不到，单单一句"凌时吟怀孕了"就已经将她撕成了碎片。

蒋东霆既然能这样找到她，至少是有五成把握的，检查单子她不需要看，不论真假，呈现在她面前的肯定是真的。至于其他的，她已经无暇去伤心。许情深的脑袋像是被人重击过，此刻她什么都不想思考，就想闭上眼。

蒋远周回到床前，躺上去后将她抱在怀里。

许情深一动不动，蒋远周轻声说道："明天一早我就过去，你别去医院了，正好小姨要过来。"

她的太阳穴猛地刺痛了一下："别让她过来，我不想见。"

蒋远周听她口气淡漠，知道如今许情深得知了凌时吟的事，对小姨的心结肯定更难化解了，便将她又抱紧了些。许情深缩在被子里，觉得头很难受，但也没有用力挣扎。

两人都不知道最后是怎么睡着的，直到许情深隐约听到一阵怪异的声响，她肩膀耸动，旁边的蒋远周睁开眼。

"什么声音？"许情深问道。

蒋远周坐起身，才发现床头柜上的手机在闪烁。他伸出手拿起看了眼，电话是小楼那边打来的。

他再一看时间，凌晨五点半。

男人将手机贴到耳边："喂？"

电话里传来了阿姨的声音，蒋远周晚上没睡好，这时脑袋发疼。许情深睡不着了，翻过身来，发现蒋远周僵坐在那儿，一动不动。

另一头的嗓音有些大，但许情深并不能听真切，她耐着性子没有发问。半晌后，蒋远周的手重重地垂下来，手机是直接掉到地上的。

"怎么了？"许情深问道。

蒋远周站起身，回头朝她伸出手："走。"

"去哪儿？"

蒋远周一把拉住她的手腕，许情深下意识地挣扎："去蒋家吗？我不去。"

男人猛地将她身上的被子掀开，拽着许情深的手臂，几乎是将她拖下床的。许情深差点跌倒，刚要说话，就听到蒋远周用带着从未有过的冷冽和狠绝的嗓音说道："让你见她一面就这么难吗？有这么难吗？"

蒋远周拖着许情深快步出去，两人连外套都没拿，一路下了楼。走到院子里之后，风刮在身上，冷得人直颤抖。

蒋远周走得非常快，许情深要小跑着才能跟上。

来到车库，男人取了其中一辆车的钥匙走过去。许情深被他塞进副驾驶座内，没有反应过来要系安全带，蒋远周也没有如往常那般帮她。

车子飞快地开出去，许情深朝他看看："怎么了？是不是出什么事了？"

蒋远周双手握着方向盘，魂好像都不在了。车速越来越快，比脱缰的野马还要令人不安。许情深的喉头轻滚了下，见男人俊脸绷紧，脸色严肃得吓人，许情深从未见过他这样。

转弯的时候，他丝毫没有减速，车子堪堪擦过路牙石，许情深都能感觉到轮胎撞在了上面，车子歪歪斜斜向前，她忙伸手抓住旁边的把手。

"是不是……是不是小姨出事了？"

蒋远周听到这话，猛地一拳砸在方向盘上，双目却仍旧直视前方："你把她当过小姨吗？她是你小姨吗？"

男人一脚踩住油门，许情深没再开口。天色阴暗，黑得就跟深夜一样。

车子来到蒋家门口，直接开了过去，一直来到蒋随云所在的小楼。

许情深抬头望过去，看到楼上楼下的灯全部亮着，就连门都是敞开的。

蒋远周推开车门下去，许情深跟在他身后。两人走进小楼，路过客厅时，看到蒋东霆坐在沙发上，垂着头，即便听到他们的脚步声，都没有将脑袋抬起来。

蒋远周朝着楼梯口而去，许情深见他快步上楼，她跟着来到蒋随云的卧室前，却看到男人在门口站着，并未立即进去。

里面隐约传来啜泣声，许情深顿住脚步，不敢往里走。

蒋远周朝她看了一眼，那一眼没有温存，却蕴藏着满满的冰冷。

卧室门也是开着的，蒋远周抬起手掌抹了把脸，颀长的身子往里走去。

许情深感觉自己的双腿好似有千斤重，她走进去几步，看到家庭医生和阿姨都在，还有另外两名用人。

蒋随云还躺在躺椅上面，身上是那床蒋远周临走前给她盖的薄被。

见到他进来，阿姨哭着上前："蒋先生……"

男人僵硬着脸，嘴唇颤抖地说道："为什么不把小姨送去医院？"

那名家庭医生摇了摇头。

蒋远周走到躺椅旁边，他弯下腰，伸出手握住蒋随云的手。

这一触摸，他才知道，什么都晚了。

蒋随云侧着头，表情倒是安详，只是这张脸上再也没了他熟悉的温柔笑意。

蒋远周显然不能接受这样的事实，他颤抖地伸出手，覆上蒋随云的额头，将她的脸扳向自己。

"蒋先生，"阿姨在旁边哭着说道，"我早上起来准备早餐，想着过来看一看，没想到……"

蒋远周收回手，蒋随云的头又无力地歪了回去。

男人忽然觉得全身一软，双膝无力地往下跪，许情深听到他伤心欲绝地喊了声："小姨！"

许情深站在房间的中央，脚底下犹如生了钉子，再也迈不开腿。

蒋远周伏在蒋随云的身上，开始用力地摇晃她："小姨，小姨！"

卧室内充斥着悲哀到极致的气氛，许情深觉得眼睛发烫。谁都知道蒋随云身体不好，可谁都不知道，她会走得这样快。

一眼看去，蒋远周整个后背都在抖，仿佛满满的悲伤都压在他的肩膀上。许情深完全不知道该怎么上前去安慰他，还有什么痛能痛过猝不及防间失去自己的亲人？

许情深走到躺椅跟前，她弯下腰，伸出手，但手掌还未碰到蒋随云，就被蒋远周一掌挥开。

男人头也没抬，语气冷到了极点："别碰她。"

许情深的手背被打得很痛，她垂下臂膀，侧身看了一眼蒋随云。

她是医生，只消这一眼就知道，蒋随云应该走了有几个小时了，更加知道，这次是谁都救不回她了。

蒋远周似乎才反应过来，他用薄被裹紧了蒋随云，然后抱着她起身。阿姨和家庭医生面面相觑："蒋先生，您这是？"

"通知星港，准备急救。"

"这……"

"我的话你们听不见是不是？"

蒋远周抱着蒋随云快步出去，许情深跟在后面。来到楼下，蒋东霆仍旧维持着先前那个姿势，一动不动地坐在沙发上，见到他们下来，他只是抬了下头。

"远周，你去哪儿？"

"去医院。"

蒋东霆没再说话，他沉下了脸，视线定在茶几上，上面还摆着蒋随云放的棋盘。

蒋远周抱着蒋随云来到外面，一辆车飞驰而来，到了他们跟前后猛地刹住。老白推开车门下来，神色冷峻："蒋先生。"

他朝蒋远周的怀里一看，顿时大惊失色，蒋远周面无表情地道："把车门打开。"

老白赶紧照做。许情深看着蒋远周坐进了后车座，老白退开身时，朝许情深说道："许小姐，您坐副驾驶座吧。"

"嗯。"

车门关上的瞬间，车轮就已经碾过路面飞速向前。星港那边已经安排好了，就等着蒋远周将人送去。

对蒋随云的急救，星港这边已经习惯了，蒋先生的这位小姨被推进了急诊室好几次，但每次都能转危为安。

一路上，许情深都不敢跟蒋远周说话，也不敢回头看一眼，方才被他打过一下的

341

手背还在隐隐作痛。

蒋远周盯着怀里的人，他不相信蒋随云就这么走了。

他伸手抱紧她，嘴里低喃出声："小姨，你是不是头又痛得厉害？痛到都懒得跟我说话了吧。"

许情深心间溢出酸涩，老白朝她看了看，继续开车。

车子很快驶抵星港，蒋远周抱着蒋随云下去，医护人员将医疗床推过来，蒋远周将她小心翼翼地放上去："周主任来了吗？"

"来了，已经在急救室了。"

"好。"

护士拉过医疗床，目光落到蒋随云的脸上，她"啊"地尖叫出声，然后难以置信地盯着蒋远周。

蒋远周快步往前，似乎完全没有察觉出别人的异样。

几名医护人员面面相觑，紧张得都说不出话来，只能跟着走进电梯。

蒋随云很快被推进急救室，门被彻底关上，周主任上前一看："这……"

"蒋先生应该也知道了。"

周主任看了看，这样连抢救的过程都不需要了，只是就这样出去的话，蒋远周怕是更加受不了。

他叹了口气，看了眼蒋随云的脸。这世上，不是谁都能等来奇迹的。蒋随云眼眶凹陷，瘦得只剩下皮包骨，这样离开对她来说应该也算是种解脱吧。

几人守在外面，蒋远周一动不动地站在门口。

许情深穿着单薄的打底衫，身上连一件御寒的毛衣都没有，她冻得环紧双臂。老白朝她看了下："许小姐，我去替你拿件衣服吧。"

"不用了。"许情深摇摇头，垂着眼帘，听到有脚步声越来越近。许情深刚一抬头，就见蒋远周站在了她跟前。

"昨天我去小楼的时候，她一个劲地让我给你打电话，让你过来。"

许情深喉头轻滚了下，浓密的眼睫毛微微颤动，蒋远周的声音继续传到她的耳朵里："等了半天你依然没来，我走的时候她还在吩咐让我对你好。许情深，她即便做错了一件事，也没到十恶不赦的地步，这段日子她过得怎样战战兢兢，你也都看在眼里。一句原谅，难道就这么难吗？"

许情深知道，她现在说什么都没用。

老白上前一步："蒋先生，节哀顺变。"

"你说什么？"蒋远周似乎被这几个字给刺激到了。许情深见状，忙将老白推到旁边，老白也意识到自己说错了话："对不起，蒋先生。"

"你明明知道她病入膏肓，你明明知道她为了那件事歉疚无比，昨晚离开之前，她不过就想听你喊她一声小姨！"

许情深闭了闭眼。男人兜头砸过来的愤怒，她只能这样全盘承受。

昨天似乎预感到什么，蒋随云才会不住地让蒋远周打电话，不住地问他许情深是否会原谅她，还一遍遍地说想听许情深喊她一声小姨。谁能想到那是蒋随云的最后一晚呢？

但凡有一点儿征兆，蒋远周押都会押着许情深过去，她要是不肯开口，他撬也要将她的嘴撬开！

可是，没用了。

蒋随云还是带着满心的遗憾离开了。

蒋远周的穿着同样单薄，白色的衬衣看在许情深眼中有些刺眼。

不知道怎么去为自己辩解，许情深只好别开视线。

很快，蒋东霆也赶来了。

蒋远周坐到椅子上，双手插在浓密的发丝中。蒋东霆身侧跟着管家，大家都心知肚明，蒋随云送来的时候就已经没了，只是谁都没说开。

许情深孤零零地站在走廊上，蒋东霆和蒋远周面对面坐着，蒋远周轻抬下头，视线盯着对面："要是小姨真出了什么意外，你就是罪魁祸首。"

蒋东霆朝急救室扫了眼："你小姨的主治医生不是许小姐吗？她为什么没进去？"

蒋远周绷紧了脸，许情深站到旁边。

没过多久，急救室的门就被打开了，周主任沉着脸从里头走出来。

男人快步起身上前："怎么样了？"

周主任轻摇下头。对这个结果，其实大家都不意外，但蒋远周还是如遭雷击，神色哀恸，一张俊脸显得僵硬而阴冷。

"蒋小姐送来的时候就已经没有生命迹象了，我们实施过抢救，但是……"

蒋远周觉得眼前有模糊的暗影掠过，几乎令他站不住。

蒋东霆也起身走来，听到这句话，脸上同样有抹不去的悲伤。平日伺候蒋随云的阿姨和家庭医生都站在不远处，阿姨跟蒋随云走得最近，这会儿第一个哭出声来："蒋小姐，蒋小姐——"

她的一声哭喊，提醒了诸人蒋随云已经不在的事实。

蒋远周快步冲进急救室，阿姨跟在他后面，许情深进去的时候，看见蒋远周抱着蒋随云的遗体，抑制不住的哭声从这个男人的喉间蹿出来。

满满一室都是化不开的悲伤。

阿姨扯着那床白色的床单："蒋小姐，您怎么就这样走了啊？一点儿征兆都没有，您好歹再跟我说几句话啊！"

许情深站在不远处，眼泪不由自主地淌出来。先前那些难解的结，到了生死关头就完全不重要了。她感觉到滚烫的泪水流过脸颊，心狠狠地抽痛起来。

蒋远周说得没错，她跟一个病人置什么气啊？

许情深轻咬下唇瓣，泪水像决了堤一样。

蒋东霆走到手术台前，朝躺在上面的蒋随云看了看。二十几年来，陪在他身边的只有蒋随云和蒋远周，蒋远周长大之后搬到了九龙苍，偌大的蒋家也就只有蒋随云陪着他吃饭、说话，可如今，她竟说走就走了。

蒋东霆难忍悲伤，手掌颤抖地摸向蒋随云的臂膀："随云，是姐夫没照顾好你。"

蒋远周闻言，将他的手推开。

蒋远周探向蒋随云的脸，她的脸早就凉透了。最难受的莫过于失去，男人摇晃了下她的肩膀："小姨！"

自己那么小的时候，妈妈走了，如今，丧母之痛又要经受第二次。

只是这次不一样了，从今以后，再也不会有那样一个人，全心全意将他蒋远周当成亲生儿子一样疼爱。

周主任叹了口气："节哀顺变吧。"

"随云之前不是好好的吗？这次怎么回事？是不是犯病了？"

"是啊，"阿姨接过话道，"蒋小姐自从换了药，精神比之前好多了，怎么会突然去世呢？"

"换了什么新药？"周主任并不知晓这件事，随口问道。

"许医生给换的。"

许情深站在他们身后，泪流满面，完全没将阿姨的话听进去。周主任朝她看了看："我之前开的那种药目前来说效果是最好的，虽然它不能完全改善蒋小姐的病情，但胜在副作用不大。许医生，你给蒋小姐换了什么药？"

蒋远周将周主任的话听了进去，不由得直起身，回头看向许情深。

周主任又问了一遍："许医生，你给蒋小姐换了什么药？"

抢救室内，所有的人，包括那些还未离开的医护人员都将目光落到了许情深身上。她抬起手掌轻拭眼角，被悲痛的情绪压得喘不过气来，但还是将新换的药名告诉给了周主任。

"糊涂！"不料周主任听完后却大惊失色，"你给蒋小姐开这种药有多久了？"

许情深没想到周主任会有这样大的反应，她如实作答："半个多月。"

"许医生，你老老实实告诉我，是不是有医药代表承诺给你什么好处，你才想到要给蒋小姐换药？"

"什么意思？"许情深听到这儿，不由得上前一步，"之前是蒋小姐说吃了药没效果，头痛得越来越厉害，刚好我观察过这种药的疗效，才想着给她换药。"

"这药虽然效果好，可你确定蒋小姐的身体吃得消？"

"换药后，我也给她做过检查，各项指标都是正常的。"

周主任摇着头："要真正常，蒋小姐也不会消瘦得这么快。这种药我也接触过，

344

蒋小姐跟别人不能比，她的病况越来越重，而且肾脏早就因长期服用药物变得脆弱不堪，恰好这种药对人体的肾脏有一定的副作用。"

"不可能。"许情深摇着头，"我仔细看过说明书，上面并未提过对肾脏有副作用，而且别的病人——"

周主任打断了许情深的话："所以，你仅仅凭着说明书和别人的服药情况就给蒋小姐换了药是吗？"

许情深急切地看向蒋远周："这药不会有问题的。"

"有没有问题，检查过就知道了。"蒋东霆脸色阴鸷。蒋远周听后，一把按住身后的床："谁都不许碰我小姨！"

蒋东霆怒不可遏："这个女人就是知道你不会同意给你小姨做尸检，所以才会那样肆无忌惮地害人！"

许情深听到这句话，像是被人狠狠推进了冰窟中，她全身发冷，感觉到一件非常可怕的事正被强行往她身上安，她快步上前："没有，我没有害人！"

"远周，你小姨病了一二十年，哪怕有几次情况危急，可最后不都挺过来了？为什么这个女人做了她的主治医生后，一个月啊，一个月的时间她就死了？"

蒋远周面色发白，眼睛直勾勾地盯着躺着的蒋随云。

"你再想想吧，她为什么忽然给你小姨换药？还不是因为那件事怨怪你小姨。她是医生，救人、杀人就在一念之间，随随便便换种药，就能神不知鬼不觉地让随云离开。要不是周主任，你会知道吗？我们会知道吗？"

"对对对，"旁边的阿姨也插嘴道，"许医生对蒋小姐的芥蒂也不是一天两天了。蒋小姐好歹也是蒋先生的小姨，可许医生给过她好脸色吗？前几天蒋小姐还在张罗给她送这送那，我劝都劝不住。换了新药后，蒋小姐前一阵倒是吃得多，也睡得好了，可这两日情况越来越差，我打电话问许医生，她却说是正常的。"

蒋随云这病变幻莫测，时好时坏，许情深的诊断也没出过错，有时候太过劳累或者心思过重，身体肯定吃不消。

前天，阿姨是给她打过电话，说蒋随云胃口不好，许情深吩咐她让蒋随云多休息，这也是再正常不过的事，可如今到了别人嘴里，却成了她置之不顾。

"这两日情况越来越差，肯定是药物起了反应。"周主任的脸上显露出惋惜来，"许医生，你年纪轻，有些方面经验不足也是正常的，但你换药之前好歹也跟我商量下。"

许情深知道这件事非同小可，她必须据理力争："如果药物有问题，它们是不可能进入星港的。"

"许医生，我说过了，别人可能都行，但蒋小姐不行，因为她近三十年来每天都在吃药，而你换的这种新药，对长期服用药物的人来说，等同于毒药！"

许情深的脸完全白了。所有人都紧紧地盯着她，蒋东霆眼里透出悲哀，忽然朝蒋远周怒喝道："你把你小姨交给这个女人，难道换药这种事，你都没想到去问问周主任？"

蒋远周感觉脑子里轰地炸开了。许情深救过蒋随云不止一次，况且作为医生，她有换药的权利，就是因为十足的信任，所以在许情深跟他提起这件事的时候，他只当成了一件小事。

蒋东霆怒火中烧："我不能让随云就这样不明不白地走了！"他朝周主任看看，"查，查个清楚，看看她究竟是因为什么死的！"

周主任的面色有些为难。

蒋远周的视线从许情深脸上扫过去，然后回身将手按在蒋随云身侧："你们谁敢动一下试试？"

"难道你要让你小姨白死吗？"

蒋远周当然不能接受尸检，他无法想象自己最亲的人被手术刀给一刀刀……

男人崩溃似的怒吼出声："都给我出去！"

"远周！"

"出去！"

蒋东霆大口喘息着，不甘心这件事到此为止。周主任见状，提了个建议："我知道在星港有些病人也在服用这种药，我们给他们做个检查，用数据说话。"

蒋远周没有出声，蒋东霆闻言，点了下头："好，这件事就由你安排。"

"好。"

老白没有进门，而是站在空荡荡的抢救室门口，他抬起头，看到许情深孤零零地站在那儿，所有人都站在了另一头，包括蒋远周。如今，他们都在怀疑她，甚至斥责她，许情深完完全全被孤立了。老白看到她的手掌不住地在腿侧动来动去，应该也是觉得不安吧，最后，她抓紧了裤腿，可肩头还是在颤抖。

蒋东霆来到蒋远周身侧，想要将他拉开："人死不能复生……"

蒋远周将自己的手抽出来，朝着蒋东霆狠狠地瞪了眼："小姨最后的日子过得这样难受，都是因为你！"

"她心善，所以一直都心有愧疚，但不肯原谅她的是谁？"蒋东霆眉头紧蹙，回身朝许情深看去，"这位许小姐跟着你才一年多，就敢对着蒋家的长辈耍这样的脾气，这就是你找的人！"蒋远周不再吭声。蒋东霆的话犹如一把尖锐的刀子，毫不留情地刺向许情深，"如果她足够宽容，你小姨就不会临死之前还想着怎么才能取得别人的谅解。你怪在我身上，我可以接受，但你的这位许小姐，真的一点儿责任都没有？"

这次，没人站出来替她说一句话，也没有人站在她这边。

许情深无法辩驳。

蒋远周弯腰抱起蒋随云，蒋东霆朝他看了一眼："把你小姨放在这儿吧，接下来的事交给别人处理。"

346

"我小姨的事，为什么要交给别人处理？"

蒋远周跨出去一步，看到许情深站在面前，男人目光极冷地扫了她一眼："让开。"

许情深挪动了下脚步，蒋远周带着蒋随云走出去。许情深一直站在原地没动，许久后，老白走进来："许小姐，蒋先生让我来喊你。"

她有些意外，泪眼模糊地看过去，老白来到她跟前："明天的事明天再说吧，先回九龙苍。"

第三章
不如不遇你

许情深跟着老白出去，车子在门口等着，星港已经安排了另一辆车送蒋随云。

她坐进车内，车里就只有她和老白两个人。许情深缩在副驾驶座上，伸手捂着脸，可眼泪还是止不住地往外流。

"许小姐，别哭了，船到桥头自然直。"

"老白，你相信是我害死了……蒋小姐吗？"许情深说完，不等老白开口，她就摇了摇头，"算了，我不为难你。"

老白专注地开着车。

许情深方才还算冷静，这会儿却完全控制不住了，她痛哭道："我只是那时无法原谅，可她就这样走了……我，我如果早知道会这样，我肯定不会……"许情深已经语无伦次了，"我们总是对活人特别苛刻，总觉得生命还有很长……"

如果早知蒋随云会这样突然离开，许情深就算心中还有刺，至少会让彼此都好受些。

蒋随云的遗体被摆在了九龙苍，她突然离世这个消息对所有人来说都是突然的。

九龙苍的用人完全不知道应该怎么办，蒋东霆也受了莫大的打击，坐在旁边一动不动。

许情深跟着老白走进屋内，一道道目光又都聚集到她身上。蒋东霆没再针对她说过重的话，只是朝蒋远周看了看："还是送回小楼吧，你小姨在那儿待的时间最久，那里已经是她的家了。"

蒋远周无神地摇着头："我搬到九龙苍来的时候，原本是想带着小姨一起的，可她说传出去不好听，坚持要独自留在小楼内。对我来说，九龙苍是我自己的家，她是我的亲小姨，我想将她留在家里面。"

管家在旁说道："就依着蒋先生的意思吧，您伤心过度，这些事交给蒋先生也好。"

蒋东霆怔怔地看着前方，往日犀利逼人的眸子一下变得空洞起来。他早已习惯了蒋随云的陪伴，当初他的发妻临走之前将她交到他手里，要他善待她，蒋东霆最难过的那段日子也是和蒋随云彼此安慰着一起过来的。

可如今呢，人说没就没了。

天早就放亮了，蒋远周坐在客厅内，阳光照进来，却碰触不到他的脚尖。

许情深僵立在原地瑟瑟发抖。这里早就没有了家的温暖，感觉只是座空旷的房子，冷得让人受不了。

许情深在担心的，是周主任方才提到的那件事。尽管她有把握，也相信自己，可药物的有些反应如果真的导致了蒋随云的死……

她不禁打了个寒战，不敢再往下想。

一直到中午时分，蒋东霆才起身走到蒋远周身前："随云已经走了，远周，通知亲属的事……"

蒋远周摇了下头："让小姨安安静静地躺会儿吧。"

管家朝蒋东霆道："您也别太担心，要不先回蒋家吧？"

"都这时候了，还有什么心思顾着休息呢？"蒋东霆说完，回到了原位。

九龙苍的用人都进厨房了，饭菜早就做好了，可谁都不敢去通知蒋远周。

晌午时分，蒋远周的电话响了。

他坐在椅子上，弯着腰，将手机放到耳边："喂。"

众人皆望过去。沉默许久后，蒋远周一语未发，却将手机给挂了。

许情深看到他挂了手机后，双手狠狠地抱住头，她能听到他发出一阵隐忍的声音，似乎是哭声……

蒋远周垂着脑袋，两手使劲揪扯着头发，整个人陷入了悲伤哀恸的氛围中，半晌后，他才慢慢起身。

他一步步走到许情深跟前，许情深看到蒋远周眼眶泛红，眼神冷冽如冰，嘴角微微抽搐着说道："从今以后，你再也不用怕迈不过那道坎了，我也不再需要你说服自己非得接受这样一个令你作呕的我。许情深，说到底，你干净矜贵，我配不上你，而你呢？你却不配做一名医生！"

许情深感觉自己被撕成了一块块，不只是心，全身都在痛。

蒋东霆听到这话，站了起来："你小姨的死真的跟她有关，是不是？"

男人伸手拽住许情深的手，猛地拖着她往前走。许情深跟了几步，来到蒋随云的冰棺前，蒋远周朝里头躺着的人望去："你再不用不肯原谅任何人，也不用再纠结自己过不去那道坎，因为，她已经为她仅有的对你的一次伤害付出了代价。许情深，你

349

是一个医生，这就是你做的事！"

蒋远周原本握住她手腕的手猛地一甩，许情深听到砰的一声巨响，然后才感觉到手背痛得厉害。

"我没有！"许情深觉得自己不能再沉默下去，"我不可能做这样的事，就算我心有芥蒂，我也不会去害人！"

蒋东霆听到争吵，就知道周主任那边肯定已经有了结果，但猜测变成了事实，蒋东霆也有些难以置信。他起身走到两人跟前："真的是她？"

蒋远周双手撑在冰棺上，目光紧紧地锁住蒋随云的脸。许情深着急地说道："药是我开的，但我没想害人，你相信我！"

男人眼帘紧闭，下一句话却不是冲着她说的。

"管家，先把我爸送回去。"

管家听闻，怔了怔，然后上前几步。蒋东霆一听，面色更加难看："到了这种时候，你还想偏袒她是不是？"

蒋远周侧过头，睁开的眼眸中不见丝毫波澜，平静得令人发颤："我自己的人，我自己解决，你们都走。"

蒋东霆朝着两人看了一眼，最终道："我晚点儿再过来，通知亲属的事，我会让管家去负责。"

老白也走过去，将屋内的用人都叫了出去，他带上门，冲着外面的人群说道："你们去小楼等着吧，没有我的吩咐，谁都不准过来。"

"是。"

老白站在门口，一眼望过去，今天本该是艳阳高照，可阳光好似被蒙了层阴影，连带视线也晦暗起来。

屋内，许情深眼睛发涩，看向站在身侧的男人："是不是周主任来的电话？"

"星港的住院病人中，就有正在服用这种药的。那个患者也是长期服用药物，一周前刚换了新药，如今身体的各项指标已经不正常了。许情深，这个患者也是你的，药也是你开的，如果不是小姨出事，你到底要害死多少条人命！"

老白在外头，将蒋远周的话听得清清楚楚，他神色严峻，这样的指控对许情深来说，无疑是致命的。

许情深逐渐控制不住情绪："不可能！"

"你告诉我，怎么不可能？"蒋远周转身面向她，目光里的冷漠越来越浓烈。

许情深不知道该怎么说："药不会有问题，就算有副作用，也都会写明，但是……"

"我就问你一句，这药，是不是你给小姨换的？"

她喉间哽住，说不出话来。蒋远周逼近一步："是不是？"

许情深扶着旁边的冰棺，蒋远周见状，一手将她的手掌推开，许情深再度孤零零

350

地站在那儿："是，是我给换的。"

"既然选择给她换药，哪怕只有一点点副作用，你都不应该忽略！先前周主任接诊小姨的时候，每一天都有明确的记录，用过的药在别人身上会产生什么不适，他也都考虑到了。是我太相信你，以为你救过小姨两次，就保得了她一生！"

许情深余光看向身侧的冰棺，面对这样的指责，她再也说不出什么话来。

是啊，蒋随云是她的患者，药又是她开的，她就算有一百张嘴都说不清楚了。

许情深知道蒋远周此刻是愤怒的，如果跟前站着的不是她，如果主治医生不是她，那么蒋远周估计要杀人了。他全部的伤心和哀恸在他的脸上展露无遗——蒋随云的忽然离世对他来说是一个近乎毁灭性的打击，而间接害死蒋随云的又是她……

许情深想到这儿，生平第一次这样慌乱无措。她不知道怎么给自己辩解，她深知说不清楚，但她还是上前拉住蒋远周的手："你相信我吧，相信我行不行？"

男人盯着许情深的双眼。她神情急迫，尽管他们之间没有解决的事越来越多，可蒋随云的死忽然怪到她的头上，许情深知道她要失去什么了。

她忽然变得前所未有地惶恐起来，她拉紧蒋远周的手："我给蒋小姐治病从未有过私心，真的，换药仅仅是因为她的病况加重……"

"蒋小姐？"蒋远周重复了一句，忽然嘲讽地看向许情深，"那件事之后，你连对她的称谓都变了。你开的药，一步步击垮了她的身体，而你的态度，一步步将她的精神逼入绝境。她这样两头跑，为的就是取得你的原谅。许情深，你摆出那么高的姿态，仅仅就是因为那个晚上，是吧？"

男人音调扬高，话语中满是悲愤和痛苦："以后，不，没有以后了，小姨死了，凌时吟怀孕了，我们还有什么以后？"

许情深的眼泪夺眶而出，她原本就脆弱的心脏像是被人使劲踩住后反复碾压，早就超出了她所能承受的疼痛范围。她泪流满面，却始终抓着蒋远周的手没有松开。

蒋远周抬了头，落到许情深脸上的视线明显不再温柔如初："我跟别人的一晚你尚且过不去，如今还有了孩子，难道你反而就能接受了不成？难不成，我小姨的死让你忽然想明白了这么多事？"

他的每一句话都很伤人，许情深感觉自己已经被他伤得千疮百孔，可她又太明白放手意味着什么。

许情深抓紧他的衣袖，往昔那些温馨的画面一一浮现。蒋远周握住她的手，竟没能一把拉开，许情深握紧五指，指关节因太过用力而泛起酸痛。

老白站在外面。他知道，蒋远周伤心之余，更多的是绝望，要不然也不会一而再再而三地说出那样的话来。

里面传来砰的一声，老白不知道发生了什么事，也不好推开门进去，只能焦急地等在外面。

许情深被蒋远周按住肩头，上半身趴在了冰棺上，透过一层玻璃面，能看到躺在里面的蒋随云。

眼泪顺着她的脸颊往下淌，一滴滴落在冰棺上。蒋远周的情绪近乎失控："你看看，她都死了！她再也活不过来了！"

许情深痛哭出声，肩胛骨似乎要被他掐断。蒋远周嗓音也是破碎的，视线朦胧："也许，我早早地遂了他们的愿反而好，至少她不用内疚惭愧到死。有些事既然早知过不去，又何必非要强求？许情深，从今以后你解脱了，我也解脱了……"

他把他们即将面对的分开说成了解脱。

许情深的手掌在棺面上轻抚，蒋远周手一松，将她拽起身："走！"

许情深往后退了两步，差点没站住。她抬起右手，袖口不住地擦拭双眼，可眼泪怎么都止不住。蒋远周背对她站着："行李你也不用收拾了，办完小姨的丧事后，我会让人将你的东西送去许家。"

许情深听到这里，心如刀绞，却将哭声闷在嘴里。

蒋远周的眼神越来越冷。屋内许久没有动静传来，老白推开门进去。蒋远周背对门口站着，许情深就在他身后，男人听到脚步声，直接开了口："老白，把她拉出去。"

"蒋先生……"

许情深神色悲戚，人摇摇欲坠，似乎站都站不稳。

老白朝她看看，许情深握了下手掌，转身往外走。老白提起脚，蒋远周冲他说道："以后她的事不用再管。"

老白闻言，站在原地："蒋先生，难道蒋小姐的事……"

蒋远周弯下腰，眼圈通红："我只认一件事——药是她开出去的。"

话已至此，什么事都明朗了。

老白来到蒋远周身侧："蒋先生，蒋小姐在天有灵也不希望看到您这样，您节哀。"

男人没说什么话，悲伤填满胸口，他顺着冰棺往下滑，然后坐在了地上。他将双手插入发丝中，他的痛苦和伤心在许情深走了之后完全显露出来。老白喉头轻滚，不知道怎么去安慰他。

许情深浑浑噩噩地走出九龙苍，至于是怎么回到家的，恐怕连她自己都说不清楚。

她按响门铃，半晌后，里头才有声音传来："谁啊？"

许明川昨晚打了通宵的游戏，这会儿还在补眠，赵芳华则给许旺送饭去了。许明川不耐烦地打开大门，却看到许情深失了魂似的站在外面。

"姐？"许明川看到她这副样子，吃惊不已，忙上前将她拉进屋，"你怎么了？别吓我。"

352

许情深听到他的声音，目光总算有了焦点，她上前抱住许明川痛哭出声。

这一下可把许明川吓死了，自他懂事以来，就没见过许情深这样失控，他手足无措地站在原地："姐，发生什么事了？"

许情深只顾着哭，一直哭到嗓音沙哑，许明川只能拍着她的后背。半晌后，许情深才说了一句话："我想睡会儿，我好累。"

"走，我们去房间。"

家里没有许情深睡觉的地方，许明川将她带进自己的卧室，将床上的被子抱走，然后从主卧的衣柜内重新拿了一床被子。等许明川回到房间的时候，许情深已经在床上缩成了一团。他将被子给她盖好，然后一声不吭地坐在了床边。

傍晚时分，赵芳华回到家里，她先去厨房准备晚饭，做好了饭菜后，她高喊一声："吃饭了！"

许明川坐在电脑跟前没动。赵芳华来到他的卧室门口，一把将房门推开："怎么这么黑？"她伸手打开灯，"明川？"

许明川忙起身，做了个嘘的动作。赵芳华一眼就看到他床上拱起的人形，她吓了一大跳："臭小子，你带了什么人回来？"

"妈，你胡说什么呢？"许明川走到门口，"是姐。"

"情深？她回来干吗？"

许明川将她往外推去："你们先吃吧。"

"你呢？"

许明川将门关上，然后蹑手蹑脚地来到床边。许情深动了动，睁开眼。许明川坐向床沿，问道："姐，饿吗？吃饭吧。"

"你先吃，不用管我。"

"你真的没事吗？"

"没事。"

许明川听她这样说，却还是不放心。

许旺今天回来得早，赵芳华也没去送晚饭。他换了鞋进门，赵芳华冲他轻声说道："你女儿回来了，在明川房间呢。"

"是吗？"许旺径自走过去，敲了敲房门。许明川过来开门，看到是他，轻喊一声："爸。"

"你姐呢？"

许明川侧开身，许情深抱着被子坐在床上，头发凌乱，一双眼睛肿得跟核桃似的，许旺吃了一惊："怎么了这是？"

许情深垂着头，许旺担心不已："跟……跟他吵架了？"

赵芳华饭吃到一半，也走了过来。许情深头痛欲裂，摇摇头："蒋远周……他小姨去世了。"

"这么突然？"许旺坐在床沿，"人死不能复生，都别太难过了。"

"我是她的主治医生，药是我开的。"许情深说到这里，忍不住又哭出声来，"说是药物的副作用导致了她的过世，爸，我以后该怎么办呢？"

许旺听到这段话，彻底慌了。许明川也觉得难以置信："怎么会呢？他小姨不是一直有病吗，为什么她的死会跟你有关？"

赵芳华从门口进来，朝着许情深说道："那现在算怎么回事？你是被赶出来的吗？"

"你别胡说八道！"许旺打断赵芳华的话，"这怎么可能？"

许情深没有答话，赵芳华却如临大敌般用力拍了下手掌："怎么不可能？情深把蒋家的小姨都给治死了，那他们俩以后还能好吗？蒋远周现在恨不得要了我们的命吧？那药店呢？他有没有说什么话？"

许旺听不下去了，起身朝她挥了下手："你给我出去！"

"干什么？我说的是实话。"

"妈，你就别在这儿添乱了！"许明川推着她，让她赶紧出去。

屋内很快恢复了平静，可父子俩一下也不知道能说些什么了。许情深将脸枕在膝盖上："你们出去吧，我没事。"

"我觉得姐夫就是在气头上，等他冷静下来就好了，我姐才不会干那种事。"

许旺脸色严肃，也知道这件事不简单："明川说得对，先保重身体要紧，吃饭吧。"

他们安慰的话，许情深却听不进去，她躺回床上："让我自己待会儿吧。"

"行。"许旺说着，带着许明川出去了。

许情深几乎整晚没睡，第二天起来的时候，整个人浑浑噩噩的，像是在做梦。

她简单地洗漱完，刚走出门口，就看到许旺拎着买好的菜回来。一见她要出去，许旺忙说道："情深，你要去哪儿？"

"上班。"

"上班？"许旺见她这样，心有担忧，"要不，今天请假吧？"

"不行。"许情深还穿着昨天的衣服，手机、钱包等东西都还在九龙苍，"爸，我走了。"

"那个……"许旺叫住她，"身上有钱吗？"

许情深摸了摸口袋，许旺见状，赶紧从钱夹内掏了几百块钱塞给她，许情深捏在掌心里："谢谢爸。"

"路上当心啊。"

许旺看着许情深快步离开，心里却始终不平静：如果情深真的跟蒋家小姨的死有关，那么医院那边……

他不敢往下想，只希望这件事就是个误会。许情深好不容易有好日子过，许旺比谁都希望这件事能快点过去。

许情深来到星港，门口的保安依旧在维持进出门的秩序，门诊大楼来来往往都是人，似乎和以往的每一天都是一样的。许情深攥紧手掌，深吸口气后快步走了进去。

来到导医台前，护士比她来得早，看到许情深时面色怪异极了，也没有像往常那样打招呼。许情深垂下脑袋走进门诊室，屋内冷飕飕的，开着窗，她抬起头，看到熟悉的办公桌上出现了一个陌生的纸箱子。

许情深三两步上前，见桌面被收拾得干干净净，她的文竹、她的水杯、她摆在那儿的日历本都不见了。

许情深拉过那个纸箱，看见属于她的东西全都被放在了里面，顿时如坠冰窟，她弯下腰，一把将抽屉拉开，里面果然也是空的。

门口传来几道敲门声，许情深转过身，看到平时关系不错的那名护士站在门口。

许情深朝桌上指了指："这是怎么回事？"

护士望了她一眼，眼底有同情流露出来："许医生，我刚到医院就听说了……"

"听说什么了？"

"您因误诊导致蒋小姐过世，星港把您开除了。那些是您的私人物品，您看看有没有遗漏什么。"

许情深几乎要站不住。护士走了进来，本想安慰几句，但到了许情深跟前，她也不知道该说什么："今天，周主任一早就来了，不过正式的通知是蒋先生亲自下的。许医生，您……您也别太难过。"

许情深鼻尖发酸，摇着头："我没有误诊。"

她不是要跟别人解释什么，只是心里难受到了极点。冷风肆无忌惮地从窗口灌进来，她觉得更冷了。年轻的小护士语露关切："您怎么穿这么少啊？"

许情深转过身，双手抱住那个纸箱，上半身弯下后一动不动。

"财务那边还没上班，也不知道工资的事怎么解决。"护士朝她看看，"要不，您去问问？"

许情深的双眼已经模糊："不用了。"

蒋远周一声令下就将她逐出了星港，可见他对她深恶痛绝。许情深将眼眶内的泪水憋回去，抱起桌上的纸箱子往外走。

一路出去，遇上几个还不知情的同事，其中一个女医生朝她看看："情深，你这是干吗？"

另一人笑道："升职了吗？东西都收拾好了。"

小护士快步过来，朝她们使了个眼色。许情深没有勇气再留在这儿，大步走向电梯。

这件事很快就会在星港，甚至在整个东城传遍。许情深退缩到角落里，电梯停了

355

几次，偶尔也有人进来，她抱紧手里的箱子，恨不得将整张脸都埋进去。

电梯很快到达一楼，许情深快步走出去，她听到各种各样的声音从四面八方传来。

"就是那个医生，看！"

"蒋小姐多好的人啊，怎么说没就没了？"

"据说是拿了回扣。现在的医生啊，心肠太黑了……"

"拿回扣？你怎么知道得这么清楚？"

"还用说吗？不然医生靠什么买房买车？"

许情深小跑起来，就好像身后有洪水猛兽在追她。她一口气跑到医院对面，然后蹲下身。

体内的力气被抽尽，箱子摔到了地上，里面的东西都散落出来。

一本日历掉到脚边，那是一次她和蒋远周出去吃饭酒店送的。蒋远周当时说不好看，要丢掉，但许情深瞧着不错，就把它带进了办公室。

如今看来，所有的东西似乎都能和蒋远周扯上关系。

许情深也不知道以后应该怎么办了。工作丢了事小，可人丢了呢？

眼前，一双双腿快速经过，许情深僵硬地站起身，强提起勇气望向身后的医院。

救了莫小军的那次手术后，许情深在星港声名鹊起，再加上蒋远周有心捧她，她几乎觉得自己是上辈子拯救了银河系才能碰到这样的男人。

然而短短的时间里，她就从一个人人拥戴的有实力的医生，跌落成了误诊致人死亡的庸医，从今以后，怕是要如过街老鼠一般，人人喊打了。

蒋随云的葬礼，许情深原本是想去的，但她知道蒋远周不想见她，蒋家的人都不想见她，她能做的，似乎只有躲在家里了。

许情深坐在沙发上，自己都不知道过去了多久。开门声响起的时候，她头也没抬。许明川走进来，看到她，低低地喊了一声："姐。"

她轻轻答应了一声，却仍旧盯着某一处。

许明川快步来到她跟前："姐，中午吃饭了吗？"

"吃过了。"许情深随口回答。

"吃了什么？"

许情深的视线落到他脸上，她勉强扯出抹笑："你觉得姐姐骗你？"

"你肯定没吃。"

叮咚——叮咚——

许情深擦了下眼："去开门吧。"

许明川走到门口，一手将门打开，外面站着老白。许明川认出了他，顿时开心地扯开嗓门喊道："姐，姐夫来了！"

356

他一语击中许情深的心，她下意识地起身，朝着门口快步走去。老白没想到许明川会这样喊出声来，他望进去，看到许情深来到跟前。

"许小姐。"

许明川走出去，望了眼没看到蒋远周的身影，收回来的视线却落到了几只皮箱上面："这，这是什么意思？"

"许小姐，"老白的面色有些不自然，"这是您在九龙苍的行李，还有您的私人物品。"

许情深撑了下门框，许明川气愤地说道："这是把我姐姐赶出来了吗？上次是谁，是谁拿了礼品来我家，说我姐姐跟着他之后只有好日子过的？"

许情深拉过许明川："明川，我们之间的事情你不懂。"

"我哪里不懂？他这样绝情——"

许情深摇了摇头："他从没对不起我，别说了。"

老白弯下腰，拿起其中一只皮箱："我替您拿进去吧。"

"不用了，"许情深站在门口道，"你放在这儿就好。"

"许小姐，从今以后您多保重。"

许情深的心里再度泛出酸涩："你也是，老白，一直以来都要谢谢你的照顾。"

"客气了。"

许明川听到这儿，实在是听不下去了："姐，有什么话你赶紧解释啊，让他带回去，别有什么误会。"

"许小姐，需要我带什么话吗？"

她强忍着眼眶内的泪水，想了想后说道："蒋小姐的事，错在我一人，跟我的家人没有任何关系。"

"好，我会将您的意思带到的。"

许情深朝许明川看了一眼："帮我把箱子搬进来。"

老白往后退了一步："许小姐，那我走了。"

"再见"二字到了嘴边，又被许情深吞了回去。显然老白也知道以后再见的可能性很小，所以刻意规避了这两个字。

老白转身下楼，许情深提起其中一只箱子回到屋内。

许明川砰地将门关上。许情深坐到沙发上，脚边散乱地摆放着行李。许明川走过去："姐，你肯定有苦衷，你干吗不说呢？"

许情深双手按着额头，脸埋得很深。许明川坐到她旁边："或者，你改天约蒋远周出来，你跟他好好说说？"

许明川刚说完这话，就意识到了不对劲，哽咽声一阵阵传到他的耳朵里，他朝许情深看去，却见她双肩耸动，整个人都在发抖。

"姐，你别这样……"

许情深忽然抱住了跟前的男孩，崩溃的哭泣声压都压不住："明川，他为什么不随随便便找个人来，非要让老白把我的行李拿来？我受不了，我真的受不了……"

许明川不会安慰人，完全蒙了，只会在许情深的背上一下下拍打着："管他呢，谁送都一样。"

"以往的每一次吃饭、出行安排，甚至小到雪天接送我的事，都是老白负责的，他是看着我们一步步走到今天的。"许情深痛哭出声，压在许明川背后的手都攥紧了，"我只要看到他，就会觉得还有希望，可这分明是一件令人绝望的事，明川……我以后该怎么办？"

许明川听到这段话，眼眶瞬间红了："姐，你别吓我。"

这个世上，最温暖的是人心，最伤人的，也是人心。

许情深不怕以前那样的日子，毕竟过了二十年，那是她所习惯的。然而，当有一个人用尽心思对你好，拉着你的手一步步跨越沼泽，穿过荆棘满布的迷雾森林，来到一个你从未见识过的大好世界之后，人心就变了。

早知有今日，那还……不如不遇蒋远周。

没有最好的对待，就没有最伤人的感情。没有最伤人的感情，就没有如今最脆弱可悲的许情深。

九龙苍。

老白走进屋内，径直上了楼，进入卧室的时候，他看到蒋远周背对门口坐在床沿。

蒋远周应该是洗过澡了，头发上的水正在滴答滴答往下落，两个肩膀都已经湿了。

老白轻轻走过去："蒋先生。"蒋远周仿若沉浸在自己的世界中，老白继续说道，"我碰到许小姐了，东西也都送过去了。"

男人穿着白净的衬衣，脸上清理得很干净，不见一点儿胡须。老白朝他看看："许小姐有句话让我带给您。"

蒋远周这才有了反应，他抬了下手，止住老白的话："以后，关于她的所有事情都不要告诉我，不准再跟她接触，也不用再打听她的事，许家药店那边的人也撤回来。"

"好。"

蒋远周抬头，盯着他不放："记清了，以后'许情深'这个名字，不许在我面前提起。"

蒋远周这样重复一遍，老白自然明白："是。"

男人的意思再明确不过，自此以后，他和许情深真是毫无瓜葛了。

翌日。

许情深并没有出门，许旺和赵芳华去了店里，许明川临走前往房间内看了看，见许情深还睡着。

不久之后，就连赵芳华的母亲都下楼了。

许情深听到门铃声的时候已经起来了，她走过去将门打开，没想到外面站着的竟然是蒋东霆。

她面露吃惊，蒋东霆瞅了眼她的样子："我能进去吗？"

"你有事吗？"许情深一手握着门把，没有放行的意思。

"有些事想跟你谈谈。"

许情深面无表情，话里明显有了拒绝："你放心，我不会再缠着蒋远周。"

"既然你不想让我进去，那还是你跟我出去一趟吧。"

"你究竟想说什么？"

蒋东霆嘴唇微启："关系到孩子。"

许情深的心再度被刺了一下："凌小姐的孩子跟我有什么关系？你要普天同庆，那也跟我没关系。"

蒋东霆心里是有些不确定的，但到了这一步，他只能开门见山："我想谈的，是你的孩子。"

站在屋内的许情深脸上露出吃惊的表情来，随后摇了摇头："我不明白你在说什么。"

蒋东霆只看了这一眼就知道事情如他所料，许情深对怀孕的事一概不知："你难道要跟我这样谈吗？"

许情深松手，门往外敞开，蒋东霆走了进去。

她站在门口出神，怀孕的事她压根没想到。上个月的经期才过了几天，再加上最近遇上的事，她哪里还顾得上想别的？

可是她怀孕，蒋东霆怎么会第一时间知道？

许情深一下就想到了那次体检。

蒋东霆走进许家的客厅，也没坐，就站在那儿。许情深将门关上，走向蒋东霆："是那次体检吗？"

"是。"

"蒋远周也知道了？"

蒋东霆笑了笑："看来，你还是对他抱有希望。"

"不是。"许情深的态度还算比较冷静，"毕竟体检是在星港医院，那算是蒋远周的地盘吧？"

"给你体检的医生，她的父亲早年患了绝症，我帮过她家的忙。星港是远周的不假，但人心百态，大家都是拿工资干活，谁对谁一定要忠心耿耿呢？他也不可能收买所有的人。"

许情深径自坐到了沙发上，双手撑着额头："你要跟我谈什么？"

"时吟也怀孕了，你应该知道。"

许情深心里乱糟糟的，没有答话，她甚至想问蒋东霆是不是搞错了，但他如果没有十足的把握，不会找上门来。

"他们马上就会结婚，到时候也会有自己的生活，你一个女人如果自己带着孩子……"

许情深抬了头："你让我把孩子打掉是吗？"

蒋东霆听到这句话，感觉有些心惊肉跳："不，我们蒋家要你的孩子。"

许情深以为自己听错了，她再度开口道："要我的孩子？"

"是。"

许情深轻嘲："那凌时吟的孩子算什么呢？"

蒋东霆看向许情深。她没有歇斯底里，更没有失声痛哭，脸上平静得让人不得不怀疑她事先是不是已经知道了怀孕的事。

蒋东霆尽管做好了心理准备，但看到许情深这样，他已经预感到接下来的对话会让他非常吃力。

"时吟的孩子跟你的一样，都是我们蒋家的。"

许情深摇头："不，我的孩子不是你们的。"

"你总不至于不承认他是远周的吧？"

许情深往后靠了下，看了眼自己的肚子，话里充满犹疑："他们过他们的好日子，蒋家也不缺我的这个孩子，我搞不懂，凭什么我要把孩子给你？"

"你的意思是，你要？"

许情深静默下来。那些都是她下意识说出来的话，蒋东霆忽然这样找上门，许情深连思考的时间都不曾有过。

蒋东霆见她不说话，生怕她有了别的想法："这个孩子不管是你要，还是留在蒋家，我都能接受，但你不能把他打掉。"

"为什么？"

"因为他身上流着我们蒋家的血。"

许情深的目光对上他的："如果我一定要拿掉呢？"

蒋东霆听到这话，面色却是微微变了："你不会。"

她不着痕迹地冷笑了下："凭什么不会？我跟蒋远周已经再无可能，如果把孩子给你们，我不舍得；但如果将来要自己带，我何必呢？我还年轻，还会有自己的生活。"

许情深的每一句话、每一个字都在理，现实极了，蒋东霆事先也想过她会有这种想法，毕竟她跟着蒋远周也不会是冲着什么爱情，如今分开了，首先要考虑的肯定是自己以后的生活。

"这个孩子，我是一定要留下来的。你要问我凭什么，那我只能明说了。在东

360

城，你们许家要想太太平平过日子不难，就看你想不想了。"

许情深蹙起秀眉："你威胁我？"

"以前远周护着你，可以后呢？你自己心里怕是最清楚的。"

许情深握了下手掌。蒋东霆显然是有备而来，可就算他不是有所准备，许情深也没有说不的权利。

"你觉得，如果我告诉蒋远周，他会怎么做？"

蒋东霆面色严肃，语气中明显有了威胁的成分："就算知道又能怎样？你能孕育出一条生命，却不能让随云活过来，归根到底，你还是致她死亡的凶手。"

许情深的喉间仿佛被人割了一刀，疼痛随着呼吸一下下蔓延开。蒋东霆知道这是他们之间永远过不去的坎，稍稍一提就能将许情深打入万劫不复的深渊。

"许小姐，你要知道，对孩子来说，跟着蒋家肯定是最好的出路。"

许情深双手交握，眼圈不争气地红透了。交给蒋家，也就是交给凌时吟了？她自小是怎样成长的，那些经历时至今日仍然历历在目，她怎么会再让自己的孩子去受相同的罪？

她摇着头，脑海中有很多画面闪现出来。虽然从小活得辛苦，但许情深从不后悔活在这个世上。活着是一件多么美好的事情！所以，当她听蒋东霆说她怀孕的时候，她压根就没想过不要这个孩子。

许情深轻吸下鼻子，让自己有足够的勇气去面对接下来的事："这个孩子，我要。"

"你确定？"

"是。"

蒋东霆的神色没有丝毫改变："你要也行，毕竟你是亲生母亲，肯定不会亏待他，但有个条件你必须答应我。"

"什么条件？"

"这辈子你都不能让远周知道孩子是他的。"

许情深对他这样的要求也不觉得奇怪，毕竟蒋远周即将有自己的家庭。她一口答应下来："好，我不会告诉他。"

"这不是告不告诉的问题，天底下没有不透风的墙，有些事迟早会传到他的耳朵里去。"

"那你想我怎样，离开东城？"

蒋东霆前面所有的铺垫就是为了接下来的话，他的视线攫住许情深不放："你生长在东城，我不会强制你离开，我只是想让自己的儿子彻底收心。他如果知道还有个孩子，万一要跟你争夺抚养权，对你来说也不是件好事。所以，你可以给自己一段婚姻，彻底断了你和他之间所有的可能性。"

许情深杏眸圆睁，因为太过吃惊，以至于一下说不出话来。

蒋东霆等着她的回答，许情深半晌后才说道："你让我跟别人结婚？"

"这难道不是最好的方法？"

许情深还是觉得难以置信："我肚子里的孩子说到底是你们蒋家的骨血，你居然大度到连父亲的位子都要给他考虑周全？"

"你既然不肯给蒋家，那这个孩子跟蒋家就没什么关系了，他只是流淌着蒋家的血液。"

许情深听到这句话，感觉到一股前所未有的悲伤正在压过来，她慢慢直起身："这个孩子，我绝对不会让蒋远周知道他的存在，至于我以后的生活，用不着你来指手画脚！"

"只有这样，将来的某一天一旦远周知道这个孩子的存在，他才会以为是你和别人的孩子。许情深，我现在说的话可能不动听，但对你是有好处的——如果将来上升到抚养权的问题，你是绝对争不过远周的。"

许情深的面色逐渐发白。她知道蒋东霆说得有道理，可这样的后路被迫不及待地铺在她的脚下，让她的脑子里乱作一团："我答应的事绝对不会反悔，你放心。"

话已至此，有些话蒋东霆打算留着以后再说，毕竟B超单显示……还需要更多时间，他不能在这个时候把许情深逼急了，更不能把话讲死了。

"既然你明白了，那我就不多说了，我知道许小姐是个知轻重的人，有些事你需要考虑，我给你时间。"

蒋东霆说完这些话，转身往外走。许情深看着他开门出去，阳光透过门缝争先恐后地想要进来，但也只有那么一瞬间，门就被蒋东霆重新关上了。

蒋东霆顺着楼梯往下走，车就停在不远处，他掸了掸自己的衣袖。许家的房子不仅小，还不是南北通透，站一会儿他就受不了。

许情深在屋内坐了会儿，可越是干坐在那儿，她就越觉得无措。

确定蒋东霆已经离开后，许情深从家里走出去，附近就有家医院，她直接挂了妇产科。

小医院不像星港，排队都要等半天，许情深拿着报告单，一步步走下台阶，阳光打在脸上，温暖得不行。因为事先有了心理准备，所以看到检查结果的时候她没有任何吃惊。

这个孩子来得突然，却也没有让许情深觉得彷徨无措。她如今的处境已经够窘迫难堪了，难道还能更差不成？

回到家的时候，赵芳华已经提着菜回来准备做饭，许情深走进屋内，赵芳华听到动静，从厨房里探出头来。

"妈。"

赵芳华没有答应，她朝许情深看看："你去哪儿了？"

"有点不舒服，去了趟医院。"

362

"没事吧？"

"没事。"

赵芳华站在门口："你被星港开除了？"

"嗯。"许情深声如蚊蚋地回道。

"那你以后有什么打算？"

"重新找工作。下午准备简历，明天就去。"

赵芳华听到这里，面色微微一松，这次倒没再咄咄逼人："那你去准备吧。"

"好。"

许情深回到许明川的房间，关上门。卧室是弟弟的，家里根本不能容纳这么多人。明川的房间比她的大，也宽敞不少，但男孩子东西也多，里头堆得乱七八糟，篮球、滑板车那些玩意都是乱丢的。

赵芳华朝房间门口看看。她其实挺佩服许情深的，这样的情况竟然还能站起来。

九龙苍。

老白来到客厅时，蒋远周坐在沙发上，双手交扣，一脸出神。他这副样子，倒是比之前好多了，至少还能与人交谈。

老白在蒋远周对面坐下来："蒋先生，蒋小姐换药之前，确实有医药代表进了许小姐的办公室。导医台的护士认识那人，凑巧今天也有医药代表去了隆港，我把那人扣了下来。她起先不肯承认，不过后来架不住威胁，松了嘴，说的确跟许小姐谈过条件，许小姐也答应了用那种新药。"蒋远周感觉太阳穴被人用针扎似的，老白继续说道，"她还提供了许小姐给她的银行卡，说我们可以去查询。"

老白只查到了这儿，至于是否要追究下去，还得问蒋远周的意思。

男人手掌轻抬，显然不想再听："许情深如果真要钱，开几服药还不如直接拿我的卡来得快，这一点，我从未怀疑过她。"

老白轻点下头："您说得是。"

"她对物质和金钱的要求向来不高，这一点儿回扣不至于能打动她。"

老白听到这里，神色有些轻松："那这件事……"

"我爸生怕我和许情深旧情复燃，偏偏有些事很凑巧，再被他这样生拼硬凑在一起，说服力是肯定有的。许情深的银行卡上肯定多了一笔钱，钱应该不多，也就一部分回扣数吧。"

"蒋先生，这样说来，您还是相信许小姐的，那您……"

"老白，"蒋远周嗓音微沉，也就是今天，他能坐在这里跟老白好好说几句，"我说过，别的客观原因我都不在乎，也不会放在心上，即便是许情深对小姨不肯原谅的态度，在我看来也不会导致我们分开。我在乎的只有一件事——药是她开出去的，而那药要了小姨的命。单单这一条，我们就走到头了。"

老白听着，也明白了最大的悲哀莫过于此。

就算蒋远周相信许情深也没用，不论什么原因，药是她开的，蒋随云又是吃了药致死的，这似乎就是个死结，没法打开。

蒋远周起身上楼，老白看了看四周，九龙苍恢复了一年多以前的寂静，死气沉沉的，让人受不了。

两日后。

许情深走出一家医院。阳光正烈，医院门口就有公交站台，她走过去坐了下来。

光线太过刺眼，许情深拿起简历遮在额前，右手搭在腿上，手指无意识地动了几下。

她刚被这家医院拒绝，负责面试的人看到她的简历，以一副她居然还敢出来找工作的表情盯着她。许情深记得当时的感觉，简直是如坐针毡，一秒都不敢再待下去。

最后，那人索性打开天窗说亮话："你治死人的消息，大大小小的医院都传遍了。我们的资历是不比星港，但也不代表就能对患者的生死置之不理。你有了那样的经历，还指望重新做医生吗？"

许情深极力解释，想给自己争取一个机会，但对方显然听不进去，哪怕她说了药物的反应在每个人的身上都是不可控的。

"你还是死了这条心吧，没有一家医院会同意让你任职的。就算真给了你这个工作岗位，你觉得还会有患者放心将自己的命交到你手里吗？害了人命，还想着救人呢，笑话。"

一辆公交车进站，挡住了照下来的阳光，许情深将简历拿在手里，手指在曾任职的一栏上划过。

心口处又有撕裂般的疼痛传来，许情深忙合起简历，这都什么时候了，缅怀过去有用吗？哭和笑在生存面前都没有太大的意义。

接下来的十余天，许情深辗转于东城的各家医院，可得到的结果都是一样的。

回到许家，开门进去，许旺和许明川都不在家，主卧的门敞开着，许情深经过门口，看到赵芳华正在里头翻箱倒柜。坐在床沿的老人朝她看看："情深回来了。"

她不好不打招呼，只能走过去："嗯。外婆，妈，你们在做什么？"

赵芳华头也没回："还能做什么？收拾下东西，搬去药店住。"

"搬去药店？"

赵芳华直起身，走到门口，当着许情深的面将皮箱拖出来："是啊。你看明川也大了，总不能成天跟他爸挤一张床吧。药店二楼反正能睡觉，我跟你爸搬过去。"

许情深提着手里的包，只觉得有千斤重，她沉下嗓音说道："妈，你别折腾了，我昨天就想好了，我搬去药店住，反正我的行李也不多，明早拎过去就好。"

"你搬过去？"赵芳华站直身，双手叉着腰，"那你自己跟你爸说去，省得他以为是我赶你走的。"

"好，我跟他说。"许情深说完，提起脚，"我先回屋去收拾一下。"

"嗯。"赵芳华眼见许情深回了许明川的房间，便一脚踢向旁边的皮箱，然后将整理出来的衣物塞回橱柜内。

第二天早上，许旺先去药店，没过多久，许情深拖着皮箱过去了。

许旺见到她，大吃一惊："这是做什么？"

"爸，我想搬到药店来住。"

"胡说什么呢你，这儿哪里可以住人？"

"二楼就行。"

"那里面就是间仓库，塞满了东西——"

许情深打断许旺的话："没关系的，至少让我觉得很自在，爸，你别担心我。"

许旺知道，她在家里，赵芳华肯定不会有好话、好脸色，他走出柜台替她拿行李："那你先在这儿住两晚，爸给你租间房子。"

"不用了，等我找到正式的工作后再说吧。"

许情深又出去跑了两天，只是并不顺利，她只能暂时留在药店内帮忙。

方明坤来的时候，正好药店没什么生意，许情深喊了声干爸后迎了上去。

许旺让他们去楼上坐。方明坤跟在许情深身后上楼，看见摆在角落里的床后，大吃一惊："你不会就睡在这儿吧？"

"嗯，这里挺安静的。"

"情深啊，"方明坤叹了口气，无奈地摇了下头，"有什么难处你不能跟干爸说呢？"

"干爸，我自己能解决的就不想麻烦您。等哪天实在过不下去了，我肯定会找您帮忙的。"

方明坤听到这句话，脸色才算缓和了些，许情深搬了张凳子过来给他坐，男人从兜里掏出串钥匙："这是方晟让我给你买好的房子。"

"什么……"

"情深，你现在没有拒绝的理由。先前是因为你有住的地方，所以干爸一直没找你。方晟走之前就交代了我这么一件事，这串钥匙一直放在我这儿，我心里很不好受。"

许情深喉头轻滚，不知道怎么接话。方明坤继续说道："你住在这儿，让别人怎么看得下去？那座房子一直空着也是浪费，你不用觉得不好意思。干爸老了，平日里也就你经常来看我，我还指望着你给我送终呢。"

"干爸，您别说这样的话。"

方明坤拉过她的手，将钥匙放到她的掌心："房子是给你的，你若坚持不要，它也只能放在那儿。"

许情深攥紧手里的钥匙，方明坤继续说道："房子里什么都有，你只要住进去就好。还有，你把东西准备下，我们去办理过户手续。"

"不，不用，"许情深忙开口，还想拒绝，"我其实有住的地方……"

"那我们一人退一步，房子那边，你先住进去。"方明坤看了眼四周，"情深，你要让方晟看到你现在这副模样吗？"

许情深摩挲着那张门卡，最终点了点头："好，谢谢干爸。"

方晟当初看中的房子离这边有些远，许情深拿了钥匙后去了一次。

房子并不大，正好够住。屋内收拾得干干净净，餐桌上的玻璃花瓶内插着一束干花，屋内到处都是香水百合的味道，但不算浓郁，抛釉的地砖在灯光的照射下显露出它特有的纹理来。房子里真的什么都有，就连毛巾、牙刷等这样的小物件都准备好了。

许情深并没有立即住进去，毕竟那儿比较远，而药店的一名医师正好辞职了，许情深就留了下来。

怀孕三个月的时候，许情深虽然出现了孕吐的反应，但肚子几乎没有变化。

躺在小床上，她感觉到仪器在腹部滑来滑去，周边安静得只有医生敲打键盘发出的声音。许情深抬头望着天花板，很多之前不曾想到的问题全都在此刻涌了出来。

她的肚子肯定会越来越大，到时候肯定瞒不住。蒋东霆那边忽然就没了下文，许情深不怕他威逼利诱，就怕他暗地里使坏。

还有以后的生活，她现在没有工作，而孩子又即将出生……

许情深越想心绪越乱。

"好了。"医生抽出纸递给许情深，"起来的时候慢点。"

"谢谢。"许情深坐起身，清理干净后穿好裤子。

在外面等了会儿，医生喊到许情深的名字后，她起身去拿报告。

目光扫过最下面一行，许情深看到"单胎""无异常"等几个字样。

做完了全部的检查后，许情深走出医院。这一家是离家最近的医院，赶回去也很方便。

药店里只有另一名医师和许旺在，许情深走进柜台，穿上了白大褂。

将近中午的时候，有两个人从外面进来，许情深抬了下头。

她们径直走到柜台前，许情深热情地问道："请问有什么需要帮忙的吗？"

其中一人将一盒药拍到柜台上："这药是假的吧！"

许情深心里猛地咯噔了一下，担心的事情总是逃不过去。

"这药是在我们药店买的吗？"

"当然，发票我都留好了。"

许情深拿过那盒药，发现就是被许旺换掉的其中一种。

"你们说吧，现在该怎么办？我妈吃了这种药，到现在还在抢救，医生说有生命

366

危险！"

　　许旺听闻，吓得腿都软了："什么？不不不，不可能是我们店里的药，我们的药可都是正规渠道进来的。"

　　"你要这样说的话，我只能报警了。"

　　许情深忙开口制止："不，有话好好说，你们想怎么样？"

　　"想怎样？一旦弄出了人命，你觉得你们还能逍遥自在吗？等着坐牢吧！"

　　许旺没想到事情这么快就穿帮了，更没想到那药真能把人给吃坏："你们想要什么？赔偿吗？"

　　"这件事，我希望可以跟你单独谈谈。"其中一名女子冲着许情深道。

　　"好。"她脱下白大褂，走出柜台，让许旺把包递给她。许旺满面焦急："情深，你还是别去了。"

　　"爸，没事的。"许情深说完，跟着几人走出了药店。

　　她们朝着马路对面的茶室走去，两个女人走在前头。到了屋内，许情深选了个位子坐下来。

　　蒋东霆进来的时候，依旧什么人都没带，坐在许情深对面的两人见到他，起身离开。

　　她什么都明白了，脸色往下沉。蒋东霆坐了下来："好久不见。"

　　许情深并没有觉得过去了多久，很多事好像还在眼前："我上次已经答应了你的要求，你还想怎么样？"

　　"不是我想怎样，而是你们家灾难太多。卖假药的事要是传出去，你想过后果吗？"

　　"我们会承担医药费。"

　　"说得轻松。你家药店的负责人是谁？是你，还是你爸？"

　　许情深皱紧眉头："你想做什么？"

　　"我没理由处处针对你们家，这是你们自己的贪婪搞出来的麻烦。"

　　这一点，许情深没法否认。

　　"我不会把孩子打掉，我也不会让蒋远周知道这个孩子是他的。我明天就从这儿搬走，不会再出现在你们面前。真有可能的话，我会让自己尽早结婚。"

　　蒋东霆将她的话都听了进去："好，跟你说话不需要费劲，这一点让我很欣慰。"

　　"从此以后，我过我的，你们过你们的。如果药店或者我的家人出了什么事，我不保证我不会去找蒋远周，让他顾及下我们的旧情……"

　　蒋东霆不由得失笑："我明白你的意思，放心，假药的事情我会帮你处理好，只是有句话要奉劝你们，多行不义必自毙，别为了一时的蝇头小利把良心都给吃了。"

　　367

许情深的脸青一阵白一阵，但蒋东霆说得没错，这些屈辱她也只能忍下来。

"这样的话最好，我明天就搬走。"

"许小姐，记住我跟你说过的话——孩子我不反对你带走，但你最好永远别让远周知道。要不然，一旦哪天你们要争夺抚养权，我肯定会不顾一切地站在他这边。"

许情深的喉间干涩无比，每呼吸一口都能感觉到丝丝血腥味。

她点了下头："我明白。"

"这样我也算对得起你肚子里的孩子了。说到底，他也应该叫我一声爷爷，我保住了他的命，也算有缘，只是蒋家注定要有自己的长孙，所以，就算是有缘无分吧。"

许情深的嘴角勾勒出嘲讽的弧度："话已至此，我们各自遵守承诺吧。"

说完这话，许情深站起身，蒋东霆看着她快步往外走，直到消失在茶室内。

药店里，许旺急得团团转，看到她进来，忙不迭地上前问道："情深，你没事吧？"

"没事。"

"最后怎么解决的？"

许情深扯了个谎："我给了她们一万块钱的医药费，好说歹说才作罢。爸，以后再也不能有这种事了。"

"对对对，放心吧，爸糊涂一次就够了，今后绝对不会再有这种事发生。"

许情深走进柜台内，装作漫不经心地开口道："我刚还接到个电话，前几天去面试的一家社区医院肯用我了，就是有点远，我明天要去那边上班。"

"真的吗？"许旺听到这里，还是为许情深感到高兴，"在哪儿？"

"那儿距离方晟给我的房子倒不远，爸，明天我就搬过去了。"

"你一个女孩子……"

"没关系的，现在对我来说，工作最重要。"

许情深向来有主意，再说能当回医生，已经是再好不过的事了。

第二天，许旺让许明川给许情深帮忙，姐弟俩坐了好久的车才赶到住的地方。

许情深没有留许明川，请他吃了顿饭后，就把他送到了车站。

回去的路上，经过菜市场，许情深去买了些菜，提着东西回到小区内。她掏出钥匙开了门，换了拖鞋后往里走。这个地方于她来说还是陌生的，但对现在的她来说，已经是她的家了。

它在她最窘迫的时候替她遮风挡雨，给了她唯一的安全感。

许情深走进房间，从柜子内拿出被套等东西。今天阳光大好，洗了肯定能很快晾干。她开始马不停蹄地收拾，一直忙到傍晚时分。

坐下来的时候，她才觉得难受极了，恶心感一阵阵蹿上来，幸好她带了饼干。许情深忙起身倒了杯热水，就着热水吃下几口饼干后才觉得好一些。

368

晚上也懒得做饭，就一个人，许情深将买好的菜放进冰箱，可想着肚子里还有个宝贝，总不能喂他吃方便面吧？

许情深回到厨房，开始淘米洗菜，吃过晚饭后，她拿了手提电脑走进房间。

找工作的网站有不少，她登录进去，一条条信息仔细地筛选。

医生这个职业她恐怕是不得不放弃了，可她连普通的文员都没做过。许情深抱着水杯，出神地盯着电脑屏幕。一行行浏览下去，失望总是大于那么一点点期望。

怀孕后，许情深觉得体质方面大不如前，很容易犯困，没做什么事就觉得累得不行。她不敢熬夜，只能关了电脑去床上躺着，却辗转反侧睡不着觉。她的手在肚子上轻轻抚摸，最后从抽屉内拿出一本医学书，背后垫了个枕头后开始朗读。

没过多久，念得她自己都要睡着了，许情深唇瓣轻翘，用手在腹部轻拍："你听睡着了是不是？很枯燥吧？妈妈可是念这个专业的……"

这似乎是许情深第一次和肚子里的孩子有这样的交流。还是有个自己的独立空间最好，想说什么就能说什么，不必顾及他人。

许情深将书放回床头柜："晚安，亲爱的。"

她关了灯。然而，忽然待在一个陌生的环境中，她还是睡不着，脑子里总是闪过很多人的身影，而最深刻的那一抹，自然是蒋远周。

许情深翻了个身，双眼盯着天花板，眼圈泛红的时候，她赶紧把眼睛闭起来，一遍遍地告诉自己：睡着了就好了，睡着了，就不会再想了。

接下来的几天，许情深都在家找工作，也记下了几个地址，只是都没有成。

这日午后，她跟往常一样坐到电脑跟前，浏览了几页后，有新的信息更新，她点进去看了看。

"家庭医生"四个字跳入许情深眼中，她顿时来了精神，滑动鼠标往下看。

也是奇怪，对方什么要求都没提，没有年龄限制，没有资质要求，跟别人的长篇大论比起来，这则招聘信息简单得像是个陷阱。

许情深虽然这么想，但还是将对方的手机号记了下来。

她起身去打电话，接听的是个女人，一听她有意向，赶紧约了时间让她过去。

许情深按照对方给的地址找过去时，已有个女人等着了。许情深快步上前，那人见到她，立马开口问道："你是来面试家庭医生的吧？"

"是。"

"跟我来吧。"

许情深跟在她后面，女人一边走一边吩咐道："待会儿见到付先生，你什么话都别说，知道吗？"

"不是面试吗？"

女人停下脚步等她："这位付先生性格有点怪，他看重的是眼缘。"

许情深听到这里，步子猛地停住，眼里明显有了防备："他招的难道不是家庭医生吗？"

"是家庭医生啊。"女人朝她招了下手，"你放心吧，我还能把你往火坑里推不成？哎呀，更加不是相亲了，走吧。"

许情深跟着对方往里走，来到一座独栋别墅跟前，女人过去按响可视门铃，那边很快接通了。

"付先生，是我。"

大门咔嗒一下解锁，女人熟练地推门而入："请吧。"

走进去后，里头的门没有锁，许情深跟着往里走，女人拿出双拖鞋让她换上："付先生爱干净，你待会儿注意点。"

"好。"

两人来到二楼，里面的空气沉闷得令人不适，女人敲了敲书房的门。

"请进。"许情深听到一阵男声，干脆，却毫无温度。

书房内，一道高大的身影在窗前站着。许情深走进去，男人回过头。他个子很高，五官深刻，鼻子高挺。她是视觉动物，所以第一眼看过去的时候，就觉得这个付先生长得太好，不像是需要家庭医生的人。

"付先生，这是来面试的，她叫……"女人介绍着，却忽然忘了许情深的名字，她朝许情深看看，"你叫什么来着？"

"许情深。"

"对对，您听，多好的名字。"

男人一侧的嘴角往上勾："我怎么没觉得好听，很土。"

女人尴尬地朝许情深看看，她倒不觉得有什么："那你可以喊我许医生。"

"你之前就是医生？"

"是。"

男人的目光落到她脸上，眼神中审视的味道越来越浓烈。许情深看到他的眸子忽然闪了下，好像是发现了什么，她被盯得浑身不自在起来。

"既然是医生，为什么要来这儿？"

"您是查户口的吗？"

女人一听，忙拍了下许情深的手臂，示意她别乱说话："付先生，要不，您考考她一些专业知识？"

她之前也带了几个面试的人过来，可还没对上话呢，就直接被拒绝了。女人回去后也研究了一番：是不是这个付先生就喜欢貌美如花的啊？什么倾城倾国之姿、魔鬼身材那种？

她刚才已经偷偷观察过了，许情深一人就把这几条全占了。

男人没说话，还在端详着许情深，这让她越来越觉得不舒服，甚至萌生了退意。男人看出她脸上的防备，他转过身，走到旁边的办公桌前："就她吧。"

许情深听到这话时，以为自己听错了。旁边的女人开心地一拍手掌："太好了！"

"一些细节你跟她详谈，明天来上班就行。"

"好好好，没问题。"

男人坐到椅子上，挥手示意她们出去。许情深跟着女人下楼，换了鞋出门，一直到别墅外面，女人才停下脚步："你的运气真是好，付先生挑剔得不行，可这次竟然什么都没说。"

"那请问，家庭医生需要做些什么？"

"你明天来了就知道了。"女人打断许情深的话，"有些事我必须提醒你，付先生喜欢整洁，也就是说，你明天工作时，碰过的每一样东西都要原样放回。"

"好。"

"工作时间是间隔一天，但付先生有要求的时候，你要随叫随到。"

"那请问，这个付先生是否有病史需要告知我？"

"不知道，"女人说得干脆，"我只管替他招人。工资待遇你也看见了，你要觉得满意，明天就直接过来上班。"

"好。"

对许情深来说，现在有这么一份工作能让她重新做个医生就够了。

九龙苍。

凌时吟下了车，站在外面，凌家没有一个人陪她过来，这也是她自己的意思。

从蒋随云过世到今天，差不多两个月过去了，蒋远周没有去过一趟凌家，更加没有提起孩子的事，凌时吟如果不主动出击，势必会失去最好的机会。

她到了门口，却被保镖拦在外面，她好脾气地等着，直到老白从里面出来。

"凌小姐，你找蒋先生有事吗？"

"有，是很重要的事。"

"蒋先生现在没空，要不，改天再说吧。"

凌时吟握紧手里的包带："你告诉他，我不会提什么让他为难的条件，但有些事，我也很彷徨，想听听他的意思。"

老白大抵猜到了凌时吟过来的目的，他转身进了屋。没过多久，保镖便放凌时吟进去了。

蒋远周刚从楼上下来，此时正坐在沙发上。看到凌时吟进来，老白朝蒋远周说道："蒋先生，我去外面等。"

"嗯。"

凌时吟穿过偌大的客厅，蒋远周头都没抬一下，直到视线中出现了女孩的双腿。

"远周哥哥。"

蒋远周面色肃冷："你到九龙苍来有什么事？"

371

蒋远周采取了一种开门见山的态度，很明显不想跟凌时吟有过多交流。

她小心翼翼坐到沙发上："远周哥哥，这件事一直悬着也不行，我想听听你的想法。"

蒋远周的视线落到凌时吟的肚子上："几个月了？"

凌时吟听到他这样问，神色有些激动，用手摸向自己的小腹："三个多月了。"

"为什么不早点打了？"蒋远周口气冷漠，周遭的空气好像都因为他的这句话而凝结了。

凌时吟来之前就想到他的态度不会太好，但没想到他说话会这样绝情。凌时吟抚摸肚子的动作顿住："我试着偷偷去医院，但被我爸妈阻止了，还把我关了起来。"

"我不会娶你的。难道真要等到肚子大起来，你们凌家才会觉得迫在眉睫？"

"三个多月的孩子，他待在我的肚子里，别人几乎看不出他的存在，只有我知道，他在我肚子里一点点长大，渐渐成了我不可分割的一部分，他是我的孩子……"

蒋远周的目光落到凌时吟稚嫩的脸上："你想把他生下来？"

"一开始，我也反抗过，但我反抗不过，后来我就妥协了，但我并不是对我爸妈妥协，而是对这个孩子妥协。"凌时吟眼帘微垂，"我的命运肯定逃不开'联姻'二字，我想要这个孩子，我想给他一个完整的家。"

这是凌时吟的心里话，也是当着蒋远周的面，第一次将某些意图袒露出来。

蒋远周的目光仍旧是冷的："到目前为止，我只对一个人动过结婚的念头，很显然这个人不是你。"

凌时吟的脸青一阵白一阵："我明白了。来之前我就知道会是这样的结果，所以已经办好了出国的手续，我的肚子会越来越大，也没法在乐城待下去了。"她站起身，拿起旁边的包，"远周哥哥，我知道勉强在一起不会有幸福，况且我们之间也没有牢固的感情基础，但这个孩子既然来了，我就没想放弃他，你不要，我要。你也不要让我拿掉他，这是一条生命，我作为母亲，比你更有资格留下他。"

门口传来一阵敲门声，老白站在玄关处："蒋先生，是时候出门了。"

蒋远周也站了起来，没再对凌时吟说什么话，他径直走到门外，司机已经在九龙苍外面等着。凌时吟站在他身后，心里反而微微一松。

坐进车内后，老白示意司机开车。

"蒋先生，凌小姐找您是为了孩子的事吧？"

蒋远周一边整理袖口，一边看向前方："老白，我其实应该让她把孩子打了。"

这种事，老白不好帮着拿主意："蒋先生，有些事，从来就没有对与错之分。"

"我忽然有个不好的想法……"

"您说。"

蒋远周的身子往后倚靠，目光有些空洞："对我来说，我始终要结婚，而在许情深之后，跟谁结婚其实都是一样的。有个自己的孩子陪着也挺好的，只要到时候亲子鉴定的结果证明是我的就行。"

　　老白听着，心里有莫名的悲哀在溢出来——这段时间，蒋远周在家的时间很少，蒋随云死后，他一次都没有回过蒋家。

　　他理解蒋远周的这种想法，经历过许情深后，谁能取代那个让他刻骨铭心的人？

　　所以，跟谁结婚都是一样的，不为爱情，只为生活。

第四章
最痛的重逢

怀孕六个月后，许情深的肚子有了明显的变化，再加上天气热，穿得单薄，很显然是藏不住了。

许旺打过几次电话来，说让她回去，或者带着许明川来看看她也行，但都被许情深以工作繁忙为由推掉了。

她的肚子这么大，有些事必然会暴露，许家的人很容易就能想到蒋远周身上，到时候，事情有可能一发不可收拾。

做完检查，许情深走出医院，这是离她住处最近的一家医院。她来到付京笙的家，他这人还是很挑剔，许情深今天买了山楂，打算待会儿熬了冰糖后浇在山楂上，给他就药吃。

进屋的时候，有说话声传到耳朵里，许情深走进去，看见付京笙开着电视。见她来了，他面无表情地朝她看了一眼："情深，你过来。"

他平时从来不喊她的名字，所以许情深觉得奇怪，她将东西放到桌上后走向客厅。

男人的目光落到她的肚子上，许情深坐下来："有什么事要吩咐吗？"

"还有差不多三个月，你就要生了吧？"

"嗯。"许情深调整下坐姿，忽然想到付京笙可能有话要说，"我知道，我挺着个大肚子，做什么都不方便，您要想重新招人的话，没关系。"

"孩子出生之后会有很多问题，你想过怎么解决吗？比如说，谁带他？还有，怎么办理出生证？怎么上户口？你不想让他一辈子都是黑户吧？长大了连学都上不了。"

许情深听在耳中。这些问题，她怎么可能没有想过？

"我……"她张了下口，只是也说不出别的话。

"孩子的亲生父亲呢？"

许情深摇了下头："他有他自己的生活。"

"我有个提议，要听吗？"

许情深抬起头，同他四目相接："什么提议？"

"跟我结婚，你需要一个家庭，我也需要，一举两得。"

"什么？"许情深惊呼，然后摇了摇头，"付先生，我没心思跟您开玩笑。"

"我也没跟你开玩笑。要么，你还对这个孩子的父亲心怀希冀，不然的话，你不觉得我的提议对你来说是一条最好走的路吗？"

"可是我们两个……"许情深觉得难以置信，"我没想过结婚。"

"我也没想过。"男人跷起二郎腿，身上的衬衣干净整洁，裤子包裹着有型的双腿，他睨向许情深，"这个社会允许我们不结婚，却不肯接纳私生子，这一点，你必须承认。"

许情深当然知道，但还是觉得荒唐："付先生，您条件这么好，让我配您……我们两个肯定不合适。"

"我让你跟我结婚，又没让你一定要跟我履行夫妻关系，只是婚姻可以替你解决所有的烦恼。很多人的婚姻，也不是因为相爱才开始。"

许情深将头发弄到耳后，眼里的疑虑未消："可您这样的条件，不至于非要跟我结婚，您想要婚姻，外面那么多小姑娘——"

男人神色严肃，打断了许情深的话："我不喜欢女人。"

"啊，什么？"

付京笙的目光紧锁着她，一字一顿地重复："我，不喜欢女人。"

许情深张大了嘴，难道这就是传说中的……

男人冷笑了下："你看，无论是谁知道了，都会用异样的眼光看我，就像你的孩子以后也会被这种歧视包围。"许情深的心猛地被击碎，付京笙却继续说道，"所以你对我来说是最合适的，一个家庭，有妻子有孩子才是完整的，而我可以给你庇佑，从此以后，我们都不用再活在别人的有色目光里。"

跟付京笙的对话内容让许情深震惊到一下回不过神。

男人站起了身："你考虑考虑。"

所以，他的意思是要她做一名"同志"的妻子，从此以后生活在有名无实的婚姻中，而她呢，则成了付京笙是正常人的最好掩护，但同样的，付京笙也变成了她和孩子最好的盾牌。

所以，这就是生活吧，真是处处充满了"惊喜"。

许情深回去的路上又接到了许明川的电话。

"喂，明川？"

"姐，你下班了吗？"

许情深挺着大肚子在路边走："刚下班，怎么了？"

"爸让我明天陪着他过来。"

许情深一听，慌忙阻拦："我一个人在这儿挺好的，你们不用太担心我。"

"你搬过去都好几个月了，每次都说挺好挺好，可你从来不回来，让我们怎么能放心？"

许情深知道，有些事迟早是瞒不住的，除非她能一辈子断了跟家里人的联络："明川，明天我休息，还是我回家吧。"

"真的？那太好了！"

"明天……妈在家吗？"

许明川知道她不想见赵芳华："姐你放心，妈明早带外婆去看病，不到下午是不会回来的。"

"那好。"

许情深挂了电话。她倒不是不想见赵芳华，只是大家都是女人，她怕很多事瞒不过赵芳华的眼睛。

翌日。

许情深只身出门，她穿了条宽松的连衣裙，毕竟天气正炎热。她没有去家里，到了药店附近后也没进去，而是进了一家饭店。

许明川接到许情深的电话后带着许旺过去了，药店内有人帮忙照看。走进饭店，离吃饭的时间还有些早，许情深坐在一个靠角落的位子上，看到他们过来，招了招手。

"姐！"许明川开心地冲许旺说，"在那儿！"

两人快步来到桌前，许情深也没站起来："爸，明川。"

许旺拉开椅子入座："情深，怎么不去家里啊？爸一早就买了不少菜。"

"大家都挺辛苦的，还是在饭店吃吧。"

许旺看见她，倒是有不少话要问："新工作怎么样，还习惯吗？一个人在那边，好不好啊？"

"爸，我一切都好。"

"姐，你好像胖了那么一点点，"许明川盯着她不住地看，"长了点儿肉，所以比之前还要好看。"

"你少来。"许情深最近胃口是比以前大了，她给许旺倒了杯水，"爸，我不是一个人在那边。"

"什么意思？"

许情深垂下眼帘，看着茶水将杯子注满："我认识了一个人，他挺不错的，我怀孕了。"

许明川张开嘴，手里还拿着那个空茶杯："啊？姐，你你你，你怀孕了？"

"嗯。"许情深朝他看看，"又不是你怀孕，你反应这么大做什么？"

"不是……这也太突然了。"

"还好，"许情深轻描淡写地道，"他对我不错，这就够了。"

"他是做什么的？多大岁数？"

"公司白领，跟我一样大。"许情深随口编道。

"姐，你怀孕几个月了？"

许情深靠着跟前的桌子，肚子大半都藏在桌子底下，还有桌布遮挡着："三四个月吧。"

许旺知道女儿一向有主见，再加上从小也没有过多地管过她，大大小小的事几乎都是她自己决定的："那……什么时候把他带回来看看？"

"好。这次他出差了，有时候他有空，可我没空，我们总凑不到一起去。"

"行。"

快到饭点的时候，许情深开始点菜，许明川站起身朝她的肚子看去，许情深扯过桌布："干什么？"

"我想看看你的肚子多大了。"

"有什么好看的。"许情深将菜单递给他，"你点吧，想吃什么点什么。"

"好。"

许旺看向女儿，有些犹豫，按照许情深的说法，她应该是刚搬过去就认识了那个男人："情深，对方的人品靠得住吗？"

"爸，我知道你担心什么，放心吧，靠得住，他对我特别特别好，我会幸福的。"

"那就好。"

菜上齐后，许情深让许明川多吃点："对了，妈什么时候回来？"

"怎么也得下午吧。"

许情深点点头。

一顿饭吃了很长时间，许明川有些坐不住："姐，我们回家吧。"

"家里我就不去了，我待会儿直接回那边。"

"为什么啊？"

"爸待会儿还要去药店，还不如我们在这里聊会儿天。"

许旺点了下头："是啊，你姐难得回来一次，况且又怀了孕，就别走来走去地折腾了。"

到了一点多的时候，赵芳华打电话来了。

许旺说了几句，然后挂上，面色有些不悦。许情深拿过旁边的包："妈回来了？"

"嗯。说是店里没人照看，乱糟糟的。"

"你们快回去吧，我也要走了。"

"这怎么行？让明川把你送到车站去……"

许情深坐在位子上没有起身，她从旁边的椅子上拿了些东西递向许明川："这是我给你们买的。我待会儿出门就打车，不用你们折腾，快走吧。"

"姐，那我们一起出去。"

"是啊，走吧。"许旺说着，推开椅子起身。

"不了。他晚上就回来，我跟他说好的，要打包一份我们这儿的响油鳝丝给他尝尝，我还要让饭店现做呢，你们走吧。"

"那好，出门之后记得打车，别不舍得花钱。"

许情深轻笑："我知道，你们走吧。"

许旺来到前台，让许明川等他片刻，他冲着服务员道："她还要一盘响油鳝丝，打包。多少钱？我先把账结了。"

"好。"

许情深不跟他们一起走，就是因为她的肚子骗不了人，这么大……说是三四个月压根没人信。

她坐了会儿，确定两人已经离开，这才拿起包走向前台。

许情深掏出钱夹要结账，服务员查看了一下桌号："这一桌已经给过钱了。还有，您要的响油鳝丝马上就好，正在打包。"

许情深微怔，一下就明白过来是怎么回事，心里微暖。片刻后，她接过服务员递过来的打包盒。

之前，宋佳佳一直跟她有联络，可许情深如今这样，也不敢跟她见面。

宋佳佳性格冲动，说话又直，脾气要上来，冲过去找蒋远周理论也不是不可能的事。

许情深出了门，在路口拦了辆出租车，上车后，她冲司机道："去汽车南站。"

"好。"

车子往前开，许情深坐在后车座上，手里的打包盒还是滚烫的，她朝窗外看了眼，心里酸酸胀胀地难受起来。

这儿尽管没有多少美好的回忆，但始终是她长大的地方，她其实不想离开这儿，她害怕回到那个家里，孤零零的，除了付京笙以外，没有一个她认识的人。

没有亲人，没有朋友，加上身体的不适，逼得许情深越来越脆弱。

许情深抬起手掌轻拭眼角，她都不知道这几个月她是怎么撑过来的，只是劝慰自己，挨过一天是一天。

到了怀孕后期，许情深的肚子越来越大，付京笙看她辛苦，让她不必每日都过去。

378

许情深不方便出门，孩子出生后需要的物品基本都是在网上买的。

不大的房间内已经搭起了一张婴儿床，就挨在大床旁边。

买来的小衣裳也都洗好了，叠放得整整齐齐，摆在小床上。

许情深每次难受到快挨不过去的时候，就摸摸那些东西，或者将它们重新拿过来叠好。

她身边没有亲人朋友，所以日子过得异常艰苦，如果不去付京笙那里，她有可能一天到晚都不说一句话。许情深越来越渴望这个孩子快点出生，至少她不用再这样孤单。

有时候，她也会忍不住胡思乱想：蒋远周和凌时吟的孩子也快要出生了吧？

这时候，蒋远周在做什么呢？

许情深一个人孕检，一个人置办婴儿的东西，一个人搭小床，嘴馋的时候……一个人出去吃东西。

凌时吟肯定不是这样的吧？

他现在肯定接受她了，所以蒋远周不会让凌时吟跟她一样。

许情深想到这里，就会和自己过不去。一个人的日子太难过，她不止一次想到了付京笙之前的提议。

临近预产期的时候，许情深去了付京笙家里。

男人将她带到楼上："我给你请了个月嫂，过两天就会去你家里。"

许情深很吃惊："您给我请了月嫂？"

"不然呢？等你生的时候，你指望谁来照顾你？"

许情深也想到过这一点，她不可能通知家里，也不能告诉宋佳佳，只是没想到付京笙的动作比她还要快。

"情深，我过几天要去趟四川，正好是你的预产期。"

他这句话也算是在对她交代了，但他们毕竟没有更深一层的交情，许情深还是觉得有些怪异："付先生，您去四川做什么？"

"我妹妹失踪了，至今没找到她，有消息说她可能在四川，我要亲自去确定下。"

付京笙从未跟许情深说过他妹妹的事，许情深听到这里，不由得大吃一惊："什么时候失踪的？"

"大半年了。"付京笙朝她看看，"你一个人去医院，能行吗？"

"可以的。"

"放心吧，我已经跟月嫂交代好了，她什么事情都能办好，包括在医院陪床以及照顾孩子。"

许情深不知道该说些什么："月嫂的费用，您从我的工资里扣吧。"

"你的工资还不如一个月嫂。"付京笙说到这儿，笑了笑，"我既然已经给你安排好了，就没算过钱的事，也不在乎这点钱。"

许情深却不想白白受人恩惠。付京笙见她还要坚持，便打断了她的话："孩子出生以后，问题会越来越多，我之前给你的提议，你再好好考虑下吧。"

她抚摸了下肚子，里头的孩子狠狠地踹了她一脚，许情深等那股疼痛退去一些后，点了点头。

最后一次体检时，医生提出让许情深剖腹产。

她羊水的情况一直不是很好，医生之前也说过，顺产的话，危险性相当高。

"你如果同意剖腹产，我就要尽快给你安排时间了。"

许情深坐在凳子上："羊水还是不好，是吗？"

"是，羊水太少。"

"嗯，那麻烦你帮我安排一下手术时间吧。"

医生朝她看了看："你怎么每次都是一个人？马上要手术了，你的家人呢？"

许情深别开视线："住院后会有人过来陪的。"

"那就好。那我就给你定在周五那天了。"

"好，谢谢医生。"

手术前一晚，许情深就住进了医院。月嫂将需要的东西都带了过去，陪她住在病房里。

为了第二天的手术，她已经不能进食，可肚子又饿得厉害。

许情深走出病房，肚子大得让她走路都显吃力，长长的走廊上，总有形形色色的人来往。

她就是不想一个人闷在病房内，许情深将手掌在墙壁上撑了下。经过一间病房的时候，她看到一个年轻的男人坐在床沿，正在小心翼翼地喂妻子喝水。

女人显然也是刚做过剖腹产，身体虚弱，还挂着点滴。

旁边的小床上，孩子哇地哭出声来，女人着急地要起来，丈夫忙按住她的肩膀："你别乱动，我来。"

男人拉过小床："宝贝是不是饿了？"

那张小床紧紧地挨着病床，女人伸出手掌，拉了拉孩子的小手："不是才吃过吗？你看看是不是便便了。"

男人听完后起身，将孩子的尿不湿解开一看："还真是！哎哟，臭死我了！"

"赶紧，湿巾在桌上呢。"

男人第一次做爸爸，笨手笨脚的，拿湿巾的时候还把桌上的奶瓶打翻了，病床上的年轻妈妈恨不得自己起来："瞧你，换个尿不湿都不会，急死我了。"

"老婆，消消气，我不是正在努力地学吗？你躺着的这几天，咱孩儿就交给我吧……"

女人本来还火急火燎的，这会儿轻轻松松就被这句话给逗乐了："你啊，真交到你手里，还不知道被怎么折腾呢。"

许情深站在门口，满眼的羡慕，这才是毫无经验却又对孩子满怀爱意的父母吧？

躺着的女人突然朝她看过去，高声问道："你是谁啊？"

许情深像是一个犯了错误被人逮住的孩子，她下意识地捧住肚子，转身就走。她不知道这样偷看别人的幸福算不算是一种错，她只知道，这样的一幕，她只能在别人的病房里才能看见。

第二天，许情深是自己签的字，然后被推进了手术室。

手术室外就只有月嫂一个人等着，没有丈夫，没有母亲，只有一个才认识不过几天的人。

等到她再次睁眼的时候，人已经回到了病房。月嫂靠近床边，满脸的喜色："许小姐，您终于醒了。"

"孩子呢？"

"孩子好着呢。"月嫂拉过旁边的小床，"恭喜恭喜，是个漂亮的女孩，您看这头发，乌黑浓密。"

许情深别过头看去，婴儿床上躺着个女婴，穿着医院的小衣服，头发黑亮，肤色白皙，睡得正香甜。许情深看了眼，激动到说不出话来。月嫂朝她看看："您可不能哭啊，身体要紧。"

"这是我的女儿。"

"是啊，跟您一样漂亮。"

"她……她吃过了吗？"

月嫂笑着坐在床边："许小姐，您就别操心这些了，我都会替您照顾好的，您赶紧休息。"

许情深手掌落到肚子上。被推进手术室的时候，她还在等着麻醉师给她上麻药，后来却不知不觉睡着了。她冲旁边的月嫂说道："王姐，你替我把医生喊过来，就说我醒了。"

"好的。"月嫂起身，还不忘查看下孩子。

她回来的时候，身后跟着主刀的医生。许情深喉间干得难受，医生上前查看了一下："手术挺顺利的，不用担心。"

"医生，我是全身麻醉吧？"

"是。"

许情深面上没有了方才的喜色："剖腹产不应该是局部麻醉吗？"

"你的情况不一样，而且之前就跟你说过，你有妊娠高血压，所以为防万一，麻醉师建议全麻。"

"但你们之前并没有告知我。"

医生盯着她："有手术确认的单子，当时让你签字了。"

381

许情深敛起视线，手落到旁边的小床上："那好吧，谢谢。"

"多注意休息，过几天就能出院了。"

"好。"

医生很快出去了。月嫂不解地朝许情深看看："许小姐，是有什么不对劲吗？"

许情深摇摇头，勉强笑道："没什么。"

小床上的孩子忽然哇哇大哭起来，月嫂凑过去看了看："这是饿了。"

许情深被这阵哭声弄得心都快化开了，满眼的舍不得："饿了怎么哭成这样啊？"

"孩子吗。"月嫂笑道，"我给她泡奶喝。"

许情深看着月嫂将孩子抱起来，她迫不及待地朝身旁轻拍一下："快，让我看看。"

月嫂将孩子放到许情深身旁，她饿得厉害，张嘴就往许情深身上凑去。许情深被弄得哭笑不得，每一个眼神都柔软无比，原来当妈妈是这样的感觉。

她出院的这天，月嫂抱着孩子，手里提着大包小包的东西，许情深也帮不上忙，而且她行动不便，也没人搀扶。

护士进来，皱眉说道："你家就没有别的人了吗？"

许情深小步往前挪动："家里人有事，叫的车已经在外面等着了。"

"那也不能这样啊，你——"

门外忽然有一串脚步声传来，月嫂惊喜地喊了声"付先生"。

许情深抬头时，付京笙已经来到她身旁，他自然地伸手搀扶住她，然后将月嫂手里的东西接过去一些："我来晚了，不好意思。"

"这是你老公吧？"护士看到这一幕，脸上总算有了笑意，"你怎么连生孩子的时候都不来啊？让她一个人在这儿，多可怜。"

许情深是想解释的，但付京笙已经搀扶着她往外走了。两人在走廊上遇到好几个面熟的护士。

"呦，你老公来了啊？"

"你老公真帅！"

许情深心里充溢着说不出的味道——今天之前，每个人都在同情她，而怜悯和羡慕之间的界限原来这样不明显，单单只靠男人的一次露脸就能改变。

回到家里，许情深开了门进去。她身上有伤口，走路幅度不能太大。

付京笙跟在后面："你就住在这里？"

"是啊。"

月嫂将东西拿进房间，见孩子睡着了，便小心地将她放到小床上。

付京笙跟着许情深进了屋，月嫂还要出门买菜，许情深听到关门声传来，她走到小床旁边，出神地盯着正在熟睡的女儿。

382

付京笙环顾四周："看来你对我的建议还是犹豫不决。"

"付先生，我能请您帮个忙吗？"

"什么忙？"

许情深握紧小床旁边的护栏："这个地方，您比我熟，您知道哪里有权威的亲子鉴定机构吗？"

付京笙听闻，不由得朝她深深地看了眼："你要做鉴定？"

"是。"

"谁和谁？"

许情深垂下了眼帘："当然是我和孩子。"

"但她是你生出来的。"

许情深不由得想到了蒋东霆，再想到她剖腹产时的全麻手术，不是她疑心重，而是有些事不得不防。

蒋东霆这样的人，怕是什么事都做得出来，在她昏迷的情况下偷换掉一个孩子，对他来说应该不是难事吧。

心里尽管是沉重的，但许情深还是故作轻松地道："以防万一嘛，医院里还有抱错的时候呢。"

"我有个客户开了家私人鉴定机构，我跟他关系不错，你要是不想惊动任何人，我可以安排你去他那边。"

这是最好不过的，许情深唇瓣轻翘："谢谢。"

亲子鉴定并不麻烦，拿到报告单的时候，许情深不敢遗漏上面的字，几乎是一个字一个字往下读的。付京笙在旁边说道："它的真实性你不用怀疑，这是我可以向你保证的。"

"谢谢。"许情深的嗓音带着颤抖，目光落到最后的结语上。

看来，是她多心了，蒋家有了凌时吟的孩子，自然不会再惦记她的。

只要她信守承诺，那么这个孩子就永远是她的。

许情深眼眶酸涩，却忍不住想笑："太好了。"

付京笙没有多逗留，也没再提两人的事，交代了月嫂几句后便离开了。

许情深生过孩子后，觉得时间远远不够用。

在她整理清洗好的衣物时，月嫂进来了，拿着个奶瓶，里面是半奶瓶的温开水："许小姐，您别太忙碌了，身体还需要好好调养。"

"早就没事了，"许情深轻笑，"这都三个月了。"

"剖腹产就是不一样。对了，"月嫂从小床上抱起孩子，朝许情深看看，然后说道，"孩子的户口上了吗？"

许情深手里的动作微顿："没呢。"

"哦，前两日社区的工作人员过来了，问了一声。"

383

许情深垂下眼帘："这个早一些晚一些也没关系吧？"

"严格来说，一个月以内就要上……"

许情深将衣服放进衣柜内，将话题岔开："我下午还要去趟'峥荣国领'，要麻烦你照顾好孩子了。"

"放心吧，奶都在冰箱里，我给她热一下就好。"

"嗯，谢谢。"

许情深从峥荣国领回来的时候天都快黑了，她推开卧室门进去，看到孩子睡得正熟，她悬着的一颗心总算落定。都说女儿是贴心的小棉袄，一点儿不假，孩子跟在她身边，大多数时间都是吃了玩，玩了睡，几乎不要许情深操多余的心。

她打开卧室的电视机，将声音调轻，然后开了一盏壁灯。

床头柜上乱七八糟的，许情深不想什么事都推给月嫂做，她坐在床沿，拿了个纸箱子过来后就开始收拾。

电视机的声音隐约传到耳中，其实许情深并不关心它播放的内容，只是想要房间内有些声音，不至于太冷清。

她拿了东西起身走向电视机，那边还有袋才开封的尿不湿。走到屏幕跟前时，许情深听到了几个关键的词，依稀有蒋家、凌家……

许情深不由得看过去，画面上的场景很混乱，就连记者们都在推挤着。她忍不住坐下来，目光攥住跟前的屏幕不放。

有几辆车先后出现，随着车门的打开，许情深看到了蒋东霆，看到了老白等人，以及……蒋远周。

记者们看到他出来，疯了一般地冲向前想要采访，保安吃力地挡住人群。蒋远周一手抱着个孩子，从穿着上判断，应该是个男孩。他的手掌按着孩子的后脑勺，让他的脸埋在自己胸前，这也最大程度地保护了孩子，不让他的长相暴露于人前。

许情深手里还拿着那个纸箱子，但手指头痉挛似的不听使唤，她将东西放到旁边，看见凌时吟也从车上下来了，大步跟在蒋远周的身后，两人朝着酒店内走去。

记者群中有人喊道："真的，蒋先生跟凌小姐在一起了，连孩子都有了！"

许情深看到镜头跟过去，蒋远周大步走着，颀长的身躯挺拔有力。酒店门口已经有人替他将门打开了，男人脚步轻顿一下，凌时吟走到了他的身侧，然后两人一道走了进去。

记者们没法进去，只能去堵蒋东霆，老人难得地面露微笑，挥了挥手："今天是我孙子的百日宴，各位辛苦了，大家都有红包。"

"那请问蒋先生和凌小姐是什么时候开始的？"

蒋东霆笑了笑："不是凌小姐，是蒋太太。"

"哇——"

许情深闭了闭眼，忽然感觉到脸上一阵冰凉。她没有伸手去抹掉，眼泪这种东西

384

对许情深来说，早就不陌生了。

许情深仰着脑袋，电视屏幕散发出来的光一下明一下暗，统统落在了她的脸上。

即便不见，即便不想，可当他的消息再次传来的时候，许情深才知道自己的心有多么脆弱。

心头的伤口还没长好，正在结痂的地方就被人使劲撕开了，许情深轻吸下鼻子，没有再放声大哭，只是觉得悲凉无比又心痛难耐。

婴儿床上，孩子忽然踢了下腿，然后哇哇大哭起来。

许情深忽然惊醒般起身，快步来到床边。女儿睁开眼，见到许情深在，又不哭了。

她伸手将孩子抱起来，孩子在她胸前抓了两下，许情深将她的小手握住："宝贝。"

孩子的视线落到电视机上，好像被里头的画面给吸引住了，许情深见状，忙将电视关掉。

屏幕内，屏幕外，两个孩子都是他的，可蒋远周如今呵护在怀里的，只有一个宝贝儿子。

许情深抱紧怀里的女儿，不想让她受更多委屈，蒋远周给不了孩子的，她一起给行不行？她把所有的爱都给她行不行？

许情深的眼圈再度发红，想到了方才那些凌乱的画面。

原来，蒋远周当父亲是这个样子的。

一年后。

飞机翱翔在万里高空，下方层峦叠嶂的山丘在厚厚的白云间若隐若现。

气质出众的空姐、空少推着餐车向前，有人要了咖啡，也有人要了果汁，一位年轻的妈妈说要给孩子吃点东西，便要了一小份苹果。

头等舱内，人并没有坐满，前排的年轻妈妈看向男人怀里的孩子："来，宝贝，吃口苹果。"

蒋远周的手指抚摸着男孩的脸蛋："他还小，喝点果汁吧。"

"这飞机上的果汁哪有那么新鲜，他都长牙了，没关系的。"

蒋远周推了下凌时吟的手。孩子显然是馋了，不给他苹果吃，就拉过蒋远周的手开始啃。

男人迅速收回手，将孩子交到凌时吟手里："我去下洗手间。"

"好。"

蒋远周起身，直视着前方，头等舱内人少，大部分还躺着睡着了。

他去洗手间洗过手，刚走到外面，就听到凌时吟惊慌失措的声音："睿睿，你别吓妈妈，别吓我啊！"

385

蒋远周听闻，快步上前，面色骇人地问道："怎么了？"

这一眼看去，吓得蒋远周脸都发白了，他从凌时吟手里接过儿子，发现很明显是被噎住了："你给他吃了什么？"

"没什么，就，就是苹果啊。"

蒋远周坐下，让孩子趴在自己的膝盖上，手掌在他的背后不住地拍着，睿睿难受得哭都哭不出来，嘴里发出奇怪的声响。

蒋远周额前渗出一层汗，大滴的汗珠顺着颊侧往下淌，他惊慌起来："睿睿，睿睿！"

凌时吟吓得开始求救，空姐快步来到两人跟前："发生什么事了？"

"有，有医生吗？我儿子被异物卡住了，快点！"

空姐低头一看，面色凝重地说道："我帮您问一下。"

"等你把人找来，我孩子都不知道怎么样了！"凌时吟急得团团转，眼圈通红。蒋远周学过一些急救的知识，可对睿睿似乎一点儿都没用。

空姐在机舱内大声询问："这儿有医生吗？请问有职业是医生的乘客吗？有个孩子出了意外，请问有医生吗？"

后排座位上，一名女子坐直身体，睡眼惺忪，很显然是被吵醒的。

她朝身侧看了看，空姐的声音越发焦急："请问有医生吗？"她边说边往外面走，打算通过广播去试试。

女子掀开腿上的毛毯。

凌时吟坐在位子上，抑制不住地哽咽出声："睿睿，你别吓妈妈。"

女人走过去几步："我是医生，怎么了？"

空姐闻言，忙拉过她上前："这儿有个孩子被异物卡住了。"

许情深低头一看，一个一岁多的男孩趴在男人的腿上。蒋远周听到有医生，忙抬起头。

四目相接，许情深眸子圆睁，蒋远周正在拍打的手掌也停了下来。

凌时吟看到许情深，脸色唰地就变了，手掌不由得发抖，她摇着头："不，她救不了。"

蒋远周抱起孩子，睿睿脸蛋通红，情况看上去很不好。许情深握了握手掌，空姐赶忙催促道："这位医生，你快帮忙看看吧。"

男人抱紧怀里的儿子，凌时吟一把抓住他的手臂："你忘记小姨是怎么死的了吗？这是我们的儿子啊，你千万别把他交到许情深手里！"

蒋远周只好又尝试另一种方法，但还是不行。许情深看在眼里，大声提醒道："用哈姆立克急救法！"

蒋远周站起身来。这个法子他虽然听过，却从未实施过，然而睿睿显然快撑不住了。男人朝许情深看了一眼，然后将孩子递到了她的手里。

386

凌时吟看到这一幕，飞快地起身，眼里显然有了惊恐："远周，她恨极了我们，肯定不会救睿睿的，别让我们的儿子白受罪了！"

蒋远周一语不发，视线转向许情深怀里的孩子——她将孩子背对自己抱着，单手握成拳，放在睿睿的肚脐和肋骨之间，另一手包住拳头，然后开始用力。

这一幕凌时吟看得胆战心惊，她不知道睿睿正承受着怎样的痛苦，她泪流满面，又心急如焚。

许情深尝试了好几下，力气几乎用尽了，额头都淌出汗来，她嘴里默念"一、二、三"，然后手臂用劲。

孩子忽然咳了下，有东西从嘴里掉出来，紧接着，他哇的一声大哭起来。

许情深虚脱般抱住怀里的睿睿，凌时吟见状，赶紧从她手里将睿睿抢过去。

孩子被吓坏了，抱住凌时吟的脖子不住地哭喊。蒋远周看向许情深的侧脸，只是喉咙口像是被堵住了，一个字都说不出来。

她一点儿都没变，和当初走的时候一模一样。

"妈妈，妈……"

忽然，一道糯糯的声音传到蒋远周耳中。许情深回头看了一眼，一道身影摇摇晃晃地从不远处走来。许情深原本绷紧的脸完全舒展开来，她上前两步，将女儿抱起。

"妈妈……"

蒋远周怔在原地，仿佛丢了魂一样。那孩子看着跟睿睿差不多大，竟然开口喊许情深妈妈？这是许情深的孩子？

凌时吟听到这一句，脸色也变了，苍白得犹如一张透明的白纸。

这个孩子是许情深的女儿，难道她是许情深和蒋远周的……

此时，心情最复杂的当属蒋远周，各种滋味掺杂在一起，思念和痛苦都是这一年多来酿出的毒。他的目光紧紧地锁住许情深的背影，尽管身后儿子在痛哭，蒋远周却不肯回头。

不远处的座椅上，一名男子慵懒地抬起手臂："霖霖，过来。"

许情深将女儿放到地上，孩子往前迈步，走路的样子很滑稽，双手高高地举着。

空姐冲着许情深不住地道谢，她摆了下手，笑容温婉："不用那么客气，我是医生。"

蒋远周感觉这句话正中他的脸，一年多以前，是他说她不配再做医生；而一年多以后，这个因医疗事故被各家医院封杀的医生却救了他儿子的命。

"爸爸！"

男人倾身，修长的手臂将女儿高高举起，然后看向许情深："老婆，你还站那儿做什么？"

许情深微微一笑："哦，我还以为他们有酬谢呢。"

她说得这样轻松，完全就是在开玩笑。许情深向前走去，男人自然地拉过她的手，让她坐到里面去。

蒋远周整个人何止是如遭雷击，他的脚底像是生出钉子一般，狠狠地把他钉在了原处。

刚才那些话，凌时吟也听到了，吃惊之余，更多的是欣慰。

她最怕的就是这样的场景。生活不被人打扰是最好的，可如果有一天，他们不期而遇，曾经拥有过那样炽烈感情的人，她难道不该防着他们旧情复燃吗？

但是现在，这块压在凌时吟心间一年多的石头，总算可以落下去了。

许情深有了自己的家庭，还有了自己的孩子，她就不信，这样的许情深还能跟蒋远周掀起什么风浪来。

"远周，远周？"凌时吟唤了两声，蒋远周却一点儿回神的意思都没有。

他站在那里，目光投过去能看到许情深坐在靠窗的位子上，旁边的男人手里抱着个女孩，两人有说有笑。

"我就知道你手痒，非要站出去不可。"

许情深的嘴角轻翘了下："毕竟做过医生，已经养成了下意识的反应。"

"远周？"凌时吟见他还戳在原地，她只能将睿睿塞到他怀里，"孩子哭得厉害，我哄不住了。"

蒋远周感觉到手里一重，低头看到睿睿眼睛都哭肿了，张开小手臂就抱住了他的脖子。

男人的手掌在他的背后轻拍，然后坐回了椅子上，可坐在那儿也是如坐针毡，方才那一幕始终在刺挠着他，令他浑身上下都跟扎满了针似的。

许情深望了眼窗外，手掌攥紧后藏在身侧。她真的一点点心理准备都没有，就这样将自己推出去面对蒋远周了。不，不光是他，还有蒋太太，以及他的孩子。

然而当时那样的情况下，许情深想不到那么多，就算知道了那个孩子是蒋远周的，她不还是救了吗？

付京笙朝她看看："怎么了？"

许情深收回神："没什么。"

"刚才那个女人说的话是什么意思？"

"她觉得我这样的医生只会害人吧。"

付京笙看向前方："那个男人，是东城的蒋远周。"

"嗯。"

付京笙见怀里的女儿安静了，便让她躺在自己的臂弯内："还有半个小时就到了，你也睡会儿。"

"好。"

许情深取过眼罩，身子倚着座椅，她知道自己是睡不着的，可与其睁着眼胡思乱想，还不如闭上眼睛装睡。

她与蒋远周是许久不见，跟付京笙在一起后，日子忙碌且充实，许情深觉得自己并没有多少时间去想起他。

偶尔想了，也是锥心彻骨的痛。许情深慢慢明白过来，不值得，这个男人当初的狠绝她也不是没见识过。

只是……

有些人就是不能见啊。

许情深表面装得再好，心却在刚刚一瞬间被撞击成了碎片。

特别是她看见蒋远周抱着孩子的样子，那么小心翼翼，那么呵护备至，属于这个男人的独一无二的温柔就这样呈现出来。许情深倒不是痴缠于以前的情情爱爱，只是想到了自己的霖霖，酸楚就一发不可收拾地涌了出来。

飞机缓缓降落，机舱内响起一阵阵窸窣声，有人已经迫不及待要下去了。

凌时吟拿好包，不想再跟许情深碰上，飞机着陆后，她朝蒋远周看了眼。

身后已经有人起身，凌时吟的手落到蒋远周的手臂上："等等吧，现在人多。"

头等舱内的位子本来就少，还没坐满，蒋远周抱着儿子起身，凌时吟只能跟着。

两人往前走去。许情深戴着眼罩，似乎还没醒，脑袋轻枕在付京笙的肩头。蒋远周一眼就看到了这一幕，这下，迈出去的步子感觉更加沉重，每走一步都好像是踩在布满尖针的钢板上。

然而今天对凌时吟来说却是个好日子，她最怕的场景以如此戏剧性的方式展开了。看得出来，许情深和付京笙的感情很好。男人身侧的妻子熟睡着，怀里的女儿也睡着了。两人经过时，付京笙抬了下头，英俊的五官完全呈现出来。凌时吟礼貌性地报以一笑，男人的回应很冷淡，几乎是不带丝毫温度地别开了目光。

半晌后，付京笙的肩膀轻动了下，许情深直起身，装作才睡醒的样子："到了？"

"嗯。"

付京笙抱着霖霖从座椅上站起来，头等舱内就只剩下他们一家了。

蒋远周一家走出航空大楼，负责接机的是老白。

凌时吟跟着蒋远周上了车，老白一边示意司机开车，一边询问："蒋先生，这趟出去玩得开心吗？"

女人接过话道："挺好的。"

"我出国是有事，不是去玩的，"蒋远周语气冷淡，抱紧怀里的睿睿，"还有，今天因为你喂食苹果，害得睿睿差点出事，你难道这点常识都没有吗？"

蒋远周根本没给她面子，当着司机和老白的面直接质问起来。

凌时吟面色发白："我只是给了他一小块。"

"以后你少碰他。"

凌时吟听到这句话，满眼委屈，却只能朝窗外看去。

半个多小时后，车子来到九龙苍，老白下去打开车门，蒋远周抱着睿睿下车，然后自顾往里走。

蒋东霆知道他们今天回来，所以这会儿已经到了九龙苍，他听到外面的动静，忙起身迎出去。

"哎哟，我的大孙子，几天不见想死爷爷了！"蒋东霆满面和蔼，见蒋远周进了门，他拍着双手向前，"给爷爷抱抱。"

一般人，包括蒋远周，都很难相信蒋东霆有这样的一面。

蒋远周没有将孩子递给他，而是径自上了楼。

凌时吟朝着男人离开的方向看了眼，然后跟蒋东霆打招呼："爸。"

"时吟，这几天玩得怎么样？"

"还行。"

蒋东霆其实并不关心他们在外面的情况，他面色严肃，轻摇下头："时吟，你是睿睿的妈妈，远周也在慢慢接受你，可他对当年的事始终耿耿于怀，你要想以后过得好，这道坎必须让他跨过去。"

"我知道。"

蒋东霆继续盯着楼梯口。蒋远周这副态度，看来他想要看看孙子难了。

临走的时候，凌时吟说要送他，两人走到外面，蒋家的司机将车开到门口，凌时吟朝着九龙苍内看看："爸，我有些话想要跟您说。"

"什么话？"

凌时吟走出去几步，确定别人不会听到："今天在回东城的飞机上，我们碰见了许情深。"

"什么？"蒋东霆也有些吃惊。

"她带了个孩子，看着跟睿睿差不多大。"

蒋东霆看向远处："还有别人吗？"

"还有个男人，好像是她丈夫。"

蒋东霆轻笑："那不是挺好的吗？你在担心什么？"

"爸，那孩子不会跟蒋家有什么关系吧？"

"胡说。"蒋东霆不重不轻地道，"许情深离开远周的时候没有怀孕，你放心吧。再说……那孩子年纪同睿睿相仿，有可能只是差了几个月。她这样的女人，离开了远周，等于失去了经济支柱，立马找个男人结婚生孩子不是正常的事吗？"

凌时吟一听，心里的疑虑完全被打消："也是。"

"快进去吧，远周至今不肯原谅我，你自己在这儿就得把握好分寸。"

"好。"

凌时吟上楼时，睿睿已经睡着了，她走到床边，弯腰摸了摸孩子的额头。

蒋远周朝她看看："已经退烧了。"

"我就怕他反复。"

这几天蒋远周在国外几乎都是在会议中度过的，睿睿病了，月嫂又没跟过去，全都是凌时吟一个人照顾的。她毕竟还小，又是个从小娇生惯养的千金小姐，不过有了孩子之后，她对睿睿倒是真的负责，至少能自己带的时候，她从不假手旁人。

"我还有点事，先去处理下，你看好孩子。"

"好。"

蒋远周说完，转身快步出去了。到了楼下，老白还在客厅里等着，蒋远周走向一旁，老白也跟了过去。

男人坐下来，精神却还是有些恍惚，好像之前发生过的事并不是真实的。

老白见他这样，也习惯了。蒋远周双手交扣，修长的手指在自己的手背上点了几下："老白，我今天碰到许情深了。"

"在哪儿？"

"飞机上。"

"许小姐，她还好吗？"

蒋远周不知道应该怎么回答这个问题，目光里的冷冽越来越浓，最终面无表情地道："好得不能再好了。"

这话，老白有些听不明白，可又不好直白地去问他。

半晌后，蒋远周才继续开口："你……"

老白抬头看着他，蒋远周却将话头顿住了，表情变得很奇怪。老白跟着锁紧眉头："蒋先生是不是想让我给您查一些事情？"

"你去查查许情深的婚姻状况。"

老白的眸子内显露出吃惊："是不是跟许小姐在一起的还有别人？"

"有个男人，还有个孩子。"

蒋远周当年说过，许情深的事情他不会再过问，他按捺了一年多，却敌不过付京笙的一句"老婆"。

老白不知道应该怎么安慰他，他始终坚信蒋远周的心里只有过这么一个女人，并且她一直住在里面，从不曾远走。

"也许，也许只是朋友关系，或者同事呢。"

"那个孩子喊她妈妈。"

老白眼里的吃惊藏不住了，全都表现在脸上。蒋远周手扶额头，手指在太阳穴处轻按。

"蒋先生，我去给您拿药。"

蒋远周没说话。老白起身，没过多久就拿了一杯水和两颗药回来："您放心，我这就去查。"

男人将药丸吞下，这才看向老白："她离开星港的一年多来，我做到了不闻不

391

问，更没管过她的生死，如今……再有她的消息的时候，她居然已经有了孩子和丈夫。"

"蒋先生，许小姐一个人在外面肯定不容易。"

蒋远周用手掌遮住双眼，话语中透着点小心翼翼："那孩子跟睿睿差不多大，我不相信她刚离开我就能跟别人结婚生孩子。"

"那您的意思是……"

"查一下出生日期。"

老白点了下头："好。"

东城另一处。

车子在一座别墅前停稳，许情深抱着霖霖下去，付京笙拿过后备厢的行李，看了眼跟前的房子："走吧。"

许情深跟着他往里走。这座别墅跟付京笙之前的住处一样，还是连个用人都没有。

付京笙打开门。别墅是精装修的，不用担心甲醛等问题，但许情深进去后还是立即开了窗。客厅内摆满了大大小小的行李，都是请了钟点工收拾后送到这边的。

付京笙要搬家，也询问了许情深的意见，她没想到兜兜转转，自己还是回到了这里。

那边的住处需要收拾，所以付京笙干脆带着许情深和霖霖出门玩了一趟。男人走到落地窗前，出神地盯着外面。

许情深看向男人的背影。跟他相处了一年多，她其实还是不知道他究竟是做什么的。她来到付京笙身侧："别着急，既然有线索说你妹妹在东城，就一定能找到她。"

付京笙侧过身，从许情深手里将孩子接过去，她望了眼不远处的行李："我去把东西收好。"

"情深。"

"嗯？"她提起的脚顿住，看向付京笙。

"要不要请个保姆？"

"不用了，"许情深轻轻摇头，付京笙向来是习惯独处的，性子又冷，"家里的事情我可以做。"

付京笙眉头微展。许情深将外套脱下来，然后冲他笑道："我待会儿要出去一趟。"

"做什么？"

"上飞机前接了个面试。"

付京笙转过身面向她："在哪儿？"

"就在东城啊，离家不远。"

392

付京笙也真是小瞧她了："东城的医院，哪家还敢要你？"

许情深听到这句话，脸色还是暗了下："不是医院，等同于家庭医生吧。而且对方就跟你一样怪，只有出门的时候会让我过去陪着，而她绝大部分时间都在家里，所以不耽误我带霖霖。"

"工资呢？"

许情深知道付京笙要说什么："一份工作，跟工资多少无关，活得漂亮的女人首先都是经济独立的，不需要依附任何人。"

这是许情深一直坚持并且坚信的，从不曾改变。

男人的嘴角不着痕迹地浅勾了一下，抱着霖霖走向不远处的沙发，手掌拂过真皮座椅上，发现是干净的，这才坐了下去。

"人家说不定不要我呢，"许情深跟着走过去，"毕竟我之前……"

"既然不是医院，就没关系，也许对方不知道呢。"付京笙将霖霖放到腿上，"你要去就去，如果真要面试过了，忙不过来，我可以安排人过来。"

"好。"

许情深坐在沙发上，视线落到霖霖身上，心里隐约有说不出的担忧。

"霖霖的出生日期造不了假，其实我挺害怕的。"

"害怕什么？"付京笙接触到许情深的目光，"怕她的亲生父亲？"

"不知道，我现在心跳得很快。"

"放心。"付京笙语气笃定，举手投足间有很明显的淡然，"我养了霖霖一年，她是我们的孩子，谁都别想把她带走。"

"我也是，当初最艰难的日子都是你和霖霖陪着我过来的。"

付京笙看得出她在害怕，他笑了笑，朝她招了下手："过来。"

许情深起身来到他身边坐下，付京笙比她高，看她的时候视线微垂："你既然喊我一声老公，我就不会让你成天提心吊胆的。"

"嗯。"许情深漫不经心地应道，也算是将付京笙的安慰听进去了。

"当初办出生证、孩子上户口这些事都是我去办的，我把霖霖的出生日期往后挪了三个月，这样的话，就算那个人真找上门来，也不能说孩子是他的。"

许情深听闻，眸子不由一亮："真的？"

"就算他要查，也查不出什么结果来，放心。"

"但这些很难办到吧？"

付京笙说得很轻松："不难，我想写哪天就哪天，倒是结婚证上的日子写得比较草率，要不你选个好日子？我把它改了。"

许情深嘴巴微张："这……这些部门难道是你家开的？"

"不是。"付京笙忍俊不禁，"我并没有过去办理，只是我电脑玩得好。"

"什么意思？"许情深说完，似乎猛然反应过来，杏眸圆睁地看向他，"黑客？"

393

"只要里面的信息调出来后别人都认可就行，还省心省事，不用东奔西跑找关系。"

许情深满满的吃惊都表现在脸上——这简直是人才啊，在她看来够她抓掉一把头发的烦心事，到了付京笙这儿动动手指头就解决了，是不是就跟她写一二三一样简单呢？

她怀着对付京笙的无比崇拜和敬佩起身了，并且拍了拍他的肩膀："我开始怀疑，你这么有钱，是不是因为老是入侵银行系统，往自己的银行卡账号上不断添加零啊？"

付京笙拍开她的手："想象力真丰富。"

许情深心里的一块石头落了地，她走过去收拾起行李。男人朝她的背影看了一眼，其实这些对付京笙来说不算什么，他也从来不靠这个谋取利益。

许情深蹲在行李箱前，外套脱掉了，里面就穿了一件打底衫，她的身子往前倾，打底衫不够长，露出腰间细腻白皙的肌肤来。

男人一眼就看到了，他喉结轻滚，觉得嗓子里难受极了，好像有一把火在烧。

该死的，这感觉他太知道了，他居然对她有了欲望！

许情深全然不知，自顾收拾着。忽然听到身后有一阵声响传来，她扭头一看，见一个垃圾桶倒在地上。付京笙抱着霖霖说道："不小心踢到的。别收拾了，先去楼上看看。"

"好。"许情深说着，站了起来，上前几步，"我来抱吧。"

她离他很近，付京笙垂下目光，不小心扫到了许情深的胸前。她穿的打底衫是紧身的，付京笙感觉到这把火已经烧到了四肢。他没有将孩子交给许情深，而是快步上了楼。

翌日，九龙苍。

老白匆忙赶来时，凌时吟正带着孩子在院内玩，见到老白的车，她抱着睿睿走了过去。

"凌小姐。"

凌时吟听到这声称呼，翘起的嘴角放了下来："你找远周？"

"是。"

"有事吗？"

"没事。"老白提起脚，"可能蒋先生需要交代些什么吧，告辞。"

老白走得很快，一看就是有急事。他进了屋，蒋远周正在二楼的书房等他。

老白顺着楼梯一步步往上，敲开书房门后，径直走了进去。

"蒋先生。"

蒋远周站在窗边，此时正面对着他，满眼希冀，老白将门关上："查到了。"

"怎么样？"蒋远周忍不住上前一步。

394

老白朝他看了眼，没有立即回话。蒋远周看到他的表情，其实已经有了不好的预感。

蒋远周迈着修长的双腿走向办公桌，拉过椅子后坐定，看向一旁的相框，他做好了十足的准备："说吧。"

老白从兜里掏出一张纸，展开后放到蒋远周面前。男人修长的手指将它拿起，目光落在上面，一行行往下看去。

其实也没有多少内容，只有几个日期而已。

许情深竟然真的结婚了，配偶一栏写着付京笙的名字。

蒋远周盯着那个数字，许情深和付京笙结婚的日子，就在他见她最后一面的两个月后。

短短两个月的时间她就跟别人闪婚了，还怀了那人的孩子。

霖霖的出生日期清清楚楚地摆在蒋远周面前，这张纸，就像是一个巴掌狠狠地抽在蒋远周的脸上。

这一巴掌打得又重又狠，痛得蒋远周撕心裂肺。

他用手撑着额头，老白有些于心不忍："蒋先生，顺其自然吧。"

"你说，怎么个顺其自然法？"

老白倒是想劝他放开，毕竟过去的一年多里，他对许情深不闻不问，尽管心里有许多思念折磨着他，可他不也是这样过来的吗？

"许小姐是个女人，当初又没有哪家医院肯再用她，再加上她家里的情况……"

"所以，她就能在两个月内爱上别人吗？"

老白知道，蒋远周这是一下子钻进了死胡同："您自己也说过，结婚，可以无关爱情。"

蒋远周脑子里的一根筋忽然绷紧了，痛得他眼前隐隐发黑："既然再无可能，还不如再也不见。"

"话虽这样说，但人与人的缘分，又岂是三言两语说得清的？"老白仰起头，"如果昨天您没见到许小姐，睿睿该怎么办？"

蒋远周凉薄的唇瓣抿紧。是啊，如果昨天没有许情深，他的儿子该怎么办？

老白不想看到蒋远周继续沉浸在这样的氛围中，他想将话题岔开："蒋先生——"

然而，蒋远周一下就将他的话打断了："她看到我的时候，平静到让我觉得难以置信。"

老白没有插话，蒋远周完全陷入了自己的世界里。在老白看来，他这等同于自虐。将自己的伤疤一遍遍撕扯开，这不是自虐又是什么呢？

偏偏蒋远周好像嫌自己痛得不够彻底，他手掌摊开，落到那张纸上，然后五指收拢，看着它一点点变得皱巴巴的："她救睿睿的样子，跟她以前手术时一模一样，专心致志，眼里看不见旁人，可我不信，她连我都没看进去。"

老白不知道蒋远周在纠结什么，纠结许情深没看到他吗？

那肯定是不可能的事，既然许情深救了睿睿，怎么可能没看见蒋远周和凌时吟？

那么……

老白想到这里，忽然明白过来了，蒋远周刚才就提及许情深看见他的时候……那么他难过的，其实是许情深对他的视而不见。

"蒋先生，许小姐见到您，应该是恨您的吧。"

蒋远周的视线猛地射向老白，老白继续说道："她被星港开除，又被逼得回了许家，这里面需要吃多少苦，我们不得而知，但她如果不是恨您，也不至于在两个月内跟别人结婚，说到底，许小姐曾经也是个重感情的人。"

蒋远周没说话，老白见他这样，于心不忍，但最后这一刀他还是要捅下去："说到底，您也是恨她的，在蒋小姐的这件事上，您肯定恨她。"

蒋远周身子往后靠，掌心还攥着那张纸，他将它摊开，然后撕成了一条一条。

"蒋先生，既然许小姐比您先做出了放开的选择，您也可以放下了。"

这话按理是不对的，因为当初明明是蒋远周将许情深推开的，可这一年多的时间里，老白看得清清楚楚，许情深没了消息，蒋远周也陷在了痛苦自虐的深渊中拔不出来。

叩叩。

门外，一阵敲门声传来，蒋远周一言不发，老白朝他看看。

"爸爸爸爸……"

蒋远周轻抬下头，示意老白过去开门。

门外，凌时吟抱着睿睿，她朝里面小心翼翼地指了下："忙完了吗？"

老白轻点下头，并且侧开身让凌时吟进去。

凌时吟将睿睿放到地上，她蹲下身，在睿睿的后背上轻拍了下："去找爸爸吧。"

睿睿摇摇晃晃地往前走，到了书桌前，还差最后几步了，他撒开脚丫子扑过去，一下抱住了蒋远周的腿。

男人没有如往常那样将他抱起来，他定定地盯着睿睿，凌时吟走向两人："本来在院子里玩得好好的，忽然就喊起了爸爸。"

睿睿仰起小脑袋看着他，蒋远周站了起来："我有点累，你先带他玩吧。"

说完，他起身往外走。

凌时吟冲着老白问道："他这是怎么了？"

"可能昨晚没休息好吧。"老白回了句话，跟着出去了。

凌时吟其实不用问就已经知道了，自从昨天在飞机上碰到许情深，蒋远周就变得更加不正常了。

396

许情深最近倒是顺风顺水的。

面试她的是个五十多岁的中年妇女，也没多问许情深之前的事。她身边跟了个年长的医生，平时就负责她的治疗，但因为年纪大了，女人不愿意跑来跑去，只得多招一名随身的医生。

这妇人是一名富豪的遗孀，家里的独子还不能撑起亡父留下的事业，她只能亲自出去应酬。她最怕的就是自己出意外，公司里的事倒是有自家人帮忙，她就怕偶尔出门，简直怕得要死，总感觉一到外面就会发病。

虽然许情深觉得她这样有些小题大做，但也算理解。再说了，人家不在乎这点儿钱，她干吗不赚呢？

妇女身旁的医生也考了她不少东西，最后才跟她敲定下来。

工作倒是轻松，其实也有很多陪吃陪玩的性质在里头。对许情深来说，虽然不能再上手术台，但能重新做回医生，已经是再好不过的了。

许情深接到闵总电话的时候是傍晚五点钟。

家里的晚饭都准备好了，也刚喂过霖霖，许情深出门时，霖霖趴在沙发前，乖乖地在陪着付京笙看书。

许情深笑了笑，拿着包出了门。

来到闵家，闵总还在换衣服，许情深等了会儿，出门的时候保姆将一只药箱递给她，让她随身带着。

两人坐上车，闵总笑容和蔼，她也算是比较会说话的那种人："这样的家庭医生以前是不是没当过？"

"是。"

女人示意司机开车："就像别人出门带保镖一样，许小姐，你也是我的保镖。"

许情深笑着回道："是，这是我的荣幸。"

车子很快来到一家酒店前，许情深下了车，抬头一看，"得月楼"三个字映入眼中。

原本还正常的心跳忽然加快起来。许情深跟着闵总进去，服务员引领她们一路进到包厢内，里头有好几个人已经到了。闵总指了指身旁的座位，让许情深坐下来。

大家各自入座，许情深一看，偌大的圆桌边差不多坐满了，就只有自己的右手边还有两个空位。

这时，一名中年男子开了口："就差蒋先生了吧？"

许情深一惊，在东城，蒋先生就是那个人的标志。许情深紧张地握了下手掌，再抬头时，就看到包厢门被人推开了。

这一下，许情深觉得包厢内就算有再多人都没用，扑面而来的紧张感几乎让她当场窒息。

服务员走在前，高高瘦瘦的身形丝毫挡不住后面的人。一行人全部仰起头，有人激动地出声："蒋先生来了！"

漂亮的女服务员往边上一站。看来上天没有听到许情深的祈祷，她一眼就看到了蒋远周。许情深没有多想，赶紧垂下眼。

闵总轻笑着："蒋先生，在场的所有人中，就数你最年轻，可每回都是你最后一个到。"

"是吗？"蒋远周勾了抹笑，然后轻抬手腕，"离开席还有十分钟，刚刚好。"

老白望过去，看见许情深时，惊讶得下巴都快掉了。

闵总伸手一指："入座吧。"

蒋远周往前两步，整间包厢内就只有两个空位。许情深垂着头，脸绷得很紧，几乎是全身的细胞都进入一种备战状态。老白朝蒋远周看看，这两人要是坐到一起，这顿饭就没法吃了吧？

老白拉开一把椅子："蒋先生，请。"

蒋远周看了看，却拉开了另外一把，然后径自入座。

闵总看了眼，忍俊不禁道："看来蒋先生也喜欢美女啊。"

许情深没想到他会坐到自己身边。蒋远周坐下来，然后将外套脱了，老白接过去的时候，衣服从许情深身上扫过，淡淡的香水味道沁入鼻间，她的鼻尖开始渗出汗来。

两人挨得很近，蒋远周的动作幅度再大一点的话，他的腿就能碰到她了。

"闵总，这位美女是？"

许情深坐在那儿，又是生面孔，难免会引人好奇。

"忘了跟大家介绍，这是我的私人医生，以后她都会跟在我身边。"

"真漂亮啊……"

许情深面对这样的夸赞，反而觉得不舒服，闵总却是见惯了这样的场面的人："来，开席吧。"

老白坐到蒋远周身旁。桌上除了闵总和许情深之外都是男人，大家也不会无缘无故聚到一起，所以开席之后，直接聊起了事关自身利益的话题。

闵总冲着许情深低声道："许小姐别客气，我跟他们谈些事情，你吃你的。"

"好。"

许情深拿起筷子，目不斜视地盯着前方，可她距离蒋远周这样近，余光难免瞥到他。

蒋远周端起了杯子，蒋远周放下了筷子，蒋远周点了根烟……

她味同嚼蜡，如坐针毡，男人手边的烟味不住地往她鼻子里钻。酒桌上越来越热闹，有人拿着酒杯起身敬酒，半圈走下来，很快就轮到了闵总。

许情深朝她倾身："您的身体不能喝酒。"

闵总自然也知道，可一上了酒桌，有时候就是身不由己，她起初还是推托的：

398

"饶了我吧。你们看看，我出门都把私人医生给带着了，我要能喝的话，能不陪你们吗？"

"闵总，您这话可就欺负人了，照您这样说的话，我们明天出门身边都带个美人儿，那是不是以后聚在一起都只能喝牛奶了？"

"就是，喝一杯而已。酒桌上谈事不喝酒，那事情怎么能成呢？"

许情深知道她有胃溃疡，是早年喝酒落下的病根，这杯酒要是下肚，极有可能胃穿孔。

"我这不是不能喝吗？你们看，我的私人医生都这样说，她的话是最专业的。"

"那行，您不喝，她喝，我酒都拿过来了，总不能让我再端回去吧？"

许情深是非常反感这样的，她实在搞不懂他们的思想，有的人是真的不能喝，可非得道德绑架，说什么不喝就是看不起人，其实他们这样的行为本来就让人看不起。

闵总朝她看了眼，接过话："人家是我的家庭医生，又不是来陪酒的，行了行了。"

"这么多人可都看着呢。这位医生，你说说，闵总不能喝的酒，你能喝吗？"

许情深摇了下头："对不起，我也不碰酒。"

"闵总是身体不舒服，你也是？"

许情深说得坦然："我家里还有个孩子，所以我不能碰酒。"

她身侧的蒋远周感觉许情深说出来的话变成了一把把刀子，刀刀都朝着离她最近的他扎过去。

从坐定后，蒋远周就按捺着没去看她一眼，这时终于将视线扫过去。这一眼并不是故意的，但他的目光却落到了许情深的胸前。

她说她家里还有个孩子，是还要母乳喂养吧？

看她的上围，尽管外面穿了件宽松的外套，却仍旧遮挡不住突起的丰满。

许情深还在和对方说话，她的意思很明确，不喝就是不喝。

闵总朝那人挥了下手："算了，我都听我私人医生的，还望见谅啊。"

"闵总的私人医生这么年轻，不知道之前是做什么的？"

许情深听到身侧有说话声传来，她的后背猛地一凉，嘴里未说完的话也收了回去。

"做的当然是医生。"闵总替许情深回道，"蒋先生对这方面很好奇？"

"我只是觉得她这样年轻，如果去医院，不是前景更好吗？跟坐在这里要陪酒相比，当一名正儿八经的医生绝对比当一名私人医生要有诱惑力得多。"

老白听在耳中，也觉得胆战心惊，许情深当年的事，东城很多人都知道，蒋远周这摆明了是要揭人伤疤。

老白印象中的蒋先生明明不是这样的人。

"人各有志嘛，可能许小姐是不喜欢医院那样的氛围。"

蒋远周轻笑了一下，那一声笑传到许情深的耳朵里，却多了些许别的味道。

"闵总，用人之前最好查一下，如果她曾经因为自己开的药导致了患者的死亡，你还敢用她吗？"

许情深的脸唰地发白，不敢去看闵总的脸色。

女人面露疑惑，目光紧锁着许情深的脸："蒋先生这话很有意思，你不妨把话说白了吧。"

坐在对面的另外两人也抬起头来，其中一人朝着许情深指了指，那样子似乎有话要说，可又不是很确定。

蒋远周身子往后靠，唇瓣翘起："我只是提醒你一句。如果真遇上那样的人，我也替闵总惋惜。手上毕竟有过人命，不再做医生，不去祸害别人，那才是最好的选择。"

许情深坐直身子，然后转过头，望进蒋远周眼里。

两人的视线胶着在一起，许情深紧咬牙关。她面容白皙，两道细细的眉紧蹙着，眼睛里奔涌着暗潮。蒋远周冷笑了下："许小姐，我说得不对吗？"

"我想起来了！"对面的男人忽然说道，"许情深，许医生是吧？"许情深仍旧盯着蒋远周，那名男人自顾说道，"蒋先生的小姨一年多以前过世了，好像就是主治医生导致的吧？我记得当时传得挺厉害的，那人还是星港的明星医生啊，之前上过电视，而且蒋先生和她是男女朋友的关系……"

许情深的嘴唇开始发白，甚至哆嗦起来。有些伤疤被她已经掩埋得很好了，时间就像尘埃，将她受过的那些伤遮掩起来。许情深不住地想要忘却，她从不刻意去想，她想让那种疼痛赶紧过去，或者在尘土下发芽后，长出的不再是痛苦的果实，然而，现实这样残酷，她的"罪行"，别人都替她记得清清楚楚。

身旁的闵总没说话，只是冷了脸。

蒋远周冲许情深看看："好久不见，许医生。"

他的这一声招呼，等同于默认了男人的话，桌上开始有窃窃私语声传来。

"不是好久不见，蒋先生，那天在飞机上我们就见过，你儿子的命还是我救的。"

蒋远周嘴角绷紧，老白看着两人，插不进去话。

他揭了她最痛的一块伤疤，她也没让他好受多少，许情深嘴里的"儿子"二字咬得格外重。在老白看来，这两人明显是在互相伤害。

蒋远周神色微僵，却还是强行扯出一抹笑："是，这件事还没跟你说声谢谢。"

"谢谢就不用了，只求蒋先生给我一条活路。我也有自己的孩子要养，您什么都不缺，可以给您的儿子最好的，我只想靠自己赚一份工资，不让我的孩子喝西北风就好。"

蒋远周心头的火又被挑了起来，许情深要么不说话，一说话就几乎要了他的命！

她是真恨不得将他架在火上烤啊。

"你不是结婚了吗？你男人不养你？"

许情深也笑了起来："我不想让他太辛苦。"

一来二去，酒桌上的气氛完全僵了。

别人也不好多说什么。

蒋远周点了根烟，狠狠地吸了口："许小姐，当初东城的医院谁都不敢再收你，一年多没见，原来你跑去给人当私人医生了。你是利用了别人的不知情吧？不知道这算不算是刻意隐瞒？"

许情深心里一沉，已经知道这份工作做不成了。

她站起身来，强忍着心头泛出的酸楚，推开椅子朝着身旁的女人说道："闵总，对不起，我先告辞了。"

"我没让你走，坐下。"闵总没有看许情深一眼，脸色却阴沉得很。

许情深毕竟是跟着闵总过来的，不好拂了她的面子，只能心思沉重地坐下去。

一桌人的视线都投了过来。在他们眼里，蒋远周是不能得罪的，而许情深只是个无足轻重的家庭医生而已。

"既然手里有过人命，怎么还能做医生？"

"就是啊，闵总，您可得当心点。"

许情深抬了下头，看向旁边的蒋远周："蒋先生，我们都已各自成家，你放过我，也放过你自己吧，或者你干脆告诉我，究竟我要怎样做，你才能给我一条生路？"

"你的意思是，我没给过你路走吗？"蒋远周倾身，直勾勾地看着她，"我是怎么对你赶尽杀绝了？这之前的一年多时间，难道不是我给了你一条路走？"

在他看来，他从没刻意去迫害过她，更加没有对她赶尽杀绝。

许情深听到这里，却是摇了摇头："蒋先生弄错了，给我生路的是另一个人，不是你！"

蒋远周终于明白，什么叫作每一次呼吸都在痛。

许情深的表情越来越冷漠，余光看见闵总站了起来。

"今天就到这里吧，事情也都谈得差不多了，这杯酒，我还是干了。"

闵总说完，将大半杯白酒一饮而尽。

许情深的脸就像烧起来了一样，心里也更加难受，毕竟这件事因她而起。

其余诸人也都给了她这个面子。闵总没有再入座，而是冲着许情深道："走吧。"

许情深立马起身，跟着闵总一前一后出了包厢。

到了得月楼外面，许情深深吸口气，闵总站在门口，一动不动。

"闵总，今天的事真对不起，我就不打扰您了，告辞。"

"你是我带过来的，要走也是从我家走出去。"

车子很快来到门口，许情深跟着闵总上了车。

车子开出一段路后，闵总才问道："蒋先生说的是事实吗？"

许情深喉头轻滚了下："是。"

"你故意隐瞒，是害怕我不录用你？"

"也不全是。那件事情对我的伤害也很大，我潜意识里是这辈子都不想再想起。"

"蒋先生的小姨真是因你而死？"

许情深双手交握，指甲深深地掐进手背中："她有旧疾，且长期服药，我是她的主治医生，之前的药不管用，我给她换了一种新药……"

闵总见她的面色越来越白，便打断了她的话："在这件事之前，你跟蒋先生的关系好吗？"

许情深点了点头："对不起。"

闵总的表情还是很严肃，只是不再问她话，而是手臂压住胃部，脸上开始冒出冷汗。

许情深察觉到她的异样："闵总，是不是胃开始痛了？"

她点了下头，已经说不出话。司机见状，赶紧说道："去医院吧？"

闵总痛得弯下腰，许情深朝两侧看看："快，前面有药房，开过去。"

"这样严重，肯定要去医院吧？"司机着急地说道。

"去药店也就两三分钟的时间，去最近的医院怎么都要半小时，别犹豫了。"

"好。"

车子飞速向前，然后很快靠边停车。许情深大步跑下去，再回来的时候手里拿着两盒药。

她坐回车内，快速地打开药盒，取了四颗药丸出来，她将药丸包进餐巾纸内，然后用手机敲成粉末。

"水呢？"

司机取过一瓶水递向许情深，许情深接过后拧开瓶盖，倒掉了大半瓶，然后将药粉倒进瓶子里，摇匀后递给闵总："快，喝下去。"

女人朝她看看，并没有伸手接，许情深手顿在半空中，猛地意识到了什么。

闵总怕是不敢喝她给的药吧，毕竟她身上还有一条人命。

许情深握紧手里的塑料瓶："那还是去医院吧。"

闵总闷哼一声，左手接过瓶子，然后将里面的水喝了下去。

司机重新发动车子，朝着医院开去。过了十几分钟，闵总冲司机道："不用去医院了，回家。"

"没事了吧？"许情深关切地问道。

"以前也经常犯，严重的时候被送去医院急救过，我没想过吃药就能有这样的效果。"

许情深将手里的纸巾递向她："这也算是紧急情况了，是药三分毒，还是要靠平时的注意和调理。"

"嗯。"

车内不再有说话声，许情深望向窗外，思绪飘出去很远，她已经在想：明天去哪里重新找一份工作呢？

她还能做医生吗？

东城这么大，应该有她一个安身之处吧？然而东城是蒋远周的地盘，现在的许情深唯愿他能对她不闻不问，如果能彻底忘掉她这个人，那就最好不过了。

回到闵总的住处，许情深下了车，闵总朝她看看："我这边没事了，你回去吧。"

"好。"许情深将药箱交到司机手里，"闵总，告辞。"

"明天我可能还是要出去一趟，你等我的电话吧。"

许情深听到这句话，很明显吃了一惊。

闵总笑了笑："我知道你也有孩子，挺不容易的，反正你也不负责给我开药，只要出门的时候盯着我就行。许医生，我给你这个机会，你要好好珍惜。"

许情深张了张嘴，差点说不出话来，用劲地点了几下头。闵总看了眼时间："不早了，让司机送你回去。"

"不用了……"

"还是送吧，不用跟我客气，我喜欢别人听我的。"

许情深不由得轻笑："好，谢谢。"

第五章
怨她却爱她

得月楼。

包厢里的人已经走得差不多了，就剩下蒋远周和老白。

蒋远周指尖夹了根烟，眼看火星就要烧到他的手指，老白忙将那根烟拿过去，并掐熄在烟灰缸内："蒋先生，我们回去吧。"

蒋远周手掌撑向旁边的座椅，那个位置已经凉透了。

"蒋先生，许小姐早已经走了。"

"你哪只眼睛看到我在想她？"

老白可不想跟他争论这个话题："您方才做得挺好的。"

蒋远周睨了他一眼："什么时候学会跟我说反话了？"

"这不是反话，对您和许小姐来说，您这样下狠手，确实挺好的。"

蒋远周眉宇间明显有了怒气："你要再这样阴阳怪气试试？"

"蒋先生非要这样说，那我是不是能理解成为……你明知道这样伤许小姐不好，可你还是做了？"

蒋远周没了声响，只是用手遮在额前，老白陪着他坐了会儿。

半响后，服务员打算进来收拾，推门一看，见里头还有人，只得又退了出去。

老白拿起桌上的手机："蒋先生。"

蒋远周站起身，走出得月楼后，司机的车已经在门口候着了。蒋远周坐进车内，一脸出神。司机朝老白看看，他轻声说道："回九龙苍。"

蒋远周在得月楼再看见许情深时，其实并没有想过要一步一步去逼她，他也不知道他当时怎么了，就好像是魔怔了。

她在他面前呈现出来的样子太过幸福，蒋远周不是看不得她好，只是……他看不得她和别的男人好。

他也知道他的所作所为是摧毁式的，可若让他眼睁睁看着、听着，他受不了。

九龙苍。

进门的时候，蒋远周看见凌时吟带着睿睿在客厅玩，见到他们进来，凌时吟冲睿睿道："宝贝，爸爸回来了，快去爸爸那儿。"

睿睿撒开脚丫子要过来，可蒋远周看了眼，并没有多少心思去逗他，而是朝着二楼而去。

"爸爸，爸爸——"

老白朝孩子看看。

凌时吟起身，面上很明显有失望，她抱起孩子："远周总是这样，就连对自己的儿子都是不冷不热的。"

"凌小姐别多心，蒋先生不可能不爱睿睿。"

"他如果真的有那么喜爱，就不会连抱都不想抱一下。"

老白站在那里，不再出声。蒋远周对睿睿的态度他一直都看在眼里，这毕竟是蒋远周自己的孩子，要说不爱也不可能，只是这个孩子来得不纯粹，所以蒋远周对他忽冷忽热的。

"你们去哪儿了？喝了不少酒吧，好浓的酒味。"

蒋远周早就不喝酒了，老白出去还不是代喝酒的命，能没有酒气吗？

老白看向凌时吟："凌小姐放心，蒋先生没事，我先告辞了。"

"好。"

蒋远周回到楼上后，径自洗了澡。凌时吟来到主卧门口，见里面没有动静，便敲了敲房门："远周？"

男人没有应答，凌时吟又敲了两下，还是没有听到声响，便拧开门把进去了。

屋内光线昏暗，蒋远周只留了盏壁灯，凌时吟看过去，见蒋远周已经睡下了。

她来到床边，小心翼翼地将手里的碗放到床头柜上。男人呼吸沉稳，看样子是睡着了。

凌时吟坐向床沿，出神地盯着蒋远周的脸。即便睡着了，男人的眉头还是紧蹙着，就连在夜晚都不能让他放松。

她伸出手，想要去摸摸他的额头。蒋远周翻了个身，忽然睁开眼。

凌时吟吓了一跳："你，你醒了？"

"你在这儿做什么？"

她忙去端床头柜上的碗："你肯定喝了不少酒吧，这是醒酒的……"

"不用。"蒋远周低声拒绝，"你以为有了那一晚之后，我还会再碰酒吗？"

凌时吟听闻，手猛地一抖："远周哥哥，我知道，你始终认为那晚是个错误，尽管我也明白……但我不希望睿睿和那个错误挂上钩，他是我的宝贝。"

蒋远周坐起身，凌时吟只能站起来退到旁边。男人掀开被子下床，径自走向外面的阳台，凌时吟跟了出去，蒋远周朝她看看："我想自己待会儿。"

"好。"

在蒋远周面前，凌时吟向来是听话的，从来没有不顺着他的意过。

她转身离开，并且将床头柜上的碗也带走了。

两天后。

许情深来到二楼，敲响了书房的门。这里是付京笙工作的地方，除了他以外，就连许情深和霖霖都不能进去。

男人在里头慵懒地问道："什么事？"

"我想去趟超市。"

没过多久，付京笙打开房门出来了："是不是家里没菜了？"

"嗯。今晚想吃什么？"

"海鲜。"

"行啊，我请客。"许情深笑眯眯地道，"尽管宰我一顿吧。"

"那好，去买只大龙虾，走。"

两人带着霖霖出了门。付京笙对东城不熟，许情深却是在这里出生的，她知道东城有家最大的进口超市，里面的食材应有尽有，只是价格有点贵。

不过她也难得奢侈一把，总算是有了心仪的工作，就当庆祝下吧。

进了超市后，许情深推着购物车，付京笙抱着霖霖跟在她身边。孩子对吃的用的都不感兴趣，唯一喜欢的就是玩具。

许情深哄她道："宝贝乖，等妈妈买好了海鲜，就带着你去买玩具好不好？"

霖霖伸手指着远处，急得小脸通红。付京笙接过许情深手里的购物车："行了，你带她去买玩具，我去挑海鲜。"

"好吧。"

许情深抱着霖霖往前，看到有购物车，便拉了一辆过来，让她坐在里头。

来到玩具区，霖霖开心不已，伸出手臂，什么都想拿。许情深往前走，抬头看到一道有些熟悉的背影，男人正好回了下头，许情深一看，下意识地收住了脚步。

人跟人之间真是挺奇怪的，许情深之前在东城的时候从来没遇上过蒋远周，最近却接二连三地碰上他。

倒不是巧不巧的问题，而是之前她离蒋远周的圈子很远很远，又有意避开，可现在，她的工作，包括她如今进的这家超市，其实都离蒋远周这样的人很近，碰上是迟早的事。

许情深拉过购物车想要离开，可霖霖不干，双手胡乱挥舞一通："妈妈，妈妈——"

"宝贝乖，我们先去找爸爸好吗？待会儿再来买。"

此刻，在霖霖眼里，爸爸又是啥玩意啊，还不如货架上摆着的一个芭比娃娃呢。

"呜呜呜呜，哇——"

霖霖在购物车里跳着往前冲。许情深朝她看看，最后还是推着霖霖过去了。她也觉得自己的反应很奇怪，看见蒋远周而已，有什么好躲的？

孩子的出生证、户口等全都无懈可击，她真是没什么好担忧害怕的。

蒋远周手里拿着一架男孩喜欢的遥控飞机，身子笔直地站在那里。霖霖喊着要下去，许情深拉了下她的肩膀："霖霖乖，赶紧选一样。"

可在孩子的眼里，看玩具永远比玩玩具有趣多了。

霖霖双手撑着跟前的杆子，小屁股抬啊抬的，就想起来。许情深不依，她就哭，许情深也是没辙了，只好抱起霖霖将她放到地上。

蒋远周手里还拿着那个玩具，他想离开，可脚底下像是被粘住了。

说到底，心里竟然是有那么一点点不舍，甚至贪恋。

当初许情深离开后，他没有主动打听过她的消息，他是不想见，可当她重新回到他的眼皮子底下后，他竟是越见越想见了。也许这两年不到的时间里，思念早就磨灭了很多东西，偏偏有些人是不见则已，一见……

许情深离蒋远周远远地站着，毕竟玩具区很大，他们可以井水不犯河水。

霖霖踮起脚也只能看柜台最底下的那一排，她时不时用手去摸摸，然后朝着右边挪一步，再挪一步。

许情深余光看见她离蒋远周越来越近，只好喊了声："霖霖，过来。"

霖霖没睬她，继续往那边挪动。

蒋远周的目光落下去，看到一道小小的身影挨近他。霖霖是女儿，所以被许情深打扮得特别漂亮：脚上是粉嫩的小靴子，扎着丸子头，毛衣外面是一条背心裙，特别潮。

男人抬起头，心里却有酸涩在蔓延，他不想提醒自己，这是许情深和别人的女儿。他将飞机放回去，又拿起了一辆车。

蒋远周的腿忽然被人抓了把，许情深刚要出声，就看到霖霖仰起了小脸。

男人垂下双眼朝她看看，霖霖拍了拍他的腿，似乎是要他让开。蒋远周往旁边站了过去，霖霖立马蹲下，吃力地拿起一个玩具。

许情深松了口气："走吧，霖霖。"

霖霖没听，将玩具一放，又仰起了头。

哇哦，上面的货架上有好多粉红色的小猪，霖霖见许情深站得远，干脆转过身面向蒋远周，双手张开，求抱抱。

蒋远周有些难以置信，而最吃惊的莫过于许情深了。

霖霖平时出去，除了她和付京笙，谁都不让抱，就算回了许家，她在许旺怀里也是别别扭扭的，因此霖霖这个伸手要人抱的姿势，让许情深实在有些不敢相信。

蒋远周僵立在原地，霖霖见状，干脆伸出双手抱住了他的腿。

男人喉结轻滚，将手里的玩具放了回去。许情深见状，大步朝着霖霖走去，一把将她抱起来。霖霖似乎还不乐意，嘴里哼唧了几声。许情深微微沉下脸："要抱的话，待会儿让爸爸抱。"

蒋远周听完，面色瞬间就白了。

霖霖被货架上的玩具吸引了，伸手去拿。蒋远周看着许情深旁若无人的样子，心头的火又在逐渐往上冒。

"这个孩子，是付京笙的吗？"

许情深背对着他，猛地听到这话，后背都凉了——蒋远周连付京笙的名字都知道了，肯定已经派人去核查过。她只能强自镇定，张了张嘴，道："那凌时吟的孩子，是你的吗？"

蒋远周面色铁青，胸腔剧烈地起伏着，一时被堵得说不出话来，他觉得自己的心早就被戳成了马蜂窝，碰一下就痛得跟被撕裂一样。

超市的另一边。

付京笙选好了龙虾，还在挑选另外一些食材。

凌时吟带着睿睿来到海鲜区，指着里头的大龙虾让睿睿看："宝贝你看，大吧？"

睿睿笑着往前扑，凌时吟将他放到地上，抬头时看到付京笙正在捞蟹，凌时吟看着他，觉得眼熟："你是……"

付京笙朝她看了一眼，又继续专注于手里的动作。

"你是许姐姐的爱人吧？"

"嗯。"付京笙捞出了一只帝王蟹，让人去称重。

凌时吟朝四周看看："许姐姐来了吗？"

"来了。"

"在哪儿呢？我怎么没看见她？"

"她带孩子去买玩具了。"

凌时吟一惊，玩具区？她来不及再跟付京笙说话，拉着睿睿就要走："宝贝，快走，我们去找爸爸。"

睿睿手拍在玻璃缸上，正看得起劲，再加上只是个十几个月大的孩子，走路本来就不稳，被凌时吟这么一拽，砰地就摔在了地上。

"哇哇哇——"

睿睿额头上磕出了一个包，痛得直哭，凌时吟见状，一把将他抱起来就走了。

玩具区内，许情深有点不耐烦了，随便拿了个玩具塞到霖霖手里："走了。"

霖霖偏偏不喜欢，一下就丢了，手臂高高地举着，看来是看中了最上面的一个米奇。

许情深不舍得打她，毕竟孩子也不懂，况且她始终对霖霖心有愧疚。霖霖在她怀里蹦了几下，许情深看了眼高度，发现她根本够不着，她朝四周看看，却连个服务员都没看见。

408

蒋远周见状，伸手拿了那个米奇给霖霖，可霖霖还是不要，手臂乱挥，急得嘴里咿咿呀呀说着话，就是没人能听懂。

蒋远周对这个女孩应该是排斥的，可他端详着她的眉眼，见她跟许情深长得挺像，特别是嘴巴，蒋远周心底莫名柔软了下，一把将霖霖从许情深怀里抱过去。

她手里忽然一空，急得扬高了音调："别抢我孩子！"

"我没跟你抢。"蒋远周说完，让霖霖坐到自己的肩膀上，然后靠近跟前的货架。

霖霖这下开心了，伸手就去拿自己喜欢的东西。

许情深轻轻仰头，看见女儿张着双手，满脸的开心，而这一幕对许情深来说，有着足够的冲击力，因为它是这样熟悉——蒋远周喝醉酒的那天，也是将她这样扛在肩上。

不远处，凌时吟抱着睿睿站在那里，孩子已经止住了哭声，但是还在抽泣。

她看向蒋远周的背影，目光呆滞，忽然觉得怀里的睿睿似有千百斤重。

蒋远周肩上坐着的是许情深的女儿，他却从来没有这样对待睿睿过。

凌时吟将睿睿放到地上："去，去找爸爸。"

睿睿听完，撒开腿往前跑："爸爸——"

许情深猛地惊醒过来，抬头看向蒋远周，男人站立在那里没动。霖霖拿到了心仪的玩具，正咧开嘴笑。许情深忙伸出双手，蒋远周将霖霖抱下来，她赶紧伸手接过。

凌时吟快步走来，睿睿到了蒋远周跟前，抱住他的腿："爸爸。"

蒋远周居然没有弯腰去抱他。许情深将霖霖放回购物车，准备离开。

"许姐姐，"凌时吟脸上挂着笑，走到许情深跟前，"这么巧。"

许情深可笑不出来，冷着脸推着购物车同她擦肩而过。

凌时吟朝男人看了眼："远周，睿睿刚才在海鲜区摔了一跤，额上都起包了。"

蒋远周闻言，这才将他抱起来："怎么这么不小心？"

"地上太滑了，他又好动。"

许情深推着车子快步走着，来到海鲜区的时候，付京笙已经选好了食材。

"选了半天，就挑到这么一个？"付京笙指了指霖霖怀里的玩具。

"嗯，她也就是看的时候起劲，玩玩就没兴致了。"

"那你看看，还需要买些什么？"

许情深跟着付京笙往外走，两人去别的地方逛了逛，她总怕再遇到蒋远周，所以并没有心思再采购。

"差不多行了吧，反正家附近也有超市。"

"好。"

两人来到收银台，前面还有人等着结账，旁边也都排起了长长的队伍。许情深将霖霖放进购物车内，然后安安静静地跟在付京笙旁边。

此时，蒋远周他们也出来了，男人抱着孩子，凌时吟跟在后面。许情深抬头看去，见他们排在了旁边那一队，她赶紧别开视线。

偏偏前面几人的购物车都是满满的，许情深焦急地等待着。

睿睿之前摔了一跤，此时正安静地窝在蒋远周的怀里，双手搂住他的脖子，一声不吭。

许情深不想去看，但余光不免会瞟到。她怀着霖霖的时候，曾不止一次想象过这样的画面，想象着她的孩子被她的爸爸抱着，可如今……这一幕她是看到了，只是她的孩子却没有这个福气去享受。

许情深眼底酸涩，她伸手摸了摸女儿的脑袋。

霖霖抱着玩具，笑容甜美："妈妈。"

她唇瓣翘起："宝贝，乖。"

这一幕，对蒋远周来说又何尝不是折磨？

许情深啊许情深，这个女人，他曾经动过跟她结婚的念头，也想象过跟她的孩子会长成什么样，如果是个女孩的话，是不是和霖霖一样呢？

凌时吟站在后面，心里百感交集。如果可以，她想丢了这些东西就走，可是她不能这样，一个已经跟蒋远周不再有可能的女人而已，她犯不着这样。

明显蒋远周那一队比较快，他们也没买什么东西，推辆购物车还碍事，于是凌时吟换成了篮子，只想前面的人赶紧结账，她真是一刻都待不下去了。

快要轮到蒋远周时，男人将睿睿放到地上，从兜内掏出了钱夹。

他往前走了两步，没有回头，只是伸出了手。要是平时，睿睿早就一把抓住了，凌时吟看了一眼，快步上前，轻轻握住蒋远周的手。

男人感觉到不对劲，回头朝她看了一眼。

凌时吟面色如常，没有一点儿不对劲，她将购物篮递过去，笑容温婉地说道："来，我抱睿睿。"

许情深的目光不自觉地落到他们握紧的手上，凌时吟自然地将手抽回，然后抱起地上的孩子。

这，才是一家人的感觉吧？

真好。

许情深的视线收不回去了，她定在那里一动不动。蒋远周将购物篮放到收银台上。付京笙推着车往前一步，顺手揽过许情深的腰："怎么了？"

她赶紧摇摇头："没事。"

付京笙朝着她贴近，忽然在她的发上亲吻了一下。许情深的脑子里嗡地炸开了，这是什么状况？

蒋远周在那边拿出卡，抬头就看见了这一幕。

男人忽然松开购物车，超市的收银台旁边都摆着那种小的货架，付京笙过去看了几眼，然后来到旁边的那排。

凌时吟见他过来，觉得奇怪，付京笙礼貌性地笑了笑："对不起，请让让。"

她抱着睿睿往旁边站。蒋远周看到付京笙来到货架跟前，手指毫不犹豫伸向避孕套，拿了一盒不算，又选了好几样，几乎每个牌子都没落下。

付京笙回到许情深旁边后，将手里的东西一股脑地丢进车内。

许情深一看，觉得全身的血液都在往上涌。

No！

付京笙勾起一侧的嘴角，看了看蒋远周，来啊，互相伤害啊。

蒋远周的面色，那真是变了又变。

收银员已经扫完码，蒋远周拿着银行卡没动，目光刀子似的刺向付京笙。

凌时吟看着，心里有寒气在升腾：蒋远周要真放下了许情深，人家夫妻俩买个东西而已，他这么介怀做什么？

"先生？"收银员朝他看看。

凌时吟伸手把蒋远周的银行卡取过来递向收银员。

许情深的目光落到购物车内，她是背对着蒋远周的，却感觉后背快被人刺出洞来了。

收银员将小票递给蒋远周："请签字。"

男人回神，取过笔，潦草地签上名字。

凌时吟抱着睿睿走出去："远周，东西别忘了拿。"

许情深排的队伍也在挪动，付京笙推着购物车往前，等到他们结账的时候，旁边收银台排队的人早就换了一拨。

提着大包小包的东西出了超市，回到住处，许情深带着霖霖进去，替她将玩具拆封，让她去沙发跟前玩。

付京笙将购物袋放到桌上。许情深来到他身后，手掌落到男人的肩膀上。付京笙回头朝她看看。

"你是不是知道我和蒋远周的关系？"

男人转过身，靠着餐桌，双手抱在胸前："怎么说？"

"我看得出来啊。"

"那我跟你说，我大致是知道的。"

许情深拧了下眉头："怎么可能？"

"你在飞机上遇见过他一次，今天也是，我不傻，你们的眼神一对上，我就看出来了。"

许情深眯起眼，端详着付京笙的神色："你是火眼金睛吗？"

"我看人很准。"

她别开视线，将东西从购物袋里拿出来时，手指摸到那几盒避孕套，她将袋子摊开给付京笙看："买这么多不是浪费吗？谁用？"

"我用啊，"付京笙浅笑，"你也用不着。"

许情深的面上好似烧了起来，抬头朝他看看。付京笙的目光紧锁住她，眼底透露出来的炙热让许情深觉得屋内好像忽然升温了。不对啊，她这心态不行啊，怎么总是被一个喜欢男人的男人三言两语就给撩了？

许情深将那个购物袋往他怀里一塞："你的东西，拿去吧。"

不过这也证明了一点，许情深唇角带笑盯着付京笙，避孕套既然是他用，那她之前的猜测就没错——他是攻。

九龙苍。

车开到门口时，蒋远周看到门外停着蒋东霆的车。老白示意司机摇下车窗，蒋远周却将车窗关起来，冲着司机说道："开车。"

他还是这样的态度，连见都不想多见蒋东霆一眼。

车子缓缓向前开，司机却不知道应该去哪里。

蒋远周坐在后车座上，忽然说了个地址。

司机朝着这个地址去去，没多久就来到别墅区的正门口。

身穿笔挺大衣的保安站在岗亭前，站姿端正，见到车子缓缓向前，他行了个标准的礼。

司机朝蒋远周看看，男人降下一半的车窗，说道："八十八栋，许情深。"

老白和司机皆是一怔。保安按向旁边的按钮，杆子慢慢抬高。司机脚掌轻踩油门，车子缓缓开了进去。

到了一片很大的广场边之后，蒋远周让司机停下来。

老白跟着他下车，经过一堵高高的红墙，前面是绿化带，小路上有孩子在玩耍，肆意地奔跑着，无拘无束。

其中一个小女孩撞到蒋远周的腿上，差点跌倒，男人赶紧拉住她的手："小心。"

"谢谢叔叔。"

蒋远周直起身，笑了笑后说道："人车分流，我当初就是看中了这一点，有了孩子之后，就不用怕他在肆意玩耍的时候有危险。这儿别说是汽车，就连一般的自行车都进不来。"

"蒋先生，您有房子买在这儿吗？"

蒋远周点了下头："是。"

"可我刚才听到您报了许小姐的名字。"

蒋远周没说什么，迈着长腿继续往前走去。这块别墅区的绿化堪称一绝，公共区域非常大。来到临湖的一栋别墅跟前，老白看到湖面上还漂着几艘小艇。

蒋远周走过去，用指纹开了锁，老白跟在他身后，男人破天荒地提醒了他一句："换鞋。"

"好。"

进到客厅，老白有些吃惊——自己就像是走进了一个再普通不过的家里面。

房子没有那种空旷感，家具、电器等应有尽有，沙发前的茶几底下铺着米白色的长绒毯子，一看就温暖舒适。

老白跟了过去，蒋远周在沙发前坐定："坐吧。"

"是。"老白依言坐下来。

"这儿原本是想作为我结婚的新房。"

老白点头说道："环境很好，地段也好。"

客厅的左侧，阳光肆无忌惮地洒下来，两人就这么坐着，直到九龙苍打电话过来，说是蒋东霆离开了。

蒋远周站起身，环顾四周。很多时候，一个家，跟房子的大小没有丝毫关系，温暖舒适与否，全看陪在你身边的人是谁。

许情深的平静日子只过了几天，一件两年前的旧事，就在她猝不及防之时爆开了。

坐在闵总的车上，许情深望向窗外，发现街边的建筑物越来越熟悉，她的心有些慌："闵总，我们这是去哪儿？"

"回去啊。"

然而这路线，看着像是去星港的。

许情深没有说话，闵总朝她看了看，然后才恍然大悟一般说道："现在去趟星港，我有个朋友在里面住院。"

许情深脸色微变，闵总接着说道："怎么了？是不是不方便？"

她赶紧摇头："不，不是。"

平心而论，闵总对她算是很宽容了，她不能什么事都让别人来体谅她。

车子很快来到星港门口，闵总让司机将车停下来："这样吧，你在这儿下车，然后自己回去可以吗？我就去看望下朋友，这儿离家也不远，你就不用跟着了。"

许情深朝她看看，没想到闵总这样体谅人，她有些受宠若惊："谢谢。"

司机下车，替她打开车门，许情深又说了句谢谢，这才走下去。

闵总的车稍后直接开进了星港。许情深轻仰下头，周边的一切都没变，星港更加没有什么大的变化。

不想在这儿多作逗留，许情深提脚往前走，却忽然看到一伙人从车上下来，穿着白衣，神情悲痛，他们拉起白色的横幅，上面是加粗的黑色大字：还我亲人！黑心医院，草菅人命！

许情深看到保安快速地跑出来，将那些人拦在外面，现场瞬间就炸开了。

他们显然是有备而来，另外几人从车上搬了两个花圈下来。许情深身旁的人都挤过去看热闹，她站在人群外面，听到里面的人开始哭。

"把那个医生交出来，把她交出来！"

四周一下围了好多人，许情深被身后的人推着往前走了几步。

保安走过去，可对方人多，赶也赶不走，说也说不清，他只能通知里面的人。

有围观群众上前问："这是出什么事了啊？"

"星港医院的医生胡乱开药把人吃死了！"

许情深听到这句话，脸部绷紧，掌心渗出汗水来。

这样的事对围观的人来说似乎震撼力不够，但对许情深来说，几乎是在用力揭她的伤疤，那些还未来得及愈合的伤口，就这样被用力撕开了。

"星港的医生不都挺专业的吗，怎么还能胡乱开药？"

"就是啊，要不你们还是报警吧，这样堵在医院门口也不是办法啊……"

一名中年男子听闻，抽泣着回了围观诸人的话："我妈最近吃的药都是星港开的，要不是他们的问题，怎么会这样？"

人群中也有人小声说道："星港之前不也有医生开药开出了人命吗？"

许情深的面色唰的一下变得苍白，她开始下意识地往后退。坐在地上的男人听闻后，激动地站了起来："什么？星港之前就有这样的事？"

"是啊，那时候是个年轻的女医生……"

许情深听到这里，再也待不下去了。看来这是她一辈子的污点，走到哪里都不能抹掉。

医院里有人出来解决这件事，许情深见状，忙转身离开。

死者家属被带进医院的办公室，悲伤的情绪压都压不住。

这不是小事，自然会惊动蒋远周。

老白和蒋远周来到医院的时候，办公室内的人已经开始躁动，里头乱哄哄的。

"让你们的负责人出来——"

"就是！"

蒋远周高大的身影往里走，老白命人将门关上，然后走到椭圆形的办公桌前，替蒋远周将椅子拉开。椅子重重地落到地上，周边的人忽然安静下来。

"大家有话好好说，这是我们星港医院的最高负责人。"

两名男子神情悲痛，其中一人快步走向蒋远周："既然医院是你的，现在出了人命，你们医院是不是要负责？"

蒋远周轻轻将一条长腿搭在另一条腿上，目光严肃，声音也冷："如果真是医院的错，那当然要负责。我明白你们的心情，但现在首要的是把事情的来龙去脉说清楚。"

家属们见状，也纷纷坐了下来。为首的是死者的大儿子，姓郭，他开门见山道："我母亲昨天去世了。她又不是什么绝症患者，就是有点老年痴呆，她死的时候手里还攥着你们医院开的药，我……我们作为儿子……"

郭老大说到这里，痛哭出声。

"经常服用的药和病历带来了吗？"

"带来了。"郭老大说完，旁边的妻子将一个袋子递给他，郭老大将里头的东西

414

全部倒了出来。

竟然都是药盒，病历本就在边上。蒋远周看见那些药盒后，整个人如同丢了魂似的，一眨不眨地盯着药盒，就连老白都吃惊得说不出话来。

这种药，不就是当年许情深开给蒋随云的吗？

蒋远周唇角抽搐，忽然说不出话来。

郭老大指了指那些药："我妈肯定是吃这种药吃死的。"

老白比蒋远周率先回过神："不对啊，这种药星港早就不用了，你母亲为什么还在吃？"

"不可能，这就是你们医院开的。"

然而老白最清楚，当年蒋随云死后，许情深被开除出星港，同样的，致蒋随云死亡的药物也被销毁了。老白拿过药盒，看了眼生产日期，眼里的震惊越来越明显。他一连看了好几盒，这才将盒子递到蒋远周跟前。

"蒋先生，您看看生产日期。"

蒋远周接在手里，目光落于那排数字上。

家属以为医院要推卸责任，情绪又激动起来："就算是两年前的又怎样？药物的保质期远远没过的！怎么，你们是想说我妈是吃了过期药死的吗？"

"郭先生，你先别激动。"老白朝蒋远周看看，男人的手指在那个生产日期上滑动，"你母亲一直在吃这种药？我可以调出记录给你看，这药我们星港早就不用了，这是谁开给她的？"

"不可能！"

蒋远周取过病历，翻到最后几页，然后将病历给老白："把这个医生叫过来。"

"是。"

老白起身往外走。蒋远周身子往后倚靠，他双手交握，忽然觉得心慌起来，心跳加速得厉害。当年小姨出事了，他和许情深也毁在了这上面，如今这么巧，居然又是这种药！

很快，一名四十出头的女医生走进来，看到办公室里坐满了人，她径自走向蒋远周："蒋先生。"

蒋远周将病历给她："这个患者，是你负责的？"

医生接过去，翻看了几眼："是。"

"你还我妈妈的命来！"郭老大见到她，面红耳赤，冲上去就要打。

老白没来得及阻拦，男人的手刚要碰到医生，就被蒋远周起身擒住，他一个使劲，将对方的手腕往下弯，郭老大嘴里不住地痛呼："啊，救命啊，救命啊——"

"你要不想好好地解决事情，我现在就可以让人把你们轰出去！"

蒋远周说完这话，使劲甩开他，郭老大一把握住自己的手腕。女医生吓得面色发白，但还是很快镇定下来："蒋先生，您可以让人彻查，我绝对没问题。"

415

"现在不是说这些的时候，"蒋远周指了指那堆药，"这是你开的？"

女医生看了眼："那老太太吃的不是这种啊，是不是搞错了？"

"睁眼说瞎话是不是？"郭家的亲属听闻，恨不得掀了办公桌，"作为一个医生，你居然不承认？"

女医生仔细想了想，然后重新翻开病历，许久之后，她才说道："两年以前，这种药我开过，但后来医院换了药，我就开了她现在一直吃的那种。"

蒋远周已经意识到了什么，他朝跟前的男人问道："老太太平时看病、吃药，是谁负责的？"

"家里的保姆，我和弟弟都比较忙。"

"保姆在哪儿？"

郭老大朝着门口看去："小李，你过来。"

保姆也是接近四十的样子，垂着头，满脸的紧张。她来到蒋远周身侧，男人朝她看看："老太太最近吃的究竟是哪种药？"

保姆朝桌上指了指。蒋远周拿过那盒药："刚才我们的对话你应该也听到了吧？"

"听到了。"

"那你应该有事要解释清楚才是。"

保姆声音细弱，下意识地离郭家的大儿子远了一些："这药就是两年前开的，最近这两个月，老太太都在吃这种药。"

"近两个月？"

"是啊。"

"那药是怎么来的？"

郭家两个儿子都在外打拼，保姆照顾老太太几年了。她继续说道："老太太有老年痴呆症，我也是最近才发现家里多出了一种药，后来一问我才知道……"

保姆嗓音微顿："差不多是两年前吧，老太太身体不好，带她去医院的只有我一个人。那时候配的好像就是这种药，"保姆朝桌上的药盒指了指，"她吃了几天就觉得身体舒服不少，不止一次在我面前夸这是神药，还让我带她去医院，让医生多配一些，可医生说了，这药最多只能配十天的量，吃完了就得去医院。

"老太太可愁坏了，说万一以后没药了，自己这条命是不是就要没了啊。第二天我催促她吃药的时候，她跟我说药不见了，被弄丢了。"

蒋远周仔细地听着，一个字都没有放过。

"没办法，我只能再带她去星港，可医生不肯开啊，我求了半天，说老太太脑子糊涂，一不小心把药全扔了，医生这才给我加了十天的量……后来，过了也就一天吧，她跟我说，药又没了。这种事情也是要担责任的，我们连续去了几次医院，医生再也不肯开药了……"

旁边的女医生回忆了一下，说好像是有这样的事。

416

"我后来才知道，那些药根本就没丢，都被她塞在保险柜里呢，她连我都骗了！一到医生那儿就哭哭啼啼，说不舒服，还给医生看她老年痴呆症的诊断报告。我印象中是加了几次药的，医生叮嘱我回家后把药放好，可老太太就是有本事，我塞在床底下，她都能给翻出来。"

　　"那她最近怎么又在吃了？"

　　"老太太这两年来身体状况一日不如一日。之前医生给她换药，她不高兴，我还问过医生，是不是以前的药有问题，所以才要换，她说不是，还说明了两种药的效果是一样的。"

　　星港当年出了事，肯定会有所隐瞒，不可能告知患者，当初也就住院部的一些病患可能得知了消息，而这个老太太这样的情况，药自然也没被收回去。

　　"所以，她攒了差不多有两个月的量？"

　　"是啊，前不久她身体不舒服，说吃药都没用，那段日子天天闹腾，像个孩子。"保姆想到这儿，难受地抹了把泪，"直到有一天，她把这些药搬出来给我看，说是佛祖赐给她的。我问她究竟哪里来的，她指了指保险柜……"

　　屋内瞬间安静下来，这些话听在耳中，怎能不令人伤感？

　　郭家的两个儿子止不住地流眼泪。蒋远周握紧了一个空药盒，觉得整颗心都空荡荡的。

　　"老太太开心极了。我替她看过，保质期没过。从那天起，她就不肯再吃医生最近开的药了，但我还是不放心，特意去了趟医院，可我又怕医生知道老太太当年骗她开药的事，就没敢直接问，而是询问了下以前的药……医生还是那个说法，说效果一样。"

　　医生听到这里，不由得朝蒋远周看了一眼。

　　当年许情深的事，医院内部闹得沸沸扬扬，可星港底下有那么多病人，这件事在当时必须立马压下去。

　　所有的医生都是统一口径，不可能往星港身上泼脏水。

　　"这些药没过期，又是你们星港开的，医生都说没问题，但老太太确确实实是吃了这药忽然就没了的。"

　　蒋远周手一松，人往后用力地靠了一下，他的嘴唇嚅动了一下，吃力地问道："那老太太之前是否长期吃药？"

　　医生摇头，接过了话："没有，她的治疗断断续续的，我问过病史，也翻看过病历，并没有经常服用药物。"

　　蒋远周听闻，感觉一双手开始用力地撕扯他的神经。

　　老白听在耳中，然后冲着医生说道："你再仔细看下病历。"

　　"我家老太太身体向来挺好的。"保姆接过话，"我照顾她好几年了，她怎么可能经常服用药物呢？"

蒋远周双手交扣，手掌撑着额头。郭家的两个儿子见他迟迟不说话，情绪再度激动起来："你们说，到底应该怎么解决？总不能让我家老太太死得不明不白吧？"

蒋远周放下两手，朝他们看去："这件事现在还不能确定是跟药物有关，我们需要做详细的鉴定。还有……老太太的遗体在哪儿？"

"还在家摆着呢！"

蒋远周一听，心头微松："老太太需要做个尸检。"

办公室内瞬时没了声响，半晌后，郭老大才一掌拍向桌面："你什么意思？"

"你们长期将她一个人丢给保姆，只有做了尸检，才能给她一个最好的交代，让她明明白白地去另一个世界。"

郭老大旁边的妻子拉了下他的手臂，压低嗓音说道："他说得也没错，再说你要不肯做尸检，医院怎么可能承认是他们的责任？"

"万一医院动了手脚怎么办？"

一直没说话的郭家老二插了句嘴："我们可以报警，不是还有法医吗？"

"是，"蒋远周说道，"只要能得出最真实的结果。"

他拿过其中一盒药，取了几颗出来："如果真是药的问题，我不会姑息，会给你们一个交代，也是给我自己一个交代。"

老白唤过旁边的几人，让他们将家属送出去。蒋远周冲着那名女医生说道："这件事，一个字都不许透露出去。"

"是，蒋先生放心，我有分寸。"

偌大的办公室内，就剩下蒋远周和老白。

蒋远周再度吩咐道："郭家那边，你派人盯着，跟药有关的信息一个字都不能传出去。"

"好。"老白拉过椅子，在蒋远周身侧坐下来，"蒋先生，两年前也做过药物检测，那时候显示是正常的。"

蒋远周攥紧手里的几颗药："那时候，小姨的死让我实在接受不了，药又是许情深开的，这一点一直折磨我至今。我也想过会不会是药有问题，于是让人检测过那些药，但没有发现异样，可今天的事……"

老白的面色同样严肃："如果那个老太太真是死于那些药……"他忽然看向蒋远周的侧脸，"蒋先生，如果这次再做药品检测，结果会不会跟上次一样？"

蒋远周没说话，出神地盯着一处。

女医生离开办公室，走出电梯后，刚要回自己的门诊室，就看到了迎面走来的周主任。

"周主任好。"

"听说你被蒋先生喊过去了？"

女医生双手插在兜里："是啊，不是有家属来闹事吗？我是主治医生，蒋先生喊我过去了解些情况。"

"怎么就会闹出人命来？现在怎么样了？"

女医生记得蒋远周的话，不敢提一句药的事："蒋先生让我先回来，说他会处理。"

周主任轻点下头："有人在医院门口拉横幅的事我也是刚听说，但也有人说，是吃药吃死的？"

"我都是按规定开的药，不可能有问题，可能是那位老太太自身的原因吧。反正现在都是猜测。再说，家属的话哪能全信啊，他们现在正在气头上，恨不得说人是我杀的呢！"

周主任没再继续这个话题："那你赶紧回去吧，还得继续看诊呢。"

"好。"

许情深回到"保丽居上"时，霖霖在睡觉，付京笙将自己关在书房内，也不出来。她在床沿坐定，双手撑在身侧，手臂开始发抖。

许情深知道，只要她一接近以前的地方、以前的人，就肯定没有好事。

其实，刚离开星港的那段时间，确实是她最辛苦的时候，不只因为怀孕，还因为愧疚。跟蒋远周分开后，她心里过不去的那件事反而淡化了——既然那个男人已经不是她的，那她过多地纠结又有什么意思？

反而是蒋随云对她的好，在她心里不断地扩大……

蒋远周回九龙苍的时候已经是大晚上了。凌时吟坐在客厅里，听到动静，忙站起身走过去。

"远周，你回来了。"

蒋远周上了楼，凌时吟跟在后面。睿睿在床上睡着，男人从兜内掏出那几颗药，然后打开抽屉，将它们放了进去。

"远周，你身体不舒服吗？"

"为什么这样问？"

凌时吟满面担忧："要不然的话，怎么兜里放着药呢？"

蒋远周站在床边，看向凌时吟，眼里的光似乎柔和了些："时吟。"

女人心头一颤，他很少这样叫她，她喉头轻滚："怎么了？"

"这两年来，小姨的死，我心里一直放不下。"

"我知道……"凌时吟上前两步，"但小姨也不希望看见你这样。况且当年的事错不在你，你别太难受。"

蒋远周将抽屉拉开些："知道我为什么这么紧张这几颗药吗？"

凌时吟轻轻摇头："为什么？"

"当年就是这些药要了小姨的命。"

凌时吟大惊："这药，你是从哪儿弄来的？"

"小楼里找到的。"

凌时吟望向抽屉内部："但我记得当时做完了药品检测，不是所有的药物都被销毁了吗？"

"这是我去小楼整理东西的时候，在小姨的床头柜底下发现的，应该是不小心掉进去的。"

"是吗？"凌时吟闻言，嘴角轻轻扯动，"那你留着它做什么？"

"我想重新做次检测。"

"难道你觉得两年前的结果有问题？"

蒋远周一把将抽屉推上，高大的身躯坐向床沿："时吟，在你看来，许情深是一个什么样的人？"

凌时吟没想到蒋远周会这样问她，她尽量让自己的口气显得平和一些："我觉得许姐姐挺好的。"

"是吗？"蒋远周顺着她的话说下去，"我也觉得她挺好的。"

凌时吟脸上的笑意收了起来，蒋远周却继续说道："要不是因为她开的药导致了小姨的去世，我和她之间也不会走到今天这个地步。"蒋远周朝身侧的凌时吟看看，"我想把这些药重新拿去检测。倘若结果还跟当年一样，那我无话可说，但如果真是药本身的问题，那小姨的死，就跟许情深没有关系。"

凌时吟听到这里，面上还维持着强装出来的镇定："你怀疑，药本身就有问题？"

"算是我心里的一点点侥幸吧。当初的检测是在东城做的，我打算过几天，等忙完了手头的事情，亲自跑一趟外地。"

凌时吟轻轻点头："如果那件事跟许姐姐没关系，你会怎么做？"

"把她接回来。"

"什么？"凌时吟再也无法镇定，"你要把她接回来？"

"是。"

"远周，那我和睿睿怎么办？"

男人的目光落到她身上："时吟，你在我身上这样浪费时间也没用，你要实在放不开睿睿，我可以把他给你。"

凌时吟彻底怔住了，她眼圈发红，一语不发就转身往外走去。

她没想到，这两年来，不只是她没走到他的心里去，就连许情深，都没从他的心里出来过。

翌日。

蒋远周离开九龙苍后，凌时吟带着睿睿也出门了。

来到凌慎的住处，她在外面按响门铃，过了许久，才有用人过来开门。

凌时吟抱着睿睿往里走，语气有些不悦："怎么才开门？"

"不好意思，凌小姐，刚才在打扫。"

"我哥在吗？"

"在呢。"

凌时吟走进客厅，等了一会儿没看到凌慎下来，她有些不耐烦了。

凌时吟起身想要去楼上，却被用人一把拦住："凌小姐，您还是在这里等等吧。"

"你什么意思？"凌时吟皱起眉头，"这是我哥住的地方，难道我连楼上都去不得？"

"我不是这个意思，只是凌先生说他很快就下来。"

凌时吟冷着小脸，直到楼梯处传来一阵脚步声，她抬头，看到凌慎正从二楼下来。

她转过身，气鼓鼓地坐回了沙发上。

凌慎走到她跟前，睿睿在一旁自己玩着，他坐了下来："你怎么找到这儿来了？有事？"

凌时吟起身坐到凌慎旁边："哥，蒋远周要查两年前的事。"

"什么事？"凌慎有些心不在焉。

凌时吟听到这里，不由得拍了下他的手臂："你说还能有什么事？"

男人回神，目光落到凌时吟脸上："真的假的？"

"这种事，我能跟你开玩笑？"

"那件事当年已经是一个死局了，他要从哪里破？"

凌时吟定定地望着他："药。"

"那批药已经全部销毁了。"

"他说是无意中在小楼找到的，也就两颗而已。"

凌慎双手交握："就算他现在有当年那一批次的药也没关系，蒋远周又不是没拿它们去做过检测，这件事我会打点好的。"

"哥，可蒋远周说了，他会去别的地方。那时候小姨刚离世，蒋远周处在最悲痛最脆弱的时候，才让你有了可乘之机，可他现在不一样了……"

凌慎目光微凛："他什么时候去做检测？"

"说是过几天。"

"我会让人盯着他的一举一动。"

然而凌时吟听在耳中，一颗心还是落不下来："我觉得那两颗药始终是枚定时炸弹，当年还有董局的帮忙，再加上蒋远周的心思也没有完全放在上面……"

"那你想怎么办？"

"哥，你不是说过嘛，这种药现在还在出，只是换了外包装，我想把药换了。"

凌慎一听，却觉得不妥："换药？万一这是蒋远周设了圈套让你往里钻呢？"

"他不可能无缘无故去检测药品的。那个董局现在也升了官，这潭浑水，他还会管不成？一旦你没有打点周全，药品的问题被蒋远周发现，那他可就真的要疯了。"

凌慎面容严肃，似乎在考虑。凌时吟着急地道："哥，如果蒋远周知道了小姨的

421

死不是因为许情深误诊，而是因为那些药，那他就知道是谋杀啊！"

凌慎没再说什么，起身走到落地窗前打了个电话。

回到沙发前时，凌时吟还在发呆，凌慎坐下去，拍了拍她的肩膀："我还是不赞成你换药。蒋远周人脉广，我们凌家也不差，算是旗鼓相当吧。登记好的药品检测中心相关负责人的联络方式我都有，当年为了万无一失，我们该做的都做全了，你放心。"

凌时吟听在耳中，心稍稍安定下来："哥，新的药你能弄到吗？"

"你还是打算冒险？"

"见机行事吧。"

凌慎点了下头："你在这里坐会儿，我让人送过来。"

"好。"

睿睿在沙发前自己玩着。这个孩子其实挺好带的，不娇气，也听话，可能是因为没被蒋远周从小捧在手心里宠着。

接近中午时分，才有人着急慌忙地赶过来。

凌慎拿了药递给凌时吟，她看了一眼，然后拆开包装，从里头拿出一整板的药。

果然，除了外包装之外，里面一点儿没变。

边缘处有产品批号和有效期，凌时吟从中间剪了两颗，然后揣在兜内。

"时吟，其实就算他知道那些药有问题也拿不出什么证据来，顶多就是怀疑到凌家的头上，但要想再往深处挖就没那么容易了。"

"希望是这样。"

凌慎拿过桌上的剪刀，手指在尖锐的刀口上轻轻划过："你别给自己太大压力。"

"好。"

凌时吟没有再逗留，抱着睿睿离开了。

回到九龙苍的时候，蒋远周还没回来。凌时吟带着睿睿上楼，来到二楼的主卧门口，她尝试了下，最近这段日子主卧都没锁，果然一下就推开了。

凌时吟将睿睿放到地上，让他走进去，她快步来到床头柜前，心里抑制不住紧张，将抽屉拉开一点儿后，果然见那两颗药躺在里面。

她的心脏扑通扑通地跳动着，好像随时都要跃出来。凌时吟的双眼紧紧地盯着那两颗药，额头上渗出细密的汗珠，心就像被绞起来一样。

她心里挣扎着。凌慎跟她说的话，她自然都听进去了，可是她赌不起啊。蒋远周说得那么清楚，一旦蒋随云当年的死跟许情深没有了直接关系，他就要把许情深接回来。他将她置于何地？

凌时吟的手掌落在抽屉的边缘，然后将抽屉一点点拉开，直到一只手掌能够完全伸进去……

保丽居上。

许情深换好衣服匆匆下楼。付京笙站在落地窗前打电话，神色严肃，似乎拒绝了一件什么事。

听到脚步声，付京笙跟对方说了句再见，然后扭过头："又要出去？"

"刚刚闵总那边来电话了，说她要出门。"

付京笙将手机放回兜内："行，你去吧，我待会儿带霖霖去游乐园。"

许情深走到男人跟前，有些愧疚："对不起啊，孩子总是要麻烦你照顾。"

付京笙一把揽住她的腰，将她勾到自己身前。许情深没想到他会有这样的动作，惊得杏眸圆睁，浓密的眼睫毛不住地扑闪："你……"

男人不给她反应的时间，凑过去在许情深面颊上亲吻了下，许情深忙捂住自己的脸，付京笙薄唇微微勾起："怎么办，我好像开始喜欢女人了呢。"

许情深吓得将他推开，往后退时脚后跟却绊在了茶几腿上，她趔趔趄趄地往后栽，一下就坐在了沙发上。

付京笙上前几步，双手撑在沙发椅背上，正好将许情深困在其中。他端详着许情深越来越白的面色："其实女人也不错啊，赏心悦目，还温柔可人，你说我以前怎么就觉得男人可爱呢？"

许情深一阵恶寒，鸡皮疙瘩都起来了："付先生，您……您别想不开啊。"

"你的意思是，我喜欢女人的话，就是个错误？"

"不不不，我不是这个意思。"许情深慌忙摆手，"你……你随着自己的心意来吧。"

付京笙还想逗逗她："我打算从今天开始，跟你试试。"

"啊，试什么啊？"

"我们是夫妻啊，受法律保护的，可我们还没有过夫妻之实。"

许情深眼睛睁得大大的，心里不由得说道：付先生啊，你这样，那些被你爱爱过的小男生情何以堪啊？

她伸手朝门口指了指："闵总让我赶紧过去呢，我先去上班。"

"行，这个问题我们回来再讨论。"付京笙说完，直起身。许情深忙一把拿过包，就跟逃跑似的飞快地溜走了。

两天后。

凌时吟带着睿睿在客厅玩，蒋远周快步从楼上下来，她回头看了看："远周，你要出去吗？"

"是。"蒋远周来到她跟前，"我去趟外地。"

"什么时候回来？"

"最早也要明天下午。"

凌时吟轻点下头："那好，我和睿睿在家等你。"

蒋远周拉过正在玩耍的睿睿，孩子见到他，伸手抱住了他的脖子。

"爸爸。"

423

蒋远周微笑，拉开他的手后，起身走了出去。

坐上车，车子疾驰出去。蒋远周将车窗降下，拿出那两颗药，放到阳光底下仔细地查看。

蒋远周不敢大意，仔细比对了很久，最后确定药并没有被换走。

接近三个小时的车程后，蒋远周才来到目的地。负责接待他的检测员亲自出来迎接，蒋远周将药交到他手里："麻烦你了，这个检测结果对我来说非常重要。"

"蒋先生放心吧，我一定严肃对待，明天一早就能给你答案。"

"好。"蒋远周面色严肃地说道，"到时候一定有重谢。"

"您客气了。"

蒋远周在检测中心附近订了家酒店，这一晚，他几乎是夜不能寐。

早上刚吃过早饭，他就接到了那边打来的电话。蒋远周焦急地赶到检测中心，昨天的工作人员将相关的报告递给他："蒋先生，您看看。"

"结果怎么样？"蒋远周直接问道。

"药是正常的。"

男人拧起眉头："正常？"

"是，里面有相关分析，每一条都写得很详尽，这种药完全没有问题。"对方打着包票，一脸的笃定。

蒋远周的神色间似乎有些失望，他捏紧手里的报告单："好，谢谢。"

"没别的事的话，我先进去了。"

"好。"

蒋远周回到车上，司机询问道："蒋先生，现在是要回东城吗？"

"不用。"蒋远周抽出那份报告，"去机场，老白半个小时后到。"

"是。"

车内恢复了安静，蒋远周仔细地看着那份报告，检查结果跟两年前如出一辙。

他瞬间觉得整颗心都寒了。

来到机场，没等一会儿，就接到了风尘仆仆归来的老白。

见到熟悉的车辆，老白快步上前。司机替他拿着行李，他拉开车门坐进去："蒋先生。"

蒋远周朝他看看："辛苦了。"

"您这边的检测结果怎么样？"

蒋远周的嘴角扯出一抹嘲讽的弧度："一切正常，和两年前一样。"

老白的面色严肃起来，眉头皱起："您都跑到这儿来了，难道对方的手还能伸得这么远？"

"药品是昨天送到的，今早出的检测报告，一个晚上的时间，能发生很多事。"

老白从兜里掏出叠得整整齐齐的报告，司机知道他们有事要谈，赶紧自觉地给他们单独的空间。

"蒋先生，我这次去找了我父亲的老师，我也是最近才偶然得知我父亲跟他一直有联络。我们并没有去当地的检测中心，而是去了他的工作室，他做了详细的药物成分还原。"

蒋远周专注地听着。老白昨晚已经将结果告诉他了，可蒋远周还是想听听到底是怎么回事。

老白打开手里的纸，上面列着一排成分名称，蒋远周一眼看到其中一项用红字标注了出来，而且后面有个往上的箭头，他一看就知道这是超标的意思。

老白指着这一项："就是这项，比正常用量超标了二点五倍。"

蒋远周手指微收，紧紧地盯着那个箭头："它会导致什么？"

"这就是蒋小姐的致死原因。"

蒋远周已经觉得呼吸凝重起来，每吸一口气都跟刀子划过似的："小姨的药是星港配的，所以唯一的解释，就是星港的那批药都有问题。"

"是，要不然的话，那个老太太也不会死。"

蒋远周一把握紧那张报告单："但那批药又是怎么进入星港的？又是怎么蒙混过药监局，成了合格药品？"

老白朝他看看，忽然觉得这件事就像是个无底洞，更像是一张很大很大的网，它布置精密，甚至牵动了一系列相关部门："蒋小姐的身体底子太弱，所以吃了那些药没多久就……至于那个老太太，应该也是这样的原因，毕竟岁数大了。"

"对方为了确保药能到小姨手里可算是费尽心机，而且不惜拉上别人，那一批次的药是光明正大走进星港的……"

"别的病患可能多多少少也出现了不良反应，但因为个人体质不同，没有严重到致死的程度。我专门询问过，这种药物的伤害不是永久性的，不再服用后会自行代谢掉。"

蒋远周降下车窗。今儿变天了，寒风一个劲地往里灌，哗哗地吹到他的脸上，他感觉一把把细小的匕首正在往他脸上割，不论他痛不痛，它们都割得那样欢、那样猛。

"当年，药物检测没有问题之后，就被全部销毁，开出去的药能收的也收回来了。千算万算，谁都不会想到那个得了老年痴呆症的婆婆，如果不是她糊涂地藏起药，这件事就永远是个死局，怕是无人能破。"

那么许情深就要为此背上一辈子的黑锅。

老白也觉得心情沉重。

车子疾驰向前，回到九龙苍的时候已经是下午。

蒋远周进入屋内，睿睿过来缠住他的脚，奶声奶气地喊着爸爸，蒋远周将他抱起来，凌时吟快步从楼上下来："你回来了。"

男人牵着睿睿的小手，凌时吟朝老白望去："老白，你好几天没来了。"

"是，我出去办了点事情。"

425

"对了，"凌时吟跟在蒋远周身侧，小声问道，"药品检测报告出来了吗？"

蒋远周手里拿着那个资料袋，顺手交给了凌时吟。凌时吟好奇，想要打开，但想了想，还是面色镇定地拿在手里。她跟到沙发前，将袋子放到茶几上："睿睿一天多没见你，老喊爸爸呢。"

老白看了她一眼。凌时吟似乎对鉴定结果不是很上心，她坐到蒋远周身侧，拉了拉睿睿的小手。男人睨她了一眼："最近有见过你哥吗？"

凌时吟心里咯噔了下，但还是摇了摇头："我哥早就不跟我爸妈住一起了，我偶尔回去也见不到他。怎么了？忽然这样问……"

"没什么，我也挺久没看到他了。"

蒋远周说完，抱着睿睿起身上楼。凌时吟盯着他的背影，眼里藏匿着不解。

老白吩咐厨房准备饭菜，他和蒋远周在九龙苍用过餐之后，又赶去了星港。

周主任被喊进办公室时，身上还穿着那件白大褂。他关上门往里走，蒋远周正靠坐在办公椅上，左右手分别抓着签字笔的两端。周主任开口喊了声蒋先生，却见蒋远周嘴角勾着，似乎在冲他笑。

"蒋先生，今天是有什么好事情吗？"

"周主任，请坐。"

"谢谢。"

周主任坐下来，蒋远周身子往前倾："周主任，不知道你还记不记得，两年前，许情深开药的事情？"

周主任的脸僵了下："当然记得，那关乎到蒋小姐。"

"那时候是你说的，因为小姨长期服用药物，才会有那样的反应，药品本身也没有问题，是吧？"

周主任没想到蒋远周会重提两年前的事，他只能硬着头皮点头："是。"

蒋远周猛地将手里的签字笔丢出去，笔擦过光滑的桌面落到地上，他收起面上的笑意："周主任，我现在只问你一句话，你收了那些人多少好处，他们又是谁？"

周主任吓得面色发白："蒋先生，我不明白您在说什么。"

"我会这样跟你讲话，有些事自然已经了解清楚了。两年前，药品检测出来是正常的，当时我不同意尸检，是你想了个折中的法子，说要看看别人的服用状况。"

"是，"周主任忙不迭地说道，"也有长期服用这种药的人身体出现异常——"

"我不要听这句话。"蒋远周将他的话打断，"那些非长期服药的人，检查出来就是正常的，是不是？"

周主任的嘴角明显抽搐了一下，蒋远周狠狠地瞪着他："是不是？"

周主任咬了咬牙："是。"

"呵。"蒋远周轻嘲出声，"周主任，你在星港的待遇向来不差，你这级别，前途无量，到时候混到退休，功成名就……"

他的话语卡在这里，忽然就不往下说了。

周主任提着一颗心，感觉自己像被按在了铡刀上，不知道那边什么时候才放手。他整个人都战战兢兢，冷汗直往下淌。

"许情深曾经是我的女人，可她最后的下场你也看到了，你确定，我会对你手下留情吗？"

"蒋先生，有些事情我是真不知情……"

蒋远周轻仰下颌："那你知道什么？"

"我……蒋先生，我从医几十年，当初家境贫困，我真是靠着自己才一步步走到今天的。"周主任不想承认，可他心里明白，蒋远周不可能无缘无故找到他，而且一问就是药品的事情，纸包不住火，蒋远周肯定是知道了，"我把我知道的全部告诉给您，您能不能答应我高抬贵手？我可以辞职，但请您千万别毁了我这么多年的成绩和心血……"

蒋远周冷笑了下，嘴上却答应道："可以。"

周主任面色微松，却还是有些紧张，心里应该还有几分不甘吧，毕竟那件事藏了两年，却在他猝不及防的时候又被挖了出来。

蒋远周站起身来，两条修长的腿靠向桌沿："你只要告诉我，这件事是谁让你做的。"

对方闻言，垂着头，却是摇了摇脑袋："我没有见过。蒋小姐被送来医院之前，我接到了一个电话，但这个号码现在也没用了，是空号。"

"你仅凭一个电话就心甘情愿替人家做事？"

周主任抬头，对上蒋远周寒冷彻骨的眸子："我觉得那人好像很了解我，不，是了解我的家庭，他不光允诺给钱，还说可以帮我解决我女儿的事……第一笔钱是直接汇到我卡上的。"

蒋远周胸口起伏着，他强压住怒意："所以，你就能毫不犹豫地去害许情深？"

周主任的脸白了又白，沉默半晌后才说道："蒋先生，实话跟您说，许医生在星港的待遇，私底下哪个医生没讨论过？她年纪轻轻就进了星港，很快就开始接各式各样的手术……"周主任不敢再多说，只能放轻了嗓音，"蒋先生，我可是一步一个脚印，脚踏实地才走到今天的啊。"

他的意思，许情深就不是了？难道她是自己没本事，仅仅靠踩着蒋远周的肩膀就飞上天的吗？

"所以，你跟那些人一起陷害她。"

周主任不敢再坐着，慢慢站起身："蒋先生，对不起。"

蒋远周心头聚起愤怒，这种怒火从四肢百骸朝着他压来，一寸寸用力地撕扯着他的心脏。

这是一个局，毋庸置疑。然而每一个环节，却是独立的。

周主任不知道联系他的是谁，就算查他的账号，肯定也一无所获。

那么药监局那边呢？恐怕情况也差不多。这个局设得那样大，可不论攻破了哪一头，都没有直接证据能抓住那个藏在最后面的人。

周主任站在旁边，战战兢兢的："蒋先生，我这就辞职，我以后也不会再出现在您面前……"

他说完，逃也似的快步出去了。门口的老白见状，睨了他一眼，随后进入办公室。

谁能想到星港的周主任最后会这样落荒而逃？

"蒋先生，他都说了？"

"他能不说吗？"

老白来到办公桌前："您答应他了，他辞职后就不追究。"

"可能吗？"蒋远周冷笑了下，"身败名裂都不够。他得了好处，他的家人也得了好处，我要他们一家人以后都生活在地狱里。"

"老白。"

"蒋先生有什么事尽管吩咐。"

"这件事，我应该让许情深知道。"蒋远周目光微垂，眼里的最后一抹亮色逐渐暗下去，"这两年来，她肯定过得很难受。"

"蒋先生，"老白不由得又提醒了蒋远周一句，"我觉得许小姐知道了以后，反而会更加怨您。"

蒋远周沉默了许久。他从桌上拿过烟盒，掏了一支烟出来，然后点上，办公室内瞬间弥漫着呛人的味道。等到这支烟抽尽，蒋远周将烟头在烟灰缸内掐熄。

"她有权利知道真相，不能让她继续背负这份愧疚。"

"那蒋先生是要亲自去找她吗？"

蒋远周戳在原地，老白朝他走近一步："还是我去吧，我把许小姐约出来。"

男人没说话，只是径自往外走，也算是同意了。

许情深这两天比较有空，她准备出门去趟超市，家里的水果和菜都没了。付京笙本来要一起去，但霖霖正在睡觉，要这样把她带去，非闹一通不可。

许情深出门刚走了几步，老白就过来了。

她面色一凛，戳在原地，就这样看着他一步步走向自己。老白被她盯得有些发毛，干脆加快了速度。来到她跟前，老白先打过招呼："许小姐。"

许情深朝他身后的车看了眼："你们又要干什么？"

她语气里有着满满的不耐烦，老白忙接口道："许小姐别误会，蒋先生不在车内。"

"那是什么事，你找我？"许情深听到这句话，面色微松。

老白被问住了，他双手轻搓了下："蒋先生想见您。"

428

这不一个意思吗？许情深再度拧眉："我不想见！"

"是有挺重要的事情。"

"能不能请你们以后别出现在我的生活中？"许情深说的话已经算是很不客气了，"再重要的事也跟我没关系。"

"是有关蒋小姐的事……"

"那我更不想知道。"

虽然她态度坚决，但老白凡事都要先替蒋远周着想，为蒋远周办周全每一件事才是他首要的工作。

"许小姐，您要真不同意，那我只能强行带您过去了。"

许情深手里还拿着购物袋，她吃惊地看向他："那我还真好奇，你所谓的强行，是怎样的手段？"

"您还是不要见识到的好。之前我对您都是客客气气的，我想在您心中一直将这个形象维持下去。"

许情深磨了磨牙。果然啊，一丘之貉，她之前怎么总觉得老白还不错呢？

老白做了个请的动作。许情深走过去，刻意放慢脚步，等走到老白身边时，她轻声问道："我有些好奇，你说的'强行'都有哪些手段呢？"

"比如，打扰一下您的家人，或者打扰一下许家那边。"

许情深走到车旁，自己打开车门，然后坐了进去，再将车门"砰"地关上。

车子一路往前开，没过多久就在附近的停车场停下。

许情深推开车门下去，老白在前面带路，来到一家店里。里头什么人都没有，别说顾客了，就连服务员都看不见。一看这阵势，就知道是有钱人包场。

蒋远周也没点多少东西：一壶茶，一盘小点心。

许情深在他对面坐下来。

老白去不远处守着。

许情深径自拿过手边的茶杯："你找我有事吗？"

"有。"

"什么事？"

"星港前几天有家属来闹事，说是有个老太太吃药吃死了。"

许情深记得那天是有穿白衣的人跑到星港门口大闹，她眉眼未动，仍旧盯着一处："难道又是我害死的不成？"

蒋远周听了这话，顿时觉得即便先前堆积了再多勇气，这一瞬间都完全消散了。

见他忽然沉默，许情深掀起眼帘朝他看看："怎么又不说话了？"

"那个老太太，是吃了两年前跟小姨一模一样的那种药死的。"

许情深并未意识到旁的不对劲："星港应该早就把那种药撤掉了吧，怎么还会这样？"

男人健硕的身体往后靠，目光也随着这个动作而落得稍远，这样的角度，反而能将许情深所有的神情收入眼中。

　　"那个老太太患了老年痴呆症，她藏了不少两年前的药。"

　　许情深端着茶杯放到嘴边："她……也长期服用过药物？"

　　蒋远周的手掌落在腿上，忽然握了下，许情深看到他摇了摇头。

　　她眼眸微眯："那是怎么回事？"

　　"我让老白拿着两年前的药品重新检测过，那种药本身就有问题，跟小姨是否长期服用药物没有多大关系。"

　　许情深将茶杯放回桌上，眼里有着难以置信。

　　蒋远周指腹划过裤缝，他倒是希望许情深问一句，他答一句，可许情深就跟丢了魂似的坐在那里一动不动。

　　蒋远周的目光落到她脸上："我已经找周主任确认过了，当年的事，他也有参与，而你……"

　　许情深的脸上总算有了表情变化："是那些药本身的问题？"

　　"是，单单那一批出了问题。"

　　"怎么会这样？"

　　蒋远周说道："唯一解释得通的，是有人要陷害你。"

　　她忽然有些接受不了："所以你告诉我这些，是要还我一个清白吗？"

　　"情深，对不起。"

　　"说对不起有用吗？"许情深的眼圈唰地红了，她推开手边的茶杯，"我不接受你的道歉。"

　　"不管你接不接受，都是我错了。"

　　"你错在哪儿？"许情深反问，眼眶里面蓄满了热泪。两年了，差不多要两年了吧，她没有细数过日子，因为那几百个日日夜夜里，并没有多少时间美好到能让她记忆深刻。

　　老白从不远处往这边看了眼，见两人好像都沉默着。许情深心里肯定是难受的，可那种情绪，她已经不知道要怎么去表达了。

　　"蒋远周，你的意思，就是有人给我们设了一个局是吗？有人陷害了我，甚至不惜搭上小姨的性命，就连周主任都被收买了，这一切肯定是做到了天衣无缝，所以才骗过了你的眼睛。"许情深右手撑到桌子上，整个人也随着她的这番动作往前倾去，"蒋远周，可惜我看到的不是这些啊……"

　　男人的视线始终落在她身上，许情深菱唇轻启，嗓音带了悲凉："我看到的是，我被赶出了星港；我看到了我因为不能再做医生而面临的一切窘境；我看到了……你再也不愿见我一面；我也看到了，我们两个人之间的感情彻底断了。蒋远周，我还是要谢谢你告诉我这件事，至少从今以后，我不用再背负巨大的愧疚感，我可以好好生

430

活下去了。"

蒋远周听到这里，再也按捺不住，忽然伸手抓住许情深的手："好好生活？跟谁？"

许情深看向他的手背："我们已经各自成家，有些话还需要挑明吗？"

"情深……"蒋远周想说，横亘在他们之间的最大伤害没了，他拉住许情深的手，将她往自己跟前扯。

许情深情绪激动："你倒是觉得这些坎过去了，是吗？"

"我不甘心就这样——"

许情深抄起桌上的茶杯照着蒋远周泼去，那杯浅褐色的茶水全泼在了男人的颈间，许情深厉声开口："蒋远周，你清醒点吧！"

"我清醒不了！"蒋远周的声音高高盖过她。

他们两个现在被困在了一个死局里，许情深比蒋远周看得透彻，知道再无可能，所以尽量避开，心里哪怕有思念和感情，她也能很好地藏起来，可蒋远周做不到这一点。再见之后，思念挠心挠肺地折磨着他，如今知道了蒋随云过世的真相，他就更加跟发了狂似的。

他知道他们不该走到这一步，可如今她已结婚，连孩子都有了。

蒋远周被死死地困住了，前行不得，转身又不甘心，他的手还是不肯松开。老白远远一看，两人剑拔弩张，像是要打起来。

他快步走来，看到蒋远周的脖子里一片狼藉，许情深瞪着双眼，手臂被蒋远周拉直了，整个人伏在桌面上，面红耳赤，只能冲老白吼道："这就是你说的蒋远周找我有事是吗？君子动口不动手！"

老白朝蒋远周看看："蒋先生。"

"你要去过你的日子了，你想过那个男人图你什么吗？"

许情深抬头看他："我没钱没权，他能图我什么？"

"他贪图你的美色！"

许情深感觉手指都麻木了："你先松开我。"

老白站在边上，也不好插手，手抬起了又放下。

许情深大声说道："难道你一开始跟我在一起的时候就没图过这些？蒋远周，别说这些有的没的，我有东西给他贪图，我也觉得幸福！"

蒋远周狠狠按住她的手，老白朝他看看，见他气得面色铁青，蒋远周轻喃："老白，你说她是不是疯了，是不是疯了？"

"你才疯了！我们两个都不干净了！蒋远周，我当初接受不了你和凌时吟的那个晚上，现在，我就更加接受不了你和她的孩子！"

老白听到这儿，伸手按向蒋远周的手臂："蒋先生，放手吧。"

蒋远周的手指已经泛白，许情深喘着粗气，老白也没见过蒋远周这样，拉也拉不开。

然而许情深说得再清楚不过了，凌时吟尚且是道坎，那么睿睿呢？

蒋远周推了下老白的手臂，老白退到旁边。蒋远周似乎想通了什么，手里力道微松，许情深的手臂得到自由，她忙将手抽了回去。

她一刻都没有逗留，起身就走了。

蒋远周盯着许情深快步离开的身影，他双手撑在额前，只觉得头痛得就跟要裂开似的。

许情深走出去后，忽然就失去了方向感，也不知道要往哪儿走，她犹如丢了魂一样来到街边，再跨出去一步就是马路。看到车子飞快地驶过，她清醒过来，两手抱着头蹲在路旁痛哭。

蒋远周这样，难受的自然不只是他。这不是互相折磨又是什么呢？

许情深倒希望蒋随云的事自己永远都不知道，至少愧疚感比如今的锥心疼痛要好多了。

许久后，许情深才慢慢回过神，她擦干眼泪，发现双腿蹲得发酸发麻，只能扶着旁边粗壮的树干站起来。

哭的时候，她总是一个人；哭过了，她还是一个人，许情深似乎习惯了。

兜里的手机忽然响起，许情深伸手拿出来，是付京笙打来的。

她深吸口气，说话声尽量放平稳："喂？"

"霖霖醒了，你怎么还没回来？"

"我还在超市呢。"

"还没买好吗？"

许情深垂着眼帘道："没呢，挑挑拣拣的，我可能有选择障碍症。"

"不用选择障碍，看中什么就买什么，要是有拿不准的也没关系，全部买了。"

"哪有你这样的？"许情深嘴角轻翘，却没有力气笑出来。

"你开心就好了。"

"好了，我待会儿就回去。"

付京笙在那头继续说道："你在哪家超市？我带霖霖去找你吧？"

"不用了，你陪霖霖玩会儿，等我回去做晚饭。"

"行，拎不动的话记得打车。"

"好的。"

许情深挂了电话，心里开始回暖：这应该就是家的感觉吧？有人关心，有人问候，有一个能够倚靠的胸膛。

432

第六章
变身王三花

翌日。

许情深一早就接到了闵总打来的电话，说让她过去，她不敢耽误，换了衣服后快步出了门。

来到闵总的住处，用人看到许情深，也是客客气气的："许医生来了。"

"你好。"

"闵总在院子里呢。"

许情深点点头，快步走过去。闵总在院子里坐着，远远地看到许情深，便招了招手。

她大步走过去："闵总，待会儿什么时候出门？"

"我今天不出门，你先坐。"闵总身上裹着条披肩。许情深在她对面坐定，用人送了茶水过来。闵总有些咳嗽，许情深关切地问道："还没好彻底吗？"

"已经好多了，咳嗽本来就好得慢。"闵总示意许情深别客气。"对了，有件事我想询问下你的意见。"

"闵总请说。"

"许医生，我觉得我把你留在这里，其实挺浪费资源的。"

许情深一听这话，就察觉到不妙了，她放下手里的糕点，表情也有些严肃："闵总，您有话直说好了，我没关系。"

"嗯？"闵总听闻，疑惑了一下，继而笑开了，"你别误会，我没有别的意思，我只是觉得你更适合回去做医生。"

许情深听到这里，嘴角紧抿。闵总也不跟她卖关子："我认识医院那边的人，前两天已经推荐过你了，人家答应了。"

许情深满脸的吃惊藏不住。闵总笑了笑，继续说道："瑞新医院，你肯定听说过吧，虽然不比星港，但在东城也是排得上号的，你考虑下？"

这个消息来得太快，许情深压根没有时间消化："可人家知道我出过事……"

"我推荐了之后，瑞新那边也是两天后才给我答复，他们说很欢迎你。许医生，有些事过去了就过去了，除了当事人外，没人会再放在心上。你也是时候重新开始了，这双适合拿手术刀的手不能浪费了。

"这些日子你跟在我身边，我看人向来很准，我清楚你的为人，所以我愿意为你担保。"

许情深说不出别的话来了，闵总轻笑了一下："我也没有花过多的精力，就是举手之劳而已，不过这还是要看你自己的决定。"

能重新做回一名医生，这对许情深来说，无疑是天上掉馅饼的好事。

虽然在闵总这里工资也不低，但能用上的专业知识很少，许情深也不喜欢矫情，她重重地点了下头："闵总，谢谢您。"

闵总笑出声来："谢什么，这样多好。"

许情深跟着微笑起来，闵总将面前的点心推给她："以后你要遇上什么难事，尽管打电话告诉我，我若需要你的帮忙，也一定会来麻烦你。"

"好，一定。"

回到保丽居上，许情深将这个消息告诉了付京笙，男人听完后却没有多大反应。

"就是霖霖这边，"许情深为难地坐到沙发上，"我这两天去看看有没有可以放心托管的地方。"

"为什么？"付京笙听到这里，抬头看向许情深，"她太小了，不适合去那种地方。"

付京笙知道许情深心里的担忧。

"明天开始，我会请个月嫂过来，我不在的时候，让她在家带着霖霖。"

"可你已经习惯了家里没有外人。"

"习惯是可以改变的，要把我的女儿交出去，我可不放心。"

许情深听到这里，心里有暖意在蔓延。付京笙的提议自然是最好的，也最能让许情深放心，况且付京笙大多数时候都在家，他带起霖霖来也很有一手。

没过几天，许情深就去了瑞新医院报到。

第一天倒是有个简单的面试，对许情深来说很容易。院方负责人相当热情，只字未提两年前的事。

由于许情深很久没动手术，瑞新这边自然要给她适应的时间。许情深走进属于她的那间门诊室，就看到窗外阳光明媚，它透过玻璃，将整间办公室照得透亮。

许情深一下觉得，不光是她工作的地方，就连她的整个世界都亮了。

给她准备好的白大褂被整整齐齐叠放在办公桌上，许情深走过去，手掌抚过衣服胸口处的医院名字。

她记得她当初穿上印有"星港医院"四个小字的工作服时，心情和现在一样激动。

许情深迫不及待地将它展开。这感觉，真好。

在新的环境中，许情深融入得很快，医院的系统没多久就能操作自如了。几天过后，许情深照常上班，她坐在门诊室内，刚送走一名病人，她头也没抬："下一位。"

电脑上有对方的姓名，许情深听到脚步声，然后看向屏幕，手指在上面点了点："王三花？"

椅子被人拉开，许情深没有听到对方说话，她扭过头去，看到男人的脸时，要说没有受到惊吓，那肯定是不可能的。她强装镇定，仰起头看向门口，老白已经将门诊室的门关好了，站在那里一动不动。

许情深握紧手里的签字笔，冷着脸，视线转回蒋远周脸上："你叫王三花？"

"不是。"

"那请你出去。"

蒋远周将自己的病历放到桌上："我也是来看病的。"

"我这里不接受插队，请你去排队。"

"我买了前面那个人的号，她已经去重排了。"

许情深还真没听过这样的，她绷着脸："对不起，瑞新没有这样的规定。"

"规定是死的，许小姐要学会变通。"

一看他们这阵势，许情深就知道让他们乖乖离开是不可能的。

她伸手拿过蒋远周的病历卡，打开："那好，现在开始你就是王三花。"

"随便。"

"哪里不舒服？"

"心疼。"

许情深抬头，狠狠地瞪了他一眼。

"我真是心疼。"

许情深的目光落回病历上："为什么不在星港看病？"

"没钱。"

许情深有些恼了，视线再度对上他的："你！"

蒋远周伸手朝她的电脑指了指："你不是说我现在就叫这个名字吗？"

她面无表情瞪着他。行，代入得还很快。

许情深朝电脑上的资料看了一眼："王三花，五十五岁，心口疼？是不是年纪大了的缘故？"

"不是心口疼，是心疼。"

435

"一个意思。"

"你是医生，这样混淆可不好。"

许情深侧着头，看向不远处端端正正站着的老白，然后冲蒋远周挑了下眉问道："那是你老公？真体贴，还带你过来看病。"

老白面色怪异地别开视线，蒋远周食指在太阳穴处轻按，许情深合起病历："不管是心口疼还是心疼，你都走错科室了。你可以咨询下导医台，然后重新挂个号，我这儿看不了。"

"那我头疼。"蒋远周紧接着道。

许情深的面色又有些不好看了："我后面还有很多病人呢。"

"护士会把他们安排给别的医生，你也不是出名的专家，心里不用有这么大的负担。"

有这么人身攻击的吗？许情深朝他轻笑一下："是啊，两年空白，现在回来做医生，一切还要从头开始，离专家的位子那肯定是越来越远了。"

蒋远周的神色收敛了些："情深。"

"叫我许医生。"

男人皱了皱眉头，许情深随手开了张单子："头疼是吗？"

"是。"

"什么时候开始的？"

"大约一年半以前。"

许情深两根手指轻捏着那张薄薄的单子："之前有过征兆吗？"

"没有。"

"知道是因为什么引起的吗？"

"知道，女人。"

许情深拼命压抑脾气，尽量不让自己的情绪被他给带偏了："女人太多了，所以才头疼的是吧？"

"许情深！"

她的头抬都没抬一下："我给你开点药吧。"

"这就打发了？"

"不然呢？"许情深反问，"难道你能放心，随随便便让我给你动手术？"

"如果换作别的患者，你绝不会敷衍了事。"

"那自然。"许情深老实地说道，"别人是来看病的，有可能请了一天假专门跑来，排了半天队好不容易轮上。可你不一样，我就算给你诊断，给你开了药，这药你也不会吃，我们何必浪费彼此的时间呢？"

蒋远周将手臂搁到她的办公桌上，身子微微倾向她："我们可不可以不要一见面就这样剑拔弩张？"

436

"蒋先生，我可不敢。"

"周主任以及他的一家，我已经让他们这辈子都翻不了身了，你放心，别人我也不会放过，只要参与进那件事情的人，我统统不会让他们有好下场。"

许情深听到这里，眼里还是有些藏不住的波动，她轻点下头："我明白，祝你早日成功！这样的话，蒋小姐也能走得安心了。"

蒋远周怔怔地看着她。许情深这话的意思，他再明白不过了：她早就不在乎别人的报应是不是因为她了，她只知道她该承受的惩罚她都受了，至于别人的，她管不着。

面对这样的许情深，他总觉得她好像无懈可击，是不是真的因为有了自己的家庭，所以前尘往事已经毫不重要？

许情深避开蒋远周的目光："你要真头疼，去拍个片子看看。"

她将开好的单子递到他手边，蒋远周没有伸手接，老白朝他走了过来："蒋先生，时间差不多了，待会儿还要回星港处理些事情，离跟人约好的时间还有半小时。"

蒋远周一听，站起身："那好，下次再来。"

许情深张张嘴，眼看着蒋远周转身离开，老白则拿过桌上的病历。他们走得倒也干脆，快如一阵风，就跟皇帝微服私访似的。

走出瑞新医院，车子已经在门口等着，两人一前一后坐了进去。

司机立马发动车子，老白朝后车座上的男人看了眼："蒋先生，看来许小姐挺适应这儿。"

"她最适合做的，本来就是医生。"

"所以，您才让闵总帮了这个忙。"老白轻笑，"您知道对许小姐来说，重新做回一个手术医生要比当一个私人医生有成就感得多。"

"还有一个原因。"

"什么原因？"

蒋远周不着痕迹地翘了下薄唇："她跟着闵总，我们见面的机会就少之又少，但现在进了瑞新就不一样了，只要挂一个号，不只能见，她还不能扭头就跑。"

老白听到这里，眼睛瞪大不少。真是受教了啊！他当初想到的唯一原因就是蒋远周心里有愧，所以才通过闵总给许情深安排了这么一份工作，想要让她重新做回医生，高兴高兴，却没想到这里头还另有玄机呢。

凌时吟坐在客厅内，屏幕上播放着前两日的新闻，她看得烦躁，忙拿过遥控器调台。

周主任被星港解雇后去了另外一家医院，没想到第一台手术就出事了。要不是这些报道，她还不知道。

毕竟周主任不知道他当年是替凌家办事，如今咎由自取了，他自然也不可能找到凌家去说。

凌时吟先前打电话问过凌慎，那边安慰她说没事，检测中心的人他早在蒋远周离开东城时就联系好了，出的结果就跟两年前一模一样，不会有差池。

从蒋远周回到东城后的反应来看，确实，他应该没查到什么关键证据，但周主任出事，究竟跟蒋远周有没有关系？

凌时吟百思不得其解，更加不敢大意，总觉得头顶像是悬着把刀。

蒋远周回来的时候，老白跟在他身后，用人走出厨房，和往常一般打招呼："蒋先生，真巧，晚饭刚做好，您就回来了，要现在开饭吗？"

"不用。"

凌时吟关掉电视，一把抱起旁边的睿睿："快，爸爸回来了。"

她抱着睿睿快步来到蒋远周跟前："饿了吧？赶紧吃晚饭吧。"

蒋远周伸出双手，睿睿朝着他扑过去，男人接过孩子后，看向跟前的凌时吟。她嘴角轻翘，似乎很乐于看到这一幕，眉头舒缓地展开，眼里有微微的期盼，似乎在等着蒋远周开口。

男人的手掌在睿睿背后轻拍两下，然后冲旁边的用人道："你上去替凌小姐收拾下东西。"

用人朝两人看看："你们这是要出门吗？"

凌时吟也觉得奇怪："去哪儿啊？"

"老白。"蒋远周侧了下头。

站在旁边的老白应了声："是。"

"待会儿送凌小姐回家。"

老白目光里透了些吃惊出来，用人也有些震惊，而凌时吟听到这话时，感觉自己好像忽然成了个木头人，双手双脚发麻，舌头也打了结，说不出什么话来。

用人确定自己没听错后，有些同情地看向凌时吟。凌时吟隔了半晌，才手指轻弯，将自己的神拉回来。

"远周，怎，怎么回事啊？"

"这话，你回去问你的家人。"

凌时吟心里一惊："我家，我家人怎么了？"

蒋远周将睿睿交给用人："先带楼上去吧，把凌小姐的行李给收拾出来。"

"是。"

用人接过睿睿后上楼，凌时吟扭头看了眼，有些不舍，继而又将目光转回蒋远周脸上："远周，你把话说清楚吗？"

"两年前开给小姨的药，我查出来了，那种药本身就有问题，某种成分的剂量被加倍，这才导致小姨的身体负荷不住而离世。"

凌时吟听到这里，脸上露出吃惊："真的吗？"

438

她不确定蒋远周是不是在试探她，毕竟凌慎是她的亲哥哥，他是肯定不会骗她的。

"当然。"

凌时吟满眼的无辜："可就算那样，跟凌家又有什么关系呢？"

"你觉得没关系？"

凌时吟眨了眨双眸，眼圈微红，一张小脸带了些许茫然："这里面是不是有什么误会啊？"

"我小姨死后，许情深被赶出去，你说，对谁是最有利的？"蒋远周盯住凌时吟不放，"那个时候，你应该是怀孕了吧？"

凌时吟慌忙摇头："不可能的，我跟小姨关系那么好，我不会害她！"

蒋远周来到客厅，凌时吟跟在后面，看着他坐了下来："我家里人也不会……"

"你到底有多了解你的家人？"蒋远周的视线带了阴冷，射向跟前这个娇小的女人，"你要是对他们足够了解，当初就不会被骗到蒋家。你们凌家也不是一般的小门小户，可居然做得出亲自将自己的女儿送出去，这样的手段多么卑劣下流，还需要我再提醒你吗？"

凌时吟的脸色一阵青一阵白，嘴唇哆嗦着。蒋远周不知道，可她心里清楚，当初凌家是反对的，是她一意孤行听了蒋东霆的话，更是她瞒着家人，一人去了小楼。

她只能辩解："就算这样，但小姨是无辜的。"

"为了推开许情深这块挡路的石头，一个小姨又算什么呢？"蒋远周的目光里透出狠来，"你要实在不相信，那你告诉我，除了凌家，还能有谁？那些药分明是冲着小姨和许情深而夫，只有小姨死在了她的手里，我跟她才会反目成仇。这个局设得倒是很大，很辛苦吧？"

"不，"凌时吟急得快要哭出声来，"远周，不是这样的！我爸妈当初是希望我们能够在一起，但他们心地善良，做不出害人性命的事，这里面肯定有误会。我知道你刚拿到检测结果，肯定怒火攻心，你冷静下来想想……"

"我要没冷静想过，我就不会今天才让你走。"

凌时吟哽咽着，贝齿轻咬唇瓣："远周，你要真有什么证据说是凌家害了小姨，那我无话可说，可你现在这样……"

"我是无凭无据，可我也没有要法律来给我个公正的审判，所以不需要什么证据，我自己认定了就行。凌家有罪，你是凌家的女儿，又怎么还能住在这里呢？"

凌时吟完全蒙了，眼泪唰地淌出来："这对我不公平。"

"我为什么要给你公平？"

"不要……"

蒋远周轻跷起二郎腿，视线看向她："时吟，那一晚发生之后，你明确地跟我说过，只当是个错误，过去就好。你对我无意，我也对你没有一点点感情，你继续保持

439

这样的态度不是最好吗？"

"可现在不一样，我们有了孩子。"

"有了孩子也一样。"

凌时吟站在原地，像被抽尽了灵魂："那睿睿呢？"

"睿睿跟着我。"

"为什么？"凌时吟凄凉地问道。

"你还未婚，带着个孩子对你没好处，睿睿既然是我的儿子，我负责。"

凌时吟泪流满面："可他也是我的孩子啊！远周，你别这样，睿睿离不开你，也离不开我。"

"那好，那就走法律程序，睿睿先在九龙苍住着，等判下来之后再说。"

蒋远周丢下这句话后就起身了。老白朝着凌时吟看看，然后跟在蒋远周身后上了楼。

来到书房，老白反手将门关上："蒋先生，今天的事太突然了。"

"哪里突然？"

"周主任那边已经打草惊蛇了，我以为您至少会在凌小姐面前沉住气，毕竟您已经怀疑到凌家头上了。"

蒋远周闻言，嘴角扯动了下，眼里带着讽刺，却并不像在笑："有什么好沉住气的。周主任的线索断了，凌家也没有落下任何把柄，他们不是白痴，当年能做下那个局，就想过有一天会有人去查。既然这需要时间，我犯不着战战兢兢，还要装作若无其事，我不想见的人，我现在就不要见。"

老白笑了笑："也是。"

蒋远周的面色却是忽然严肃下去："我好像记起了一件事。"

"什么事？"

"许情深有一次在饭店昏迷了，她说看到了方晟的日记，还有方晟。我后来调过监控，还打了一个人，那人当时就跟凌慎在一个包厢，就是药监局的。"

蒋远周快步走到办公桌前："对，我绝对没有记错，但那人姓什么我忘了，老白，你赶紧去查清楚。"

"是。"

"药监局那边，说不定就是这个人搞的鬼。"

"蒋先生，这样看来，事情总会一步步明朗的。"

蒋远周坐进办公椅内，手掌按在桌面上。

夜幕降临，一个女孩站在这个陌生的城市的街头，却不知道应该去哪儿。她怕被凌慎抓回去，她能想到的只有警察局了。

她在街头问了路，然后顺着人潮往前走。她怔怔地站在交通信号灯前，前面等待的人都走光了，她才恍然回神，想着要过马路。

脚飞快地迈出去，一辆车疾驰而来，灯光打到她脸上，她想要缩回去时已经来不及了，对方一踩刹车，她以为要撞到自己身上，身子快速地往后缩，却一下跌倒在地。

司机第一时间下来："你没事吧？"

女孩慌忙摇头，想要起身。这时，后车座的车门也被推开了，老白拧眉问道："怎么回事？"他走过去几步，看到女孩站起来，老白朝着她打量了一眼，"你没事吧？"

女孩不住地摇头，但老白并未立即离开："要不去医院检查下？"

"不用了。对了，你们知道警察局在哪里吗？"

"离这儿挺远的。"

蒋远周朝外面看了一眼："老白，既然顺路，就捎她一程。"

"好。"

女孩也听到了，但她赶忙拒绝道："不用，我自己去就行。"

"那你打个车吧。"

女孩看了眼天色，心里焦急不已，她朝老白看了一眼："你能把手机借我下吗？我打个电话。"

"好。"老白从兜内掏出手机，递向了女孩。

她迫不及待按出那串号码，但是电话那头始终没人接听。她急得满头大汗，重复了好几次，却不得不将手机还回去："谢谢。"

"你确定不要坐我们的车？"

女孩满目戒备，摇了摇头。老白看向手机，她拨出去的那串号码他似乎见过，出于职业习惯，老白对数字很敏感。

他在脑子里飞快地搜索着，眼见女孩转身要走，老白赶忙问道："等等，你要找付京笙？"

女孩猛地收住脚步，吃惊地看向老白："你，你认识他？"

"认识。"

蒋远周听到这里，也从车内走了出来："你是付京笙什么人？"

女孩一听，视线直勾勾地对上蒋远周的："你们又是他什么人？"

"朋友。"蒋远周面不改色地道。

女孩戒备地朝着两人看去："我以前怎么没见过你们？"

"付京笙刚搬到东城来不久，就住在保丽居上，我可以带你过去。"

女孩戳在原地没动："我为什么要相信你？"

蒋远周拿了一张名片出来，老白上前接过，然后递给女孩。

她快速扫了眼。蒋远周坐回车内，并未将车门关上："我没必要骗你，我确实认

441

识付京笙。"

女孩看了眼四周。她不知道凌慎的人会不会找来，她如今身无分文，大晚上的再在街上游荡，万一……

老白看得出她的防备："我们要想害你，又何必问你是不是认识付京笙呢。我记得他的号码，是因为蒋先生跟他平时有过接触。"

老白一副坦荡荡的样子，其实蒋远周跟付京笙能有什么接触，不过是让他去查了付京笙的底，这才对那串数字有特别的印象。

女孩伸出手："把手机给我。"

老白将手机递给她。女孩走到后面，然后弯腰坐了进去，手指拨出1、1、0三个数字，关上门后冲着几人道："我随时可以报警。"

蒋远周似乎是被逗乐了。司机将车子开往保丽居上，男人朝身侧的女孩看了眼。她要找付京笙，又不知道付京笙的新住处，难道……

是付京笙以前的女人？

这应该是最大的可能性了。蒋远周的手指在手背上轻敲："你是付京笙什么人？"

女孩不说话，在见到哥哥之前，她不相信任何人。

蒋远周的视线落到她脚上。她穿了双香奈儿冬季的新款短靴，身上的衣服也都是奢侈品牌，只是肤色白得有些不正常。蒋远周看了眼窗外，这样将一个女人送过去，不知道许情深待会儿会是什么反应。

车子很快来到许情深居住的地方。

"到了。"

女孩迫不及待地推开车门下去。蒋远周走到门口，老白就跟在他身后，他上前按响门铃。

许情深出来的时候还在好奇会是谁，她看到蒋远周时，并未注意到他旁边站了个女人。

许情深眉头微皱，转身要走，不料蒋远周身侧的女孩见状，拔腿就跑。

老白手疾眼快，一把拽住她的手臂："你去哪儿？"

"你们究竟是谁？为什么要骗我？放开我！"女孩嘶吼着，手脚并用。老白吃了她一记重拳，只能伸手将她抱住。

"放开我，救命——"

许情深刚转过身，就听到了女孩的叫声，她赶紧走到门口，吃惊地看向几人："你们这是做什么？"

蒋远周并未同她说话，他朝那个女孩看了一眼："这就是你要找的地方。"

"骗人！"

"你哪只眼睛看见我骗人？"

女孩恶狠狠地盯着许情深："我不认识这个人！"

蒋远周单手插在兜内："她是付京笙的妻子。"

"胡说！"

许情深看着女孩的神情，心里也是一惊。她从不了解付京笙的过往，这不会是蒋远周找了什么人来，想要拆穿一些事情吧？

"我为什么要胡说？"蒋远周问道。

"放开我，我不认识你们！"

许情深冷下脸，冲着蒋远周没好气地说道："你们再在这儿大吵大闹，我就报警了。"

"这女人是我在路上捡到的，她说要找付京笙。"

许情深看向女孩，目光仔细地扫过女孩的眉眼，她猛地睁大杏眸："你，你是不是付京笙的妹妹？"

女孩听到这里，总算不再挣扎。许情深激动得有些语无伦次："我，我看过你的照片！你等等，我去喊你哥下来……你，你们千万别走，等我！"

许情深说完，飞快地跑回了屋。

老白见女孩不再挣扎，这才松开手。蒋远周居高临下地盯着她："你是付京笙的妹妹？"

女孩还是不说话，她上前一步，双手使劲握着白色的栏杆，期盼地望向里面。

没过几分钟，蒋远周就看见付京笙大步而来。身前的女孩率先喊道："哥，哥——"

付京笙到了门口，难以置信地看向女孩。许情深跟在他身后，忙将门打开，女孩进来后立马扑进了付京笙的怀里："哥！"

男人戳在那儿一动不动，丢了魂似的，他怀里的妹妹哭出声来，颤抖着双肩："哥，我回来了。"

直到此刻，付京笙才抬起手，轻按住女孩的肩头："音音？"

"是我，是我。"

许情深看到付京笙垂下头，手掌轻按在妹妹背后，眼圈也红了，手臂不住地收紧，再收紧。

她的目光随后转向蒋远周："她怎么会跟你们在一起？"

"路上捡到的。"

付京笙收拾好情绪，手臂揽住妹妹："怎么回事？"

"是他们送我来的。哥，我好不容易才逃出来……可我完全不认识这儿。"女孩擦拭下眼角，目光对上蒋远周的，"谢谢你，我还以为你是坏人。"

"总算没让你错看我。"

付京笙这时还有些反应不过来，他带着妹妹往里走，然后冲许情深说道："请客人进来坐吧。"

蒋远周眉间起了褶皱，客人？

然而再一想，付京笙说得也没错。

兄妹俩朝着屋内走，怕是有说不完的话。许情深见蒋远周戳着："要进去坐吗？"

"让我进去看你们是怎么恩爱的？"

许情深一手按着栏杆："你要没空，就赶紧回去吧。"

"我把你小姑子送回来了，你就这样报答我？"

"我问过你了，是你不进来的。"

蒋远周听到这句话，迈开腿。老白见他想走进去，赶忙阻拦："蒋先生，您真要进去？"

"怎么了？"

老白凑近他，压低了嗓音："我怕您心里难受。"

"付京笙这时候没别的心思，既然是别人诚心邀请，不去不好。"

许情深面无表情，也不知道蒋远周这句"诚心邀请"说的是谁。

老白朝司机挥了下手，示意对方去车上等着，他跟在蒋远周身后，如入龙潭虎穴一般，大有准备慷慨就义的意思。

许情深放慢脚步，等到蒋远周走到自己身侧后问道："你把音音送回来的时候，知道她是付京笙的妹妹吗？"

"不知道。"

"那你打的什么主意？"

"我以为她是付京笙的旧情人，我本来是想看好戏的。"

"……"

走进客厅时，月嫂带着霖霖正在沙发上玩，许情深没看到付京笙的身影，心想肯定是上楼了。

"坐吧。"许情深觉得有些尴尬，"要喝茶吗？"

"要。"蒋远周毫不客气地道。

许情深去厨房泡茶，蒋远周环顾四周，视线从墙上扫到沙发上，再扫向旁边的茶几和电视柜。

电视柜上摆着个相框，里面是霖霖的照片。男人的目光落回墙面，上面除了一幅装饰画之外，空荡荡的。

他的眼内露出了些许笑意。

霖霖坐在沙发上，忽然将手里的玩偶丢向蒋远周。

"呃呃，呃嗯嗯——"

蒋远周捡起那个玩偶，然后走到霖霖跟前。

444

小女孩冲他扬了扬手臂，嘴里噗噗地发出声音，蒋远周还没逗她，她就自个儿咧开嘴笑个不停。

月嫂忍俊不禁。这时，许情深端着两杯泡好的茶走过来。蒋远周将玩偶递出去，霖霖伸手接过后抱到了怀里。

"坐吧。"

蒋远周坐在沙发上，老白从许情深手里接过茶杯："谢谢许小姐。"

许情深不住地看向楼梯口，一副心神不宁的样子，半晌后，她收回视线："时间不早了，你先回去吧。"

蒋远周以为她在赶人，抬头却见那位月嫂站起身："好，谢谢付太太。"

许情深抱起霖霖让她坐到自己腿上，客厅内再无说话声。老白朝蒋远周看看，又朝许情深看看。

男人手里拿着玻璃杯，手指不住地敲着："当初你跟付京笙为什么搬到这儿来？"

"就是为了找他妹妹。"

蒋远周再度看向四周："许情深，这儿就是你的家吗？"

她觉得挺奇怪的："不然呢？"

"我看不出一点儿家的感觉。"

"那是你视力不好吧。"

蒋远周的目光转向电视柜："除了你女儿的东西，我就看见你放在这儿的两本书，要么就是收拾得太干净，要么，就是你在这间屋里很拘束，而且，我连一张结婚照都没看见。"

许情深没想到蒋远周进屋后就没闲过。

"我们没拍结婚照。"

"你不觉得这样的话说出来很不正常？"

"为什么？"许情深不解地反问，"我跟付京笙认识不久就怀孕了，当时孕吐得厉害，哪还有那个心思去拍照。至于客厅整洁，是因为他有洁癖，我想尽量让他有个舒服的环境。"

许情深知道他介意什么，所以知道怎么去刺他。

她也不是非要让蒋远周难受，只是怕他看出破绽，继而联想到霖霖和付京笙身上。

二楼。

付京笙不住地给妹妹擦拭眼角，她坐在床沿抽泣着，哽咽着，许久都说不出话。

"这两年，你究竟在哪儿？"

女孩右手捂住半边脸，付京笙将她揽到怀里："别怕，有哥哥在。"

"我被人关起来了。"

"什么？"

女孩一手握紧付京笙的手臂："哥，你说这是不是报应啊？都报应到我头上来了。"

付京笙听着，心里难受得不行，他伸出手掌揉着她的后脑勺："不是。你快告诉我，是谁把你关起来的？"

"那个人说我长得像他未婚妻，两年来，我都是靠装疯卖傻才混过来的，我被关在一个暗无天日的阁楼里面……"

付京笙听不下去了，他抱紧怀里的妹妹，眼里滋生出的恨意似乎要将人活活撕碎："谁，他是谁？"

"哥，"女孩抬起小脸，"我不会告诉你的。"

"为什么？"付京笙眼底暗潮汹涌，面色凶得吓人。

"你知道后会怎么做？杀人吗？"

付京笙轻拍着女孩的肩膀："你学校附近的监控我都查遍了，当时并没有发现你是怎么失踪的，你知不知道这两年来哥哥找你找得有多苦？"

"那个人说，他观察我不是一天两天了，他就是个变态，"女孩将脸埋在付京笙胸前，"但我现在回来了，哥，我回来了，这件事就算了吧，行不行？"

"算了？"付京笙难以置信地冷笑一声，"就算你不细说，我也能知道你这两年受了怎样的折磨。你要说算了，除非我死！"

女孩听了，一把握紧他腰际的布料。付京笙眼圈发烫，但妹妹好歹活着回来了，这似乎已经是最好的结果。

只是那股心疼压都压不住，总是要发泄出来。他将手掌贴在妹妹脑后："你不告诉我也没关系，我去查，查你是从哪儿逃出来的。我就不信一步步追上去，我揪不出那个人！"

"哥！"女孩焦急地抬头看向他，"我不想你这样……"

"音音，哥找了你两年。这两年来，你在遭罪，我也不好受，我总要知道是谁害了你。"

女孩想到凌慎暴打她的几次，还是心有余悸，可她知道付京笙的本事——他只要知道了她是在哪儿出现的，一步步查过去，凌家肯定不能幸免，到时候，恐怕还会牵累更多无辜。

"把我关起来的那个人，他叫凌慎。"

"凌慎？"付京笙提高了音调。

"是。我问过他这是哪儿，他说在东城，而且他住的是别墅，开的车又很好，他带我出去过一次，只是我没能逃掉。"

付京笙快速起身，走到桌前，将电脑打开，片刻后，付京笙拿着笔记本放到女孩面前："是这个人吗？"

屏幕上显示出一张男人的照片，女孩只是看了一眼，就坚定地点头："是。"

付京笙面色铁青，他将电脑放到床头柜上后，一拳重重地砸在上面。

"哥，你认识他吗？"

付京笙出了半天神，然后摇了摇头："这个人在东城也算小有名气，我看过他的报道。"

女孩一听，忙神色紧张地说道："我是逃出来的，他会不会找到家里来？他会不会连你都不放过？哥，他警告过我，如果我敢逃，他会要了我的命。"

"音音，音音——"见她这样激动，付京笙忙将她护在怀里，"有哥在，别怕，就算他找上门我们也不怕，他没这本事。"

"哥，我想藏起来，我们还是走吧，我不想被抓回去。"

付京笙双手捧住妹妹的脸，见她满眼都是恐惧，那种害怕浸润进了骨子里，一有风吹草动她就吓得恨不能挖个洞钻进去。

付京笙心疼至极，妹妹以前不是这样的，他伸手将她拥紧，一遍遍地低声安抚她。

楼下。

许情深时不时朝楼上张望，只是碍于蒋远周和老白还坐着，她不能上去。

蒋远周放下水杯。其实这个地方，他一刻也待不下去，当时真是撞了鬼才会走进来。

男人起身，老白也跟着站起来："走了。"

"我送你们吧。"

"不用。"蒋远周看了眼许情深怀里的霖霖，他上前一步，若无其事地弯下腰盯着女孩。

许情深心里没来由地紧张起来，她双手抱住霖霖，冲着蒋远周说道："看什么？"

蒋远周端详着霖霖的五官："你说，她长得像谁？"

许情深心里咯噔了一下，心跳完全乱了，她强装镇定地开了口："当然是像爸爸妈妈。"

男人的视线随即转向许情深："是吗？"

许情深面上露出不悦来："蒋远周！"

男人直起身，嘴角轻扯，然后出去了。到了外面，老白忍不住开口："蒋先生，您这不是找不痛快吗？"

"怎么了？"

"您说那孩子长得像谁，这话，许小姐能爱听？"

蒋远周脚踩在坚硬的地面上。许情深也没有送他们，由着他们两人往外走。

"我本来也没想说好听的话给她听。"

447

他走出去几步，然后看向老白："你看许情深那紧张的样儿。"

"许小姐那不是紧张，是愤怒，我看她打您的心都有了。"

"没这么小气吧？"

"蒋先生您也是做父亲的，要别人说睿睿长得不像您，您能开心？"

蒋远周不以为意："许情深的女儿本来就不像付京笙。"

"那是因为她长得跟许小姐几乎是一个模子刻出来的，反正……她长得也不像您。"

蒋远周猛地刹住脚步，俊脸上露出说不明的神色，食指朝老白虚空点了点。老白闭紧嘴巴。真是的，他干吗非要去踩蒋远周的雷区？

"我的意思是，那么点儿大的孩子，五官还没长开呢。"

蒋远周走出付家，司机过来给他开门，男人坐了进去。老白刚拉开副驾驶座的门，就听到蒋远周说："老白说了，他要走回去。"

老白赶紧承认刚才的错误："蒋先生，我错了，外面能冻死人啊。"

蒋远周别开视线，老白趁机坐进去，司机朝他看看，老白使了个眼色："开啊。"

司机闻言，一脚踩向了油门。

凌时吟来到凌慎的住处，走进院子的时候，忽然听到砰的一声传来，她吓得抱紧脑袋下意识地往旁边躲。玻璃被砸碎了，一张梳妆凳从楼上掉了下来。

凌时吟苍白着脸，小跑着进了屋，推开门进去后，张嘴喊道："哥，哥！"

"凌小姐，"用人几步上前，"凌先生在阁楼。"

凌时吟听完，快步上了楼。来到阁楼的房门前时，里面的声响还在继续，凌时吟往里走了一步，被眼前的一幕给惊呆了。

这儿之前分明是住过人的，还是一个女人。

"哥，这是怎么回事？"

凌慎将梳妆台上的东西扫到地上，一支口红落到凌时吟的脚边。地上一片狼藉，枕头、被子等全部被丢在一旁，凌慎将能砸的东西几乎都砸了。

那扇被封死的窗户也被他重新撬开了，这间阁楼，总算又能重见光明了。

凌时吟快步上前，伸手拉住凌慎的手臂："哥，你别吓我啊，到底怎么了？"

"景茵走了。"

凌时吟的目光里难掩吃惊："哥，景茵姐早就走了。"

"不是这一个，是另外一个景茵。"

"什么？"

凌慎往后退了一步，然后直接跌坐在地上，他双手抱着头，表情痛苦："她骗我。"

"你到底在说什么啊？"

448

"我要再见到她，我一定要了她的命！"

凌时吟心一惊，从凌慎嘴里又问不出话来，只能干着急。

凌慎关了付流音两年，却还是被她伺机逃走了。

这日，许情深休息，付京笙要带着妹妹出门置办东西，许情深带着霖霖也跟出去了。

付京笙难得自己开车，女孩坐在后面，许情深朝她看了眼："音音，待会儿我带你去买衣服，你哥就让他带霖霖吧，男人的审美和我们的总是不一样。"

付流音听到这里，轻抬下头："嫂子，你穿的衣服都好看，是自己选的？"

"是啊。你哥喜欢给我买贵的，还喜欢买黑色。"

付流音不由得笑出声来："我哥的审美很一流嘛。"

男人透过内后视镜看了眼自己的妹妹。他知道，要让她完全融入正常的生活中肯定还需要时间。他劝了几天，付流音总是不肯出门，怕碰上凌慎会再被抓回去。

付京笙轻笑："好，待会儿我只管埋单，你们自己选，开心就好。"

"音音，你这么瘦，穿什么都好看，一会儿去挑一柜子的衣服。"

付流音也不若方才出门时那样紧张了："嫂子，我要一买就买一柜子，还不把人吓死啊。"

"不会的，服务员送你个衣柜都愿意啊。"

付京笙听到这里，嘴角的弧度彻底拉开。他之前怎么没有发现，许情深原来还有喜剧表演的天分。

来到商场，付京笙去停车，许情深抱着霖霖，同付流音在电梯前等他，然后几人一道往里走。

经过游乐区，霖霖非要进去玩，许情深抱着她站到旁边："霖霖乖，我们今天陪着姑姑去买衣服，明天再出来玩好吗？"

霖霖哪里懂得这些，身子别过去不住地指着那边。付京笙见状，将她抱在怀里："你带音音去吧，我陪霖霖玩会儿。"

许情深有些不放心，她压低嗓音道："我也有些胆小，不会碰到那些把音音关起来的人吧？"

男人视线掠过去，落到付流音的身上。都是在东城，碰到的可能性也不是没有，但付流音总要回归社会，不可能一直在家躲着，付京笙也不想让她觉得自己跟别人不一样。

"你看商场这么多人，如果遇到不好的事情，你就喊救命，我相信没人敢明目张胆地抢人，你们别往外面跑就行。"

"好。"许情深看了眼四周，快过年了，又是休息日，商场内真是人山人海，她的心也彻底定了下来。

她回到付流音身侧，轻挽住对方的手："走吧。"

"嗯。"

商场四楼。

蒋远周坐在店内，服务员将泡好的咖啡送上来，这咖啡是为了接待贵宾专门买了备在店里的。

店长从里间出来，手里捧着一件旗袍："蒋先生，衣服做好了，您请过目。"

蒋远周放下咖啡杯，接过衣服看了眼，店长微笑着说道："衣服都是按之前的尺寸做的。"

男人的手指抚过上面的花纹，这是蒋随云最喜欢的一种花。他怔怔地看了半晌，然后开口："那个店员呢？"

"在呢。本来她今天休息，知道您要来拿衣服，特意调休了。"店长说完，对一名店员招呼道，"小岳，快过来。"

"好。"

蒋远周算是店里的老客户了。店长将一名服务员叫到身旁，然后从蒋远周手里接过旗袍后递向她："去换上。"

"好。"

不久，老白也进了店。服务员换好旗袍后出来，站到蒋远周跟前。男人眯起眼看了眼，他选的总是没错的，这人的身形和小姨差不多，旗袍一穿上身，那种味道就完全出来了。

蒋远周满意地轻点下头："好看。"

他嗓音轻柔，似乎看到蒋随云就站在跟前。然而她已经逝去了两年，他给她买的一件件旗袍全都挂在了衣柜内。

半晌后，蒋远周才挥了下手掌："去换下来吧。"

"是。"

男人站起身，冲着店员说道："下次再有好的料子，记得通知老白。"

"好。"

蒋远周吩咐完后，径自往外走。老白走到柜台前结账，他将银行卡递给店长："老规矩，多刷两千块钱，钱还是给那个服务员。"

"我替小岳谢谢蒋先生了。"

这也是蒋远周吩咐的。旗袍定制好后，捧在手里看不出具体的样子，店内的人都知道蒋随云已经死了，既然有人不怕忌讳愿意帮忙试衣服，蒋远周更加不会亏待了那人。

走到店外，蒋远周单手插进兜内，放眼望去，商场内全是人，真热闹。

每年过年却是蒋远周觉得最难过的时候，因为他不知道应该跟谁一起过，就连身边的老白，除夕那天蒋远周也不好意思拴着他不放。

许情深和付流音来到四楼的女装区，她带着女孩进去挑选衣服。

450

这两天，凌慎出动了不少人去找，却始终一无所获。

他来商场本是有东西要买，却不知不觉上了相同的四楼。

他面色阴沉地往前走，经过玻璃橱窗时，他下意识地回了下头，看到许情深正站在货架前挑选衣服。

凌慎不由得顿住脚步。许情深挑了好几件却仍旧在选，不远处，不知什么人喊了一句，许情深抬头望去。

凌慎的目光不由得跟着向前，他看到女孩换了身裙装走出来，白色的宽松毛衣很是修身，到了腰部又猛地收紧，下尾刚好就在膝盖上面，两条修长的腿露在外头。

许情深不住地点头："好看，太好看了。"

凌慎吃惊不已，以为自己看错了，他闭了闭眼后再睁开，付流音还是真实地站在他面前，男人垂在身侧的手掌不由得攥紧，真是得来全不费工夫。

许情深将其余几件衣服都交到付流音手里。凌慎一刻也等不了了，尽管他知道他应该弄清楚付流音跟许情深的关系后再下手，但是……他真的等不及了！

男人快步走进店内。女孩接过衣服后抬头，却看到一道身影快步冲她走来，她吓得手里的衣服全掉了，脚上还穿着试衣间内的高跟鞋，她猛地往后退去："别过来，别过来！"

许情深察觉到不对劲，刚回头，就看到了凌慎，她什么都没多想，转过身后张开双臂护在付流音身前。

凌慎目光朝她扫了眼，然后看向许情深身后的女孩："你居然在这儿，居然就在我眼皮子底下。"

"你不要过来！"付流音话里透着惊恐，许情深心里猛地一惊："将音音关起来的人，就是你？"

"你跟我回去，我可以不跟你计较，我也不怪你偷偷逃走。"

付流音往后退了几步，然后朝着另一侧跑去。凌慎看她往外跑，转身追了上去。

许情深吓得面色发白。

凌慎三步并作两步追过去，付流音穿着高跟鞋，脚崴了下，手臂也猛地被人拽住。

许情深顾不得那么多，跟过去后扯住凌慎："你松手！这么多人可都看着呢，你想做什么？"

"看着又怎样？我今天就要带她走！"凌慎说完，手臂猛地一甩，丝毫没有顾及别人能不能承受这样大的力气。

许情深往后趔趄了几步，就在她即将摔倒之际，却砰地撞上了一个人。她的脚没站稳，几乎就要坐下去，一条结实的男性手臂却在此时圈住了她的腰。

许情深的注意力都在付流音身上。凌慎拉着她，硬生生将她拖出去了好几步。四

451

周尽管也有围观的人，可谁都没有伸出援手的意思。

"你放开她——"许情深着急地要站起来，旁边的男人帮了她一把，许情深站稳后就要上前。

凌慎攥紧付流音的手腕，另一只手朝许情深指了指："要活命的话，别多管闲事！"

许情深心里尽管慌张，但已经理清楚了一些事——凌慎就是将付流音关起来的人。再看他如今的样子，不知悔改不说，居然还出言威胁。

付流音拼命挣扎，脚上的高跟鞋被她蹬掉了，她挣脱一只手，想要跑，凌慎从身后抱住她，然后提起她大步离开。

许情深大惊失色，追过去拦在凌慎跟前："把人放下。"

在凌慎看来，他只要一放手，以后说不定就再也见不到女孩了，这种失而复得的感觉令他发狂，他疯了似的抱紧怀里的人："休想。"

许情深这会儿倒是不害怕了，只觉得气愤，她的小脸绷紧了，眼里充斥着满满的怒色。一个人变态也就算了，居然还能变态得这样理直气壮。

她从兜里掏出手机，然后拨打110。

凌慎拖着女孩上前，腾出一只手握紧许情深的手腕。怀里的女孩瘦弱无力，被他箍紧后动弹不得，许情深觉得自己的手都快断了。

她忍着痛，一脸倔强强硬："松开！"

凌慎的手指猛地握拢，许情深痛呼一声，手机掉到了地上。这时，另一个人也加入了混乱当中，男人的手伸过去扣紧凌慎的腕部，嗓音带着抑制不住的怒意："松手！"

凌慎抬头一看，锁紧眉头："蒋远周？"

许情深听到这句话，这才看向突然走过来的男人。心底的晦暗一扫而光，她是真怕付流音就这样在大庭广众之下被掳走。

"蒋远周，快让他放下音音。"

蒋远周眉间微动，许情深趁机将自己的手抽了回去。男人挡在许情深跟前，凌慎的双手再度抱紧付流音："这件事跟你没关系吧？"

"这女孩当初是我救的。"

"什么意思？"

蒋远周的视线落到付流音脸上："她在街上流浪找不到家的时候，是我把她送回去的。当初要是没碰上我，她可能又会落到你手里吧？所以，有什么事，你大可以冲着我来。"

"蒋远周！"凌慎一个字一个字地吐出他的名字，老白手里拿着旗袍赶过来："蒋先生，怎么了？"

蒋远周手里的力道松开："凌慎，你要聪明的话，还是把人放了吧。人，你是带不走的。"

凌慎并不甘心，手里用劲，双臂的肌肉绷紧，他朝许情深看了眼。许情深余光瞥见蒋远周的身影，忽然底气十足，她上前想要将付流音拉出来。

凌慎见状，猛地朝她一推。

蒋远周及时伸出了手臂，没让许情深跌倒。抽回手臂之后他也没有浪费时间，直接上前，一拳砸在了凌慎的脸上。

男人猝不及防之下只能往后退。许情深见状，赶紧拉住付流音的手，将她拖回自己身侧。

凌慎弯着腰，手掌按住嘴角处，嘴里的腥味不断往外冒，他忽然笑了笑："蒋远周，时吟好歹还给你生了个儿子，你居然这样对我？"

"你动了许情深就是不行。"

许情深还在安慰女孩，猛地听到这句话，不由得抬头朝蒋远周的背影望去。

周围聚的人越来越多，很快，付京笙抱着霖霖过来了。他挤进人群，看到凌慎时，面色难掩吃惊和愤怒，他几步来到付流音面前："发生什么事了？"

许情深朝凌慎一指，嗓音里带着满满的气愤："当年把音音关起来的人就是他！我们刚才在试衣服，他居然硬要将音音带走。"

付京笙将霖霖递给许情深，腾出两手将女孩搂到怀里："别怕，没事了，没事了。"

凌慎的目光透出阴狠，按着伤口的手掌用力了些，痛得他拧起眉。他冲着几人看了眼，然后笑出声来："她是我的，你们拦得住吗？"

凌慎的视线转向付流音，却见她被付京笙抱着，他眼中的阴鸷完全透露出来："你是她什么人？"

付京笙护在妹妹跟前，不让凌慎的目光接触到她："当初，是你把她关起来的吧？"

"我没有关她，她是我的未婚妻，她自己亲口承认了，说要留在我身边，你们为什么非要出来破坏？"

许情深觉得这人就是不可理喻，她气得牙关颤抖："报警吧！"

付京笙的手掌在妹妹的肩头轻拍，然后冲着许情深道："我们走。"

"为什么不报警？让音音指认他，他剥夺了别人两年的自由，不能让他这么好过！"许情深义愤填膺，凌慎听闻，越加张狂地笑道："是啊，报警吧，抓我。"

蒋远周盯着凌慎，他几乎癫狂了，同平日里冷静沉稳的样子判若两人。

付流音手背上有一道刚才挣扎时被抓出的痕迹，她从付京笙的怀里退出来，朝着不远处的男人看了一眼："我希望你以后不要来打扰我的生活。我不是叶景茵，你的未婚妻早就死了，你要真是心理有病，请你去看医生。"

"你当初是怎么答应我的？你说你就是叶景茵，你要做她，你要留在我身边！"

凌慎几乎是失控了，大步冲上前，气势汹汹的样子很是吓人。

老白见状，抢先一步挡在他跟前："凌先生，你看看周围，你身后可还有凌家呢，这事要传出去的话，对谁都不好。"

凌慎的目光越过众人，定在了付流音的面上，愤怒、焦急、思念……各种情绪在他眼里争相显露，周边的议论声也传到了他的耳朵里……

凌慎回过神，视线转向付京笙、许情深，还有蒋远周。

他知道，他今天就算使强硬手段也没用，他是带不走付流音的。

凌慎往后退了一步，走的时候还有些失魂落魄。不过，现在他知道了付流音跟许情深的关系，之前又调查过他们夫妇，他就不相信他们一夜之间就能搬走。

许情深松了口气，抱紧怀里的霖霖。这一幕的冲击力太大了，就跟她在电视上看见的抢孩子一样，她从没想到一个人能张狂至此。

付京笙拉过妹妹的手，一眼看到她没穿鞋子："吓坏了吧？"

付流音轻轻摇头："没事。"

周边的人开始散去，许情深心有余悸，付流音冲着男人说道："我跟嫂子根本不是他的对手，多亏了……"

许情深这才想起蒋远周，她朝四周看去，却并未发现他的身影，应该是跟着看热闹的人群一起走了。

她有片刻的微怔：她从店里出来后撞到的那个人，应该也是蒋远周吧？

只是这次，他没有留下来看好戏，或许对蒋远周来说，付流音已经受了这样的惊吓，目前最重要的就是跟着家人回到家里，多一个外人在场，这个女孩恐怕就会多一分难堪。

"哥，我们回家吧？"

付流音抬头，看到付京笙紧盯着凌慎离开的方向，眼里的情绪已经藏不住了，付流音忙拉了下他的手臂："哥。"

付京笙眼神微动，然后看向旁边的许情深："你们本来是在这儿买东西吗？"

"是啊，音音都试了好几套衣服了。"许情深这样一说，付京笙才发现妹妹身上还穿着店里的新款，几名服务员就站在门口，付京笙揽住她的肩膀向前，"走，哥给你把衣服买了。"

"算了，哥，我们还是快回去吧。"

"不用怕，有哥在这儿呢，他不敢把你怎样。"

付京笙走进店内，冲着服务员道："身上这套我要了，就这样穿着吧，还有方才试的那些，一起包起来。"

"好，好的。"

付流音握紧两手，时不时朝门口看去，付京笙见状，拉过她的小手："别怕。"

许情深看在眼里。等到买好衣服后，几人才一道离开。

车子开出商场后，蒋远周将那件旗袍摊开放在座椅上。

"老白。"

"是。"

"你说，一个好好的女孩，无缘无故被人关了两年，现在好不容易逃出来了，作为她的家人，第一时间应该做什么？"

老白做出认真思考的模样来，半分多钟过去后，这才说道："痛哭吧。"

蒋远周朝他眲了眼，然后看向窗外。老白见他不说话了，立马开口道："蒋先生，我说得不对吗？"

"一般来说，第一时间不该是报警吗？"

老白听闻，不住地点头："是，这样的事情必须报警。"

"可许情深让付京笙报警的时候，他似乎并未放在心上，为什么？"

"会不会是考虑到他妹妹的名声，毕竟被关了两年……这段时间当中，肯定发生过一些事。"

蒋远周还是觉得不对劲："所以，这两年受的罪就白受了？"

"确实有点儿说不过去。"

"这付京笙究竟是做什么的，真的查不出来吗？"

老白没有立即答话，似在考虑什么。司机在前面转了弯，老白仰起头说道："我重新找人去彻查一遍。"

"好。还有，查查他和凌慎之前是不是真的不认识。"

"是。"

保丽居上。

许情深去上班的时候，付京笙雇来的人已经到位了，她推开门，见正门口站了四个，走出院子，外面的大门处还有两个。

"情深。"

她刚要出去，身后传来付京笙的声音。

"怎么了？"

男人将一串车钥匙递给她："开车去。"

"好。"

这样的非常时期，付京笙放心不下也是正常的。

"到了医院给我打个电话。"

"放心吧。"许情深接过车钥匙，"光天化日的，凌慎不敢对我怎样。"

"就怕他什么都敢做。"

许情深知道他担心，忙开口安慰道："你在家好好陪着音音，家里这么多人呢，应该没事的。"

"好。"

付京笙见她要走，先一步将她轻轻抱住，然后凑到许情深耳边说道："你们都是我最重要的人，所以，一个都不能出事。"

许情深心里微暖，也有些动容。她从未见过付京笙有害怕的时候，他那么一个低调且注重隐私的人，如今却不得不为了保护家人而让别人来守住这个家。

"我会保护好自己，走了。"

付京笙松开手，看着许情深转身进了车库。

许情深走进门诊室后就给付京笙打了个电话。一天下来，她总是心神不宁，老觉得要出事。

还好一直到除夕这天，她都没再见过凌慎，保丽居上那边也是一片太平。

瑞新医院。

许情深换好衣服走出门诊室，导医台的护士冲她挥了下手："许医生，新年快乐，回家过个好年啊。"

"你也是。"许情深嘴角舒展开来，加快了脚步。

来到停车场，一阵阴冷的风吹过来，寒冽刺骨，许情深不由得拢紧大衣领口，加快步伐走向停车的位子。

她刚掏出车钥匙，就看到旁边的车上下来几个人。

"许医生吧？"

许情深顿住脚步："你们要做什么？"

"新年快乐啊，许医生。"

许情深拧起眉头："你们是凌慎的人？"

对方笑了笑："请你跟我们走一趟吧。"

"你们别乱来，这儿可是医院。"

"我们不会把你怎样的，许医生只要挪动下脚步就好，你放心，我们是把你送回家。"

许情深心里咯噔了一下："我要不跟你们走呢？"

"你应该知道，你只能跟我们走。"

其中一个男人打开车门："请吧。"

许情深朝四周看了眼，除了一个年轻的妈妈抱着孩子经过以外，她就没看见别人。

"许医生，我们就是顺路把你送回家而已。"

聪明如许情深，一眼就瞧出了端倪：恐怕是要把她送回保丽居上，用她去换付流音出来吧？

她冷着脸，肩膀被身后的男人轻推了一下。

"走吧。"

许情深不得不往前，被迫坐进了车内。

456

男人坐到她身侧，关上车门，车子缓缓开出了瑞新医院。到了外面，它顺利地进入车流当中。许情深急得脸部肌肉都绷紧了，这时候，脑子里忽然蹦出一个人影，可她知道，她不会每次都被上天眷顾，那个人也不会每次都在恰当的时机出现。

　　许情深被带到凌家后，男人下去替她打开车门，她看了眼面前的别墅："这里好像不是保丽居上吧。"

　　"许医生，先进去喝杯茶吧，待会儿就有人来接你了。"

　　许情深提脚走向前，凌慎亲自打开门，轻笑道："许情深，又见面了。"

　　"你天天都监视着我们一家，我们应该是每天都见面的吧？"

　　"好好的除夕把你请到这儿来，你不会怪我吧？"

　　"那你能放我回去吗？"

　　凌慎的嘴角勾了下。等到许情深进去后，他将门关上："你说呢？"

　　许情深看向偌大的客厅、餐厅，发现四周冷冷清清的。

　　"没想到凌先生这样的有钱人，过年竟然不食人间烟火啊。"

　　"我在等景茵回来，然后我会给她一顿烛光晚餐。"

　　许情深觉得这人变态，但也不敢当众惹怒他，生怕他做些出格的事情。

　　凌慎让她去沙发上坐着，然后拿起旁边的手机。许情深小心翼翼地看向四周，这时保姆过来给她沏了杯茶。

　　"喂……"许情深竖起耳朵，听到凌慎开口，应该是电话那头有人接了，"付京笙，是我。"凌慎在许情深面前踱步，她看到男人的嘴角阴冷地扯动了几下，"没想到是我吧？我只是想问你一句：你老婆回家了吗？"

　　付京笙看了眼厨房，付流音正和用人忙碌着待会儿的晚餐，他眉头一紧："你把她怎么样了？"

　　"放心吧，蒋远周那么紧张她，我不会伤害她一丝一毫的。我就是想问问，在你心里面，是你妹妹重要呢，还是老婆重要？"

　　"凌慎，你别乱来！"

　　"我也不拐弯抹角了，直接说吧，拿你妹妹来换许情深。"

　　"休想！"

　　"休想？"凌慎做出了吃惊的表情，"我没听错吧？这可是你老婆，你女儿的亲生母亲。"

　　付京笙几步走到落地窗前，胸腔内像是有一双手在剧烈地撕扯着："凌慎，你这是在自寻死路！"

　　"得了，自寻死路？你说话未免太狂妄了。"

　　许情深听到这里，猛地起身过去，想要抢夺凌慎的手机："别管我，他不敢把我怎么样，付京笙，不用管我——"

　　凌慎侧身躲开，然后嘴角轻翘："听到她的声音了吧？我没骗你。"

"凌慎！"

男人抬起食指放到自己嘴边："嘘，轻点儿。我给你十分钟的时间考虑，从保丽居上过来，也就半小时的车程吧？那好……我给你一小时的时间，到时候如果见不到你和你妹妹，你就别怪我对许情深做出什么事来。"

凌慎说完，率先掐断通话。

他朝许情深看了眼："你猜猜，一个小时后，结果会怎样？"

许情深咬牙切齿地瞪着他："疯子！"

"随便骂，我无所谓。"凌慎看了眼时间，"还有五十八分钟，怎么办，我好期待。要不要带你去看下景茵的房间？我把它布置得特别漂亮。等她回来后，我再也不用把她藏着掖着了。"

许情深坐回原位，面色微微发白，双手交握，十根手指头都在轻抖。

保丽居上。

付流音从厨房出来："哥，嫂子怎么还不回来啊？"

男人站在那里，手里夹着烟，通红的火星即将舔到男人的手指。

付流音走了过去："那些人在外面也挺辛苦的，待会儿让他们一起进来吃晚饭吧。"

"音音，你在家好好待着，哥要出去一趟。"

付流音朝窗外看了眼，夜幕早就笼罩了外面的世界，她有些提心吊胆："你要出去？去哪儿？还有嫂子呢？今天是除夕，她不可能加班吧。"

付京笙不想她担心害怕："你嫂子去商场买东西了，我去接她。"

女孩白皙的脸上挂满凝重："哥，你别骗我了，我都知道。"

男人朝她看看，付流音的视线同他的对上："嫂子知道家里人都在等她，怎么可能去商场？她究竟怎么了？"

付京笙抬手，手掌在她的脑袋上摸了摸："音音，你和情深都是我的亲人，我不能让你们任何一个人受到伤害。"

"是不是跟凌慎有关？"

"不是。"

付流音抿紧的唇瓣轻启："哥，这样下去不是办法，我……"

他猜到她要说什么，赶紧厉声打住："行了，不许乱说！"

凌家。

蒋远周下车后，径直往前走，门口有人拦着，蒋远周看了眼："你主子都不敢拦我，你胆子长到天上去了？"

蒋远周把男人伸出的手臂推开，大摇大摆地往里走，那几个人只敢跟在他后面。尽管身上带着刀，可没人敢拔出来啊，这可是东城的一尊佛，碰不得。

蒋远周打开门进去，客厅里头的声音一阵阵地传到他的耳朵里。

"要不是你们千方百计阻拦，我跟景茵早就……"

蒋远周继续靠近，有些说话声也就更加清晰了。

"她早就是我的人了，我让你们把她还给我，不过分吧？"

"凌慎，我看你真是得了幻想症。"这道女声蒋远周再熟悉不过，听到她还能这样底气十足地讽刺别人，他就放心多了。

"我觉得你这人肯定是不相信报应的。"

"是啊，我不信……"

"那你怕不怕这报应落到你家人身上？"

凌慎笑了笑："我也不怕。"

"肯定有人跟你说过你很无耻吧？"

蒋远周的眼角眉梢处缀满了笑意，接过话说道："这位凌先生应该是从小听着这两字长大的。"

许情深猛地扭过头，见到一道高高大大的身影从不远处而来，她的眼里一下明媚起来，眸底的阴霾一扫而光："蒋远周！"

男人朝她看了眼："别这么激动。"

"你怎么会到这儿来？"凌慎的脸色都变了，他看向蒋远周，男人干脆坐到许情深旁边："我来接人。"

"蒋远周，你当我这儿是什么？"凌慎忍着一口气，恶狠狠地盯着对面的两人，"你认为我会让你带走许情深？"

"你当然不愿意，但你又阻止不了我。"

许情深安静地坐在他身侧，听着这个男人跟对面的凌慎谈判，心不再慌，也不再紧张，就像是走进了一家咖啡馆，如果再来点音乐、来杯咖啡，感觉就更好了。

"这是在我家。"

"对。"

"你蒋远周再厉害又能怎样，我不信你今天能带着这个女人好好地出去。"

蒋远周直视对面的凌慎："你想用许情深换付京笙的妹妹？"

"你就算知道了也无妨，蒋远周，这件事对你来说没有丝毫妨碍。我可以向你保证的是，我不会伤害许情深。"

"那如果，付京笙不肯换呢？"

凌慎听到这儿，笑了笑："那我问你，蒋远周，如果是你，你肯吗？"

许情深余光睇向旁边的男人，蒋远周的手指落到膝盖处："你这话问错人了，我没有妹妹。我倒是想问你一句，如果是你，你愿意换吗？"

凌慎不以为意："这似乎跟我也没什么关系吧？"

"怎么没关系？我要带许情深走，你不肯，我就想拿些东西来跟你换。"

"那还真是没门。"

"你妹妹呢？也不行吗？"

许情深的耳朵嗡的一下，以为是自己听错了。凌慎的反应比她要快得多："你再说一遍？"

"用凌时吟换走许情深，肯吗？"

"呵，开什么玩笑？"

蒋远周忽然沉下脸，真是翻脸比翻书还快："我什么时候跟你开过这样的玩笑？"

凌慎一张俊脸倏地变得铁青，面色不比蒋远周的好看到哪里去："时吟是你什么人，你心里最清楚，你凭什么用她来换许情深？"

"我清楚凌时吟是你亲妹妹，你既然疼爱她，就不希望她难受地夹在我们中间吧？"

凌慎嘴角绷紧，看向蒋远周的视线几乎能喷出火来。

老白找到凌时吟时，并未将话说透："凌小姐，我们一道去趟凌家吧。"

"去我哥哥那儿吗？"

"是。"

凌时吟不解地问道："去找他做什么？"

"蒋先生已经去了，我怕他们两个脾气不好杠起来，有您在，不是更好说话吗？"

凌时吟上了车，她也不知道到底出了什么事。老白亲自开车过去，凌时吟不住地朝窗外看："我哥很疼我，你放心吧，不会出事的。"

车子飞速向前，凌时吟朝玻璃窗外看去。东城的上空不住地飞落各式各样的烟火，有些人家吃年夜饭吃得早，这会儿已经开始饭后活动了。

她鼻尖发酸，却不知道为什么这么多年来，自己始终等不到那个心心念念的人呢。

来到凌家门口，老白将车停好。凌时吟想去开车门，却发现车门是锁着的："老白？"

"凌小姐，稍等。"

"还等什么？"凌时吟不解地问道。

"马上就好。"

过了五六分钟后，凌时吟看到前方有车过来，而且不止一辆。老白将车门锁打开："请吧，凌小姐。"

凌时吟下去后，朝着前方看了眼，见第一辆车上下来了几个男人。老白带着她往里走，守在凌家门口的人看见他们，不肯放行，凌时吟清了下嗓子道："连我都不能进？"

"凌小姐……"

老白朝身后的几人示意了一下，没再给对方阻拦的机会，他们是直接冲进去的。

凌时吟的脚步不由得放慢，隐约觉得不对劲。老白在前面等了她一儿："凌小姐，怎么了？"

"我进去就好，老白，你为什么要带这么多人？"

"我必须保证蒋先生的安全。"

凌时吟面色稍松："放心吧，有我在，我哥不会对远周怎样的。"

老白露出抹意味深长的笑，他径自往前走，凌时吟跟在他身后。

客厅内，蒋远周的声音不卑不亢，带着天生的优越感，就连谈判都要在气势上压人一头："我还是那句话，凌时吟换许情深走，肯，还是不肯？"

玄关处传来一阵动静，老白率先进去，凌慎看到他身后的凌时吟，赶紧站起身来："时吟！"

"哥。"凌时吟欲要快步上前，老白却伸手拦在她跟前："凌小姐，等等。"

"怎么了？"

身后两名高大的男子走进来，老白退开，那两人一手一边擒住凌时吟的肩膀，将她的手臂背在了身后。两人的劲道非常大，凌时吟痛呼出声："这是做什么？"

"蒋远周，放开我妹妹！"凌慎着急了，欲要上前。蒋远周从兜内掏出一盒烟，铂金的打火机在烟盒上敲打着："那我现在可以带许情深走了？"

凌时吟弯着腰，听到这话，难以置信地看向蒋远周："远周，你，你这是什么意思？"

蒋远周没有看她一眼，而是直勾勾地盯着凌慎。凌慎盯着凌时吟，冲老白吼道："先把我妹妹放开！"

老白丝毫不为所动，别开了双眼。

凌时吟挣扎了几下，可对方的手劲那么大，她不但挣不开，还痛得要命："远周，你为什么要这样对我？"

"行了。"蒋远周不想听，用力吸了口烟，然后看向凌慎，"我现在带许情深走，不反对吧？"

"我就不信，你为了这个女人——"

蒋远周目光一扫，擒住凌时吟肩膀的两人再度用力。凌时吟身子往前倾，感觉手臂都快脱臼了："啊！"

心被无尽的苦涩吞没，凌时吟眼圈发红，小脸惨白，一双眼睛无神地看向几人。

凌慎心疼不已，毕竟是从小看着长大的妹妹："住手！"

男人抽完了一支烟，见茶几上有个烟灰缸，他起身将烟掐熄，没再坐回去："你放心好了，我也不会伤害凌时吟，但你要不同意我带许情深走，那这个除夕，她就得去个偏僻的地方自己过了。"

"蒋远周！"凌慎气得咬牙切齿，"你的心太狠、太毒了。"

461

"是吧？"蒋远周轻蔑地勾起笑，"我要不狠，怎么跟你玩呢？"

"时吟好歹给你生了个儿子！你这样做，考虑过她的感受吗？"

蒋远周余光扫向仍旧坐着的许情深，他朝她摊开手掌："是不是觉得这儿的茶很好喝，还想来一杯？"

许情深一声不吭，也回过了神，见到蒋远周伸出来的手，她看了眼凌家兄妹，然后将小手放到男人的掌心。

他极为自然地握紧。许情深站了起来，蒋远周冲凌慎扫了眼："肯换了吧？那我们走了。"

凌时吟的眼角渗出晶莹，看着蒋远周拉住许情深的手往外走，她呻吟一声，痛得哭了出来。凌慎见状，大步走过去，将她身侧的男人用力推开："滚！

"时吟，没事吧？"

凌时吟眼里只有两道离开的背影。那个男人自始至终都没看她一眼，就这样走了，空气中还有他经常抽的那种烟的气味。凌时吟痛哭出声，与此同时，一阵关门声也传到了她耳中。

凌慎抱住她的肩头，着急地问道："怎么样？是不是弄痛你了？"

"哥，蒋远周为什么要这样对我？"

凌慎将她轻揽到怀里："还能为什么呢？还不是因为，这个男人不爱你。"

凌时吟将头埋在凌慎的胸前，不住地抽泣："可我以为，我以为……他迟早有一天会发现我的好，会珍惜我，我真的没想到他会这样对我。"

"你说你，究竟傻不傻？"

"是啊，我早该看穿一切的。"凌时吟闭起眼，几乎是痛不欲生。

第七章
惊人的罪犯

九龙苍。

老白匆匆忙忙进门。客厅内，睿睿正在搭积木，蒋远周递给他一块，他搭一块。

"蒋先生！"

"怎么了？"

老白快步上前："凌慎死了。"

蒋远周的视线转向茶几上的手机，他不想被人扰了清净就关机了。

"死了？怎么死的？"

"说起来也古怪，有人跳楼，正好砸在他的身上，是当场……"

蒋远周面色一凛，手里还拿着块积木，睿睿拿了几下他都没松手，孩子急得哇哇大叫起来。

"有这么巧的事？"

"都上新闻了，凌家这会儿是彻底乱成了一锅粥。"

蒋远周目光转向老白，手里一松，睿睿开心地拿过积木。蒋远周低声问道："老白，你觉得谁最想凌慎死？"

男人冷不丁这样问，老白赶紧想了想："这挺难说的，无奸不商，凌家得罪的人不少吧？"

"你再想想。"

老白的手指在腿上轻敲两下，然后收了回去："付京笙。"

"对，凌慎步步紧逼，几乎让付家兄妹没有喘息的空间，凌家有权有势，付京笙不是他的对手，但倘若凌慎意外死亡……"

"但是蒋先生，"老白接过话，"这件事如果不是意外，那也太诡异了，这可是跳楼啊。"

蒋远周身子往后倚: "我跟你打个赌吧。"

"什么赌?"

"这件事又会是一个天衣无缝的局。我不得不怀疑,很多事其实是不是都跟这个付京笙有关。"

老白细想了一下,然后斟酌着开口道: "您的意思,凌慎的死是付京笙一手策划的?"

"付流音被禁锢了两年,付京笙这个做哥哥的既然一直在找她,那你说,当他知道他妹妹受的那些非人的折磨之后却不动声色,什么事都没做,正常吗?"

"确实不正常。"

"付京笙身份成谜,经济条件也算得上比较好,他的主要收入又是从哪儿来的?"蒋远周想了一连串事情,但最后那些怀疑还是回到了付流音身上, "如果我有个妹妹被人关了两年,哪怕我不是那人的对手,也会找他拼命,并且是在第一时间。付京笙冷静得令人觉得不可思议,而且偏偏那么巧,有人跳楼,然后他就砸在了凌慎身上。"

"蒋先生,凌慎出事的那个小区,是叶景茵之前的住处。"

蒋远周的目光落到睿睿身上: "怪不得,那有些事就不是巧合了,大年初一,凌慎为什么要去那个小区?"

"我查了下,是物业给他打的电话,叶景茵家的门被撬了。"

"一环扣一环。凌慎深爱叶景茵,那间屋里肯定藏着他们美好的记忆,所以得知房门被撬,他一定会过去,而那个跳楼的人呢,没有早一步,更没有晚一步,正好就拉上了凌慎。当时有没有目击者?"

"有,大厅里就有好几个人。而且凌慎死之前跟人撞了,不知道有没有起争执。"

"我知道了。"蒋远周表情严肃地说道, "所以,凌慎当时是站定的,只要他站在那儿不动,有人要拉他做垫背很容易。"

老白轻轻点头: "对。"

"不过这些都是我的猜测,还要依照警方找到的证据才能说话。"

"如果是蓄意谋杀,那肯定会有蛛丝马迹。"

蒋远周却并没有这样乐观: "那也要找得到才行。"

随后似乎意识到有些事情的严重性,蒋远周忽然倾身,朝老白问道: "如果付京笙是这样危险的一个人,那许情深怎么办?"

一遇上许情深,他总能把问题考虑得最为周全。老白顺着他的话往下说: "那就太危险了,但是蒋先生,现在事情还没弄清楚,也许付京笙只是有那个胆子,却没那个能力做,凌慎的死只是巧合呢?"

"不管是不是巧合,凌家乱套了,有些事可能还是会算到付京笙身上。"

"是啊,毕竟凌慎之前那样对待付流音,他的嫌疑确实最大。"

睿睿拿起积木放到最上面，却不料一下没站稳，积木哗啦啦全掉在了桌上，前功尽弃。

孩子撇了撇嘴，忽然放声大哭："哇哇哇——"

蒋远周闻言，走过去将他抱到怀里："男孩子遇到这点小事就哭了？来，重新搭。"

睿睿觉得委屈，转身抱住蒋远周的脖子："爸爸。"

"好了，小男子汉，不哭。"蒋远周说着，将他推开些，"我们重新开始。"

医院。

走廊内回荡着撕心裂肺的哭声，凌母扑到抢救室的病床上，撕扯着凌慎身上的白床单："儿子，儿子，你快醒醒！你别吓唬妈妈，我再也不逼着你结婚了，你想怎样就怎样吧。你睁开眼睛看看我啊，儿子——"

凌时吟靠着墙壁直哆嗦。凌父这样沉稳的人到此刻都快疯了，他老泪纵横，双手按住凌慎的肩膀，想将他提起来："孩子，孩子。"

凌慎的头朝一边歪着，凌时吟甚至都不敢去看，凌父收回手里的力道，痛哭出声："怎么会这样！我的孩子啊——"

凌时吟跌跌撞撞地走到外面，看到走廊上还有警察和物业。

警察上前几步："凌小姐，节哀顺变。"

"我哥是在'波澜湾'出的事？"

"是。"

凌时吟擦了擦眼角，可泪水还是忍不住涌出眼眶："不可能有这样的意外，肯定是有人害死了他，一定是这样！"

"那名跳楼轻生的人我们已经调查过了，就是波澜湾的业主。他欠了一屁股的债，无力偿还，之前已经妻离子散，还留下了遗书，照目前的情况来看，你哥哥很有可能就是……"

"就是什么？"凌时吟抬头，紧紧地盯住对方，"你想说我哥就活该倒霉是吗？他白死了是吗？"

"凌小姐，您的心情我们能理解，这件事情我们会调查清楚的。"

凌时吟恶狠狠地咬紧了牙关："我给你们提供一个嫌疑人吧。"

"您说。"

"付京笙，他的老婆叫许情深，是瑞新医院的医生，他们都有嫌疑！"

警察朝她看了一眼："请您说仔细点。"

"付京笙有个妹妹，跟我哥的未婚妻长得很像，有些事我们也是刚知道……"凌时吟说到这里，泪流不止，"我哥因为思念过度，把她当成了自己的未婚妻。我绝不相信这件事是意外，你们一定要好好调查。"

"放心吧，这是我们的职责。"

凌时吟伤心欲绝。以前，家里还有凌慎这根顶梁柱，她不管有什么事，只要跟哥哥一说，他都能替她好好地解决，可如今这个把她宠了二十几年的人居然说走就走了，还死得这样惨。

医生说哥哥是当场死亡的，颈骨折断。凌时吟想到这四个字，全身忍不住颤抖起来，站在那里摇摇欲坠。

突然，耳朵里传来了一阵凌父急切呼喊的声音。凌时吟忙快步走进去，看到妈妈扑在哥哥的身上，已经昏厥过去。

保丽居上。

警察来的时候，许情深正在厨房里做晚饭。

付京笙招呼几人入座，表情从容，还亲自去泡了茶。

"谢谢。是这样的，我们过来一趟是想跟你了解些情况。"

"请说。"

许情深拉开门，看到付京笙坐在两人的对面，听到动静的付流音也下来了。

"你认识凌慎吗？"

付京笙抬头："认识。"

"他死了，你知道吗？"

"刚得知，新闻已经播放了。"

也是，现在的记者个个都厉害，有些事情外人可能比家里人还要先知道。

"听说，他跟你妹妹有些纠葛，能让我们见一下你妹妹吗？"

"不好意思，我妹妹现在情绪不好。"

对面的警察目光越过付京笙，看到了走过来的女孩："你是付流音吧？"

付京笙面色微凝，回头看向她："怎么下楼了？"

"老待在房间，我也待不住。"付流音说着，走到沙发前坐定。

"请问今天凌慎出事的时候，你们都在哪儿？大约早上9点到11点之间。"

"我们都在家。"付京笙轻松地回答，"一步都没走出去过。"

"谁能证明？"

付京笙笑了笑："这可就多了，我老婆，屋内屋外、小区内的监控，你们都可以查，还有小区的保安，他们也认识我。"

许情深站在厨房门口，听着付京笙流利地回答警方的话，她却莫名地有些心慌。不知不觉中，她和付家兄妹早就牵扯在了一起，他们就是她的家人。

如今付京笙和付流音被人这样询问，许情深生怕有些事跟他们有关，她紧张地走了出去。

"这是你太太？"

"是。"

付流音接过话："我哥这两天都没跨出过这儿一步，而且在东城，我们也不认识

466

别的什么人。"

对方了解了一些基本的情况，然后站起身来。许情深看向付流音，她的神色中有着掩不住的慌张。付京笙起身将两名警察送了出去。

回到屋内后，他坐到许情深身侧："准备吃晚饭吧。"

"不会有事吧？"

"怎么这么胆小？清者自清。再说警察怀疑我们也是正常的，案件需要一步步排查。"

许情深的视线落到他脸上："我也不知道为什么，刚才看到警察问你们话，我就觉得很慌，可能是习惯了如今这样安逸的生活，我不想家里面出任何事。"

"放心。"付京笙轻揽住许情深的肩头，"家里面很好，我们以后会更好。"

付流音听着，不由得出了神，她也希望以后会更好，希望所有的事都跟他们无关。

蒋家。

凌时吟来到蒋家的时候，蒋东霆正在院子里打太极拳。管家守在边上，看到凌时吟，他礼貌地打过招呼。

凌时吟的面色却并不好看，她径自走到蒋东霆跟前："爸。"

蒋东霆打完了一套拳，接过管家递过来的毛巾："时吟啊，今天怎么有空过来？"

"爸，我想跟您谈点事。"

"好的，进屋说吧。"

两人走进屋内，管家给凌时吟泡了茶，凌时吟面无表情："我想跟您单独谈。"

蒋东霆听闻，朝管家使了个眼色，管家点了下头，然后走了出去。

关门声传来，蒋东霆拿起自己的茶杯："时吟，你哥的丧事都办好了吧？"

"是。"

"要有什么需要帮忙的，你尽管说。"

"爸，我今天刚去过公司，我被逼得不行了，我爸也没有那个精力再去管理公司，他的意思……是让我趁早结婚，找个人接手我哥的心血。"凌时吟说到这里，擦了擦眼角，"我哥在经营方面是个天才，这几年，子公司都开了几家……"

蒋东霆听着，大致猜到了她的来意："我知道，你们的事我会催远周的。"

"他不会答应婚事的。"

"你别听他瞎讲……"

这两年来，凌时吟听够了这些话，也看穿了蒋东霆压根做不了蒋远周的主："事情已经迫在眉睫，爸，您能给我个准确的时间吗？"

"时吟，远周这性子你也清楚，你得有耐心啊。"

怒火在凌时吟的胸腔内燃烧，她的口气都变得僵硬起来："爸，我等了两年，这些时间难道还不能说明我的耐心吗？关键凌家现在急需一个男人站出来，但远周的态度让我心寒，真的心寒。"

蒋东霆要能逼着蒋远周娶，那他早就这样做了。

467

"时吟，婚姻大事不能儿戏。公司的事至关重要，我会让远周帮着你的。"

"爸，等到我哥的公司被人乘虚而入、吞噬干净以后，我在你眼里还是最好的儿媳妇人选吗？"蒋东霆面色严肃，凌时吟冷笑了一下，"如果您不能做主让蒋远周跟我结婚，我也没办法了，只能接受我父母给我安排的人。"

蒋东霆没想到凌时吟会是这样的态度："你别冲动，之前的两年不也这样过来了吗？"

"那是因为，那两年里有我哥哥。"凌时吟忍着哭腔，"爸，您跟我说句实话，您能做到让蒋远周娶我吗？"

"你也知道，远周……"

凌时吟闭了闭眼睛，她受够了蒋东霆的虚伪："我没想到我耗费掉青春，换来的居然是这样的结果。"

"时吟，我还是希望你能考虑考虑。"

"爸，当时我们可是说好的，那晚的建议是您提的，您说一定会让我进蒋家的门。"

事已至此，凌时吟满心的怨言藏都藏不住。

蒋东霆一听，眉头微皱："我也没想到后面会发展成这样。"

"那您现在不打算给我个说法吗？"

蒋东霆抿了口茶，脸色微冷："你想要什么说法？"

"按照您现在的意思，蒋远周娶不娶我，那是他的事，对吗？您让我耗下去，他是男人无所谓，不帮我渡过难关也无所谓，我只要傻傻地在这儿等就行，是吗？"

凌时吟的语气好不到哪里去，她也是被逼急了：蒋远周态度强硬，蒋东霆却是一个劲地打太极，他什么意思，她还能听不出来吗？

"感情的事，本来就不是靠勉强能行的。时吟，你不想等，那你让我怎么帮你呢？"

凌时吟怒极："我是等不了！"

"你都这样说了，我还能有什么办法？"

蒋远周那边，蒋东霆也不是没施压过，但他这个儿子会听他的吗？

她听着蒋东霆的话，一颗心沉入谷底："那您当年还帮我，还给蒋远周找个儿子，如今您这样的态度，不觉得好笑吗？"

蒋东霆听着凌时吟的质问，脸色彻底阴暗下来："时吟，我知道你哥哥的过世对你的打击很大，有些话我可以不跟你计较。"

"不用了。"凌时吟也是硬气，下巴轻仰，"现在谁能救凌家于危难之中，谁就是我以后的家人。您没看到蒋远周对我的那种态度，所以您不会明白，我为何心寒至此。"

"你决定了吗？"

"无止境地等待……我是耗不起这个时间了。"

蒋东霆轻点下头："这是你们自己的事，你们好好解决吧。"

468

凌时吟轻咬下牙关。有其父必有其子，蒋远周这样狠绝无情，大部分源自这样一个父亲。

"我走可以，但我要带走睿睿。"

"什么？"蒋东霆听到这里，却是大吃一惊，"你再说一遍？"

"您的反应是不是也太大了？"凌时吟盯着对面的蒋东霆，"孩子跟着妈妈，这难道不正常吗？"

"时吟，我跟你说过，这个孩子是抱来的，你一个女孩子家，要他做什么？"

凌时吟自然是因为不甘心："我养了他一年多，一点点拉扯大，我为什么不要？"

"远周不会给你的。"蒋东霆尽力稳住口气。

"事到如今，我也不怕跟他撕破脸皮了，他若不想给我，那我们就法庭上见。我有养活孩子的能力，又是母亲，我就不信法庭会把睿睿判给蒋远周！"

蒋东霆气得哆嗦，没想到凌时吟硬起来会是这样的。

"我知道，你想通过争夺孩子让远周心软，又或者觉得孩子判给你后，你就掌握住了主动权？但他终究不是远周的孩子，你们要闹到了法庭上，我会把真相告诉他。等他知道了睿睿不是他的亲生儿子后，你就算争到了睿睿，又有什么用？"

凌时吟这时候已经听不进去这些话了："好啊，那就直接告诉他，孩子是抱来的！然而就算睿睿不是他的儿子，我也要！"

"你这是要做什么？"

"我就不信他对睿睿一点儿感情都没有。不是亲生的，就能完全置身事外是吗？好啊，那我就试试。"

蒋东霆一口气堵在喉间，他直勾勾地瞪着凌时吟。到了这会儿，他才不得不重新审视这个女人。她在他面前，从来都没说过一句口气不好的话，每回过来都把蒋家上下哄得高兴不已。凌时吟岁数虽小，做事却周全得很。今天再一看，还是这张脸，只是神色全变了，眼里的恬静和温暖全部没了。

"时吟，这样对你没好处，你还要结婚，还会有自己的生活。"

"我无所谓，反正整个东城都知道我的事了，要说丢脸，也早就丢完了。"

不到万不得已，蒋东霆不想将有些事情说透，他板着脸："你以为，你能从蒋家手里抢走孩子？"

"凌家虽然现在有难，却也不是一般的小门小户。我这会儿倒是相信法律，实在不行，我就把您偷抱孩子的事曝光，我是没脸了，我也让你们长长脸。"

蒋东霆不发一言，忽然意识到，凌时吟肯定做得出这样的事。

"爸，"她的嘴角嘲讽地勾起，"睿睿又不是您的亲孙子，况且蒋远周也没有多喜欢他，您这又是何必呢？"

"时吟，你跟远周算是有缘无分吧，但孩子……他既然进了蒋家的门，我是不会再让他出去的。"

"那我们就法庭上见吧。"凌时吟说着，站起身来。

蒋东霆眉宇间有了暗色："你可考虑清楚了，一旦走出这一步，你就再没回头路了。"

"我本来就没什么别的路能走。"凌时吟居高临下地盯着蒋东霆，"我唯唯诺诺了两年，你们蒋家却连一条路都没给我。"

"我给蒋远周一天的时间，他如果不肯把孩子给我，我就直接告诉他您当年做的那些事！"

凌时吟说完，拿起了旁边的包。

"等等！"蒋东霆抬头看向凌时吟，面上有怒色，"时吟，你非要把事情闹成这样？"

"我只想要回我的儿子。"

"我说了，他不是你的儿子！"

凌时吟的口气很硬："那他也不是蒋远周的儿子！"

"不，睿睿是远周的儿子。"

凌时吟一惊，如遭雷击，杏眸圆睁地盯着跟前的蒋东霆："你说什么？"

事情到了这一步，既然蒋、凌两家没什么可能性了，蒋东霆觉得也没有隐瞒的必要了："睿睿是远周的亲生儿子，所以，我劝你还是省点力气吧，上了法庭之后对你一点儿好处都没有。不只这样，你还会沦为全城的笑柄。"

凌时吟唇瓣颤抖，整个人冷得像是坠入了冰窟，她摇着头，面色发白："不可能！我不信！"

"你以为，我会让一个毫无血缘关系的人进蒋家？"

凌时吟失神地坐回沙发上："睿睿……是远周跟谁的孩子？"

"我以为你和远周可以顺利地过到一起，真没想到……"蒋东霆叹了口气，"这原本应该是可以隐瞒一辈子的秘密，时吟，你真没这个福气啊。"

凌时吟纠结着孩子的身世，脑子里乱成一团。跟蒋远周有过关系的女人，她唯一能想到的就是许情深。

凌时吟一脸的惊恐："他，他是许情深的儿子？"

这个真相，几乎能要了她半条命。

她心心念念的儿子，难道真是许情深的？凌时吟恶狠狠地咬了咬牙："是不是许情深的？"

"是跟不是，都没什么大的关系，"蒋东霆语气淡漠，"重点是睿睿跟远周是父子，要上到法庭，你争得过？"

凌时吟全身的血液都在沸腾，她双手捧住脸，两个肩膀剧烈地颤抖着，许久之后，破碎的声音才从她的指缝间逸出，被勉强拼凑到一起。

"是谁的都行，为什么偏偏是许情深的？难道我白白替她养了一年多的儿子？"

470

"时吟，我知道你对睿睿不错。"

凌时吟放下手，目光里透出些许阴狠："我没想到，你把所有人都算计进去了。"

"你错了。"蒋东霆的神色仍旧冷峻，只是说话的口气带着满满的笃定，"这件事，只有你跟我知道。"

凌时吟怔怔地对上他的视线："远周呢？"

"他如果知道，你还能一次次进九龙苍？他恐怕早就把许情深接回去了。"

凌时吟虽然放弃了，却也见不得这样的结果："这个孩子，是许情深给你的？"

"许情深也不知道。孩子是蒋家的，我不可能让他流落在外，但我又不会接受她做蒋家的媳妇，所以至今为止，她一直以为养在她身边的是她自己的孩子。"

凌时吟想笑，却根本笑不出来。

她想笑许情深傻，但是一想，她又比许情深好多少呢？这样的幸灾乐祸到头来只是在讽刺她自己。

凌时吟的脸苍白如纸，双眼一眨不眨地瞪着蒋东霆。当初孩子的事是蒋东霆一手安排的，她怎么都没想到，他居然早就有了自己的计划，而她呢，她在蒋东霆的手里只是颗棋子，他不只让她心甘情愿地等着蒋远周回头，还让睿睿那个私生子有了最好的身份。凌时吟咬紧牙关："所以，你让我假装怀孕的时候，其实许情深也怀孕了是吗？"

"对，她的体检报告我是第一时间知道的，也算上天帮忙。时吟，我也是在帮你啊，有了睿睿之后，你才能有一次次的机会。"

凌时吟的胸腔都快炸开了。蒋东霆满不在乎地看向她："你也可以走出这扇门就去告诉远周或者许情深。睿睿现在在九龙苍，我没什么好怕的。许情深要想拿回自己的儿子，就有可能抛弃现有的生活，而远周如果执意要跟她在一起……"

凌时吟狠狠地闭起了双眼，这样的结果她万万接受不了，但她听蒋东霆这样说，心里的疑虑越来越重："所以你用一个孩子换来了睿睿？"

蒋东霆心里也有过权衡，但凌时吟如果真要和蒋家撕破脸，这件事他迟早要说出来。与其这样，还不如让她一个人先知道。

"是。"

"你事先知道许情深要生的是男孩还是女孩？"

蒋东霆不想跟她说起细节方面的问题："这你就不用操心了。时吟啊，睿睿既然是远周的亲生儿子，你除了放手，别无他法。"

"你骗谁呢。就算你要调包，你能用一个女婴去换走睿睿？"

蒋东霆听闻，面色一紧，却不敢有丝毫显露："你见过许情深的孩子？"

"那当然，见过不止一次，是个女孩。"

蒋东霆心里咯噔了一下。凌时吟紧盯着他的脸，想要从他脸上看出哪怕是一丝一毫的端倪，但蒋东霆随即说道："这也不能说明什么。许情深一直以为她带在身边的孩子是她的亲生骨肉，所以我当时必须找一个孩子，至少在血型方面是符合的。至于男孩还是女孩又有什么关系？"

凌时吟彻底失了神，坐在那儿一动不动。

蒋东霆继续说道："时吟啊，其实我还是挺喜欢你的，我一直认为只要你肯等，迟早有一天远周会到你身边。"

凌时吟冷笑了一下。面对这样的蒋家父子，她心里难道还能存着希冀？

蒋东霆一直没告诉她睿睿的身世，无非是怕她心里有愤恨，不肯好好待他。现在既然撕破了脸，知道蒋、凌两家再无可能，那蒋东霆也没什么好顾忌的了。

凌时吟拿了包，没再说一句话，起身往外走。

蒋东霆盯着她的背影，脸色越来越阴，直到看见凌时吟走到屋外，蒋东霆才站了起来。

"老爷。"管家从外面进来，还盯着凌时吟离开的方向。蒋东霆冷冷地丢下一句："以后，她就只是凌小姐，跟我们蒋家没有任何关系。"

"再没可能了是吗？"

"她太着急，急于让我出面。远周如果肯娶她，早就娶了。"蒋东霆轻摇下头，"罢了，远周这脾性……耗了两年多都没见他松口，我看悬。既然凌家等不了，那我也没办法。"

"这样看来，还是凌小姐没这个命了。"

蒋东霆冷笑一声："可不是？"

他转身上了楼，独自来到卧室。卧室的床头柜上摆着一部老式电话，蒋东霆还延续着早几年的习惯，他从抽屉内掏出个本子翻开，里面记满了电话号码。

号码前面的符号只有他能看懂，都是用符号代替的人名。

电话倒是很快接通了，一道声音随后传到蒋东霆耳中："蒋老先生？"

"罗主任，是我。"

"您怎么会想到给我打电话？"

"罗主任，那我就开门见山了，有件事我想跟你确认一下。"

"您请说。"

"当年我托你办的事情，你肯定还记得吧？"

电话那头的声音没有丝毫犹豫："自然。"

"我想问你，你换给许情深的孩子，是男孩还是女孩？"蒋东霆说到这里，心不由得提到了嗓子眼。

罗主任语气肯定地说道："女孩。女孩换了男孩。"

蒋东霆心一松，但还是仔细地问道："怎么会是女孩呢？"

罗主任口气坦然："哦，是这样的，当初B超显示许情深极有可能怀的是男孩，所以您让我最好找一个血型相符的男婴。我本来也找好了，可手术那天，那个男婴生

472

病了，如果贸然去换，肯定不妥，到时候检查容易露出破绽。正好医院里有个女婴，血型也相符，而且我把孩子给许情深后，她丝毫没有怀疑，既然这件事情办妥了，我就没同您讲。"

蒋东霆听到这里，总算是彻彻底底把心放回了肚子里。

罗主任不确定地问道："蒋老先生，是不是孩子出了什么事？"

"没有，"蒋东霆合起手里的电话簿，"我就是找你确认下。"

挂断通话后，蒋东霆站起身。他只要他的亲孙子留在身边就好，至于别人，他谁都不想管。

凌慎死后，凌家陷入了一片慌乱，而对付京笙来说，他只想赶紧带着许情深和付流音离开这个是非之地。

他在原先的住处附近看了不少楼盘，虽然没有一眼相中的，但看见了不少租赁信息。

房子也不是一两天就能定下来的，付京笙联系了中介想要租房，好几次眼看就要交付定金，却总是被人捷足先登。

中介一次次说着不好意思，并跟他透露这一切都是蒋远周的意思。

显然，蒋远周没有打算藏着掖着，他就是不想让许情深离开东城。

吃过晚饭，付京笙就上了楼。他将自己关在书房内，打开电脑后坐在桌前。

一份资料展开在电脑的桌面上，付京笙快速地浏览了一遍，最后将目光定格在资料末端的人名上。

对方给的金额很诱人，如果要离开东城，他当然希望能大赚一笔再离开。

三千万，对方要的是蒋远周一条命。

付京笙冷冽地望向屏幕。这是他做事的规矩——对方得将资料和关系网都提供给他，而他呢，谁都不知道付京笙其实是幕后的策划者。

他从小就被誉为天才，智商过人，长大之后，付京笙将他的高智商完全发挥了出来。

他是隐在黑暗中的王者，他也享受这样的快感。他精准地计算着每一步，设计出一个个别人无法破解的局，如果没有奇迹，他设的局全部是死局，警方追查不到他，就算有人请了电脑高手也防不住他。

他不仅仅是黑客，他最大的身份，就是一个操控者。

男人眸子微眯，视线落到屏幕上，看到了"蒋远周"三个字。

一个字一千万，对方要一个精妙的局，神不知鬼不觉地除掉蒋远周，最好让他死于"意外"。

忽然传来一阵敲门声，付京笙将电脑合上，走过去将门打开。

许情深站在外面，望着屋内："今晚又要加班吗？"

"今晚不用，不过明天开始可能比较忙。"

许情深手里还端着杯咖啡："那我还是把咖啡倒了吧，怕你晚上睡不着觉。"

付京笙笑着接过："就算我现在喝了，该睡的时候还是一样能睡。"

"你又要忙几天？"

"说不准。"付京笙轻啜口咖啡，看向许情深，"等忙完了这一阵，我们再搬家。"

"好。"

九龙苍。

蒋远周从楼上下来时，睿睿已经睡着了。老白坐在沙发上等他，听到脚步声，站起身道："蒋先生。"

"事情办得怎么样了？"

"对方接下了。"

"好。"

老白跟着蒋远周入座，蒋远周跷起二郎腿："警方一直在找那个人，可是至今为止毫无头绪，也没有丝毫证据能指向某一个人。"

"但是蒋先生，就算最希望凌慎死的人是付京笙，也不代表他就是那个人。"

"我不管他是不是，我现在就是要抓到那个人。"蒋远周的视线对上老白的，"我小姨的死，就是一个精妙的局，单靠几个人是完成不了的，我要把他揪出来，让他偿命！"

蒋远周当然不是非要认定那个人是付京笙，只是他必须不惜一切代价把那个人揪出来。

老白点了下头，只是眼中起了一层忧色。

过了许久，老白才从九龙苍离开。走到屋外，他不由得顿住脚步，回头朝着落地窗的方向看了眼，他看到蒋远周站在那里，正在抽烟。

与此同时，保丽居上内安静不已，付京笙把自己关在了书房内。

一台笔记本开着，屏幕上铺满了他所需要的资料。

书房内弥漫着烟味，付京笙单手撑着侧脸，一口口地吸着烟。做这种事也需要灵感，而且必须时刻保持最清醒的头脑。

付京笙盯着屏幕，看到对方给的资料中有一句很重要的信息。

"老白是自己人，是我安插在蒋远周身边的人，关键时刻，可用！"

付京笙嘴角浅勾，然后将剩下的烟头掐熄在烟灰缸内。

他们需要他给出一个完美的计划，所以全部的信息应该都是真实的，蒋远周这么信任身边的人，肯定想不到他的一举一动已经被人监视了起来。

星港医院。

老白走进办公室，看到蒋远周正在抽烟："蒋先生。"

"老白，我忽然想到一个问题，如果许情深无意中闯进了我们的计划中，那该怎么办？"

"蒋先生别担心，不会有那么多如果。"

蒋远周再度吸了口烟，执拗地问道："如果真的发生了呢？"

老白也说不出话来了。

"我不能把许情深再留在付京笙的身边。"一口烟圈在蒋远周的唇边散开。

"不是还不能确定那个人是付京笙吗？"

"不管是不是，付京笙都不见得是什么好人。"

这一点，老白也是赞同的："但是许小姐也不会听我们的。"

"至少在这个计划实施的过程当中，她不能在付京笙身边待着。"

蒋远周抽烟的速度很快，因为心里焦虑不安，他不住地看向四周："你去想办法说动许旺，让他告诉许情深，说他受伤了，说得越严重越好。"

"好。"

许情深赶到医院时，找来找去都没看到许旺的身影，后来问了导医台，护士才一个电话，把老白叫下来。

"许小姐。"

"我爸呢？"

"我带您去。"

许情深跟着老白走出去几步："我爸伤得严重吗？"

"挺严重的。要不是刚好被蒋先生碰到，说不定还会有别的大麻烦。"

两人走进电梯，很快，许情深又跟着老白走出去。

来到蒋远周的办公室前，许情深止住了脚步："我爸应该在病房。"

"他跟蒋先生在里面谈事情。"老白说完，打开了办公室的门，往后退了一小步。

蒋远周的办公桌正对着门口，许情深没有进去，她一眼就看到蒋远周坐在办公椅内，他抬头，嘴角勾起一抹笑后冲许情深招了下手。

她想转身离开，但已经来不及了，老白冲着她的后背猛地一推，许情深就脚步趔趄地进去了。

身后传来关门声，许情深视线扫向四周，并未看到许旺的身影。

她体内的怒火骤然间迸发："蒋远周，你为什么每次都骗我？"

蒋远周一眨不眨地盯着她。许情深转过身，蒋远周推开椅子起身，大步来到许情深的身后。她的手刚落到门把上，蒋远周的手掌就撑住了门，两条手臂按在门上，将她困在了自己怀里。

"其实我早就应该吃透了你的套路，你明知道我放不下我的家人，所以一次次地欺骗我。"

蒋远周盯着跟前的人，手掌抬起后落到她的颈间："你放不下那么多人，那里面也包括我吗？"

"别开玩笑了行不行？"许情深感觉到他冰凉的掌心贴着自己的颈动脉，她深吸了口气，"事不过三，蒋远周，你顶多把我骗来这里一次，不会有以后了。"

"'骗'这个字，我是真不喜欢。"

许情深将他的手拨开，想要转身。男人撑在她身侧的手臂松了下，她顺利地让自己跟他面对面站着，这时，蒋远周的上半身再度压近。

蒋远周抱住了许情深的腰，将她向后面拖去。她自然要挣扎，可蒋远周人高马大，很快就将她带到了休息间的门口。开了门后，许情深趁机要逃，一条手臂却横在她胸前，将她勾了进去。

许情深坐在床沿，气喘吁吁，她想要起身，男人却一把将她按了回去。

"放我走。"

"这几天你就住在这里。"

"凭什么？"

蒋远周嘴角勾起笑来："你被绑架了，你还要问绑你的人凭什么？"

许情深推了他一把："我要回家。"

"别想了。"

"我来星港之前告诉过我的同事我去哪里了，我要没回家，我的家人会找到这儿来的。"

蒋远周压低上半身，视线落到她的脸上："就算付京笙找过来也没关系，我不会让他上楼的。他以为我蒋远周是吃素的？"

"你放开我。"

蒋远周的手指在她颊侧刮了两下，许情深用力地推他的手腕："放开！"

男人手一松。

许情深摸着脸，她倒是不怕他会对自己做出什么事来："那你说吧，什么时候才肯放我走？"

"不一定，有可能是三天、五天、十天，也可能是半个月、一个月。"

"不行！"

"我不是在跟你讲条件。"蒋远周走到门口，将门反锁上，"吃穿用度我都会让老白送过来，屋内有电脑和电视，你不用觉得无聊。"

"我要工作，我还要回家。"

"瑞新那边，我帮你请假。"

"用不着。"

蒋远周朝许情深走近两步："你想女儿的话，我可以帮你把她抱过来。"

"蒋远周！"

"不需要？"

许情深喘着气："你别把主意打到我家人身上。"

男人的脸冷了下去，冲着许情深说道："你敢当着我的面再提一句你的家人，我要你好看！"

她也有好几次落到蒋远周手里了，但许情深掐准了蒋远周不会对她怎样，说到底，他还是不舍得。

"可以，我可以不提，你也可以逃避现实。"

蒋远周睨向她，许情深刚要起来，忽然感觉一股重力朝着她袭来。蒋远周将她推倒在大床上，他跨坐在她身上，许情深的双手被他按着，她杏眸圆睁："你干什么？"

男人双手放开，然后捧住她的脸，将她的脑袋抬起来，让她直视自己："许情深，你是不是一直都觉得我对你很好，好到让你得意忘形了？我一次都没刺激过你，倒是你，时不时往我身上扎针，上瘾了是不是？"

"你不觉得我们这样很奇怪吗？你一次次这样，有意思吗？"

蒋远周逼视着身下的女人，双手忽然撑在她的身侧，他身子展开，然后薄唇压向她的脸。

许情深嘤咛一声，然后痛呼起来——蒋远周咬着她的唇重重用力，她痛得都快要打人了。蒋远周手掌扣住她的后脑勺，将她压近自己。

"不要……"

模糊的声音被含在了嘴里，很快又被蒋远周吞咽进去。

许情深几乎承受不住，但蒋远周如果真要用强，她压根不是他的对手。

她也就能耍耍嘴皮子，一遇上体力对抗，她通常都是被秒杀。

许情深到点没回保丽居上，付京笙自然着急。打她的电话显示关机，他快步来到二楼的书房，查了星港门口的监控，果然看到许情深进了医院，只是之后就再没出来了。

付京笙抄起车钥匙准备出门，付流音跟在后面："哥，你去哪儿？"

付京笙本来面部紧绷，回过头时表情稍松："你嫂子在加班，我去接她。"

"好。"

来到星港医院，付京笙之前去过蒋远周的办公室，然而刚到门口，就被人拦了下来。

"付先生，这么火急火燎的，找谁？"

"许情深在哪里？"

老白料到他会过来，让人挡着不让付京笙靠近门口一步，这时朝身后的屋内指了指："许小姐这会儿应该在吃饭。"

"你们别欺人太甚！"

老白倚着门板，然后轻敲两下门："咦，没有动静。哦，忘记跟你说了，办公室里头还有间休息室，蒋先生和许小姐此时正在里面独处。"

付京笙握紧双拳，欲要上前，但有两个身强力壮的男人拦住了他。

477

老白双手抱在胸前："别激动，也别忘了这儿是星港——蒋先生的地盘，你要从他手里抢人？"

　　"许情深是我妻子，我来带她走。"

　　"别说笑了。她要是你妻子，那蒋先生算什么？"

　　老白跟着蒋远周，说话也是一套套的，他看得出来付京笙快发飙了。

　　外头的动静很大，休息间虽然隔音很好，但蒋远周还是能听到，他起身走到门口，将门打开。

　　付京笙的声音变得清晰起来："你们这是非法禁锢！"

　　"我劝你还是回去吧。你要不了解蒋先生呢，就出去打听打听。就凭你，哪来的自信跑到这儿来抢人？"

　　许情深快步跑到门口，几乎就要冲出去了，却被蒋远周的手臂勾住了腰："放开我！"

　　付京笙听到动静，怒目圆睁："你们把她放了！"

　　"蒋远周，你松开我！"

　　"你们就不怕我报警吗？"

　　"报警？"老白冷笑一下，"你试试。"

　　付京笙伸手朝他指了指。许情深刚要张嘴，嘴巴就被蒋远周给捂住了。

　　"嘘，其实你不该出声的，你这不等于告诉他，你和我在房间里吗？我又不可能放你走，你让他回去怎么想？"

　　许情深脸色微变："无耻！"

　　"跟我回房间吧。"蒋远周抱住她的腰，许情深推开男人的手："付京笙——"

　　一道关门声狠狠地传来。付京笙冲上前几步，脸上布满怒火，眼里那簇火焰几乎在往外烧。那两名训练有素的保镖很快将他按住，老白上前一步，嘴角勾起抹嘲讽："你们把他丢出去，如果再让他踏进星港一步，我敲断你们的腿！"

　　"是！"

　　付京笙从没这么狼狈过。他习惯了躲在黑暗中一手操控别人的命运，如今蒋远周却将他逼到了这一步，他的优越感和骄傲统统被击碎。

　　就算他付京笙再厉害又有什么用？抛开那些见不得人的手段和技术，在这个东城，还是蒋远周说了算。

　　他和蒋远周，一个是藏匿在黑暗中的操控者，另一个则是站立在阳光下的霸主。付京笙有让蒋远周吃尽苦头的时候，但是反过来说，遇上这种明面上的事，他简直就是用鸡蛋去碰蒋远周这块石头。

　　办公室外安静了下来，许情深被蒋远周丢到床上，她情绪激动，双手握成拳后在床上使劲捶了下："放我出去，我要回家！"

　　"闭嘴！"

星港医院外面，马路上车辆来来往往，付京笙站在路边，怔怔地盯着一处，眼神在黑暗中显得骇人无比。将他赶出去的两名保镖就站在保安室的门口，聚精会神地盯着付京笙的一举一动。

翌日，蒋远周的车子开出星港时，那两名保镖从保安室出来了："蒋先生。"

"怎么，还没走？"

其中一名保镖指着马路对面的车："一整晚了，他都坐在里面。"

蒋远周不以为意地轻笑了一下："别管他了，去休息吧。"

"谢谢蒋先生。"

两名保镖昨天轮流盯着付京笙，基本上都是整夜未合眼。

蒋远周升起车窗，冲着司机道："开过去。"

"是。"

付京笙的车停在那里，车内开着暖气。司机将车停到付京笙的车旁，蒋远周没有下去，直接将车窗降下。

付京笙的车窗本来就开着，他正在抽烟。蒋远周看了他一眼，打招呼："付先生，真早。"

男人嘴里叼着烟，一语不发，继续盯着不远处的星港医院。

蒋远周顺着他的视线望去，眼神里是满满的惬意，他靠回座椅上："开车。"

付京笙眼帘微动，余光看到蒋远周的车子开出去，他将抽剩下的半截烟扔到地上。车内全是烟味，车外则散落了一地的烟头。

"蒋先生，他是不是被刺激傻了？"司机问道。

老白在旁接口："有点像。"

蒋远周下午就回来了。许情深坐在床沿，听到开门声，她侧首看了一眼，蒋远周将门关上。

许情深换上了早上拿来的衣服。蒋远周几步过去，高大的身子坐定在沙发上："今天都做了什么事？"

"还能做什么？发呆。"

"中饭吃了？"

"吃了。"许情深盯着他，"我发了一天的呆。"

蒋远周听闻，笑出声来："所以，我回来陪你了。"

许情深不知道霖霖现在怎么样了。如果只是一个晚上，那还好说，毕竟家里还有付京笙和付流音，但如果真像蒋远周说的那样，十天半个月也不一定，那霖霖不定得闹成什么样。

"我不要你陪。"

蒋远周起身脱下外套，房间内有暖气，他惬意地伸了个懒腰："昨晚几乎没睡，我们睡会儿吧。"

479

他不要脸起来也是让人佩服，许情深脸上有了怒色："你就不怕警察过来？"

"放心吧，警察过不来。"蒋远周挨过去，"昨晚抱也不让我抱，防狼似的防了我一夜，累不累？"

许情深一语不发，心里完全乱了。

五天过后。

晚上，蒋远周开门进去，许情深就坐在床沿，垂着头一动不动。

男人朝她招了下手："不早了，睡吧。"

前几天也闹过，许情深想睡沙发，蒋远周不让，最后又是她被制得服服帖帖。她站在那里没动，蒋远周起身将她拉到床上，抱住她后闭上了眼睛。

"明天新医院开张，我要过去。"

"在哪里？"

"就在东城的兴郭路上。"

许情深绷着身子不敢动："东城都有星港了，你还要开？"

"整形医院。"

"你还真能折腾。"

"爱美之心人皆有之，我要做就做最好的，大家至少不用再去韩国了。"

许情深听着，小脸动了下："你去就去，跟我说干什么？"

蒋远周的手掌开始在她身上抚摸起来，许情深感觉到他的指尖钻进了她的上衣内，她一把按住他的手。

蒋远周不知道他明天能不能顺利脱险——那人已经重新制订了计划，明天的医院开张仪式上，要让蒋远周有去无回。

一晚上许情深都是在忐忑不安中度过的。

蒋远周洗漱好后来到门口，一把将门打开。许情深围着被子站起身："什么时候放我出去？"

"如果我今晚过来了，就放你走。"

"那如果你不过来呢？"

蒋远周视线微暗："那你就走不了。"

许情深的唇瓣颤抖着，她几步上前，却被蒋远周拦在身前。她十分生气，那种有火发不出的无力感几乎要将她吞噬干净。

"你到底要怎样？你凭什么把我关在这里？蒋远周，你放我走，放我走！"许情深怒吼着，心里迸射出恨来。蒋远周伸手将她推开："好好待着。"

"我要杀了你！"

蒋远周跨出去时，回头朝许情深看了一眼："有些话说出去是收不回来的，情深，我要真出去了回不来，你会怎么样？"

"不怎么样，你只要让人把我放出去就好。"

男人点了下头，表示将她的这句话听进去了，他走到外面，砰的一下将门带上了。

兴郭路。

老白站在蒋远周身侧，门诊大厅的正门两侧悬着巨大的气球，他时不时望向四周，一副小心翼翼的样子。

蒋远周压低嗓音："都安排好了吧？"

"蒋先生放心。"

"进来的媒体也都清查过了？"

"是的。"

剪彩仪式按时举行。蒋远周摘下手套交到老白手里。现场有人主持，蒋远周站在中央，有人递过剪彩用的剪子，老白看了眼，确定没有异样后才让蒋远周伸手。

男人脸上轻轻扬起笑，刚要剪下去，忽然听到远处传来剧烈的嘈杂声。

那阵声音让老白紧张地抬头看去，他看到一群穿着白衣服的人正从门口冲进来，头上绑着白色的布条，神情悲愤，气势汹汹。这样的架势他们太熟悉了，但蒋远周出席的是新医院的剪彩仪式，不可能出现医患纠纷……

老白赶紧握住蒋远周的手臂："蒋先生，走。"

"剪彩仪式还没结束，走什么走？"

记者群忽然被冲散了，现场的安保人员上前阻拦，蒋远周抬头望去，看到穿白衣的人越来越多，足足有上百号人。

老白情急之下抱住蒋远周的肩膀，将他往旁边拖。身后就是门诊大厅，老白带着蒋远周躲进屋内，并让随后进来的几人赶紧将门锁上。

玻璃门外，激动的人群冲了过来，很快来到门口，双手捶打着门："杀人偿命，杀人偿命！"

蒋远周就站在门边，直视着外头的人，老白跟在他身侧："有什么事好好说。"

记者见到这样的大戏自然开心，有两名记者挤进了人群中："请问这是怎么回事？"

"为了给我老婆看病，我把家里的房子、车子都卖了，可这钱刚花完她就死了——医院看见没钱挣了，就不救了……"

"你胡说八道什么？"老白用手在玻璃门上拍了下，"生死有命，医院都抢救不回来的人，那是她的命数到了。"

"借口！"

"就是，借口！"

"还要开新医院？又是一家昧着良心的医院吧？"

蒋远周透过玻璃门，看到家属的情绪被点燃了，他们用力地捶打着玻璃，甚至还有人在用身体撞。一名保镖上前："蒋先生，您先回办公室吧。"

老白的头皮有些发麻，因为他清楚，他们的一举一动此时都被监控了起来。

他们头顶就有一个监控。

蒋远周看了眼时间："误了最好的时机，真是扫兴。"

"蒋先生，现在关键是安抚人心。新医院开张闹出这么大的事，外面还有记者呢，如果真的报道出去，影响不好。"外面黑压压地挤满了人，激动的哭吼声淹没了说话声，老白扬声道，"蒋先生，您最好待在这里，您要是走了，这些人真有可能疯掉。"

"老白说得对，去调一些人过来，将他们先驱散。"

"是。"

保丽居上。

付京笙的电脑放在窗边。今天没有阳光，屋内阴沉沉的，他盯着画面中的蒋远周和老白。新医院的这个监控安装得恰到好处，正好能将他们两人的表情尽数收入眼中。

老白的任务，就是让蒋远周不要离开这个范围。

付京笙专注地盯着监控，看到门里门外的人紧张地僵持着，还有记者拼了命地采访，想要拿到第一手资料。跟着蒋远周的就只有两个保镖，付京笙的手指在下巴处轻抚一下，老白试图让外面的家属先冷静下来。

"你们在这儿闹也没用，先安静下好吗？具体的事情，我们去星港医院协商行吗？"

"协商？等你们出了这儿，怕是人影都找不到了吧？"

"就是，如果你们肯早点协商，还会有今天的事吗？"

"别听他们的……还我老婆的命来！"

"还我姐姐的命来！"

蒋远周面色铁青，上前一步："难道医院救不回来的人都是被医院害死的？我能理解你们的心情，但医院是救死扶伤的地方并不代表人只要进了医院就能活……"

那名家属听到这句话更加激动，扑过去用头撞击着玻璃门，恨不得把门撞破之后冲进来跟蒋远周拼命。

这一撞，对方的脑袋流出血来。蒋远周往后退了一步，那些亲戚朋友更加激动了："偿命，偿命！"

付京笙不着急去看蒋远周的狼狈，目光落到老白的后面，看到一双手悄悄出现，将他们身后的那扇门锁上了。

那两名保镖守在蒋远周的身边，这样混乱场面下，压根没有发现身后的异样。

门外的人更加不关心这种事。

这一处是门厅，作为公共活动区的过渡区域，现在前面的门被锁上了，身后的门也被堵死了，蒋远周和另外几人等于被困在了里面。

他们的左侧是坚硬的墙壁，右侧是玻璃门。

外面的声响越来越大，蒋远周被困在里头，心浮气躁起来，额角也渗出汗。他扯

482

松了领带，又将外面的大衣脱去，保镖上前把衣服接过。

老白还在跟外面的人谈判："那你们想怎么样？你们闹到这儿来，总归是想有个解决方法吧？"

然而家属们的情绪非常激烈，他们冲撞着玻璃门，使劲，再使劲……

蒋远周就站在门边，保镖上前一步："蒋先生，您往后退退。"

"你还怕这门砸下来不成？"

"蒋先生，以防万一。万一这些人冲进来呢？"

保镖的话音刚落，就听到一阵奇怪的声音，他迅速拽过蒋远周的手臂往后退了几步。

蒋远周盯着前方，他以为自己看错了，因为他居然看到一整扇玻璃门正在往下倒。保镖朝后面看了眼，门是关上的。

他受过专业的训练，方才进来的时候就将四周都观察了一遍。

后面也是门，且有金属质地的门框，不好突破；左边是墙壁，没办法；只有右边，右边是一整块透明玻璃。

他动作迅速地掏出枪来，朝着那块玻璃砰砰砰射了三枪。玻璃没有整块掉落，但是已经有了裂纹。保镖拿起手上的衣服包住蒋远周，几个跃步后带着蒋远周朝那块玻璃撞去！

另一名保镖也是手疾眼快，抱着老白后扑了过去。

蒋远周整个人摔倒在地，身体撞在坚硬的地面上，像是散架了一样。他还来不及感觉到痛，就听到一阵剧烈的声响，紧接着，兜在他身上的衣服被拿开。

"蒋先生，蒋先生！"

蒋远周坐起身："老白！"

"蒋先生，我在这里。"

听到他的声音，蒋远周心里明显一松，老白惊魂未定，朝着前面望去。

那扇玻璃门砸在了门厅内，上面七倒八歪地摔满了人，蒋远周一颗心都快跳出来了，他看了眼老白，见他的脸上和手上都有血。

老白坐在那里，半晌没动，倒是两名保镖反应很快："蒋先生，快离开这里。"

蒋远周被搀扶起身，这才感觉到脖子上痛得厉害，他伸手摸了下，见满手心都是血。

老白也回过了神："蒋先生，您没事吧？"

蒋远周按着脖子，摇了摇头。

"快走！"

趁那些摔倒的人还没反应过来，保镖带着蒋远周和老白快步出去。车就停在不远处，这会儿见他们出来，司机忙将车开上前。

几人坐进车内，蒋远周朝窗外看了眼，老白一把带上车门："开车！"

车子很快开出了医院。司机面上露出焦急，朝蒋远周看了眼："蒋先生，您受伤了，我送您去医院吧？"

老白回过头。蒋远周将手挪开，右手掌上全是血，他摸了摸伤口："没有伤及颈动脉，没大碍。"

"刚才真是太惊险了。"

蒋远周看了看老白："你破相了。"

老白随手一摸："皮外伤，不留疤就成。"

蒋远周松了口气，身子往后倚，两名保镖就坐在他身侧。

"你们做得很好，不，非常好。"

"蒋先生，这是我们应该做的。"

"老白，刚才我们是不是差一点点……"

副驾驶座上的男人听罢，脸色再度发白，他甚至有些不敢去想后果："那扇门有几百斤重，而且那么多人压着，后面的门又被锁死了，蒋先生，我们要是没逃出去，肯定是一点点生还的机会都没有。"

蒋远周握了握手掌，然后松开："门坏了，而且是在自己的医院，到时候传出去，谁都怪不上。老白，我们差点就白死了。"

"蒋先生，我一直不赞成您亲身冒险，方才真的太险了，如果差了一步呢？"

"如果差一步？"蒋远周勾了下嘴角，笑出声来，"那就被压成肉饼了。"

老白的脸色变了又变："蒋先生！"

"我是跟你开玩笑的。我们知道全盘计划，所以能够做足准备，不用怕。"

"您让赵家出面，说要买您的命，对方的计划也都会全盘告诉赵家，但有些事不是知道了就能躲开的，就像今天，万一撞碎玻璃的时候，就差了那么零点零 秒呢？"

蒋远周望向前方："老白，你假装是赵家的人，所以对方让你劝阻我，不让我离开那间门厅，你做得很好，没有露出丝毫破绽，这个时候，幕后的人应该跳脚了。"

"蒋先生，您说警察能抓到他吗？"

蒋远周摇了下头："难。"

老白一听到这句话，脸色再度变了："难道又是无功而返？那我们岂不是白辛苦了？还差点搭上了自己的命。"

"老白，我们的一举一动应该都被人盯着，那扇门压下来的时候，是保镖救了我们的命，那人既然一直盯着，应该不会怀疑我们。"

"是。"

"他制订一个计划，各种失败的可能性肯定都想到了。"

"对，"老白有些懊恼，"可是这样还是抓不住他，难道还得等下次吗？"

"那你猜，他有没有后备计划？"

"什么意思？"

484

蒋远周朝着前面一指："也许在这条路上，也许在下一条路段，你说他有没有后备计划？"

老白脸上露出吃惊来，面色很快变得凝重："蒋先生，我们只了解到医院那边的详细计划，至于失败之后的计划，对方一个字都没有透露过。"

"没有透露，不代表没有。那人拿了钱是要我们的命，如果后面这个计划用不着赵家帮忙，他完全可以不告知，目的达成之后，他一样能拿到尾款。"

老白喉结轻滚，不住地朝窗外看去："您这样一说……"

"没关系，"蒋远周的语气却很轻松，"如果真是这样，反而是好事。"

"怎么可能是好事？"

"你知道警方为什么一直抓不住他吗？"蒋远周一说话，颈部的伤口就被扯动，痛得更加厉害。

"那人确实厉害。"

"他入侵监控不可能毫无痕迹，还有他联系别人做事，远程操控一件件一桩桩的事，是不可能不留下痕迹的，但他懂得如何隐藏，以及如何适时地收手。警方好几次都已经追踪到他了，却总是在最后关头让他逃脱。这个人的手伸得很长，还惊动了国际刑警。方才医院的'意外'之后，他如果就这样收手，那他兴许还有下次犯案的机会；但他如果不甘心，就势必还会对我们一路追踪，势必还会安排别人，那他就真的逃不掉了。"

老白越听越觉得胆战心惊："但您想过您自己会遇到的危险吗？"

蒋远周将视线转向前面的司机："现在就回星港医院，有了伤自然要去包扎，路上的意外，要么就是车祸……"

司机猛地打了个寒战，老白轻拍下他的肩膀："看你的了。"

"蒋先生，您，您别吓人。"

蒋远周轻笑一下："放心吧，不可能有车横冲直撞地过来要我们的命，对方要的是意外。你打起十二万分精神就是了。"

"蒋先生，下雨了。"

蒋远周听到车顶传来啪啪的声音，挡风玻璃上很快模糊成一片。雨说下就下，而且下得很大。

很快，滂沱的大雨压了下来，车子放慢了速度，黑色的车身在车流中谨慎地行走着。

此时的保丽居上内，付京笙端着一杯热气腾腾的咖啡，出神地盯着窗外。

屋内温暖舒适，还放着舒缓的音乐，他轻啜口咖啡，手指在键盘上敲打两下，蒋远周的那辆车就出现在了他的视线中。

雨下得太大了，像是从天空浇灌下来，付京笙看着那辆车的四周升起了白色的雾气，路旁的行人都在匆匆地走着，画面中的世界同付京笙所处的这间书房形成了鲜明

485

的对比，他的手指在杯身上轻敲两下。

许情深现在还被关在星港医院里。付京笙透过模糊的玻璃窗往外看。

老天也在帮他，这么大的雨，很多事情都更加合理了。

如果赵家要的不是蒋远周的命，那么付京笙不会有第二个计划。

第一次失败了，他绝不会在同一天再动手，但就因为车上的是蒋远周，付京笙决定铤而走险。

他太清楚了，蒋远周比凌慎还要可怕，一日不除掉蒋远周，他就一日过不上安生日子。

星港医院。

许情深坐在屋内，听到窗外传来啪嗒啪嗒的声响。忽然下了这么大的雨，也不知道霖霖在家怎么样了。

她起身来到窗边，想到了蒋远周说的话——如果他今晚过来，就放她走。她知道不该相信他的话，但心里总是有那么一丝希冀。许情深将手按在窗户上，她从来没有像现在这般渴望自由，渴望能够出去。

蒋远周的车穿梭在雨幕中，越是往前开，车速就越慢。

司机有些不耐烦地轻敲两下方向盘："这么大的雨，估计前面又有交通事故了，不然不会堵得这么厉害。"

他希望一路畅通，这样的话就能赶紧回到医院。车上载着的可是蒋远周，蒋先生要出了事，他可担待不起。

老白脸上还在流血，蒋远周看到血顺着他的脸颊往下淌。车内的空气仿佛被冻住了，蒋远周适时地开了口："老白，你还没娶媳妇呢，脸上要真留了疤，我就太对不起你的父母了，白给了你这么张好脸。"

"蒋先生，都这个时候了，您就别说笑了。"

蒋远周跷起二郎腿，他白色衬衣的领口上也都是血。颈部被划开了，他却不以为意："今天我们要是都能顺利地回到星港，我肯定好好犒劳你们。"

老白的精神还是高度紧张。

双车道上几乎都有车，车子根本开不过去。司机停稳了车子之后，专注地看向前方，然后望向旁边。

一辆卡车停在了旁边，应该是工地用车，堆起来的钢管比车身还要高，一看就是超载。卡车刚停稳，司机就轻踩油门往前开去。

老白也注意到了："避开点儿。"

"是。"

卡车前面正好有辆车驶出去，司机见状，方向盘一打，直接插了过去。

两辆车一前一后慢慢挪动，司机时不时看向后视镜。经过前面的路口之后，卡车来到了车子的右边。

"蒋先生，这辆车好像一直跟着我们。"

蒋远周目光幽暗地看了一眼："不只是跟着我们，它总是停在我们的左侧或者右侧。"

"前面是公交车道。"

"不要着急，慢慢来，能拖一些时间也是好的，尽量不要让车子停下来，不然的话真会有危险。"

"是。"

司机手法娴熟地打着方向盘。前面的车流一直在动，红灯过去之后，他提了速，但远远的还是能看到前面堵着。

货车又来到了旁边的车道上，似乎怎么都甩不开，但又不能说它是故意为之，因为就两条车道，这样的大堵车，谁都想插队先行。

车内静谧无声，司机不住地看着右侧，他不能让车子慢下来，更加不能让车子停下来。

坐着的几人同样面色冷峻。蒋远周看着窗外，只觉得雨下得好大，他忽然就想到了小姨。前阵子刚给她做的旗袍还没去拿，合身是肯定合身的，尺码从来没有变过，只是那样的花色……小姨会不会满意呢?

"老白。"蒋远周忽然打破沉寂。

"是，蒋先生。"

"明天去把小姨的旗袍拿回来。"

老白回头朝他看看，不知道蒋远周怎么忽然想起了蒋随云："好的。"

他隐约有种不安，这样的时刻突然提起蒋随云会不会不吉利?老白紧张得连脸上受了伤都忘了。前面的汽车原本正常地行驶着，此时不知道出了什么事，突然刹车。

司机只能骤然减速。老白的面色陡然一凛，再度看向窗外，忽然看到货车上的钢管跟开了闸的洪水似的往下砸。

老白大惊失色，在这个瞬间，他似乎闻到了死亡的气息，令人恐惧、心颤!

蒋远周眼眸一闪，他好像真真切切地看见了小姨站在路边，没有撑伞，雨却落不到她身上……

"快——"老白只来得及喊出这么一声。

司机余光里其实也看到了，他本能地重重踩向油门，车子蹿了出去，他朝着左边猛地一打方向盘，车头直接撞向前面那辆汽车的车尾。斜对面还有来车，司机顾不得这些，踩住油门，车子横冲直撞，车身擦过那辆汽车时发出刺啦刺啦的声响。

"保护蒋先生!"

保镖看了眼后面，看到有钢管砸了过来："蒋先生小心。"

他一把按住蒋远周的肩膀，另一名保镖帮忙将蒋远周往下压。男人听到巨响越来越近，就在自己的头顶。钢管落下来时带着巨大的冲击力，先是砸穿了后面的玻璃，又正好穿过驾驶座和副驾驶座的间隙，将前面的挡风玻璃给贯穿了。

黑色的车子跟迎面而来的汽车撞在一起，震耳欲聋的声音在后面响起。

司机抬起头看了眼，然后别过身："蒋先生，您没事吧？"

老白惊魂未定，扭头看去，贯穿了整辆汽车的钢管带着斑斑锈迹，就横在蒋远周的上方。可想而知，刚才如果慢了一步……

老白不敢再往下想："蒋先生，蒋先生！"

"我没事。"

车上还有钢管落下来，一头直直地砸在地上，随即整根钢管朝着这辆车压过来。

哐当。

车顶传来巨响，幸好无碍。老白朝窗外看去："好大一场'意外'啊。"

他赶紧打电话调另一辆车子过来。

一名保镖先下车。蒋远周抬起手掌推了下那根钢管，但它牢牢地卡在两处玻璃之间一动不动，蒋远周只得将身子挪出去。

到了外面，货车上下来两人，货车司机吓得脸色发白："对不起，对不起。"

老白走过去，二话不说给了对方一拳。

现场不止蒋远周这辆车遭了殃，前前后后不少车都被波及，有人捂着脸从车上下来，满面都是血。

老白欲要上前："蒋先生，我去看看有没有伤亡。"

"老白，等等。"蒋远周唤住他，"你自己也受了伤，拨打120吧。"

"是。"

蒋远周的另一辆车很快来到现场，但是开不进来。

老白跟两名保镖赶紧护着他离开，留下司机一人在原地等候处理。

坐进车内，司机看到他们这样，语气不由得焦急起来："蒋先生，你们没事吧？"

"没事，去星港吧。"

"是。"

车子开出去不久，蒋远周兜内的手机就响了起来。

"喂。"男人语调平缓，不像是刚经历过九死一生的场面。

几人的身上都湿透了。刚刚下车的时候雨势还算小了不少，如今车子越开越快，雨也越下越大。

蒋远周手掌按住颈部，老白没听到他再开口，直到蒋远周挂了电话，老白才小心翼翼地开口："蒋先生？"

"追踪到了。"

"追踪到了？"

488

蒋远周的眸子内幽暗无比，上半身重重地朝后面靠去，他看向前方，薄唇抿成一条直线。老白听到这个消息，脸上流溢出兴奋："真的追踪到了？那真是太好了！"

"蒋先生，警方有没有说那人在哪个方位？"

蒋远周眼皮动了下，没说话。

他这样子摆明是不想接话，老白清楚他的脾性，也就没再追问下去。

回到星港医院，老白跟在蒋远周身侧："先去处理下伤口吧。"

蒋远周抬了下手："不用。"

来到办公室，保镖将门打开，蒋远周径自走了进去。推开卧室门之后，因为天气不好，再加上屋内没有开灯，整个房间很暗，于是蒋远周打开了墙壁上的开关。

许情深坐在沙发上，眼睛被灯光刺得很痛，她抬起手掌遮住眼帘，眼睛微微眯起，看着蒋远周朝她大步走来。

他的颈部都是血，就连衬衣的领口上都沾满了血，因为伤口用手捂过，所以颈间留下了鲜明的血手印。

许情深看得胆战心惊，不由得站了起来，视线落到蒋远周胸前，看到他的胸口处也有血迹。

"你，你怎么了？"

"我回来了。"蒋远周没有回答她的问题。

许情深喉头轻滚。男人站到了她跟前，她仿佛能闻到他身上的血腥味。许情深皱了皱眉头，满心的愤恨忽然被压下去了些："外面下这么大的雨，出车祸了？"

蒋远周伸手将她抱到怀里。活着真好，活着还可以抱抱她，还可以让他看见她眼里藏匿不住的紧张。

许情深的下巴贴着他的肩头，视线落到他颈间，看到了那道被割开的肌肤。

她用力将他推开："差一点就伤及颈动脉了，蒋远周，你离死可就差了几厘米啊！"

"这不是没死吗？"

"到底怎么回事？"

蒋远周觉得人就是脆弱，不管男人还是女人都一样，他被割伤的时候没觉得有多痛，现在听许情深这样一说，他立马觉得痛得厉害。

门口传来敲门声："蒋先生。"

老白带着一名医生进来："先给您处理下伤口吧。"

老白见到许情深也没躲，神色严峻得不行，他也受了伤，应该比蒋远周的厉害。许情深垂在身侧的手掌动了动。蒋远周在沙发上坐下来，抬头看向站着的许情深："处理伤口你也会，你来。"

"我不行。"许情深摇着头，"这不是有医生吗？"

"我的伤口需要缝合吗？"

"需要。"医生接口道。

蒋远周皱起了眉:"我不喜欢缝合,你给我处理下就行。"

"出现血管破裂的情况必须缝合。"许情深插了句话。

"蒋先生,许医生说得对。"老白带来的医生还记得许情深,"您的伤口还有流血的迹象,普通的包扎肯定不行。"

蒋远周摸了摸颈部:"情深,你来。"

"我不要。"

"你给我处理好,我就送你回保丽居上。"

许情深的目光闪动了一下:"真的?"

蒋远周闭起眼:"来吧。"

医生让老白也坐下来。蒋远周听到旁边传来动静:"这可是我的脖子,你注意点儿。"

"你有特殊的要求吗?"

"至少,要美观。"

许情深将他的脑袋用力地推向一侧。

处理好伤口后,蒋远周的面色有些白,额头渗着冷汗。老白的脖子上、手上都有伤,脸上也有一道,幸好撞碎玻璃的时候他下意识地挡了下脸,所以伤口不深,就是方才流了血,看着格外吓人。

"走吧。"蒋远周起身,居高临下朝她看了眼,"送你回家。"

许情深倒是一怔,觉得这完全出乎她的意料,但她还是跟着站了起来。老白拿起旁边的外套:"蒋先生,您要真送许小姐回去,我来安排司机就行,您受了伤——"

"我没事。"蒋远周拉过许情深的手,"她心心念念地要回家,我这就送她走。"

直到坐上车,许情深还是觉得有些难以置信,她没想到蒋远周会说话算话。

今天这场雨下得令人心烦,许情深看向窗外,但是玻璃都模糊了,很难看清外面的街景。

车上还有一名保镖。蒋远周没有换衣服,身上的血腥味很浓,许情深不由得转过头朝他看看。

男人的目光攫住她:"看什么?"

"真出车祸了?"

"是,差点就死在了半路上。"

许情深的心跳瞬时加速,她收回视线。

蒋远周回去后匆匆忙忙地出来了,连手都没洗,他伸手握住许情深的手掌,许情深感觉到他掌心的黏稠,不适地想要抽回去。

离保丽居上越来越近,可是车内的血腥味也越来越重,许情深看向前面,她的心都快从喉咙里跳出来了。

车子开进保丽居上，一路畅通无阻，只是快到家门口的时候，许情深看到门外停满了警车。

司机将车停稳，然后拿着雨伞下去了。

许情深身侧的车门被打开，她走了出去，蒋远周也下了车，从司机手中接过伞，撑在他和许情深的头顶。

为什么这儿全是警车？而且门口还有警察守着？许情深快步上前，蒋远周也跟了过去。

穿着雨衣的警察上前，蒋远周开口问道："人呢？"

"在里面。"

许情深的嗓音有些颤抖："发生什么事了？"

男人的手臂抱住她的肩膀："走，进去。"

警察竟然没有拦着他们。许情深走在那条熟悉的路上，脚步有些急促。雨滴噼里啪啦地打在伞面上，风又大，好几次伞都倾斜了。走到大门口时，许情深的肩膀全都湿了，鞋子也湿了。

老白和那名保镖跟在后面。

许情深去开门，门并未上锁，她拧开门，一脚刚要跨进去，却突然看到黑洞洞的枪口对准了她。许情深大惊失色，蒋远周顺势将她拉到怀里。对方看见蒋远周的脸后，这才将枪收了回去。

许情深的冷汗不住地往外冒，蒋远周拍了拍她的肩膀，然后抱着她继续向前。

"嫂子！"付流音见到她，从沙发上站了起来。

"音音。"

付流音几步走到她面前，许情深赶忙问道："怎么回事，为什么会有这么多警察？"

"他们是来找哥的。"

"你哥？"许情深吃惊地问道，"你哥呢？"

话音刚落，楼梯口就有脚步声传来。许情深抬头看去，看到付京笙抱着霖霖从楼上下来，而他的身后是两名拿枪指着他的警察。

她着急万分，欲要上前。

"站住！"蒋远周一把拉住她。

"情深，你回来了。"

许情深看向四周，客厅内站满了警察，见到付京笙下来，纷纷举枪对准他。

"哥！"

"站住！"一名警察拦在她跟前。

付京笙一步步往下走，高大的身躯笔直地朝着许情深走来。许情深站在原地，微

491

微仰头，看到霖霖一手勾着付京笙的脖子，黑白分明的眸子瞅着她。

"霖霖你看，妈妈回来了。"

"妈妈——"

许情深的眼泪差点掉下来："付京笙，这究竟是怎么回事？"

两名警察一左一右站着，手里的枪对准了付京笙："把孩子放下来！"

"警察同志，你们不必这样，我究竟犯了什么事？"

"你密谋并参与了多宗命案，现在我们要逮捕你，请你跟我们回去。"

许情深面上露出难以置信的表情，旁边的付流音轻摇下头："不可能。"

付京笙手里抱着霖霖，警察也不让别人靠近他："把孩子放下来。"

男人拉住霖霖的小手，看着身边一支支对准他的枪，继而将视线转回许情深的脸上："情深，霖霖在家一直很想你。"

蒋远周握住许情深的手腕："你到现在还不清楚付京笙是什么人——他不光是黑客，还是多宗命案的策划者。你以为凌慎真是死于意外？天底下哪会有这么巧的事。"

许情深甩开蒋远周的手，想要上前抱霖霖，但警察拦在了她面前："危险！"

他们生怕付京笙劫持了霖霖，所以现在必须保证许情深的安全。

"他不会对我怎样……"

"哥，他们说的不是真的，对不对？"付流音小脸煞白，怎么都没法将"命案"二字和哥哥扯上关系。

男人知道跟前这些人不会再让许情深靠近他一步，他弯腰将霖霖放到地上，霖霖有些不舍，小手没有立刻松开，张开嘴喊了声爸爸。

付京笙心底一软，将霖霖的小手拉开。

离他最近的警察赶紧一把将霖霖抱开，孩子吓了一跳，扯开嗓门放声大哭："爸爸，爸爸！"

付京笙还未来得及站起身，就被两名警察一左一右擒住了肩膀，他们将他拉起来，然后给他戴上手铐。

许情深喉头轻滚："你们做什么？"

"情深，你相信我，我再怎么样也不会伤害霖霖。"

"我知道……"

"带走！"

眼看付京笙要被押走，许情深轻摇下头。付流音快步上前，却被人拦了下来。

"哥，哥！"

"情深，"男人顿住脚步，"帮我照顾好音音。"

"好。"

付京笙被人押了出去。蒋远周看到有几人从楼上下来，他上前问道："怎么样？"

为首的警察摇了下头："我们要把这些东西拿回去，看看能不能复原，就怕他在

492

我们来之前已经将所有的证据销毁了。"

许情深没想到她回来之后居然要面对这种事。她抱过霖霖，有些木然地盯着门口。

那名警察同蒋远周握手："蒋先生，这次多亏了您，您没事吧？"

蒋远周轻摇下头："一点小伤而已。"

"这个付京笙真是心狠手辣，居然两次都想要您的命。医院那边我们已经派人去过了，那扇门被人提前动了手脚，还有那辆装满钢管的货车也有问题。"

蒋远周面色微冷："我之前只是怀疑他，但没想到真是他。"

警方抓到了人，所以很快撤离了。

许情深环顾四周，强打起精神看向蒋远周："付京笙要杀你？"

"是。"

"为什么？"

"情深，还记得小姨的事情吗？她的死不是意外，背后有人精心策划了一个局。后来老白接触到那个人，我们假装让赵家出面，说要用钱买我的命。今天，我刚从医院死里逃生，随后又在路上遭遇了车祸。"蒋远周幽暗的眸子对上许情深的，"这一切都是有人在幕后操控，现在警方总算追踪到了这个人，他就是付京笙。"

许情深听着，感觉像是听到了电视剧的内容："付京笙？"

老白走进来，面无表情地开口："付京笙想要蒋先生的命，并且毫不手软。如果不是蒋先生命大，我们今天就回不来了，说不定已经被医院那扇几百斤重的玻璃门活活压死了。"

许情深唇角颤抖。

缩在旁边的月嫂走过来："把霖霖给我吧，孩子也吓坏了。"

许情深手一松，一言不发，转身到沙发上坐下。

付流音瘫坐在旁边，丢了魂似的。

蒋远周来到许情深跟前："凌慎的死，是经过了精心的计算，根本不是意外。换句话说，他是被人谋杀的。"

许情深双手捂住脸："你的意思是……这些事全是付京笙做的？"

"到时候，警方会将他的罪行公之于世，他牵扯到的肯定不止我说的这几件事。"

"不可能是这样，不可能……"

蒋远周知道，这一下太过突然，她肯定接受不了。

老白来到他身侧："蒋先生，现在怎么办？"

"不出意外的话，这栋房子很快就会被封起来，许情深，你跟我走。"

"我不走。"许情深语气坚定，"我哪里也不去。"

"你有没有想过留在这里的后果？"蒋远周坐到她身边，"付京笙的事很快会被揭露，到时候会有多少人恨不得他死？他们找不到付京笙，就会找你们，且不说别

493

人，凌家第一个就不会放过你。"

许情深心里乱成一团麻，她双手揪扯着头发："即便那样，我也不会跟你走。蒋远周，你赶紧从这里离开吧。"

"这话可是你说的。"

许情深闭起眼："如果付京笙真的做了那些事，那么，我认，他的罪行他自己担着。可付京笙的事情跟你无关，更不代表他被抓了，我就必须跟你回去，我没有跟你在一起的理由。"

蒋远周听着，喉结轻滚了一下，感觉颈部的伤口痛得更加厉害。

他转过身，头也不回地往外走，老白紧随其后。到了外面，男人还是收住脚步："让人守在这里，确保她的安全。"

"是。"

付流音爬起身来到许情深身边："嫂子。"

许情深朝她看看："音音，别着急，事情还没定下来呢。"

"你说，那些事会不会真是我哥干的？"

许情深说不出话来。蒋远周受的伤她都看在眼里，警方二话不说就来抓人，肯定是掌握了一些证据。许情深握住付流音的手腕，忽然觉得心口空荡荡的，她觉得这个家好像要散了，保不住了。

蒋远周坐进车内，老白在前面说道："蒋先生，回九龙苍吧。"

"是，回家。"

手掌落到脸上，他这才察觉手掌有些发抖。

原来他也会害怕。两次死里逃生，都是和死神擦肩而过，他想象不出如果任何一次他没有逃过去……那他，是不是就连儿子的最后一面都看不到了？

保丽居上。

许情深站在主卧的窗边，她望着楼下，看到有人影在走动。

霖霖睡了，付流音坐在沙发上，许情深满脑子都是蒋远周脖子上的那道伤口。是她亲自给他缝的针，可她那时怎么都没想到，蒋远周是因为付京笙受的伤。

难道，付京笙真想要蒋远周的命？

虽说他现在只是受了伤，可万一呢，万一真像老白说的，那扇玻璃门砸下来要了他们的命呢？许情深觉得头疼，不敢再往下想。

494

第八章
儿子和女儿

　　接下来的几天，许情深都没出去过，但是付京笙的事情影响很大，保丽居上的月嫂也辞职走人了。

　　老白进九龙苍时，蒋远周正好下楼。

　　"蒋先生，"他跟在蒋远周身后，"许小姐和付流音要出门。"

　　"出去就出去吧。"

　　"这个节骨眼上，不会出事吗？"

　　蒋远周定住脚步："派人暗中盯着，谁要敢动许情深，就给我宰了。总这样不让她们出门也不是办法，闷都要把人闷坏了。还有，付流音要不出门，想要下手的人就一直没法下手，那付京笙怎么认罪呢？"

　　老白听在耳中，最后又确认了一下："那我就让保丽居上的人安排了。"

　　"好。"

　　蒋远周整理了一下袖口："我们也去，我不放心。"

　　老白一听，这样才对嘛，他就知道蒋远周放心不下许情深。

　　自从付京笙出事，许情深和付流音就没出过门，有时候是叫外卖，有时候自己对付着做点米饭做点粥，但是现在不行了，家里的米都见底了，厨房里头缺了一大堆东西。虽说可以让附近的超市送，但老躲在家里总不是办法。

　　许情深打算开车，走到外面，守着门口的保镖冲她说道："许小姐，车子备好了。"

　　许情深抱过霖霖："好。"

　　她没有推托。这时候，多一个人都是好的，再说这又是蒋远周的人。

　　司机下车替她打开车门，两人坐了进去。许情深不敢去太远的地方："就在不远处有家超市，先去那儿吧。"

"好。"

附近的超市并不是大型商场，所以没有地下停车场，司机将车停在旁边："许小姐，你们先进去吧，我的车子就停在这里。"

"好。"

蒋远周今日出行换了辆车，就停在不远的地方。他看着许情深抱着霖霖往超市走，就在车内耐心地等着，个把小时后，才见到她们推着购物车出来。

从超市门口到停车场有一段路，付流音双手提着东西，和许情深有说有笑地往前走。

老白专注地看着外面："蒋先生，您看那辆车。"

蒋远周跟着望出去，老白侧开身："这车从刚才就跟着她们了，很不对劲。"

"牌照都挡掉了，是不对劲。"

付流音看向四周："车在哪儿来着？"

许情深也在找。身后传来一阵门被拉开的声响，付流音下意识地扭头，忽然看到几个男人正朝她们快步而来，她吓得丢下手里的东西："嫂子，快跑！"

许情深来不及反应，但她听得出付流音口中的急迫，于是抱着霖霖往前跑，但是她毕竟抱着孩子，跑不快，付流音到了前面，四下找车，可就是找不到。

她回头一看，那几人就要追上许情深了，她赶紧回去两步："嫂子，快！"

"音音，你别管我，你快走！"

付流音拉住许情深的胳膊，推着她往前。停车场上还有不少空的购物车，付流音停下脚步，推着那些购物车撞向紧随而至的男人。

这样基本没什么用处，但好歹挡了下对方的脚步。许情深心急如焚，慌张得都不知道应该往哪儿跑了："救命，救命——"

嘀嘀——

一阵汽车喇叭声传到许情深耳中，她抬头看去，看到司机在冲她招手："许小姐，在这儿！"

蒋远周神色严峻地盯着外面，眉宇间的结越来越深，手指握拢又张开。他生怕那些人伤了许情深，所以盯得很紧，连眼睛都不敢眨一下。

老白将这一幕录了下来。付京笙被抓后迟迟不肯认罪，再加上警方找不到他犯罪的证据，这件事总不能一直这样僵着。

许情深回头喊付流音："音音，快过来，车子在这儿！"

付流音在两辆停着的车子间穿梭。许情深抱着霖霖，气喘吁吁，她的脑子完全蒙了，都是下意识的反应。如果有时间思考，她一定会朝着超市里跑。

许情深越过拦在停车场处的横杆，司机也下了车，替她打开车门："许小姐，快！"

496

"音音！"

付流音大步跑来，伸手推着许情深："快，嫂子，快进去！"

许情深抱着霖霖被她使劲一推，人朝着后车座内坐去。身后的男人已经追了上来，司机想要阻拦，却被对方一脚踹倒。付流音后颈被人提住，又听到凌乱的脚步声越来越近，她知道自己跑不掉了。

许情深将霖霖放到座椅上，回身想要去救付流音："音音——"

"快，抓住她们！"

付流音一手拉着车门，颈部被男人强壮的手臂给箍住，她忽然屈起手肘，狠狠地朝对方的肚子击去。

男人闷哼一声，手臂微松。许情深朝付流音伸出手，却看到她猛地将车门推上。

"差不多了。"蒋远周说道。

老白让司机按了几下喇叭，随即，不远处的一辆车上下来了几个人。

他们快步上前，在混乱中将付流音救了下来。许情深推开车门下来，看到女孩吓得瘫坐在地上，那些人也趁机逃走了。

"音音，音音——"

"嫂子。"付流音声音颤抖，在许情深的搀扶下起身。

蒋远周的车也过来了，男人走下来，拉着许情深坐进车内，她还不忘抱起霖霖。付流音被老白带上了另一辆车。

车子久久未启动，蒋远周忍着一口气，问道："都已经这样了，你还要在那个地方待着，是吗？"许情深闭了下眼，蒋远周继续说道，"知道那些人为什么对你们下手吗？"

"知道。"说到底，付京笙的事已经传了出去，现在就有人开始蠢蠢欲动了，"蒋远周，我能跟付京笙见一面吗？"

"见他做什么？"

"很多事，我想问问清楚。"

蒋远周望向窗外。现在付京笙还未认罪，他恐怕也安排不了。

"等两天吧。"

"好。"

"跟我回九龙苍。"

"你先送我回保丽居上吧。"她执拗起来就是这样不可理喻。

蒋远周尽管恼怒，却还是让司机开车。

送完许情深，老白跟蒋远周同坐一辆车回去。

"把视频送进去，别说是谁拍的。付京笙既然不认罪，那么连累的就是付流音。他是聪明人，看到这样的视频，他会明白的。"

"是。"

经历过这样的事后，许情深怎么都不让付流音再出门了。

她下楼的时候，看到蒋远周在讲故事，对，她没有看错，真的是在讲故事。

霖霖坐在他旁边，凑过头，看着那本色彩鲜艳的故事书。其实她压根听不懂，可就是聚精会神。蒋远周嘴里轻声念着，时不时扭过头朝霖霖看看。霖霖也不时抬头看他一眼，满脸的认真，然后挪动下屁股，头都快靠到蒋远周的手臂上了。

许情深快步下去："你怎么在这里？"

"我一早就来了。"

她来到沙发前，看到茶几上放着好几本故事书，应该都是蒋远周带来的。

两人说着话，霖霖忽然举起手朝蒋远周的手背打了下。

男人回过神，冲她看看，霖霖嘟着嘴，推了他几下。

许情深看在眼里，蒋远周不由得失笑："你还想听？"

霖霖的目光很快落到那本书上。

蒋远周刚要重新开始念故事，就听到一阵急促的脚步声，他抬头，见老白已经来到了他们跟前。

"蒋先生，"老白气喘吁吁地道，"付京笙认罪了！"

蒋远周啪地合起手中的故事书："什么？"

"付京笙认罪了。"

许情深不由得杏眸圆睁："认罪？"

也就是说，付京笙真的做过那些事？

蒋远周站了起来："什么时候的事？"

"就在刚才，刚松口。"

"走，我们去警局。"

许情深大步跟在后面："我也去！"

"你……"

"我想听他亲口说。"

蒋远周回头冲她看了眼："你以为警察局是什么地方，你想去就去？况且现在是在审讯，怎么可能带着你？"

许情深跟在他身后："你别用这种官方的话来搪塞我，我知道你有办法，按理说审讯现场也是不可能让你进去的。"

男人眼眸内有光在闪烁："好吧，你跟着我。"

许情深将霖霖交给蒋远周安排过来的保姆，随后快步跟着蒋远周出去了。

来到警察局，一名警察将蒋远周等人带进屋内："答应是答应了，但是至今没有说出有价值的东西。"

蒋远周在玻璃墙面前站定，透过这块玻璃，他能清清楚楚地看到付京笙的样子，而付京笙就算扭过头，也看不到外面的情形。

两名警察正在审讯。

"'坦白从宽，抗拒从严'，这句话你不会没听过吧？"

许情深上前一步，看见付京笙坐在那儿没动，也不开口。

其中一名警察继续说道："你应该明白，你交代得越早，牵累的人才越少。"

付京笙眼皮动了下："我说了，我认罪。"

"具体的呢？"

"所有的事情都是我做的，我就是那个做局的人。"

付京笙对面的人做着笔录。许情深听到这里，不由得朝蒋远周看了一眼。男人的面色却是镇定如常，只是双眼一眨不眨地盯着里面。

"蒋远周的'意外'也是你制造的？"

"是。"

"说说具体的情况。"

付京笙没有丝毫隐瞒。他抱着最后的侥幸，希望只可以交代个别案件，而不是被警方顺藤摸瓜全部查出来。有些局，他希望这辈子都不要给别人知道，特别是许情深。

"要他性命的人是赵家，赵家提供了蒋远周的全部资料，还说蒋远周身边的贴身特助是自己人，可用。医院开张的前一日，我安排人在玻璃门上做了手脚，那些闹事的家属也是我安排好的。他们不是我找来演戏的，更不知道我的计划，他们失去亲人是真，我只是让人去煽动他们的情绪……"

付京笙说这些话的时候几乎是面无表情，可在许情深看来，却摆脱不了"触目惊心"四个字。

"那天，一切都按照计划顺利发展。蒋远周被困在玻璃门后，双方僵持的时候，有人悄悄将他们身后的门锁了。家属的情绪越来越激动，最终，那扇几百斤重的玻璃门被推倒了……"付京笙说到这里，唇角忽然扬起一抹笑，"本来，蒋远周应该被当场压死，毫无痕迹，而且那么短的时间，你们也追踪不到我头上。"

许情深垂在身侧的手指动了动。付京笙的口气可谓云淡风轻，是啊，如果蒋远周没有死里逃生，那顶多就是一场意外吧？

而且事情出在蒋远周自己的医院，那可真是白死了。

许情深的喉咙干涩无比。这些话从付京笙嘴里说出来，她就感觉到一个个场景都被还原了，真实而震撼，仿佛就发生在眼前。

余光瞥见蒋远周的身影，许情深不敢看他一眼，只能继续盯着里头。

付京笙冷笑过后开口道："我没想到他命这么大。保镖将他救出去后，我想过放弃，下次再寻找机会，但是我不甘心，我想再试一试。"

"那辆车上的钢管也动过了手脚，司机有十几年的驾龄，可是……仅仅又差了一步，整根钢管贯穿了蒋远周的车子，却没能要了他的命。也许，这就是天意吧。"

许情深的眼帘垂下去，忽然觉得自己已经没有力气站在这儿了。

"你跟蒋远周有深仇大恨？"警察问道。

付京笙想了想，然后摇头。

"那你为什么一定要置他于死地？"

"赵家要他的命，三千万，我只负责做这个局。"付京笙说到这里，身子往后靠，"不过现在说这些都晚了，真正跟我联系的那个人，不是赵家，而是蒋远周自己吧？"

付京笙所说的每句话都被记录了下来，可警方要的显然不仅仅是这些："你做过这么多局，不可能一点儿记录都没有，付京笙，我们希望你能完全配合我们。"

"我从来不记录。还有，很多做过的局我确实是忘了，能想起来的我肯定会交代。"

"都到了这种时候，你还要负隅顽抗吗？"

"你们想让我说的，我都说了。"

"想想你妹妹，想想你的亲人，付京笙，你能做的就是和我们合作。"

付京笙想到了视频中的一幕幕，想到了许情深的尖叫和付流音的反抗，他最终松了嘴："所有的证据都在我的电脑里。"

"电脑？"

"对，就是被你们拿过来的笔记本。"

"但我们的技术人员之前检测过，没有任何发现。"

付京笙的嘴角轻轻勾起一抹弧度："是，除了我以外，任何人都找不到它们。"

"别卖关子，快说。"

"我的电脑里面有一组我女儿的照片。"

"然后呢？"

"照片是以最简单的1、2、3、4等数字命名的。"

那些照片警方也都检查过，没有问题。

"对。"

"另一个文件夹内有色卡，但只是简单的色卡，点进去什么都没有。"

"是。"

"照片1对应色卡1的颜色，那是大红色，对吧？"

警方并未将两者联系在一起过。

付京笙调整下坐姿，继续说道："我抽屉里的那些指甲油也被你们带来了吧？"

"是。"

每一瓶都仔仔细细检查过，毫无收获。

付京笙薄唇轻启，这才将最重要的信息吐露出来："照片2，我记得对应色卡的颜色是橘红。橘红色的指甲油分深色和浅色，你们很难区别出来。2号对应的是深色橘红，指甲油的瓶底有该指甲油的色号——SY—201，这就是密码。你们可以用它再去解锁我女儿的照片，每一张，都代表了一个局。"

警察手里的笔掉在了桌上："怪不得有那么多指甲油，原来是这个意思。"

"我一点儿都不怕你们搜查到。指甲油的颜色相当接近，有些用肉眼基本上分辨不出来，而一旦输错密码，文件就会自动销毁。"

"那我们怎么知道你是不是在说谎，万一你要故意销毁那些文件呢？"

付京笙靠坐在那里，冷笑了下："我认栽了，我不想用我妹妹去冒险，就算我死咬着不肯认罪，今后也不会有好日子过。与其这样，还不如交代清楚，保我一家从此安宁。"

"好，如果你说的是真的，我们警方会确保她们的安全。"负责审讯的警察起身，快步走到门口，让人去将电脑和那些指甲油全部拿过来。

许情深在外面看着，心里坚守的最后一点点东西似乎都瓦解了。付京笙认罪了，而且条理清晰，蒋远周遭遇的那些事他连一个细节都没说错，说明什么呢？

许情深冷静下来，直勾勾地盯着前面。

警方将那些东西都摆在桌上，然后打开了电脑。许情深看到那些指甲油被一瓶瓶排放得整整齐齐，她的脚底生出一股寒意。

警方按照付京笙所说的，很快将第一份文件解码。

他没有说谎，也没有了说谎的必要。

文件全部解锁之后，付京笙着急地说道："我妹妹是无辜的，她什么都不知道，希望你们能保护好她。还有……我的妻子和我的女儿，她们都不知情。我希望警方可以替我瞒着我的妻子，只说我认罪了就好，我不想让她痛恨我。"

"痛恨？难道你做的其他某个局还牵扯进了她？"

付京笙没有开口，而是靠了回去。警方将桌上的东西全部收了起来。

蒋远周提起脚，许情深也跟了上去。

付京笙的嘴被撬开了，警方自然是开心不已，蒋远周却是心急如焚，他走得飞快，甚至将老白和许情深都甩下了。

"那些文件里面，有关于我小姨的吗？"

警察将电脑放到办公桌上："有。"

许情深刚来到蒋远周身后就听到了这么一句话，她的心更凉了。

"刚才解码的时候我就注意到了，"警察点开其中一份文档，上面是密密麻麻的文字，他拉到下面，许情深看到了不少照片，有蒋随云的、蒋远周的，有那个被蒋远周打过的董局的，还有方晟的……甚至还有蒋东霆的、老白的，以及许情深的。

许情深不寒而栗。警察指着那些照片说道："他要做局，就要将蒋小姐身边的所有人都了解清楚。"

蒋远周面色铁青："给我看下文字。"

501

方警官坐了下来，将鼠标拉回顶端。付京笙记录得非常详细，具体到哪一年哪一月哪一天的某个时段，他做过什么准备，都写得清清楚楚。

文档抬头部分写着关键人的名字：许情深。

下面简短的一行字就交代了蒋随云因何而死。

许情深的目光跟着落到上面，看见那一行清清楚楚地写着："拆散蒋远周、许情深，并让他们永无复合的可能性。"

蒋远周直起身，视线定格在那行小字上。是，就为了拆散他和许情深，所以……布下那么大一盘局，最终目的，就是"永无复合的可能性"八个字。

蒋远周抬起手掌，顺着眼帘抹了把。这个答案他一点儿都不觉得意外，但是轻轻松松这么一行小字就害死了他的小姨，他实在接受不了。

许情深戳在旁边，眼圈发红，鼻尖酸涩得难受。整个局里，原来她是这样的角色。

所有的一切，不都是为了让她远离这个男人吗？

蒋远周往下看，看到委托人后写着"凌慎"二字。

其实这个迟到的真相和蒋远周调查出来的结果已经差不了多少，他早就怀疑凌家了，就是缺证据。蒋远周的视线继续向下，看到了某一天的记录。

要做成这个局，董局也是关键人物。蒋远周的手指抬起，忽然指着某个地方。

许情深顺着望去，看到上面清楚地写着付京笙是如何安排人在酒店布置的。

许情深攥紧手掌。那一晚所有的诡异事件都出自付京笙之手，也是他将她弄得衣衫不整，让蒋远周一言不合就揍了那个董局。

许情深摇着头，她不是不敢相信，而是心惊于付京笙的心思居然这样深。每一个环节都不能出错，而他煞费苦心，为的居然就是激怒蒋远周，让他动手，好让董局这个人在不久的将来能够为他所用。

这样的人得有多可怕？

"显然，蒋小姐当初就是死于那批药物，而罪魁祸首就是凌慎和付京笙。"

文字里没有提过凌时吟一个字，当初凌慎是以自己的名义找到了付京笙，他不想让凌时吟牵扯其中，所以只字未提这个妹妹。

蒋远周咬紧牙关，然后问道："关于许情深，还有别的吗？"

"有些还未细看。"

"我小姨出事之前的文档，你翻翻看。"

"好。"

许情深觉得心里越来越不安，一份份文档被打开，抬头部分被快速地浏览。

"找到了。"

许情深强行回神，蒋远周上前一步，方警官指着电脑屏幕说道："委托人居然是万小姐。"

502

"万毓宁？"

"对。"

蒋远周锁紧眉头："万家那时候早就垮了，她哪儿来的钱去请付京笙？"

"这上面也记录了。万鑫曾早前接触过付京笙，他后来意识到自己可能出事，就提前将一笔钱打给了付京笙，让他答应替万毓宁做一件事，你们看……"方警官将文档拉下去，指着中间的地方，"方晟病重，万毓宁要求所有的医院都不得医治他……"

许情深听到"还有"两字，越发觉得心惊胆战，她不敢听下去，可是又不得不听。

她被陷害，甚至搭上了蒋随云的命，然后被狼狈地赶出九龙苍，还有蒋远周的死里逃生，他至今还未愈合的伤口，还有……

一件件，一桩桩，像是织成了一张细密的网，将许情深给套了进去。

她泪流满面，站在原地摇摇欲坠，似乎随时都会跌倒。

许情深听到旁边传来一阵惊呼声："蒋先生。"

她回不过神，沉浸在惊愕和悲伤之中难以自拔，直到听到凌乱的脚步声，她好不容易仰起头，看到蒋远周正在快步向外走，老白拉住了他的手臂，就连方警官都挡在了他的面前："蒋先生，您冷静点！"

他冷静不了："你们也看到了，那些事全是他一手安排的，我要杀了他！"

"蒋先生！"老白扬高音调，"这是警局，您冷静点。"

蒋远周将老白甩开，许情深看到了他的侧脸，他面色铁青，面容甚至有些狰狞，许情深多久未见过他发这样大的火了？

他推开了跟前的人，就要冲去审讯室。四周传来吵闹的声音，许情深的耳朵嗡嗡作响，她忽然一下没站住，直接跌坐在地上。

坐下去的时候撞到了旁边的椅子，她别的感觉没有，就觉得痛，痛得都快让她哭出来了。

老白拦不住蒋远周，回头看到许情深跌坐在那里，他大喊了一声。

蒋远周顺着老白的视线看去，看到许情深也没站起来，就坐在那里不住地淌着眼泪，他的心剧烈地疼痛起来。他慢慢恢复了冷静，然后快步朝许情深走去。

来到她的身旁，蒋远周蹲下身。许情深的双手落在膝盖上，她在哭，只是没有声响，她闭着双眼，眼泪一串串地往下掉。

蒋远周伸出右手，手掌贴在许情深的颈后，轻轻一用力，就将她按到自己怀里。

她哭得两个肩膀都在颤抖，蒋远周揉了揉她的脑袋，许情深忍着哭声，抬头看他："让我见一见付京笙。"

"还要见他吗？"

"是！"

蒋远周点头："好，我让老白安排。"

许情深跟着方警官走进去的时候，蒋远周没有跟去，他坐在走廊上，丢了魂似的。

许情深走进审讯室，付京笙听到脚步声，仰起头，等到看见来者的身影，他吃惊地紧盯着她。

许情深坐到他对面，她哭过，眼圈明显发红，付京笙轻握下手掌："你都知道了？"

"为什么要这样做？"不等付京笙说话，许情深就摇了摇头，"问也是白问，其实我根本就搞不懂，我为什么非要来见你。"

"情深，对不起。"

许情深泪流满面："所以这两年你对我的照顾，是因为你对我的愧疚吗？你这样的人懂什么叫愧疚吗？"

付京笙难受地垂下眼帘："当初看到你来应聘的时候，我就已经认出你了。情深，这两年来，我对你——"

她忽然打断他的话，冷冷地说道："我那么落魄，难道不是拜你所赐？算了，反正你现在也这样了，多说无益。付京笙，你在这儿好好地赎罪吧，保丽居上再也不是我的家了，我要搬走了。"

这句话，等于是硬生生在付京笙的心上凿了一个洞，许情深起身欲要离开，付京笙赶紧说道："情深，有件事我一直没有告诉你，现在不讲，以后就没有机会了。"

许情深闻言，坐了回去："什么事？"

付京笙上半身微微往前倾——他的双手都被铐住了，他压低嗓音说道："霖霖是你的亲生女儿。"

许情深有些听不懂："霖霖本来就是我的女儿。"

付京笙直视着许情深的脸："蒋东霆是想过将你的孩子换走，你想想，他怎么可能放弃蒋家的骨肉？"

许情深闻言，全身都在发冷。付京笙继续说道："他当时应该看过了你的B超单，准确地来说，你怀孕期间的一举一动都在他的掌控中，包括你接触了什么人，去了什么医院，由哪个医生给你产检。他骗你说他不要这个孩子，实际上，从知道你怀孕后，他就从未想过放弃她。"

许情深忽然觉得讽刺起来，给她检查的医生她还记得，他们会笑眯眯地关照自己要吃些什么，要注意些什么，难道她们一个个其实都包藏着要把孩子换走的祸心吗？

"对……"许情深似乎想起了什么，"霖霖生下来后，我给她做过亲子鉴定，她是我的女儿。"

"是。"付京笙轻声道，"所以，她一直都是。"

"那为什么……"

504

付京笙想，他这辈子做得最对的一件事情，应该就是这件吧？

"当年蒋东霆买通了罗主任，找孩子的事也是罗主任一手操办的。那个男婴是个外地来打工的女人在医院厕所里头生下来的，血型跟霖霖一样。许情深，你的B超单显示你怀了男孩，而蒋东霆早就在你不知情的时候做足了准备。我让人找到罗主任，她为了保住自己的名声，再加上我也给了她一笔钱，就答应在你生产之后将那个弃婴给蒋家。"

许情深难以置信地盯着跟前的男人，觉得自己就像是听了一个最荒诞的故事。

"那个孩子抱过去后，是给了凌时吟吗？"

"是。"

许情深喉头轻滚，觉得紧张的氛围仍旧从四周压过来。

"蒋东霆跟蒋远周说，这是他和凌时吟的孩子，他信了吗？"

"对付罗主任不难，但要瞒过蒋远周，却是整件事中最棘手以及最危险的一步。"

许情深也知道蒋远周的心思："所以，睿睿肯定也是做过亲子鉴定的。"

"对。而且你要知道，蒋远周要认这个孩子，这份亲子鉴定他肯定不会让外人去做，所以收买这一招基本上是行不通的，但我也算比较幸运，我侵入了蒋远周的电脑。"

许情深的脸颊动了一下："什么？"

"蒋远周是通过电脑联系的亲子鉴定机构，他还算为这个孩子考虑——就算是凌时吟'生'出来的，但这个孩子毕竟有可能是蒋家的骨血，如果还未踏进家门就已经被质疑这件事传出去，对这个孩子来说也是一种伤害。"许情深紧盯着付京笙的侧脸，看到说这些话时，他嘴角的肌肉在动，"所以我知道是哪家机构、哪一批次准备做鉴定时，事情就好办多了。"

付京笙说到这里，视线转向对面的女人："许情深，你也要多谢上天帮忙。出于保密性，负责检测和出报告的人都是分开的，而且蒋远周并没有署名，报告被特殊密码加密后，第一时间反馈到他手里。我当时并没有十足的把握，我甚至已经做好了准备，如果这件事穿帮，蒋东霆肯定会回过头来找你，我连搬家都考虑过了。"

许情深知道付京笙有那样的本事，要不然的话，她现在不可能是"已婚"，霖霖的出生日期也不可能顺顺利利地往后挪了三个月。

"但蒋远周没有署名的话，万一遇上别人也有这样的情况呢？你怎么能保证，你改的就是蒋远周的那一份？"

"是，所以以为了以防万一，那一批的报告我全改了，全部改成了一样的结果。"

许情深杏眸圆睁，付京笙的脸色却坦然不少："这种鉴定，对孩子来说本身就是最大的伤害，也许前一刻，爸爸妈妈还把他捧在手心里疼爱；下一秒，却因为一张轻飘飘的纸，他的生活发生了翻天覆地的变化。"

505

许情深还是有些出神："也就是说，睿睿就是那个弃婴，而蒋远周现在以为，那是他的孩子。"

"对。"

许情深不知道她该是怎样的心情，她该庆幸当初没有骨肉分离呢，还是应该恨透了付京笙，恨他毁了她的全部呢？

她再度起身时，整个人浑浑噩噩的。付京笙喊了她一句，她觉得疲惫至极，不想再理，整个人逃也似的出去了。

走廊上，还有人快步经过——付京笙认罪了，这是最大的事，大家都在为这件事情忙碌着。

许情深来到蒋远周跟前，蒋远周扶住她的肩膀，两人就这么坐着。老白在一旁静静地看着他们，许情深和蒋远周，这两个人、这两个名字本来就是拴在一起的，只是中间被人蓄意拆开了。他们的每一步都走得艰辛无比，牺牲了最亲最爱的人，也深深地伤过彼此，而这一切，仅仅是因为别人不想他们在一起，别人想要插入他们中间。

"我想回去。"许情深擦拭掉脸上的眼泪，"房子应该马上就会被封了吧，我要回去收拾东西。"

他紧紧地抱着她不肯放："许情深，房子被封，你要去哪儿？是跟我在一起吧？一定是的。"

许情深听着蒋远周这样的问话，没有开口。她没有答应，但是也没有第一时间拒绝。

因为蒋远周这不像是在询问她的意见。

"我不想待在这里了。"

蒋远周伸手握住她的手臂："能走吗？"

"能。"

"我让老白送你回去。"

"你……"

"我有些事，想当面问问付京笙。"

许情深跟着老白往外走，即将出门的时候，她回头朝蒋远周深深地看了一眼。这个男人承受的阴谋和算计真是太多了，他怕是怎么都想不到，家里的睿睿其实是个弃婴吧？他还有个女儿，她从出生至今都未在他身边待过一刻。

车子缓缓前行，老白侧过身看了眼许情深："其实这两年多以来，蒋先生对蒋小姐的死一直不能释怀。上次在商场的时候，我们是去给蒋小姐拿旗袍的。蒋小姐走了，后来你也走了，蒋先生这两年来过得很辛苦，外人看着他还是和以前一样，可是他就连蒋家都不回了。应酬是多了，但一个人待着的时间也多了。"许情深没有说话，老白继续说道，"付京笙认罪之后，保丽居上就是个危险的地方，到时媒体也会咬着那儿不放。"

"我知道。"许情深的视线迎上老白的，"所以，我现在就要回去收拾东西。"

"那你……准备去哪儿？"

许情深的唇瓣有些僵硬："再说。"

"你就没想过回到蒋先生身边？"

许情深抬起手掌遮住眼帘。她不想再开口，老白也就不好继续问。

保丽居上。

老白跟着许情深进入屋内，霖霖由保姆带着，许情深先上楼。家里东西很多，她必须尽快整理出来。

走进卧室，许情深去了衣帽间，从墙角边拖出来一只大皮箱。

这箱子她一直带着，带着它搬进九龙苍，也看着老白将它送回许家，后来她又带着它搬到了付京笙家里，如今……

许情深将箱子打开，准备整理衣物。

然而这个家说搬就要搬，那么多东西，她压根不知道该从哪里整理起。

许情深走出去几步，却听到手机铃声响起。

她走过去一看来电显示，是家里打来的。

此时的许家，客厅内站着一名快递员，餐桌上放着一只快递箱子。

箱子已经被打开了，许旺和赵芳华紧挨着站在一起。

电话那头很快接通，传来了许情深的声音："喂。"

"喂，情深啊。"

"爸，有事吗？"

"付……付京笙是不是出事了啊？"

许情深走到窗边："嗯，是。"

"那你怎么办？"

"这事你就别操心了。"

"情深，你，你……"

"怎么了，爸？"

"方才蒋家让人送来了一箱子东西。"

许情深心想：难道是蒋远周？可是再一想，不对，"蒋家"二字，说的应该是蒋东霆那边吧？

"什么东西？"

"一箱子小孩的衣服。"

许情深拧眉："衣服？"

许旺的口气很不对劲，说话还有些结巴，赵芳华在旁压低嗓音道："也没多大的事，就你最怕事！"

"爸，究竟怎么了？"

"情深，就是一箱子孩子的衣服，但是都被剪碎了，没一件好的。"

许情深心里咯噔了一下：蒋东霆为什么不让人将东西送到保丽居上来，还不是因为保丽居上有蒋远周的人？

"你们怎么知道是蒋家送来的？"

"快递员说的，还让我们掂清楚自己有几斤几两。"

那送快递的人就不是快递员了。许情深越发觉得心累："好，我知道了，把那些衣服丢了吧。爸，我要整理东西搬家，我先挂了。"

挂断通话后，许情深双手抱在胸前。付京笙被抓了，蒋远周又时不时来保丽居上，再加上她和蒋远周之间还有个孩子，这时候的蒋东霆能不急吗？

怕是已经火烧眉毛了吧，说不定又要整出什么事来。

许情深冷笑一下，回到了衣帽间。

在蒋东霆看来，他是永远不可能接受许情深的。

蒋远周离开警局后，径直去了保丽居上。

进楼上主卧的时候他也没敲门，听到衣帽间内传来窸窣声，他倚着衣帽间的门框往里看去。

许情深蹲在地上，将霖霖的衣服整理好后放到箱子内，余光却看见一双修长的腿。

"你一个人整理，要弄到什么时候？"

"我不喜欢别人帮我，她们会把我的东西弄乱。"

"明天这儿就不能住了。"

许情深手里的动作加快了些："我今晚会把行李全部整理好。"

她站起身，来到衣柜前，只拿了自己经常穿的那些衣物，付京笙送的，她一样没碰。付京笙的钱来得不干净，警方到时候肯定会清查，不是她的，她一样都不要带走。

"付京笙的事，影响那么大，到时候媒体也会介入，你带着孩子在外面不安全……"

许情深收起视线，没有去直视他："我，我先整理东西，我怕时间来不及，你赶紧回家吧，有事明天再说。"

"那好，我明天来接你。"

许情深没有拒绝，蒋远周也不想听到她说一个"不"字，所以转身后快步离开了。

蒋远周到蒋家的时候，蒋东霆刚打完一套拳，管家风风火火朝他走去："老爷，蒋先生来了。"

用人给蒋远周泡了一杯茶。蒋东霆换好鞋子进来时，蒋远周坐在沙发上，头也没抬。

"你有多久没有跨进这间屋子了？又是什么风把你吹来了？"蒋东霆坐到蒋远周对面问道。

蒋远周抬头，目光狠狠地锁住蒋东霆，眼里的寒意一点点迸射出来："我是为了小姨的死来的。"

"随云？"蒋东霆的手伸向茶杯，"随云的死怎么了？"

"你可能对付京笙的事情不关心，所以很多消息还不知道。"蒋远周极力想让自己冷静下来，"当初，凌慎花重金让付京笙做了一个局，而我们所有的人都被算计了进去。凌家害死了小姨，拆散了我和许情深，为的就是要让凌时吟进蒋家，而你呢？你也是帮凶，你口口声声说答应了妈要照顾好小姨，最后，你却让她含冤而死！"

蒋东霆手一松，杯子掉到了桌上："你说什么？"

"不敢相信是吧？"

"换药的事情就算不是许情深蓄意为之，那也不可能是凌家所为。"

蒋远周看到蒋东霆脸色难看，说到底就是不想接受，他冷笑一声："你可以亲自去趟警局，不，也不用去警局了，马上媒体就会曝光出来，还有更加令人心寒的细节。你口口声声说凌时吟聪慧善良，一门心思让我和凌家联姻，所以你怎么都不愿意相信自己被人当枪使了吧？"蒋东霆坐在沙发上，蒋远周望向他，"我和许情深只是想要在一起，有什么错？值得你们这样大费周章，还不惜赔上一个我和你共同的亲人？

"凌家要是真有你想的那么简单，那可真是上天帮他们，帮他们扫清所有的障碍物，顺顺利利地将凌时吟送到蒋家家门口！"

蒋东霆觉得眼前一暗，整个人差点昏厥过去。

蒋远周站了起来："我本来不想来的，但我觉得，我应该告诉你，不可能你间接害死了小姨，还让你这样心安理得吧？你看看这个毫无人气的地方，以前还有小姨陪着你，现在呢？付京笙的犯罪档案上记得清清楚楚，每一个步骤、每一个时间点，别人就算想要嫁祸都是不可能的事，你若还是不信，就自己去看看。"

桌上的那杯茶蒋远周一口没动，他居高临下地盯着蒋东霆："我有个问题想要问你。我和凌时吟的那个晚上，付京笙只字未提，也就是说，那晚不在他的计划中，可能也出乎了凌慎的意料。"

"是。"蒋东霆点点头，如今蒋、凌两家早就不可能了，有些事自然也就不用再藏着掖着，"那是我和凌时吟私下协商说定的事情，事先就连凌家都不知道。毕竟凌家也是要脸面的，这样的事情要是传出去，成何体统？那晚，你喝醉了之后，凌时吟直接去了小楼，她是清醒的。"

老白戳在边上，听到这话，眼皮子跳动了几下。

蒋远周沉默半晌，只是冷冷地笑了一声："真是天大的笑话。"

他提脚走出去，老白紧随其后，到了外面，老白替他打开车门。

两人坐进车内。蒋远周没有发火，也没有动怒，经历过这么多事，凌时吟的无耻已经不算什么了，他的胸口起伏了几下，摇着头，眼里的光却是越来越冷。

翌日。

天还未完全亮，许情深就抱着霖霖下楼了，身上背着自己的包。

保丽居上外面传来一阵说话声，许情深赶紧出去，见保镖拦下了一人。

许情深来到门口："是我叫的车，让司机进来。"

"许小姐，您这是要去哪儿？"

许情深朝司机招了下手："行李都在屋内，帮我搬一下吧，谢谢。"

"许小姐，您要去哪儿？"

许情深知道他们不会轻易放她出去，她双手抱紧怀里的孩子，脸不红心不跳地说道："搬回九龙苍。"

"那我们给您安排车子。"

"不用了，"许情深说道，"我自己回去就好，我要给蒋远周一个惊喜。"

保镖脸上的神色没有过多变化："蒋先生让我们保证您的安全。"

"这边离九龙苍不远，再说我都叫了车，不用担心。"

许情深招呼司机赶紧进去。行李都分装好了，她带着孩子，所以东西比她孤身一人的时候要多很多。

许情深上了车，保镖上前一步："许小姐，我们让车跟着您。"

"不用了，我都说给他个惊喜，你们非要扫兴是不是？"许情深说完，啪地带上车门，"司机，开车。"

车子很快开出去。保镖想了想觉得不妥，还是给九龙苍那边打了个电话。

许情深将霖霖放到自己腿上："师傅，麻烦去'双银国际'。"

她想先在外面找个住的地方，酒店也行。车轮缓缓滚动，司机锁上车门。车内开着暖气，许情深还没吃早饭，开了没多久就觉得有些晕车。

"快到了吗？"

"没有呢，前面修路，必须绕一下。"

许情深看向窗外，司机透过内后视镜朝她看了一眼："你是不是晕车？"

"有点儿。"

"我车上有话梅，要不要来一颗？"

"不用了，"许情深毫不犹豫地拒绝，"我没事。"

司机闻言，继续朝前开："这是你女儿吧？"

许情深下意识地搂紧怀里的孩子，没有答话。过了许久，她看了眼时间，从保丽居上到双银国际也就十五分钟左右的车程，可如今看来是越来越偏了，许情深望出去，想要看一眼路牌。

"别着急，前面就到了。"

许情深抱着霖霖坐到了中间，她望过去，发现对方居然没有打表。

她一下就慌了，但脸上还得装出镇定自若的样子。许情深从包里掏出手机，司机看了一眼，忽然一脚刹车踩下去。

坐在出租车后车座上的人很少会系安全带，许情深整个人向前扑去，手臂撞在了副驾驶座的座椅上，手机啪地掉了出去。许情深也管不了这么多，她只管抱紧自己的女儿。好不容易坐稳后，许情深望向窗外，看到车子已经上了高速。

"你是谁？你想做什么？"

"许小姐，警觉性不错。"

"你认识我？"

司机冷笑一声，提了速。许情深看了眼怀里的女儿，还好，霖霖的胆子比较大，倒是不哭不闹。

"你既然叫得出一声许小姐，那肯定是认识我了。"

"看来让你自己离开这里是不可能的了，我只能送你一程。"

许情深冷静下来："是蒋东霆让你来的？"

对方听到这句问话，不由得多看了她一眼："老爷讨厌你也是对的，你居然敢直呼其名。"

"想要把我赶出东城的，也只有蒋东霆了。"

司机双手握紧方向盘："许小姐，我劝你还是乖乖地坐着别动，老爷只想你离开，不要你的命。"

许情深心里不由得滋生出几许不甘和压抑不住的恨来，蒋东霆步步紧逼，难道她能做的只有躲吗？

不。许情深轻摇下头。

她看向窗外，如果这一次她还能侥幸逃脱，她不要再躲下去了。

车子飞驰向前，要说许情深的心里不慌那是不可能的。

"你要带我去哪儿？"

"许小姐放心，去你该去的地方。"

许情深看向前面，她的手机掉在了副驾驶座下面，她不可能拿回来。

"你让蒋东霆放心，我自己会走。"

"这话，你还是去骗骗蒋先生吧。许小姐放心，你要去的地方什么都有，你只要去个人就行。"

"什么意思？"

"房子准备好了，还配了用人，许小姐只要住进去即可。"

许情深闻言，下意识地搂紧怀里的女儿："想得真周到，还有用人？恐怕是为了监视我吧？"

男人专注地开着车，没有回答许情深的话。

她紧张得不住看向窗外。这儿是高架，车门又被锁了，许情深心里再清楚不过，蒋东霆这是要软禁她，恐怕从此以后，她跟霖霖就别想再踏出蒋东霆为她们准备的笼子一步。

许情深之前被蒋远周关了几天，单单是那点儿日子她就受不了了，失去自由跟残废有什么两样？

车子越开越快，从前面的高架下去后，男人减了速，另一侧的桥下有车子过来，男人打过方向盘，却被另一辆车给逼停了。

许情深怔怔地出神，直到听见驾驶座上的男人咒骂了一声。

她仰起头，竟然看到老白站在窗外。他敲了敲车窗，许情深眼里一亮。

男人望向前方，打算冲过去，但车子都被拦下了，他只好落下车窗。

老白朝着里面看了一眼："许小姐，不告而别？这是去哪儿？"

许情深忙摇了摇头："不是……"

老白拉了拉车门："打开吧，难道还等着我砸开吗？"

"这是老爷的意思，你最好别管。"

"我不管什么老爷太爷，我只听蒋先生的，你有本事就闯过去，没本事就放人下来。"老白说着，弯下腰看向对方，"放不放？"

男人没法子，只得打开车门锁。老白一把拉开后车座的门，许情深抱着霖霖赶紧下车。

"许小姐，上车。"

许情深转过身，又立即说道："我的手机。"

"你放心，我来解决。"

许情深先坐进了老白的车内，没过多久，老白也回到副驾驶座上，并将手机递给她。

"谢，谢谢。"

"开车。"

许情深眼见车子开了出去："你怎么会在这儿？"

"我要说凑巧，你肯定不信。"

"蒋远周让你来的？"

"许小姐，你也看到了，你现在是一步都不能离开蒋先生。"老白回头朝她看了眼。

许情深看向外面，天已经彻底放亮："那么，我应该回去？"

老白嗓音有些激动："许小姐，你想通了？"

"我要这么回去，蒋远周开心吗？"

"当然，蒋先生肯定开心疯了！"

许情深没再说什么，老白却当她默认了，赶紧打电话给蒋远周。

车子开到一半，蒋远周就来接她了。许情深也不知道她这样做对不对，但人生有时候就是这样，谁又能给你其他的选择呢？

车子一路朝前开去，下车的时候，许情深抱着霖霖，老白跟司机将行李都拿了下来。

许情深抬头看了一眼："蒋远周，这是什么地方？"

"我们的新家，就等着你回来住的新家。"

霖霖喜欢这里的景色，因为门口还有喷泉。许情深笑了笑，将孩子递向蒋远周："你抱着。"

蒋远周自然地将孩子接在手里。霖霖倒没有多排斥他，只是聚精会神地盯着他，然后手掌不住地在他的肩膀上拍着。

老白带着司机往前面走，许情深则跟在蒋远周的身边。

他垂下眼帘："我一会儿就让人把睿睿接来。"

许情深笑了笑："好。"

蒋远周抱着霖霖走进新房的时候，许情深停住了脚步，视线胶着在男人宽阔的背上。蒋远周在玄关处换了拖鞋，却没等到许情深进来。

男人抱着霖霖退出去一步，见到许情深转过身，正在四下张望。

蒋远周上前几步："喜欢这儿吗？"

许情深收回神，嘴角挂上了淡淡的笑，她走到了蒋远周身前："这儿今晚就能入住吗？"

"嗯，我带你进去看看。"

门口有给许情深准备的拖鞋，她换好之后往里走。蒋远周单手抱着霖霖，另一只手牵住许情深。他的大手温暖而有力，许情深看了眼蒋远周的侧脸，她就没有这个臂力，现在霖霖大了，她抱着她的时候都是双手。

来到二楼，蒋远周带着许情深径直走向一间房，他将门打开。

许情深一眼就看出这是间儿童房，墙壁都是蓝色的，上面还点缀着星星、轮船、汽车等所有男孩子都会喜欢的元素。

地上铺满了爬行垫，墙角有一排颜色鲜艳的柜子，塞满了限量版的飞机、汽车等模型。

看得出来，蒋远周在布置这个房间的时候相当用心。

霖霖好奇地盯着，但没有扑过去要玩，她现在对色彩也是相当敏感了，女孩子都喜欢粉粉的东西，她一手勾着蒋远周的脖子，收回的视线也落到他脸上。

许情深嘴角轻翘，但眼里总是藏不住失落，她觉得对不起女儿，好像是她硬生生剥夺了霖霖被蒋远周宠爱的机会。

蒋远周看向她，怕她心里会胡思乱想，赶紧拉着她的手带她出去了。

推开旁边那间房的房门，许情深似乎看到了另外一个世界。霖霖立刻就要下来，蒋远周将她放到地上，她快步走向了玩具区。

那里放满了各式各样的娃娃，粉红色的壁纸将这个空间布置成了一间公主房，蒋远周没有解释他为什么会刻意弄出来这样一个房间。许情深看着霖霖坐到地上，看见了玩具之后，她哪里还肯撒手。

蒋远周走到墙边，将两扇玻璃门推开。

许情深见到两间儿童房被打通了，这样一来，两个孩子就能玩到一起去了。

新房内除了老白，就连司机都没进来过。

许情深回来后，这儿可就热闹了，九龙苍还有些东西要搬过来，就连用人和月嫂都得一起过来。

许情深一边听着楼下传来的动静，一边看着起身后走来走去的霖霖："蒋远周，你睡主卧还是客卧？"

"什么意思？"

"你睡主卧吧，我睡客卧。"

蒋远周的眉头一下皱了起来："你要跟我分房睡？"

"我是说我住进来，但难不成……我们今晚还要睡在一起？"

"那难不成，还不睡一起？"

许情深摇头。

蒋远周上前一步，许情深一脸坚定，又摇了摇头。

"一步步来，行吗？蒋远周，我并不认为我们已经回到那一步了。"

蒋远周心里的雀跃被打碎大半，但还好，好歹许情深已经回来了。

睿睿很快也被接了过来。两个孩子有了伴，许情深都不需要看着他们，于是她先回房去收拾行李。

蒋远周将主卧空出来给许情深，她站在衣帽间内整理着衣物。

男人来到门口，看着许情深将衣服一件件挂起来："这些事让用人做吧。"

许情深背对着他："不用。"

蒋远周上前几步，双手抱住许情深的腰，她被他抱得不能动弹。

男人的下巴抵在她颈间，然后在她脸侧摩挲，许情深还是很不习惯这样的亲昵："你先松开，我还要忙。"

"忙什么，以后天天都有时间。"

蒋远周亲吻着她的脸颊，许情深脸上透出酡红。老白闯进来的时候看到蒋远周在动手动脚，他想要当作什么都没看见，转身欲要离开时却踢到了许情深放在旁边的皮箱。

巨大的声响传到两人耳中，许情深赶紧将蒋远周的手拉开，男人回头看了一眼："老白，你有什么重要的事？"

蒋远周话语里的含意很明白，老白要说不出一件十万火急的事情来，有他好受的。

老白在门口戳着："人都过来了，还做好了点心，蒋先生，许小姐，要不要下去尝尝？"

"许小姐？"蒋远周皱眉，"从今以后，都把称呼给我改了，叫蒋太太。"

"是。"

"不……"

"不什么？"蒋远周霸道地拉过她的手，"走。"

许情深也不想这样尴尬，她放下手里的东西后朝外面走去。

来到楼下，餐桌上摆满了吃的东西。她刚进来的时候还是冷冷清清，餐桌上除了一些摆设再无其他。许情深走到桌前，房子果然是要有人气的，只不过这么一会儿工夫，热气腾腾的糕点一摆盘端出来，就像个家了。

"蒋太太，"几个用人站在一起，"欢迎您回家。"

许情深赶忙摆手："别……"

"别什么？"蒋远周轻笑，"就是欢迎你回家。"

保姆带着睿睿和霖霖也下来了，几人坐定，许情深吃着点心，感觉这一切还是像做梦。

吃过点心，许情深走向客厅。这栋别墅比九龙苍还要大，她坐在舒适的沙发上，将电视打开。

蒋远周坐到她身侧，两人视线相对。她住进了"皇鼎龙庭"，她知道，霖霖的身世没什么好隐瞒的了。许情深想要告诉蒋远周，但今天不是时候，她忽然伸手握住蒋远周的手腕。

"明天，让你爸过来吃顿饭。"

"为什么？"蒋远周不解地问道。

"不为什么，庆贺我们搬新家了。"

蒋远周看着许情深的手，他不由得回握住她的手，手指在上面摩挲了几下："搬新家也是我们的事，他的人时时刻刻盯着，他会知道的。"

"有些事总要说清楚。他不祝福是他的事，但我不想他再把主意打到我和霖霖身上。"

蒋远周朝她凑近了些："放心，以后我保护你。"

"我知道。"

"你如果真要让他来，可以，我听你的。"

"好。"许情深微笑着说道，"那就明天晚上吧，多准备几个菜，一家人聚聚。"

515

晚上。

许情深在蒋远周后背推着，将他推出了房间。

男人转过身，正好看到许情深要关门："你带两个孩子恐怕不行，你不至于还要锁门吧？"

"我可以的，放心。"许情深说完，将门咔嗒一声关上，蒋远周清清楚楚听到了门被反锁起来的声响。

她这是在防他？

人都住进了他的屋子，她还防得住吗？

本来他想让保姆带着睿睿，可睿睿非要和霖霖一起，还是许情深说了没关系，今晚就让两个孩子跟着她，但睿睿毕竟不是她的孩子，蒋远周自始至终都怕许情深心里这根刺会扎得她难受。

许情深转身回到床前，蒋远周在外头站了会儿，还是先回了客卧。

准备睡觉的时候，许情深想想不妥，又开门出去了一趟。她蹑手蹑脚地在儿童房内进出了两次，然后重新关上门，将睿睿喝过的空奶粉盒都叠了起来，就靠着门板放。

这些奶粉盒据说还是睿睿的玩具，他不肯让人丢掉，许情深又将几个带铃铛的玩具放在最上面。

一切准备妥当之后，她这才去睡觉。

蒋远周洗过澡出来，下了趟楼，问用人拿了主卧的备用钥匙。

他一步步往楼上走，这个时候许情深肯定睡了，蒋远周来到卧室前，开门的时候特别小心，没有弄出一丁点动静。他转动了一下门把，然后轻轻往前推。

卧室内漆黑一片，看来真睡了。

哐当。

忽然一阵声响传到蒋远周的耳中，还伴着清脆的铃铛声，他将门彻底推开，里面的许情深被惊醒了，只是一下没反应过来，声音还迷迷糊糊的："谁啊？"

蒋远周顾不得那么多，迈开修长的腿大步往里走，一脚正好踩在铃铛上。

接二连三的声响让许情深彻底醒了。蒋远周摸黑到了床前，许情深抬起手臂刚要开灯，就感觉到被子被人掀开了。

很快，她整个人被一股力道推去里侧。

蒋远周霸道地上了床，手臂朝着她的肩膀压去，许情深被压进大床内，男人一个翻身又把她给压住了。

羊都入狼穴了，怎么还防得住这头色狼呢？

许情深踢了两下腿："你起来。"

蒋远周怀抱里都是这具软软香香的身子，他将被子扯到身上，将两人紧紧地缠在了里头。

516

"有些事我们说好了的……"

"谁跟你说好了？"蒋远周大口喘着粗气，"那是你说的，我没答应过。"

"难道你就一点儿都不想我？"男人说着，手掌朝许情深最敏感的地方摸去。

许情深一时没忍住，嘴里的声音溢了出来。旁边紧挨着的霖霖动了动，然后将被子踢开。

蒋远周全身绷得不行了，动作也放肆起来，许情深耳朵尖，听到身边传来嗯嗯啊啊的声响，好像是两个孩子都醒了。

她将蒋远周推开："你自己看看，你先别动……"

许情深从被窝里钻出来，好不容易伸出手将台灯打开。

蒋远周坐在她的身上，他将被子掀开，看到霖霖和睿睿都坐了起来，霖霖的头发像是炸开的鸟窝，整个人呆萌呆萌的，眯着一双大眼睛，两个孩子神情一致地盯着蒋远周。

许情深又朝他推了一把，他差点从床上栽下去。

她忙让两个孩子躺下："睡觉。"

然而他们被吵醒了，又来了精神，不光不肯再睡，还都转动着大眼睛盯着蒋远周。

许情深理了理自己乱糟糟的头发："你不出去，他们也不会睡了。"

蒋远周尽管十分不满，但还是被赶了出去。

经过卧室门口时，他看到那边散落了一地的奶粉罐和玩具。

翌日。

蒋远周坐在沙发上，看着许情深走来走去。原本冷冷清清的房子内忽然多了两个孩子，玩具被丢得到处都是，许情深就跟在后面收拾。

男人跷着二郎腿，视线跟着许情深移过来、挪过去。

许情深来到他的身侧，示意他起身。

"怎么了？"

"你的眼睛长哪里去了？"许情深将他推开，从他身下拿出一本故事书，"坐在上面没感觉？"

"没感觉。"

许情深将书放到茶几上，蒋远周紧接着道："紧绷得麻木了，所以坐上去的时候真没感觉。"

她回身在他前额上推了下，蒋远周就势往后躺，还想去拉许情深的手，她将手背到自己身后，问道："打电话给那边了吗？"

"打了。"

"怎么说？"

"我说可以给他看看孙子，问他来不来。"蒋远周身体坐直，手臂自然地揽住许情深的腰，她垂首盯着他的头顶道："我去准备晚饭。"

"厨房里不是有人吗？"

两人你一言我一语的，完全将沙发上的另一个人当成了透明人。老白抬头朝窗外看看，现在许情深回来了，也不知道这把狗粮他要吃到什么时候。

"老白。"

冷不丁听到许情深在叫他，老白回过神来："有什么吩咐，蒋太太？"

"你最近有在相亲吗？"

老白一脸茫然："什么相亲？"

"你都这岁数了，想要自由发展看来是难了，只能依靠相亲。"

老白认真地摇头："以前相过，不过都不太满意。"

"这样看来，你要求很高。"

"也不是……就是……"

许情深听到身后传来动静，扭头一看，霖霖摔倒了，她大步朝着两个孩子走去。可怜老白话只说了一半，许情深顾了孩子就顾不上他。老白支支吾吾的，蒋远周看在眼里："怎么，思春了？"

老白一听，音调立马扬高几度："蒋先生，您别胡说。"

"也对，照理说，你应该过了思春的年纪。"

"……"

傍晚时分，蒋东霆来到皇鼎龙庭，蒋远周和老白都在，老白起身打了个招呼。

蒋远周正在看两个孩子玩，蒋东霆过去几步："睿睿，到爷爷这儿来。"

睿睿跟他并不亲。蒋东霆让管家将礼物盒拿过来，孩子看到玩具总是把持不住，睿睿几步就走到蒋东霆跟前。蒋东霆眉开眼笑："看爷爷给你带了什么好东西。"

蒋东霆许久没跟睿睿玩了，他将包装盒拆开，里面有几辆颜色鲜艳的小车。霖霖在边上瞅着，蒋远周扫了眼："你就买了一份？"

"我就只有一个孙子。"

蒋远周的面色有些不悦，蒋东霆的视线扫过霖霖："这种来历不明的孩子，也就只有你能接受。"

客厅内的气氛又紧张起来。老白和管家都不说话，许情深站在厨房前，蒋东霆看过去："装得倒是像，可惜真不是什么贤妻良母。"

蒋远周眼眸微眯，实在搞不懂许情深为什么非要把蒋东霆喊来，他刚要动怒，就听到了一串脚步声。

许情深手里端着茶，面目含笑，她将茶杯放到茶几上，而后冲着蒋东霆道："爸，喝水。"

她不需要用激烈的言辞去刺激他，光是这一声爸，就足够令蒋东霆怒火中烧："我不是你爸！"

　　"他要不稀罕，以后都别叫他。"蒋远周在旁说道。

　　许情深握了握双手："晚饭准备好了，去吃饭吧。"

　　蒋东霆朝她看了眼，蒋远周率先起身，拉过许情深的手："他可能还怕你下毒。走，我们去吃，还有……老白，你也坐吧，吃了晚饭再走。"

　　"谢谢蒋先生。"

　　许情深径自来到酒柜前："我们喝点酒吧。"

　　"我不喝。"

　　许情深拿了两瓶酒走到餐桌前。管家替蒋东霆拉开椅子，蒋东霆也让管家坐下。许情深伸手拍了拍蒋远周的胸："喝吧，没关系，两年前的事都过去了，不会再有人灌你酒来害你了。"

　　蒋东霆听在耳中，再想到凌慎对蒋随云的所作所为，他知道许情深不会无缘无故这样说，这句话分明就是在打他的脸。

　　蒋远周坐到位子上。许情深开了酒，要给蒋东霆斟上："爸，喝点酒没关系吧？"

　　"喝酒没关系，但是我担不起许小姐这声称呼。"

　　"不管你担不担得起，我都得这么叫你，毕竟我和远周在一起了，他的爸爸就是我的爸爸。"

　　月嫂带着两个孩子过来，让他们坐到儿童座椅上。

　　大家围着桌子坐定，许情深朝蒋远周手边的杯子内也倒了半杯："没事，就半杯而已。"

　　蒋远周拉过她的手："坐吧。"

　　"好。"

　　许情深挨着蒋远周入座，就连用人都坐了下来。蒋东霆心里明白，这女人无非是要摆出一副女主人的样子，把他喊来，是要耀武扬威吧？

　　许情深端起杯子，看向诸人："我今天很高兴，看到的都是熟悉的面孔。两年前，你们就在这儿了；两年多以后我回来，你们还在这儿。"

　　这话听在别人耳中是舒服的，蒋东霆却感觉被人扇了一巴掌似的。

　　他两年前就千方百计要拆开他们，如今呢……兜了一个圈，许情深还是回来了。

　　许情深喝了口酒，一名保姆起身说道："蒋太太，您能回来，我们也高兴，真心为您和蒋先生感到高兴。"

　　蒋东霆却听不得这样的话："蒋太太？这声称呼怎么能随便乱喊？"

　　那名保姆吓得手一抖，不敢说话了。

　　许情深笑了笑，让她入座："爸，你别这么严肃。"

"许情深，你还真想做蒋太太？"

她的唇瓣翘了起来，眼睛直直地盯着蒋东霆："爸，我既然跟蒋远周在一起了，当然会跟他结婚，我可是很保守的人。"

老白盯着面前的酒杯。这种场合，他们是插不上嘴的，他一心想着许情深说的相亲的事，是啊，人生大事可不能耽误了……

蒋东霆冷冷一笑："这恐怕是我听过的最好笑的故事。"

"爸，你这样说我，是因为你对我还有误会。"

"那你说说，我对你还有什么误会？"

许情深手掌穿过发丝，然后用掌心托着小脸。蒋远周知道蒋东霆有意为难，他身子往前倾去，只是还未开口，许情深就握住了他的手："蒋远周，我跟付京笙没有结婚。"

"开什么玩笑？"蒋东霆冷哼，"撒谎成瘾了是吗？要不要现在去民政局查一次？"

许情深神色镇定，手指在蒋远周的手背上摩挲着："当时霖霖出生后，我一个人带着她很难生存，付京笙说他想要有个家，说我们可以做有名无实的夫妻，我考虑再三之后答应了。我们没有去民政局，但霖霖需要落户，以后还要上学，你也清楚付京笙的本事，所谓的婚姻关系是他在电脑上完成的，我可以申请离婚，只是还需要时间。"

蒋东霆听在耳中，越来越气，在他看来，这就是一派胡言。

"你们是夫妻不假，住在一起也不假，你不会还想说，你们自始至终就没做过夫妻吧？"

"是。"许情深神色坦然，没有丝毫心虚，"我跟付京笙一直是分房睡的，从来没有过夫妻之实。"

蒋东霆捏紧手边的酒杯。这种话说出去谁相信？

"你这谎言，骗骗三岁的孩子还差不多。"

许情深朝蒋远周挨近些许，目光对上男人眼底的幽暗："蒋远周，你呢，你信我吗？"

蒋远周的喉结轻滚了下，目光在她脸上不住地逡巡，他点了点头："我信，我当然信。"

蒋东霆气得差点昏厥过去："远周，你是不是被这个女人迷了心窍？！"

"爸，你不肯相信，无非是不想我进蒋家。"

"许情深，你觉得这种话……说出去有几个人相信？"

许情深笑了笑，反驳道："你是觉得同在一个屋檐下，孤男寡女做不到是吗？"

"你自己心里最清楚！"

"那蒋远周和凌时吟呢？当初我跟霖霖相依为命的时候，电视上铺天盖地的新闻

520

都是他们，说他们在一起了，我还看到他们一同出席睿睿的百日宴，但是蒋远周说他和凌时吟从未有过关系，我就相信。"

蒋远周听闻，心里还是忍不住有些酸涩，他拉过许情深的手，另一手环住了她的肩膀。

"你相信，是因为你根本就不在乎，你要的只是蒋太太这个名分。"

"我跟你们说清楚这些，是想让自己跟过去告个别，我不需要你的相信。蒋太太这个名分，要给也是蒋远周给我，因为我要做的，是他的太太！"许情深一语落定，铿锵有力。

蒋东霆唇角颤抖，他看了眼蒋远周，蒋远周的模样完全是相信了许情深的话。

他恨得牙痒痒。

许情深看蒋东霆的面色青一阵白一阵，心里快慰极了："爸，还有一件事我必须劝你，'害人终害己'这话，我想你应该印象深刻吧？"

她完全没有给蒋东霆面子，也不需要给他，毕竟她是恨着蒋东霆的。如果不是他，很多事怎么可能到今天这样的地步？

许情深让蒋东霆过来，就是要让他知道，他当年的自私终究也害了他自己。

许情深轻拭下眼角，坐起身，紧盯着对面的蒋东霆："当初你让人把孩子换走，但你有没有想过，如果这件事没有成功呢？蒋东霆，睿睿真是你蒋家的孙子吗？你真的能够确定吗？"

蒋东霆的双眼陡然间圆睁，好似受了巨大的打击。他拿起酒杯，然后重重地掷到桌上："你这个女人，真是无所不用其极！"

"你是想说亲子鉴定是吧？"许情深唇角边的冷笑越来越明显，"改了。"

"什么改了？"

"亲子鉴定的结果被付京笙改了。"

蒋远周同样大吃一惊："什么，孩子换了？"

许情深轻握住他的手掌："远周，霖霖跟付京笙没有关系，她是你的亲生女儿。两年前……爸想要把她换走，只是付京笙从中插了一脚。睿睿根本不是凌时吟的孩子，他是个弃婴，你拿到手的那张亲子鉴定书也是假的。"

蒋远周如遭雷击，定定地看着蒋东霆。

"不可能，不可能——"蒋东霆激动地站起身，一手指着许情深，"你现在又想让你的女儿进蒋家，还想给她换上公主的身份是不是？"

此刻，别说是蒋东霆和蒋远周，桌边除了睿睿和霖霖，哪个不是满脸震惊？

许情深鼻子泛酸，眼角渗出湿意："远周，你明天带着霖霖去做个亲子鉴定吧。这次，不会再有人干扰鉴定结果了。"

"我不信！"蒋东霆觉得好笑，"明明是个孙子，怎么会变成了孙女？许情深，你居心叵测！"

"爸，两个孩子都在这儿，虽然他们还不懂，但你这么重男轻女，如果亲子鉴定的结果出来，你是不是还不打算认霖霖这个亲孙女了？"

蒋东霆坐了下来，旁边的管家赶忙安慰："老爷，这种事您急也急不来啊，这毕竟关系到蒋家的血脉，亲子鉴定是肯定要做的，还是等结果出来以后再说吧……"

许情深轻吸了下鼻子："难道你们都没发现，霖霖长得很像我吗？"

蒋远周推开椅子站了起来。

霖霖和睿睿坐在一起，胸前围着围兜，因为之前吃过炖蛋，嘴上还有残留的蛋渍。这会儿两个孩子拿着勺子正在对战，玩得不亦乐乎，完全没有注意到大人的世界究竟发生了什么。

蒋远周一步步走过去，双腿犹如灌满了铅，沉重得不像话。

许情深盯着他的背影，这个时候，她心里是真难受，难受到再也伪装不了坚强。

男人走到霖霖身旁，蹲了下来。霖霖停止了打闹，忽然扭过脑袋，一双大眼睛盯着他，乖乖地一动不动。

蒋远周看着霖霖的眉眼。他不是第一次这样仔细地看霖霖，可这次又不一样——许情深说她是自己的女儿。

男人伸出手摸向霖霖的脸蛋，霖霖举起手里的勺子，敲了敲蒋远周的头。

到了一个新环境，霖霖没有丝毫的陌生感。蒋远周伸手将她小小的身子抱到怀里，他的手臂都在颤抖，生怕压痛了她。许情深眼里的身影是破碎的。

"爸爸——"霖霖旁边的睿睿喊了一声。

许是感觉到了蒋远周对霖霖的亲昵，睿睿变得格外安静，一双眸子紧紧地盯着蒋远周。

男人摸着霖霖的脑袋，似乎没有听到睿睿的喊声，他嗓音轻颤着说道："原来我有个女儿，原来你是我女儿。"

"远周！"蒋东霆冷着脸说道，"你这就相信了？仅凭这个女人的几句话，你就信了？"

蒋远周松开怀里的霖霖，站起身来，目光里涌动着暗潮："不然呢？难道我还应该相信你？是你抱回了睿睿，说这是我和凌时吟的孩子，所有的错误都是你造成的，你有什么资格在这里问我要不要相信？"

蒋东霆直视着对面的许情深："她和付京笙本来就是一伙的，从一开始，孩子的事就是他们策划好的，现在付京笙出事，这个女人为了跟他断得干干净净，为了进蒋家，什么话都敢说……"

许情深的视线对上蒋东霆的，没有丝毫避让："你把睿睿抱回来，说这是蒋远周的孩子，对，你以为你保住了蒋家的孙子，可如果睿睿真是你的孙子，你最对不起的人就是他。蒋远周为那一晚付出的代价还少吗？他以为睿睿是凌时吟的孩子，所以他对睿睿没有太多的亲近。蒋东霆，是你，是你将所有人都玩弄在股掌之间，你以为你能一手遮天，现在好了，霖霖才是蒋家的孙女，但是你放心……我不会让她认你这个爷爷，这是你咎由自取！"

蒋东霆坐在位子上，全身哆嗦着。旁边的管家见状，赶紧拦住许情深："许小姐，你少说两句吧，看把老爷气成这样，万一有个好歹……"

蒋远周站在霖霖的椅子旁边，单手插在兜里，忽然说道："这儿没有许小姐，只有蒋太太。"

蒋东霆站起身来："这顿饭我是无福消受了，但是许情深，你要进蒋家，门都没有。"

许情深抬头："你这是要走？"

男人推开椅子，旁边的管家赶紧搀住他，许情深跟着站起身来："哪天我跟远周登记结婚之后，我们会通知你的。"

"你敢！"

许情深收起脸上最后的笑意，视线扫向不远处的男人："蒋远周，你敢不敢娶我？"

这一声铿锵有力，一下就将蒋远周拉回了很久之前，他第一次见许情深的场面。

她对他说："我给你，你敢不敢要？"

他蒋远周有什么不敢要的？

几年前，蒋远周要了许情深；几年后，面对几乎同样的问话，蒋远周的心境完全变了。

第一次是纯粹的猎艳，这一次，他蒋远周甘之如饴，求之不得。

"我为什么不敢？"蒋远周说道。

许情深嘴角轻翘："因为我被人说成是不干不净的人，你要娶我，而我要风风光光的婚礼，我要所有人都知道我是蒋太太，你就不怕被人指指点点，丢了你蒋家人的面子吗？"

"这个好办，谁要敢说一句闲话，我撕了他的嘴！"

许情深点点头，然后面向蒋东霆："你看，你儿子敢娶我，他敢娶，我又有什么不敢嫁的呢？"

蒋东霆听得出来，许情深这是存心的。

许情深看着两人出去，她坐回椅子上，餐厅内瞬时静谧无声。

蒋远周弯腰将霖霖抱了起来。旁边的睿睿仰起小脸，这么小的孩子按理说应该什么都不懂，但要说他不懂，眼里却分明流露出恳求和希冀。

许情深过去，抱起睿睿，然后让用人将两把儿童椅搬到他们边上。

蒋远周的额头抵着霖霖，心里被各种各样的感情充斥着，有激动，有雀跃，也有心酸。许情深走过去，手掌轻轻落到蒋远周的肩头，身子随后朝他靠去，脸贴着蒋远周的后背，说道："对不起。"

霖霖轻轻喊了声妈妈。

蒋远周睁开眼，看着怀里的女儿："霖霖，喊一声爸爸。"

孩子朝他看看，却伸出双手想要许情深抱："妈妈，妈妈。"

她明显是吃醋了，看到许情深抱着睿睿，霖霖有些委屈地朝许情深倾身，蒋远周这个时候却怎么都不肯松手："宝贝，叫我一声爸爸，我是你爸爸啊。"

霖霖着急地冲许情深伸出手臂，蒋远周手掌轻握住她的肩膀："霖霖。"

许情深怀里的睿睿朝蒋远周张开了手，也想让他抱。许情深将睿睿放到蒋远周怀里，他似乎还不肯放掉女儿，但霖霖已经扑到了许情深身前。

许情深抱着霖霖来到餐桌前，将孩子放回座椅内。

"先吃饭吧，菜都凉了。"老白赶紧说道。

睿睿也坐回了椅子内。蒋远周单手撑着前额，似乎还未从这件事中抽回神，他喝了口酒，却一下喝得太猛，酒精滑过喉咙，他手背压着唇角，眼圈微微红了。

许情深看向男人："我知道你会觉得荒诞，当付京笙将这件事告诉我的时候，我也不敢相信。"

空气好像都被冻住了，佣人们面面相觑，这样的事实别说蒋远周了，就连她们都觉得难以相信。

蒋远周之前的痛、现在的难受，她们都看在眼里，但是许情深吃的苦不比他少。毕竟当初蒋东霆是换过孩子的，换没换走另说，但如果换走了呢？

谁都不说话，也都没有动筷，蒋远周再度看向霖霖："不用做亲子鉴定了，她就是我女儿。"男人直起身，收拾好情绪，"我不想我的儿子、女儿一直辗转在亲子鉴定书中间。"

许情深闻言，也有些动容："但万一付京笙连我都骗了呢？"

"没有万一。"蒋远周紧接着又道，"两个孩子都是我的，一儿一女。"

许情深听出了蒋远周话里的意思，没再说话。男人沉浸在方才的情绪中，似乎一下还出不来，他坐在椅子上："情深，睿睿毕竟跟在我身边一年多了……"

"我明白。"许情深早就想到了这样的结果，"我没说不接受他，是，我们以后就是两个孩子了，一儿一女。"

几乎没有人动筷，蒋远周轻笑一下："今天是个好日子，值得庆祝。"

"蒋先生，菜都要凉了。"

"那就去热一下，没关系，时间还早。"

那一晚，除了蒋东霆败兴而走之外，其余人都尽兴了。

许情深照顾好两个孩子后下楼时，老白还没回去。

蒋远周坐在老白身侧，老白朝他看看："蒋先生，您又没喝多少酒，怎么看上去倒像喝醉了。"

"你才醉了。"

老白笑了笑："我是醉了。"

"老白，"蒋远周侧过身，"我忽然有些害怕，不知道怎么跟霖霖相处，她是我的亲生女儿，我却不知道怎么去跟她亲近。"

"您多抱抱她，多带她玩玩就好了，孩子嘛，她还小……"老白满身的酒气，挥着一条手臂道，"有吃的有玩的，过不了多少日子，她就会开口喊你爸爸。"

"是吗？"蒋远周双手交扣，"我也希望能这样。"

许情深走下楼梯的时候，隐隐听到下面有说话声传来。

"蒋先生，您还不去睡觉吗？"

"那你呢，为什么还不走？"

"我，我醒醒酒。"老白乐呵呵地道。

"你有什么好开心的？又不是你认女儿，值得你喝这么多酒。"

老白甩了甩脑袋："我替您高兴啊！蒋先生的事就是我的事。"

许情深不由得轻笑，这老白真是喝多了。

"蒋先生，您别担心……霖霖是您的女儿，亲生的，她肯定会认您的。"

"是。"

"所以，您赶紧睡吧。"

蒋远周撑着额头："许情深怀孕的时候我就不在她身边，霖霖出生的时候我也不在，所以她喊的第一声爸爸，不是对着我。"

许情深欲要跨下去的脚步收住，这样望去，正好看到蒋远周和老白坐在一起。

老白也不知道应该怎么安慰他："没，没关系，以后再生一个，把这种遗憾全部弥补回来。"

"老白，你说那么漫长的时间里，许情深有没有偷偷告诉过霖霖，我才是她的爸爸呢？"

许情深听到这里，眼睛里冒出酸意。

蒋远周紧接着又道："应该有吧？反正霖霖也不懂，许情深偷偷地告诉她一句，自己心里也会好受不少吧？"

"蒋先生，以前缺失的东西就算了吧，以后好好弥补就成。"

蒋远周双手插入了发丝内。许情深走下台阶，心里的酸涩一直在蔓延。她走到客厅内，蒋远周猛地一抬头，似乎没想到许情深会下来。

许情深朝老白看看："赶紧让司机送你回去，时候不早了。"

"好好好。"老白着急地起身，"蒋先生、蒋太太，晚安。"

许情深朝蒋远周伸出一只手，男人将手放到许情深的手掌上。回到卧室，霖霖和睿睿都睡了，蒋远周朝大床看了眼，自顾掀起被子躺到了霖霖的身边。

许情深张了张嘴："喂。"

"我躺会儿就走，看看女儿。"

她也不好赶他走。蒋远周小心翼翼地朝霖霖挪近些，他侧着身体，单手撑住脑袋，端详着身前的孩子。

许情深坐在另一侧的床沿，蒋远周手指抚过霖霖的脸蛋："长得真像你。"

"是，都说女儿像爸爸，霖霖却像极了我。"

蒋远周低下头，在她的面颊上亲吻了一下，似乎觉得怎么亲都亲不够，蒋远周又亲了两下。

霖霖皱皱眉头，脸动了下。

"你为什么要答应付京笙？你跟他在一起的时候，了解过他的底细吗？"

"你是说我为什么同意跟他结婚吧？"

蒋远周被"结婚"二字刺了下："你们这不叫结婚。"

许情深顺着他的话往下说："是，这不叫结婚。付京笙跟我提议的时候说，我们可以组成一个家庭，互不干涉，但彼此的生活又能方便很多。他说他喜欢同性，需要我以一个同妻的身份掩护他，我就答应他了。"

"他真是？"

"这我就不知道了。"

蒋远周伸手将睿睿的小手拉过去："睿睿在他刚睁眼的时候被人丢弃过一次就够了，不会再有下次了。"

睿睿到了蒋远周手里也是幸运，且不说他有养活睿睿的能力，至少在许情深看来，蒋远周担起了睿睿的父亲这个角色之后，就不会轻易放下。

许情深觉得有些冷，只能掀起被子躺到睿睿身边。

一张床上睡四个人自然是很挤的，不过蒋远周现在的心情许情深能理解，刚认回女儿，她总不能立马就赶他走。

蒋远周端详着霖霖的脸蛋，许情深挨不住了，慢慢闭起眼。

她睡着了，只不过没脱衣服。也不知过了多久，许情深睁开眼，见蒋远周还没睡。

"几点了？"

"还早。"

许情深迷迷糊糊地说了一句："赶紧去睡吧，明天不是还要去医院吗？"

"我知道。你先睡，我马上就走。"

"记得啊……"许情深嘟囔了一句，她这一觉睡过去，睁眼的时候天都亮了。

许情深觉得腰酸背痛，但床上躺了四个人，她压根不敢乱动，生怕一个翻身就会掉下去。

她难受地动了下肩膀，却发现不只肩膀动不了，就连腿都动不了。

许情深睁大了眸子，耳侧的呼吸声很明显，她侧过脸去，看到蒋远周眼帘紧闭，她吓了一跳："你怎么在这里？"

蒋远周眉头轻动，慢慢睁开了双眼："你怎么在这里？"

他倒是说了一句一模一样的话。

许情深将他推开，蒋远周顺势躺到边上去，她坐起身来，在床上没看到霖霖和睿睿，于是推了推蒋远周的肩膀："孩子呢？"

"孩子？"蒋远周朝旁边摸了摸，然后恍然大悟似的说，"月嫂好像进来过，带着他们出去了。"

"我睡得这么沉？"

蒋远周敲了敲自己的额头："你怎么到我床上来了？"

"你是真糊涂呢，还是装糊涂？"许情深说完，掀开被子就要下去，蒋远周忙一把拽住她的手臂。男人将她拉到自己身侧，"昨晚睡得真好。"

"你怎么没回自己的房间？"

蒋远周看了眼四周，一脸的恍然大悟："我以为这是在自己的房间呢。"

许情深觉得蒋远周这睁眼说瞎话的本领真是越来越高了："你昨晚一直睡在这儿，还是早上偷偷摸进来的？"

"我昨晚跟霖霖说了好多悄悄话，说着说着，我也不知道怎么就睡过去了。"

"所以，你一整晚都睡在这儿。"

蒋远周抱住许情深："好久没抱着你睡觉了……"

她朝他胸前推了把，蒋远周用脚压住许情深的腿："再睡会儿。"

"起来——"

第九章
好好地爱你

蒋远周的车来到星港医院的门口，老白下去后亲自打开车门。

许情深双脚落到地上后，抬头盯着"星港医院"四个大字。蒋远周走到她身旁，一手拉住她的手掌，许情深跟着男人往里走。

她对这儿太熟悉了，而且医院一年三百六十五天都是那副样子，不会有大的变化。

蒋远周带着许情深来到一间办公室门前，门口聚集了不少人，很多都是老面孔。

"蒋夫人。"

"蒋太太。"

这里是医院，许情深听到这声称呼很不自在："还是叫我许医生吧，或者名字也行。"

蒋远周拉着她的手进去，许情深方才走到门口的时候其实就认出来了："这里先前不是周主任的办公室吗？"

"对，我让人重新布置了下，你看喜欢吗？"

"这不合规矩吧？"

"'蒋太太'三个字就是星港的规矩。"

许情深目光扫了一圈，看到不远处的衣架上挂着一件崭新的白大褂。蒋远周走过去将它取下来，许情深伸手，男人却并未将它放到她手里。

他替她脱下外套，然后将她的战袍给她披上。

许情深抬起手臂，蒋远周将扣子给她一颗颗扣上。"恭喜你，许医生。"

"但是瑞新那边……"

"放心，我会安排人过去辞职。"

许情深觉得有些不妥："还是我自己去吧，那毕竟是闵总介绍的工作。"

"没关系。"蒋远周轻笑，"瑞新那边我打个招呼就好，毕竟当初也是买我一个面子，所以……"

许情深一听，恍然大悟，她手指抚过胸前的几个小字，嘴角轻翘。

"你先去忙吧，反正我今天不看诊，有些东西还得重新熟悉。"

"好。"蒋远周转身欲出去，想了想后回到许情深面前，"晚上跟我一起回去，我带你去买两套衣服。"

"我有衣服。"

"今晚有个应酬，不过你可能不会喜欢，实在不行的话……"

"好。"许情深答应下来，"我可以早点走，顺路去做个发型。"

"做与不做你都是最好看的。"蒋远周说完，上前抱住许情深的腰，"我最想早点回家，陪着你陪着孩子。"

这大概就是最简单的生活吧？

然而每个人都有他所要扮演的社会角色，"蒋先生"三个字自带光环，这一点，许情深从最初接触他的时候就知道了。

下午，蒋远周接了许情深离开医院，两人一道去店里选衣服。

来到举办宴席的地方，在门口的签到处，蒋远周随了礼，弯腰写上名字，许情深在名单上看到了穆成钧和凌时吟的签字。

这位穆先生，就是凌时吟现在的未婚夫。

蒋远周直起身，将笔递给她："请吧，蒋太太。"

她的神色间微有怔忡，看到不少人围在边上，都在冲他们微笑。许情深接过笔，紧挨着蒋远周的名字签上了"许情深"三个字。

她将笔放回桌上，蒋远周看了一眼，唇角漾起一抹弧度，忽然拿起那支笔，在她的名字前面添了一个"蒋"字。

蒋许情深。

许情深在心里默念了两遍，竟然觉得这样还挺好听的。

穆成钧和凌时吟比他们早到了一步，穆家在圈子里向来受人尊敬。

许情深挽住蒋远周的胳膊往里走，远远地听到一声声称赞。

"穆先生和凌小姐真是天造地设的一对啊。"

凌时吟享受着这一切，虚荣心得到了最大的满足，她笑意盈盈地靠着穆成钧，满脸娇羞："各位长辈过奖了。"

又有人喊了一声："蒋先生来了。"

许情深看到不少人涌过来。这就是位高权重的好处吧？走到哪儿都犹如众星捧月。

蒋远周眉宇间有些厌烦之气，但很快就被隐藏起来。

有人跟穆成钧打过招呼："先失陪。"

凌时吟转过身，看到了许情深。

这个女人是她心里扎得最深的一根刺，已经扎进了骨血里面，再难挑出来。

凌时吟恨不得将许情深踩进地底下，踩到淤泥中，让她永远都抬不起头，因为她不配！

可是如今，她穿上了最华丽的衣服，戴上了最珍贵的首饰，最关键的是，许情深站在了凌时吟一直以来心心念念的那个位子上。这对凌时吟来说，无疑是最大的讽刺。

男人有男人的话要说，寒暄过后，女人跟女人就聚在了一起。

凌时吟跟几个平日里玩得好的人坐在一处，她的手掌落在腿上，身旁的女友拉过她的手："啧啧啧，时吟，这就是你的订婚戒指吧？好大好闪啊。"

许情深拿着包从前面经过，凌时吟抬起手掌："当然，这是我家成钧精挑细选的，他说谁都能委屈，就是不能委屈了我。"

"是吗？真幸福啊！"

许情深走过去，见对面还有空位，就坐了下来。

圈子里冷不丁挤进来一个人，看清楚是许情深后，几人的面色都有些不对，可最终还是软了口气："蒋太太。"

许情深嘴角轻掀："看什么呢？钻戒？"

凌时吟握起手掌，将手放到自己的腿上："许姐姐，你现在是蒋太太，当然看不上我们这种小玩意。"

许情深漫不经心地瞥了眼："你说得也是。"

另外几人面面相觑，都知道这两人之间的微妙关系。凌时吟不想表现得太过咄咄逼人，但许情深往那儿一坐，摆明了是来挑衅的。

"也不知道许姐姐和蒋先生什么时候结婚？"

许情深倚在沙发上，目光慵懒地看向凌时吟："你没听蒋远周怎么介绍我吗？"

"是，说是蒋太太，也不知道这名分是不是空的呢？"

"那你去问蒋远周啊。"

许情深的一句话就将凌时吟打蒙了，她喉头轻轻滚动了几下："我哥哥死在付京笙手里，那时候你是他的妻子，这件事跟你也有关吧？"

许情深轻摇下头："不，与我无关。"

"谁信？"

"信不信是你的事。"

两人之间明显充斥着火药味。凌时吟终究过不去那道坎，现在蒋远周带着许情深这样招摇过市，而她凌时吟，时隔这么久，却还是个笑话。

只要蒋远周跟许情深在一起一天，她就是东城最大的笑话。

凌时吟想起身就走，可这么多人看着，她如果就这样离开，跟落荒而逃又有什么两样？

许情深双手交握，一根纤细的手指在手背上轻轻敲打两下："凌时吟，还有件事我觉得我有必要告诉你。"

"什么事？"

"睿睿是我的亲生儿子，想必你已经知道了。"

凌时吟的脸色冷了下去："那又怎样，你看看睿睿肯认你吗？还有，带着一个来历不明的孩子生活了一年多，许情深，你现在心里是什么滋味啊？"

"什么滋味？"许情深轻笑出声，"我觉得很开心啊，我感到无与伦比的幸福。睿睿和霖霖都是我的孩子，我当初怀的是龙凤胎，现在好了，两个孩子都在我身边，我很满足。"

"你说什么？"凌时吟难以置信地出声，"这是不可能的事！"

"凌小姐，你又没怀过孩子，你怎么知道不可能？"

凌时吟的神色激动起来："你没必要在这里刺激我，这种事与我无关，那是你跟蒋远周的事。就算两个孩子都是你的，那又怎样？我祝福你们就是了。"

旁边的几人倒是都想替凌时吟说话，可许情深现在头上冠着蒋太太的名，谁都不敢去得罪。许情深坐在位子上，似乎没有走的意思，而凌时吟又不肯先起身，两边只能僵持着。

许情深微微偏着头，直勾勾地盯着凌时吟，毫不避讳，如果对面坐着的是个男人，是不是早就把持不住了？

凌时吟迎上许情深的视线。想她和万毓宁各自都有过人之处，身后又有庞大的家庭背景，可她们为什么都输给了许情深？

其实不难理解，蒋远周栽在许情深身上，还不是因为她的身体和这张面孔？

这也是凌时吟最看不起她的地方，以色侍人，色衰而爱弛。

"许情深，蒋先生教过你一些宴会上的礼仪吗？"

许情深摇了摇头："这东西还用学吗？"

"自然。"凌时吟朝身侧的几人看看，"不信你问她们，我们这些人……哪个没上过专门的礼仪课？"

许情深将包放到茶几上，身子微微往前倾，眼里露出兴味："听上去真不错，两年前那晚，凌小姐去小楼的举动，是不是也是从礼仪课上学来的？"

凌时吟陡然一惊，仿佛置身于冰天雪地里，又被人一盆冰水从头浇到脚。

她的嘴唇哆嗦着，只是碍于旁人在场，生怕被人看出端倪，她勉强咽了下口水："真是好笑。"

许情深笑着，单手撑着侧脸："我也觉得挺好笑的，那是我听过最好笑的一件事。"

凌时吟别开视线，然后站了起来："成钧也不知道去哪儿了，我去看看。"

"好，好，快去找找。"旁边的朋友赶紧跟着起身。

许情深看着一伙人就这么散了，觉得实在无趣。

凌时吟四下找着穆成钧的身影，却在楼梯的转角处遇到了蒋远周。

男人疾步而来，差点撞上她，凌时吟往后退了一步，视线落定在他脸上。

蒋远周眯起眼，凌时吟垂在身侧的手掌轻握："远周。"

男人面无表情地盯着她，眼里没有丝毫波澜，却分明带着一种嫌恶。

凌时吟别开视线："远周，当年小姨的事我一点儿都不知道，我爸妈也完全不知情，现在我哥都死了，你能放过凌家吗？"

"你觉得可能吗？"

"凌家什么都没了，你总不能将无辜的人牵扯进去吧？"

"你想说，你是无辜的？"

男人眸子幽暗，像要将她看穿。

"我真不知道我哥为了我做了那么多事，如果我早知道，我肯定会制止他……"

"够了，凌时吟，我不屑于用难听的话来说你，有些事你也不需要跟我解释。你凌时吟是什么样的人，我心里清清楚楚。"

这话飘进凌时吟的耳中，像是用针一点点扎着她的心，真真是钻心的痛。

"那你说，我是怎样的人？"

"进小楼的那个晚上，没人逼你，是你自己进去的。"

凌时吟的脸色苍白如纸，蒋远周冷笑了一下："所以以后，别看不起任何人，因为在我看来，人人都比你干净。"

凌时吟握紧了双拳。早就过去的事情她也早该放开才是，可为什么偏偏就是这样不甘心？

"但是远周，你不能否认的是，我跟着你的一年多，我是真心实意对你好，对睿睿好，也对蒋家好啊。"

许情深百无聊赖，走过去几步，忽然看到蒋远周和凌时吟面对面站着，两人显然在说什么话，蒋远周居高临下地盯着凌时吟，面色一如既往地冷冽。

她往后退了几步，然后四下找着什么人。

不远处的角落里，穆成钧正和一人说着话，许情深快步上前："不好意思，穆先生。"

穆成钧朝她看看："蒋太太，有什么事？"

许情深朝穆成钧旁边的人看了眼，那人心领神会，冲穆成钧点了点头："穆先生，先失陪。"

"好，请。"

待那人走出去几步后，许情深着急地问道："穆先生，请问凌小姐呢？"

男人觉得奇怪："你要找她？"

"我找我先生，但我找了许久都没看到他的身影。"

穆成钧一听，唇角逸出冷笑："你找你先生，关时吟什么事？"

"我不放心，你也知道他们以前的关系……"

穆成钧脸上很明显露出不悦："蒋太太，我很相信时吟，请你适可而止。"

"那……真是不好意思，我再找找吧。"

许情深说完，转身走了。

穆成钧朝四下看了一眼，并没有看到凌时吟，他提脚往前走去。凌时吟和蒋远周站的地方并不明显，许情深看到穆成钧很快穿过大厅，朝楼梯口走去。

她快步跟了过去，一脚踏入视线宽阔的地方，许情深看到凌时吟拉住了蒋远周的衣袖。

穆成钧毕竟也是要面子的人，虽然他听不出凌时吟和蒋远周到底在说些什么，但两人肢体上很明显有纠缠，他垂在身侧的手掌握紧了。许情深在他背后看了一眼，没有丝毫犹豫，踩着高跟鞋快步走了过去。

许情深擦过穆成钧身侧，尖细的鞋跟有力地敲打在地上，蒋远周一抬头就看到了她。

许情深走到他身侧，目光不善地看向凌时吟。

"在说什么呢？躲在这么个地方。"

凌时吟猛地一惊，转过身去，视线穿过许情深看到了穆成钧。

她的脸上很明显有惊慌，蒋远周倒是神色自然，许情深过去倚靠在他身侧："聊什么呢？拉拉扯扯的，成什么体统？"

"没聊什么。"蒋远周轻声道。

凌时吟走到穆成钧身旁，男人冷冷朝她睨了一眼。

许情深挽住蒋远周臂膀的手掌微紧："凌小姐，我希望你以后知道'避嫌'二字怎么写。虽然这儿没有多少人来来往往，但大家都清楚你和远周之前的纠葛，所以我希望你——"

凌时吟看着穆成钧的脸色越来越难看，她脸色微变，忙出口喝止："许情深，你别胡说八道！我跟蒋先生根本没说什么……"

"没说什么？没说什么你们还拉拉扯扯？"

凌时吟双手捇住穆成钧的胳膊："成钧，不是她说的这样，她——"

"好了。"穆成钧声音很淡，不轻不重，将凌时吟的话打断了，"前面还有不少长辈，我们去敬杯酒吧。"

许情深盯着凌时吟的视线虎视眈眈，好像她真做了什么见不得人的事。

穆成钧带着凌时吟离开了，蒋远周摸向许情深的手背："人是你招来的？"

"关我什么事。"

蒋远周轻笑，许情深侧首看着他："你们在说什么？"

"提起了一些以前的事，她说小姨的死跟凌家无关，让我高抬贵手。"

"你信吗？"

"不管我信不信，都不需要告诉她。"

不远处，穆成钧大步往前走，凌时吟的个子本来就娇小，脚步也迈不开，几步之后就追不上他了，只能挽着穆成钧的手臂小跑着。

"成钧，成钧，你等等我。"

穆成钧陡然止住脚步，透出几许阴狠的目光落在了凌时吟的脸上："你们在说什么？"

"真没说什么。"

穆成钧推开她的手，凌时吟赶忙说道："就是正好碰上了蒋远周，我跟他说两年前小姨的死可能跟我哥无关，不能仅凭付京笙的一张嘴我们就要相信。我还说就算真跟我哥有关系，我爸妈也毫不知情，希望他能——"

"希望他能怎样？网开一面？手下留情？你觉得蒋远周会信这些话？"

"我不想蒋远周将凌家视为眼中钉。"

穆成钧的神色阴暗无比："我看是你心里对他还抱着别的念想吧？"

凌时吟一听，面色都白了："成钧，你千万别误会，没有这样的事！"

"没有最好。"穆成钧冷冷地开口，然后拔腿离开了。

参加晚宴的时候，许情深挨着蒋远周入座，旗袍绷得很紧，不能大口呼吸。

蒋远周的视线落到她胸前："应该给你准备条披肩。"

"我不冷。"

"我怕你胸冷。"

许情深轻踢蒋远周。

男人朝她凑近些："待会儿还有酒会，我陪你跳舞。"

"我不会。"

"没关系，我带你。"

许情深压低嗓音道："这不是百日宴吗，怎么搞这么多花样？"

"还不是为了热闹，排场大。"蒋远周说完，拉过许情深的手，"过段时间，我给霖霖和睿睿一起办一个。"

"既不是百日宴，又不是周岁，有什么好办的？"

"那就两周岁，我想办。"

许情深拗不过她。

服务员很快将菜端上来，中式的菜系讲究极了，每一道都有特定的菜名。

吃过晚饭，两人来到外面，蒋远周轻轻拉过她的手："这地方不好玩，我带你回家。"

"我觉得挺好玩的，又热闹，我还想四处看看。"

"那我带你参观一下。"

"好啊。"

许情深挽住蒋远周的手臂，两人将四周转了个遍。转完后，许情深站在门厅前，手掌在蒋远周的衣领处轻拍一下："你去玩你的，我也去找几个谈得来的人说说话，这样的场合以后难免要出席，我要有自己的朋友。"

蒋远周听见这样的话，自然是高兴的："我带你去。"

"不用。"许情深失笑，"女人堆里，你去做什么？"

许情深知道他不放心："大庭广众的，你还怕我出事？"

蒋远周看了下腕表："那好，一个小时后我来找你。"

"好。"

许情深眼见蒋远周上了楼，她走到罗马柱前，轻靠上去，盯着凌时吟的背影。

凌时吟身材矮小，出行都是穿高跟鞋，但又不想被人发现自己穿了多高的鞋，所以今晚她选择了曳地的礼服，这样一来就能将她的双脚遮挡起来。

许情深没有上前，许久后，她看到凌时吟走向另一侧。

凌家的女儿，打小就是八面玲珑，而且凌时吟面相乖巧，单是看长相，在那些长辈的眼里，凌时吟的乖要远远胜过许情深的魅。

凌时吟和这边打完招呼，又去了另一边。

许情深看了一眼，那地方的灯光有些暗，她直起身走了过去。凌时吟的身后就是一幅大大的窗帘，她的裙摆拖曳在地上。许情深经过她身后时，凌时吟正和跟前的人说着话，完全没有注意到许情深。

许情深看到玻璃地面上有一道缝隙，她面色如常地走过去，装作不经意地用鞋跟一拨，凌时吟的裙摆便盖住了那条缝隙。许情深的高跟鞋朝着有缝隙的地方狠狠地踩下去，裙摆被踩了进去，许情深提起脚时使了下力，还好，鞋跟被她拔了出来。

她装出不经意的样子回头看看，然后继续往前走，就看见蒋远周和穆成钧下了楼。

她笑意盈盈地上前："是不是要回家了？"

"差不多了。"

凌时吟跟旁边几人说着话："我未婚夫下来了，下次见面再说吧。"

"好，再见。"

许情深的手臂自然地搭住蒋远周的，时间差不多了，男人们都下了楼，正在互相道别。

凌时吟是穆家未来的少奶奶，自然也要过去打声招呼，她提起腿，笑容满满，嘴里甜甜地喊了一声："成钧……"

她往前迈去，完全没想到裙摆卡在了玻璃地面的缝隙内，而且卡得很紧，就听见刺啦一声，凌时吟感觉胸前猛地一凉，随即整个人栽倒在地。

许情深做了个吃惊的表情："凌小姐！"

凌时吟趴在地上动弹不得，裙子被拉到了胸部以下，胸贴都掉了出来。

现场就像是炸开了锅。

"啊——"

"天哪——"

凌时吟惊叫一声，赶紧将裙子往上扯，可裙子被卡得那么紧，再加上她吓得早没力气了，竟是扯了几下都没能扯上去。

穆成钧神色骇人，握紧了手掌，他快步上前，听到身后有人议论出声。

"那不是穆先生的未婚妻吗？"

"怎么会出这样的事？"

"丢脸死了。"

凌时吟双手抱在胸前哭出声来，这比被人当众甩了一个耳光还要丢人得多。

穆成钧脱下外套给她披在肩头，手掌拽住她的裙摆向后使劲一扯，裙子的尾端碎裂开来，凌时吟慌忙护住胸前的风光。

穆成钧将她搀扶起身，两人的脸色都难看到了极点。

许情深和蒋远周上前几步，许情深上下打量了凌时吟一眼："凌小姐，你驾驭不了那么高的鞋子，下次还是当心点好，以免再摔跤。"

凌时吟脸面丢尽，也顾不上还嘴。穆成钧替她将西装拢紧，她抱着那条掉下去的礼服不敢撒手，两人很快就转身离开了。

许情深看了眼地面，然后冲蒋远周轻笑道："我们也回家吧，乏了。"

"好。"

车子开回皇鼎龙庭，许情深下车走了几步就冷得缩起肩膀。一进屋，她二话不说就将脚上的高跟鞋甩掉："累死了，总算解脱了。"

她伸手要去开灯，蒋远周砰地将门关上，一把将她捞过来按在墙上。许情深刚要说一声凉，声音就被蒋远周的吻给堵了回去。

他似乎觉得还不够，居然将她的裙摆往上掀，许情深觉得身下冷得厉害——她下面除了一条内裤可什么都没穿啊。

这男人可真是够直接的。

"别乱动！"

许情深是想凸显出几许威胁的味道，但这话就连蒋远周的耳朵都没钻进去，只在他的耳畔轻擦几下，然后就消失了。

蒋远周的手掌落到许情深胸前，两手握住衣服上镂空的水滴造型，用力撕扯了一下，屋内没开灯，那些莹白的春光他是看不见的。

然而有些画面光靠想象就足够了，蒋远周撤回了吻，俊脸随后埋在许情深胸前。

灼热滚烫的呼吸喷在她的胸前，许情深双手推抵在他的胸前："不要，家里还有这么多人。"

"楼下灯光都没有，看来都睡了。"蒋远周的说话声有些模糊，他轻轻一口咬下去，许情深忙用两手捧住男人的脸："不要这样……"

蒋远周凑到许情深耳侧用力闻了下："真香，真想一口吃掉。"

许情深有些心慌起来，她赶紧别开脸："孩子们都还在房间，说不定还没睡，你这样不好……"

"怎么不好？"

"快回屋吧。"许情深说完，想要将自己的旗袍拽回去。

蒋远周见状，忙按住她的手："我还没看够。"

她赤着脚站在他跟前，旗袍的裙摆被撩至腰际，一双纤细的美腿展露无余，许情深赶忙说道："我要回房间。"

"我们打个赌吧。"

"赌什么？"

"如果孩子们在主卧，那我忍，我回客卧就是；但如果他们没在房间内，你今晚跟我睡。"

许情深想从他跟前走过去："瞎闹什么。"

蒋远周伸出手臂撑在她身侧，将她的去路完全堵死了："你要么选择在这儿被我吃了，要么选择跟我赌。"

"蒋远周，你喝多了！"

"我没喝酒。"蒋远周说着，头一低，狠狠地吻住她的唇瓣，许情深嘤咛两声，所有的话语都被堵得死死的。半晌后，男人才松开她，另一只手勾起她的下巴，"尝到了吗？我喝没喝酒？"

"没喝，没喝！"许情深狠狠地擦了下嘴。

"那好，继续选，在这儿被我吃了和赌一把，你选哪个？"

许情深有些冷，瑟缩下双肩："行，回房间。"

"好，我们都要愿赌服输。"

许情深不信霖霖没在自己的房间，女儿向来都是跟她睡的，没有她说话，保姆不可能将她带去儿童房。

蒋远周手指在嘴角处轻按一下。今晚不管许情深怎么选，都得被他吃了。

许情深要上楼，但楼上还有保姆，她总不能这样上去，她想将裙摆往下扯，蒋远周见状，一个弯腰，竟然将她扛在了肩上。

许情深啊了一声，没敢继续喊，生怕把人都招来。

男人快步上楼，许情深觉得都快尴尬死了，双手也不知道应该护在哪里。蒋远周上了二楼，脚步沉稳地往前迈动。到了主卧前，他推开门进去，然后将许情深放到地上。

许情深赶紧将旗袍拉下去，回头一看，屋内没人，床上连人影都没有。

蒋远周砰地将门关上，许情深刚要扭头，身子就再度被打横抱起，她挣扎都来不及，就被蒋远周抛进了大床内。

要护住的地方太多，顾得了下面顾不了上面，蒋远周两手撑在她身侧："看见了吗？睿睿和霖霖早就睡了，你输了。"

许情深坐起身，男人嘴角噙笑，落在她胸前的目光肆无忌惮起来："今天穿这件旗袍，被勒得很辛苦吧？我来帮你解脱。"

"不辛苦。"许情深按着膝盖处，"我觉得很舒服。"

"待会儿，我会让你更舒服。"

许情深被他推回大床："不要……"

"情深，刚才凌时吟出了那样的糗，你有什么想法？"

许情深心想这男人难道是火眼金睛不成，这都能看出来，但这毕竟不是多光彩的事，许情深抬起手指，在男人高挺的鼻梁上轻轻刮了下："凌小姐当众脱衣，而且胸前有料，蒋先生把持不住了？"

"胡说什么你？"蒋远周握住她的手腕，照着她的食指轻咬了一口，"再有料，也比不过你。"

蒋远周说着，眸色再度发暗，大掌朝着她的胸前握去："除了你许情深，别人在我眼里都是小馒头。"

她忍俊不禁："多小的馒头？"

"旺仔小馒头。"

许情深失笑，但蒋远周笑不出来，他浑身绷得难受，都快炸开了，今晚他是怎么都不肯再忍了。

他拉过许情深，女人用手捂住他的嘴："你才认回霖霖，应该多陪陪她。"

"明天，明天我可以腾出一天的时间。"

"她现在可能还没睡，"许情深躺在大床上，盘起的发有些凌乱，她用拇指摩挲着蒋远周的唇瓣，"你去陪陪霖霖，她喜欢听你讲故事。"

蒋远周张嘴想要咬，许情深忙缩回自己的手："你只有多陪她，她才能——"

"不，"蒋远周口气坚定地道，"我现在就要我身下这个女人！"

他动作粗鲁地去解她的盘扣，许情深看了眼："轻点，弄坏了。"

紧接着，耳朵里传来撕裂声，许情深怔住了，垂首一看，男人顺着那个水滴造型居然将她的旗袍扯破了。许情深赶忙坐起身："你——"

"看，多好看。"

许情深秀眉微蹙："这件旗袍我还是很喜欢的。"

"放心，下次去重要场合也不会再穿这件。"

"那也不能撕啊。"

"我找到了一个更好的用途，比把它摆在衣柜里要有价值得多。"

许情深伸手护在胸前，将信将疑："什么用途？"

蒋远周将她的手拉开："以后我们上床，你就穿这件，里头什么都不用再穿，我待会儿把裙摆再撕短一些……"

"你——"

许情深将他推开，蒋远周自认为说的是实话："这衣服可以当情趣内衣用。"

"你还有这嗜好？"

"在你身上才有。"

蒋远周开始脱衣，许情深怔怔地看了眼，忽然下了床想走。蒋远周将她拽回来，许情深双手拦在胸前，男人使劲握住她的手腕："想去哪儿？"

"别……"虽然住了进来，可这样亲昵的举动，许情深心里想来还是有些疙瘩。

"情深，你既然回来了，这样的事是避免不了的，这第一步总归要踏出去。"

"等等……再等等吧……"

"等什么？"蒋远周将她的裙摆推到腰际，"难道你住进这儿，就没想过跟我在一起，只是想着有个落脚的地方？"

许情深有些怔忡，真是这样吗？

她扪心自问，心里的答案却是矛盾的，但许情深没有时间再去想，蒋远周掐住她的腿往前推去……

许情深倒吸口冷气，刚要出声，蒋远周一只手就穿过她的发丝将她的脑袋固定在枕头上，他激烈地亲吻着她的唇瓣："你犹豫没关系，我帮你过这一关。"

"蒋——"

"蒋太太，让我们来一场身心愉悦的性吧。"

许情深真是怕了蒋远周完全放开的样子，可是只要在她的床上，这个男人哪次没有放开过？

翌日，许家。

许明川给许情深打了个电话，约她去外面吃饭，说是要带一个人给她见见。

许情深先到了吃饭的餐厅，刚点好菜，许明川就带着夏萌进来了。

"姐。"

许情深抬头，看到许明川替夏萌拉开了椅子，夏萌也打过招呼："姐姐。"

"你好。"

"姐，你别这样客气，看把夏萌羞的。"

女孩娇笑出声："说什么呢你？"

许情深将菜单递向夏萌："我已经点了一些，让他们先上，你看看你还喜欢什么。"

夏萌接在手里，却并未看一眼："姐，您别客气，我不挑食。"

"姐，最近发生了好多事，爸也不敢问你，只知道付京笙出事了，前段日子到处都是他的新闻。还有，还有你和蒋先生……"

"他是我孩子的亲生父亲，你放心，我现在很好，改天我和远周一起回家，把一些事情跟你们说清楚。"

许明川闻言，神色一松："好。"

菜很快上齐，许明川不住地给夏萌夹菜，许情深忍不住笑了起来："改天我们回家，让夏萌也一起去家里。"

"知道。"许明川抬头，却看到正从不远处走来的两人，他有些吃惊，又有些不爽。许情深回头一看，竟看到了凌时吟。

凌时吟的目光对上许情深的，她走到许情深身后的餐桌前停了下来。

许情深收回视线，指着一道菜说道："萌萌，你尝尝这个，味道很不错。"

"好。"

凌时吟的闺蜜率先坐定，不由得讥讽出声："怎么在哪儿都能碰见狐狸精？"

许明川将筷子啪地拍在桌上，许情深朝他看了一眼："明川。"

"别这样……"夏萌也吓了一跳，忙拉住许明川的手臂。

凌时吟拉开椅子，让朋友先点餐，女人一边看着菜单，一边话里有话地说道："时吟，我就说你命好吧，公主命啊。马上就要嫁给穆家那么好的人家，不像有些人，带着满身的不清不白被赶来赶去。"

凌时吟浅笑："就你这张嘴能说。"

女人点了几个菜，推开椅子起身："时吟，我先去趟洗手间。"

"去吧。"

夏萌不想许明川惹事，所以使劲拽住他。眼前一道黑影压过来，她猛地一抬头，却看到许情深走向后面。

凌时吟见许情深拉开了自己对面的座位，她眉头轻挑："怎么，你还想陷害我一次？"

"凌时吟，你当众出了那么大的糗，穆先生难道一点儿想法都没有？"

凌时吟面部僵硬，许情深身子朝她倾去："作为凌家的千金来说，你太失败了。"凌时吟的脸色难看了不少，许情深继续说道，"先是送上门，再是抱了弃婴谎称自己的孩子，凌时吟，你们凌家从小就是这样教你的？再看看你现在的下场，其实我最近真想和穆先生单独聊聊，说一说你以前的那些事。"

凌时吟嘴角绷紧，泛出冷意来："我未婚夫相信我的清白。"

"你还有清白吗？你自己的黑历史，你都忘了吧？"

凌时吟直视着许情深："你不用激我。说到底，我跟蒋远周是有那么一晚，这难道不是你心里的一根刺？许情深，就让这根刺永远扎在你心里吧！"

确实，这一直都是许情深心里的刺，哪怕过了这么久，还是让她痛得死去活来，但是当着凌时吟的面，许情深自然不能显露出来，她将手里的手机朝着凌时吟扬了扬："这话可是你自己说的，我都给你录下来了，不知道穆先生有没有兴趣听听。"

凌时吟闻言，脸色大变："许情深，你想做什么？"

她太知道穆成钧的脾气了，真要被他听见的话，他非扒了她一层皮不可！

"做什么？我就问问穆先生，他真能忍受你的过去？"

凌时吟握紧手掌，眼见许情深要起身，她忙开了口："等等！"

许情深轻扬眉头："干什么？"

"我和蒋远周……其实什么都没发生过。"

穆成钧这人疑心病特别重，凌时吟之前的事他不会不清楚，毕竟大家在同一个圈子里。

穆、凌两家联姻，原本就是各取所需，加上穆成钧有管理公司的才能和实力，凌家这个时候更加缺不了他。

凌时吟不由得咬紧唇瓣。如果许情深真去找了他，他肯定觉得面上无光，到时候……

凌时吟懊恼地咬紧牙关，狠狠地盯着眼前的人。有些事穆成钧尽管有所耳闻，但毕竟也不清楚，可这次是她亲口说了她和蒋远周的那晚。

许情深冷笑一下："这话，你自己相信吗？"

"我说的是真的，那一晚……蒋远周是喝醉了，但我们两个什么都没做过。"

许情深慢慢地将视线落到她脸上，盯紧了，一刻都不放开："为了不让我找穆先生，你也是用心良苦。"

"我没必要骗你。"凌时吟别开了眼，"他那晚压根做不出什么事……是我自己，我自己弄的。"

凌时吟说完，看向许情深掌心的手机："现在我要有新生活了，不想跟他有丝毫关系，我反而觉得那是一种耻辱，时时刻刻钉在我身上的耻辱。"

许情深颤抖着，浑身都在抖："所以那个晚上，你就这样恶心地挤进了我们中间！"

凌时吟也不想被打脸，那件事，她原本是想着藏在心里面的，只要她不说，许情深和蒋远周这辈子都别想知道真相。

许情深盯着跟前的这个女人。当年，凌时吟答应蒋东霆的提议，自己走进小楼、抱了睿睿说是自己的孩子，她几乎将所有无耻的事情都做了一遍，但是自己破身……

这件事，谁能想到？

许情深的胸口像是被什么堵住了，凌时吟的话就好像一个编出来的笑话，荒诞无比，却偏偏让她难受得要死。

许情深闭起眼，想到了两年以前，她和蒋远周的小心翼翼，他们谁都不敢捅破这件事，战战兢兢地顺着对方；想到了蒋随云的愧疚，到死都在祈求她的原谅。

原来那时候所有的折磨纠结都是个笑话啊。

真是天大的笑话！

她猛地站起身，脚步逼近凌时吟："凌时吟，你要脸吗？"

"你有资格——"

许情深狠狠地挥出右手，使出了全部的力气，一巴掌抽在凌时吟脸上，将她抽得眼冒金星，半边脸颊瞬时红肿起来。

凌时吟捂着自己的脸，万万没想到许情深会出手，敢出手。

眼里的怒火凝聚，凌时吟咬着牙："你敢打我？许情深，你算什么东西！"

她站起身想要还手，许情深将手机放回兜内，一手按住凌时吟伸出来的手臂，另一只手再度扇出去。清脆的巴掌声传入耳中，凌时吟被打得鼻子发热，然而许情深紧接着反手就是一个巴掌，将她的脸又打向另一边。

两边的面颊痛得像是被人扒掉了皮，凌时吟不甘心，她从小到大就没被人打过脸，她伸出双手想要还手。

然而她的身高终究差了许情深不少，许情深将她用力一推，她狼狈地跌坐回原位。

许情深居高临下地站在凌时吟面前："你们凌家害死了小姨，而你呢？你也是罪魁祸首！凌时吟，法律制裁不了你，但我以后不会让你有好日子过的。"

"就凭你？"凌时吟捂着面颊，伸手想抢许情深的手机，许情深抄起桌上的玻璃杯，将一整杯柠檬水都泼到了凌时吟的脸上。

"啊——"

许情深将杯子重重地掷到桌上，转身冲呆坐着的二人道："明川，夏萌，我们走。"

坐到车上的时候，手掌心还是痛得厉害，许情深驱车赶回了皇鼎龙庭。

走进屋内，保姆正在收拾餐桌，上面摆满了从超市采买回来的东西。

许情深顺着楼梯上去，经过儿童房时，听到霖霖和睿睿玩耍的声响。许情深推开门看了眼，蒋远周并不在里面，她又大步来到主卧，还是不见男人的身影。

她很快上了三楼，推开影音室的门时，蒋远周并没有发现她。

许情深蹑手蹑脚地走了进去，视线在大屏幕上扫了眼。情节到了最激动人心的时刻，标准的原音传入耳中，蒋远周一眨不眨地盯着屏幕，许情深走过去，在他身侧坐定。

她伸手握住蒋远周的手掌，男人这才回过神，别过头看了她一眼。

"回来了？"

"嗯。"

许情深枕向蒋远周的肩膀。影音室内环绕着直升机盘旋而起的声响，隔着屏幕，许情深都能感到那股强风刮在脸上。

　　她伸出手去，将自己的手掌给蒋远周看："好痛。"

　　男人的视线落到她的掌心，许情深手掌上的红直到现在还未褪去。

　　"这是怎么了？"

　　"打人打的。"

　　蒋远周拉过她的手掌："你打人？"

　　许情深任由他握着，她端详着蒋远周的侧脸："远周，我要说两年多前的那一晚已经过去了，你会相信吗？"

　　男人的面色明显一僵，他的视线转回屏幕："是，过去了。"

　　"你是怕我过不去吧？"许情深伸出另一只手，将他的脸扳向自己，"我带着霖霖回来的时候，就想过要跟你好好在一起，既然决定了重新开始，我会尽力让自己不去想。"

　　蒋远周同她前额相抵，许情深的手掌贴着他的脸不住地抚摸："那一晚，其实什么都没发生过。"

　　男人的眉眼依旧冷冽，他回握住许情深的手："嗯，就当什么都没发生过。"

　　"不是就当，是真的没发生过什么。"

　　蒋远周轻掀下眼帘。许情深退开身，望进男人眼底："凌时吟亲口说的，那晚你没碰过她，是她自己动的手。"

　　"自己动手？"

　　许情深勾起冷笑："至于怎么动的手，那就看她自己了。"

　　蒋远周的胸口处好似被堵住了。许情深唇瓣紧闭，凑过去靠着男人的脸："这种事，凌时吟不会骗我们，我刚把她教训了一顿，不过相比她对我们的伤害，真是远远不够。"

　　蒋远周轻握住许情深的肩膀："她伤害最深的，是你。"

　　"不，"许情深喉间干涩，她努力地咽了一下口水，"她伤害最深的是小姨。远周，我们毕竟还活着，来日方长。对不起……当年是我让小姨遗憾地走了。"

　　"这不怪你。"

　　蒋随云死了这么久，很多事却好像才发生过。蒋远周将她抱在怀里，一点点拥紧。

　　男人抚着许情深的脑袋："凌时吟一向以自己的身家背景为傲，凌慎走了，凌家就差最后的垮台了，让她等着吧。"

　　尽管心里有再多的激动，在说出口的瞬间，却好像已经散去了大半。

　　许情深枕着蒋远周的肩膀，心里的刺痛感再也不会有了，那根刺带着血带着肉被拔掉了，许情深双手圈紧蒋远周的腰，她想哭，却发现已经哭不出来了。

她以为，她会抱着蒋远周激动到口不能言，会激动到唾骂凌时吟一千次一万次，然而……

这些都没有发生。

也许，经历过那两年漫长的等待和煎熬，那一晚的污点其实已经不算什么了。

许情深问过自己什么最重要，答案是活着。

她爱的、爱她的人都活着，这就是最重要的。

一个月后。

凌时吟心不在焉地从外面回来，走进屋内，客厅里摆着凌慎的照片，凌父和凌母坐在沙发上。

"爸，妈，我回来了。"

"时吟……"凌母朝她看看，欲言又止。

凌时吟将买来的东西放到茶几上："我明天去成钧家里，这是刚买的礼物。"

"你还去穆家做什么？"凌父冷冷地说了一句。

"什么意思啊？"

凌母拉过女儿，神色很不对劲："穆家来过电话了，说是联姻的事算了。"

凌时吟大惊失色："什么叫算了？"

"说是成钧的意思。我听你穆伯伯说，他们家里收到了一封信，不知道是谁寄的，至于里头都有些什么东西，他也不知道，只说成钧看完之后大发雷霆，也不听劝，无论如何都要解除婚约。"

凌时吟的脸一阵青一阵白，她已经猜到了这件事是谁做的。

蒋远周知道是哥哥害死蒋随云后，肯定不会放过凌家，同样的，许情深也不会放过她。

"我要去找成钧解释清楚……"凌时吟话里带着哭腔，"他一时被蒙蔽了而已，他会相信我的。"

"还解释什么！"凌父头痛欲裂，手掌撑住了前额。

这时有人从外头进来，凌时吟认识对方，只得先起身打声招呼："徐叔叔。"

"时吟也在啊。"

凌父见状，站起身："走，有事去书房说。"

"好。"

凌时吟察觉出不对劲："等等。爸，有什么事在这儿说吧。"

"没什么大事……"

"你别瞒我了，如今凌家就我一个女儿，你总不能什么事都不跟我说。"

凌父闻言，坐了回去。凌时吟让男人坐过来，男人朝凌父看了一眼："事情都办得差不多了，到时候只要您出面就行。"

"好吧。"

"什么事办得差不多了？"凌时吟焦急地问道。

凌父也不想再瞒她："前两年转进来的那家器械厂，我把它卖了。"

"为什么？不是收益不错吗？爸，凌家还有不少产业，器械厂那边一直是你负责的，怎么说卖就卖了呢？"

"蒋家要，我们能不卖吗？"

凌时吟杏眸圆睁："什么叫蒋家要？"

"你哥走了，蒋远周要对付我们，我们也招架不住……"

凌时吟眼圈发红："那现在怎么办？穆家也帮不上我们的忙，我又不懂公司经营。"

她心里清楚极了，蒋远周这就是在针对凌家，一步步、一口口地来，他看上去什么都没做，实际上却从未放弃过让凌家付出代价。

如今，凌慎死了，穆家反悔了，凌家就好比砧板上的鱼肉，只能任人宰割。

晚饭，许情深和蒋远周是在外面吃的。

服务员上菜期间，许情深擦拭着手掌："不好意思，请给我一杯冰水。"

蒋远周毫不犹豫地出声："不行，冰水太冷。"

"没关系的，我好热。"许情深用手在脸颊旁边扇了几下，冲着服务员继续道，"要带冰的。"

"好。"

一杯冰水很快送到许情深的手边，她喝了两口，蒋远周看在眼里："女人少喝太冰的东西。"

"我知道，偶尔啦。"蒋远周就是管得宽，自己平日里吃冰激凌什么的不也没事吗？

她胃口大开，伸手又去拿那杯冰水。蒋远周看着她轻仰脖，冰水滑过喉咙的时候，冻得小脸都皱了起来。这算什么，自虐吗？至少在蒋远周眼里是这样。

杯子里还有大半杯水，许情深吃过几口意大利面，左手伸了出去。蒋远周见状，先一步拿走了许情深的水杯。

"我也有些渴，我喝两口。"

老白一看，赶紧阻止："蒋先生，太冰。"

许情深忍俊不禁："老白，蒋先生又不是小孩子，只是几口冰水罢了，看你紧张成这样。"

老白欲言又止。蒋远周两根手指捏着杯口，冰块撞击着他的薄唇，两人说话间，他将里面的水全喝完了。

蒋远周将杯子放回原位，许情深看了眼："你都喝了？"

"不许再要一杯。"

许情深见他脸色绷紧，心想蒋远周还是这样，以前就管着她不让她吃很多东西，可她大多数时候都不肯听，就是想吃，所以，遇上她不听话的时候，蒋远周就替她吃。

回去的时候，许情深挨着蒋远周坐，老白侧着身，视线时不时落到蒋远周的脸上："蒋先生，您没事吧？"

"老白，他能有什么事？"许情深不解地问道。

蒋远周的手指挡在额前，指尖顺着眉形扫来扫去："知道老白为什么至今单身了吧？他心里最挂念的人一直是我。"

许情深冷哼一声："我早就看出来了。"

回到皇鼎龙庭，蒋远周先下车，许情深拿起座位上的包。

老白侧着身，压低嗓音道："蒋太太，您待会儿注意看看蒋先生，他有胃病，冰的东西不能多碰，今天一下喝了大半杯冰水，我怕他受不了。"

"胃不好吗？"许情深的手扶住车门，"以前没听说过他这样。"

"您走的两年间，他挺糟蹋自己的，别人劝也不听，身子被搞得很糟。"

许情深沉默下来。蒋远周打开了另一侧的车门，弯下腰来："怎么还不走？"

"哦。"许情深陡然回神。

老白朝她看了眼，然后坐直了身子。

许情深走出去，来到蒋远周身边，老白摇下车窗："蒋先生、蒋太太，晚安。"

"晚安。"

蒋远周拉起许情深的手，手指的余温缠绕着彼此，可她的脑子里被老白说出的"糟蹋"二字占满，挥之不去。许情深的双腿犹如灌满了铅，她抬起眼，刻意放慢了脚步，这样才能清清楚楚地看到眼前的男人。

蒋远周牵着她的手掌，步履沉稳、有力，院内的灯光交错洒在男人的肩上，将他的侧脸照亮。

许情深就这样怔怔地看着。蒋远周明明很好，容光焕发，英俊潇洒，什么样的词都不足以形容他，可老白为什么单单要说他糟蹋了自己两年呢？

她清楚自己这两年过得不好，但蒋远周呢？

她的两年多时间里，缺失了他。

那他的两年多时光呢？何尝不是缺失了她？

许情深的心一下子变得脆弱起来。

两人在玄关处换了鞋，然后准备上楼。

蒋远周往前走的时候，用手扶了下楼梯的扶手。到了儿童房前，许情深顿住脚步："要不要去看看霖霖和睿睿？"

男人难得地没有答应："我有点累了，先去躺会儿。"

"好。"

许情深回到主卧时，看到蒋远周躺在床上，衣服都没脱，靠着床头而坐，似在闭目养神。

她弯腰，男人陡然睁眼。

"看什么？"

许情深嗓音轻轻的，低低的："看你啊。"

"好看吗？"

"真好看，皮相一流。"

蒋远周勾起嘴角，眼里尽管有笑意，却多了几许无力。许情深忽然有些害怕，她不想看到这样的蒋远周，不想看到他倒下，她以为他总能稳稳地站在自己跟前，像是一棵永远都推不倒的大树。

"蒋远周，你没事吧？"

"有事。"

许情深坐向床沿："是难受吗？要不要吃药？"

蒋远周摇头："对我来说，吃药没用，亲亲就好了。"

谁能想到蒋先生私下里其实是这样的人呢？

亲亲就好了。

恐怕连老白都要惊掉下巴吧？

许情深的手掌落到蒋远周的胃部处："是不是这儿难受？"

她的掌心很暖和，贴在皮肤上，像是要烧起来一样，蒋远周觉得这就是最好的："是。"

"我没想到你的胃不好了。"

"没那么脆弱。"蒋远周也不习惯这样，"像我们这种经常应酬的人，多多少少都会有点小毛病。"

许情深端详着蒋远周的脸色，男人嘴角翘起："所以，你以后也别碰这种冰水，胃好的人都受不了。"

他脸色发白，却将话说得这样轻巧。许情深将手抽了回去："没大碍是吗？"

那地方一空，蒋远周心里竟生出几许失落。

许情深抓了下头发："我先去洗澡，还要洗个头，困了。"

她正欲起身，蒋远周忽然侧过身，一手拽住了许情深的手腕。她回头看了一眼，见他的身体蜷缩起来："怎么了？"

"胃痛，痛得厉害了。"

"看吧，你还逞能！"

许情深忙坐回床沿："有药吗？吃点药。"

"床头柜里就有。"

她一把拉开床头柜，找到了里面的药："我去给你倒水。"

许情深匆忙走出去，蒋远周看了眼她的背影，他胃痛是真，但也没有夸张到要让他倒下的地步。男人扯高了被子，就等着许情深回来。

她走进卧室的时候，手里小心翼翼地端了杯热水。

许情深拉过蒋远周的手，坐定后打开瓶盖，将白色的药丸放到蒋远周掌心内。他的手在颤抖，药还未送到嘴边，就掉到了被子上。

"不是胃痛吗？怎么手还抖了？"

"我觉得我没力气了……"

许情深拿起那两颗药丸送到蒋远周的嘴边，他乖乖张开嘴，许情深将药塞到他嘴里，跟喂孩子似的。许情深将水杯递给他，他也没有伸手接，她只好将水杯凑到他嘴边。

蒋远周就着杯口喝了水，把药吞咽下去。许情深将杯子拿开，男人见状，一把握住她的手腕："再喂我喝两口，好久都没人喂我喝过水了。"

"蒋远周，你是孩子吗？"

蒋远周听到这话，抿紧了唇瓣不再喝，靠回床头，一语不发。

许情深看得出来他难受，她也不知道刚才为什么会脱口而出这样的话，她轻咬唇瓣："还要喝吗？"

男人摇了摇头。

许情深将杯子放回去。蒋远周的额角淌出汗来，许情深伸手擦拭了一下，但并未立马收回手掌，拇指在他的太阳穴处一下下按摩着。

"情深，你这样是在心疼我吗？"蒋远周不喜欢这样压抑的气氛，两人似乎都没话说。

他开口问了这么一句也算是玩笑吧，想要缓和下气氛。

许情深靠上前，两人前额相抵，蒋远周感觉到她在点头。

"是，我心疼你。"

男人的眼眸内有微光跳动："安慰我？"

"蒋远周，以后记得按时吃饭，好好吃饭，不要随便发火，发火也伤身。我都回来了，你的日子应该是越来越舒心，是不是？"

"是……"

"我都不知道如果你出了事，我该怎么办。"

蒋远周听见这样的话，伸手想去抱她。许情深按住他的肩膀，让他躺回床上："你好好躺着，别动，有什么事叫我。"

"我胃痛得动不了……"

"你要做什么？你说一声，我帮你。"

蒋远周拉过被子，将自己裹在里面："我想听你给我念书。"

"……什么书？"

"随便，我就想听你的声音，说不定我听着听着就能睡着了。"

许情深拿起放在床头的专业书，翻开一页，念了起来。蒋远周看得出了神，至于许情深念了什么，他一个字都没听进去。

"我想喝水。"

许情深朝他看了一眼，喂他喝了水。

"我想亲你一下。"

"……"许情深不搭理。

蒋远周坐起身："我浑身难受，我去洗澡。"

"你这样去洗澡行吗？"

"恐怕不行。"

"既然不行，那你还说出来干什么？"

"那你给我擦身吧，不然我没法睡觉。"

"……"

蒋远周真是把她折腾得不轻。睡觉的时候，许情深窝在男人的怀里，双眼轻闭。她原本是睡在枕头上的，这会儿却被蒋远周抱着枕在他的手臂上。

尽管左侧的肩膀已经发麻发酸，可蒋远周乐于这样。

她靠他这么近，他闭上眼睛就能感受到她的呼吸。

翌日，皇鼎龙庭。

许情深睁开眼的时候，感觉身上被束缚得难受。蒋远周睡着后觉得冷，却没钻进被窝，而是手脚并用地抱着她，再加上许情深紧紧地裹了层被子，她热得难受，额头上全是细密的汗珠。

她动了下手臂，好不容易推开被子，旁边的蒋远周却是冻得要死。

他睁开眼帘，清醒之后越发觉得冷，于是伸手将她抱紧。许情深将他推开，然后坐起身。男人迷迷糊糊的，原本清澈的眸子里多了不少迷茫。

他伸手要去抱她："睡会儿，冷……"

许情深将被子抛过去，盖到蒋远周的身上，随后就要起身。蒋远周一把握住她的手腕："好像要冻病了。"

"家里感冒药都有，你要觉得不够，我去医院让人给你开。"

蒋远周坐起身："为昨晚的事生气？那是夫妻情趣……"

情趣？一个犯胃病的人闹腾了半夜，还给她穿上那件破旗袍，再将她压在冰冷的墙上，那叫情趣？

来到楼下的时候，老白已经来了，蒋远周让他一起吃早饭。

老白也没有客气，拉开椅子入座："蒋先生，蒋太太，昨晚睡得好吗？"

许情深一个眼神射过去。

老白就是说了句寻常的问候，没想到许情深这么凶。

蒋远周轻咳一声，拿起桌上的筷子："睡得很好。"

老白干笑两声："睡得好就好。"

吃过早饭，许情深去了医院。快到下班的时候，有人敲开办公室的门。

一束鲜花被送进来，许情深让对方将花放到桌上："谁送的？"

"您自己看了就知道了。"

许情深看到一张小卡片插在花束中，上面写着苍劲有力的"蒋远周"三个字，她翻来覆去地看，却再没有别的话语。

下班的时候，蒋远周的车就在医院门口等她。

许情深手里拿着两枝花，走过去将门打开，坐了进去。

蒋远周朝她看了一眼。他以为她还在气头上，还在想着应该怎么开口让她上来，或者怎么哄她几句，没想到她自己上车了。

"蒋太太手里的花真好看。"老白一边示意司机开车，一边说道。

"那当然。"许情深勾起唇角，将手里的那朵白玫瑰放到蒋远周脸侧，也不知是有意还是无意，花瓣蹭过了男人精致的脸庞，"蒋先生送的，能不好看吗？"

老白笑了几声，配合地点着头："是是是。"

蒋远周鼻子周围都是花的香味，他侧首看向许情深的脸，难道是他多心了？看许情深这样子，她倒不像在生气。

许情深摇晃着手里的花。昨天那些事确实不算什么事，也勾不起许情深的怒火，她挑着眉头，也不知道在想什么，手里那两枝盛开的花朵时不时敲到蒋远周的脸上，浓郁的香气令他不由得深吸口气。

老白和司机端端正正地坐在前面。

许情深挨着蒋远周，男人受不了了，伸手将她手里的花推开。

她将玫瑰放到鼻尖前，闭起眼帘后轻嗅了一下。蒋远周看得入神，许情深往往一个瞬间就能将他迷得神魂颠倒，他强装镇定别开视线。

许情深的手掌撑向旁边，"一不小心"落到蒋远周的腿上，小拇指几乎按到了某个部位，蒋远周倒吸口冷气。许情深也发现了不对劲，赶紧将手收回去。

开回皇鼎龙庭的路上，谁也没开口。在老白看来，这和寻常的日子并无两样。

然而有些事只有蒋远周最清楚：许情深一直在撩他，撩了他一路，就没停过！

男人的身子绷紧了，紧到了极点。谁都别碰他，不然他随时有原地爆炸的可能性。

回到皇鼎龙庭，用人知道他们这个点回来，已经将晚饭备好了。

许情深同早上一比就跟换了个人似的，对老白很是热情："老白，吃过晚饭再走吧。"

"好，谢谢蒋太太。"

几人按老位子坐定，许情深拿起筷子。霖霖和睿睿都没上桌，保姆在他们回来之前就给孩子喂过了。

蒋远周想着今晚要陪两个孩子玩会儿，霖霖喜欢听他讲故事，那他就……

蒋远周还未深想，忽然觉得桌子底下有什么不对劲。

他感觉到腿上有异样感。蒋远周看向身侧的许情深，见她好好地坐着，好好地吃着饭，可除了她还有谁？那个位子可就坐了她一个人。

她想干什么？

许情深摆明了就是在暗撩他，别人还都看不出来，他看她，她还当作什么事都没发生过。

蒋远周想要以不变应万变，敌不动我不动，但这种事……怎么不变啊？

那种触感在慢慢往上爬，这样的情节，电视里肯定也有，但是会在桌子底下这样勾引的，一般都是不正当关系。

蒋远周想了许久，想到"勾引"二字。

然而他和许情深这样的关系，她是不需要这样的。

蒋远周握住筷子的手紧了紧。桌布带着奢华的流苏垂下去，所以她藏在里面的动作谁也看不到。

许情深咬着筷子，面带微笑看向蒋远周："这是怎么了？都出汗了，是不是热得慌？"

坐在对面的老白实在是太饿，一下就干掉了半碗饭，听到许情深这话，他抬头看了眼蒋远周："蒋先生，您怎么了？"

"我看上去像是怎么了吗？"

"面色红得有些不正常。"

许情深倾身，抬手摸了摸蒋远周的前额，关键她身子往前靠，她抵在他腿上的动作也在向前。蒋远周推开许情深的手："没事。"

"昨晚冻感冒了吧？"

"没有。"

许情深坐回原位："谁让你睡相不好，老是踢被子。"

老白听着，垂下眼帘。

蒋远周单手撑着前额："老白，你先回去。"

"嗯？"老白嘴里还有未吞咽下去的米饭，他睁着迷茫的眸子看向蒋远周。蒋远周重复了一遍："你先回去吧。"

"回去什么啊？"许情深赶忙阻止，"饭还没吃好呢。"

"吃得差不多了。"蒋远周接过话。

许情深朝老白的碗里看了眼："这才吃了半碗。老白，你坐着，别听他的。"

"老白，回去。"

"老白，坐着。"

老白握紧手里的筷子，但他向来都是听蒋远周的，他将碗放到桌上。许情深跟着放下筷子："老白，坐好。"

"蒋太太，我吃饱了。"

"你的饭量什么时候跟霖霖差不多了？"

老白轻笑："今天不饿，真饱了。"

"我知道了，你口口声声喊我蒋太太，但是蒋太太说的话，你是一句都不听的。"

老白看向对面的蒋远周，蒋远周一语不发，这让他坐也不是、走也不是。

"至少把饭吃完再走，蒋先生和蒋太太没有半路赶人走的习惯。"

蒋远周手掌撑向脸侧，右手手指一下下在太阳穴四周按摩，他盯着对面的老白，双目无神。老白坐在原地没动："蒋先生，我走？"

"坐着吧。"许情深都这样说了，蒋远周总不能拂了蒋太太的面子。

用人端了汤出来，老白继续吃饭，席间看到蒋远周几次脸色都不好。

似乎是在隐忍着什么？

难道是他坐在这儿吃饭，蒋先生要发火了？

老白再一想，不对啊，蒋远周从来不是小气的人，对他更是胜似亲人，老白不解："蒋先生，您要真觉得身体有什么不舒服，我送您去医院吧。"

"不用。"

许情深旁若无人地吃着饭。

不远处，睿睿和霖霖小跑着过来了，霖霖手里抓着个小球，到了许情深和蒋远周的身侧，她开口喊妈妈。

蒋远周脸色微松，面上露出笑意："霖霖，爸爸抱。"

霖霖看了他一眼，扬了扬小手，手里的小球一下没抓住，掉到了地上，很快滚到了桌子底下。

老白赶忙说道："叔叔给你拿。"

他一手掀起桌布，弯腰钻到桌子底下，一抬头，竟然看到许情深的腿从蒋远周的腿间收了回去……

老白陡然明白过来，蒋先生方才满脸异色，原来是这个原因！

他拿着小球慢慢往外退，觉得很尴尬，他应该装作什么都没看见吧？

老白坐回椅子上，扯动了一下嘴角："霖霖，给。"

许情深摸了摸自己的颈部，刚才老白钻进去的动作太快了，不过她没有看老白一眼。

两个孩子什么都不懂，走过去拿了球后，霖霖又回到许情深身侧。

蒋远周此时心里一松，不愧是亲闺女，可以救他于水深火热之中。

他弯腰将霖霖抱到腿上，睿睿也不甘示弱，爬到了蒋远周的另一条腿上。

两个孩子很快玩起来。霖霖今天扎了条冲天辫，其实保姆给她扎了个丸子头，只不过孩子爱吵闹，左抓抓右蹭蹭，头发全跑了出来，这会儿就用一根皮筋勉强绑着，耷拉在脑袋后面。

蒋远周将她的皮筋拿下来，放在桌上。老白见识过了方才的一幕，格外安静，也不再瞎问蒋远周是否生病了。

许情深舀了汤，也开始乖乖地吃饭，不经意地一回头，看到蒋远周正在给霖霖梳辫子。

他修长的手指穿过霖霖的发丝，将柔滑黑亮的头发梳到左手的掌心，霖霖停止了玩耍，安安静静地坐在蒋远周的腿上，似乎很享受。

蒋远周从来没做过这样的事吧，也真是为难他了，就连一把梳子都没准备给他。男人动作细致，很有耐心，右手重复着梳理的动作，直到霖霖的每一缕头发都被他的左手握住。

男人拿起桌上的皮筋，小心翼翼地给霖霖扎上，软软的发丝在他的指尖缠绕，一来二去，一束马尾就扎好了。

许情深看得出神，不由得轻翘嘴角。这是爸爸给女儿梳起来的，所以是最好看的，也是最令人感动的。

霖霖动了动脑袋，扭过头，蒋远周弯腰亲上了女儿的小嘴巴。

霖霖笑着，也不知道为什么这么高兴，许情深没来由地鼻子有些酸。霖霖抱住了蒋远周的手臂，身子顺着他的腿滑到地上。睿睿见她下去了，着急地跟在后面，两个孩子一前一后又玩去了。

吃过晚饭，许情深先上楼，蒋远周让老白留下，说还有些事情要跟他说。

许情深洗过澡，换了睡裙出去，刚在床沿坐定，就听到门口有脚步声。许情深头也没回，将护手霜在手掌上涂抹开，奶白色很快融入肤色中。蒋远周来到她跟前，蹲下身来平视着她。

"洗过了？"

许情深没答话，蒋远周唇角漾起笑意："真香。"

她身上还有沐浴露的香味，露在睡裙外的两截小腿白皙细嫩，脚上也没穿鞋。蒋远周忽然抬高她的一条腿，手掌握住她的脚踝，许情深下意识地按住自己的裙摆："干什么？"

"情深，我没想到你还有这招，蚂蚁上树？"

"放开。"

553

蒋远周伸手在她的脚底刮了下，她痒得难受，想要将他踢开，可蒋远周手劲很大，她压根挣不开。

"被老白全看去了，你有什么感想？"

"没感想。"许情深两手撑在身侧，"敢做敢当，再说他能有意见？"

蒋远周翘起嘴角："是，他不敢有意见。"

许情深缩了下腿，蒋远周将她的睡裙往上推，忽然凑过去在她腿上咬了一口。她将惊叫声含在嘴里，蒋远周松开她后，嘴角噙了抹笑看着她。

她抬起双腿，纤细的脚踝一左一右搭在蒋远周的肩上。

男人的眸子暗沉下去，望过去，有些风光若隐若现。

许情深的两条腿绷得那么直，蒋远周的手刚要伸过去，她就将腿放了下去。男人倒是愿意让她搭着，他似乎觉得很不尽兴，满眼的失落。

许情深抬起右手手指，朝他勾了勾。男人起身，许情深拉过他将他推倒在床上，蒋远周还未反应过来，许情深就坐到了他的腰上。

她将他的双手按住，让他的手臂交叉在他身前："昨晚，你就是这样对我的。"

"果然还在记仇。"

许情深挪动几下，蒋远周的脸色就变了："你知道你这样做的后果吗？"

"知道。"

"知道还敢来？"

许情深贝齿在下嘴唇上轻咬一下："后果？干柴烈火烧起来？"

蒋远周看着她细腻的腰肢在自己眼前晃动。许情深的身材向来是一绝，他仰躺在床上，这样看过去，就像是欣赏了一支最美好的舞蹈。他的嗓音变了，语调也变了："情深，我就喜欢你主动，你这样子真是让我发狂……"

蒋远周坐起身，一手搂住她的腰，俊脸凑到她面前想要亲吻。

许情深的手掌落到男人的脸上，掌心的肌肤紧绷且细致，她将他的脸推到旁边去，然后拉掉蒋远周的手，迅速站到地上："蒋先生，冷水澡准备好了，请吧。"

蒋远周的火才被点起来，他眯起眼："什么冷水澡？"

"你需要降降火。"

"我可以找你……"他伸手去拉她，许情深轻盈地避开，蒋远周的手指滑过她的裙摆，丝质的爽滑感在他的指尖流连。蒋远周勾起唇角，将手掌放到鼻尖。

他迅速起身，伸手就要去抱她，许情深避开了他，很快站到床上。

"昨晚你确实把我弄伤了，你应该跟我赔罪。"

"好，我跟你赔罪，你想要怎么着都行。"

许情深居高临下盯着男人的身影："今晚别碰我。"

"不行。"她都将他撩成这样了，凭什么不让他碰？

"你是做不到了？"

"别的事我都能答应你……"

许情深眉头皱紧，嗓音轻柔，带着腻人的味道："蒋远周，可是我疼啊，我不舒服。"

蒋远周的心被这话语声戳动，许情深掀开被子坐进去："今晚你若还要，我真怕自己会有心理障碍，要是以后都不行了，怎么办？"

男人一动不动地戳在那儿："我昨晚虽然算不上温柔，但是……"

"但我就是疼。"

蒋远周抿紧嘴角："那你在车上、在吃饭的时候，还有刚才……你在做什么？"

许情深低垂眼帘："做那些事的时候，我没想到把你勾起来了。"

她就是成心的，这一点，蒋远周毫不怀疑。

只撩，撩完了不负责这种事，只有她许情深做得出来，反正他蒋远周是干不出。

男人走进浴室，门都没关，许情深走过去将门带上。现在还早，万一两个孩子忽然闯进来，丢脸的可不止蒋远周一个人。

付京笙的案子判下来了，无期徒刑。

蒋远周上次救下付流音后就给她安排了学校，让她继续学业，这也是付流音的意思，她总不能一辈子跟着许情深，再说，她也要为自己的将来考虑考虑。周末的时候，许情深偶尔会将她接到家里，偶尔会带着霖霖去找她。

许情深和付京笙的婚姻自然也是无效的。

民政局。

许情深和蒋远周一手抱着一个孩子进去，他们没有通知别人，许家的人不知道他们今天来领证，蒋东霆更加被蒙在鼓里。

他们进小房间拍了照，签了字，看着两本红彤彤的证书被放到自己掌心内。

蒋远周的手指抚过上面的三个字："原来结婚证是这样的，真重。"

许情深失笑："因为这意味着，我们以后就是真正的一家人了。"

霖霖和睿睿坐在椅子上，盯着台上的二人。

蒋远周拿着结婚证，用坚定的声音宣誓："我们自愿结为夫妻，从今天开始，我们将共同肩负起婚姻赋予我们的责任和义务……"

许情深抬首盯着蒋远周的侧脸，仔细地听着。她不知道，原来婚姻竟有这样的神圣感，特别这些字句是从蒋远周的嘴里说出来的。

她听得有些痴了，醉了。

"我们要坚守今天的誓言，我们一定能够坚守今天的誓言！"

许情深眼圈发红，这时候的眼泪不需要强忍着。蒋远周将那本结婚证托在掌心，目光灼灼地看向她："许情深，我爱你。"

我爱你。

她喉头轻滚，似乎是想回应，但蒋远周已经等不及了："现在可以亲吻新娘了。"

他大掌扣在她脑后，一把将她拉近，炙热的唇贴在了许情深的唇上。

尽管她从未说过爱他，但那又有什么关系？

蒋远周加深了这个吻，台下的两个孩子忽然咯咯笑出声来，霖霖率先跳下椅子，朝着门口跑去，睿睿就是她的小跟班。

许情深余光看见两个孩子跑到了门口，她着急地去推搡跟前的男人："孩……孩子……"

蒋远周狠狠压住她的唇，不给她说话的机会。

外面还有老白在，蒋远周当然不担心他们会跑丢，只是不出半分钟，外头就传来了鸡飞狗跳的动静。

"霖霖，那个东西不能碰……"

"霖霖，那是盆栽，不能爬……"

"霖霖，印泥不是口红啊，别往嘴上涂……"

许情深的嘴角不由得展开，双手勾住蒋远周的脖子，一下下回应着他。

老白在外面围着两个孩子跑："霖霖，快去洗手，洗嘴！"

"睿睿……你别学霖霖啊！"

里面两人在做什么呢？怎么还不出来？

（全文完）

556

番外
宠妻

蒋家。

蒋东霆坐在沙发上，茶几上摆着几盒喜糖，那是蒋远周亲自送来的。

"老爷，蒋先生和许小姐……已经领证了。"

蒋东霆一言不发，事已至此，他就算赶着去拦都没用了。

"老爷，蒋先生给了喜糖却不肯进来，八成还是因为以前的事……"

"但要我接受这么个女人，办不到。"

蒋东霆视线扫过那几盒喜糖，站起身往楼上走。他其实心里早就清楚了，蒋随云的死都是因为凌家，而给凌时吟希望的，是他。睿睿的事情他更是错上加错，弄巧成拙，害得蒋远周和自己的亲生女儿白白错失了那么多时间，尽管霖霖和蒋远周没有做过亲子鉴定，但蒋东霆冷静过后也相信了许情深的话。

在他们的婚姻上，他做不到祝福，却又反对无效，只能将这个难题交给时间。

许情深和蒋远周领证后，特别特别关心家里的"留守儿童"。正好跟宋佳佳见面的时候，宋佳佳提了自己的表姐几句，许情深双眼一亮，就促成了后面的这场相亲。

老白的相亲现场。

宋佳佳跟她的表姐先到，两人坐在餐厅内，看到几人过来，宋佳佳忙招了招手："这里。"

老白跟在许情深身后，有些紧张。到了餐桌前，老白的视线从宋佳佳脸上扫过，她旁边的女人跟着宋佳佳起身："你们好。"

"都坐，都坐，别客气。"

许情深让老白和宋佳佳的表姐坐到了一块儿。

"来来来，先做个自我介绍。"

老白将基本的情况说了一遍，然后追加一句："我今年三十六，年纪有些大，你能接受吗？"

许情深倒吸口冷气，这人也太直白了吧？

不过好在她和宋佳佳关系好，对方姑娘应该不会介意。

"你三十六了？看不出来啊。"

老白竟有些不好意思："谢谢夸奖。"

"我看你头发都白了，以为你四十多岁了呢。"

许情深完全接不上话了，宋佳佳急得去拉女人的手臂："表姐，你别乱说话。"

"我没乱说……"

"不好意思啊，"宋佳佳干巴巴地笑着，"幽默，幽默。"

老白倒不是很介意："没关系，我喜欢实话实说的人。"

"姐，你也介绍下自己吧。"

"好。"

许情深看着宋佳佳的表姐，长相和身材都是中等偏上，至少在她看来不错。

蒋远周要不是因为要陪着老白，他才不会来这种场合。

"我叫苏提拉……"

蒋远周一口清茶刚咽下，顿时被呛了一下，他将茶杯放回桌上："苏，提拉？"

"对对对，"宋佳佳忙接口，"提拉米苏的意思，这名字很有味道吧？"

蒋远周忍着笑，他听到这名字的时候，可没想到什么蛋糕，他想到的是拎着的意思。

苏拎着？

不行了，他撑不住了，好想笑。

旁边的老白点着头："是个好名字。"

"我今年三十了。"

"姐！"宋佳佳急得不行，"说周岁！"

"干吗说周岁？"苏提拉一副很不赞成的表情，"在我们这儿，讲的不都是虚岁吗？"

好吧，宋佳佳也是被打败了。

"你也看不出来三十岁，"老白接过话道，"你看起来很年轻，顶多十八岁。"

许情深用手捂住眼睛，蒋远周面色奇怪地朝老白扫了一眼，宋佳佳一直在呵呵，呵呵地笑："对，对，十八，十八。"

"你平时有什么兴趣爱好吗？"

苏提拉手臂压向桌沿："我最大的兴趣就是吃，酒店、饭馆、路边摊都行，深夜十二点我要是想吃一样东西，都会找遍东城去吃……"

　　宋佳佳嘴角轻抽几下："姐，我们换个话题吧。"

　　"看不出来啊，"老白完全没把宋佳佳的话听进去，"你一点儿都不胖。"

　　"不是啦，我就是脸小，身上很有肉。"

　　现场鸦雀无声，许情深和宋佳佳对望一眼，蒋远周干脆将视线别开了。

　　因为她们实在不知道怎么去替这两人圆场、接话了。

　　"身上有肉好，女孩子太瘦了，抱着会硌人。"

　　许情深张了张嘴，宋佳佳也张了张嘴，蒋远周开始放空。

　　鬼知道他刚才经历了什么，这都是什么相亲啊！

　　更令蒋远周难以置信的是，老白这次相亲竟然成功了！

　　据老白事后所说，他对苏提拉是一见钟情，一颗纯情的小心脏沉寂了三十六年后，终于如野火燎原般烧了起来。

　　皇鼎龙庭。

　　许情深将霖霖和睿睿抱进后车座，上面有给两个孩子准备的儿童座椅。蒋远周带上门，说道："出发。"

　　老白和司机坐在前面，后边是两个孩子，许情深和蒋远周坐在了中间。

　　"蒋先生，您说您要去钓鱼？"

　　蒋远周头也没抬："怎么，很奇怪吗？"

　　老白那张脸明显流露出他有话说的意思："您应该知道……钓鱼是很需要耐心的。"

　　"老白，你今天没约苏拎着？"

　　许情深忙拍了拍蒋远周的手臂："老白，你别听他的……"

　　"蒋先生，她叫提拉，多好听的名字。"

　　呦，这就帮上了。

　　司机在前面专注地开车，两个孩子也专注地玩着手里的玩具，老白想到了一件事，回过身说道："蒋先生，凌家宣布破产了。"

　　蒋远周漫不经心地嗯了声，许情深倒是吃了一惊。凌慎虽然死了，但是凌家的根基并不浅，如今宣布破产，跟蒋远周必定大有关系。

　　"其实，我不想在东城看到凌家的人。"

　　老白明白他的意思："好。"

　　到了钓鱼场，司机和老白将东西一一搬下车，蒋远周把椅子放到岸边，架起鱼竿，乍一看还像模像样的。

　　许情深安排好两个孩子后，坐在垫子上，微风轻拂在脸上，天气舒适至极。

可霖霖和睿睿压根坐不住，撒开腿就跑，许情深看着他们跑向蒋远周。老白一动不动地坐在不远处，蒋远周这边还没动静，他那边倒是率先钓上了鱼。

"蒋先生，您看，上钩了，上钩了！"

霖霖趴到蒋远周的腿上，觉得他手里的东西好玩，就一直盯着。

蒋远周压低嗓音："霖霖乖，鱼快要上钩了，你先回妈妈身边去。"

霖霖推了下他的手臂，蒋远周手里的鱼竿一阵晃动。睿睿看了一眼，朝着他的另一只手推去。两个孩子越发觉得好玩，你推一下，我推一下，别说是活鱼了，就算死鱼看见了都得跑光。

蒋远周干脆将鱼竿放下来，抱起霖霖放到腿上："宝贝乖，小孩子不能玩水，这儿危险，快去妈妈身边。"

老白在不远处招了招手："蒋先生，我已经钓了两条鱼。"

蒋远周就当没听见，他将霖霖放下来，一手摸向睿睿的脑袋："跟妹妹去玩吧。"

许情深看到两个孩子很快朝着老白走去，她勾起唇瓣，也不提醒他。老白全神贯注地盯着前方，听到脚步声时回了下头："霖霖，睿睿，叔叔已经钓了两条鱼，赢过爸爸了，对不对？"

霖霖来到水桶前，她蹲下身，看着两条小鱼在桶里游来游去。

老白收回视线，忽然听到旁边传来扑通声，他赶紧一看，水桶竟然被霖霖推翻了，两个孩子拔腿就跑。

蒋远周打了个响指，高声笑道："不愧是我亲生的！"

蒋远周放弃了继续钓鱼，起身来到许情深跟前，扑过去压住了许情深。身后就是绵软的垫子，她摔上去也没有丝毫痛感。

许情深笑着要将他推开："走开，走开啊，这儿这么多人。"

"你的眼里还能看见别人？"蒋远周压下身，朝着她的下巴轻咬一口。

"打打打打。"身后忽然有动静传来，蒋远周回头一看，看见霖霖过来了，小小的身体还爬到他身上。

不远处的睿睿见状，也过来了，还学着霖霖的样子爬上了蒋远周的腰。

霖霖趴在蒋远周背上，男人生怕压痛许情深，双手撑在她身侧，他的身子是腾空的，两个小家伙坐在他身上，双手揪着他的衣服，许情深看着这一幕快笑抽了。

蒋远周维持着俯卧撑撑起的动作，还要小心翼翼地道："都下来，别摔下去摔疼了。"

两人谁都不听。霖霖原本应该是要帮许情深的，这会儿觉得好玩了，小腿蹬动几下往前，干脆双手抱住了男人的脖子。

睿睿总是喜欢学她，身子也挪动向前。

许情深往后缩，然后盘膝坐在蒋远周跟前。

"快，把他们抱下去。"

"没事，让他们玩吧。"

蒋远周还是怕孩子摔跤，他双手放下去，许情深忍俊不禁道："霖霖，咬他。"

霖霖似乎是听懂了，张嘴就咬蒋远周的脖子。

这一口咬下去还带着口水，蒋远周竟然有些怕痒："许情深！你好的不教她，教她咬人？"

"哈哈——"许情深笑得捧住肚子。

睿睿也在往前爬："爸爸——"

霖霖双手抱住蒋远周的脖子，嘴巴就靠在他耳边，跟着用糯糯的嗓音道："爸爸——"

"你听见了吗？"蒋远周激动地问跟前的许情深。

霖霖那一声很轻，很轻，许情深摇头："听见什么？"

蒋远周抓住霖霖肉嘟嘟的小手。她没听见，没关系，他听见了就好。

某个场合，蒋先生和蒋太太需要接受媒体的采访。

许情深挽住蒋远周的手臂，眉目含笑，听着蒋远周一个个回答他们的问题。

其中包括，会不会再生第三个孩子，对于凌家忽然销声匿迹有什么看法，还有人问蒋远周会不会跟许情深一起回许家。

许情深觉得越来越无聊，但又不能直接离开，只能强颜欢笑。

最后，她忽然听到一句："蒋先生，您总是在公开场合向蒋太太表白，说您爱她，但我们一次都没听蒋太太说过……"

许情深有些出神。

记者们听到这样的问题，一个个来了精神。

"是啊，难道是因为……蒋太太爱得不如蒋先生深？"

许情深很无语，这是什么逻辑？

她继续不语，反正有蒋远周在，这样的问题也不需要她来回答。

许情深站在亮光里，听到身边的男人这样说道："她爱我。从她决心生下我们的爱情结晶开始，她爱我的心就没改变过。"

她站在他身侧。

那是一种怎样的心情？

许情深形容不出来。

原来她那么早就爱上了他？

是吗？

似乎真的是呢。